DALE BROWN

Feuerhölle

Buch

Als China erste Tests mit einer neuartigen Waffe durchführt, sieht es düster aus für die USA – die amerikanische Übermacht im Pazifik scheint drastisch gefährdet zu sein, und Präsident Kenneth Phoenix findet sich in einer schwierigen Lage wieder. Denn neue Technologien brauchen Geld, doch das Land erholt sich gerade von einer verheerenden russischen Nuklearattacke. Noch dazu beansprucht China das gesamte südliche Chinesische Meer für sich, und die Regierung ist bereit, alles zu tun, um diesen Standpunkt zu vertreten. Als genau dort ein amerikanisches Aufklärungsflugzeug mit einer Waffe, die sämtliche Elektronik zum Schmelzen bringt, zum Absturz gebracht wird, bahnt sich ein verheerender Krieg zwischen den zwei Großmächten USA und China an.

Umgehend wird der ehemalige Air-Force-General Patrick McLanahan auf den Plan gerufen. Er ist nicht bereit, Amerikas drohendes Schicksal zu akzeptieren. Und bald sind die USA bereit, im südlichen Chinesischen Meer Stellung zu beziehen …

Autor

Dale Brown wurde 1956 in Buffalo im US-Bundesstaat New York geboren und nahm bereits Flugstunden, bevor er seinen Führerschein machte. Er studierte an der Penn State University und schlug dann eine Laufbahn in der U.S. Air Force ein. Seit 1986 widmet er sich in erster Linie dem Schreiben. Als einer der erfolgreichsten US-Autoren landete er mit allen bisherigen Romanen auf der *New-York-Times*-Bestsellerliste. Dale Brown lebt in Nevada, wo er sich oft mit seiner eigenen Maschine in die Luft erhebt.

Von Dale Brown bei Blanvalet lieferbar:

Feuerhölle (0193) – Bruderkrieg (0149) –
Phantomjäger (36733) – Schattenkommando (38041) –
Außer Kontrolle (38245) – Friedensstifter (38292)

Dale Brown

Feuerhölle

Thriller

Aus dem Amerikanischen
von Caspar Holz

blanvalet

Die Originalausgabe erschien 2012 unter dem Titel »Tiger's Claw«
bei William Morrow, New York.

MIX
Papier aus verantwortungsvollen Quellen
FSC® C014496

Verlagsgruppe Random House FSC® N001967
Das FSC®-zertifizierte Papier *Holmen Book Cream*
für dieses Buch liefert Holmen Paper, Hallstavik, Schweden.

2. Auflage
Deutsche Erstausgabe Dezember 2015 bei Blanvalet, einem Unternehmen
der Verlagsgruppe Random House GmbH, München

Umschlaggestaltung: Johannes Frick, Neusäß
Umschlagmotive: Alamy/Niall Ferguson; Shutterstock
Redaktion: Peter Thannisch
ue · Herstellung: sam
Satz: Buch-Werkstatt GmbH, Bad Aibling
Druck und Einband: GGP Media GmbH, Pößneck
Printed in Germany
ISBN: 978-3-7341-0193-9

Dieser Roman ist meinem jüngeren Bruder Ken gewidmet, der am 31. Juli 2011 nach langer Krankheit verstarb. (Sie erinnern sich vielleicht an den Antagonisten Kenneth Francis James in meinem dritten Roman, *Antares*, der nach Ken, meinem anderen Bruder Jim und meinem Vater benannt war.)

Ken war mehrere Jahre lang mein Flugzeugmechaniker und wie ich Fußballschiedsrichter und Freiwilliger bei Angel Flight West und häufig mein Kopilot. Er war ein eher zurückhaltender Flieger, insbesondere bei Turbulenzen und in Wolken, hat aber nie einen Einsatz für Angel Flight West mit mir versäumt und befand sich an Bord jedes Wartungstestflugs, um sich nach einer von ihm durchgeführten Wartung vom ordnungsgemäßen Zustand des Flugzeugs zu überzeugen.

Sein kurzes Leben unterstreicht nur die Bedeutung der Familie – nicht nur der, in die wir hineingeboren werden, sondern auch jener, in die wir im Laufe unseres Lebens hineinwachsen. Wir alle treffen lausige Entscheidungen und haben mitunter Pech. Aber wenn wir in den guten Zeiten mit unseren Familien feiern und sie unterstützen und uns weder von Furcht noch von Scham davon abhalten lassen, in schlechten Zeiten unsere Familien um Hilfe zu bitten, werden wir niemals allein sein.

Halte ein Auge auf die Familie, Bruderherz – und dir stets einen sicheren Flug auf deiner neuen Reise.

Zur Erinnerung: Angel Flight West ist eine tatsächlich existierende, in Santa Monica, Kalifornien, beheimatete Organisation von Patienten und freiwilligen Piloten, die kostenlose Lufttransporte für Behandlungen und andere erforderliche Maßnahmen zur Verfügung stellt. Die Einsätze werden von freiwilligen Piloten und Crewmitgliedern geflogen, die ihre Zeit und die Kosten für ihre Flugzeuge und den Treibstoff spenden. Mehr über diese wertvolle Einrichtung erfahren Sie unter: www.AngelFlightWest.org.

PERSONEN DER HANDLUNG

AMERIKANER

Kenneth Phoenix, Präsident der Vereinigten Staaten
Ann Page, Vizepräsidentin
William Glenbrook, Nationaler Sicherheitsberater des Präsidenten
Herbert Kevich, Außenminister
Fredrick Hayes, Verteidigungsminister
Thomas Torrey, Direktor des CIA
Gerald Murth, Staatssekretär im Verteidigungsministerium, Abteilung Neuerwerbungen
Joseph Collingsworth, Sprecher des US-Repräsentantenhauses
Diane M. Jamieson, Mehrheitsführerin im US-Senat

U.S. Air Force General Timothy Spellings, Vorsitzender der Vereinigten Stabschefs
Admiral Edward Fowler, Einsatzleiter Marineoperationen
General Jason Conaway, Stabschef, U.S. Air Force
Dr. Helen Kaddiri, Generaldirektorin und Aufsichtsratsvorsitzende von Sky Masters Inc.
Lieutenant General Patrick McLanahan, USAF (im Ruhestand), Vizepräsident und leitender Geschäftsführer für das Operative Geschäft, Sky Masters Inc.
Dr. Linus Oglethorpe, Chefingenieur und Wissenschaftler, Sky Masters Inc.

Ed Gleason, leitender Fluglehrer für die XB-1, Sky Masters Inc.
Sam Jacobs, Flugzeugkommandant der XB-1, Sky Masters Inc.
Lisa Mann, Kopilotin der XB-1 Excalibur, Sky Masters Inc.
Karen Wells, Waffensystemoffizierin der XB-1F Excalibur Bodenverteidigungssysteme, Sky Masters Inc.
George Wickham, Waffensystemoffizier der XB-1-Bodenangriffssysteme, Sky Masters Inc.
U.S. Navy Captain Edward Taverna, Kommandant des Lenkwaffenkreuzers *USS Chosin*
U.S. Navy Captain Richard Avery, befehlshabender Offizier, Naval Air Station (NAS) Fallon
U.S. Navy Lieutenant Commander Chris »Noose« Kahn, Kommandant der VF-13 Fighting Saints, NAS Fallon
Commander Douglas Sheridan, befehlshabender Offizier des Kutters der Küstenwache *Mohawk*
Lieutenant Commander Edward Fells, taktischer Offizier des Kutters der Küstenwache *Mohawk*
Lieutenant Ed Coffey, HH-60-Jayhawk-Pilot, Kutter der Küstenwache *Mohawk*
Lieutenant Lucy Cross, HH-60.Jayhawk-Pilotin, Kutter der Küstenwache *Mohawk*
U.S. Navy Admiral Robert Luce, Kommandant des U.S. Pacific Command (PACOM), des Pazifikkommandos der Vereinigten Staaten
U.S. Air Force General George Hood, Kommandant, U.S. Air Force Pacific Air Forces (PACAF)
U.S. Air Force Colonel Warner »Cutlass« Cuthbert, Kommandant, First Expeditionary Bomb Wing (First EBW; Erstes Expeditionsbombergeschwader), Andersen Air Force Base, Guam

U.S. Air Force Lieutenant Colonel Nash Hartzell, stellvertretender Geschwaderkommandant, First EBW
Lieutenant Colonel Bridget »Xena« Dutchman, Kommandantin, 20th Expeditionary Bomb Squadron (B2-A Spirit)
Lieutenant Colonel Franklin »Wishbone« McBride, Kommandant 393rd Expeditionary Bomb Squadron (B-2A Spirit)
Lieutenant Colonel Juan »Picante« Oroz, Kommandant, 9th Expenditionary Bomb Squadron (B-1B Lancer)
Lieutenant Colonel Jimmy »Juju« Maili, Kommandant, 199th Expeditionary Fighter Squadron (Kampffliegerstaffel), Hawaii National Guard, Joint Base Pearl Harbour-Hickham (F-22A Raptor)
Major Robert »Brewski« Carling, F-22A Raptor-Pilot
U.S. Air Force Captain Alicia Spencer, Nachrichtenoffizier, First EBW
U.S. Army Captain Jason Harris, Kommandant, Patriot Luftabwehrraketenbatterie, Guam

Thomas Hoffman, Präsident, Warbirds Forever Inc.
Sondra Eddington, Chefpilotin, Warbirds Forever Inc.
Bradley J. McLanahan, Fluglehrer, Warbirds Forever Inc.

VOLKSREPUBLIK CHINA

Zhou Qiang, Staatspräsident der Volksrepublik China
Gao Xudong, Vizepräsident
Tang Ji, Außenminister
Cao Ju, Verteidigungsminister
Li Peiyan, chinesischer Botschafter in den Vereinigten Staaten
Jin Yongkang, Finanzminister

Generaloberst Zu Kai, Generalstabschef, Volksbefreiungsarmee
Generalmajor Hua Zhilun, Kommandant, Elfte Taktische Raketendivision, Volksbefreiungsarmee
Generalmajor Sun Ji, stellvertretender Generalstabschef, Volksbefreiungsarmee
Vizeadmiral Zhen Peng, Kommandant der Flotte im Südchinesischen Meer, Marine der Volksbefreiungsarmee, Zhanjiang
Konteradmiral Hu Tan-Sun, Kommandant, Zweiter Gefechtsverband (Flugzeugträger *Zheng He*), Marine der Volksbefreiungsarmee, Juidongshan
Flottillenadmiral Chen Bolin, Kapitän des chinesischen Flugzeugträgers *Zhenyuan*
Flottillenadmiral Weng Li-Yeh, Kapitän, chinesischer Flugzeugträger *Zheng He*

Kapitän Zhang Peiyan, Kommandant der Flugeinsätze, Flugzeugträger *Zhenyuan*
Kommandant Hua Ji, JN-20 Geschwaderkommandeur, Flugzeugträger *Zheng He*
Korvettenkapitän Wu Dek Su, JN-15-Kampfpilot
Generaloberst der Luftwaffe Zeng Su, Stabschef, Luftwaffe der Volksbefreiungsarmee
Generalleutnant der Luftwaffe Chen Li, Kommandant, Erste Strategische Angriffsdivision (Xian H-6)

SOZIALISTISCHE REPUBLIK VIETNAM
Tran Phuong, Premierminister
Kapitän Dang Van Chien, Kapitän der Fregatte der Gepard-Klasse *Cá mập (Hai)*

REPUBLIK CHINA (TAIWAN)

Wu Anastasia, Präsident

Vizeadmiral Wu Jin-Ping, Kommandant, Erster Marine Distrikt Süd, Kaohsiung

Kapitän Yao Mei-Yueh, Kapitän des Angriffs-U-Boots Typ-800 *Fùchóu zhe*

Kommandant Chein Si-Yao, leitender Offizier, Angriffs-U-Boot *Fùchóu zhe*

COMMONWEALTH OF AUSTRALIA (AUSTRALISCHER BUND)

Mark Ruddock, Premierminister

REPUBLIK INDONESIEN

Jusuf Saleh, Präsident

REPUBLIK PHILIPPINEN

Patricia Cruz, Präsidentin

ANMERKUNGEN DES AUTORS UND CHINESISCHE BEGRIFFE

Südmeer – Südchinesisches Meer

Nansha Dao – Spratly-Inseln

Xisha Dao – Paracel-Inseln

Wúsheng Léitiíng – Lautloser Donner

Hu Zhao – Kralle des Tigers

Chinesischer Flugzeugträger ***Tongyi*** (Wiedervereinigung)

CJ-20-Marschflugkörper ***Changjian*** (Langschwert)

Shenyang J-20 ***Tia ozhàn zhe*** (Herausforderer)

JH-37 ***Fei Bào*** (Fliegender Leopard)
JH-37 Rufzeichen ***Quianfeng*** (Angreifer)
JN-15 Rufzeichen ***Ying*** (Habicht)
J-20 Rufzeichen ***Laoying*** (Adler)
Xiansheng (Sir)
Yèying (Nachtigall)
Baohuzhe (Beschützer)
Qíyú (Segelfisch)
Fùchóu zhe (Rächer)
Jia (Heim)
Yuying (Fischadler)
BLU-89E ***Kepà debo*** (Fürchterliche Welle)
Lóng Dehuxi (Atem des Drachen)
ji huó (aktivieren, schärfen, freischalten)
Nèizài de dírén (der Feind im Innern)

WAFFEN, AKRONYME UND BEGRIFFE

A&P – Metallflugzeug- und Triebwerksbauer
ABM – (Anti Ballistic Missile) Antiraketen-Rakete
AC – (Aircraft Commander) Fliegerführer
Advanced Readiness Program – Programm erweiterte Einsatzbereitschaft
Aegis – (Advanced Shipborne Radar System) hoch entwickeltes bordeigenes Radarsystem
AESA – (Active Electronically Scanned Array Radar) Radargerät mit aktiver elektronischer Strahlschwenkung
AGM-86D – fernsehgelenkte Rakete Maverick
AGM-88 HARM – superschnelle Antistrahlenwaffe, Antiradarwaffe
Air National Guard – fliegende Einheiten der US-Nationalgarde

Airstart-System – Energiequelle für das Anwerfen von Turbinentriebwerken
Alert-5 – Alarmbereitschaft: Kampfflugzeuge startbereit in fünf Minuten oder weniger
ALQ-291 SPEAR – (Self-Protection Electronically Agile Reaction) hoch entwickeltes Stör- und Netrusionssystem zur Übertragung falscher Daten oder Programme in ein feindliches Computernetzwerk über digitale Kommunikation
AMARG – Aerospace Maintenance and Regeneration Unit (die »Abdeckerei«), Einrichtung der U.S. Air Force bei Tucson, Arizona, für die Aufbewahrung, Zerlegung und Wiederverwertung von Teilen aus stillgelegten Luftfahrzeugen
AMRAAM – (American Advanced Medium-range Air-to-Air Missile) US-amerikanische radargelenkte Luft-Luft-Mittelstreckenrakete, Weiterentwicklung
APR-3E – chinesisches mit Fallschirm abgeworfenes raketengetriebenes Torpedo
APU – (Auxiliary Power Unit) Hilfsaggregat
ARCP – (Air Refueling Control Point) Kontrollpunkt für das Auftanken in der Luft
AST – (Aviation Survival Technician) Rettungsschwimmer der Küstenwache
ASW – (Anti Submarine Warfare) Anti-U-Boot-Kriegführung
ATP – (Airline Transport Pilot Licence) Verkehrspilotenlizenz
AWACS – (Airborne Warning and Control System) luftgestütztes Frühwarnsystem
AWZ – siehe EEZ
Barber-Pole – schwarz-gelb geringelte Warnanzeige, so genannt in Anlehnung an die traditionelle rot-weiß geringelte Barbierreklamesäule in den USA
Beak – (Schnabel) Spitzname des B-2A-Tarnkappenbombers

Bingo-Fuel – Treibstoffstand, der bei einem Fliegereinsatz den Umkehrpunkt markiert
BIP – Bruttoinlandsprodukt
Bogey – nicht identifiziertes Flugzeug
Bone – (Knochen) Spitzname für den B-1B-Lancer-Bomber (B-One)
BCT – (Basic Cadet Training) Kadettengrundausbildung
BUFF – (Big Ugly Fat Fucker) Spitzname für den B-52-Bomber
C-182 – Cessna 182, einmotoriges Leichtflugzeug
CAP – Civil Air Patrol
CEO – (Chief Executive Officer) Geschäftsführer
CFI – (Certified Flight Instructor) staatlich geprüfter Fluglehrer
CFI-I – staatlich geprüfter Fluglehrer für Instrumentenflug
Chandelle – Flugmanöver, Kombination aus 180-Grad-Schwenk mit Steigflug
Chinook – Nachschubhelikopter der U.S. Army, älteres Modell
CID – (Cybernetic Infantry Device) Kybernetisches Infanteriegerät, großer bemannter Roboter
CJ-20 – luftgestützter Langstreckenmarschflugkörper
CJCS – (Chairman of the Joint Chiefs of Staff) Vorsitzender der Vereinigten Stabschefs
CNO – (Chief of Naval Operations) Einsatzleiter Marine
Community College – zweijähriges College zur Vorbereitung auf ein Hochschulstudium
Continuous Bomber Presence – ständige Bomberpräsenz
CONUS – (Continental U.S.) Festland der USA
COO – (Chief Operating Officer) leitender Geschäftsführer/Vorstand für das Operative Geschäft
CRSM – (Common Risk Segment Map) Darstellung der Ri-

sikoverteilung für bestimmte Bereiche bei der Ölgewinnung anhand einer Rasterkarte im Erkundungsgebiet

Datum/Zeit-Gruppe (DTG) – DTG ist in der NATO gebräuchliches Format für Datumsangaben mit Uhrzeit

DEFCON – (Defense Readiness Condition) Alarmsystem für die Verteidigungsbereitschaft

DFAC – (Dining Facility) Kantine

DIA – (Defense Intelligence Agency) beliefert die kämpfende Truppe mit umfassenden Informationen aller Art

DoD – (Department of Defense) Verteidigungsministerium

Dolphin-class – (Delfin-Klasse) israelisches U-Boot

DSO – (Defensive Systems Officer) Defensivsystemoffizier

E-3C Sentry – luftgestütztes Radarflugzeug

Eagle Eye – unbemanntes, ferngesteuertes Aufklärungsflugzeug

EEZ – (Economic Exclusion Zone) ausschließliche Wirtschaftszone, **AWZ**

EGT – (Exhaust Gas Temperature) Abgastemperatur

ELINT – (Electronic Intelligence) aus elektronischen Emissionen gewonnene nachrichtendienstliche Informationen

ELT – (Emergency Location Transmitter) Notortungssender

ETE – (Estimated Time en Route) geschätzte Flugzeit

F-15C Eagle – Kampfflugzeug US-amerikanischer Herstellung

F-22 Raptor – Kampfflugzeug der fünften Generation

Fettdruck – Dinge auf der Prüfliste, die auswendig gelernt werden müssen

Fighting Saints – die kämpfenden Heiligen

First Expeditionary Bomber Wing – Erstes Expeditionsbombergeschwader

FLIR – (Forward-looking Infrared) System zur Erstellung eines Infrarotbildes des Vorausgeländes

FPCON – (Force Protection Condition) vom Verteidigungsministerium überwachtes Warnsystem gegen Terroranschläge
GDP – (Gross Domestic Product) Bruttoinlandsprodukt
Gesteuerte Rolle – Flugmanöver, Rolle um 360 Grad um Längsachse des Flugzeugs
Guam Oceanic Control – Bodenkontrollstation auf Guam
HARM – (High-Speed Anti-Radiation Missile) superschnelle Anti-Strahlen-Rakete
High-Endurance – 1965 eingeführte Kutterklasse der U.S. Navy für Schiffe mit großer Reichweite
ICBM – (Intercontinental Ballistic Missile) Interkontinentalrakete
IDAS – (Interactive Defense and Attack System) U-Boot-gestützte Angriffsrakete
IFF – (Identification Friend or Foe) Freund/Feind-Zielerkennung
ILS – (Instrument Landing System) Instrumentenlandesystem
JASSM – (Joint Air-to-Surface Standoff Missile) Mittelstrecken-Marschflugkörper
Jet-A – Kerosin, Flugzeugtreibstoff
JH-37 *Fei bào* – chinesischer trägergestützter Kampfbomber
JHMCS – das Boeing Joint Helmet Mounted Cueing System kombiniert einen Magnetkopftracker mit einem auf das Pilotenvisier projizierten Display, das dem Piloten eine Zielvorrichtung für die Suche nach Sensoren und Waffen unabhängig von seiner Blickrichtung gibt.
JTIDS – (Joint Tactical Information Distribution System) hoch entwickeltes militärisches Datenverbundsystem
KC-10 Extender – Tank- und Frachtflugzeug für das Auftanken in der Luft der U.S. Air Force (3. Generation)

KC-135 Stratotanker – Tankflugzeug für das Auftanken in der Luft der 2. Generation
KC-46A Provider – Tankflugzeug für das Auftanken in der Luft der 4. Generation
Kill box – dreidimensionale Darstellung von Zielgebieten
Lautloser Donner –(*Wúsheng Léitiíng*) chinesisches Hochleistungsmikrowellenwaffensystem
Liegende Acht – dem Unendlichkeitssymbol ähnelndes Flugmanöver mit mehreren Richtungswechseln
Little Buddy – (kleiner Freund) Radartäuschkörper
Lock-on – elektronisches Einklinken (Fangpeilung) bei Zielobjekt
Long Legs – Langstreckentauglichkeit
LORAN – (Long Range Navigation) bodengestütztes Funknavigationssystem
MAD – (Magnetic Anomaly Detector) System zur Ortung von U-Booten durch Flugzeuge
Meaconing – Störung eines Funksignals durch zeitversetzte Dopplung
MFD – Multifunktionsdisplay
Midway – die Seeschlacht beim Midway-Atoll war eines der bedeutendsten Gefechte im Südpazifik während des Zweiten Weltkriegs
Mjollnir – weltraumgestütztes System für Angriffe zu Wasser und zu Land
Moving Map Display – elektronische kartografische Darstellung, die die eigene Position stets im Mittelpunkt anzeigt
NAOC – (National Airborne Operations Center) luftgestützte Einsatzzentrale der USA
Nansha Dao – chinesische Bezeichnung für die Spratly-Inseln
Naval Strike and Air Warfare Center – Angriffs- und Kriegsführungszentrum der Marine

Naval Support Facility – Küstenfliegereinrichtung
Netrusion – Einstreuung falscher Codes oder Viren in feindliches Radarsystem
NVG – (Night Vision Goggles) Nachtsichtgerät
OTH-B – (Over the Horizon Backscatter) rückstreuendes Ultralangstreckenradarsystem
PACAF – Pacific Air Forces, amerikanische Luftwaffe im Pazifikraum
PL-9C – chinesische wärmesuchende Luft-Luft-Kurzstreckenrakete
Positionslinie – Vorausberechnung des Vektors für bewegliche Ziele
Preppie – Kadett beim Eintritt in die Air Force Academy, der wissenschaftlichen Rat benötigt
Pressekorps – Gruppe von für das Weiße Haus akkreditierten Journalisten und Korrespondenten
Range Control – Flugsicherung über militärischem Gelände
RE-DSG – (redesign) umwidmen, neue Zielauswahl
Romeo – Fliegeralphabet: R
RQ-4 Global Hawk – unbemanntes Langstreckenaufklärungsflugzeug für große Höhen
RTB – (Return to Basis) Rückkehr zum Stützpunkt
SAM – (Surface-to-Air Missile) Boden-Luft-Rakete
Sacramento Executive (SAC) – internationaler Flughafen von Sacramento
SAR – (Synthetic Aperture Radar) auf beweglichen Trägern montiertes Radarsystem zur Erstellung hochauflösender dreidimensionaler Aufnahmen
SAT – akademischer Eignungstest
SBIRS – (Space-based Infrared Surveillance) weltraumgestütztes neues System zur Erkennung von Raketenstarts und deren Verfolgung

SCAS – (Stability Control and Augmentation System) System zur Unterstützung von Flugstabilität und Steuerung
Sea-Skimmer – Rakete oder Flugzeug im Tiefflug unter 150 Fuß
SECDEF – gebräuchliches Akronym für Secretary of Defense, des ranghöchsten zivilen Administrators sämtlicher Waffengattungen des US-Militärs
Shaanxi Y-8 – chinesisches Turbo-Prop-Transportflugzeug, umgerüstet für Anti-U-Boot-Kriegführung
Shapes – inaktive Übungsbombe, in Größe, Form und Gewicht identisch mit echter Bombe
Shenyang J-20 *Tiaozhàn* – chinesischer Kampfjet der fünften Generation
Sonoboje – aus der Luft abgeworfener Schwimmsensor für das Aufspüren von U-Booten
Spring Break – traditionelle Frühjahrsferien der Studenten, bei denen mittlerweile die sprichwörtliche Sau rausgelassen wird
Squawk – Transpondercode
Stan-Eval – (Standards and Evaluation) Standards und Evaluation
StealthHawk – nicht entdeckbarer Langstrecken-Angriffsmarschflugkörper
Surface Action Group (SAG) – Überwasserkampfverband
Synthetic Vision Display – computergenerierte Umgebungsdarstellung in 3-D für Piloten
Tank – Spitzname für Konferenzzimmer der Vereinigten Stabschefs
TFR – Terrainfolgeradar
Thors Hammer – siehe Mjollnir
Tomahawk – schiff- oder U-Boot-gestützte Langstreckenangriffsrakete

Trackbreaker – macht Kursverfolgung unmöglich
UNCLOS – (UN Convention of the Law of the Sea) Seerechtsübereinkommen der Vereinten Nationen
UNR – University Nevada-Reno
U.S. Strategic Command (USSTRATCOM) – Strategisches Kommando der Vereinigten Staaten
Wartung und Wiederbetankung – zeitaufwendiger Prozess bei nuklear betriebenen Schiffen, bei dem Brennstoffelemente ausgetauscht werden und das Schiff einer umfassenden Sanierung unterzogen wird
Wilco – (will comply) Anweisungen werden befolgt
XB-1F Excalibur – generalüberholter B-1B-Lancer-Bomber
XF-111 SuperVark – generalüberholter F-111-Aardvark-Bomber
Xisha Dao – chinesische Bezeichnung für die Paracel-Inseln
Zhongnanhai – chinesischer Regierungsgebäudekomplex in Beijing (Peking)
20th Expeditionary Bomb Squadron – 20. Expeditionsbomberstaffel

NACHRICHTEN AUS DER REALEN WELT (AUSZÜGE)

NEUES CHINESISCHES WAFFENSYSTEM KÖNNTE MACHTGEFÜGE IM PAZIFIK VERSCHIEBEN – *(The Washington Times*, 6. August 2010): Nichts vermag die weltumspannende Macht Amerikas deutlicher zu veranschaulichen als die großen Flugzeugträger. Starrend von Kampfjets, die tief selbst bis in landumschlossene Problemregionen vordringen können, festigt Amerika mit seiner praktisch unbesiegbaren Flugzeugträgerflotte seit Langem seine Vorherrschaft auf offener See.

Dem könnte China schon bald ein Ende setzen.

Die Planer der US-Marine sind alarmiert, muss man sich doch nun mit einem von China entwickelten und, wie Analysten behaupten, bahnbrechenden Waffensystem auseinandersetzen, mit einer völlig neuartigen, Flugzeugträger zerstörenden Rakete mit der Bezeichnung Dong Feng 21D, die mit ausreichend großer Genauigkeit von Land aus gestartet werden kann und die Verteidigungssysteme selbst der modernsten in Fahrt befindlichen Flugzeugträger aus einer Entfernung von über neunhundert Meilen zu überwinden vermag.

[…] Das Waffensystem, von dem eine Version anlässlich einer chinesischen Militärparade vergangenes Jahr gezeigt wurde, könnte Chinas Rolle im Pazifik grundlegend verändern und Washingtons Interventionsfähigkeit in einem möglichen Konflikt Chinas mit Taiwan oder Nordkorea ernsthaft schwächen. Zudem könnte es US-amerikanischen Schiffen den sicheren Zugang zu internationalen Gewässern nahe der elftausendzweihundert Meilen langen chinesischen Küstenlinie verwehren. […]

SCHWELENDER STRATEGISCHER KONFLIKT IN DEN AMERIKANISCH-CHINESISCHEN BEZIEHUNGEN – (stratfor.com, 20. Januar 2011): […] Aufgrund seiner wirtschaftlichen Entwicklung sieht sich Peking gezwungen, zur Sicherung seiner lebenswichtigen Nachschubwege und der Verteidigung seiner Küsten – dem historischen Schwachpunkt bei einer Invasion durch ausländische Mächte – auf militärische Mittel zurückzugreifen. Jeder Schritt Chinas, aus seinen engen geografischen Grenzen auszubrechen, wird von den Vereinigten Staaten als wachsende Fähigkeit einer Militärmacht betrachtet, die kommerziellen und militärischen Zugangs- und Durchfahrtsrechte Amerikas in der Region zu beschneiden. Amerika sieht damit einen zentralen Punkt seiner Verteidigungsstrategie gefährdet – die Beherrschung der Meere und damit einhergehend seinen uneingeschränkten Einflussbereich weltweit.

Eine schlichte Kursumkehr Chinas ist jedoch nicht möglich – es kann und wird weder seinen wirtschaftlichen Aufstieg einfach stoppen noch seine wirtschaftliche und gesellschaftliche Stabilität für äußere Einflüsse anfällig machen, die es nicht zu kontrollieren vermag. Folglich haben wir es mit einem unlösbaren strategischen Konflikt zu tun. Die Stimmung ist auf dem Siedepunkt, wie gegenseitige Vorwürfe und Drohungen immer wieder zeigen. Unlösbar ist jedoch nicht gleichbedeutend mit unmittelbar bevorstehend, weshalb beide Seiten auch weiterhin Wege finden müssen, die unvermeidliche und ebenso unangenehme Konfrontation, sei sie wirtschaftlicher oder militärischer Natur, hinauszuzögern.

ANSTRENGUNGEN UNTERNEHMEN, OHNE SICH ZU ÜBERNEHMEN – (AirForce-Magazine.com, 27. Januar 2011): Für die Entwicklung ihrer neuesten Langstreckenbomber wird die Air Force die derzeit neuesten Technologien in vollem Umfang nutzen – und jedes übermäßig riskante Vorgehen vermeiden, erklärte der Stabschef der USAF, General Philip Breedlove, am Mittwoch vor Abgeordneten. »Eine der Strategien zur Kostenersparnis für diesen Bomber besteht in dem Verzicht auf unerprobte Technologien. Vielmehr werden wir unsere Bomber auf den derzeit möglichen Stand bringen«, sagte er vor dem Streitkräfteausschuss des Parlaments. So führte Breedlove zum Beispiel an, die Tarnkappentechnologie habe sich seit dem Erscheinen der B-2-Bomber aufgrund der nachträglichen Überarbeitung der F-22 und F-35 deutlich weiterentwickelt. »Der neue Bomber wird demnach über eine verbesserte Tarnkappenfähigkeit verfügen, allerdings nicht aufgrund unzuverlässiger Entwicklungssprünge«, erläuterte er. Die gleiche Geisteshaltung gelte bezüglich der Bordelektronik, der Informationserfassungssysteme und dergleichen mehr. […]

MEHR FÜR WENIGER – (AirForce-Magazine.com, 3. März 2011): Wissenschaftler der Air Force beabsichtigen die Demonstration einer Waffe der Zweitausendpfundklasse von ungeheurer Durchschlagskraft, die über die gleiche Schlagkraft wie die aktuellen bunkerbrechenden Fünftausendpfundbomben verfüge, erklärte Stephen Walker, wissenschaftlicher und technischer Projektmanager der USAF. Ziel dieser Arbeiten, die im Rahmen der Initiative

»Hochgeschwindigkeitswaffensysteme von großer Durchschlagskraft« stattfindet, sei die »Verminderung technischer Risiken bei einer Generation neuartiger Waffen von großer Durchschlagskraft zur Vernichtung komplexer harter Ziele«, äußerte Walker am Dienstag in einer vorbereiteten Erklärung vor Abgeordneten. »Zur Verbesserung der Durchschlagskraft des Gefechtskopfes«, erläuterte er, »werde diese Waffe eine höhere Aufprallgeschwindigkeit aufweisen. Die hoch entwickelte Technik«, fuhr er fort, »werde die Kinematik des Waffensystems verbessern, eine Präzisionssteuerung im Feindgebiet gewährleisten und die Gesamtgröße des Systems drastisch verringern.« Im Ergebnis würden künftige Soldaten »imstande sein, bunkerbrechende Kapazitäten zum Einsatz zu bringen, wie man sie gegenwärtig nur mit der Bomberflotte in Verbindung bringt«. […]

AUSBLICK AUF EINEN KRIEG MIT CHINA – (AirForce-Magazine.com, 28. März 2011): Sollte China Taiwan im Jahr 2015 angreifen und die Vereinigten Staaten dem Inselstaat zu Hilfe kommen, stünde der Air Force ein harter Kampf bevor, prognostizieren Analysten beim RAND-Projekt der Air Force. Die »beträchtliche Anzahl« von modernen Kampfjets, Boden-Luft-Raketen, Langstreckenfrühwarnradars und Netzwerken für die Sensorkommunikation, über die China bis 2015 vermutlich verfügen wird, gepaart mit Chinas Fähigkeit zu Angriffen auf US-Stützpunkte im Westpazifik, würde den Luftwaffeneinsatz für die Luftwaffenstreitkräfte der Vereinigten Staaten zu einer »höchst anspruchsvollen« Aufgabe machen«, heißt es in *Shaking the Heavens and Splitting the Earth* (Den Himmel zum Beben bringen und die Erde aufwühlen), einem kürzlich veröffentlichten RAND-Bericht. Die Verbesserung der US-Fähigkeiten für einen Angriff auf

Chinas Flugzeuge am Boden »ist vielleicht die wirksamste Methode zur Ausschaltung der chinesischen Luftwaffe«, heißt es dort weiter.

AUSBAU DER INFRASTRUKTUR GUAMS – (AirForce-Magazine.com, 14. April 2011): Die Air Force plane eine Reihe von Maßnahmen zur Stärkung der Reaktionsfähigkeit der Andersen Air Force Base, Guam, eines ihrer strategischen Drehkreuze im Westpazifik, erklärte Stabschef General Norton Schwartz letzte Woche vor Abgeordneten. Für das fiskalische Jahr 2012 existierten Pläne für den Ausbau der dortigen Infrastruktur, erläuterte Schwartz dem Bewilligungsausschuss für Militäraufgaben des Parlaments. »Das umfasst sowohl Einrichtungen als auch, sehr wichtig, Betriebsmittel«, so Schwartz. Zudem lägen Pläne vor, die Anlagen Andersens in Konfliktzeiten »auf weiter entfernt gelegene Standorte rings um Guam« zu verlegen. […]

GEBRAUCHTE USAF F-5S AN ISRAEL – (AirForce-Magazine.com, 20. April 2011): Israel beabsichtigt möglicherweise den Ankauf einer Staffel gebrauchter F-15 der USAF zur Überbrückung einer absehbaren Bedarfslücke bis zur Auslieferung seiner ersten F-35. […]

Obwohl Israel vergangenen Oktober ein 2,75-Milliarden-Abkommen mit den Vereinigten Staaten für zwanzig F-35 unterzeichnet hat – mit Blick auf letztendlich deren fünfundsiebzig –, könnten Verzögerungen im Gesamtprogramm der F-35 die Auslieferung an Israel bis zum Jahr 2018 hinauszögern. […]

DER LETZTE REVOLVERHELD (von Michael Behar, *Air and Space Smithsonian Magazine*, Juni/Juli 2010): […] Die Konjunktur hat kostspielige Militärprojekte zunichtegemacht, und die Kampfbomber der fünften Generation bekommen bereits den Rotstift zu spüren. […] Das laufende Entwicklungsprogramm für die F-35, mit 155 Millionen Dollar pro Flugzeug geradezu ein Schnäppchen, hat sein Budget bereits überzogen und liegt hinter dem Zeitplan zurück, was im Kongress zu Magenschmerzen führt. Kürzungen des über 300 Milliarden Dollar schweren Programms gelten als nahezu sicher. […]

[…] »Es ergibt gewiss keinen Sinn, ein Flugzeug zum Schweizer Armeemesser unter den Kampfjets zu machen«, erklärte der achtundsiebzig Jahre alte Colonel im Ruhestand Donn Byrnes, der 1969 mit dem F-15-Eagle-Programm befasst war. »Ich bin absolut kein Freund dieser Idee. Die F-35 ist der schlimmste Albtraum an technischer Idiotie. Sie macht alles falsch. Was wir brauchen, ist ein langstreckentaugliches Kampfflugzeug, kein schwerfälliges, fettes Monstrum […]«

CHINA ENTHÜLLT NEUE AMRAAM – (von Wendell Minnick, *Defense News*, 23. Mai 2011): China hat eine Luft-Luft-Rakete der nächsten Generation (AAM – Air-to-Air-Missile) vorgestellt, bei der es sich laut der staatseigenen *People's Daily* um eine »Trumpfkarte« und »Geheimwaffe zur Erlangung der Luftüberlegenheit« handelt.

[…] Die neue chinesische PL-12D AAM bediene sich möglicherweise eines neuen aktiven/passiven Lenksystems, erklärte Richard Fisher, Analyst am International Assessment and Strategy Center, einer Ideenschmiede in Alexandria, Virginia. »Durch diesen Typ eines kombinierten Steuersystems ist sie nicht so leicht zu entdecken, während der passive Modus gleichzeitig weniger Batterieenergie verbraucht, was es der Rakete ermöglicht, ihre Reichweite voll und ganz auszuschöpfen«, erklärte Fischer.

»[…] Das ist eine besorgniserregende Entwicklung«, meinte Fischer. »Dass die Volksbefreiungsarmee noch vor der Stationierung der AIM-120D durch die Vereinigten Staaten über eine AAM mit aktivem/passivem Steuersystem verfügen könnte, hatte niemand vorausgesehen.«

CYBERANGRIFFE STELLEN KRIEGERISCHE HANDLUNG DAR – (www.Stratfor.com, 31. Mai 2011): Am 31. Mai hat das Pentagon eine neue Strategie verabschiedet, derzufolge schwerwiegende Cyberangriffe als kriegerischer Akt gewertet werden – was bedeutet, dass die Vereinigten Staaten auf derartige Handlungen erstmals mit traditionellen militärischen Mitteln reagieren könnten, berichten *The Wall Street Journal* und AFP. Laut dreier Funktionäre des Verteidigungsministeriums, die Einblick in das Dokument hatten, komme das Pentagon in seiner ersten formellen Cyberstrategie zu dem Schluss, dass die Gesetze für bewaffnete Konflikte auch für den Cyberspace gälten.

SCHWERE NIEDERLAGE IM PREISKAMPF – (AirForce. Magazine.com, 1. Juli 2011): Am Dienstag stellte Boeing den jüngsten von Lockheed Martin angestellten Preisvergleich zwischen dem F-35-Kampfbomber und der F7A-18E/F Super Hornet in Frage. In einer Telekonferenz mit auf Verteidigungsfragen spezialisierten Reportern widersprach Chris Chadwick, Präsident von Boeing Military Airplanes, der Notiz im *Daily Report* von vergangener Woche, derzufolge der Leiter der Entwicklungsabteilung bei Lockheed über die F-35 behauptet hatte, die F-35 werde – Stand 2010 – ungefähr fünfundsechzig Millionen Dollar kosten, was »exakt den Kosten« für die Super Hornet entspreche. Chadwick erklärte, tatsächlich koste die F7A-18E/F – Stand 2010 – dreiundfünfzig Millionen Dollar, und da sei ein hochmodernes Zielerfassungssystem, das hochmoderne APG-79-Radarsystem mit elektronischer Strahlschwenkung, ein JHMCS sowie externe Treibstofftanks bereits eingeschlossen. Er fügte hinzu, die niedrigen Herstellungs- und Unterhaltskosten für die Super Hornet basierten auf »konkreten Zahlen«, im Gegensatz zu den Schätzungen für die F-35. »Lockheed muss ein wenig korrekter mit seinen Fakten umgehen«, sagte Chadwick. Lockheed gehe von einer produktionszahlenabhängigen Kosteneffizienz aus – bei einem Flugzeug, »das womöglich nie gebaut wird«, erklärte er. Die zweisitzige Super Hornet Modell F biete im Vergleich zu der einsitzigen F-35 überdies ein überlegenes Situationsbewusstsein, behauptete Chadwick und fügte hinzu, die beiden voneinander unabhängigen Cockpits bedeuteten, dass die Besatzung der Super Hornet mehrere Ziele gleichzeitig erfassen und angreifen könne.

CHINESISCHES KRIEGSSCHIFF FÄNGT INDISCHES SCHIFF AB – (Stratfor.com, 1. September 2011): Ungenannten Quellen unweit des Vorfalls zufolge hat im Juli ein nicht identifiziertes chinesisches Kriegsschiff das indische amphibische Angriffsschiff *INS Airavat* in internationalen Gewässern des Südchinesischen Meers nahe Vietnam abgefangen, meldete die *Financial Times* am 1. September. Das chinesische Kriegsschiff verlangte, das indische Schiff solle sich zu erkennen geben und den Grund für seine Anwesenheit nennen. Die *Airavat* hatte kurz zuvor einen planmäßigen Zwischenstopp in Vietnam beendet.

DROHENDE AUSGABENKÜRZUNGEN ÜBERSCHATTEN AFA-KONFERENZ – (von Dave Majumdar, *Defense News*, 26. September 2011): […] Im Gegensatz zu früher wird die U.S. Air Force bei der Entwicklung neuer Technologien für Waffensysteme nicht bis an die finanziellen Grenzen gehen, da die Senkung der Verteidigungsausgaben zu einer Umgestaltung der Beschaffungsprioritäten des Militärs zwingt.

[…] »Künftige Entwicklungsanstrengungen werden weniger ehrgeizig sein müssen, da es uns nicht möglich ist, Risiken einzugehen, wie frühere Beschaffungsstrategien sie in ihren Entwicklungsplänen berücksichtigt haben«, erklärte am 20. September der Stabschef der Air Force, General Norman Schwartz. »Obwohl die Air Force traditionsgemäß ›den neuesten Stand‹ der Technik vorangetrieben hat, sind wir derzeit gezwungen, beim Abstecken der technologischen Grenzen mit etwas mehr Augenmaß vorzugehen«, erklärte der General.

[…]«Gefragt sind erbarmungslose Offenheit und Disziplin, wann immer die operativen Anforderungen einfachere und weniger erlesene, gleichwohl vertrauensbildende Produktionsprogramme ermöglichen«, erklärte er.

CHINA: MILITÄR GEGEN INTERNATIONALISIERUNG DES SÜDCHINESISCHEN MEERES – (Stratfor.com, 28. September 2011): Am 28. September wiederholte die chinesische Militärführung erneut, alle Versuche, das Südchinesische Meer zu internationalisieren, würden die Angelegenheit nur weiter komplizieren, berichtete Xinhua. Jeder Schritt, der darauf abziele, die Frage zu einem internationalen oder multilateralen Thema zu machen, sei nicht hilfreich, erklärte ein Sprecher des chinesischen Verteidigungsministeriums und bekräftigte erneut die Unanfechtbarkeit der chinesischen Hoheitsgewalt über die dortigen Inseln und umliegenden Gewässer.

PROLOG

PAZIFISCHES RAKETENTESTGELÄNDE KAMTSCHATKA, OSTSIBIRIEN

Sommer 2014

»Brücke, Gefechtsoffizier – hereinkommende Rakete«, kam der dringliche Anruf herein. »Höhe sechs-sieben Meilen, Entfernung drei-drei-null nautisch, Näherungsgeschwindigkeit achttausend.«

Der Skipper der *USS Chosin,* Kapitän eines amerikanischen Lenkwaffenkreuzers, drückte auf eine an einem Schlüsselband um seinen Hals hängende Stoppuhr. »Geben Sie Befehl: Alle Mann auf Gefechtsstation!«, sagte Captain Edward Taverna ruhig. Als auf dem gesamten Schiff die Warnsirenen losheulten, sah er kurz hinüber zu dem neben ihm auf der Brücke sitzenden Besucher. Auf der Brücke hatte bereits jeder Helm und Rettungsweste angelegt. »Gefechtsoffizier, Brücke – bedingte Feuererlaubnis, Angriff wie gebrieft. Bestätigen Sie.«

»Brücke, Gefechtsoffizier – bedingte Feuererlaubnis, Angriff wie gebrieft, aye«, erfolgte die Antwort.

»Zählen Sie runter, Gefechtsoffizier«, ordnete Taverna an. Er hob ein Fernglas und suchte den nördlichen Horizont ab; der Besucher tat es ihm gleich.

»Einschlag in fünfzehn Sekunden …« Der Skipper konnte nicht glauben, wie schnell dies alles passierte. »… zehn … fünf … null.«

Am Horizont, nur wenige Meilen entfernt, schoss eine gewaltige, mehrere Hundert Fuß in den Himmel reichende Wasserfontäne in die Höhe. Durch sein Fernglas konnte Taverna kurz die Umrisse eines großen Schiffes ausmachen, das sich in der Luft überschlug. »Scheint ein Volltreffer zu sein«, bemerkte er. »Wie sieht es aus, Gefechtsoffizier?«

»Volltreffer, Sir«, kam die Antwort. Taverna wusste, dieser Test wurde von mehreren Kameras aufgezeichnet, sowohl an der Meeresoberfläche als auch aus der Luft. Er würde sich die Aufnahmen später zusammen mit der Nachrichtenabteilung anschauen, während das Pentagon und vermutlich auch das Weiße Haus ebenfalls zusahen.

»Mit welcher Geschwindigkeit hat sich das Ziel bewegt?«

»Das Ziel wurde mit siebenundzwanzig Knoten geschleppt, Sir.«

Beeindruckend, dachte Taverna. Das ließ nichts Gutes erahnen. Er wandte sich seinem Besucher zu und sagte: »Meinen Glückwunsch, Admiral.« Dann, im besten und oftmals geübten Chinesisch, dessen er fähig war: *»Gong ji, Shao Jiang.« Ein Zeichen der Zeit,* ging es ihm durch den Kopf – immer mehr ranghöhere Offiziere im US-Militär lernten derzeit Mandarin, ganz so, wie viele auf dem Höhepunkt des Kalten Krieges Russisch gelernt hatten.

Und dies hier war auf dem besten Wege, sich zu einem neuen Kalten Krieg zu entwickeln: Amerika gegen China.

Ein schwacher Hoffnungsschimmer für einen nicht konfrontativen Umgangston in den chinesisch-amerikanischen Beziehungen war ebendieses Ereignis: Eine Einladung an die US-Marine, diesen Test nicht nur aus nächster Nähe und mit eigenen Augen zu beobachten, sondern auch einen ranghohen Offizier der chinesischen Volksbefreiungsarmee an Bord zu haben – was mehrere Folgerungen zuließ. Ja, China war derzeit sehr viel offener, was seine militärischen Fähigkeiten und Absichten betraf. Es konnte aber auch bedeuten, dass im Falle eines Fehlers bei der Zielerfassung ein paar chinesische Offiziere unter den Opfern sein würden, zusammen mit Hunderten, wenn nicht Tausenden amerikanischer Seeleute – ein schwacher Trost, aber immerhin. Zudem wurde dieser Test auf einem russischen Raketentestgelände durchgeführt, was auf ein hohes Maß an Zusammenarbeit zwischen Russland und China schließen ließ.

Aber dies war offensichtlich sowohl eine an Amerika gerichtete Warnung als auch ein Friedensangebot. Die Botschaft war unmissverständlich: Eure Schiffe sind im Westpazifik nicht mehr sicher.

»Ich danke Ihnen sehr, Captain«, erwiderte der *Shao Jiang*, der Generalmajor der Volksbefreiungsarmee Hua Zhilun in ausgezeichnetem Englisch. Der schlanke, gut aussehende Admiral mit seinem scheinbar unerschütterlichen Lächeln – und mit seinen vierundfünfzig Jahren recht jung für einen chinesischen General – verbeugte sich, schüttelte Taverna dann die Hand. General Hua war Kommandeur der Elften Taktischen Raketendivision, auch genannt *Hu Zhao*, »Tigerkralle«, jener Spezialeinheit, die für die Stationierung von Chinas Antisatelliten- und Antischiffsraketen gegründet worden war. Huas Division war Teil von Chinas strategischen Raketenstreitkräften, auch bekannt unter der Bezeichnung Zweites Artilleriekorps, ebenjenes Zweigs der Armee, der das Oberkommando über alle chinesischen landgestützten ballistischen Raketen hatte, sowohl nuklear als auch konventionell. »Ich werde ein umfassendes Debriefing vorbereiten und am Morgen noch einmal zurückkommen, um Sie und Ihre Fachbereichsleiter über die Ergebnisse des heutigen Tests zu unterrichten.«

»Ich freue mich darauf, General«, sagte Taverna. Erneut verbeugte sich Hua tief, ehe er, begleitet vom leitenden Offizier der *Chosin,* seinem Adjutanten von der Brücke hinunter folgte.

»Er hat allen Grund zu lächeln, dieser Arsch«, murrte Taverna mit gesenkter Stimme, nachdem Hua gegangen war. Taverna und ganz gewiss nicht Hua und seinem Tross war entgangen, dass der Kreuzer *Chosin* nach der Schlacht im Chosin-Becken benannt worden war, bei der eine sechzigtausend Mann starke chinesische Streitmacht eine aus Soldaten der Vereinten Nationen bestehende Truppe unter amerikanischer Führung beim Changjin-See im Nordosten Koreas eingekesselt hatte. Obwohl die Chinesen in den zweieinhalb Wochen dauernden Kämpfen nahezu zwei Drittel ihrer Angriffskräfte verloren hatten, war es die erste größere Niederlage für die Streitkräfte der Vereinten Nationen im Koreakrieg gewesen und der Anfang einer massiven Generaloffensive, welche die amerikanischen Streitkräfte zurück nach Süden und fast von der Koreanischen Halbinsel hinunter und ins Ostchinesische Meer gedrängt hatte.

Taverna wusste auch, dass Hua das Kommando über die Streitkräfte führte, die im vergangenen Jahr die amerikanischen Kingfisher-Servicestationen für Antisatelliten- und Antiraketenraketen auf der Erdumlaufbahn angegriffen hatten. Die Folgen waren der Tod eines Amerikaners und letztlich die Aussetzung des gesamten US-Space-Defense-Programmes gewesen. Bislang hatte es keine sinnvolle amerikanische Reaktion auf diese oder andere Antisatellitenangriffe durch Russland gegeben, etwas, das Taverna mächtig in Rage brachte. Mittlerweile waren chinesische und russische Gefechtsverbände überall anzutreffen: Sie überwachten amerikanische Kriegsschiffe und Schiffstransporte, und aus

Washington kam außer weiteren Ausgabekürzungen noch immer keine Reaktion, von niemandem. Das Ganze wurde allmählich ziemlich erbärmlich.

Taverna griff zum Hörer, um das Gefechtsinformationszentrum anzurufen. »Jawohl, Sir«, meldete sich Commander Ted Lang, der Stabsoffizier.

»Und, wie hat es ausgesehen, Ted?«

»Ziemlich fantastisch, Sir«, erwiderte Lang. »Volltreffer aus einer Entfernung von fünfzehnhundert Meilen. Die Zeitlupe habe ich mir noch nicht angesehen, aber nach den Auswirkungen zu urteilen, scheint es ein guter Durchschlagwinkel gewesen zu sein. Hat das Zielschiff glatt entzweigesägt.«

»Und was meinen Sie, könnte sie ein gepanzertes Trägerdeck durchschlagen?«

»Sofern sie einen Nuklearsprengkopf benutzen, muss sie das gar nicht, Sir«, sagte Lang. »Aber wenn es sich nur um einen kinetischen Sprengkopf handelt, muss sie nahezu senkrecht auftreffen – bei einem eingewinkelten Aufprall würde sie vermutlich vom Trägerdeck abprallen, selbst bei achttausend Meilen in der Stunde.«

»Und die Rakete wurde von einem Satelliten aus gesteuert?«

»Das ist es, was sie behaupten, Sir«, antwortete Lang. »Die Chinesen haben mehrere Radar- und Infrarotsatellitensysteme für die Überwachung der Meere im Orbit. Ganz sicher verfügen sie über die Technologie. Sie hatten über dem Gebiet jede Menge Flugzeuge, die den Test beobachtet haben, und in der Tat hätte eines oder mehrere von denen die Raketen ins Ziel lenken können. Die Rakete bedient sich einer Trägheitssteuerung mit GPS-Updates – übrigens von *unseren* GPS-Satelliten –, um ins Zielgebiet zu gelangen. Anschließend erhält der Gefechtskopf selbst Updates von auswärtigen Sensoren, montiert auf Satelliten oder Flugzeugen, die direkt mit der Baugruppe der Endphasenlenkung kommunizieren, um sich anschließend mithilfe seines eigenen Radars für den Abschuss ins Ziel zu lenken.«

»Die große Frage, Ted: Hätte eine Standard SM-3 sie herunterholen können, wäre sie auf uns gerichtet gewesen?«, fragte Taverna. Die Rakete vom Typ Standard war die wichtigste Antiflugzeugrakete des Flugzeugträgergefechtsverbands und die SM-3 eine weiterentwickelte Version, konzipiert für den Abschuss ballistischer Raketen oder sogar Satelliten auf einer niedrigen Erdumlaufbahn.

Es entstand eine unangenehm lange Pause, ehe der Stabsoffizier antwortete. »Wir hatten heute den Vorteil, genau zu wissen, von wo und wann sie kommen würde, Sir. Normalerweise ist das automatische Angriffssystem der SM-3 nicht aktiviert, es sei denn, wir befinden uns auf dem Weg in eine Gefechtssituation. Wenn es sich also um einen Angriff aus heiterem Himmel handelt – nein, Sir, ich denke nicht, dass wir die Zeit hätten. Aktiviert, dürfte die SM-3 mit einem Gefechtskopf bestückt sein; gibt es mehrere manövrierfähige Gefechtsköpfe …« Er ließ den Satz unbeendet.

»Verstehe, Ted«, sagte Taverna. »Lassen Sie mich wissen, sobald Intel für das Debriefing bereit ist.«

»Jawohl, Sir.«

Der Skipper hängte den Hörer ein. Die Kälte, die er in diesem Moment verspürte, hatte nichts mit dem Wetter zu tun.

JACK'S VALLEY, COLORADO
Zur selben Zeit

»Was glauben Sie eigentlich, was Sie da tun, Flieger?«, brüllte der Kadettenausbilder, ein Stabsunteroffizier. »Bewegen Sie sich, und zwar ein bisschen plötzlich!«

»Oh, Herrgott«, murmelte Bradley McLanahan zum x-ten Mal an diesem Vormittag. Die Mündung seines M-16-Gewehrs hatte sich – wieder einmal – im Stacheldraht verfangen, unter dem er gerade hindurchrobbte. Er streckte die Hand vor, um es zu befreien, und stach sich dabei einen schlammbedeckten Widerhaken in den Finger. »Scheiße …!«, schimpfte er.

»In meinem Ertüchtigungskurs werden Sie auf Kraftausdrücke verzichten, Flieger!«, brüllte der Kadettenausbilder, ein groß gewachsener, drahtiger Kerl aus Alabama, der sich unzweifelhaft aufs Herumbrüllen verstand, von wieselhaftem Aussehen und mit dicker Sporthornbrille. »Sollten Sie Probleme haben, den Parcours zu bewältigen, bitten Sie Ihre Kadettenausbilder um Hilfe. Also, was jetzt, Flieger?«

»Ich brauche keine Hilfe«, sagte Bradley.

»Was? Ich kann Sie nicht hören!«

»Ich sagte, ich brauche keine Hilfe!«, brüllte Bradley.

»Sind Sie begriffsstutzig oder bloß geistig nicht ganz auf der Höhe, Flieger?«, brüllte der Ausbilder. »Wenn Sie das Wort an mich richten, beginnen und beenden Sie Ihre Antwort mit ›Sir‹, haben Sie das verstanden? Jetzt melden Sie mir korrekt Ihre Unzulänglichkeit, Flieger!«

Bradley atmete einmal tief durch und bemühte sich, seinen Ärger im Zaum zu halten. Es war die vierte Woche der Kadettengrundausbildung an der Air Force Academy, die Basic Cadet Training, kurz BCT – allen bekannt als »die Bestie« – und mittlerweile wusste Brad, warum sie so hieß. Mit seinen sechs Wochen der denkbar intensivsten körperlichen, psychologischen und psychischen Kadettenausbildung beim US-Militär war der Kurs dafür gedacht, frischen Kandidaten der U.S. Air Force Academy in Colorado Springs, Colorado, die militärischen Gepflogenheiten, Umgangsformen und Kultur nahezubringen und all jene auszusortieren, die nicht über die körperliche Verfassung, mentale Einstellung oder Eignung verfügten, die nächsten vier Jahre intensiver wissenschaftlicher Schulung mit dem Ziel, Berufsoffizier bei der Air Force zu werden, durchzustehen. In gerade mal zwei Wochen würde er seine militärische und fachliche Ausbildung an einer der zehn besten Hochschulen weltweit antreten, eine von den amerikanischen Steuerzahlern finanzierte Ausbildung, die rund eine Million Dollar kostete …

Und sie sich, wie manch einer es auszudrücken pflegte, zehncentstückweise in den Arsch schieben lassen.

Brad befreite seinen Daumen von dem Widerhaken und löste dann durch Rütteln auch die Mündung seines M-16-Gewehrs aus dem Stacheldraht. Auf dem Rücken liegend schob sich Bradley James McLanahan durch zehn Zentimeter tiefen Morast und Dreck, unter mehreren Strängen direkt über ihm gespannten Stacheldrahts hindurch. Rechts und links von ihm waren andere Flieger – Kandidaten für die Aufnahme auf der Air Force Academy – damit beschäftigt, den Hindernisparcours von »Bestie II« zu bewältigen, jenes dreiwöchigen Feldlagers, das dem Beginn des ersten Studienjahrs vorausging. Rings um ihn her krachten Knallkörper, vor allem rings um die Kadetten, die Probleme damit hatten, unter dem Stacheldraht hindurchzukriechen. Bradley war groß und schlank, normalerweise hätte er also unter dem Stacheldrahtgeflecht keine Schwierigkeiten haben dürfen, doch aus irgendeinem Grund griffen diese nervtötenden Widerhaken zu und verhakten sich in allem, was sie zu fassen bekamen – in seine Uniform, seinen Daumen, ja, sogar in seine Seele.

»Sir«, rief Brad, »ich habe mich jetzt von dem Hindernis befreit und rücke weiter vor …«

»Erzählen Sie mir das nicht, *zeigen* Sie es mir, Flieger!«, brüllte der Ausbilder. Cadet Staff Sergeant William Weber war ein Kadett zweiten Grades auf der Akademie und ein ausgekochter und erfahrener Ausbilder bei der Kadettengrundausbildung, seinem Lieblingseinsatz während des Sommers. Anstatt nach Hause zu fahren oder während der Sommerpause anderen Aktivitäten zu frönen, meldete sich Weber stets zur Kadettengrundausbildung, um seine Krallen in die sehr frischen, sehr unbedarften Wesen zu schlagen, die sich auf dem Weg in die Air Force Academy befanden. Dafür aber mussten sie zuerst an Weber vorbei, ohne Ausnahme. Weber trat zu Bradley hin und beugte sich vor. »Was tun Sie da, Flieger?«

»Sir, ich fahre fort mit dem Hindernisparcours und …«

»Einen *Scheißdreck* tun Sie, Flieger!«, brüllte Weber. »Bewegen Sie sich. Worauf warten Sie?«

»Sir, ich bin …«

»Sind Sie möglicherweise ein bisschen *beschränkt*, Flieger? Wollen Sie etwa den ganzen Morgen brauchen, um diese Übung zu beenden, Flieger? Ich werd Ihnen was sagen, Flieger, und zwar jetzt gleich: Ich habe nicht die Absicht, hier herumzustehen und darauf zu warten, bis Sie diese simple Aufgabe beendet haben. Jetzt setzen Sie Ihren Arsch in Bewegung und bringen Sie diese Übung zu Ende!«

Weber entfernte sich, um irgendeinen anderen Flieger zusammenzufalten, und Bradley war froh über die Verschnaufpause. Doch kaum war Weber weg, richtete ein anderer Soldat einen Löschschlauch in die Grube, damit der Boden auch weiterhin morastig blieb. Es war Ende Juli in Colorado, und selbst am frühen Vormittag war die Luft warm und trocken – die nachmittäglichen Eilmärsche mit vollem Gepäck, bei Temperaturen von nahezu 32° Grad, würden mörderisch werden.

Natürlich war Bradley bestens informiert über die Kadettengrundausbildung, den Ertüchtigungsparcours und Jack's Valley – dies alles kam nicht überraschend. Nachdem er für die Aufnahme ausgewählt worden war – seine Nominierung hatte er von keinem Geringeren als dem damaligen Vizepräsidenten Kenneth Phoenix erhalten, der mittlerweile Präsident der Vereinigten Staaten war –, hatte er Dutzende Vorbereitungskurse absolviert und Gastrednern gelauscht. Seine Zensuren waren ständig überprüft worden, und er hatte Auffrischungs- und Weiterbildungskurse bei freiwilligen Tutoren belegt. Einmal im Monat hatte er einen äußerst strapaziösen Fitnesstest – der noch härter war als der, den es jedes Semester auf der Akademie zu absolvieren galt – bestehen und sich Hunderte von Videos ansehen müssen, die praktisch jeden Aspekt im Leben eines Kadetten vierter Klasse abdeckten. Die Akademie und ihre Absolventen taten alles nur Erdenkliche, um einen möglichen Kadetten auf das vorzubereiten, was ihm bevorstand. Nichts an der »Bestie« kam unerwartet – tatsächlich hatte man in der Nähe der Jugendjustizvollzugsanstalt in Carson City, Nevada, einen »Mini-Bestie«-Ertüchtigungskurs eingerichtet, sodass alle für die Aufnahme auf der Akademie ausgewählten Fliegerkadetten aus der Gegend dort üben konnten.

Die ersten drei Wochen der BTC fanden auf der Akademie

selbst statt, man lernte zu salutieren sowie die grundlegenden militärischen Gepflogenheiten, hinzu kam ein intensives körperliches Vorbereitungstraining. Da Brad all dies während seiner vielen Jahre bei der Civil Air Patrol den dortigen Kadetten beigebracht hatte, war er gegenüber den meisten anderen Kadetten deutlich im Vorteil und hatte es nicht allzu schwer – von einigen Kadetten der ersten und zweiten Klasse war er sogar gebeten worden, anderen Fliegern zu helfen. Als Highschoolfootballspieler wusste Brad, wie man in Form blieb, und so waren ihm die Langläufe, das Seilklettern und die Freiübungen zur zweiten Natur geworden.

Vielleicht war er deswegen ein wenig überzuversichtlich, ja, geradezu aufmüpfig – denn die zweite Hälfte der BTC, die »Bestie II«, fand unter freiem Himmel statt. Keine Schlafsäle, keine Kantinen, keine bequemen Trainingsanzüge und sauberen Uniformen mehr – für die letzten drei Wochen ging es erbarmungslos in die Wälder und Berge.

Obwohl Brad für verschiedene Notfalldienste im Außeneinsatz qualifiziert war, galt sein eigentliches Interesse dem Fliegen. Sollten sich die nicht graduierten Jungs mit Dingen wie Sucheinsätzen am Boden, Erster Hilfe und Funkpeilung abplagen – er gehörte in die Luft.

»Nennen Sie die Grundwerte der U.S. Air Force, Flieger!«, brüllte der Kerl mit dem Feuerlöschschlauch.

»Sir, Redlichkeit zuerst, Dienst vor der eigenen Person, Vorzüglichkeit bei allem, was wir tun, Sir!«, schrie Bradly zum x-ten mal an diesem Vormittag. Endlich hatte er sich unter dem Stacheldraht hervorgewunden, nur um beim Versuch aufzustehen mit seiner Hose hängen zu bleiben.

»Ihr werdet die Grundwerte *gemeinsam* aufzählen, oder ihr könnt es euch gleich ganz sparen, Flieger!«, brüllte der Kadettenausbilder. »Ihr werdet lernen, zusammen zu wohnen, zu arbeiten, zu trainieren und zu kämpfen, sonst habt ihr in meiner geliebten Akademie nichts verloren! Und jetzt noch mal: Wie lauten die Grundwerte der Air Force?«

Bradley wollte schon zu einer Antwort ansetzen, da traf ihn ein Wasserstrahl aus dem Löschschlauch seitlich gegen seinen Kevlarhelm, und er wurde durch den Druck von den Füßen gerissen. Außer dem Trommeln des Wassers gegen seinen Kopf vermochte er nichts zu hören.

»Schätze, dem Flieger Bradley McLanahan ist der Text unserer Grundwerte entfallen«, schrie Weber, der plötzlich wie aus dem Nichts vor ihm auftauchte. »Auf die Beine, Flieger McLanahan!«

Es war das erste Mal, schoss es ihm durch den Kopf, als er sich mühsam wieder hochrappelte, dass er hier im Feldtraining seinen Familiennamen hörte – bis zu diesem Moment waren sie alle schlicht »Flieger« gewesen. Seine Augen brannten vom Schlamm, trotzdem wagte er nicht, sich durchs Gesicht zu wischen. Er drehte sich in die ungefähre Richtung, wo er Weber vermutete, und nahm sein M-16-Gewehr quer vor die Brust. »Sir!«

»Der Verschluss Ihrer Waffe ist geschlossen, Flieger McLanahan«, fuhr Weber ihn an. »Sie sollten diese Waffe besser sichern und prüfen, ehe Sie sich vor mir aufpflanzen, und zwar *jetzt gleich!*«

Jetzt wischte sich Brad den Morast aus dem Gesicht, stellte sicher, dass die Mündung des M-16-Gewehrs genau nach oben und fort von dem Kadettenausbilder zeigte, zog dann den Durchladehebel zurück und spähte in das Patronenlager. Besonders gut sehen konnte er nicht, daher war er nicht sicher, ob sich etwas darin befand, da jedoch keine Munition ausgegeben worden war, bestand für niemanden Gefahr. »Sir, meine Waffe ist gesichert, Sir!«, meldete er.

»Ihre Waffe ist eine einzige Sauerei, McLanahan, und sonst gar nichts!«, schrie Weber. Er machte ein Zeichen nach hinten, und Sekundenbruchteile später wurde der Löschschlauch wieder auf Brad losgelassen. »Halten Sie diese Waffe aus dem Wasser raus, McLanahan!«, schrie Weber. »Diese Waffe ist im Feld Ihr Rettungsanker!«

Bradley hob das Gewehr über den Kopf, als das Wasser gegen seinen Körper brandete und ihn mit seinem mächtigen Strahl ins Wanken zu bringen drohte.

»Wie lautet der Kadettenschwur, Flieger?«

»Sir, der Kadettenschwur lautet: Ich werde niemals lügen, betrügen oder stehlen …!«

»*Falsch,* McLanahan!«, fiel Weber ihm ins Wort. »Noch mal!«

Bradley musste erst einmal Luft holen. »Der Kadettenschwur lautet …«

»Sie täten gut daran, mich mit ›Sir‹ anzusprechen, Flieger!«

»Sir, der Kadettenschwur lautet: *Wir* werden niemals lügen, stehlen oder betrügen, niemanden unter uns dulden, der …«

»McLanahan, Sie sind heute Morgen einfach begriffsstutzig«, unterbrach ihn Weber erneut. »Ein Versuch noch, McLanahan, und wenn Sie's verpatzen, begeben Sie sich zurück zum Anfang der Grube und denken noch ein wenig darüber nach. Dies ist der wichtigste Merksatz an der Akademie, Flieger, die absolute Grundlage dessen, was wir sind, das eine, das hochzuhalten und zu schützen jeder Kadett eingeschworen wird. Sie hatten drei Wochen Zeit, es zu lernen. Also los!«

Bradleys Arme, die noch immer das Gewehr über seinen Kopf hielten, begannen zu zittern, doch er holte tief Luft und stieß hervor: »Sir, der Kadettenschwur lautet: Wir werden niemals lügen, betrügen oder stehlen und niemanden unter uns dulden, der dies tut.« Bradley sah den auflodernden Zorn in Webers Augen und fügte rasch hinzu: »Sir!«

»Wurde auch Zeit«, knurrte Weber. Er trat näher zu Bradley hin und sagte mit gedämpfter Stimme: »Möglicherweise fällt es euch McLanahans ja schwer zu begreifen, was Lügen und Betrügen bedeutet.«

Plötzlich waren seine schmerzenden, gummiweichen Arme vergessen. Bradley blickte hoch zu Weber, der ungefähr einen halben Kopf größer war als er. »Sir?«

»Haben Sie Ihren Blick etwa auf mich gerichtet, Flieger?«, brüllte Weber. »Die Augen geradeaus!«

Brad starrte auf einen Punkt genau vor sich, fort von Webers wutentbranntem Gesicht. »Sir, bitte den Kadettenausbilder um Verzeihung, Sir.«

»Was?«

»Sir … Sir, sagten Sie gerade etwas über die McLanahans, Sir?«

Weber, ein boshaftes Lächeln auf den Lippen, gab dem Burschen mit dem Löschschlauch einen Wink, ihn auf jemand anderes zu richten. »Scheint, als hätte ich Ihnen eine Reaktion entlockt, was, Flieger McLanahan?«, bemerkte er. Mit leiser Stimme setzte er hinzu: »Jeder hier weiß, wer Sie sind. Sohn des großen General Patrick McLanahan, des Helden des Amerikanischen Holocausts, des Weltraumhelden und größten Experten für strategische Bombenangriffe seit General Curtis LeMay – behauptet er zumindest selbst. Sie sind der Junge, der seine Ernennung vom Präsidenten der Vereinigten Staaten höchstpersönlich erhalten hat, serviert auf einem Silbertablett, Ihrem Daddy sei Dank.«

Er trat noch näher an Bradley heran, fügte dann hinzu: »Aber *mein* Vater hat mich darüber aufgeklärt, wer *Ihr* Vater wirklich ist: ein verlogener, betrügerischer, diebischer Kerl, eine tickende Zeitbombe, ein Mann, der schamlos Befehle missachtet und tut, was immer ihm zum Teufel gerade in den Kram passt, und der auf Befehlsweg und Verfassung scheißt. Jetzt denkt er, er braucht bloß seinen Kumpel im Weißen Haus anzurufen, um seinen eingebildeten Sohn in die Akademie einzuschleusen, wo er dann wegen seines Vaters einfach so durchspaziert. Lassen Sie mich der Erste sein, der es Ihnen vertickt, Flieger: So wird das hier nicht laufen. Meine Mission hier und die der meisten Flieger erster und zweiter Klasse ist es, dafür zu sorgen, dass Sie hier achtkantig rausfliegen, und das schnellstmöglich.«

Weber trat ganz dicht an Bradley heran. »Ich habe mir drei Jahre lang den Arsch abgerackert, um auf die Akademie zu kommen«, grollte er mit leiser, drohender Stimme. »Ich habe mir in blödsinnigen Sportarten, die ich nicht ausstehen konnte, einen abgebrochen, mich freiwillig für die albernsten Pöstchen in den lächerlichsten Wohltätigkeitsklubs gemeldet, habe *elf Mal* die akademische Eignungsprüfung abgelegt und Dutzende von Briefen an Abgeordnete geschrieben, die ich nicht einmal kenne, um eine Ernennung zu bekommen. Und als ich nach alldem nicht einmal *eine* bekam, musste ich ein Jahr als Preppie verbringen. Und du kommst hier einfach hereinspaziert und glaubst, du hättest es geschafft.« Er senkte die Stimme noch mehr. »Tja, lass dir gesagt sein, McLanahan …« Er bohrte Bradley drei Finger seiner rechten Hand in die Brust. »Du bist hier unten durch. Dafür werde ich sorgen, *persönlich.*«

Jetzt begann Bradley am ganzen Körper zu zittern, nicht bloß an seinen völlig ermatteten Armen. Was Weber lächeln und zufrieden nicken ließ. »Wusste ich's doch«, sagte er. »Ihr Daddy hat Ihnen nie beigebracht, wie man mit der *wirklichen*

Welt klarkommt, was? Liegt wohl daran, dass er es selbst nie getan hat. Er hatte seine Befehlsempfänger, die ihm das echte Kämpfen abgenommen haben, während er heil und wohlbehalten in seinen supergeheimen Bombern hoch über den Gefechten von dannen geschwebt ist.« Amüsiert von seiner Erkenntnis, erklärte er feixend: »Na schön, Sie stellen jetzt Ihr Geflenne und Geschniefe ein und gehen zum Anfang der Grube zurück. Sie haben immer noch …«

Zu seiner Überraschung ließ Brad das M-16-Gewehr fallen, hinter sich in den Schlamm.

»Heben Sie die Waffe auf, Flieger!«, brüllte Weber. »Haben Sie den Verstand verloren? Heben Sie sie auf, jetzt sofort!«

»Nehmen Sie das zurück, Weber«, forderte Brad ihn kategorisch auf.

»Was haben Sie da gesagt, Flieger? Haben Sie mich gerade mit meinem Familiennamen angesprochen?«

»Ich sagte: Nehmen Sie das zurück, Weber.«

Blanke, völlige Fassungslosigkeit ließ Webers Augen hervortreten, und erneut schob er sein Gesicht ganz nah an Bradleys heran. *»Sie werden mich mit ›Sir‹ ansprechen, Bradley!«*, brüllte er, lauter, als Badley ihn jemals zuvor hatte brüllen hören. »Und Sie werden mir keine Anweisung für *irgendwas* erteilen. Die Befehle hier gebe *ich!«*

»Ich sag's Ihnen noch einmal, Weber: Nehmen Sie Ihre Bemerkung über meinen Vater zurück«, sagte Bradly.

»Sie loszuwerden wird einfacher werden, als ich dachte, McLanahan«, sagte Weber, dessen ungläubiger Gesichtsausdruck einem breiten, zufriedenen Feixen gewichen war. Bradleys Blick begegnete seinem, was Webers Miene in einen Ausdruck rot glühender Wut verwandelte. »Sie sind einen Schritt entfernt von einem Untersuchungsausschuss, vielleicht sogar einer sofortigen Entlassung. *Nehmen Sie Ih-*

ren Blick von mir, Flieger!« Doch Bradley wandte den Blick nicht ab. »Wie können Sie es wagen, gegenüber einem Flieger zweiter Klasse derart Ihr Maul aufzureißen, Flieger? Es wagen, *mir* in die Augen zu sehen? Wofür halten Sie sich? Sie sind hier nichts weiter als ein Anwärter, McLanahan, ein *Möchtegern.* Die einzige Möglichkeit, hier zu überleben und meine geliebte Akademie zu besuchen, ist der Gehorsam gegenüber Ihren vorgesetzten Offizieren, und dazu gehöre *ich.«* Den letzten Satz unterstrich er, indem er Bradley erneut drei Finger seiner rechten Hand in die Brust stieß …

Nur dass der Stoß sein Ziel verfehlte, weil Brad seine Hand wegschlug.

»Sie haben soeben Hand an mich gelegt, Flieger!«, brüllte Weber, dessen Stimme in diesem Moment heiser zu werden begann. »Das hat automatisch einen Besuch beim Staffelkommandanten zur Folge. Sie sind noch einen Schritt entfernt von einer Heimkehr zu Ihrem Daddy. *Nehmen Sie den Blick von mir, Flieger!«*

»Nehmen Sie zurück, was Sie über meinen Vater gesagt haben, Weber«, wiederholte Brad, fügte dann hinzu: »Oder es wird Ihnen leidtun.«

»Jetzt *drohen* Sie mir auch noch, Flieger?«, stieß Weber hervor, die Augen vor Wut und Fassungslosigkeit hervorgetreten. »Wenn es Sie so sehr zurück nach Hause zu Ihrem Daddy zieht, McLanahan, warum steigen Sie nicht aus? Ist ganz einfach. Ich bringe Sie zum Staffelkommandanten, und Sie erklären ihm, dass Sie nach Hause möchten – das war's.«

Bradley schwieg.

Weber schob sein Gesicht erneut an das von Bradley heran. »Aber wenn Sie bleiben wollen – wenn Sie befürchten, von Ihrem eigenen Daddy abgelehnt zu werden, weil sie noch vor Beginn des vierten Jahres das Handtuch geworfen haben –, dann werden Sie Folgendes tun: Sie werden sich aufrichtig dafür entschuldigen, mich angefasst zu haben, Sie werden versprechen, die Grundprinzipien der Akademie hochzuhalten, und Sie werden sich verpflichten, mir bei all meinen zusätzlichen Diensten während Ihres gesamten vierten Jahres zuzuarbeiten, und zwar zusätzlich zu all Ihren sonstigen Aufgaben. Sollten Sie sich mit all diesen Punkten einverstanden erklären, werde ich davon absehen, einen Bericht über Ihren Verstoß gegen die Verhaltensregeln während dieser Übung einzureichen, und Sie können weitermachen mit Bestie Zwei.« Weber nickte. »Sie haben sich bei Bestie Eins tapfer geschlagen, McLanahan, und auch, wenn Ihr M-16 augenblicklich im Matsch liegt, haben Sie nichts Schlimmeres angestellt als viele der depperten Fliegeranwärter während Bestie Zwei. Sie können noch immer Ihren Arsch retten, wenn Sie das wirklich wollen. Also, was sagen Sie, McLanahan?«

Brad löste seinen Blick nicht von Weber, sondern sah ihm geradewegs in die Augen, ehe er seine Augen wieder genau nach vorn ausrichtete und geradeaus ins Nichts starrte. Schließlich sagte er: »Sir, Flieger McLanahan bittet den Cadet Sergeant um Nachsicht und entschuldigt sich aufrichtig für seinen unverzeihlichen Ungehorsam. Flieger McLanahan hat sich absolut danebenbenommen und verspricht, nie wieder einen Schüler des letzen Jahres anzufassen oder zu bedrohen, aus welchem Grund auch immer. Er appelliert an das Erbarmen des Cadet Sergeant und erbittet seine Erlaubnis, mit Bestie Zwei weitermachen und während des vierten Jahres sein Assistent sein zu dürfen. Darüber hinaus verspricht Flieger McLanahan, die Prinzipien der Air Force Academy gewissenhaft zu ehren, hochzuhalten und zu verteidigen – zur vollen Zufriedenheit des Cadet Sergeant.«

Bradley schloss die Augen, füllte seine Lunge und fügte dann ein lautes »Sir!« hinzu.

Weber nickte, ein Lächeln selbstgefälligen Triumphs auf den Lippen. »Sehr gut, Flieger«, sagte er. »Möglicherweise schaffen wir es doch noch, einen Kadett im vierten Jahr aus Ihnen zu machen. Jetzt heben Sie Ihr Gewehr auf und gehen Sie zurück zum Anfang der Grube. Im Laufschritt, marsch!«

»Sir, jawohl, Sir!«, gab Brad zurück. Er wandte sich herum und bückte sich, um das M-16 aufzuheben …

… und als er dies tat, hörte er Weber mit gedämpfter Stimme sagen: »Und wenn ich Ihren Spinner von Daddy jetzt noch dazu bewegen kann, sich für das Chaos zu entschuldigen, das er in unserem Land angerichtet hat, wären wir alle wieder in bester Verfassung.«

Bradley hätte nicht zu beschreiben vermocht, was er in diesem Moment dachte oder warum er tat, was er tat. Er wusste nur, dass er sich innerhalb von Sekundenbruchteilen auf Weber stürzte und dann im Morast über ihm lag. Er erinnerte sich später, ihm zwei ordentliche Hiebe ins Gesicht verpasst zu haben, ehe er mehrere Pfiffe und lautes Rufen vernahm, spürte, wie Hände ihn von hinten packten …

Danach signalisierten die Trillerpfeifenpfiffe das Ende seiner Anwesenheit an der U.S. Air Force Academy und vermutlich das Ende jeder Karriere beim Militär gleich mit.

KAPITEL 1

SÜDCHINESISCHES MEER, ZWEIHUNDERT MEILEN SÜDÖSTLICH VON HO-CHI-MINH-STADT, VIETNAM

Zur selben Zeit

Seit fünf Monaten befand sich das amerikanische Vermessungsschiff *Lady Garner* nun schon in dem ihm zugeteilten Suchgebiet. Von seinem Heimathafen in Long Beach, Kalifornien, aus war es von der vietnamesischen Ölgesellschaft Petrolimex angemietet worden, um einen Bereich der ausschließlichen Wirtschaftszone (AWZ) Vietnams zu kartografieren und die Aussichten für die Errichtung von Ölbohrinseln zu prüfen. Die *Lady Garner* hatte eine Verdrängung von nahezu dreitausend Tonnen. Ihre Seitenansicht wurde von dem fünfzig Meter hohen mittschiffs gelegenen Bohrturm beherrscht, mit dem Bohrgerät und Rohrleitungen durch den Rumpf und Tausende Fuß Meerwasser geführt wurden. Die Bohrung ließ sich von den Geologen mit unglaublicher Präzision steuern – ein winziger Stups gegen einen Joystick, Tausende Fuß vom Ziel entfernt, konnte Erfolg oder Scheitern bedeuten. Auch gab es einen großen Helikopterlandeplatz im Bugbereich, der einen Hubschrauber mit einem Gewicht von bis zu fünfzehn Tonnen aufzunehmen vermochte, und das selbst bei schwerer See. Die *Lady Garner* wurde von einer nicht abreißenden Folge von Versorgungsschiffen aus den Vereinigten Staaten, Australien, Japan, Vietnam und den Philippinen bedient, die Reservetreibstoff, Rohrleitungen, Vorräte und Mannschaften für die Ablösung nach ihrem voraussichtlich neunmonatigen Einsatz im Suchgebiet an Bord hatten.

Doch das entscheidende Gerät an Bord war nicht der Bohrturm. Die *Lady Garner* war eines der höchstentwickelten Erkundungsschiffe weltweit und imstande, mit einer Vielzahl unterschiedlicher Methoden nach Öl, Erdgas und anderen Mineralien zu suchen. Obwohl der Großteil der an Bord befindlichen Männer und Frauen das Schiff am Laufen hielt, waren die wichtigsten Personen die Geologen, Chemiker und Computertechniker, die die seismischen Generatoren bedienten, die Ausrüstung zur Untersuchung der Erdanziehungskraft, die Sonare und Labors für chemische Analysen sowie andere hoch entwickelte Systeme.

Soeben wurde ihnen vom Kapitän, vom Projektmanager, von dem Chefingenieur und dem Chefgeologen der Zweck ihres fünfmonatigen Aufenthalts vor Ort erklärt und diese Erläuterung zeitgleich zu den Funktionären bei Petrolimex in Ho-Chi-Minh-Stadt, Vietnam, sowie in das Hauptquartier der *Lady Garner* in Long Beach übertragen. »Guten Abend zusammen«, sprach der Projektmanager Gary Boudrain in die Kamera der Videokonferenz. Boudrain war ein kräftiger Bursche aus Louisiana mit tiefen Falten im wettergegerbten Gesicht, Folge seiner mehr als dreißig Jahre auf See weltweit. »Mein Name ist Gary Boudrain, ich bin der Projektmanager an Bord des Vermessungsschiffs *Lady Garner,* auf Station in Sektor 27 im Südchinesischen Meer. Bei mir sind der Chefgeologe, der Chefingenieur, der Chefchemiker und natürlich Kapitän Victor Richardsen. Ich gehe davon aus, dass jeder die Ampelkarte erhalten hat.«

Kopfnicken an Bord des Schiffes sowie auf dem Bildschirm

der Videokonferenz. Die Funktionäre von Petrolimex hatten ein breites Lächeln auf den Lippen, was Boudrain ein überaus gutes Gefühl gab. »Wir haben gute Nachrichten zu vermelden: Allem Anschein nach haben wir es mit einem ertragversprechenden Clusterfeld zu tun, und mein Team und ich empfehlen, eine Erkundungsbohrung vorzunehmen.«

Er drückte eine Taste auf seinem Laptop, und die Darstellung auf dem Bildschirm wechselte zur Karte eines mit Hunderten roter und grüner Punkte versehenen Bereichs des Südchinesischen Meers. Es war das Ergebnis ihrer fünf Monate auf See: die Common Risk Segment Map, kurz CRSM, oder Ampelkarte. Die grünen Punkte zeigten eine gute Chance auf Öl- und Gasvorkommen an, die roten standen für wenig aussichtsreiche Gebiete. Es gab mehrere Cluster von grünen Punkten – diese waren ihr Ziel.

»Wegen der politischen und wirtschaftlichen Turbulenzen sind in den vergangenen Jahren nicht übermäßig viele Untersuchungen des Südchinesischen Meers vorgenommen worden«, fuhr Boudrain fort, »insbesondere nicht im Gebiet der Spratly-Inseln. Es ist mir jedoch eine Freude, Ihnen mitteilen zu können, dass unsere Mission hier ein großer Erfolg ist. Wir sitzen hier auf einem der möglicherweise größten Cluster von ertragversprechenden Öl- und Erdgasvorkommen, die ich außerhalb des Mittleren Ostens gesehen habe, möglicherweise eine Milliarde Barrel Öl sowie knapp drei Billionen Kubikmeter Erdgas allein in diesem Abschnitt.« Boudrain hatte nicht gedacht, dass das Lächeln der Ölfunktionäre noch an Strahlkraft hätte zulegen können, doch genau das tat es. »Ausgehend von der geografischen Lage haben wir allen Grund zu der Annahme, dass angrenzende Abschnitte Vorkommen ähnlicher Größe aufweisen. Alle meine Mitarbeiter sind sich einig und empfehlen zur Überprüfung unserer Ergebnisse nachdrücklich eine Versuchsbohrung.«

Damit war die Videokonferenz praktisch an ihrem Ende angelangt. Es war offenkundig, dass die Manager von Petrolimex es kaum erwarten konnten, die Neuigkeiten ihren Vorgesetzten im Öl- und Gasministerium des vietnamesischen Politbüros zu verkünden. Boudrain und seine Mitarbeiter beantworteten noch einige Fragen zu ihren Ergebnissen und dem nächsten Schritt, dann war die Konferenz beendet.

»Schätze, da haben Sie einen Homerun geschossen, Gay«, sagte Victor Richardsen. Der Kapitän war gebürtiger Norweger, und obwohl er als Skipper der *Lady Garner* nahezu zehn Jahre in den Vereinigen Staaten gelebt hatte, brachte er solche kulturbezogenen Metaphern noch immer durcheinander.

»Ich bin normalerweise kein Freund von solch eindeutigen Aussagen, Skipper«, sagte Boudrain. »Geologische Messungen aus der Distanz, das ist bestenfalls eine nicht beweisbare Wissenschaft, und das Herablassen einer Erkundungsbohrung in diesen Gewässern könnte Petrolimex von fünfzig Millionen Dollar an aufwärts kosten. Trotzdem, was wir da gefunden haben, ist wirklich außerordentlich. Viele von uns waren überzeugt, dass es im Südchinesischen Meer riesige Vorkommen von allen erdenklichen Mineralien gibt, aber dies ist der erste konkrete Hinweis, dass dies womöglich stimmen könnte.«

»*Gratulerer igjen,* Gary«, sagte der Skipper. »Nochmals meinen Glückwunsch. Ich werde mich jetzt kurz bei der Wache auf der Brücke melden, dann schlafen gehen. *God natt.*« Er gab den übrigen Mitarbeitern Boudrains die Hand und entfernte sich dann.

Die *Lady Garner* war eines der modernsten Vermessungsschiffe der Welt, und das spiegelte die Brücke wider. Gerade mal zwei Mann waren für den Wachdienst auf der Brücke nötig und nur deren vier in Fahrt. Es gab noch immer ein Steuerruder, Gashebel und einen großen Kompass auf der Hauptkonsole, und all das war im Bedarfsfall betriebsbereit, aber Steuerung, Antrieb und alle anderen wesentlichen Funktionen wurden mittlerweile von einem Computer gesteuert. In der Dunkelheit der Brücke, wo die einzige Beleuchtung von den abgedimmten Computermonitoren stammte, waren die Gesichter der Wachhabenden für den Kapitän nicht auszumachen, allerdings kannte er diese Männer fast so gut wie seine sechs Kinder. »Wie läuft's bei euch heute Abend, Todd, Mac?«, erkundigte sich Richardsen.

»Ausgezeichnet, Captain«, antwortete Todd Clark, der Deckoffizier. Clark hatte gerade seinen Abschluss auf der California Maritime Academy in Vallejo, Kalifornien, gemacht. Dies war erst seine zweite Fahrt auf der *Lady Garner*, aber er war ein außergewöhnlich guter Seemann und schlug sich wacker. »Alle Systeme normal. Bleiben auf Position bei fünfundzwanzig Prozent Leistung.« Das Vermessungsschiff bediente sich einer Reihe hochmoderner Strahlruder, um sich eigenständig exakt auf Position halten zu können – selbst bei Wind in Sturmstärke und schwerer See vermochten sie die Abdrift des riesigen Schiffs auf wenige Dutzend Meter zu begrenzen. »Wetter laut Vorhersage: heiß und regnerisch. Gegen späten Vormittag könnten wir ein kleines Gewitter bekommen.«

»Typisches Sommerwetter«, sagte Richardsen. »Soeben haben wir das Briefing vom Projektmanager erhalten, und ich denke, wir werden für die Durchführung einer Erkundungsbohrung grünes Licht bekommen. Mit anderen Worten, wir werden noch für mehrere Monate hier sein.«

»Tolle Neuigkeiten, Skipper«, bemerkte Clark.

Richardsen warf einen Blick auf den Radarmonitor, doch das Unwetter war auf dem Schirm noch nicht zu sehen. Einfach nur aus Neugier schaltete er das Radar vom Wetter- in den Oberflächenabtastmodus – und erblickte im selben Moment ein sehr großes Schiff, das von Norden her auf sie zuhielt. »Verkehr in nördlicher Richtung«, sagte er. »Bitte überprüfen Sie, ob unsere Ankerlichter eingeschaltet sind.«

»Jawohl, Sir«, sagte Clark und einen Moment darauf: »Alle Ankerlichter eingeschaltet, Sir.«

Das war schon mal gut, dachte Richardsen, nur näherte sich ihnen dieser Bursche unangenehm schnell und ohne nach Osten oder Westen abzudrehen. Er war etwas weniger als zwanzig Meilen entfernt, allerdings benötigten manche der größeren Schiffe ebendiese Entfernung und mehr, um auch nur eine leichte Kursabweichung vorzunehmen. »Besser, Sie schalten auch die Bohrturm- und Bordbeleuchtung ein. Das sollte uns für seine Ausgucker auch aus größerer Entfernung erkennbar machen – sofern sie dort nicht alle pennen.«

Doch bevor Richardsen den Funk auf den gebräuchlichen Schiff-zu-Schiff-Kanal umschalten und zum Mikro greifen konnte, vernahmen sie auf dem Seenotkanal 2182 Megahertz in von schwerem Akzent durchsetzten Englisch: »Achtung, Achtung, nicht identifiziertes Schiff, hier spricht der Kreuzer *Bao-hùzhe* der Marine der Volksbefreiungsarmee, nördlich Ihrer Position. Sie halten sich unberechtigterweise in chinesischen Gewässern auf. Sie haben Befehl, dieses Gebiet augenblicklich zu verlassen. Bestätigen Sie.«

»*Tull*«, fluchte der Kapitän. »Mac, überprüfen Sie unsere Position.«

»Jawohl, Sir.« John »Mac« Portman war einer der erfahrensten Seeleute an Bord und diente auf der *Lady Garner*, beinahe seit sie zu Wasser gelassen worden war. Auf diesem computergesteuerten Schiff war der Navigator zugleich Steuermann. Einige Augenblicke später meldete er: »GPS-Position mit dem LORAN überprüft, Captain. Befinden uns genau im Sektor, dreißig Meilen innerhalb der vietnamesischen AWZ.«

Wird uns die chinesische Marine etwa wieder einmal Ärger machen?, fragte sich der Kapitän im Stillen. Seit Tagen schon hatten chinesische Patrouillenboote und -flugzeuge sie beschattet, und auch andere Vermessungsschiffe waren von chinesischen »Fischerbooten« – bei denen es sich wohl eher um abgetakelte Versorgungsschiffe handelte – schikaniert worden, indem sie sie zu rammen versucht hatten. Zwar bestand die Möglichkeit, die vietnamesische Marine und Luftwaffe um Hilfe zu ersuchen, allerdings besaß diese nur wenige Schiffe, die sich so weit von der Küste fortwagten, und nur wenige ihrer Patrouillenflugzeuge flogen nachts. Sie waren also nahezu schutzlos. Um sich gegen Piraten verteidigen zu können, hatten sie eine kleine, mit Nachtsichtgeräten und Scharfschützengewehren ausgerüstete Security-Truppe, jedoch nichts, was es mit der chinesischen Marine aufzunehmen vermochte – abgesehen davon, dass dies sicherlich keine gute Idee gewesen wäre.

Sie befanden sich in unmittelbarer Nachbarschaft einer der umstrittensten Regionen der Welt: den Spratly-Inseln. Diese bestanden aus einer zwischen den Philippinen und Vietnam gelegenen Kette von Inseln und Riffen, die von mehreren Nationen beansprucht wurden. Bei Hochwasser gab es gerade mal knapp vier Quadratmeilen Land, verteilt über eine Fläche von mehr als vierhunderttausend Quadratmeilen, doch man vermutete schon seit Langem, dass es in diesem Gebiet beträchtliche Öl- und Erdgasvorkommen gab – wie sich jetzt eindeutig bestätigt hatte. Sechs Nationen – China, Brunei, Taiwan, die Philippinen, Vietnam und Malaysia – stationierten abwechselnd Truppen in diesem Gebiet und führten dort Patrouillen durch. Weil dieses Gebiet so heiß umstritten war, hatten sich alle Beteiligten darauf geeinigt, bis zur Klärung der Gebietsstreitigkeiten innerhalb des Archipels nicht nach Öl oder Gas zu suchen – weshalb die *Lady Garner* darauf bedacht war, innerhalb der vietnamesischen AWZ zu bleiben.

Der Kapitän griff zum Mikrofon der Bordsprechanlage. »Funker, Sie schicken besser eine Nachricht ans Hauptquartier und an unser Verbindungsbüro in Ho-Chi-Minh-Stadt und erklären denen, dass wir möglicherweise von der chinesischen Marine schikaniert werden. Bitten Sie um Hilfe und geben Sie denen unsere Position durch.« Er schaltete um auf den Schiff-zu-Schiff-Notfunkkanal. »Chinesisches Marineschiff *Baohùzhe,* chinesisches Marineschiff *Baohùzhe,* hier spricht das amerikanische Vermessungsschiff *Lady Garner.* Befinden uns nicht in chinesischen Gewässern. Wiederhole: Befinden uns nicht in chinesischen Gewässern. Wir befinden uns eindeutig innerhalb vietnamesischer Gewässer und operieren mit einer von der vietnamesischen Regierung ausgestellten Genehmigung. Steuern Sie uns nicht an. Wir befinden uns nicht in Fahrt und führen wissenschaftliche und von der vietnamesischen Regierung genehmigte Untersuchungen des Meeresbodens durch. Over.«

»Vermessungsschiff *Lady Garner,* hier Kreuzer *Baohùzhe*«, erfolgte die Antwort. »Warnung: Sie halten sich unrechtmäßig in chinesischen Hoheitsgewässern auf und werden hiermit angewiesen, diese augenblicklich zu verlassen. Erkundungen dieses Gebiets jeglicher Art sind nicht gestattet. Bestätigen Sie!«

»*Dette er gal!*«, murmelte der Kapitän. »Das ist doch verrückt! Benachrichtigen Sie die Securitytruppe und lassen Sie sie zusätzliche Ausgucker aufstellen. Ich will wissen, ob diese Chinesen ein Beiboot aussetzen, um …«

In diesem Moment vernahmen sie einen gewaltigen Knall direkt über ihren Köpfen, laut genug, um die dicken Sturmfenster der Brücke erzittern zu lassen. »Was war denn das?«, rief der Kapitän. »Sind wir gerade von einem Flugzeug überflogen worden, das die Schallmauer durchbrochen hat?« Es war Nacht – völlig ausgeschlossen, ein überschallschnelles Flugzeug zu erkennen. Richardsen drückte den Mikroknopf. »Kreuzer *Baohùzhe*, Sie befinden sich auf Kollisionskurs mit uns. Wir ankern mit Erlaubnis des vietnamesischen Ölministeriums in der vietnamesischen AWZ. Befehlen Sie diesem Jet, uns nicht noch einmal mit Überschallgeschwindigkeit zu überfliegen!«

»Vermessungsschiff *Lady Garner*, hier spricht Kreuzer *Baohùzhe* der Marine der Volksbefreiungsarmee – Sie halten sich unberechtigterweise in chinesischen Gewässern auf«, kam die Entgegnung vom chinesischen Kreuzer. »Stellen Sie sich darauf ein, dass wir für eine Überprüfung an Bord kommen. Leisten Sie keinen Widerstand.«

»Hier spricht der Kapitän der *Lady Garner*«, funkte Richardsen. »Ich verweigere Ihnen die Erlaubnis, an Bord zu kommen!«

»*Lady Garner*, Sie befinden sich in chinesischen Gewässern. Für das Betreten eines Schiffs in chinesischen Gewässern benötigen wir keine Erlaubnis Ihrerseits.«

»Deckoffizier, geben Sie Alarmstufe drei aus, alle Mann an Deck«, sagte Richardsen, indem er Clarks Titel anstatt seines Namens benutzte, um die wachsende Anspannung zu unterstreichen. Über die Bordsprechanlage gab er durch: »Funker, benachrichtigen Sie die Hauptgeschäftsstelle und das Verbindungsbüro, dass sich der chinesische Kreuzer mit hoher Geschwindigkeit nähert und man beabsichtigt …«

»Brücke, hier Sellers auf dem Backbordausguck achtern – höre einen Helikopter näherkommen«, funkte ein Security-Mann. »Entfernung ein- oder zweihundert Meter, möglicherweise weniger.«

»Vermessungsschiff *Lady Garner,* hier Kreuzer *Baohùzhe.* Unser Patrouillenhubschrauber meldet, dass sich bei Ihnen bewaffnete Männer an Deck befinden. Waffen auf zivilen Schiffen sind ohne Erlaubnis der Volksbefreiungsarmee nicht gestattet. Sie werden angewiesen, alle Waffen über Bord zu werfen. Unsere Besatzung ist zur Anwendung tödlicher Gewalt befugt. Befolgen Sie unsere Anweisungen augenblicklich.«

»Was ist da los, Skipper?«, wollte der Leitende Offizier, Kurt Branson, wissen, als er auf die Brücke geeilt kam.

»Die verdammte chinesische Marine«, sagte Richardsen. »Sie haben einen Helikopter geschickt und …«

In diesem Moment hörte er über die Bordsprechanlage: »Brücke, Larson hier – dieser Helikopter eröffnet Feuer auf den Hecküberhang – mit einem Maschinengewehr!« Im Hintergrund war deutlich das Stakkato von schwerem Maschinengewehrbeschuss zu hören.

Richardsen und Branson liefen hinüber zum Beobachtungsbalkon auf der Backbordseite, einem schmalen, gerade weit genug über die Bordwand ragenden Laufgang, dass man die gesamte Backbordseite des Schiffes überblicken konnte. Sie sahen es sofort – aufblitzende Lichter und Leuchtspurgeschosse zischten aus der Dunkelheit heran und prallten gegen die Bordwand des Schiffs, genau dort, wo sich Sellers, der Backbordausgucker achtern, befinden musste. Beim

Abprallen der Querschläger stoben Funken vom Hecküberhang in alle Richtungen davon. *»Min Gud!«*, schrie Richardsen. »Mein Gott! Deckoffizier, Alarmstufe eins, alle Mann auf Lecksicherungsstationen!« Er sprach in sein tragbares Funkgerät: »Sellers, können Sie mich hören?« Keine Reaktion. »Kurt, gehen Sie nach achtern und sehen Sie nach, ob mit Sellers alles in Ordnung ist.« Der Leitende rannte los. Richardsen drückte erneut die Sprechtaste seines tragbaren Funkgeräts. »An alle Securitymannschaften – schaffen Sie alle Ihre Gewehre und Handfeuerwaffen außer Sicht, *schnell!* Funker, geben Sie an die Hauptgeschäftsstelle durch: Liegen unter Maschinengewehrfeuer durch chinesischen Helikopter, möglicherweise ein Todesopfer. Anschließend setzen Sie einen Notruf ab und bitten um sofortige Hilfe!«

Wenige Augenblicke später sah Richardsen ihn, einen großen, blau-weißen Helikopter mit Koaxialrotoren, einem großen Radom unterhalb des Cockpits, einem grellen Suchscheinwerfer, dessen Lichtkegel über das Deck des Schiffes strich, und mit der unverkennbaren rot-gelb-blau-weißen Flagge der chinesischen Marine – sowie einem Besatzungsmitglied an einem großen Maschinengewehr, das aus der Schiebetür an der Steuerbordseite herauslugte.

Der Helikopter glitt langsam die Backbordseite der *Lady Garner* entlang, umrundete dann den Bug, flog die Steuerbordseite entlang, kam backbords wieder hoch, bis er schließlich, das Maschinengewehr auf die Brücke gerichtet, auf dem Hubschrauberlandeplatz am Bug aufsetzte.

»Skipper, hier Kurt«, funkte Branson. »Sellers ist tot und Larson schwer verletzt.«

»Vermessungsschiff *Lady Garner*, hier Kreuzer *Boahùzhe.* Sie werden angewiesen, alle Wasserlinienanleger und Gangways herabzulassen. Der Bordgang wird in Kürze über beide Schandecks beginnen. Lassen Sie die gesamte Besatzung auf dem Vorderdeck antreten. Bringen Sie sämtliche Logbücher, Ladungsverzeichnisse und tragbaren Computer mit. Bestätigen Sie.«

»Chinesischer Kreuzer *Boahùzhe*, hier spricht der Kapitän der *Lady Garner*. Sie haben keine Erlaubnis meinerseits, einen Helikopter auf meinem Schiff zu landen, und Sie haben kein Recht, an Bord dieses Schiffes zu gehen. Das ist illegal, und wir beabsichtigen, unsere Regierungen über diesen rechtswidrigen Vorgang zu informieren. Verlassen Sie sofort meinen Hubschrauberlandeplatz und …« Plötzlich sahen sie am Helikopter ein Licht aufblitzen …

… und Millisekunden später explodierten die vorderen Fenster der Brücke, durchschlagen von den 7.62-Millimeter-Geschossen des Norinco-Maschinengewehrs des Helikopters. Beim Zerbersten der Scheiben entfuhr Clark und Portman ein Aufschrei, der jedoch nicht lange währte, da die Geschosse ihre Körper durchsiebten, woraufhin beide blutüberströmt zusammenbrachen. Richardsen warf sich zu Boden und führte sein tragbares Funkgerät an die Lippen. »*Feuer einstellen! Stellen Sie das Feuer ein!*«, schrie er inmitten des krachenden Lärms, der die Brücke erfüllte.

Der Beschuss wurde eingestellt. »Bestätigen Sie meine Anweisungen, Captain!«, kam es vom chinesischen Kreuzer.

»Gütiger Gott!«, entfuhr es Richardsen leise, als er über zersplittertes Glas zurück in die Brücke kroch und dort auf den Leichnam des Navigators stieß, dessen Oberkörper wenig mehr als eine Masse blutigen Gewebes war.

»Captain, bestätigen Sie augenblicklich meine Anweisungen.«

»Schon gut, schon gut, *drittsekk*«, antwortete Richardsen über sein tragbares Funkgerät. Er griff zum Mikro der Bordsprechanlage. »An alle, hier spricht der Kapitän. In Kürze wird die chinesische Marine an Bord kommen. Lasst die Gangways über beide Deckskanten runter. An alle, meldet euch auf dem Vorderdeck. Sanitätsteam, meldet euch auf der Brücke, es gibt weitere Verletzte.«

HAUPTQUARTIER DER VOLKSBEFREIUNGSARMEE, PEKING

Mehrere Stunden später

»Es wäre gut für Sie, könnten Sie mit einer Erklärung aufwarten, Admiral«, wetterte *Shàng Jiàng* (Generaloberst) Zu Kai, Generalstabschef der Volksbefreiungsarmee. Zu war klein und von kräftiger Statur, hatte einen kräftigen Hals und große Hände. Obwohl ein alter Hase mit dreißigjähriger Militärerfahrung, prangten abgesehen von seinen Schulterklappen keinerlei Medaillen oder Auszeichnungen an seiner Uniform. Er war widerstrebend dazu übergegangen, eine Brille zu tragen, weigerte sich aber, diese aufzusetzen, es sei denn, er benötigte sie zum Lesen. »Sie hatten Befehl, dieses Vermessungsschiff abzufangen, an die Kette zu legen und zu durchsuchen und es anschließend wieder ziehen zu lassen – nicht, es in Stücke zu schießen!«

»Ich bitte um Verzeihung, Genosse Generaloberst«, erwiderte *Hai Zhong Jiang* (Vizeadmiral) Zheng Peng, Kommandant der Südmeerflotte der Marine der Volksbefreiungsarmee. Er stand, in stocksteifer Habtachtstellung, vor dem Schreibtisch des Stabschefs. Neben Zu stand dessen Stellvertreter, *Shao Jiang* (Generalmajor) Sun Ji. »Die Besatzung des Helikopters, der zu dem Schiff hinübergeschickt wurde, hatte bewaffnete Mannschaften entdeckt, und der Helikopterkommandant glaubte sein Fluggerät in Gefahr und gab dem Bordschützen den Befehl, das Feuer zu eröffnen. Doch anstatt auf die Person draußen auf der Beobachtungsplattform zu feuern, hat der Schütze auf die Brücke gehalten. Ich bin selbstverständlich in vollem Umfang für diesen Zwischenfall verantwortlich.«

»Das sind Sie ganz gewiss, Zhen«, sagte General Zu. »Leider werden Sie nicht der Einzige sein, der wegen dieser Geschichte seine Sterne verliert.« Zu ballte und entspannte seine rechte Faust. »Ordnen Sie ein Standgericht für den Kapitän der *Baohùzhe,* den Helikopterpiloten und den Bordschützen an. Das Strafmaß wird sein wie folgt: ein Jahr Zwangsarbeit für den Kapitän, drei Jahre Zwangsarbeit für den Piloten und Exekution des Bordschützen. Veranlassen Sie das augenblicklich.«

»Jawohl, Genosse Generaloberst.«

Zu warf einen Blick auf das Blatt Papier, das ihm von seinem Stellvertretenden Generalstabschef, General Sun, gereicht wurde. »Bevor ich Ihr Strafmaß festsetze, Zhen«, sagte er, »erklären Sie mir, was Sie mir da geschickt haben. Was ist das?«

»Das, Genosse Generaloberst, wird Common Risk Segment Map oder CRSM genannt«, erläuterte Zhen. »Das Ergebnis der Untersuchung des Vermessungsschiffes *Lady Garner.* Dabei handelt es sich um die bestmögliche wissenschaftliche Einschätzung der Öl- und Erdgasvorkommen in einem bestimmten Gebiet. Wir haben es in einem der Laptops entdeckt, die dem Projektmanager an Bord gehören.«

»Und wieso haben Sie es mir geschickt, Zhen?«

»Weil dies, Genosse Generaloberst, der erste konkrete Beweis dafür ist, dass es beträchtliche Öl- und Erdgasvorkommen im Südmeer und um Nansha Dao gibt«, sagte Zhen, wobei er sich der chinesischen Bezeichnung für dieses Gewässer anstelle des international gebräuchlichen Namens »Südchinesisches Meer« sowie des chinesischen Namens für die Spratly-Inseln bediente.

»Unsinn. Das wissen wir doch schon seit Jahrzehnten.«

»Aber es ist in diesem besonderen Gebiet noch nie zuvor nachgewiesen worden, da die Gewässer um Nansha Dao und die Xisha-Inseln schon so lange umstritten sind und keinerlei Exploration durchgeführt wurde, Genosse Generaloberst«, erklärte Zhen. »Dies ist der erste wissenschaftliche Beweis, dass dort nicht nur Öl und Gas vorhanden sind, sondern auch noch in weitaus größeren Mengen als angenommen.«

»Zhen, jedes Kind weiß, dass im Südmeer Öl, Erdgas und wahrscheinlich auch zahlreiche andere Mineralien zu finden sind«, erwiderte Zu verärgert. »Worauf wollen Sie hinaus?«

»Ich möchte behaupten, Genosse Generaloberst, dass jetzt der richtige Zeitpunkt wäre, die Besetzung und Befestigung von Nansha und Xisha Dao in Angriff zu nehmen«, sagte Admiral Zhen. Xisha Dao war die chinesische Bezeichnung für die Paracel-Inseln im Norden des Südchinesischen Meers, ebenfalls schon seit Langem von zahlreichen Nationen beansprucht und vermutlich ebenfalls mit beträchtlichen Mineralvorkommen gesegnet. »Wir haben diese Inseln jahrelang verwaltet, und wir haben uns ihretwegen mehrere kleine Scharmützel geliefert, sie aber – von gelegentlichen Patrouillen abgesehen – zu keinem Zeitpunkt militärisch besetzt.«

»Erinnern Sie sich noch an unser Seegefecht mit den Amerikanern und Philippinos, Zhen?«, fragte Zu verärgert. »Wie viele Schiffe haben wir dabei verloren? Ein Dutzend? Oder mehr?«

»Ich habe in der Schlacht bei den Südphilippinen gekämpft, Genosse Generaloberst«, sagte Zhen. »Ich war im Anti-U-Boot-Krieg Junioroffizier auf der Fregatte *Jiujiang* und hatte Dienst, als man den Leichnam von Admiral Po L'un an Bord brachte.« China und die von amerikanischen Bombern unterstützten Philippinen hatten zwanzig Jahre zuvor kurz, aber erbittert Krieg gegeneinander geführt. Obwohl China die Landung von mehreren Hunderttausend Truppen auf den südlichen Philippinen vorbereitete, hatten ihre Marinestreitkräfte eine Niederlage hinnehmen müssen, woraufhin der Befehl zum Rückzug ausgegeben wurde. Der Befehlshaber der gesamten Operation, Admiral Yin Po L'un, hatte an Deck seines Flaggschiffs Selbstmord begangen. »Wir haben diese Schlacht nicht verloren, Genosse Generaloberst – man hat sie uns nur nicht gewinnen lassen.«

»Kein Mensch interessiert sich für die Nansha Dao, Zhen«, sagte Zu. »Der größte Teil dieser sogenannten Inseln liegt die meiste Zeit unter Wasser. Der höchste Punkt des ganzen Archipels liegt gerade mal vier Meter hoch.«

»Durch die Entdeckung dieses Vermessungsteams ist die Bedeutung von Nansha Dao erheblich gestiegen – die Öl- und Erdgasvorkommen sind gewaltig«, entgegnete Zhen. »Aber noch wichtiger ist die strategische Lage der Inseln. Die Stationierung einer schlagkräftigen Militärmacht auf den Inseln und in ihrer unmittelbaren Umgebung, sowie einer weiteren auf Xisha Dao, ermöglicht uns die vollständige Kontrolle über den Zugang zum Südmeer.«

»Meinen Sie nicht, die Amerikaner könnten dabei ein Wörtchen mitreden wollen, Zhen?«, fragte General Zu spöttisch.

»Der gegenwärtige Zustand der amerikanischen Militärmacht ist genau der Grund, weshalb wir jetzt handeln sollten, Genosse Generaloberst«, sagte Zhen. »Das amerikanische Militär, insbesondere ihre Marine, ist derzeit so schwach wie nie seit vor dem Großen Befreiungskrieg. Jetzt ist der Zeitpunkt zu handeln.«

Schon richtig, dachte Zu – die Amerikaner hatten praktisch sämtliche größeren Schiffs- und Flugzeugbauprojekte eingestellt, während China immer mehr Schiffe auf Kiel legte und überall auf der Welt Schiffe einkaufte, für deren Bau sie selbst einfach nicht die Kapazitäten hatten. »Ich begrüße Ihre Angriffslust bei diesem Thema, Zhen«, sagte General Zu. »Nur weiß ich nicht, ob der Vorsitzende oder das Zentralkomitee ebenso versessen darauf sind wie Sie, die Vereinigten Staaten unmittelbar herauszufordern. Aber möglicherweise bietet sich durch die Umstände eine Gelegenheit.«

»Mein Stab und ich arbeiten schon seit vielen Monaten an einem detaillierten Plan, Genosse Generaloberst«, sagte Zhen. »Ich werde den Entwurf ausarbeiten und Ihnen dann sofort zukommen lassen. Vielen Dank.«

»Und ich werde Ihre Bestrafung dem Verteidigungsminister und Vorsitzenden überlassen«, sagte Zu, »aber solange die bevorstehende Untersuchung nicht ergibt, dass Sie dem Bordschützen einen direkten Befehl erteilt haben, das Feuer auf das Vermessungsschiff zu eröffnen, sind Sie, denke ich, von dem Zwischenfall ausreichend weit entfernt, um nicht den Kopf hinhalten zu müssen. Sie haben mir gegenüber die volle Verantwortung zugegeben, und ich akzeptiere das. Weisen Sie Ihre Kommandeure an, derartige Handlungen ohne einen klaren, eindeutigen Befehl von höherer Stelle künftig zu unterlassen. Sie können wegtreten. Kehren Sie in Ihr Hauptquartier zurück.«

»Jawohl, Genosse Generaloberst.« Zhen salutierte, machte auf dem Absatz kehrt und ging.

Zu zündete sich eine Zigarette an und lehnte sich auf seinem Stuhl zurück. »Was meinen Sie, habe ich Zhen zu sehr geschont, Ji?«, fragte er.

»Jawohl, Genosse Generaloberst, das meine ich«, antwortete General Sun. Sun war ein junger Generalstabsoffizier mit sehr geringer operativer oder Führungserfahrung, aber er besaß einen sehr feinen analytischen Verstand sowie ein echtes Händchen dafür, die politischen Aspekte des Verteidigungsministeriums zu bespielen und zu manipulieren – etwas, für das Zu, wie er selbst wusste, sowohl Geschick wie Begehren fehlten. Er war sich darüber im Klaren, dass er einen Mann wie Sun auf seiner Seite brauchte, um zu vermeiden, dass er zum Widersacher wurde. »Ich mag Admiral Zhen. Er ist aggressiv und scheut sich nicht, in die Offensive zu gehen. Aber ich glaube, dass er durchaus etwas damit zu tun hatte, dass dieser Helikopter das Feuer auf das Vermessungsschiff eröffnete, und sollte er tatsächlich jeder Bestrafung entgehen, könnte er sich ermutigt fühlen, dergleichen zu wiederholen, und zwar ohne um Erlaubnis zu fragen. Das könnte gefährlich werden. Ein Mann wie Zhen, mit einer Waffe wie den »Lautlosen Donner«, der glaubt, im Besitz einer unausgesprochenen Erlaubnis zu sein, das Feuer auf ein Schiff unter amerikanischer Flagge zu eröffnen, könnte Probleme machen.«

»Auch ich mag Zhen, und ich halte seine Angriffslust für einen großen Vorteil, etwas, das in unserem Militär, vor allem in der Marine, dringend nötig ist«, gestand Zu. »Ich freue mich schon darauf, seinen Plan für Nansha und Xisha Dao zu lesen.«

»Die Amerikaner wie auch ihre asiatischen und pazifischen Verbündeten werden eine Besetzung dieser Inseln durch China nicht hinnehmen«, war Sun überzeugt.

»Ich möchte Zhens Plan sehen, wie er es mit ihnen aufzunehmen gedenkt«, sagte Zu. »Er hat recht, so schwach war Amerika seit Jahrzehnten nicht, und das Gleiche gilt für seine Verbündeten. Sofern man uns auch weiterhin die beantragten Geldmittel zur Verfügung stellt, könnten wir in etwa einem Jahr mehr Flugzeugträger als sie im Pazifik haben. Werfen Sie einen Blick in Zhens Plan und lassen Sie ihn, sobald Sie ihn erhalten, vom Planungsbüro durchsehen, und unterrichten Sie mich dann so schnell wie möglich.«

»Jawohl, Genosse Generaloberst.«

Zu drückte seine Zigarette aus. »Warten wir erst einmal ab, was der Vorsitzende Zhou zu einer Einnahme von Nansha und Xisha Dao meint. Stets spricht er davon, dass das Südmeer zu China gehört, tut aber wenig, um das zu bekräftigen. Wenn man ihm einen Plan ebendafür vorlegt, wird er dann auch den nächsten Schritt machen?«

KAPITEL 2

INDUSTRIEFLUGHAFEN NORDNEVADA, BATTLE MOUNTAIN, NEVADA

Mehrere Tage später

»Sieht fast so aus, als wollten Sie hier draußen ein Luftfahrtmuseum einrichten, Sir«, bemerkte U.S. Air Force Colonel Warner »Cutlass« Cuthbert. Der ehemalige B-1B-Lancer- und B-2A-Spirit-Pilot und Bombergeschwaderkommandant war ein klein gewachsener, kahl werdender, breitbrüstiger Mann mit leuchtend grünen Augen und einem lebendigen Lächeln, das jedoch, wie Patrick McLanahan wusste, im Nu in eine finstere Miene oder einen Anranzer umschlagen konnte. Cuthbert war Kommandant des Ersten Expeditionsbombergeschwaders der Andersen Air Force Base auf der Insel Guam, weshalb ihm die heiße Sommerluft in der Hochwüste des zentralen Nordnevada nicht das Geringste ausmachte. »Was für Prachtexemplare.«

»Danke, Cutlass«, sagte Patrick. Er wies mit einem Nicken auf einen eingerüsteten überschallschnellen F-111G-Aardvark-Bomber. »Der ’vark ist ziemlich zerlegt, sonst würde ich Sie für einen Blick mit hineinnehmen.«

»Kein Problem – hab zu meiner Zeit jede Menge ’varks gesehen, Sir«, sagte Cuthbert. »Sind Sie gerade dabei, diese mit lernfähiger Technik ausgestattete Tragfläche an dem hier anzubringen?«

»Sind wir nicht, um ehrlich zu sein«, entgegnete Patrick, »obwohl wir es gewiss könnten.« Die lernfähige Tragflächentechnologie, ursprünglich von Sky Masters Inc. entwickelt, bediente sich winziger computergesteuerter Stellmotoren an Rumpf und Tragflächen, die im Grunde jede Oberfläche eines Flugzeugs in eine Vorrichtung zur Erzeugung von Auftrieb oder Luftwiderstand verwandelte, was die Leistungsdaten sowohl bei hohen als auch bei niedrigen Geschwindigkeiten deutlich verbesserte. Sie hatten die lernfähige Technik bereits bei einer Vielzahl von Flugzeugen, Schiffen, ja, sogar bei Rennwagen mit Erfolg eingesetzt. »Aber das hier ist nach wie vor ein Schwenkflügelflugzeug. Wir bauen ein paar elektronische Displays ein, das Radar mit aktiver elektronischer Strahlschwenkung, verbesserte Triebwerke sowie das Zeug für das optional pilotierte Fliegen, ansonsten aber entspricht es weitgehend dem Standard.«

»Der Tomcat sieht auch nett aus«, kommentierte Cuthbert, als sie durch den Servicebereich zu einem der Haupthangars hinüberschlenderten, womit er sich auf einen neben der F-111 parkenden trägergestützten F-14A-Tomcat-Kampfjet bezog. »Was haben Sie mit dem angestellt?«

»Wiederum nicht viel«, sagte Patrick. »In diesen speziellen Vogel haben wir die General-Electric-Rolls-Royce-Triebwerke eingebaut, weil wir sie dank der größeren Abnahmemenge günstig bekommen haben.«

»Darauf würde ich wetten«, meinte Cuthbert. »Der Rückzieher bei dem alternativen Triebwerk für den F-35-Kampfjet damals 2011 hätte für die Gesellschaft zu einem Desaster werden können.« Das F136-Triebwerk war eine Dual-Source-Alternative für das ursprüngliche F135-Triebwerk in der F-35er-Serie von Kampfbombern, die man angeregt hatte, um im Falle eines größeren Konflikts Motoren zur Verfügung zu haben. Durch die Streichung des F136-Triebwerks hatten Tausende von Arbeitern auf zwei Kontinenten praktisch über Nacht ihre Arbeit verloren. Damals hieß es sogar, der ganze Geschäftszweig der Gesellschaft würde deswegen den Bach runtergehen …

… bis ein gewisser Patrick McLanahan, auf einem unbedeutenden kleinen Flugplatz in Nordnevada, eine Bestellung für mehrere von ihnen aufgab.

»Sie haben uns einen ungeheuer günstigen Preis gemacht, für absolute Spitzentriebwerke – für alle Beteiligten ein Win-win-Geschäft«, erklärte Patrick. »Wie sich herausstellte, sind es regelrechte Superstars – wir haben einige hervorragende Leistungsdaten gemessen. Dort, wo wir die General-Electric-F110-Triebwerke aufbewahrt haben, haben wir noch einige weitere aufgearbeitete Flugzeuge, und auch die funktionieren einwandfrei, wenn auch nicht so überragend wie die F-35 Lighthenings oder die F7A-18 Super Hornets. Wir haben die Rahmenkonstruktion verstärkt, AESA, ein paar zusätzliche elektronische Displays und natürlich das Zeug für das optionale pilotierte Fliegen eingesetzt, und das war's auch schon. Wir können eine kleine Runde mit ihm drehen, wenn Sie möchten.«

»Würd ich gern, Sir«, sagte Cuthbert, »aber ich bin etwas knapp mit meiner Zeit. Wenn Sie nicht hier draußen, weit ab vom Schuss in der tiefsten Provinz leben würden, hätte ich mehr Zeit für solche Spielereien. Also, in dem bei der Air Force eingereichten Angebot war die Rede davon, dieses Projekt würde das AirSea-Battle-Konzept unterstützen. Sie sollten wissen, Sir, dass das AirSea-Battle-Konzept deswegen nicht realisiert wurde, weil wir über keine ausreichend große Luft-Komponente verfügen – für die Unterstützung eines Flugzeugträgergefechtsverbandes gibt es einfach nicht genug Langstreckenplattformen.«

Als Kommandant des Ersten Expeditionsbombergeschwaders auf der Andersen Air Force Base war Cuthbert verantwortlich für die Organisation, Ausbildung und Unterstützung des Programms »Ständige Bomberpräsenz der Air Force im Pazifik«, das die wenigen noch verbliebenen Langstreckenbomber der Air Force im turnusmäßigen Wechsel für eine Dauer von jeweils sechs Monaten nach Guam beorderte. Die wenigen B-52H-Stratofortress-, B-1B-Lancer- und B-2A-Spirit-Bomber in Guam bildeten einen konventionellen schnellen Eingreif- und Langstreckeneinsatzverband, der in kürzester Zeit jeden Punkt im gesamten pazifischen Raum erreichen konnte, und bot Flugzeugbesatzungen obendrein die Möglichkeit zu gemeinschaftlichen Übungen mit der Navy und ausländischen Luftwaffen. Da die amerikanische Langstreckenbomberflotte im Zuge des Amerikanischen Holocausts stark dezimiert worden war, war sowohl die Anzahl der Bomber selbst als auch die ihrer Besatzungen an die Grenzen gelangt, sodass dringend Ersatz benötigt wurde. Cuthbert war damit beauftragt worden, in Zusammenarbeit mit der Industrie Lösungen zur Schließung der immer größer werdenden Bomberlücke zu entwickeln.

»Des Weiteren haben Sie behauptet, Sie könnten eine Langstreckenkampfflugzeugflotte in weniger als zwei Jahren auf die Beine stellen – praktisch ohne finanzielle Mittel? Wie wollen Sie das anstellen, Sir – durch Zauberei?«

»Gebaut sind sie bereits – und kampferprobt«, erwiderte Patrick. »Nur fliegen sie derzeit nicht, was aber nicht daran liegt, dass sie untauglich oder veraltet wären. Sie sind ein Kompromiss. Weder verfügen sie über Tarnkappentechnik, jedenfalls nicht über die des 21. Jahrhunderts, noch besitzen sie eine Antiradarbeschichtung oder sonstige normalerweise bei der Konstruktion verwendete radarabweisende Materialien – alles Dinge, die bei Sky Masters hinzugefügt werden können, allerdings würden dann die Kosten durch die Decke gehen, was wir nicht wollen. Was wir wollen, ist ein leistungsfähiger Langstreckenbomber zu einem niedrigen Preis, der kurzfristig eingesetzt werden kann.«

»Und wo gibt es dieses Wunderflugzeug?«

»Es ist bereits unterwegs«, sagte Patrick. Er sah auf seine Uhr, lächelte, dann sagte er: »Cutlass, wenn Sie gestatten, möchte ich Ihnen das Waffensystem vorstellen, das – davon sind wir hier bei Sky Masters überzeugt – die bezahlbare Zwischenlösung bis zur Erfüllung des Versprechens des Air-Sea-Battle-Konzepts sein wird: der XB-1F Excalibur.«

Er hätte den Zeitpunkt nicht besser wählen können. Im Moment, da Patrick den Namen verkündete, wurde Cuthberts Aufmerksamkeit von einem unheimlichen, an einen heranrasenden Rennwagen erinnernden Dröhnen gefangen genommen, das lauter und lauter wurde – bis es von hinten über sie hinwegrauschte und das Tosen der vier Mantelstromtriebwerke des XB-1 in vollem Nachbrennerschub von hinten über sie hinwegwalzte. Der schnittige Bomber mit gepfeilten Tragflächen flog zweitausend Fuß über Grund, wegen der ungeheuren Größe des Flugzeugs schien es jedoch, als würde er ihre Köpfe streifen.

»Heilige Scheiße«, stieß Cuthbert hervor. »Ein B-1 Lancer. Was für ein Prachtexemplar!«

Während der Bomber etwa eine halbe Meile entfernt in steiler Schräglage abdrehte, setzte Patrick zu seiner sorgfältig vorbereiteten Verkaufspräsentation an: »Kein Lancer, Cutlass. Die XB-1 Excalibur sieht aus wie eine Standard-B-1B-Lancer, da es sich äußerlich im Grunde um das gleiche Flugzeug handelt – die meisten Änderungen befinden sich im Innern. Wir haben die ursprünglichen F101-Triebwerke durch die F136-Triebwerke ersetzt, die leistungsstärker sind und bessere Verbrauchswerte aufweisen; die zweiköpfige Besatzung haben wir beibehalten und uns für ferngesteuerte offensive und defensive Operatorstationen sowie weitgehend automatisierte Angriffssysteme entschieden. Wir haben ihm das gleiche steuerbare AESA-Multifunktionsradar mitgegeben, mit dem über viele Jahre der F/A-18 Super Hornet bestückt war, und wir haben die ältere Bordelektronik gegen moderne elektronische Systeme aus der Serienproduktion ausgetauscht. Ansonsten haben wir lediglich ein weiteres System hinzugefügt: das ALQ-293-SPEAR-System anstelle des ALQ-161-Softwarepakets zur elektronischen Kriegsführung.«

»Dieses ALQ-293-SPEAR-System … Worum genau handelt es sich da?«

»Das ALQ-SPEAR ist vor Jahren von Sky Masters in einem Ausschreibungsverfahren für das Radarsystem der F-35 Lightening entwickelt worden«, erläuterte Patrick. »Unser System war dafür konzipiert, ein Signal nicht bloß auszusenden und anschließend, für die Bearbeitung, auf die Rückkehr dieses Signals zu lauschen, sondern es lauscht auf Signale und sendet anschließend, als Antwort, andere Signale auf derselben Frequenz. SPEAR ist in der Lage, die Zeitsteuerung des zurückkehrenden Signals so zu verändern, dass ein feindliches Radar uns weiter entfernt vermutet oder sogar für unsichtbar hält. Zudem haben wir herausgefunden, dass wir dem feindlichen Radar praktisch jede andere Art von Signal übermitteln können, sogar Maschinencode.«

»Maschinencode?«, entfuhr es Cutlass. »Soll heißen, Sie können einen Virus in einen Computer einschmuggeln?«

»Genau«, sagte Patrick. »Wir haben es ›Netrusion‹ genannt, und beim Einsatz der Vampires während des Bürgerkriegs über dem Iran hat es wunderbar funktioniert. Wir waren imstande, Radarsysteme zu täuschen und konnten sogar Computern und elektronischen Systemen Abschussbefehle übermitteln. Wir haben SPEAR in sämtliche speziellen EB-1D-Vampire-Bomber eingebaut, sie wurden jedoch samt und sonders entfernt und durch das APG-77 ersetzt. Unmittelbar vor Jons Tod hatte Sky Masters die Produktion wieder aufgenommen, also beschloss ich, sie in die generalüberholten B-1er einzusetzen.«

»Großartige Idee, solange es nicht die Bank sprengt«, meinte Cuthbert. »Allerdings dürfte der Einbau eines solchen Systems in eine vierzig Jahre alte Flugzeugzelle die Dauer einer Generalüberholung deutlich erhöhen, richtig?«

»Die Gesamtdauer für eine solche Umrüstung beträgt gerade mal ein paar Monate, wovon der größte Teil für die Sichtkontrollen der Flugzeugzelle anfällt«, entgegnete Patrick. »Aber bemerkenswert ist auch das, was wir *nicht* mit dem B-1B Lancer angestellt haben. Wie Sie wissen, hat Sky Masters die anfänglichen Forschungs- und Entwicklungsarbeiten für die ursprüngliche B-1B-Umrüstung durchgeführt – den EB-1C Vampire, das fliegende Schlachtschiff –, Arbeiten, die in der Air Force Plant 42 durchgeführt wurden. Der Vampire bediente sich bei der Flugsteuerung lernfähiger Oberflächen, was seine Leistung beträchtlich verbessert hat, darüber hinaus verfügte er über weitere Systeme wie ein aktives Laserabwehrsystem, eine Steuerung für pilotiertes Fliegen sowie ein StealthHawk-Entnahme- und Nachladesystem für Cruise Missiles. Allerdings haben sich diese hochmodernen Systeme auch in höheren Kosten niedergeschlagen, weshalb nur eine Handvoll dieser exzellenten Flugzeuge gebaut wurde. Erst kürzlich hat Sky Masters sämtliche Umrüstwerkzeuge, -pläne und -geräte von der Air Force erworben, außerdem haben wir einen Großteil der Arbeiter eingestellt, die in Palmdale bei der Streichung des dortigen Umrüstprogramms aufgrund von Budgetkürzungen entlassen wurden. Wir führen die Umrüstarbeiten jetzt also selbst durch. Wenn das Pentagon sie will, können wir die Vampires also wieder bauen. Außerdem planen wir die Umrüstung einer Reihe von F-111-Bombern zu noch niedrigeren Kosten und weitere Umrüstungen wie etwa den F-14-Tomcat-Kampfjet. Aber unserer Meinung nach stellt die XB-1 Excalibur die beste Kombination aus Reichweite, Nutzlast und Geschwindigkeit dar, und obendrein bietet er das beste Preis-Leistungs-Verhältnis.«

»Eine interessante Idee, General«, meinte Cuthbert. »Aber Sie erwarten doch nicht, dass die Air Force B-1-Besatzungen ausbildet, oder? Wer wird das Ding denn fliegen?«

»Unser Plan sieht nicht nur die Generalüberholung der Flugzeuge vor, sondern auch die Bereitstellung von allem, was für den Einsatz dieser Streitkraft nötig ist«, erläuterte Patrick. »Wir ahnten schon, dass die Air Force kaum bereit sein würde, aktive oder Reservebesatzungen für Waffensysteme auszubilden, die es vielleicht nur fünf oder zehn Jahre lang geben wird, deshalb wollen wir das gesamte Personal auf Vertragsbasis zur Verfügung stellen. Wir übernehmen die Rekrutierung und Ausbildung der Flugzeugbesatzungen, der Wartungstrupps, des Bodenpersonals und der Verwaltung, und wir stationieren das Flugzeug gemäß einem mit dem Pentagon ausgehandelten Vertrag. Als Teil der Air-Sea-Battle-Strategie würden unsere Besatzungen Langstreckenseeaufklärung durchführen, und wird ein Kampfeinsatz erforderlich, kann die Air Force die Ziele ferngelenkt anpeilen und die Waffen bedienen, etwa wie bei einem ferngesteuerten Kampfflugzeug, und unsere Besatzungen sind lediglich passiv beteiligt.«

»Genau wie bei Ihrem Deal zu den Aufklärungseinsätzen über dem Irak vor ein paar Jahren, was?«, strich Cuthbert heraus. »Wie hießen die doch gleich? Scion Aviation International. Wie hat denn das für Sie persönlich funktioniert, Sir?« Die Skepsis in seiner Stimme war unüberhörbar.

»Bei der Beurteilung und Planung sind mir und den anderen Führungskräften ein paar unglückliche Fehler unterlaufen«, räumte Patrick ein. »Die aggressive militärische Reaktion der Türkei haben wir nicht vorhergesehen. Trotzdem, die grundsätzliche Idee, Privatfirmen zwischenzeitlich Aufgaben im Namen des Pentagon übernehmen zu lassen, ist nach wie vor vernünftig, insbesondere in diesem wirtschaftlichen Klima.«

»Gewiss, Sir.« Cuthberts Tonfall und Gesichtsausdruck verrieten Patrick, dass er nicht vollkommen überzeugt war. »Sie haben diese bemannten Roboter und einige Ihrer umgerüsteten B-1er hinzugezogen, um diese Situation zu bereinigen«, stellte Cuthbert fest, »nur dass wir jetzt zusammen mit Russland und China auf der schwarzen Liste der Türkei stehen.«

»Es interessiert mich wirklich nicht, wer uns gerade auf seiner schwarzen Liste führt, Cuthbert. Das Einzige, was mich interessiert, ist der Aufbau einer Militärmacht mit einem gewissen Biss, ohne dabei pleitezugehen«, sagte Patrick.

»Da bin ich ganz Ihrer Meinung, Sir«, sagte Cuthbert. Die Excalibur absolvierte einen weiteren tiefen Überflug, dankenswerterweise diesmal nicht im ohrenbetäubenden Nachbrennermodus, und schwenkte dann in Vorbereitung auf die Landung auf die Platzrunde für die Landebahn ein. Cuthbert konnte sich einfach nicht sattsehen an diesem schlanken, bedrohlich aussehenden Vogel. »Und, wie viele dieser Dinger können Sie nun bauen?«

»Im AMARG waren sechsundzwanzig B-1-Bomber als flugtauglich eingelagert, dazu weitere neunzehn Flugzeugzellen, die fluguntauglich und zum Ausschlachten vorgesehen waren«, erklärte Patrick. »Derzeit befinden sich nur sechs B-1Bs auf Lager – alle anderen sind entweder beim Amerikanischen Holocaust oder dem Gegenangriff verloren gegangen. Zwei der B-1er auf Lager haben wir bereits generalüberholt, auf eigene Kosten. Von den verbliebenen vierundzwanzig als flugtauglich in AMARG eingelagerten Flugzeugzellen haben wir, bei einer Gesamtzahl von zweiundzwanzig Flugzeugen, zwanzig als für eine Generalüberholung geeignet eingestuft – dazu zwei für die Ausbildung vorgemerkte Flugzeuge, macht zwei Staffeln zu jeweils zehn Flugzeugen.«

»Und wie lange haben Sie für die Überholung der beiden Maschinen gebraucht, die sie bereits fertig haben?«

»Etwa acht Monate.«

»*Acht Monate?* Das ist doch völlig ausgeschlossen, Sir. Sie haben ein Flugzeug in gerade mal acht Monaten generalüberholt?«

»Wir haben *beide* Flugzeuge in acht Monaten geschafft, Cutlass.« Patrick hatte ein Lächeln auf den Lippen, als er Cuthberts verblüffte Miene sah. »Und wenn wir davon ausgehen, dass wir bei den Flugzeugzellen auf keine größeren Probleme stoßen, wird es bei der nächsten Gruppe noch schneller gehen. Wie gesagt, so viel stellen wir mit ihnen gar nicht an – die Triebwerke, die Bordelektronik und das AESA-Radar sind praktisch Plug-and-play-Module, außerdem verfügen wir über eine umfangreiche Belegschaft aus einigen der fähigsten und erfahrensten Ingenieure und Techniker des Landes. Die Triebwerke haben wir bereits ebenfalls, und die Air Force stellt uns – buchstäblich direkt aus dem

Regal – Gerät aus bereits vorhandenen Lagerbeständen zur Verfügung. Das Warten auf Zulieferer entfällt also.«

Mittlerweile war der XB-1 gelandet und rollte in ihre Richtung. Während Patrick und Cuthbert ihre Fliegerhelme aufsetzten, kam ein Mann vom Bodenpersonal in einem hellblauen Fliegeroverall mit orangefarbener Sicherheitsweste nach draußen getrabt, auf dem Kopf ein Headset und in den Händen leuchtend gelbe Einweisstäbe, und dirigierte die Excalibur auf ihre Parkposition. Patrick stöpselte sein in den Helm integriertes Headset in ein tragbares Funkgerät und drückte auf die Mikrotaste: »Wie ist es gelaufen, Colonel?«, erkundigte er sich.

»Ist geflogen wie ein heimwehkranker Engel, General«, kam die Antwort. »Kommen Sie an Bord?«

»Worauf Sie wetten können«, sagte Patrick. »Schalten Sie die Triebwerke nicht ab. Ich fahre die Leiter aus.« Patrick bedeutete Cuthbert, ihm zu folgen, und zusammen gingen sie auf den Bomber zu. Patrick berührte den Mann vom Bodenpersonal im Vorübergehen kurz an der Schulter. Cuthbert gab ihm die Hand, warf ihm dann, während er zum Flugzeug weiterging, einen fragenden Blick zu. Patrick entriegelte den Bedienhebel der Einstiegsleiter an der Klappe des Bugfahrwerks, betätigte dann einen Schalter, der die Einstiegsleiter ausfuhr, und er und Cuthbert kletterten hinauf. Patrick öffnete die Luke zum Cockpit, und sie stiegen in das Flugzeug.

Der erste Bereich, den sie betraten, das Abteil des Waffensystemoffiziers, war unglaublich geräumig, da man die Schleudersitze sowie sämtliche Instrumente entfernt hatte. »Keine Operatoren für Offensiv- oder Defensivsysteme auf einem derart riesengroßen Jet – ziemlich erstaunlich«, schrie Cuthbert über dem Lärm der leerlaufenden Triebwerke. »Diese Systeme werden jetzt alle vom Boden aus gesteuert?«

»Ja«, antwortete Patrick, »genauso, wie es die Sensoroperatoren bei den Reapers, Avengers und den anderen ferngesteuerten Angriffsflugzeugen tun. Auch kann der Flugzeugkommandant eine Vielzahl der kleineren Navigationsaufgaben unterwegs vom Cockpit aus ausführen, und falls nötig kann der Einsatzkommandant die Kapsel für das Sniper-Zielerfassungsgerät bedienen. Es war also gar kein so großer Sprung – die Vampires haben schon vor Jahren auf gerade zwei Mann Besatzung umgestellt. Mittlerweile ist die Datenlinktechnologie so ausgereift, dass die Bedienung der Offensiv- und Defensivsysteme vom Boden aus der Bedienung in Echtzeit denkbar nahekommt. Im Notfall können die Piloten die Kapsel für das Sniper-Zielerfassungsgerät bedienen, ihre Ziele selbst erfassen, manuell Radar- und Infrarottäuschkörper auswerfen und die Störsender aktivieren. Wenn wir zurück sind, werde ich Ihnen die Öffnungen für die Elektronik zeigen – wir haben ungefähr drei Viertel der serienmäßig austauschbaren Einheiten, die der Jet ursprünglich besaß, eliminiert.«

Während die beiden Seite an Seite in dem ausgeräumten Abteil des Waffensystemoffiziers standen, erschien eine Frau aus dem Tunnelgang, der dieses Abteil mit dem Cockpit verband, und schob sich zwischen sie. »Colonel Cuthbert, ich möchte Sie mit Sondra Eddington bekannt machen. Sie gehört zur Testflugbesatzung der Excalibur«, sagte Patrick.

Cuthbert schüttelte ihr die Hand. Selbst in dem unförmigen Fliegeranzug konnte Cuthbert sehen, wie überaus attraktiv Eddington war.

»Freut mich, Sie kennenzulernen, Colonel«, sagte Eddington. »Wünsche angenehmen Flug.«

»Sie werden uns nicht begleiten, Miss Eddington?«

»Ich weiß ja nicht, was General McLanahan auf Ihrem

Kurzflug vorhat, Sir«, sagte sie mit einem strahlenden Lächeln, »ich weiß nur eins, er möchte, dass bei Ihnen kein Auge trocken bleibt. Wir sehen uns, sobald Sie zurück sind.« Sie bedachte ihn mit einem ebenso überraschenden wie verführerischen Augenzwinken und kletterte dann durch die Luke und die Leiter hinab.

»Ich werde zuerst hineingehen, damit ich die Bremsen übernehmen kann, anschließend tauschen Sie mit dem Fliegerführer die Plätze«, sagte Patrick an Cuthbert gewandt, dann ging er nach vorn ins Cockpit, schüttelte dem Piloten die Hand und gurtete sich auf dem Schleudersitz fest. Als er angeschnallt war, schnallte der Pilot sich los und ging nach achtern. Der Mann war riesig und füllte den schmalen Laufgang zwischen dem Cockpit und dem Abteil des Waffensystemoffiziers vollständig aus. Hinten angekommen, gab er Cuthbert die Hand. »Colonel Cuthbert, ich bin …«

»Ich weiß, wer Sie sind: Colonel Thomas Hoffman, Operation Desert Fox, der erste Kampfeinsatz der B-1er«, sagte Cuthbert. »Sie waren derjenige, der auf die Idee kam, die Bomber ohne vorab geplante Ziele in ›Kill boxes‹ zu schicken, wobei sie die Zielkoordinaten von anderen Flugzeugen oder Spezialeinsatzkommandos am Boden erhielten. Ist mir eine Freude, Sie kennenzulernen, Sir.«

»Ganz meinerseits, Colonel«, gab Hoffman mit volltönender Stimme zurück, die selbst in dem lauten Abteil mühelos zu verstehen war. »Guten Flug.« Er machte Anstalten, sich an Cuthbert vorbeizuschieben.

»Sie werden uns ebenfalls nicht begleiten, Colonel?«

»Bei McLanahan sind Sie in guten Händen, Colonel – abgesehen von mir und Sondra, hat er mehr Erfahrung mit Excaliburs und Vampires als nahezu jeder andere auf dem Flugfeld hier. Bis später, Sir. Ihnen einen guten Flug.«

Cuthbert musste auf den freien Platz des Offensivsystemoffiziers ausweichen, damit sich Hoffman vorbeizwängen konnte, und selbst so streiften Hoffmans breite Schultern im Vorüberschieben Cuthberts Brust.

Nachdem er sich vergewissert hatte, dass die hintere Einstiegsluke gesichert war, tauchte Cuthbert unter dem unbesetzten Bedienfeld des Waffensystemoffiziers hindurch und vorbei an dem Ruheraum für die Besatzung – zu seiner Freude sah er, dass die Excalibur noch über eine Ruhekoje für den Ersatzpiloten, eine winzige Bordküche und eine Chemietoilette verfügte –, stieg dann hoch zum Cockpit und sah sich dort ein wenig um, ehe er sich hinauf in den Sitz des Fliegerführers hievte. Beide, sowohl die Pilotenseite der Instrumententafel als auch auch die des Kopiloten, besaßen zwei 12-Zoll-Farb-Multifunktionsdisplays. Die linke, die Pilotenseite, zeigte Fluginformationen an, mit dem künstlichen Horizont in der oberen Hälfte und einem horizontalen Lageanzeiger in der unteren. Auf dem rechten Display war eine Checkliste zu sehen, mit elektronischen Tasten und Schaltern neben jeder Linie auf dem Monitor. In der Mitte der Instrumententafel, zwischen den beiden für Pilot und Kopilot, gab es zwei weitere MFDs mit den Sichtanzeigen für Triebwerk und Treibstoff sowie die elektrischen und sonstigen Systeme. Auf Patricks MFD war ein Moving Map Display des Flugplatzes sowie seine eigene Checklistenseite zu sehen. Die Mittelkonsole zwischen den Sitzen enthielt die meisten ihm vertrauten Bedienelemente und Schalter. Reihen elektronischer Fluginstrumente im Stand-by-Modus waren unterhalb der MFDs für die Besatzung angeordnet.

Cuthbert gurtete sich fest und stöpselte das Kabel seines Headsets und den Sauerstoffschlauch ein. »Wirklich nett gemacht mit dieser Instrumententafel – sieht aus wie in einem

Geschäftsjet«, sagte er, nachdem er sich über die Bordsprechanlage bei Patrick angemeldet hatte.

»Alles Dinge, die in den meisten Geschäftsjets und Linienflugzeugen schon seit Jahren Verwendung finden«, erwiderte Patrick. »Die Checklisten sind weitgehend automatisiert: Sie geben, ganz ähnlich wie im B-2-Bomber, die normalen oder Notfallbedingungen sowie die Flugphase ein, starten dann im richtigen Moment die Checkliste und überwachen den Jet einfach nur.« Er tauschte die Checklisten mit Cuthbert. »Normal, Start/Landung, bereit zum Anrollen«, las er ab. »Sobald jeder einzelne Schritt auf der Checkliste ausgeführt ist, sehen Sie eine grüne Anzeige, gelb bedeutet Warnung oder Warten, rot eine Fehlfunktion. Die Instrumentendarstellungen verändern sich auf den MFDs je nach gerade ausgeführter Checkliste: Triebwerks- und Flugzeugsysteminstrumente für den Start, Navigationsinstrumente für Reisegeschwindigkeit und Landung, Waffenstatusdiagramme für Bombenzielanflüge, Treibstoffsystemanzeigen für das Auftanken in der Luft und so weiter. Ziemlich unkompliziert, leicht zu merken und zu vermitteln. Und noch einmal, alles aus der Serienproduktion, weshalb sich das Zeug einfach reparieren, hochrüsten oder umprogrammieren lässt. Der Hebel für die Parkfeststellbremse befindet sich …«

»Ich weiß, wo sich der Hebel für die Parkfeststellbremse befindet, General«, sagte Cuthbert schmunzelnd. »Wenigstens haben Sie in meinem Jet nicht alles automatisiert.« Er bewegte den Steuerknüppel im Kreis und winkte kurz mit den Störklappen und den Horizontalstabilisatoren, um dem Mann vom Bodenpersonal anzuzeigen, dass er bereit war, zum Start zu rollen. Patrick erhielt vom Control Tower die Freigabe für das Vorrollen. Unter den Anweisungen des

Mannes vom Bodenpersonal wendete Cuthbert die Excalibur und rollte über die Rollbahn zur aktiven Startbahn.

Nachdem er die Kurve hinter sich gelassen und vom Mann des Bodenpersonals das Daumen-hoch-Signal erhalten hatte zum Zeichen, dass sich keine Hindernisse auf seinem Weg befanden, meinte Cuthbert: »Der Einweiser dort kommt mir bekannt vor, General. Ist das nicht …? Ist das nicht Ihr Sohn *Bradley?*«

»Ja, ganz recht«, bestätigte Patrick. »Wann haben Sie ihn das letzte Mal gesehen?«

»Vielleicht ein Jahr oder so nach Wendys Tod«, antwortete Cuthbert düster. Nach einem Moment respektvollen Schweigens für Patricks Exfrau, die einige Jahre zuvor von libyschen Terroristen ermordet worden war, fügte er hinzu: »Menschenskind, ist der Junge groß geworden.« Er sah zu Patrick hinüber. »Hab gehört, er hätte von Präsident Phoenix persönlich eine Einberufung für die Akademie bekommen.«

»Hat er auch.«

»Und? Verzeihen Sie meine Neugier, Sir, aber sollte er dann nicht in Colorado Springs sein und sich dort den Arsch aufreißen lassen?«

»Er hatte eine … etwas unglückliche und unbedachte Auseinandersetzung mit einem Soldaten aus einem höheren Ausbildungsjahr. Er wurde aufgefordert, die Truppe noch während Bestie II zu verlassen und sich dort nicht wieder blicken zu lassen.«

»Das tut mir leid, Sir. Worum ging es bei diesem Streit?«

»Darüber schweigt er sich aus«, antwortete Patrick unwirsch. »Ich glaube ja, dass er provoziert wurde, sich auf diesen heftigen Wortwechsel einzulassen, nur weigerte er sich, seine Sicht der Dinge zu schildern – selbst auf ausdrücklichen Befehl des Kommandanten der Akademie. Der Soldat im zweiten Jahr behauptet, Brad hätte den Befehl verweigert und die Bestrafung ebenfalls, hätte irgendeinen Unfug mit seinem Übungsgewehr angestellt und ihn dann ohne Vorwarnung körperlich angegriffen. Klingt alles überhaupt nicht nach ihm, aber er verweigert jede Erklärung.« Mit steinerner Miene und ebenso harter Stimme fügt Patrick hinzu: »Also wurde er entlassen.«

»Welch ein Jammer«, sagte Cuthbert. »Was hat er jetzt vor?«

»Ich dachte, ich lasse ihm den Rest des Sommers Zeit, sich zu orientieren und einen Plan zu entwickeln. Er kann die Hebebühnen fahren, die Tankwagen und Schleppfahrzeuge, er weiß, wie man ein Flugzeug einweist und abschleppt, und er hilft auf dem Flugvorfeld aus, um sich etwas dazuzuverdienen. Aber sobald ich ihn dabei erwische, dass er Videospiele spielt anstatt zu arbeiten, fliegt er achtkantig raus.«

»Seien Sie nicht zu streng mit ihm, Sir«, riet Cuthbert. »Ich habe selbst zwei Töchter, die das College geschmissen haben. Als sie danach anscheinend nichts Rechtes mit ihrem Leben anzufangen wussten, war ich genervt und beging den Fehler, ihnen das auch zu sagen. Die erste wurde schwanger. Und die zweite … ist der Army beigetreten.«

»O nein«, scherzte Patrick mit ausdrucksloser Miene.

»Eigentlich ist alles bestens«, sagte Cutlass. »Die erste ist mittlerweile mit einem Zahnarzt verheiratet und hat mir zwei Enkelkinder geschenkt, und die zweite ist First Lieutenant und fliegt Chinnooks. Wenn ich mir einen freundlichen Rat erlauben darf: Verpassen Sie ihm einen Rüffel, aber nicht zu hart. Spielen Sie für Ihre Kinder nicht den Generalstabsoffizier.«

»Werd ich gern beherzigen, Cutlass«, sagte Patrick. »Vielen Dank.«

»Nicht der Rede wert, Sir.« Cuthbert sah sich im Cockpit um und blickte dann durch die vordere Windschutzscheibe auf die Zielmarkierungen des Einfüllstutzens für die Luftbetankung. Er tippte auf die »Start/Landung«-Checkliste seines MFDs, wählte mehrere Schritte aus und sah dann aus seinem linken Seitenfenster, um sich zu vergewissern, dass Tragflächenwinkel, Landeklappen, Vorflügel und Störklappen korrekt eingestellt waren. »Der Vogel macht einen prächtigen Eindruck, Sir«, bemerkte er. »Was haben Sie mit der Außenhaut gemacht? Sieht brandneu aus.«

»Gar nichts – außer einer Inspektion, kleineren Reparaturen, einer Antikorrosionsbehandlung sowie ein wenig Farbe. Kein Tarnkappen- und Antiradaranstrich, keinerlei bautechnischen Verbesserungen außer der Behebung kleinerer konstruktionsbedingter Mängel und der Hinzufügung einiger weniger Funktionen. Tarnkappentechnik haben wir fast gar nicht in Betracht gezogen.«

»Wieso nicht?«

»Weil wir davon ausgegangen sind, dass das Einsatzgebiet bereits von elektronischen Störsendern und Intrusion verseucht sein wird«, erklärte Patrick. »Der Radarquerschnitt des ›Bone‹ – des kleinsten aller schweren Bomberflugzeuge weltweit bis zur Einführung des B-2 – kann weitgehend durch elektronische Störsender neutralisiert werden. Unser Ziel war es, eine AirSea-Angriffs- und Antiraketenflugzeugzelle ins Rennen zu schicken, und das bei möglichst geringem Zeitaufwand und Kosten. Wir haben eine Risiko- und Vorteilsanalyse des B-1B mit hochmodernen Störsendern und geringem Seitenquerschnitt erstellt und ein dementsprechendes Angriffsprofil entwickelt. Der Radarquerschnitt des B-1B ist derzeit in etwa identisch mit dem einer Super Hornet.«

»Nicht schlecht«, meinte Cuthbert geistesabwesend. »Woher haben Sie all die Pläne und Arbeitskräfte für die Durchführung dieser Umrüstungen?«

»Als die Air Force das Modernisierungsprojekt für den B-1 im Werk 42 in Palmdale eingestellt hat, haben wir die gesamte Werkzeug-, Einwicklungs- und Produktionssoftware sowie die technischen Anforderungslisten und Pläne von der Air Force gekauft – sie waren in großen Teilen von Sky Masters geschrieben worden – und eine Truppe aus Ingenieuren und Technikern hierhergeholt. Wir haben die Besten in diesem Geschäft, alles gestandene Profis, die es sich zur Aufgabe gemacht haben zu beweisen, dass wir das alles hier oben in Battle Mountain schneller und besser hinkriegen.«

»Eine Privatfirma, die schneller und besser arbeitet als die Regierung? Wer hätte das gedacht?«, meinte Cuthbert trocken. »Demnach werden Sie Ihre Flugzeuge also nicht mit diesem ganzen hochgezüchteten Zeugs zur Bergung und Wiederbewaffnung von Drohnen und diesen lernfähigen Tragflächen ausrüsten?«

»Wir könnten es sicher – Sky Masters hat beide Systeme schon vor Jahren entwickelt, und erst vor wenigen Jahren haben wir einen B-1 mit dieser gesamten Technologie bestückt. Allerdings haben wir die Waffenzuladekapazitäten, die Software und den Datenbus der Vampire-Bomber beibehalten, sodass wir jedes luftgestützte Waffensystem in unserem Arsenal mitführen können, Luft-Luft-Raketen eingeschlossen.«

»Luft-Luft! Im Ernst?«

»Wir können bis zu acht AMRAAM in einem drehbaren Startgerät unterbringen und bis zu maximal drei dieser drehbaren Startgeräte mitführen«, sagte Patrick. »Obwohl Air-Sea Battle davon ausgeht, dass landgestützte Bomber mit trägergestützten Kampfjets zusammenarbeiten, wollten wir die

Fähigkeit zu unbegleiteten Langstreckenangriffen zu Land beibehalten. Welches Waffensystem auch immer Sie zum Einsatz bringen wollen, wir transportieren es für Sie vor Ort und überlassen es Ihnen, es einzusetzen.«

»Ziemlich elegant, Sir.«

»Der Gedanke hinter diesem Projekt war, kurzfristig einen Verband von Langstreckenbombern einsatzbereit zu haben, der die Flottensicherung jenseits des Horizonts unterstützt und das AirSea-Battle-Konzept bei minimalem Zeit- und Geldaufwand umsetzt. Es ist lediglich eine Übergangslösung, aber bezüglich des Zeit- und Geldaufwandes halten wir es für die beste Lösung, bis wir weitere Mittel für einen neuen Langstreckenbomber auftun.«

»Und ich bin sicher, Sky Masters schwebt auch dafür bereits ein Entwurf vor«, vermutete Cuthbert.

»Selbstverständlich.«

»Dachte ich mir«, sagte Cutlass. »Dann lassen Sie uns bis zum Start ein wenig Tacheles reden, General. Was wird die Air Force der Aufbau Ihrer kleinen Flotte hier kosten?«

»Gar nichts«, erklärte Patrick vollkommen sachlich.

»Wie bitte? Gar nichts?«

»Wir versuchen nicht einfach bloß einen Regierungsauftrag an Land zu ziehen – Sky Masters investiert selbst in dieses Projekt«, erläuterte Patrick. »Wir wollen, dass uns die Air Force die Triebwerke, Bordelektronik, Radar- und Waffensysteme, den Treibstoff sowie die übrigen in AMARG eingelagerten Flugzeuge zum Ausschlachten überlässt – alles Material, über das die Air Force bereits in Hülle und Fülle verfügt und für das die Steuerzahler bereits gezahlt haben. Die Gesellschaft übernimmt sämtliche Personalkosten – für die technische Planung, die Wartung, die Besatzungen, den Betreuerstab und die Fluglehrer. Streicht die Air Force das

Programm, erhalten sie ihre Geräteausrüstung zurück, und Sky Masters schreibt die Personalkosten ab.«

»Nicht, dass ein altes Schlachtross wie ich sich mit den geschäftlichen Aspekten auskennen würde, Sir«, sagte Cuthbert, »trotzdem muss ich mich fragen: Wie wollen Sie damit Geld verdienen? Sky Masters ist doch an dieser Geschichte beteiligt, um Profit zu erwirtschaften, oder?«

»Die Anteilseigner der Gesellschaft wollen Geld verdienen, Cutlass – *ich* dagegen möchte die AirSea-Battle-Strategie unterstützen und meinen Teil zur Verteidigung unseres Landes beitragen, indem ich in kurzer Zeit ein leistungsstarkes Langstreckenaufklärungs- und -angriffsflugzeug baue«, erklärte Patrick. »Wir verdienen unser Geld, indem wir die Excaliburs, sind sie einmal gebaut, für uns arbeiten lassen. Die Air Force wird Personal benötigen, das diese Düsenflugzeuge fliegt und wartet – das wird dann die Aufgabe von Sky Masters sein. Sobald die Bomber gebaut sind und das Programm umgesetzt ist, übernimmt das Pentagon die Konstruktionskosten für die Bomber, und wir unterzeichnen einen Vertrag für den Einsatz der Bomber gemäß den Weisungen der Air Force oder des Gebietskommandeurs. Wir stellen umfassend ausgebildete Flugzeugbesatzungen sowie die Datenlinktechnologie zur Verfügung, sodass das Personal der Air Force die Offensiv- und Defensivsysteme an Bord des Flugzeugs bedienen kann, und wir übernehmen den Transport, wo immer Sie hinwollen. Ihre Leute – oder auch unsere, wenn Ihnen das lieber ist – fernsteuern die Waffensysteme und führen im operativen Bedarfsfall die Angriffe durch.«

»Und Ihr Aufsichtsrat hat sich bereit erklärt, bis zum vertraglich abgesicherten Abschluss eines Auftrags auf eine Bezahlung zu verzichten?«

»Es war etwas mühsam, diese Leute von dieser Investition zu überzeugen«, räumte Patrick ein. »Wir haben von einigen örtlichen, staatlichen und landesweiten Stellen ein wenig Unterstützung bekommen, weil wir Hunderte qualifizierter Arbeiter mitsamt ihren Familien aus einigen der ärmsten und von der Wirtschaftskrise am schwersten betroffenen Regionen der westlichen Vereinigten Staaten zu uns holen. Aber schon bei den ersten Planungen ist mir etwas aufgegangen: Wie bei jedem Regierungsprogramm heutzutage ist den Arbeitern, die aus Palmdale und anderen Orten nach Battle Mountain umgezogen sind, um für Sky Masters zu arbeiten, völlig klar, dass es selbst nach Vertragsunterzeichnung praktisch jeden Moment noch gestrichen werden kann. Trotzdem sind sie bereit, hier herauszuziehen und die Arbeit zu tun. Das ist mehr, als nur einen Gehaltsscheck zu kassieren, Cutlass – das ist Engagement für die Arbeit und für das Land. Das möchte ich unterstützen. Und nachdem ich das meinem Aufsichtsrat erklärt habe, war man dort letztendlich auch einverstanden, und als man dann die erste generalüberholte und aufgearbeitete Excalibur in der Luft sah, waren sie endgültig mit an Bord und haben sogar die Vollmacht für die Generalüberholung der F-111 und F-14 erteilt. Die F-111 könnte womöglich eine kostengünstige Lösung für die Luftstreitkräfte von AirSea Battle sein, zudem können wir von denen etwa fünfzig Stück bauen, deutlich mehr als von den B-1ern.«

Als sie sich dem Wendehammerbereich der aktiven Startbahn in Battle Mountain näherten, machten sie sich wieder an die Arbeit. Cuthbert drückte den TTO-Schalter, der Trimmung und Störklappen automatisch für den Start einstellte, und ging dann die Reihen grüner Leuchtpunkte auf der Checklistenseite seines MFDs durch, die anzeigten, dass das Flugzeug für den Start konfiguriert war. Derweil gab Patrick auf einem seiner MFDs eine Textnachricht ein. »Ich habe den Fluglotsen der Naval Air Station Fallon erklärt, dass wir klar zum Start sind, und sie haben uns die Freigabe für das Militärgelände sowie für niedrige Flugrouten erteilt«, sagte Patrick. »Der Sollkurszeiger für den Steuerkurs ist auf den Eintrittspunkt des Übungsgeländes eingestellt. Nach der Übergabe werde ich mit der Anflugkontrolle Battle Mountain und anschließend mit den Fluglotsen von Fallon sprechen.« Auch überflog Patrick die Daten auf seiner Checklistenseite, befestigte dann seine Sauerstoffmaske über dem Mund, prüfte seine Gurte und aktivierte den Schleudersitz. »Sitz aktiviert. Ich bin startklar, Cutlass.«

»Kann's kaum erwarten. Startklar.«

Patrick erhielt die Startfreigabe, sagte dann: »Sie haben für einen rollenden Start reichlich Bahn, außerdem sind wir extrem leicht. Es ist also nicht nötig, die Bremsen für das Hochfahren der Triebwerke festzustellen. Geben Sie Vollgas.«

»Bin schon dabei«, sagte Cuthbert und gab vollen Schub, ohne Nachbrenner.

»Kompressoren sehen gut aus«, sagte Patrick, während er die Triebwerksanzeigen überflog. »Klar zum Vorschieben in den Bereich.«

»Und los geht's.« Cuthbert schob die Gashebel über die Sperre in den Nachbrennerbereich.

»Strahlregler schwingen frei, Temperaturen sehen gut aus.«

»Bereich fünf«, sagte Cuthbert, und dann spürte er es – diesen beinahe überraschenden Stoß in den unteren Rücken, als die Triebwerke vollen Schub erreichten. »O Mann, ist das ein irres Gefühl«, murmelte er berauscht.

»V-Eins, noch siebentausend, weitermachen«, sagte Patrick und benutzte die noch verbleibende Startbahnstrecke und ihre Eigengeschwindigkeit, um den Entscheidungspunkt für den Startanlauf zu bestimmen. Obwohl die Computer der Excalibur den bereits berechnet hatten, musste der Mensch einschreiten können, falls es zu einem Notfall kam. Es gab zwei solcher Entscheidungspunkte, einen für den Startabbruch im Falle eines Triebwerksversagens und den anderen, ab dem das Flugzeug im Falle eines Triebwerkschadens den Startvorgang fortsetzen musste. An einem dritten Punkt musste der Pilot mit der Startrotation beginnen.

Behutsam zog Cuthbert den Steuerknüppel nach hinten, und Sekunden später hob der Excalibur-Bomber sauber von der Startbahn ab. Nur Sekunden darauf stiegen sie mit über fünftausend Fuß in der Minute und wurden von Sekunde zu Sekunde schneller.

»Startbahn verlassen, Fahrwerk ein.« Patrick zog den Fahrwerkshebel hoch, und Augenblicke darauf stellte er auch Ladeklappen und Vorflügel auf. »Ladeklappen und Vorflügel aufgestellt, bereit für Tragflächenschwenk.«

»Roger. Tragflächen auf dreißig.« Cuthbert schob den großen Hebel für den Tragflächenschwenk zurück in die Dreißiggradstellung und nickte glücklich. »Donnerwetter, dieses Schätzchen mag es, wenn die Flügel angelegt sind. Hat sich angefühlt wie eine B-52 mit vorgestellten Tragflächen, aber die Steuerung ist verdammt viel leichtgängiger.«

Sie stiegen über der Sperrzone des Bombenabwurf- und Schießgeländes auf über dreißigtausend Fuß, und Patrick demonstrierte einige grundlegende Flugmanöver – Langsamflug, Strömungsabriss und Steilkehren –, gefolgt von fortgeschritteneren Manövern – einer liegenden Acht und Chandellen –, und zu guter Letzt einige einfache Kunstflugnummern – Rückenflug, Fassrollen und gesteuerte Rollen.

Die Excalibur vollführte sie alle mühelos, was Cuthbert das nötige Selbstvertrauen gab, es einmal selbst zu probieren. Patrick freute sich, Cuthbert wie einen kleinen Jungen auf einem Jahrmarktkarussell grinsen zu sehen, als er fertig war.

»Und, was meinen Sie, Cutlass?«, fragte er, nachdem der Air Force Colonel soeben seine zweite gesteuerte Rolle absolviert hatte.

»Lässt sich fliegen wie ein großer Kampfjet«, sagte Cuthbert, immer noch grinsend. »Einfach fantastisch.«

»Mit Waffen an Bord können wir das Meiste davon natürlich nicht durchführen, aber ich wollte Ihnen demonstrieren, dass dieser Vogel nach wie vor überaus stabil ist und über ausreichend Leistung für fortgeschrittene Flugmanöver verfügt. Aber jetzt ist der Zeitpunkt gekommen, Ihnen mal zu zeigen, wofür der ursprüngliche B-1 konzipiert war.« Patrick rief einen Flugplan auf sein MFD, und auf der Moving Map zeichnete sich ein serpentinenartiger Korridor ein, während auf Cuthberts MFD eine Reihe von Quadraten auf dem Synthetic Vision Display erschienen, die sie soeben durchflogen. Dann rief Patrick die Checkliste »Vor TFR-Flug« auf. »Jetzt werden wir *richtig* Spaß bekommen«, sagte er. »Terrainfolgesystem okay, Radar konfiguriert, Freigabe für eintausend Fuß steht. Schalten Sie ein, wenn Sie bereit sind, Cutlass.« Cuthbert drückte die »TFR EIN«-Taste auf seinem MFD, und die Excalibur kippte vornüber in einen Sinkflug mit fünfzehntausend Fuß pro Minute. »Tragflächenschwenk auf siebenundsechzig«, sagte Patrick. »Gashebel so, dass wir Mach nicht überschreiten – wir haben das Rod Pod montiert, und das ist jenseits von Mach 0,95 noch nicht getestet.«

Die hochmoderne Sniper-Zielerfassungskapsel AN/AAQ-33 mit dem Spitznamen »Rod Pod« war ein unter dem Flugzeugrumpf montiertes Gerät, das es der Besatzung ermöglichte, Bodenziele aus großer Entfernung und bei Nacht zu suchen und mit dem Laser für Präzisionsbombardements zu markieren. Die Kapsel konnte Ziele für die Excalibur oder für andere Bomber markieren oder Ziele sichten, Koordinaten bemessen und Bild- sowie Datenmaterial via Satellit zu anderen Kommandeuren weltweit übermitteln.

»Wenn Sie den Kurs per Hand fliegen möchten, halten Sie das Flugzeug einfach innerhalb der Quadrate auf Ihrem Monitor und überlassen Sie die Flughöhenkontrolle dem TFR.«

Innerhalb von zwei Minuten waren sie runter bis auf eintausend Fuß über Grund. Sie führten einen weiteren Systemcheck durch, gingen dann, bei einer Fluggeschwindigkeit von über sechshundert Meilen in der Stunde, mit der Flughöhe stufenweise herunter auf gerade mal zweihundert Fuß über Grund. Cuthbert überließ es dem Terrainfolgeradar und den Computern, ihren Achterbahnritt über das Gelände zu steuern, während er den Bomber mittels Schwenks innerhalb der Quadrate hielt, die ihren im Flugplan festgelegten Kurs beschrieben. Einmal musste er in eine Neunziggradschräglage gehen, um auf Kurs zu bleiben, da seine Aufmerksamkeit im falschen Moment abschweifte. Schließlich schaltete er den Autopiloten ein, um seine volle Konzentration nicht auf das Fliegen selbst richten zu müssen und eine Chance zu haben, den Terrainfolgeflug mitzuerleben.

»Das ist fantastisch, Patrick, einfach unglaublich«, sagte er. »Fühlt sich grundsolide an.«

»Wir waren froh, dass sich das ursprüngliche Stabilitäts- und Steuerunterstützungsprogramm so gut mit dem AESA verknüpfen ließ«, erklärte Patrick. »Allerdings war das SCAS seiner Zeit voraus. Zudem konnten wir auf einige der anderen Systeme verzichten, auf den Radarhöhenmesser etwa und das Fluglagenwinkel-Sicherungssystem beim TFR, weil das AESA bei jedem Fluglagen- und Steigungswinkel und auch in Situationen wie über Wasser bestens funktioniert, wohingegen das Original-Radarsystem in seiner Anwendung stark eingeschränkt war.« Mittlerweile näherten sie sich dem Ende der Niedrigflugstrecke auf ihrem Flugplan, und die Quadrate auf ihrem Synthetic-Vision-Display begannen, einen Steigflug anzuzeigen. »Möchten Sie die Strecke noch einmal durchfliegen?«

»Würde ich gern, Patrick, aber ich muss einen Flug zurück nach Hickham kriegen«, sagte Cuthbert. »Aber Sie haben mir ganz entschieden die Tränen in die Augen getrieben. Vielen Dank für diese unglaubliche Demonstration.«

Während sie im Steigflug den Niedrigflugkurs verließen – wobei Cuthbert das Flugzeug, wie er es gern tat, erneut per Hand flog –, vernahmen sie auf der Frequenz der Geländeüberwachung Fallon: »Masters Eins, hier Fallon Range Control.«

»Sprechen Sie, Range Control«, antwortete Patrick.

»Masters Eins, in fünfzehn Minuten, sobald Sie draußen sind, haben wir über dem Gelände ein paar Hornets eingeplant. Allerdings sind sie bereits in der Luft und haben wegen eines Formationsflugs angefragt, um Fotos zu schießen. Außer im Museum haben sie noch nie einen B-1 gesehen. Ich kann MARSA für sie bewilligen, sofern Sie einverstanden sind.« MARSA stand für Military Assumes Responsibility for Separation of Aircraft (Militär übernimmt Verantwortung für Trennung von Flugzeugen) und wurde gewöhnlich bei Einsätzen wie dem Luftkampftraining und dem Auftanken in der Luft eingesetzt.

Patrick warf einen Blick hinüber zu Cuthbert. Der nickte, ein strahlendes Lächeln im Gesicht. »Klar, Control, Masters Eins bittet sie herzlich hinzu.«

»Verstanden, Sir. Masters Eins, Welder Eins-Sieben Zweierformation, Fallon Range Control genehmigt MARSA über dem Gelände. Behalten Sie erweiterten Flughöhenbereich Angels fünfzehn bis Angels einundzwanzig bei. Melden Sie Aufhebung von MARSA auf dieser Frequenz. Masters Eins, Verkehr von Ihnen aus auf acht Uhr, Entfernung achtundvierzig Meilen und näherkommend.«

»Eins verstanden«, antwortete Patrick. Er schaltete eins seiner MFDs auf das Display des Radarwarnsystems um. Augenblicke später erschien auf der vom Controller angegebenen Position das Icon eines befreundeten Flugzeugs.

»Masters Eins, Welder Zweierformation, haben uns über Radar angehängt, kommen näher«, gab der Führungspilot der sich nähernden F7A-18 Super Hornets über Funk durch.

»Masters Eins, Roger«, antwortete Patrick.

Einige Minuten später funkte der Pilot der Hornet: »Masters, haben uns auf Sichtkontakt angehängt, teilen uns auf, einer auf jeder Seite für bessere Aufnahme.«

»Masters Eins, verstanden.«

Ein paar Augenblicke darauf erschienen die navygrauen zweisitzigen Hornet-Jagdbomber vor ihren Seitenfenstern, und sie konnten die Hintermänner Schnappschüsse von ihrem B-1 mit ihrem jeweiligen Flügelmann auf der gegenüberliegenden Seite schießen sehen.

»Was für ein Riesenvogel«, funkte einer der Hornet-Piloten.

»Lassen Sie mal sehen, was er kann«, bat der andere.

Cuthbert setzte zu einem Linksschwenk an, stieg dabei immer höher, bis sie einen Fluglagenwinkel von neunzig Grad erreicht hatten. Die Hornet-Piloten verharrten im engen Formationsflug, als wären sie Flieger auf einer Flugshow.

»Nicht übel, nicht übel – für einen so großen, alten Dinosaurier«, funkte ein anderes Besatzungsmitglied. »Was kann das alte Mädchen denn sonst noch?«

Cuthbert warf Patrick einen Blick zu. »Was meinen Sie, General?«

»Ich denke, sie wollen spielen.« Patrick rief erneut den Flugplan für den Tiefflug auf, und Cuthbert setzte den Schwenk fort, bis sie wieder in Richtung Eintrittspunkt flogen. Dann ging Patrick abermals die Vor-TFR-Flug-Checkliste durch, rüttelte an seinem Steuerknüppel und sagte: »Flugzeug übernommen.«

Als Antwort schüttelte auch Cuthbert seinen Steuerknüppel. »Sie haben Flugzeug übernommen.«

»Wie sieht's aus, Leute?«, funkte der Hornet-Pilot. »Habt ihr noch was in petto für uns?«

»Wahrscheinlich befürchten sie, er könnte auseinanderbrechen, wenn sie ihn zu hohen G-Kräften aussetzen«, schaltete sich ein anderer ein.

»Nein, wir warten nur auf den richtigen Zeitpunkt«, gab Patrick über Funk zurück. »Bereit, Cutlass?«

»Los, Sir, verbrennen Sie ihnen den Arsch«, entgegnete Cuthbert, das breite Grinsen hinter seiner Sauerstoffmaske verborgen.

»Und los geht's«, sagte Patrick. Er schwenkte die Flügel ganz nach achtern und schob den Gashebel vor auf vollen Schub.

»Na ja, so ein Flügelschwenk ist nicht übel, etwa so wie bei einer übergroßen F-14 Tomcat«, funkte einer der Navy-Piloten, »und wie ich sehe, hat er auch noch ein wenig Dampf in Reserve und …«

Patrick drückte den »EIN«-Schalter auf seinem MFD und begann einen harten Rechtsschwenk hinein in den Tiefflugkorridor.

»*He, passen Sie auf!*«, funkte einer der Hornet-Piloten. »Wo, zum Teufel, wollen Sie denn hin?«

»Fangt uns, wenn ihr könnt, ihr Süßen«, funkte Patrick. Die beiden Hornets verschwanden außer Sicht, als die Excalibur zu seinem dramatischen Sturzflug Richtung Erde ansetzte.

»Kein Problem, Leute«, sagte einer der Hornet-Piloten. »Welder Zwei, Sie befinden sich von mir aus auf drei Uhr. Anschließen bei losem Fingerspitzenkontakt.«

»Zwei, verstanden«, antwortete der Flügelmann.

Die Icons der beiden Hornets auf dem Display des Defensivsystems verschmolzen miteinander, stiegen höher und entfernten sich. Patrick sah sich widerstrebend gezwungen, die Gashebel ein wenig zurückzunehmen, um auf seinem steilen Sturzflug ein Durchbrechen der Schallmauer zu vermeiden. In weniger als einer Minute waren sie herunter auf zweihundert Fuß über Grund und rasten mit einer Geschwindigkeit von jetzt nahezu siebenhundert Meilen in der Stunde im Konturflug über die Bergrücken dahin.

»Hornets, hoch auf sieben Uhr«, verkündete Patrick, während er seine Checkliste und die Defensivdisplays überflog. »TFR-System okay.« Er verrenkte sich, um aus den beiden Seitenfenstern nach dem Gelände zu sehen. »Festhalten, Cutlass«, sagte er und riss die Excalibur in einen steilen Rechtsschwenk.

»Hornets auf sechs Uhr … fünf … vier … jetzt wieder auf fünf Uhr …«

»Nicht mehr lange«, sagte Patrick. Unmittelbar vor Erreichen eines Berggipfels zog er die Excalibur in eine sehr steile Linkskurve und kam dabei dem Gipfel so nahe, dass Cuthbert einzelne Spalten im Felsgestein unten ausmachen konnte.

»Haben Sie's noch im Griff, Patrick?«, fragte er leicht besorgt.

»Hab ich, ich hab's noch im Griff«, gab Patrick zurück.

»Hornets auf neun Uhr … acht Uhr … entfernen sich … kommen jetzt zurück, immer noch auf acht Uhr …«

»Radar benutzen, das ist nicht fair, Freunde«, sagte Patrick. Er rief eine weitere Checklistenseite auf, diesmal, um das Defensivsystem ALQ-293 SPEAR der Excalibur zu aktivieren, vollführte dann einen weiteren engen Rechtsschwenk und jagte knapp über den nächsten felsigen Bergkamm hinweg. »Ich werde ihre Radar- und Funkgeräte lediglich stören, nicht völlig ausschalten«, kündigte Patrick an. Augenblicke darauf erloschen die Icons der Hornets. »Nehmt das, ihr Waschlappen.«

»Hier Welder-Formationsflug – stellt das ein, sofort einstellen«, meldete sich ein paar Augenblicke später der Pilot der führenden Hornet, seine Stimme eine Mischung aus Besorgnis und Verärgerung. Der Funk war ein einziges Chaos aus Kreisch- und Knacklauten sowie atmosphärischen Störungen – die Stimme des Piloten war kaum herauszuhören. »Führungsflugzeug steigt auf Angels Siebzehn. Fallon Range Control, Welder Eins-Sieben beendet MARSA – genau jetzt.«

»Welder Eins-Sieben, wiederholen Sie«, antwortete der Fluglotse des Militärgeländes inmitten der Störgeräusche. Dann sagte er: »He, Masters, Sie Idiot – stellen Sie die verdammten Störmaßnahmen ein!«

Patrick fuhr die Verteidigungssoftware herunter, und das Kreischen verstummte. »Fallon Range Control, wie ist der Empfang jetzt?«

»Jetzt wieder laut und deutlich, Welder«, antwortete der Fluglotse.

»Wir beenden MARSA, gehen auf Transponderkode normal.«

»Roger, Welder Eins-Sieben. Radarkontakt, fünf-sieben Meilen nordwestlich des Flugfeldes, passieren Angels Dreizehn. Ihr Flügelmann befindet sich von Ihnen aus auf Siebenuhrposition, passiert soeben Angels elf. Radarkontakt Masters Eins negativ.«

»Das liegt daran, dass dieser Scheißkerl während unseres Formationsflugs in den Tiefflug gegangen ist!«, gab der Hornet-Pilot verärgert zurück, »und anschließend seine Störsender eingeschaltet und jedes Funkgerät im Umkreis von fünfzig gottverdammten Meilen abgeschaltet hat!«

»Verstanden, Welder«, sagte der Fluglotse. »Masters Eins, sind Sie auf Frequenz?«

»Bestätige, Fallon Control«, antwortete Patrick. »Befinden uns zehn Meilen südlich von Zwischenstation Tango auf IR-7, passieren soeben sechstausend, gehen hoch auf eins-sechs-tausend auf dem Weg zu Übungsgelände-Kontrollpunkt JASPER.«

»Radarkontakt noch immer negativ«, sagte der Fluglotse. »Sie hatten Anweisung, mit Flug Welder in Flughöhenbereich Angels eins-sieben bis zwo-eins auf MARSA zu bleiben.«

»Haben noch für weitere fünf Minuten Berechtigung für Gelände- und IR-7-Tiefflugkurs, Fallon«, sagte Patrick. »Wir sind einfach noch mal in Quadrat IR-7 hineingeflogen und haben Testflug fortgesetzt. Wenn die Hornets MARSA mit uns nicht mithalten konnte, hätten sie Ihnen das melden und im Flughöhenbereich bleiben sollen.«

Es entstand eine lange Pause auf der Frequenz, dann: »Masters Eins, kontaktieren Sie gleich nach Landung Einsatzzentrale Fallon. Sie haben Freigabe bis Zwischenstation JASPER, gehen Sie höher und bleiben Sie auf Angels eins-sechs. Bei Erreichen von JASPER erhalten Sie Freigabe für Direktflug zum Flughafen Battle Mountain. Bei Erreichen von JASPER kontaktieren Sie Anflugkontrolle Battle Mountain, und nach Erreichen von Battle Mountain kontaktieren Sie telefonisch Flugsicherung des Übungsgeländes Fallon.« Der Lotse spulte eine Telefonnummer herunter.

»Masters Eins, alles verstanden«, sagte Patrick und fügte hinzu: »Und einen schönen Tag noch, Welders.«

»Sie können mich mal«, erfolgte die Antwort, und auf der Frequenz herrschte Funkstille, bis sie das Übungsgelände verließen und auf zivile Flugsicherung umschalteten.

»Und, was denken Sie, Cutlass?«, fragte Patrick.

»Es war *Wahnsinn!*«, antwortete Cuthbert, riss sich die Sauerstoffmaske herunter, rutschte aufgeregt auf seinem Sitz hin und her und klatschte dabei in die Hände. »Mann, ich hatte ganz vergessen, wie aufregend das Fliegen im Tiefflug ist – die schweren Jungs haben das seit Jahren nicht gemacht. Klingt ganz so, als erwartet Sie bei Ihrer Rückkehr eine ordentliche Abreibung von der Navy, weil Sie dieses SPEAR-Störsenderdings eingeschaltet und alles damit lahmgelegt haben.«

»Die kommen schon darüber hinweg. Ich werde das von den Rechtsverdrehern auseinanderklamüsern lassen«, sagte Patrick, gänzlich unbeeindruckt. »Was meinen Sie, möchten Sie die Landung übernehmen, Cutlass?«

»Verdammt, Sir! Und ob ich will!«, sagte Cuthbert begeistert. »Fühle mich wieder wie ein junger bomberbegeisterter Lieutenant. Ich hab den Vogel im Griff!« Er rüttelte erneut am Steuerknüppel, um zu zeigen, dass er das Flugzeug in seiner Gewalt hatte, und Patrick rüttelte zur Bestätigung an seinem. »Könnte sein, dass ich meinen Rückflug nach Hawaii verpasse, aber das wär's verdammt noch mal wert!«

KAPITEL 3

SÜDCHINESISCHES MEER
Zur selben Zeit

»Wer sagt denn, dass er hässlich aussieht? Ich finde ihn süß«, bemerkte U.S. Navy Lieutenant Paula »Cowgirl« Caraway, als sie, von ihrem Arbeitsplatz in der Luftkampfsektion an Bord des auf Hawaii stationierten, vorübergehend aber nach Taiwan verlegten Aufklärungsflugzeugs P-8 Poseidon aus, das Bild auf ihrem Multifunktionsdisplay betrachtete. Caraway, eine adrette, sportliche Blondine mit beinahe unerschütterlichem Lächeln, war der Navigations- und Kommunikationsoffizier, kurz NAVCOM. Die P-8A Poseidon war eine Navy-Variante des Boeing-737-800-Passagierflugzeugs, ausgestattet mit Treibstofftanks für übergroße Reichweiten, einem kleinen, derzeit nicht bestückten Bombenschacht für Torpedos oder Marschflugkörper, einem elektronischen Informationserfassungssystem und einer Ausstattung zur U-Boot-Kriegsführung inklusive Sonobojen für das Aufspüren und die Verfolgung von U-Booten.

»Ziemlich rassig«, fuhr Caraway fort, »wie ein Supermodel.« Sie hatte die hoch auflösende SAR-Darstellung des AN/APY-10-Multimode-Radarsystems auf ihren digitalen Radarmonitor geschaltet. Selbst aus einer Entfernung von fast vierzig Meilen gab das APY-10 ein Bild, das so scharf war wie eine Schwarz-Weiß-Fotografie – sie konnte die an Deck stehenden Flugzeuge mühelos identifizieren und zählen. »Eine kleine Prinzessin.«

»Ich war es, der behauptet hat, er sieht hässlich aus, und das tut er auch«, sagte ihr Partner, der neben ihr saß. Lieutenant Commander Richard »Beastie« Sykes war ein Patrouillenflugzeugoffizier mit nahezu fünfzehn Dienstjahren auf der P-3 Orion und S-3 Viking und ein alter Hase. Er war der Patrol Plane Tactical Coordinator, der taktische Koordinator, kurz TACCO, dieses Patrouillenflugzeugs und für die Abstimmung der Aktivitäten der Besatzung bei der Seekriegsführung zuständig. »Sie haben ihm also ein paar Eimer Farbe gegönnt und ein paar interessante neue Ausbuchtungen hinzugefügt. Es ist trotzdem immer noch ein gealterter Bock.«

Sykes und Caraway unterhielten sich über das große Thema der heutigen Aufklärungsmission über dem Südchinesischen Meer: den Träger *Zhenyuan,* den ersten Flugzeugträger der Marine der chinesischen Volksbefreiungsarmee. Der einstige russische Flugzeugträger *Varyag* der *Kusnetsow*-Klasse war nach dem Zusammenbruch der Sowjetunion zunächst in die Ukraine überführt und dann vom Iran gekauft worden – vorgeblich als Arbeitsplattform für vor der Küste liegende Ölbohrinseln, insgeheim jedoch war er in einen einsatzbereiten Zustand versetzt und als Flugzeugträger *Ayatollah Ruhollah Khomeini,* dem ersten von einem Land des Mittleren Ostens betriebenen Flugzeugträger, im Persischen Golf sowie dem Golf von Oman stationiert worden. Nach einem kurzen Scharmützel mit Bombern der U.S. Air Force, bei dem das Schiff stark beschädigt worden war, wurden sämtliche Waffen- und Sensorsysteme an Bord des Flugzeugträgers demontiert und dieser an China verkauft, wiederum angeblich, um in der Nähe von

Hongkong als schwimmendes Hotel und Kasino eingesetzt zu werden. Nach einem kurzen Gastspiel als Flugzeugträger *Mao Zedong*, in dessen Verlauf er nach der Unabhängigkeitserklärung des Inselstaates in den Konflikt zwischen Festland-China und Taiwan verwickelt war, verabschiedete er sich, stark beschädigt, erneut in den Ruhestand. Von den Chinesen zum Umweltrisiko erklärt, war er in den nördlichen Hafen der Stadt Dalian überführt worden, um dort verschrottet zu werden.

Mehrere Jahre später jedoch kam das Schiff aus dem Trockendock wieder zum Vorschein – mit neueren, stärkeren Maschinen und verbesserten digitalen Sensorsystemen – und absolvierte 2011 erfolgreich seine Probefahrt. Nach Angaben der chinesischen Marine setzte man den jetzt in *Zhenyuan* umbenannten Flugzeugträger ausschließlich für »Versuchs-, Ausbildungs- und Forschungszwecke« ein, wofür er angeblich in der Nähe des chinesischen Festlands blieb. Zur allgemeinen Überraschung war er ein Jahr darauf als Teil eines aus acht Schiffen bestehenden Flugzeugträgergefechtsverbandes im Golf von Aden erschienen, wo er zunächst zusammen mit dem russischen Gefechtsverband *Vladimir Putin* eine Übung durchgeführt und anschließend die jemenitische Hafenstadt Aden angegriffen hatte. Zudem hatte er auch an Angriffen auf Piraten in Somalia teilgenommen, wofür er von seinen Decks startende JH-37N-Jagdbomber eingesetzt hatte.

Kaum ein Fachmann hätte für möglich gehalten, dass die Chinesen vor dem Jahr 2020 über einen einsatzbereiten Flugzeugträgergefechtsverband verfügen, geschweige denn diesen im Kampf einsetzen würden. Als sich China 2013 dann bereit erklärte, seine Truppen aus Somalia abzuziehen, kehrte der Träger *Zhenjuan* mitsamt seinen Begleitschiffen in heimische Gewässer zurück und verließ seitdem kaum einmal das Südchinesische Meer. Vorgreifend auf die Ausrüstung ihres zweiten Flugzeugträgers, des für 2015 geplanten *Zheng He*, begannen die Chinesen an Bord des Trägers *Zhenyuan* mit einer intensiven Ausbildung für trägergestützte Fliegereinsätze.

Obwohl mehr als zwanzig Meilen entfernt, lieferte das Synthetic Aperture Radar, das SAR, überaus detaillierte Aufnahmen des *Zhenyuan*. Ähnlich den britischen Flugzeugträgern der Invincible-Klasse bediente sich der chinesische Träger anstelle der dampfbetriebenen Startkatapulte eines ansteigenden, »Sprungschanze« genannten Vordecks, um Starrflügelflugzeuge weit genug in den Himmel zu katapultieren, dass sie noch vor dem Absinken und einem Aufprall auf der Wasseroberfläche bis auf Fluggeschwindigkeit beschleunigen konnten. Er verfügte über große, inselartige Aufbauten auf der Steuerbordseite, aus deren rückseitig gelegenen Schornsteinen heller Rauch quoll. Die Aufbauten strotzten von Antennen und Elektronikkuppeln sowie Phased-Array-Radarschirmen, Raketenstartvorrichtungen zur Selbstverteidigung und mittschiffs Geschützstellungen. Ebenfalls mittschiffs gab es auf beiden Seiten weitere Raketenstartvorrichtungen und Geschütztürme entlang der Schandecks. Achtern befanden sich sechs Fangdrähte für das Einfangen von Starrflügelflugzeugen. Vier sehr große Flugzeuge mit Doppelstabilisatoren am Heck standen bugwärts der Aufbauten geparkt und sechs weitere kleinere Jets achtern auf der Steuerbordseite, dazu zwei große, auf dem backbordseitigen Hebewerk geparkte Helikopter sowie ein Flugzeug, das seinen Start über die Sprungschanze erwartete. Laut Sensormessung betrug die Vorschubgeschwindigkeit des Trägers *Zhenjuan* fünfundzwanzig Knoten.

»Die Flugzeuge bugwärts vor den Aufbauten sehen wie JH-37er aus«, bemerkte Sykes, als er die Radarbilder auf seinem rechten Multifunktionsdisplay betrachtete, »aber die achtern der Aufbauten und das eine, das sich auf den Start vorbereitet, sind kleiner als die anderen. Sind das JN-15er?« Das Shenyang JN-15 war ein nicht lizenzierter Nachbau des trägergestützten russischen Kampfflugzeugs Sukhoi-33, Berichten zufolge das ursprünglich auf den chinesischen Flugzeugträgern eingesetzte Flugzeug bis zum überraschenden Erscheinen des erheblich größeren JH-37-Jagdbombers.

»Kann ich noch nicht sagen«, sagte Caraway, während sie etwas im Aufklärungsprotokoll eintrug, bevor sie einen Schluck Wasser aus ihrer Hüftflasche trank. »Ich geh mal davon aus, dass uns einer dieser JH-37 jetzt jeden Moment einen Besuch abstattet. Ich kann es kaum erwarten, einen aus der Nähe zu sehen. Ich hoffe, sie …«

In diesem Moment vernahmen sie über die internationale Notfrequenz GUARD: »US-Marine-Aufklärungsflugzeug mit der Einheitsnummer VP-9 – hier spricht der Gefechtseinsatzleiter an Bord des Flugzeugträgers *Zhenyuan* der Marine der Volksbefreiungsarmee auf GUARD. Wie empfangen Sie diese Übertragung?«

»Er hat Ihre Geschwadernummer abgelesen?«, stieß Sykes hervor. »Sofern sie kein leistungsstarkes Teleskop besitzen oder wirklich gut geraten haben, müssen sie uns abgehört haben. Pilot, TACCO – besteht Sichtkontakt?«

»Negativ!«, antwortete der Pilot des P-8, U.S. Navy Commander Renaldo »Nacho« Sanchez, ein weiterer alter Hase in der Crew des Patrouillenflugzeugs. »Lassen Sie mich ein paar Schwenks versuchen, um zu sehen, ob …«

»Warten Sie, warten Sie, ich sehe ihn«, sagte Lieutenant

Helen »Troy« Lister im Funk, die Stimme schrill vor Aufregung. »Hoch, auf vier Uhr. Junge, ist das ein winziges Flugzeug. Es ist … he, ich glaub, es ist ein J-20!«

»*Was?*«, stieß Sanchez hervor. Er beugte sich angestrengt auf seinem Sitz nach vorn, um aus dem Seitenfenster des Kopiloten einen besseren Blick zu haben. »Schätze, Sie haben recht, Troy.« Der Shenyang J-20 *Tiaozhàn zhe* – oder »Challenger« – war die Antwort der Volksrepublik China auf die amerikanischen F-22 Raptor. Er war schnittig und mit Tarnkappentechnologie ausgerüstet, angeblich selbst ohne Nachbrenner zu überschallschneller Reisegeschwindigkeit imstande, bestückt mit innen mitgeführten Luft-Luft-Raketen und einem leistungsstarken Radargerät mit aktiver elektronischer Strahlschwenkung sowie ausfahrbaren Infrarotsensoren, die es ihm erlaubten, Ziele ohne Verwendung seines Radars anzugreifen. »Ich dachte, der dient allein Versuchszwecken.«

»Machen Sie ein paar Aufnahmen, ich lade sie dann zum Satelliten hoch«, sagte Sykes.

Sofort holte Lister eine Digitalkamera hervor und machte sich daran, Fotos zu schießen. »Ich kann keine externen Waffensysteme erkennen«, lautete ihr Kommentar, während sie munter Fotos schoss.

»Angeblich sollen die sich innen befinden, wie bei der F-22«, erklärte Sanchez. »Was meinen Sie, ist der von dem Flugzeugträger gekommen oder von einem Stützpunkt an Land?«

»Ein chinesisches trägergestütztes Tarnkappenjagdflugzeug – das wäre ein dickes Ding«, meinte Caraway. »So was haben selbst *wir* noch nicht.«

»Hat er ziemlich geschickt angestellt, sich so an uns heranzuschleichen«, bemerkte Sykes. »Nicht ein einziges Fiepen im RAW.« RAW war die Ablürzung für Radar Warning Receiver, Radarwarnempfänger. Er warnte vor jedem Boden-, Schiffs- oder luftgestützten Radar, das sie möglicherweise beobachtete.

»Er könnte AESA oder IRSTS benutzt haben«, sagte Caraway. AESA war ein Radargerät mit aktiver elektronischer Strahlschwenkung, ein hochmodernes Radarsystem, das die Frequenzen schneller wechselte, als die meisten Radarwarnempfänger diese zu identifizieren vermochten. IRSTS war ein Infrarotsuch- und Verfolgungssystem, ein Sensor, geeignet zum Aufspüren und Verfolgen von Wärmequellen. Beide Systeme erlaubten es einem Kampfjet, ein anderes Flugzeug aufzuspüren, anzuvisieren und Raketen ins Ziel zu lenken – bei einer überaus geringen Wahrscheinlichkeit, selbst entdeckt zu werden.

»Flugzeugträger *Zhenyuan*, hier Nickel Fünf-Eins-Fünf, Aufklärungsflugzeug der U.S. Navy«, verkündete Sanchez über den UHF-Kanal GUARD. »Habe Sichtkontakt zu Flugzeug auf unserer Siebenuhrposition. Ist das einer von Ihren?«

»Bestätige dies, Fünf-Eins-Fünf«, antwortete der Lotse. »Ein weiteres Flugzeug nähert sich auf Ihrer linken Seite.«

Und tatsächlich, als Sanchez herumschwang, um aus seinem Fenster zu schauen, erblickte er einen weiteren J-20 in engem Formationsflug. »Das ist noch ein J-20!«, rief er. »Die haben hier draußen zwei von diesen Dingern? Wie weit sind wir vom nächsten chinesischen Luftwaffenstützpunkt entfernt?«

»Wenigstens vierhundert Meilen«, antwortete Sykes. »Was sagt man dazu? Sieht ganz so aus, als hätten die Chinesen eigenhändig einen trägergestützten Tarnkappenbomber gebaut.«

»Sind Sie schon dabei, das alles an den Stab zu schicken, Cowgirl?«, erkundigte sich Sanchez.

»Ich tippe schon wie verrückt«, sagte Caraway. »Ich komme hoch, Ihre Kamera holen, sobald ich die Bestätigung habe, Troy.«

»Nennen Sie Zweck Ihres Fluges in der Nähe unserer Schiffe«, forderte der chinesische Fluglotse.

»Routineaufklärungsflug, Flugzeugträger *Zhenyuan*«, antwortete der Pilot.

»Sind Sie bewaffnet?«

»Negativ«, gab Sanchez zurück. »Wir sind unbewaffnet.«

»Öffnen Sie bitte Ihren Bombenschacht und fahren Sie Ihr Fahrwerk aus, Fünf-Eins-Fünf«, sagte der chinesische Fluglotse, »für eine Sichtprüfung Ihres Bombenschachts durch unsere Jagdflieger.«

»*Was?*«, entfuhr es Caraway. »Der spinnt doch!«

»Können Anweisung nicht befolgen, *Zhenyuan*«, antwortete Sanchez. »Bei unserer gegenwärtigen Luftgeschwindigkeit, Flughöhe und Gewicht wäre das zu riskant. Wir befinden uns auf einem friedlichen Routineaufklärungsflug über internationalen Gewässern.«

»Es ist allgemein bekannt, dass Ihr Flugzeug im internen Waffenschacht mit Antischiffsmarschflugkörpern bestückt werden kann«, sagte der Fluglotse des chinesischen Flugzeugträgers. »Einem solchen Flugzeug kann die Erlaubnis, innerhalb der Marschflugkörperdistanz unserer Schiffe oder Erdölanlagen zu fliegen, nicht erteilt werden, solange sein Bordwaffenstatus nicht durch eine Sichtprüfung bestätigt und Ihre friedlichen Absichten überprüft worden sind. Sie müssen augenblicklich nach Norden abschwenken und dieses Gebiet verlassen. Weiterflug in diesem Gebiet wird als feindlicher Akt gewertet und eine entsprechende Reaktion ohne weitere Warnung eingeleitet.«

»Pilot, TACCO«, rief Sykes über die Gegensprechanlage, »was gedenken Sie zu tun, Nacho?«

»Die ROE sagen nichts über chinesische Kampfjets, die uns aufs Korn nehmen«, antwortete Sanchez, womit er sich auf den Rules-of-Engagement-Einsatzplan bezog, der vor jeder Mission festgelegt wird. »Wir wurden gebrieft, dass wir möglicherweise abgehört werden – kein Wort von verdammten J-20ern der Marine. Cowgirl, setzen Sie eine Textnachricht an die Zentrale ab und teilen Sie denen unsere Lage mit. Troy, Sie geben mir einen Steuerkurs zurück zur Auftankstrecke.«

»Kommt nicht völlig unerwartet, erst recht nicht nach den Ereignissen letztes Jahr«, sagte Sykes über die Bordsprechanlage. »Nach dem, was die Air Force im Golf von Aden mit den Russen angestellt hat, bin ich überrascht, dass sie uns überhaupt so nah heranlassen.« Nach den Scharmützeln vergangenes Jahr im Mittleren Osten hatten die Spannungen zwischen den Vereinigten Staaten, Russland und China merklich nachgelassen, waren aber nach wie vor unangenehm hoch. »Auf jeden Fall haben sie uns völlig überrumpelt, so wie die sich von hinten angeschlichen haben.«

»Lenksender am Ausgangspunkt des Auftankens sendet«, sagte Lister. Sanchez begann einen Rechtsschwenk, um die Steuerungsanzeige mittig auszurichten. Beim Abdrehen wandte sich Lister auf ihrem Sitz herum, um sich mit einem Blick durch die Frontscheibe zu vergewissern, dass die chinesischen Kampfjets mit ihnen abdrehten. Das Letzte, was sie jetzt gebrauchen konnten, war eine Kollision mitten in der Luft wie 2008, als chinesische J-8-Jagdflugzeuge mit einem EP-3-Orion-Patrouillenflugzeug der Navy in der Nähe der Insel Hainan zusammengeprallt waren, was einen chinesischen Piloten das Leben gekostet und das EP-3 zur Landung auf einer chinesischen Militärbasis gezwungen hatte. Die Besatzung war zehn Tage festgehalten worden, und die Chinesen hatten das Flugzeug drei Monate lang Zoll für Zoll auf nachrichtendienstliche und technische Informationen durchsucht. »He, ich sehe unseren kleinen Freund nicht mehr. Scheint nach Hause geflogen zu sein.«

»Der andere auf backbord ist ebenfalls verschwunden«, sagte Sanchez.

»In Kürze können wir ein paar weitere kleine Freunde erwarten«, fürchtete Sykes. »Einen haben wir startbereit auf dem Flugzeugträger stehen sehen.«

»Wie ist unsere Entfernung zum Flugzeugträger, Beastie?«

»Sechsundvierzig Meilen«, antwortete Sykes. »Mann, was gäb ich dafür, sie würden meinen kleinen haarigen Arsch küssen«, setzte er hinzu. »Sich im internationalen Luftraum herumschubsen lassen zu müssen, das ist Mist. Andererseits würden wir sie nicht näher als einhundert Meilen an *unsere* Schiffe heranlassen, ich schätze also …«

In diesem Augenblick und ohne die geringste Vorwarnung wurde das gesamte Innere der Poseidon schlagartig und vollständig in Dunkelheit getaucht, die Triebwerke begannen herunterzufahren, und der Kabinendruck fiel auf null.

»Heilige Scheiße!«, schrie Sanchez, unmittelbar nachdem sein letzter Atemzug mit einem vernehmlichen Rülpser zwischen seinen Lippen entwichen war und sich die nicht sofort abgezogene Luft in einen dichten Nebel verwandelte. Sofort streiften Sanchez und Lister mit geübter Routine ihre Sauerstoffmasken über. »Troy, können Sie mich hören?«, schrie er durch seine Maske.

»Roger!«, rief Lister zurück. Sie war überrascht, wie ruhig sie sich fühlte – alles glich einem Szenario, wie sie es in einer

Simulatorübung für das Verhalten in Notfällen trainierten. Seltsamerweise hatte die Stille im Flugzeug etwas gespenstisch Entspannendes – oder lag das etwa an der einsetzenden Hypoxie, dem plötzlichen Sauerstoffmangel, der sie in einem trügerischen Gefühl von Sicherheit wiegte? Sie prüfte ihren Sauerstoffregler, nur um sicherzugehen, dass er funktionierte. »Haben Sie das Flugzeug im Griff, Nacho?«

»Ich ... Ich denke schon«, gab Sanchez zurück. Ganz sicher war er noch nicht. Die Farb-MFDs waren dunkel, weshalb er die Stand-by-Triebwerksanzeigen erst suchen musste. »Himmel, sämtliche Triebwerksanzeigen stehen auf null.« Er bewegte die Gashebel. »Keine Reaktion auf die Gashebel, und die Bedienelemente fühlen sich an, als befänden sie sich im Autopilotmodus.«

»Die verdammten Batterien sind ebenfalls offline?«, wollte Lister wissen.

»Wir haben praktisch gar nichts mehr, Troy, bis auf die pitotstatischen Instrumente«, sagte Sanchez, »Höhenmesser, Variometer und Luftgeschwindigkeit. Beide Triebwerke hatten einen Flammabriss, die Batterie ist auf null, es funktionieren weder Generatoren noch Lichtmaschine, *nichts!* Schalten wir die Stromzufuhr wieder ein und versuchen es mit dem Airstartsystem.« Während Lister ihre Notchecklisten auf Papier hervorholte, begann Sanchez sofort, die ersten Schritte der Checkliste aus dem Gedächtnis auszuführen: Er fuhr die elektrischen Systeme des Flugzeugs herunter, überprüfte die Sicherungen – mehrere waren herausgesprungen, ein Zeichen, dass das Flugzeug irgendeinen gewaltigen Stromstoß abbekommen hatte – und bereitete die erneute Zuschaltung von Batterien und Generatoren vor.

Wenige Minuten darauf kam Richard Sykes herein, der designierte Nachrichtenläufer zwischen Cockpit und Sensorraum in Notfällen wie diesem, mit einer Sauerstoffmaske über dem Gesicht und einer tragbaren Sauerstoffflasche in einem grünen Leinenbeutel über der Schulter. »Der Sensorraum ist sicher, alles ist heruntergefahren, um die Aufladung loszuwerden, alle sind auf Sauerstoff und melden okay. Keine Verletzten.« Er überflog die Instrumententafeln. »Sie haben alles verloren? Beide Generatoren *und* die Batterien? Schaffen Sie es, sie wieder zuzuschalten?«

»Das werden wir herausfinden, sobald wir alles neu konfigurieren.«

»Irgendeine Idee, was passiert sein könnte?«

»Keinen verdammten Schimmer.«

»Braucht ihr hier oben noch Hilfe?«

»Nein«, meinte Sanchez. »Sie gurten sich besser wieder an. Sagen Sie der Besatzung, sie soll die Checklisten ›Vor Notwasserung‹ durchgehen, für den Fall, dass es mit dem Neustart nicht klappt.«

Vor Überraschung klappte Sykes Mund auf, dennoch nickte er. »Was ist mit dem geheimen Material?«, wollte er wissen.

Sanchez zögerte, aber nur für einen Moment, ehe er antwortete: »Besser, Sie fangen schon mal an, es zu vernichten. Wenn wir notwassern, werden die Helikopter dieses chinesischen Flugzeugträgers innerhalb von Minuten über uns herfallen.«

Sykes schluckte und merkte, dass er ganz plötzlich eine trockene Kehle bekam, dann begab er sich zurück zum Sensorraum, um der Besatzung den Befehl zum Vernichten von geheimem Material und Dokumenten zu geben.

»Also schön, die Sicherungen sind wieder drin, alle Systeme auf der Notstromverteilerliste sind ausgeschaltet, und die Hauptstromleitung des Sensorraums ist offen«, sagte Lister, die einzelnen Punkte ihrer Checkliste durchgehend. »Sind bereit für Rückstellung des Batterieschalters.«

»Also los«, sagte Sanchez. »Batterieschalter AUS … Batterieschalter umlegen auf EIN.« Er betätigte den Schalter erneut – wieder tat sich nichts. »O Mist«, murmelte er, schaltete ihn schließlich wieder aus. »Gehen Sie alles noch mal durch, Troy.«

Lister schwenkte den Lichtkegel einer Taschenlampe über die rechten und linken Instrumententafeln und überzeugte sich, dass sich sämtliche Schalter und Sicherungen in der richtigen Stellung befanden. »Sieht alles gut aus«, sagte sie. »Was, zum Teufel, ist da passiert, Nacho? Was könnte sämtliche Batterien und Generatoren gleichzeitig lahmlegen?«

»Das Einzige, was mir einfällt, ist ein von einer Nuklearexplosion hervorgerufener elektromagnetischer Impuls«, sagte Sanchez. »Wenn wir von einem solchen getroffen worden sind, ist dieser Vogel durchgebraten. Selbst die Standby-Instrumente sind ausgefallen. Ich werde das ELT aktivieren.« Das ELT war ein batteriebetriebener Sender, der ein codiertes, von Bergungsflugzeugen, Schiffen oder Satelliten empfangbares Ortungssignal aussandte. Der Sender war vollständig getrennt von allen anderen Systemen des Flugzeugs, und das Ortungssignal enthielt das Rufzeichen des Flugzeugs sowie dessen GPS-Koordinaten, um sein Auffinden zu erleichtern.

Lister gurtete sich los, streifte ihre Überlebensweste über, schnallte sich wieder an und holte eine tragbare Kombination aus Funk-, GPS- und Satellitenbenachrichtigungsgerät hervor, schaltete es ein und wartete darauf, dass es bei den Satelliten einloggte. »Steuerkurs gleichbleibend auf Süd-Südost … Nein, Augenblick, wir befinden uns auf einem leichten Linksschwenk.«

»Ich werde den Schwenk beibehalten, dann auf Kurs Nord gehen.« Sanchez nahm den Meereshorizont zu Hilfe, um eine Standardkehre zu fliegen, zählte im Stillen sechzig Sekunden ab, brachte das Flugzeug dann wieder in die Waagerechte. »Wie sieht's aus?«

»Nord-Nordost.«

»Das sollte reichen.« Sanchez zog die Nase ihres Flugzeugs ein wenig hoch, wollte aber nicht riskieren, unter die günstigste Gleitgeschwindigkeit abzufallen. »Wie ist unsere Flughöhe?«

»Neuntausendfünfhundert.«

»Geschwindigkeit?«

»Zwo-zwanzig.«

Er zog die Nase des Fliegers noch ein wenig höher, was ihre Geschwindigkeit verringerte und ihre Reichweite im Gleitflug erhöhte, dann nahm er die Sauerstoffmaske ab, weil sie sich unterhalb von zehntausend Fuß befanden und die Luft hier dichter war. Lister tat es ihm gleich. »Gehen wir noch einmal die Vor-Luft-Neustart-Checkliste durch, langsam und mit größter Sorgfalt«, ordnete Sanchez an. Alles wurde ein weiteres Mal überprüft, dann versuchten sie, die Batterie wieder zuzuschalten. Immer noch Fehlanzeige. »Lesen Sie noch einmal die Anzeigen vor, Troy.«

»Geschwindigkeit über Grund eins-sechzig, Höhe sechstausenddreihundert, Kurs noch immer Nord-Nordwest.« Sie begann, auf der winzigen Tastatur des tragbaren Geräts zu tippen. »Ich werde eine SMS ans Hauptquartier schicken und sie über unsere Situation informieren. Das Funkgerät wird unsere Position an die Nachricht anhängen.«

Sykes kam ins Cockpit zurück, und da sie sah, dass sich die Piloten vom Sauerstoff genommen hatten, tat auch sie es. »Vor-Notwasserung-Checkliste abgeschlossen, Vernichtung von geheimer Leiterplatte und von Speicherchip läuft. Noch nichts Neues hier oben?«

»Nein«, antwortete Sanchez. »Sind jetzt auf sechstausend und haben noch Zeit für zwei weitere Neustartversuche, bevor wir in den großen Teich abschmieren.«

»SMS im Hauptquartier eingegangen«, meldete Lister. »Wir müssten eine Antwort erhalten, sobald …« Verwirrt starrte sie auf ihr tragbares Funk- und GPS-Gerät. »O verdammt, sieht ganz so aus, als hätte es sich abgeschaltet.«

»Sie machen Witze, oder?«

»Vor einer Sekunde hat es noch einwandfrei funktioniert.« Sie versuchte, es wieder einzuschalten, doch es reagierte nicht. Sie probierte es mit einem Austausch der Batterien, doch das nützte ebenfalls nichts. »Es ist mausetot.«

»Ich werde nachsehen, ob sonst noch jemand ein GPS hat«, sagte Sykes. Einige Augenblicke darauf kam er mit einem ähnlichen Gerät zurück und schaltete es ein, doch wenige Minuten später fuhr es ebenfalls herunter und ließ sich nicht wieder einschalten.

»Keine Ahnung, was, zum Teufel, hier vor sich geht«, sagte Sanchez, »aber irgendetwas legt die gesamte Elektronik an Bord dieses Flugzeugs lahm.« Er sah auf seine Uhr, eine mechanische Rolex, die nach wie vor funktionierte. »Haben Sie eine Digitaluhr, Troy?«

»Ja.« Sie warf einen Blick darauf. »Sie ist stehen geblieben.«

»Wir sind von irgendetwas getroffen worden, das unsere Bordelektronik verschmort hat«, sagte Sanchez. »Gehen wir noch mal die Checkliste durch.«

Aber die Batterien ließen sich noch immer nicht einschalten.

»Dreitausendsiebenhundert, Geschwindigkeit eins-sechzig«, las Lister ab.

Sykes erschien wieder oben im Cockpit. »Keine Reaktion?«

»Keine Reaktion«, bestätigte Sanchez. »Wir probieren es gleich noch ein paarmal. Sagen Sie der Crew, sie soll sich für eine Notwasserung bereit machen.« Sykes hastete zurück in den Sensorraum. »Gibt es irgendwas, was wir noch nicht versucht haben, Troy?«, erkundigte sich Sanchez über die Cockpitsprechanlage.

»Wüsste nicht, was, Nacho.« Zweimal gingen sie die Notfallcheckliste durch, ohne Ergebnis.

»Na schön, scheiß drauf«, sagte Sanchez. Der Stand-by-Höhenmesser zeigte an, dass sie sich weniger als tausend Fuß über dem Südchinesischen Meer befanden, doch der konnte sich um mehrere Hundert Fuß irren. »Wir notwassern. Ziehen Sie Ihre Gurte so stramm wie möglich, Troy.« Er langte hinter sich, griff sich den Behälter eines Luftdruckhorns, betätigte den Knopf und warnte damit die Crew, sich für die Notwasserung bereit zu machen, dann zog er seine Gurte stramm. »Nicht vergessen, wir brauchen erst eine eindeutige Anzeige unserer Wasserlage, ehe wir mit dem Öffnen der Luken beginnen, und denkt daran …«

»He, *sehen Sie!*«, rief Lister. Ein Stück weit rechts vor ihrer Nase befand sich ein in sehr enger Formation fliegender chinesischer JN-20-Jagdbomber. »Er ist zurück! Seine Bordelektronik scheint bestens zu funktionieren.«

»Was bedeutet, auch unsere könnte diesmal funktionieren«, sagte Sanchez. »Wovon auch immer wir getroffen wurden, möglicherweise haben sie es abgeschaltet. Gehen Sie die Luftstartcheckliste durch, *schnell!*« Kaum hatte er die Batterie eingeschaltet, gingen die Lichter auf der Instrumententafel flackernd an. »Verdammt, die Batterien sind wieder da! Backbordstartermotor auf Start!«

Lister hatte den Schalter auf dem Overheadbedienfeld

kaum umgelegt, da reagierten auch schon die Stand-by-Triebwerksanzeigen. »Wir kriegen die Anzeigen für RPM und Turbinenleistung!«, rief sie. »Energie bei fünf … zehn … fünfzehn Prozent!« Sanchez schob den linken Gashebel über die Sperre, woraufhin Turbinenleistung und Temperatur stetig anzusteigen begannen. »Wir haben wieder Licht. Wir haben Strom! Temperaturen sind stabil … Temperaturen im grünen Bereich. Starterschalter auf Spannungserzeugung … Spannung gut … Batterien in gutem Zustand, Aufladung normal … Schalter für Bordelektronik auf EIN.« Augenblicke später erwachten die wichtigsten Flug- und Multifunktionsdisplays zum Leben.

»Komm schon, Mädchen – *flieg!*«, flehte Sanchez und schob den linken Gashebel langsam und vorsichtig nach vorn. Die Triebwerksanzeigen reagierten, und zum ersten Mal seit einer scheinbaren Ewigkeit bewegte sich die Sinkgeschwindigkeitsanzeige gegen null. Mittlerweile waren sie der Wasseroberfläche so nah, dass sie deutlich die Konturen der Wellen ausmachen konnten, aber abstürzen würden sie nicht. »Gott sei Dank«, murmelte er. »Troy, schalten Sie die Bordelektronik ein, und dann lassen Sie uns das rechte Triebwerk …«

In diesem Moment gab es auf der linken Seite des Flugzeugs einen gleißend hellen Lichtblitz, dazu eine gewaltige, alle anderen Empfindungen überlagernde Explosion sowie eine Woge sengender Hitze. Die P-8 wurde nach rechts geschleudert, dann nach links, so hart, als würden sie auf den Kopf gedreht. Sanchez hämmerte auf den Mikroknopf und brüllte: *»Mayday, Mayday, Mayday, Nickel Fünf-Eins …«*

Genau in diesem Moment schlug der Poseidon auf der Wasseroberfläche auf. Fast eine halbe Meile weit überschlug er sich der Länge nach, wobei mehrere Bruchstücke in alle

Himmelsrichtungen geschleudert wurden, dann brach sein Rumpf an mehreren Stellen, ehe er auf der Oberseite liegen blieb. Es dauerte keine fünf Minuten, dann glitt er unter die Wasseroberfläche und ließ nur ein paar Teile von Tragfläche und Heck zurück.

KONTROLLRAUM IM WEISSEN HAUS, WASHINGTON, D.C.

Kurze Zeit später

Präsident Kenneth Phoenix, nach dem frühmorgendlichen Weckruf mit einem Sportanzug des Marine Corps bekleidet, betrat mit schnellen Schritten den Kontrollraum. Mit einem Wink bedeutete der hochgewachsene, schlanke und sportliche ehemalige Offizier und Judge Advocate des Marine Corps, Bundesanwalt, US-Justizminister und Vizepräsident der Vereinigten Staaten allen Anwesenden, wieder Platz zu nehmen. »Was ist passiert?«, fragte er.

»Wir haben die Verbindung zu einem P-8-Poseidon-Marine-Aufklärungsflugzeug verloren«, antwortete William Glenbrook, der Nationale Sicherheitsberater des Präsidenten. »Es befand sich unweit des chinesischen Flugzeugträgers *Zhenyuan* über dem Südchinesischen Meer auf einem Routinepatrouillenflug.«

»Herrgott«, murmelte der Präsident. Er griff zu einer Tasse Kaffee – ihm war in diesem Augenblick klar geworden, dass er für längere Zeit nicht wieder ins Bett kommen würde. »Sind sie auf irgendeine Weise von den Chinesen abgefangen oder angegriffen worden?«

»Sie wurden von zwei Jagdbombern der VRC abgefangen, Berichten zufolge J-20er«, sagte Glenbrook. William Glenbrook hatte dreißig Jahre in der Army gedient, war dort vom Gefreiten zu einem Viersternegeneral aufgestiegen und hatte, als ehemaliger Vorsitzender der Vereinigten Stabschefs, zur selben Zeit im Weißen Haus gedient wie der damalige Justizminister Phoenix unter Präsident Kevin Martindale. »Der P-8 meldete, sie hätten einen Totalausfall der Elektrik erlitten.«

»Und wie, bitte, haben Sie das bei einem Stromausfall gemeldet, General Glenbrook?«, wollte Außenminister Herbert Kevich wissen, der kurz zuvor im Kontrollraum eingetroffen war, nur wenige Augenblicke vor dem Präsidenten. Kevich war unter der vorherigen Administration Vizeaußenminister gewesen, war allerdings so erfahren in russischen und chinesischen Angelegenheiten, dass man ihn in die Phoenix-Administration übernommen hatte. Kevich – ein untersetzter, rundlicher und ungeduldig wirkender Mann mit einer auf die Nasenspitze geklemmten Lesebrille, über die er jedoch meist hinwegblickte – war sichtlich verärgert über die meisten Militäroffiziere und hochrangigen Regierungsbeamten, als würde er selbst gar nicht zu diesem Kreis gehören. Da er kein anderes Leben außer dem als Außenminister hatte, war Kevin unmittelbar nach Herausgabe der Benachrichtigung an den Sicherheitsstab des Präsidenten eingetroffen. Er wäre vollkommen glücklich damit gewesen, seine Zelte im Kontrollraum aufzuschlagen oder auch im Untergeschoss des Weißen Hauses, solange dies einen schnelleren Zugriff auf das Geschehen in der Welt bedeutet hätte.

»Die Besatzung hat für eine kurze Zeit nach Auftreten der Störung via ziviler SMS mit ihrer Befehlsstelle kommuniziert, Secretary Kevich«, erklärte Glenbrook.

»SMS schreiben am Steuerknüppel? Kein kluges Verhalten, denke ich«, stichelte Kevich.

»Ein überaus kompetentes Verhalten, wie ich finde, Herbert«, entgegnete Phoenix. »Ich will, dass sofort eine Bergungs- und Rettungsmission veranlasst wird, und zwar unter Ausschluss der Chinesen und ganz besonders dieses Flugzeugträgers. Sofern er sich im Absturzgebiet befindet, möchte ich, dass er von dort verschwindet.«

»Jawohl, Sir«, bestätigte Glenbrook.

»Das könnte problematisch sein, Mr. President«, wandte Kevich ein. »Von Rechts wegen mag das Südchinesische Meer als internationales Gewässer gelten, die Chinesen betrachten es jedoch als ihren alleinigen Herrschaftsbereich – etwa so wie wir den Golf von Mexiko oder die Japaner das Japanische Meer. Es wird der chinesischen Regierung nicht gefallen, wenn man ihr im eigenen Vorgarten Vorschriften machen will.«

»Hätten die Chinesen ein Flugzeug über dem Golf von Mexiko verloren, hätte ich nichts dagegen, wenn sie für die Suche Suchtrupps oder sogar einen Flugzeugträgergefechtsverband hinzuziehen würden – wir würden ein Auge auf sie halten, aber zulassen würde ich es«, sagte Phoenix. »Wir werden uns bei einer Such-, Bergungs- oder Rettungsaktion nicht auf machtpolitische Spielchen einlassen – China hat sich nicht einzumischen, Punkt. Ich will, dass die Absturzstelle geortet und sowohl aus der Luft als auch auf dem Wasser gesichert wird. Ermahnen Sie jeden, der sich dem Gebiet nähert, fernzubleiben.«

»Und wenn sie sich weigern, Mr. President?«, fragte Kevich.

»Veranlassen Sie, dass mir der Kommandant der Rettungsaktion vor Ort Bericht erstattet für den Fall, dass die Chinesen nicht kooperieren sollten«, bestimmte Phoenix nach einer kurzen Nachdenkpause. »Kommandanten dürfen alles für den Schutz ihrer Streitkräfte Erforderliche tun, ohne ausdrückliche Genehmigung aber keine weitergehenden Maßnahmen ergreifen. Die Anspannung wird hoch sein – ich möchte nicht, dass irgendjemand erst schießt und dann erst Fragen stellt.«

Glenbrook nickte und griff zum Telefon, um die Befehle weiterzuleiten.

Mehrere Minuten danach betrat Vizepräsidentin Ann Page den Kontrollraum, in der Hand einen sicheren Tabletcomputer. Begleitet wurde sie von Thomas Torrey, dem Direktor der Central Intelligence Agency. Page war ausgebildete Ingenieurin und Physikerin mit mehreren Abschlüssen, ihr Hintergrund jedoch umspannte sozusagen das ganze Universum – nach ihren Jahren als US-Senatorin von Kalifornien war sie zu einer der erfahrensten Astronautinnen und Entwicklerin für Weltraumwaffentechnik aufgestiegen. Schlank und voller Energie, mit kurzem grauem Haar, war sie die engste Beraterin des Präsidenten. Torrey war ein altgedienter CIA-Mann mit dreißig Dienstjahren auf dem Buckel, sah dabei aber kein Jahr älter aus als vierzig. Im Zuge des drastischen Personalabbaus in der Föderalregierung unter der Phoenix-Administration war der Posten des Direktors des nationalen Geheimdienstes gestrichen worden, sodass der CIA-Direktor einmal mehr sämtliche zivilen nachrichtendienstlichen Einsätze im Ausland leitete.

»Soeben hat Tom mir eine Abschrift der von dem Aufklärungsflugzeug abgeschickten SMS gegeben, Mr. President«, sagte Page, den Computer in die Höhe haltend. »Die Besatzung war der Ansicht, die J-20 seien vom Flugzeugträger aufgestiegen.«

»Ganz offensichtlich wollten sie, dass wir diese Kampfflugzeuge sehen, Sir«, sagte Torrey. »Die Chinesen hätten dem Poseidon-Aufklärer genauso gut erlauben können, nah genug heranzukommen, um ihren Start auf dem Träger zu beobachten.«

»Aber warum sollten sie den Poseidon abschießen?«, fragte der Präsident. »Das ergibt keinen Sinn.«

»Da draußen ist noch irgendetwas anderes passiert«, warf Page ein. »Aus irgendeinem Grund brach die Textübertragung abrupt ab. Dann, mehrere Minuten später, fing einer unserer asiatischen Such- und Rettungssatelliten einen SOS-Notruf mit dem unvollständigen Rufzeichen des Poseidon auf. Weitere Übertragungen wurden nicht aufgefangen, bis der SARSAT das Notortungssignalfeuer empfing, das üblicherweise entweder manuell oder nach einem Absturz aktiviert wird.« Der SARSAT oder Search-and-Rescue-Satellit war ein für den Empfang und die Weitergabe von Signalen der Seenotfunkfeuer von Flugzeugen oder Schiffen entwickelter Satellit, der den Bergungsteams präzise Positionsdaten lieferte. »Es wurde offenbar manuell aktiviert, denn die Position des Flugzeugs hat sich noch beträchtlich verändert, so als hätte es sich noch immer im Flug befunden. Danach hat sich die Position nicht mehr verändert. Allerdings war die Signalspur des Flugzeugs gerade mal ein paar Minuten aktiv.«

»Dann haben sie es also erst unmittelbar vor dem Aufprall auf dem Wasser manuell aktiviert?«, fragte der Präsident. »Würden sie das so spät tun?«

»Kommt darauf an, was sie gerade durchgemacht haben«, sagte Torrey. »Wenn sie einen Notfall an Bord hatten, ein Feuer etwa oder Probleme mit der Steuerung des Flugzeugs, waren sie möglicherweise bis unmittelbar vor dem Absturz damit beschäftigt.«

»Genaues werden wir möglicherweise erst wissen, wenn die Überreste des Flugzeugs und seine Black Boxes geborgen werden«, meinte Page. »Aber Gewissheit haben wir womöglich selbst dann nicht.«

»Möglicherweise haben sich die Chinesen am Ende gar nichts zuschulden kommen lassen«, warf Außenminister Kevich ein. »Sir, wollen Sie immer noch den Befehl ausgeben, die Chinesen von der Absturzstelle fernzuhalten? Offensichtlich befinden sie sich näher an der Absturzstelle und verfügen über beträchtliche Mittel für die Durchführung einer Bergungsaktion. Wenn sie ihre Hilfe anbieten – oder sie selbst einen Such- und Rettungseinsatz veranlassen, wie sich dies für jede Nation und jedes Schiff auf hoher See gehört –, sollten wir eine solche Zusammenarbeit begrüßen. Schließlich ist China nicht unser Feind.«

»Das mag die gutnachbarschaftliche Vorgehensweise sein, Herbert«, hielt Phoenix dagegen. »Ich halte es jedoch nicht für einen Zufall, dass eines unserer Aufklärungsflugzeuge ausgerechnet in der Nähe eines chinesischen Flugzeugträgerverbands vom Himmel fällt. Ehe ich irgendetwas ausschließe, will ich, dass die Ursache für den Absturz dieses Flugzeugs so umfassend wie möglich geklärt wird. Wenn dies tatsächlich ein vorsätzlicher Akt war und kein Unfall oder eine Störung, dann wird, wer immer dies verursacht hat, versuchen, das Beweismaterial zu vernichten. Und wenn dieser Jemand China ist, wird er meiner Meinung nach genau das tun, sobald er die Absturzstelle erreicht.«

Ein paar Augenblicke lang musterte Kevich den Präsidenten aufmerksam. »Diese Diskussion hatten wir bereits, Sir, nach dem Rückzug der Chinesen aus Somalia«, sagte er ebenso vorsichtig wie direkt, »dennoch möchte ich noch einmal betonen: Die Chinesen als Gegenspieler zu betrachten, könnte sich als sich selbst erfüllende Prophezeiung erweisen, selbst wenn sie es vielleicht gar nicht sind.«

»Ich sehe die Chinesen nicht als Gegenspieler, Herbert«, sagte der Präsident. Als Kevich ihn daraufhin skeptisch ansah, hielt Phoenix ein paar Momente inne, dann nickte er, um seine Worte zu bekräftigen. »Um ehrlich zu sein, Herbert, ich betrachte sie als ernsthaften *potenziellen* Gegenspieler.«

»Bei allem Respekt, Sir, meiner Meinung nach basiert das zu einem großen Teil auf Angst.«

»Mag ja sein, Herbert.« Vizepräsidentin Page reagierte gereizt auf die Unterstellung, Kenneth Phoenix könnte sich vor irgendetwas fürchten. »Aber die chinesische Regierung reißt sich auch nicht gerade ein Bein aus, um die Ungewissheiten und Heimlichtuereien zu beenden, die für diese aufkommenden Ängste die Ursache sind. Wir bitten sie ja nicht, jedes Geheimnis und jede Strategie offenzulegen. Sie sind mehr als nur froh über unsere Bemühungen um Offenheit und Kooperation – die allerdings nicht gerade auf Gegenseitigkeit beruhen.«

»Die Chinesen sind ein altes und engstirniges Volk, Miss Vice President«, entgegnete Kevich. »Sie sind politisch, geografisch und kulturell isoliert. Es ist wichtig, dass wir nicht begreifen und vergessen, dass die Völker des Westens jahrhundertelang nichts anderes getan haben, als China vom Meer aus auszubeuten. Jetzt, da China im Begriff ist, ein Programm zur Modernisierung und Belebung des Handels mit der Welt vorzulegen, reagieren wir mit Argwohn. Sie blicken in die Zukunft und sind bereit, darauf zu warten, zu einer Weltmacht zu werden – die Chinesen denken in Jahrzehnten und Generationen.«

»Das mag ja alles richtig sein, Herbert«, sagte der Präsident, »aber das ist nicht immer so gewesen. Chinesische Entdecker sind um die halbe Welt gereist. Isolation war zum

Großteil die selbst gewählte Methode zur Beherrschung ihrer ungeheuer großen Bevölkerung, insbesondere als es ihre am Meer gelegenen Provinzen zu Macht und Reichtum brachten, während die landwirtschaftlichen Provinzen im Innern des Landes in bitterster Armut verharrten. Im Übrigen schreiben wir das 21. Jahrhundert – kein Volk, auch nicht das chinesische, kann in seiner Isolation verharren.«

»Außerdem erreichen uns beinahe täglich Berichte über Versuche, sich in Computer oder Netzwerke zu hacken, und diese Versuche wiederum lassen sich immer wieder zu einer der chinesischen Regierung gehörenden oder von ihr gesteuerten Organisation zurückverfolgen«, sagte Page voller Bitterkeit. »Da frage ich mich, ob dieser Krieg nicht längst begonnen hat – nur dass wir uns noch nicht daran beteiligen.«

»Alles, was ich damit sagen will, Miss Vice President«, lenkte Kevich ein, »ist, dass es für mich wenig Sinn ergibt, wieso ein dreitausend Jahre altes Volk irgendetwas unternehmen sollte, was seinen eigenen Fortbestand gefährdet, erst recht gegen die wirtschaftlich und militärisch mächtigste Nation der Welt. Und bitte vergessen Sie nicht, obwohl China derzeit einen wirtschaftlichen und militärischen Aufschwung erlebt, beläuft sich seine Wirtschaftsleistung noch immer auf gerade mal ein Drittel der unseren. Wir verfügen über eine hundertjährige Erfahrung in Marinefliegerei, sie dagegen nur über ein paar Jahre, zudem sind wir nach wie vor eine Weltmacht, wohingegen China lediglich an der Schwelle zur Regionalmacht steht.«

»Nur dass ebendiese Region für uns wie auch für den Rest der Welt ziemlich verdammt wichtig ist, Herbert«, sagte Ann. »Sollte sich dieser Zwischenfall als der Versuch Pekings erweisen, die Hoheitsgewalt über die Region des Südchinesischen Meers zu beanspruchen, müssen wir dieses Vorhaben sofort im Keim ersticken.«

»Sollten sie etwas mit dem Absturz des Poseidon zu tun haben, wird sich sicherlich herausstellen, dass es entweder ein Unfall war oder ein vereinzelter Zwischenfall, ausgelöst durch einen unerfahrenen und fehlgeleiteten Kapitän zur See«, gab sich Kevich überzeugt. »Wir sollten deswegen unsere strategischen Beziehungen nicht gefährden. Vergessen Sie niemals, wir sind auf Dutzenden von Gebieten stark aufeinander angewiesen – Handel, Finanzen, Investitionen, Bildung, Technik, geopolitisches Gleichgewicht … Die Liste ließe sich noch weiter fortführen. Das Schicksal des gesamten Planeten beruht auf dem Gleichgewicht zwischen China und dem Westen. Ein einzelner Zwischenfall sollte dieses Gleichgewicht nicht gefährden können.«

Für einen Moment lang blieb Präsident Phoenix stumm, dann nickte er. »Ich verstehe Ihre Argumente, Herbert«, meinte er schließlich. »Vielleicht bin ich etwas vorschnell mit meinen Schlussfolgerungen.« Kevich nickte lächelnd, zufrieden, dass seine Argumentation den Präsidenten zu überzeugen schien. Das Lächeln erlosch jedoch, als der Präsident fortfuhr: »Trotzdem wünsche ich die Chinesen nach wie vor nicht in der Nähe dieser Absturzstelle. Wir werden sie höflich, aber entschieden auffordern, diesem Gebiet fernzubleiben, solange wir dort Such-, Rettungs-, Bergungs- und Ermittlungsarbeiten durchführen.«

»Sir, China misst dem Südchinesischen Meer allerhöchste strategische Bedeutung bei«, sagte Kevich. »Das Entsenden einer großen Armada von Schiffen dorthin, und sei es, um eine Such- und Rettungsaktion zu starten, könnte als Provokation betrachtet werden.«

»Ich verstehe durchaus, was Sie sagen, Herbert«, erwiderte der Präsident, »aber wir werden jetzt keine Grundsatzdiskussion hinsichtlich der Außenpolitik gegenüber China vom Zaun brechen, solange wir amerikanische Seeleute dort unten im Südchinesischen Meer haben.« Er überlegte einen Moment, dann fuhr er fort: »Ich werde umgehend Premier Zhou anrufen, ihn über unser Vorhaben unterrichten und ihn bitten, keinem seiner Schiffe die Erlaubnis zur Einmischung zu geben. Außerdem werde ich mit dem australischen Premierminister Ruddock sprechen, mit Tran aus Vietnam, Präsidentin Cruz von den Philippinen und Saleh aus Indonesien. Sie alle sollen über das, was vor sich geht, informiert sein, auch über das, was wir als Nächstes zu tun beabsichtigen. Herbert, Sie nehmen Verbindung zur NATO, ANZUS und ASEAN auf und informieren diese ebenfalls.« Obwohl sie nicht in der Region lagen, wurden die Länder der NATO, der North Atlantic Treaty Organisation, also die in der Allianz des Nordatlantikvertrags organisierten Staaten, in solchen Fällen stets benachrichtigt. Die anderen Organisationen – ANSUZ, was für Australien, Neuseeland und die USA stand, und ASEAN, was die Abkürzung war für Association of South East Asian Nations, also die Vereinigung südostasiatischer Staaten – waren wichtige regionale Verbündete, mit denen die Vereinigten Staaten regelmäßig zusammenarbeiteten. »Bill, Sie tauschen sich mit General Spellings aus und geben mir einen kurzen Überblick über die Streitkräfte in der Region sowie die Mittel, die die Task Force einzusetzen gedenkt.« Air Force General Timothy Spellings war der Vorsitzende der Vereinigten Stabschefs und der vorrangige Militärberater des Präsidenten in Uniform. »Erteilen Sie dem Pazifikkommando die uneingeschränkte Vollmacht für die Suchaktion.«

»General Spellings ist mit dem Einsatzorganisationsplan

und dem Plan für die Such- und Rettungsaktion bereits auf dem Weg hierher, Sir«, sagte Glenbrook. »Den jüngsten Aufstellungsplan der Streitkräfte hat er mir bereits zukommen lassen und meinte, er könne unmittelbar nach seinem Eintreffen im Weißen Haus eine Echtzeitaktualisierung geben. Ich werde mich gleich nach seiner Ankunft von ihm unterrichten lassen, ihn bitten, etwaige Lücken zu füllen, und Sie dann wissen lassen, wann wir für das Briefing des nationalen Sicherheitsstabs bereit sind.«

»Ausgezeichnet«, sagte Phoenix. Da alle ihre Anweisungen erhalten hatten, verließen sie nacheinander den Kontrollraum, und Phoenix blieb allein mit Page zurück. »Und, was denken Sie, Ann?«, fragte der Präsident.

»Ich denke, ich mag es nicht, wenn Kevich den Eindruck erweckt, Sie ließen sich in Ihrem Handeln von Angst leiten«, sagte sie.

»Ich meinte den Poseidon-Zwischenfall«, erklärte Phoenix. »Herbert sagt offen, was er denkt, was auch der Grund ist, weshalb ich ihn im Kabinett habe. Alle hier sollten offen ihre Meinung vor mir äußern, nicht nur Sie.«

»Glaubt er tatsächlich, er könnte den Präsidenten der Vereinigten Staaten rügen und sogar beschuldigen, und das nur, weil er mehr über Russland und China vergessen hat, als wir jemals wussten? Ich denke, da irrt er sich«, sagte Ann verstört.

»Kommen wir zum Verlust des Poseidon zurück, in Ordnung?«, mahnte Phoenix. »Ich stehe kurz davor, Premier Zhou über die Entsendung einer Reihe von Kriegsschiffen mitten in seinen Privatteich zu unterrichten, und möchte, solange wir uns dort aufhalten, weder Schiffe noch Flugzeuge von ihm in der Nähe haben. Herbert hat recht, das wird Zhou nicht gefallen. *Mir* würde es ebenso wenig gefallen, wenn er mich über die Entsendung eines Haufens von Kriegsschiffen in den Golf von Mexiko unterrichtete, und ich, wenn ich schon nicht direkt beteiligt wäre, deren Aktivitäten nicht einmal beobachten dürfte. Ich würde es zulassen, mir aber das Recht vorbehalten, mit Argusaugen über ihr Tun zu wachen. Was meinen Sie, sollte ich Herberts Vorschlag folgen und den Chinesen erlauben, uns zu überwachen?«

»Selbstverständlich nicht«, sagte Ann. »Wir haben ein hoch entwickeltes Aufklärungsflugzeug und mehrere Marineangehörige in der Nähe eines chinesischen Kriegsschiffs und Flugzeugs verloren. Der Aufklärer war unbewaffnet, befand sich auf einem friedlichen Aufklärungseinsatz, er flog in internationalem Luftraum und ist über internationalen Gewässern abgestürzt. Und das Argument, das Südchinesische Meer wäre Chinas Privatsee, akzeptiere ich nicht. Wir werden eine Such- und Rettungsaktion durchführen, anschließend einen Bergungs- und Ermittlungseinsatz, und da wollen wir keinerlei Einmischung von außen – schon gar nicht von den Chinesen. Punkt. Ende der Durchsage. Und die Definition von ›Einmischung‹ bleibt ausschließlich uns überlassen, ebenso ihr Zeitpunkt.«

Ken Phoenix überlegte einen Moment, lächelte dann und nickte. »Ich gebe Ihnen völlig recht, Ann. Herbert ist hier der geopolitische Guru, aber bis wir unsere Soldaten gerettet und herausgefunden haben, was zum Teufel da vorgefallen ist, werden wir die Geopolitik außen vor lassen. Bis zum Abschluss unserer Rettungs- und Ermittlungsarbeiten spielen alle anderen Beziehungen zu China keine Rolle.«

»Klingt ausgezeichnet, finde ich, Mr. President. Ich werde mich mit meinem Stab zusammentun und mich auf die morgendliche Presseerklärung vorbereiten.« Im Falle einer übergroßen Inanspruchnahme der Regierung übernahm die Vizepräsidentin neben den anderen ihr verfassungsrechtlich überschriebenen Aufgaben die Rolle als Stabschefin und Pressesprecherin. Trotz der größeren Belastung erweckte Ann Page nicht den Anschein, als würde ihr das zusätzliche Mühen abverlangen. »Ich nehme an, sobald ich wieder im Büro bin, wird mein Telefon ununterbrochen klingeln. Möchten Sie, dass ich auch noch ein paar Auftritte in den morgendlichen Nachrichtenshows übernehme?«

»Nicht, bis wir mehr Informationen haben, Ann«, sagte Phoenix. »Ich möchte nicht, dass Sie vor vierzig Millionen Zuschauern nichts weiter zu sagen haben, als ›Im Augenblick wissen wir noch nichts‹. Geben Sie eine Erklärung an das Pressekorps heraus – und selbstverständlich kein Wort zu unseren Vermutungen über die chinesischen Kampfjets oder den Flugzeugträger. Das wäre im Augenblick alles.«

»Jawohl, Mr. President.«

Beim Kaffee besprachen sie ein paar andere wichtige Dinge und begaben sich dann zurück in ihre Büros, um ihren Tag fortzusetzen, der so früh mit dem sprichwörtlichen »Anruf mitten in der Nacht« begonnen hatte. Ann war schon auf dem Weg zur Tür, als Phoenix ihr hinterherrief: »Eins noch, Ann.«

Page blieb an der Tür stehen. »Ja, Mr. President?«

Er zögerte, überlegte einen Moment, dann breitete er die Hände aus. »Wie mache ich das, Ann? Was meinen Sie?«

»Machen? Was denn, Sir?«

»Nun, den Job. Als Präsident. Wie mache ich mich da?«

Ann verdrehte die Augen und schüttelte den Kopf. »Ich bitte um Verzeihung, Sir, aber was für eine Frage ist das denn?«

»Kommen Sie mir nicht mit diesem Sir-Quatsch, Ann«,

sagte Phoenix. »Ich hab Sie nicht ausgesucht, damit Sie mir mit dem überzogenen Protokollgehabe kommen, wenn wir unter uns sind. Ich weiß, dafür sind Sie nicht geschaffen. Deshalb wollte ich, dass Sie mit mir zusammen in diesem blitzkriegsähnlichen Vor- und Parlamentswahlkampf kandidieren. Wir hatten Schwein und haben gewonnen, mit dem knappsten jemals verzeichneten Ergebnis. Aber manchmal habe ich das Gefühl, alle meine Bemühungen sind vergeblich. Die Wirtschaft liegt immer noch am Boden, und noch immer ist kein Ende der Krise in Sicht. Ich habe die Haushaltsausgaben und den Steuersatz auf das absolute Minimum gesenkt, doch nirgends zeigt das spürbar Wirkung. Zugleich marschieren Russland und China munter voran, indem sie ihre alten Imperien wieder einfordern und uns überall provozieren.« Er hielt einen Augenblick lang inne und runzelte gedankenschwer die Stirn. »Ann, bin ich Präsident eines gescheiterten Landes? Sind die Vereinigten Staaten … erledigt?«

»Erledigt? Was meinen Sie?«

»Ich meine … ich meine, gerade eben haben wir ein Flugzeug über dem Südchinesischen Meer verloren, und mein kompetentester Berater rät mir beim Einsatz von Such- und Rettungskräften in dem Gebiet zur Vorsicht«, sagte Phoenix. »Noch vor wenigen Jahren sind die Vereinigten Staaten hingegangen, wo immer sie wollten und wann sie wollten, ohne jemals einen Gedanken auf die Belange anderer Nationen zu verschwenden, schon gar nicht in einer Krisensituation. Jetzt wirken wir geradezu wie gelähmt, und das angesichts einer absolut besorgniserregenden und heiklen Notsituation wie dieser. Wir haben Angst, China auf den Schlips zu treten. Unsere Seeleute sind abgestürzt – womöglich durch Feindeinwirkung –, aber wir fürchten uns davor, die Volksrepublik China zu verärgern. Wieso? Ist das richtig? Wie sind wir nur dahingekommen?«

»Zunächst einmal, Ken: Herbert ist Akademiker und Verwaltungsbeamter«, erwiderte Ann leicht gereizt und machte einen Schritt zurück in den Kontrollraum, auf den Präsidenten zu. »Wir haben ihn angeheuert, weil er über ein umfassendes Wissen verfügt, neben sechs weiteren Sprachen sowohl Russisch als auch Mandarin spricht und sich besser als jeder andere, der uns über den Weg gelaufen ist, aufs Organisieren versteht, von Einzelpersonen bis hin zu ganzen Abteilungen auf Regierungsebene. Trotzdem ist er nichts weiter als ein Bürokrat, ihm fehlt der Weitblick. Er bedarf der Führung und Anleitung. Sie dagegen sind ein *Macher,* ein Mann mit Führungsqualitäten und einer Vision von der Zukunft. Sie haben entschieden, dass die beste Möglichkeit zur Sanierung der Wirtschaft Steuersenkungen sind, eine Verkleinerung des Kabinetts, eine Umstrukturierung des Militärs, eine Ankurbelung der Wirtschaft, Reinvestitionen und die Förderung von Neueinstellungen durch Beschneidung von Regeln und Vorschriften, die die Firmen erdrücken. Sie haben eine Entscheidung getroffen, einen Kurs festgelegt, haben sich nach vorn bewegt und Ihre Ideen im Rekordtempo durch den Kongress gebracht. Aber mit diesem Weitblick geht ein großes Maß an Selbstzweifel einher, und das macht mir bei Ihnen manchmal mehr Sorge als alles andere.

Die Präsidenten, mit denen ich den vertraulichsten Umgang hatte – Thorn, Martindale und Gardner –, mögen privat vielleicht Zweifel gehegt haben«, fuhr sie fort, »öffentlich aber haben sie diese nie geäußert oder gezeigt. Sie dagegen tragen sie auf Ihrer gottverdammten Brust wie die Ordensbänder eines Generals. Die Menschen in diesem Land – und übrigens auch weltweit – brauchen seitens ihrer Führer nicht unbedingt Frieden, Wohlstand oder Trost, Ken. Sie brauchen und erwarten *Führerschaft.* Sie wollen, dass unsere Führer *handeln,* Position beziehen, dass sie für ihre Überzeugungen kämpfen und begründen, warum das, was sie vorhaben, das Richtige ist. Also machen Sie weiter mit dem, was Sie am besten können: Führen Sie. Sie haben sich genau auf das konzentriert, worum es hier geht: die Suche nach unseren Soldaten, ihre Rettung und herauszufinden, was vorgefallen ist. Kevich rät Ihnen zu Vorsicht und hält Ihnen Vorträge über China, Sie dagegen sind immer wieder auf das Wesentliche zurückgekommen. Sie machen das richtig. Hören Sie auf, sich den Kopf zu zerbrechen.«

»Eine Menge Menschen – eine Menge *Länder* – werden Schaden nehmen, wenn ich die Geschichte mit China in den Sand setze«, gab Phoenix zu verstehen. »Sollte sich China entscheiden, dass es nicht mehr bei uns investieren will, wird die Wirtschaft endgültig zusammenbrechen.«

»Darüber sollten wir uns Gedanken machen, sobald wir unsere Soldaten wieder hierhaben«, fand Ann. »Im Übrigen erzählen mir meine Wirtschaftsberater und auch die Kommentatoren, denen ich vertraue, dass es der Wirtschaft besser geht, als Sie denken. Ich höre Dutzende von Politikern über Sparmaßnahmen jammern und klagen, aber ich höre auch den Beifall Tausender kleiner Geschäftsleute, die sich über niedrigere Steuern und die Befreiung von der Washingtoner Bürokratie freuen. Leider sind es üblicherweise die Politiker und Jammerer, die die Presse bekommen.

Und was Russland und China angeht«, fuhr Ann fort, »die werden tun, was immer sie tun, und es gibt herzlich wenig, was wir dagegen machen können, außer die Kommunikationskanäle so offen wie möglich zu halten, auf das Beste zu hoffen und uns auf das Schlimmste vorzubereiten. Zufälligerweise befinden sich ihre Ökonomien gerade im Aufschwung, während die unsere darniederliegt. Das wird nicht lange so bleiben. Russlands aufstrebende Wirtschaft und Außenpolitik basiert auf Energieexporten und auf der erpresserischen Einschüchterung seiner Nachbarn, auf keinen Fall mit dem Westen zu kooperieren. Sobald der Ölpreis wieder auf dreißig Doller pro Barrel fällt, geht Russland das Bargeld aus. Chinas aufstrebende Wirtschaft und scheinbar stabile Regierung fußt auf billigen Exporten, einer Schattenwirtschaft und -währung sowie der Unterdrückung jeglicher Opposition. Sobald die Exporte zurückgehen, der tatsächliche Wert der chinesischen Währung offenbar wird und sich die Arbeitslosen und die armen ländlichen Bevölkerungsteile gegen die Regierung zu erheben beginnen, geht es mit China bergab.«

»Jetzt klingen Sie schon wie Herbert«, bemerkte Phoenix mit einem schiefen Lächeln.

»Ich bin keine Analytikerin, Ken«, sagte Ann. »Aber ich gebe Herbert recht: Solange es weder in der chinesischen Regierung noch in seinem Militär einen unsicheren Kantonisten gibt, denke ich, bedeutet China keine Gefahr für uns. Ich denke, Peking wird wunschlos glücklich sein, dabei zuzusehen, wie wir ganz von selbst zusammenbrechen, anstatt sich mit uns anzulegen – erst recht auf See. Sie können es sich leisten abzuwarten, sogar fünfzig Jahre lang. Was sind schon fünfzig Jahre für ein Land, das seit *drei Jahrtausenden* existiert?«

Phoenix dachte einen Moment darüber nach, schüttelte dann den Kopf. »Da bin ich anderer Meinung, Ann. Ich habe schon seit Jahren das Gefühl, dass sich in Peking und Moskau etwas bewegt. Die Bestätigung waren die chinesische Invasion in Somalia sowie die Stationierung von ballistischen Antischiffsraketen in ganz Südostasien, und dieser verdächtige Zwischenfall über dem Südchinesischen Meer unterstreicht dies noch. Mag sein, dass Peking keinen Streit vom Zaun brechen will, aber ich denke, dort will man zeigen, dass man bereit ist, in der Welt eine aktivere Rolle zu übernehmen, auch militärisch. Sollten die Chinesen tatsächlich darauf warten, dass die Vereinigten Staaten in die Knie gehen, würden sie gewiss mit Freuden alles in ihrer Macht Stehende tun – außer einem totalen Krieg –, um unseren Niedergang zu beschleunigen.«

Die Vizepräsidentin nickte unverbindlich. »Ich werde Ihnen nicht widersprechen, Ken. Ich bin es leid, von den Russen und Chinesen stets überrumpelt zu werden. Die chinesische Invasion in Somalia, die Angriffe mit Antisatellitenraketen von getauchten U-Booten aus, die zügige Verbreitung von DF-21D-Raketen sowohl im gesamten pazifischen Raum als auch im Indischen Ozean, das alles hat mir wahrlich die Augen geöffnet. Wir wurden völlig unvorbereitet erwischt. Und nun verlieren wir ein Aufklärungsflugzeug in der Nähe eines chinesischen Flugzeugträgergefechtsverbands, und wieder suchen wir nach Antworten. Das ist keine glückliche Position.« Aufmerksam musterte sie den Präsidenten. »Worüber denken Sie nach, Ken?«

»Ich denke darüber nach, die gottverdammte Bank zu sprengen und das Militär zu stärken, allen voran die Navy und die Air Force«, erklärte Phoenix. »Für die Wirtschaft kann ich nicht mehr tun, als wir momentan bereits machen – nämlich alles in unserer Macht Stehende unternehmen, um den Firmen jede Investition zu erleichtern, ohne dass die Regierung ihnen auf den Füßen steht und ihr Wachstum hemmt. Wenn wir in dieser Ära des zurückhaltenden Regierens und der Steuererleichterungen überhaupt für etwas

Geld ausgeben sollten, dann für die Verteidigung. Ich möchte das Militär umstrukturieren. Ich möchte die Streichungen bei den Militärausgaben beenden und der Welt zeigen, dass die Vereinigten Staaten, auch wenn sie sich haushaltsmäßig noch im Schockzustand befinden, die Dinge mit einem starken Militär immer noch vorantreiben können.«

»Ihnen ist klar, Ken, dass die Presse Sie dafür durch die Mangel drehen wird«, warnte die Vizepräsidentin. »Sie haben Ihren Wahlkampf mit einem Programm zur Ausgabenkürzung geführt und ein gewaltiges Sparpaket aufgelegt, gepaart mit dem Versprechen, den Haushalt in acht Jahren auszugleichen – und dann wollen Sie vorschlagen, Geld für die Landesverteidigung auszugeben? Das wird nicht funktionieren.«

»Politisch wird das ein unvermeidliches Desaster«, stimmte Phoenix zu. »Aber keiner der Medienleute sieht, was wir sehen, wenn wir nach China oder Russland blicken: Sie befinden sich im Aufschwung, während wir hinterherhinken. Ich bin es leid, mir darüber den Kopf zerbrechen zu müssen, wie wir uns dort draußen verhalten sollten – ich will etwas dagegen unternehmen.«

»Aber sehen Sie den Tatsachen ins Gesicht, Ken – es ist *kein Geld* vorhanden. *Null*«, sagte Ann. »Jeder weiß, dass kein Geld da ist für neue Waffensysteme, Flugzeugträger, Bomber der nächsten Generation oder die Raumfahrt. Finden Sie sich damit ab. Wir haben die Armstrong-Raumstation mit Antisatellitenraketen und antiballistischen Raketen bestückt, aber jeder hält sie für eine gewaltige Zeit- und Geldverschwendung und kann es gar nicht erwarten, dass sie wieder in die Erdatmosphäre eintaucht und verglüht. Der einfache Mann auf der Straße und erst recht der Kongress wird Ihnen kein Geld für ein hoch technisiertes Militär bewilligen, dessen Aufbau womöglich zehn Jahre benötigt. An so etwas glaubt niemand mehr.«

»Ich werde einen Weg finden, Ann«, erklärte Phoenix entschieden. »Ich weiß nicht, wie, aber finden werde ich ihn. Ein Strategiewechsel, Schließung von Stützpunkten, Verminderung von Redundanz, vielleicht sogar die Abschaffung einer ganzen Waffengattung … Ich werde einen Weg finden, unser Militär zu modernisieren, ohne uns dafür wieder zu verschulden.«

»Eine ganze Waffengattung abschaffen?«, fragte Ann ungläubig. »Woher, in aller Welt, kam denn das, Ken?«

»Ich denke schon seit Langem darüber nach, Ann«, sagte Phoenix. »Jede Waffengattung der Armee kostet uns – wie viel? – einhundertfünfzig Milliarden im Jahr? Die Navy vielleicht sogar ein wenig mehr. Aber wenn wir die Budgetgruppen der beiden Gattungen zusammenfassen, die die meisten Flugzeuge betreiben, könnten wir vielleicht fast die Hälfte dieses Betrages einsparen.«

Verwundert schüttelte Ann den Kopf. »Wir werden uns baldigst einmal zusammensetzen und das ausdiskutieren müssen, Mr. President. Vielleicht bei ein, zwei Gläschen Scotch. Denn ich denke, ich werde ein wenig Alkohol benötigen, um die monumentale Herausforderung zu begreifen, ein Gesetz durch den Kongress zu bringen, das Navy oder Air Force den Hahn zudreht. Lassen Sie uns unsere Seeleute finden, anschließend in Erfahrung bringen, was mit unserem Flugzeug passiert ist, und dann können wir uns überlegen, eine Waffengattung des Militärs abzuschaffen. Einen schönen Morgen, Mr. President.« Und damit verabschiedete sie sich, kopfschüttelnd und ein gequältes Lächeln auf den Lippen.

Als sich Präsident Phoenix zurück zum Oval Office begab, wurde er dort bereits von Glenbrook und dem Vorsitzenden der Vereinigten Stabschefs, Air Force General Timothy Spellings, erwartet. Phoenix bat sie herein, und sie ließen sich, Kaffeebecher in der Hand, im Konferenzbereich nieder. Glenbrook klappte einen großen, an der Wand montierten Computermonitor aus seinem verborgenen Wandfach, und Spelling nahm daneben Aufstellung, in der Hand eine drahtlose Präsentationsfernbedienung.

»Danke Ihnen, General, dass Sie die Information so schnell beschaffen konnten«, sagte der Präsident. »Bitte übernehmen Sie.«

»Vielen Dank, Mr. President«, erwiderte der groß gewachsene, schlanke Viersternegeneral. Er schaltete den Monitor ein, auf dem eine Karte des nördlichen Pazifiks zu sehen war. »Diese Karte zeigt die gegenwärtige Verteilung von Flugzeugträgerangriffsverbänden und landungsbereiten Amphibienverbänden der Marine im Pazifik mit Stand gestern Abend – es war keine Zeit, die Updates von heute Morgen hinzuzuziehen. Wie Sie sehen können, Sir, ist im Einsatzgebiet der Siebten Flotte nur ein einziger Flugzeugträgerverband unterwegs, der Träger *George Washington,* sowie ein amphibischer Kampfverband, *Boxer,* beide Teil einer Marineübung, die derzeit nordöstlich von Australien im Korallenmeer abgehalten wird. Von den vier anderen Flugzeugträgern im Pazifik steht nur einer zur Verfügung, der Träger *Reagan* – er nimmt derzeit an einer Eignungsprüfung im Flottenaustauschprogramm für Flugzeugträger nahe San Diego teil, kann aber verhältnismäßig schnell mit einer anderen Aufgabe betraut werden. Die übrigen werden gerade einer planmäßigen umfassenden Wartungs- und Wiederbetankungsprozedur unterzogen. Der Träger *Stennis* wird in etwa vier Monaten zur Verfügung stehen, der Träger *Carl Vinson* in etwa einem Jahr und der Träger *Lincoln* in achtzehn Monaten.«

»Gerade mal zwei sofort bereitstehende Flugzeugträger, um den gesamten Pazifikraum abzudecken?«, fragte der Präsident überrascht nach.

»Das war das Einsatzmuster in den letzten paar Jahren, Sir«, erklärte Glenbrook. »Und der Einflussbereich der Siebten Flotte reicht bis weit in den Indischen Ozean hinein. Angesichts der Budgetkürzungen verbringen die Flugzeugträger deutlich weniger Zeit mit Patrouillenfahrten. Im Allgemeinen gilt, dass jeweils nur ein Flugzeugträger-Gefechtsverband im Verantwortungsbereich der Fünften und Siebten Flotte operiert. Die erweiterten Einsätze von Flugzeugträgern und landungsbereiten Amphibienverbänden der Zweiten, Dritten, Vierten und Sechsten Flotte sind nahezu vollständig ausgelaufen.«

»Kein Wunder, dass China derzeit deutlich aggressiver vorzugehen scheint«, sagte Phoenix. »Unsere mächtigsten Waffensysteme liegen alle in ihren Heimathäfen. Wie lange würde es dauern, die beiden pazifischen Flugzeugträgerverbände ins Südchinesische Meer zu verlegen?«

»Der Träger *George Washington* kann in nur wenigen Tagen auf Position sein, Sir«, antwortete Spellings. »Der Träger *Reagan* dürfte nach Abschluss seiner Eignungsprüfungen etwa zehn Tage für sein Eintreffen benötigen. Admiral Fowler bat mich, Sie zu erinnern, Sir, dass eine Entsendung des Trägers *Reagan*, außer in einem absoluten Notfall, die Vorbereitung der Austauschträgerbesatzungen hinauszögern würde, was eine Verlängerung der Einsatzzeiten der derzeit diensttuenden Crews zur Folge hätte.«

»Ich werde das bedenken, General«, sagte der Präsident,

»allerdings bin ich mehr darauf bedacht, unsere im Ozean verschollenen Seeleute zu finden und in Erfahrung zu bringen, was mit unserem Aufklärungsflugzeug passiert ist. Besser, Sie lassen den Träger *Washington* zur Unterstützung der Such- und Rettungseinsätze dorthin verlegen, und warnen Sie die Mannschaft des Trägers *Reagan* vor, dass sie möglicherweise noch gebraucht werden. Was haben wir sonst noch?«

»Leider sind die nächstgelegenen Einheiten nicht gut für Such- und Rettungseinsätze geeignet, aber wir wären dort präsent und könnten ein Auge auf alles haben, bis die Überwassereinheiten eintreffen«, fuhr Spellings von einem sicheren Tabletcomputer ablesend fort. »Die nächste uns dort zur Verfügung stehende Einheit ist das Jagd-U-Boot *USS New Hampshire,* das derzeit im Südchinesischen Meer patrouilliert. Es kann in etwa vier Stunden vor Ort sein. Wir können einen Global Hawk von Okinawa hinüberschicken und hätten ihn in ungefähr sechs Stunden auf Position.« Bei dem RQ-4 Global Hawk handelte es sich um ein unbemanntes höhenflugtaugliches Langstreckenaufklärungsflugzeug mit großer Reichweite, das imstande war, Radar-, elektrooptische und Infrarotsensorbilder via Satellit an Tausende Meilen entfernte Stützpunkte zu übermitteln. »Des Weiteren verfügen wir über fünf Langstreckenbomber und drei Tankflugzeuge für die Luftbetankung mit dreißigminütiger Alarmbereitschaft, stationiert auf der Andersen Air Force Base in Guam. Die können in drei bis vier Stunden über dem Einsatzgebiet sein.«

»Bomber?«, warf Kevich ein. »Sie denken doch nicht etwa daran, irgendjemanden anzugreifen, General? Womit sind sie bewaffnet?«

»Mit der tagesaktuellen Standardbestückung – nicht mehr

als Radar- und Infrarottäuschkörper zur Selbstverteidigung«, erwiderte Spellings. »Ihnen steht eine Vielzahl von Waffensystemen zur Verfügung, bestückt werden sie damit aber nur nach den Erfordernissen der Lage. Ihr eigentlicher Wert in diesem Szenario läge in der Vor-Ort-Präsenz einer schnellen Eingreifeinheit.«

»Säbelrasseln, was, General?«, tadelte Kevich. »Ich dachte, darüber wären wir hinaus?«

»Die Chinesen tun dies schon seit Monaten mit ihrem neuen Flugzeugträger, und das im ganzen Südchinesischen Meer«, betonte Glenbrook. »Sie haben jedes Marine- oder marinenahe Schiff belästigt, das innerhalb von zweihundert Meilen von ihrer Küstenlinie kreuzt.«

»Ich halte das für keine ausreichende Begründung, die Spannungen in dem Gebiet durch die Entsendung von Bombern weiter zu erhöhen«, erklärte Kevich. »Bewaffnet oder nicht, die Bomber sind eindeutig eine Provokation. Ich wäre auch gegen eine Entsendung der Flugzeugträger, es sei denn, sie nehmen an dem Such-, Rettungs- und Bergungseinsatz teil.«

»Sämtliche Bomber verfügen über ein ausgezeichnetes Radar, darüber hinaus haben die B-52- und B-1-Bomber Restlicht-TV und Infrarotsensoren, die Bildmaterial hierher zu uns senden können«, erklärte Spellings. »Sie wären nicht allein zum Säbelrasseln dort, Mr. Secretary.«

»Lassen Sie das Pazifikkommando die Bomberstaffeln in Guam über die Lage informieren und sie in Bereitschaft versetzen, für den Fall, dass sie gebraucht werden«, entschied der Präsident. »Einstweilen werden wir sie jedoch vom Südchinesischen Meer fernhalten. Also, wie gedenken wir mit den anderen uns zur Verfügung stehenden Mitteln zu verfahren, General?«

»Bis zum Eintreffen des Trägers *George Washington* werden die Einsatzverbände für die Überwassersuch- und Rettungsaktion von der *Mohawk* geleitet werden, einem Kutter der Küstenwache der High-Endurance-Klasse. Er ist in Seattle stationiert, nimmt derzeit aber an einer gemeinsamen Such- und Rettungsübung mit Schiffen der taiwanesischen Küstenwache im nördlichen Südchinesischen Meer bei Kaohsiung in Südtaiwan teil. Er hat einen Helikopter sowie ein unbemanntes Kipprotorflugzeug an Bord. Sie können in etwa acht Stunden vor Ort sein.«

»Ein Kutter der Küstenwache? Das ist das Beste, was wir aufbieten können?«

»Die sind die Experten für einen Such- und Rettungseinsatz auf See, Sir«, betonte Spellings. »Wir können von Glück reden, einen von ihnen so nah dran zu haben. Wir könnten feststellen, ob sich irgendwelche Handelsschiffe in dem Gebiet befinden, allerdings habe ich keinen direkten Zugriff auf diese Information. Außerdem hatte der Poseidon geheime Ausrüstung und geheime Dokumente an Bord. Ich denke also, wir täten gut daran, nicht nur die Chinesen, sondern alle Zivilisten und Außenstehenden dort fernzuhalten.«

»Ich denke gerade über das Worst-Case-Szenario nach – dass unsere Schiffe mit diesem chinesischen Flugzeugträger oder dessen Begleitschiffen aneinandergeraten.« Der Präsident überlegte einen Moment. »Beordern Sie den Kutter ebenfalls zur Absturzstelle, aber bringen Sie in Erfahrung, ob taiwanesische, japanische oder philippinische Schiffe vor Ort sind, die helfen könnten. Lassen Sie das U-Boot auslaufen und den Global Hawk starten, General.«

»Jawohl, Sir.« Spellings griff zu einem Telefon, um die Befehle durchzugeben.

An seinen Nationalen Sicherheitsberater gewandt, sagte

der Präsident: »Bill, ich will so schnell wie irgend möglich eine detaillierte Analyse der Übertragungen – oder deren Ausbleiben – von besagtem P-8. Der unvermittelte Abriss der Kommunikation deutet auf eine elektromagnetische Störung hin – eine Störmaßnahme. Ich will wissen, ob auch noch andere Schiffe oder Flugzeuge in dem Gebiet betroffen waren. Außerdem will ich wissen, ob wir Informationen darüber haben, ob die Chinesen an irgendwelchen elektromagnetischen Waffen arbeiten, die gegen den P-8 zum Einsatz gekommen sein könnten. Mir ist klar, dass wir Genaueres erst wissen, wenn wir Beweismaterial von der Absturzstelle geborgen haben. Trotzdem, ich will eine Liste mit Fragen, auf die wir im weiteren Verlauf der Ermittlungen noch Antworten finden müssen.«

»Jawohl, Mr. President.« Glenbrook wollte schon an ein anderes Telefon gehen, um die Befehle durchzugeben, holte dann aber sein vibrierendes Handy hervor, schaute auf das Display und gab die Entsperrcodes für die sichere Verbindung ein. »Glenbrook, sicher«, sagte er. Er hörte einige Augenblicke zu, dann sagte er: »Ich werde es weitergeben. Wir benötigen so schnell wie möglich einen Organisationsplan für den Einsatz.« Damit unterbrach er die Verbindung.

»Was gibt es, Bill?«, fragte Phoenix.

»Funkübertragungen, aufgefangen von Handelsschiffen im Südchinesischen Meer, Sir«, antwortete Glenbrook. »Helikopter des chinesischen Flugzeugträgers sind unterwegs zur vermuteten Absturzstelle, und auch der Flugzeugträger selbst nimmt Kurs nach Norden. Wie es aussieht, beordert die chinesische Marine weitere Schiffe und Flugzeuge von außerhalb hinzu und bereitet eine Suche an der Absturzstelle vor.«

EINSATZZENTRALE, ERSTES EXPEDITIONSBOMBER-GESCHWADER, ANDERSEN AIR FORCE BASE, GUAM

Kurze Zeit später

Die anderen Mitglieder des Stabs befanden sich bereits in der Einsatzzentrale, als Colonel Warner »Cutlass« Cuthbert hereinkam. »Zentrale, Achtung«, befahl jemand aus dem Dunkel.

»Nehmen Sie Platz«, sagte Cuthbert unverzüglich. »Bis sich die Lage wieder normalisiert hat, werden wir die militärischen Formalitäten aussetzen, sowohl hier als auch überall sonst auf dem Stützpunkt.« Er betrachtete die anderen um den Konferenztisch Sitzenden. Drei trugen grüne Nomex-Fliegeroveralls, die Übrigen wüstengraue Kampfanzüge. »Wie es aussieht, steht uns möglicherweise unser erster echter Einsatz bevor, Leute. Captain, bitte übernehmen Sie.«

»Jawohl, Sir«, erwiderte Air-Force-Captain Alicia Spencer, der Nachrichtenoffizier der Barksdale Air Force Base, Louisiana. Sie begab sich zur Stirnseite des Konferenztischs. »Meine Damen und Herren, vor ungefähr zehn Minuten erhielten wir von den pazifischen Luftstreitkräften einen Sicherheitshinweis zu einem Vorfall im Südchinesischen Meer. Obwohl das Geschwader noch keine Vorwarnung ausgegeben hat, schlug Colonel Cuthbert vor, dass wir uns verhalten, als würde in Kürze eine ergehen. Wir werden von der PACAF regelmäßig auf den aktuellen Stand gebracht werden, bis zum Erhalt eines Vorwarnbefehls aber nicht in das normale Gefechtsnetzwerk des Pazifikkommandos eingebunden sein. Unser Wissensstand bislang: Vor weniger als einer Stunde ist über dem Südchinesischen Meer ein P-8-Aufklärungsflugzeug der U.S. Navy, Typ Poseidon, abgestürzt. Ursache unbekannt. Trotz mehrfacher Bitten fernzubleiben hat die

Marine der chinesischen Volksbefreiungsarmee Helikopter sowie ihren Flugzeugträgergefechtsverband *Zhenyuan* in die Absturzzone entsandt. Ein US-Flugzeugträgerkampfverband ist unterwegs, wird aber erst in einigen Tagen auf Position sein. Es gibt auch noch einen zweiten, der jedoch frühestens in anderthalb Wochen in dem Gebiet eintreffen wird. Ein Kutter der Küstenwache befindet sich in der Nähe und wird in Kürze den Such- und Rettungseinsatz beginnen. Ebenfalls unterwegs sind ein Global Hawk und ein U-Boot.« Mit einem Nicken zu Cuthbert nahm Spencer wieder Platz.

»Das wäre erst mal alles, Leute«, sagte Cuthbert. »Bei der PACAF heißt es, im Weißen Haus befürchte man, eine Entsendung der Bomber würde die Spannungen weiter verschärfen. Wir werden also vorerst nirgendwohin ausrücken, trotzdem möchte ich vorbereitet sein. Deshalb habe ich darum ersucht, einen BUFF, einen Bone und einen Beak mit Waffen und Treibstoff zu beladen, so wie wir sie im Falle eines Alarms nach eigener Einschätzung benötigen werden, und sie in Bereitschaft zu halten. Bleiben ein B-52 und ein B-1, unbestückt und vorbereitet. Ich habe eine Rundumbestückung mit JASSMs vorgeschlagen, wobei der Bone und der BUFF noch einige Mk-62er mitführen werden.« Die JASSM oder Joint Air-to-Surface Standoff Missile, ein Mittelstreckenmarschflugkörper, war für den Angriff auf stark gesicherte Ziele aus einer Entfernung von bis zu zweihundert Meilen konzipiert, deutlich jenseits der Reichweite der meisten feindlichen Verteidigungssysteme. Bei der Mk-62 handelte es sich um eine Fünfhundert-Pfund-Mehrzweckbombe, ausgestattet mit einem Quickstrike-Zünder, der sie zu einer Seichtwasserantischiffsmine machte. »Ob wir die Erlaubnis erhalten, ist noch nicht raus, aber das war jedenfalls meine Empfehlung. Irgendwelche Vorschläge?«

»Das Südchinesische Meer könnte zu flach sein für die Mk-62er«, meinte Lieutenant Colonel Bridget »Xena« Dutchman, Kommandantin der 20th Expeditionary Bomb Squadron von der Barksdale Air Force Base, Louisiana, und Leitpilotin der Zweierformation aus B-52H-Stratofortress-Bombern in Andersen. »Kommt darauf an, wo die Ziele sich befinden.«

»Wenn wir die Mk-62er nicht verwenden können, was schlagen Sie stattdessen vor, Xena?«

»Harpoons«, sagte Dutchman. Die AGM-84 Harpoon war eine unterschallschnelle luftgestützte Antischiffsrakete mit einem fünfhundert Pfund schweren, panzerbrechenden Sprengbombengefechtskopf. Aus einer Entfernung von bis zu sechzig Meilen in die Richtung eines feindlichen Schiffes abgefeuert, flog sie dicht über der Wasseroberfläche, erfasste ihr Ziel mittels ihres bordeigenen Radars und griff dieses an. Die Harpoon war deutlich älter als die JASSM, und ihr Sprengkopf besaß nur deren halbe Durchschlagskraft, dennoch war sie gegen die meisten Schiffe nach wie vor eine fürchterliche Waffe. Die B-52 konnte in seinen Halterungen an der Tragflächenunterseite bis zu zwölf davon mitführen.

»Ich werde das dem Einsatzorganisationsplan hinzufügen«, sagte Cuthbert. »Sonst noch was?«

»Je mehr JASSMs, desto besser«, fand Lieutenant Colonel Juan »Picante« Oroz. Er befehligte die Bomber B-1B Lancer der 9th Expeditionary Squadron der Dyess Air Force Base in Abilene, Texas. »Ich wünschte mir allerdings, wir hätten den Typ mit erhöhter Reichweite.«

»Die kriegen wir vielleicht, wenn sich diese Geschichte zuspitzt.« Cuthbert wandte sich dem dritten Lieutenant Colonel zu. »Wishbone? Irgendwelche Ideen?«

»Das klingt für mich in Ordnung, Sir«, sagte Lieutenant Colonel Franklin »Wishbone« McBride, Kommandant der

393rd Expeditionary Bomb Squadron von der Barksdale Air Force Base, Louisiana. Nach dem Amerikanischen Holocaust und der Zerstörung vieler amerikanischer Bomberstützpunkte in der Nordhälfte des Landes hatten sämtliche B-52-Stratofortress- und B-2-Spirit-Bomber auf der Barksdale Air Force Base ihren Hauptstandort, waren aber häufig auf andere Luftwaffenstützpunkte verteilt, unter anderem auf die Anderson und Naval Support Facility Diego Garcia im Indischen Ozean. Wishbone befehligte die beiden derzeit in Andersen stationierten Tarnkappenbomber vom Typ B-2A Spirit. »Wann werden wir erfahren, ob wir die Freigabe für die Beladung haben?«

»Keine Ahnung«, sagte Cutlass, »aber wenn ich mit meiner Einschätzung nicht völlig falschliege, bedeutet das eine tagelange Warterei, ohne irgendetwas zu wissen, gefolgt von einer irrwitzigen Hetze, um die beladenen Flugzeuge in die Luft zu bekommen. Aus diesem Grund möchte ich wenigstens einen Bomber aus jeder Staffel schon vorab beladen.«

»Können wir es nicht als Munitionsbeladeübung oder dergleichen ausgeben und es einfach durchziehen, Sir?«, wollte Oroz wissen.

»Die Lage bei der PACAF ist auch so schon angespannt genug, da möchte ich nicht mit scharfer Munition rumspielen«, hielt Cutlass dagegen. »Wir werden streng nach Vorschrift vorgehen. Ich habe einen Einsatzplan eingereicht und meine Crews in den Startlöchern – mal sehen, wann die Oberen den Startschuss zu geben gedenken.«

Noch einmal betrachtete Cutlass die um den Tisch Versammelten. Die Mienen waren durchweg gedrückt – allmählich dämmerte ihnen allen der Ernst der Lage.

»Okay, Leute, dies könnte der Ernstfall sein, ich möchte also, dass Sie sich vergewissern, dass Ihre Crews vernünftig aufgestellt, ausgeruht und voll auf der Höhe des Geschehens sind«, fuhr er fort. »Wie gesagt, sollte es dazu kommen, wird es sehr hektisch werden, die Flugzeuge in die Luft zu bekommen, ich will also keine vermeidbaren Fehler. Wenn der Anruf kommt, legen wir uns ins Zeug und geben ordentlich Gas, aber das Ganze muss reibungslos und professionell ablaufen. Machen Sie sich bereit, wir werden einige Flüge absolvieren.«

KAPITEL 4

INDUSTRIEFLUGHAFEN NORDNEVADA, BATTLE MOUNTAIN, NEVADA

Mehrere Stunden später

Am späten Nachmittag desselben Tages fuhr Patrick zu seinem Flugzeughangar hinaus und traf Brad drinnen auf einer Trittleiter an, als er die Vorderkante der Tragflächen der turbinengetriebenen Cessna P210 Centurion seines Vaters von Insekten befreite. »Hi, Brad«, begrüßte Patrick ihn.

»Hey, Dad«, rief Brad über die Schulter. Er war gerade dabei, die Insekten mit einem Scheuerkissen aus Nylon von einer glänzenden Metallplatte an der Vorderkante der Tragflächen zu entfernen. Die Platte wies Tausende winzige lasergebohrte Löcher auf, durch die Enteisungsflüssigkeit gepumpt wurde, um die Tragflächen im Winter eisfrei zu halten. Diese Löcher verstopften leicht und mussten nach jedem Flug sorgfältig gesäubert werden. »Ich glaube, ich bin durch den größten Insektenschwarm dieses Planeten geflogen.«

»Alles in Ordnung gewesen mit dem Flug für Angel Flight West?«

»Alles bestens gelaufen.« Angel Flight West war eine Organisation, die bedürftige Patienten mit freiwilligen Piloten zusammenbrachte, damit diese sie zur ärztlichen Behandlungen flogen. Sowohl Brad als auch Patrick waren dort verantwortliche Piloten.

»Wohin bist du geflogen?«

»Sacramento Executive«, sagte Brad. »Ein Dreietappenflug: Ein Pilot hat eine Mutter mit ihrem Sohn von Wyoming nach Salt Lake City geflogen, ein anderer sie anschließend von dort hierhergebracht, und ich hab sie dann nach Sac Exec weitergeflogen. Der Junge war ein Verbrennungsopfer.«

»Kein Einsatzbegleiter?« Gelegentlich flog ein Einsatzbegleiter mit, um dem Piloten mit den Passagieren zu helfen, damit sich dieser ganz auf das Fliegen konzentrieren konnte.

»Diesmal nicht. Ich hatte die Familie schon vorher ein paar Mal geflogen, daher waren sie mit dem Ablauf vertraut.«

»Gut. Brauchst du Hilfe?«

»Nein. Bin so gut wie fertig.«

Patrick wartete, bis Brad mit der Reinigung der Tragflächen fertig war. Ihm fiel auf, dass die Windschutzscheibe, der Propeller und die Enteisungsanlagen an den Höhenleitwerken bereits sauber waren. Als er fertig war, stellte Brad die Trittleiter weg und packte sein Putzzeug zusammen. »*Finis.*«

»Gut. Ich muss mit dir reden.«

»Klar, Dad.« Sie gingen hinüber zum Schreibtisch in der hinteren Ecke des Hangars. Brad nahm zwei Wasserflaschen aus einem kleinen Kühlschrank und gab eine seinem Vater. »Was gibt's?«

»Ich bin wirklich zufrieden mit der Arbeit, die du hier auf dem Flughafen leistest«, begann Patrick. »Die Piloten und die Techniker äußern sich ebenso. Du investierst jede Menge Arbeitsstunden und meldest dich freiwillig noch zu einer Menge Überstunden. Außerdem freut es mich, dass du all diese Einsätze für Angel Flight West fliegst. Die Patienten wissen bestimmt zu schätzen, wie viel Zeit du für sie opferst.« Er zog einen Zettel aus einer Tasche. »Aber ganz ehrlich, Junge, ich finde, du fliegst viel zu viel. Die Treibstoffkosten können wir uns nicht leisten. Ich sag's nur äußerst ungern, Brad, aber das geht über unsere Verhältnisse. Die Kreditkartenabrechnung ist geradewegs durch die Decke gegangen.«

»Aber es ist doch für eine gute Sache«, meinte Brad. »Kann man die Kosten nicht von der Steuer absetzen?«

»Kann man bis zu einer gewissen Höhe, Junge, aber die Rechnung müssen wir trotzdem bezahlen, und dafür fehlt uns einfach das Geld.«

»Aber du leitest doch Sky Masters. Du bist Leitender Geschäftsführer und Vizepräsident, richtig?«

»Schätze, ich habe dir die Situation nie erklärt, Brad«, sagte Patrick. »Mein Gehalt reicht gerade, um jeden Monat die Haushaltskosten zu bezahlen, mehr nicht. Am Monatsende bleibt nichts übrig.«

»Nicht? Wieso denn das?«

»Weil es als CEO zu meinen Aufgaben gehört, dafür zu sorgen, dass die Firma über Geld verfügt, und jeder Cent, der über unseren monatlichen Bedarf hinausgeht, ist Geld, das der Firma nicht zur Verfügung steht«, erklärte Patrick. »Es ist mein Job, dafür zu sorgen, dass die Firma Geld verdient, nicht ich.«

»Das klingt nicht fair«, meinte Brad. »Die Gesellschaft hat doch Aktionäre, oder? Und *die* verdienen doch Geld, oder etwa nicht?«

»Wenn die Gesellschaft Geld verdient, werden den Anteilseignern Dividenden oder Gewinne ausbezahlt, sofern der Preis ihrer Aktie steigt«, bestätigte Patrick. »*Wir*, du und ich, sind Anteilshaber der Gesellschaft. Erzielt diese einen Gewinn, erhalte ich am Jahresende einen Bonus, der jedoch größtenteils durch den Kauf von Anteilen oder Anteilsoptionen in die Gesellschaft reinvestiert wird.«

»Ich dachte, CEOs wären alle reich«, meinte Brad.

»Wir sind nicht pleite, Brad«, stellte Patrick richtig. »Nur haben wir eben auch nicht viel überschüssiges Bargeld. Meinem Gefühl nach ist es wichtiger, in die Gesellschaft zu investieren, als ihr ein großes Gehalt zu entnehmen. Das gefällt den Direktoren und Anteilseignern, was es wiederum wahrscheinlicher macht, dass sie mich hierbehalten.«

»Dich hierbehalten?«, wiederholte Brad, und die Verwunderung in seiner Stimme war unüberhörbar. »Dad, du bist *Patrick McLanahan.* Du bist ein pensionierter Dreisternegeneral der Air Force. Du hast überall auf der Welt und sogar im All Einsätze kommandiert. Die können von Glück reden, dass sie dich haben. Wieso sollten die auch nur daran denken, dich nicht an der Firma zu beteiligen?«

»Geschäft ist nun mal Geschäft, Brad. Ich verstehe schon, was du über mich sagst, Junge – und ich bin dir dankbar dafür. Und ich glaube auch, dass der Präsident der Gesellschaft und auch der Firmenvorstand dir zustimmen würden. Am Ende des Tages aber spielt es überhaupt keine Rolle, wer ich bin, solange ich nicht alles in meiner Macht Stehende tue, um der Firma zu helfen, Gewinn zu machen. Wenn ich nicht alles dafür tue, dass sie einen Gewinn erzielt, wird man mir höflich, aber bestimmt die Tür weisen. Womöglich besäßen sie sogar die Freundlichkeit, sie für mich aufzuhalten, damit ich beim Hinausgehen nicht noch anecke.«

Brad schüttelte den Kopf. »Das kapier ich nicht«, meinte er. »Es geht nur ums Geldverdienen? Du machst das alles hier, entwickelst all die neuen Ideen, legst die langen Überstunden ein, noch dazu ohne am Ende des Monats einen Dollar auf der Bank zu haben … nur um *andere* reich zu machen? Das ist nicht in Ordnung. Das ist ungerecht.«

»Willkommen in der wundervollen Welt des Kapitalismus, mein Junge«, sagte Patrick, ein Lächeln auf den Lippen.

Brad lächelte nicht – tatsächlich machte er einen sehr desillusionierten, beinahe wütenden Eindruck.

Patrick berührte seinen Sohn an der Schulter, um seine Aufmerksamkeit zu gewinnen. »Aber lass uns zunächst ein paar Dinge klarstellen. Sinn und Zweck der *Gesellschaft* ist es, Profit zu machen. Mein *Job* ist es zuzusehen, dass ich mich nach bestem Vermögen für das Erreichen der Gesellschaftsziele einsetze. Aber es ist nicht *mein* Ziel, für Sky Masters Geld zu verdienen. *Mein* Ziel und Lebenszweck ist es, einen glücklichen und ausgeglichenen Sohn großzuziehen und gleichzeitig hochmoderne Systeme zur Verteidigung der Vereinigten Staaten von Amerika zu entwickeln. Die Gesellschaft hat die Mittel, mir bei der Verwirklichung meines Ziels zu helfen. Wäre dem nicht so, wäre ich gar nicht hier. Es ist eine ganz einfache Abmachung, Brad – ich nutze die mir zur Verfügung stehenden Fähigkeiten, um die Gesellschaft bei der Erreichung ihrer Ziele zu unterstützen, nämlich Gewinn zu erzielen, und die Gesellschaft stellt mir ihre Mittel zur Verfügung, damit ich *meine* Ziele erreichen kann, nämlich Dinge zu bauen, die der Verteidigung des Landes dienen. Es gibt eine ganz simple Übereinkunft zwischen mir und der Gesellschaft: Solange wir unsere jeweiligen Ziele erreichen, bleiben wir zusammen. Gewinnt einer von uns den Eindruck, dass dies nicht erreicht wird, sind wir miteinander fertig und es ist vorbei. Diese Übereinkunft haben wir mit nichts weiter als einem Handschlag besiegelt. Sobald einer von uns das Gefühl hat, dass seine Ziele nicht erreicht werden, ist die Abmachung hinfällig, und unsere Wege trennen sich.«

»Das heißt, du könntest *morgen* gefeuert werden?«, fragte

Brad fassungslos. »Sie können dich *jederzeit* auffordern zu gehen, und das müssten wir dann auch tun?«

»Ganz genau«, sagte Patrick.

Brad schüttelte in völliger Fassungslosigkeit den Kopf.

»Verstehst du jetzt, warum es so wichtig ist, alles dafür zu tun, dass das Geld in der Firma bleibt?«, wollte Patrick wissen. »Mit Fairness hat das nichts zu tun, auch nicht, was du oder ich meinen, was ich verdient hätte oder mir womöglich zusteht. Es ist nichts Persönliches. So läuft das im Kapitalismus. Ich glaube schon, dass man mich nach wie vor schätzen und respektieren würde. Trotzdem würden sie mir auf der Stelle kündigen, wenn ich ihnen keinen Gewinn einbringe. Aber umgekehrt gilt das ebenso: Wenn sie mir nicht ermöglichen würden, die Dinge zu bauen, die meiner Meinung nach für die Verteidigung der Vereinigten Staaten wichtig sind, würde ich woanders hingehen, wo man dies täte, und sie könnten mich nicht zurückhalten.«

»Sieht trotzdem immer noch so aus, als würdest du bei diesem Deal den Kürzeren ziehen, Dad. Aber ich verstehe schon, was du meinst.« Brad nahm die Kreditkartenabrechnung von seinem Vater entgegen. »Schätze, mir war gar nicht bewusst, wie viel ich für Jet-A ausgegeben habe. Ich werde beim Fliegen zurückstecken.« Er sah seinen Vater an. »Und wie willst du die Kreditkartenrechnung bezahlen, wenn wir am Monatsende kein Geld übrig haben?«

»Ich werde auf meine Pension von der Air Force zurückgreifen und falls nötig ein paar Firmenaktien verkaufen.«

Brad machte ein betretenes Gesicht. »Ich … Tut mir leid, Dad, mir war nicht klar, dass du das machst«, sagte er. »Ich werd etwas mehr zur Treibstoffrechnung dazutun und meine Einsätze einschränken.«

»Ein bisschen weniger wäre nicht schlecht«, sagte Patrick.

»Ich möchte, dass du in Übung bleibst, aber es würde schon helfen, wenn du das mit – sagen wir – einem oder zwei Einsätzen im Monat schaffen könntest, anstatt mit drei oder vier.«

»Klar, Dad.«

»Ich werde dir trotzdem noch bei der Treibstoffrechnung unter die Arme greifen, keine Sorge. Aber ein etwas kleinerer Gesamtbetrag auf der Kreditkartenabrechnung wäre schön.« Patrick beugte sich auf seinem Stuhl vor. »Ich finde, das ist ein guter Augenblick, um über deine Zukunftspläne zu reden, Brad. Ich hab dir nach deiner Rückkehr von der Militärakademie ein wenig Zeit gelassen, um darüber nachzudenken. Ich bin froh, dass du auch weiterhin umtriebig warst und etwas geleistet hast, statt untätig herumzusitzen und Däumchen zu drehen. Aber was schwebt dir vor, wie soll es weitergehen?«

Brad dachte eine Weile nach, dann sagte er schulterzuckend: »Ich weiß es nicht, Dad. Ich mag die Arbeit auf dem Flugvorfeld, außerdem muss ich etwas Geld fürs College zurücklegen. Deshalb hab ich noch gar nicht richtig darüber nachgedacht. Bei der Arbeit auf dem Flugvorfeld krieg ich gerade erst den Bogen raus, und die Einsätze für Angel Flight West machen mir Spaß. Das hat mich ganz schön auf Trab gehalten.«

»Ich habe darüber nachgedacht, und mir sind ein paar Ideen gekommen«, sagte Patrick. »Ich hab ein bisschen Geld in einem Collegefonds. Um ehrlich zu sein, als du von Präsident Phoenix für die Akademie vorgeschlagen wurdest, habe ich meine Einzahlungen in den Fonds eingestellt, deshalb liegt da nicht so viel, wie ich mir jetzt wünschen würde. Aber für vier Jahre Studiengebühren an der Universität Nevada-Reno und die Unterhaltskosten im Studentenwohnheim reicht es – ohne Auto, ohne eigene Wohnung, ohne Restaurantbesuche oder Spring Breaks auf den Bahamas.«

»Das ist ja Wahnsinn, Dad, danke!«, sagte Brad, ein strahlendes Lächeln im Gesicht. »Ich hatte schon Angst, ich müsste noch jahrelang warten, bis ich aufs College gehen kann.« Dann trübte sich sein Lächeln ein. »Aber ich weiß noch gar nicht, was ich studieren möchte, und in ein paar Wochen beginnt schon der Unterricht. Außerdem bin ich noch gar nicht angenommen.«

»Du könntest das Community College hier im Ort besuchen und während deiner Bewerbung für die UNR ein paar Vorbereitungskurse für das erste Jahr absolvieren«, schlug Patrick vor. »Außerdem hätte ich da noch eine Idee.«

»Nicht das College?«

»Ich denke schon, dass du irgendwann eine höhere Ausbildung brauchen wirst, aber nirgendwo steht geschrieben, dass du die direkt nach der Highschool machen musst«, sagte Patrick. »Und das ist meine Idee: Colonel Tom Hoffman hat eine Firma, die sich Warbirds Forever nennt, auf dem Stead Airport im Norden von Reno. Das ist eine Reparaturwerkstatt für Flugzeuge. Er importiert und restauriert alle nur erdenklichen Flugzeuge, unterhält aber darüber hinaus eine Flugschule, wo er seinen Kunden beibringt, die exotischen Maschinen zu fliegen, die sie bei ihm kaufen. Er bildet Piloten auf allen möglichen Flugzeugen aus: auf ausländischen Jets, alten aufpolierten Kampfflugzeugen, Geschäftsjets, Linienflugzeugen, Versuchsflugzeugen – alles. Im Augenblick stellt er ein Trainingsprogramm für uns zusammen, für die Ausbildung von Piloten auf der XB-1 Excalibur und allen anderen Flugzeugen, die wir irgendwann vielleicht noch aufarbeiten werden, die FB-11 Aardvarks etwa. Es ist eine staatlich anerkannte Flugschule, und du kannst deinen Collegefonds dafür verwenden. Du könntest dort deine Berufspilotenlizenz erwerben, eine Fluglehrerlizenz sowie Musterberechtigungen für einige der heißesten Jets überhaupt. Dort fliegen alle nur erdenklichen Flugzeuge ein und aus. Wenn du willst, könntest du dort sogar eine Lizenz als Metallflugzeugbauer und Triebwerksmechaniker sowie als Abnahmeprüfer machen.«

»Ich soll auf die Flugschule gehen?«, rief Brad. »Klingt großartig! Ich könnte mit dem Fliegen weitermachen!«

»Und mit den zusätzlichen Berechtigungen und der Erfahrung auf Düsenflugzeugen könntest du einen Job als Pilot bekommen, vielleicht sogar gleich dort, bei Warbirds Forever«, fuhr Patrick fort. »Wenn du dein Geld sparst, aufs College gehst, genug Flugstunden ansammelst und dazu einen kaufmännischen oder technischen Abschluss und eine Verkehrspilotenlizenz machst, besteht sogar die Möglichkeit, dass du von Sky Masters übernommen wirst.«

»Die *Möglichkeit,* dass ich übernommen werde?«, fragte Brad. »Kannst du als CEO mich dort nicht einfach unterbringen?«

»So funktioniert das nicht. Du musst dich bewerben, wie alle anderen Interessenten auch. Und in der derzeitigen wirtschaftlichen Lage erhalte ich auf jede ausgeschriebene Stelle dreihundert Bewerbungen.«

»Dreihundert?«, entfuhr es Brad.

»Und das ist kein bisschen übertrieben. Ich habe meine eigenen Regeln gebrochen und im Personalbüro und bei Dr. Kaddiri, der Generaldirektorin, ein gutes Wort für dich eingelegt, nur damit du einen Job als Einweiser bekommen konntest und den Boden fegen durftest.« Dr. Helen Kaddiri war die langjährige Präsidentin von Sky Masters. »Aber jede Menge Flugerfahrung auf unterschiedlichen Flugzeugen, dazu vielleicht diese Mechanikerlizenz und ein kaufmännischer und technischer Abschluss würden dir womöglich einen besonderen Vorteil verschaffen. Alle hier kennen dich und wissen, wie du arbeitest. Das ist ein großes Plus, denn normalerweise geht es nicht darum, was du weißt oder wen du kennst, sondern wer *dich* kennt.«

Brad ließ sich das einen Moment durch den Kopf gehen, nickte dann und sagte: »Klingt großartig, Dad. Trotzdem möchte ich mich auf dem College umsehen und vielleicht die UNR besuchen, aber Warbirds Forever klingt schon mal sehr cool.«

»Ich habe bereits mit Colonel Hoffman gesprochen, du kannst jederzeit bei ihm anfangen. Die UNR und alle anderen Colleges, die interessant für dich sein könnten, werden wir uns ansehen. Sag mir so bald wie möglich, wie du dich entschieden hast.« Er zögerte kurz, dann sagte er: »Es gibt da allerdings ein paar … Probleme.«

»Was denn, Dad?«

»Zunächst einmal liegt nicht genug Geld im Collegefonds, um dich bis zur ATP zu finanzieren. Colonel Hoffman macht uns einen ausgezeichneten Preis für den Kurs, weil er jede Menge Aufträge von Sky Masters erhält, allerdings benötigst du fünfzehnhundert Flugstunden, und das wird ein paar Jahre dauern, sofern du nicht eine Anstellung bei einer Fluglinie bekommst. Andererseits kannst du dort Musterberechtigungen für eine Menge Düsenflugzeuge erwerben, und wenn du viel fliegst und vielleicht ein paar Überführungsflüge machst und Unterricht gibst, kommen die recht schnell zusammen. Aber auch für die Ausbildung auf einer Vielzahl unterschiedlicher Flugzeuge ist nicht übermäßig viel Geld vorhanden. Du wirst also neben dem Studium noch für Colonel Hoffman arbeiten müssen.«

Brad zuckte mit den Schultern. »Klingt okay für mich. Was müsste ich denn tun?«

»Womit immer Colonel Hoffman dich beauftragt«, sagte Patrick. »Schätze, es wird sich nicht sehr von dem unterscheiden, was du auch hier machst – Flugzeuge parken, den Technikern zuarbeiten, das Mädchen für alles spielen, was gerade so anfällt, den Fußboden fegen, Flugzeuge betanken … Sobald du deine Verkehrslizenz hast, könntest du fliegerische Aufgaben für seine Firma übernehmen, andere Studenten abholen, zum Beispiel, oder Ersatzteile und so weiter. Sobald du deine Fluglehrerlizenz hast, würdest du deine Flugstunden während des Unterrichts ansammeln, womit das Ganze natürlich noch viel schneller geht. Du würdest ein regelmäßiges Gehalt auf Stundenbasis beziehen, aber nur die Hälfte davon ausgezahlt bekommen – mit dem Rest würdest du Warbirds Forever die Kosten für deine Fliegerausbildung zurückerstatten.«

»Klingt super.«

»Aber denk dran, du wärst ein Vollzeitflugstudent und würdest gleichzeitig ganztags arbeiten.«

»Das krieg ich hin«, sagte Brad überzeugt. »Ich hatte schon Aushilfsjobs neben dem Footballtraining und der Highschool. Kein Problem.«

»Ich fürchte, da täuschst du dich, mein Junge.«

»Ich schaff das, Dad. Was gibt es sonst noch für Probleme?«

»Warbirds Forever ist eine staatlich anerkannte Schule, bietet aber keine Unterkünfte. Die meisten Kunden von Colonel Hoffmans Flugschule sind einigermaßen betucht und wohnen vorübergehend in Hotels oder Apartments und nehmen sich einen Mietwagen. Aber für all diese Dinge wirst du nicht das nötige Geld haben. Er hat auch keine Kantine und bietet weder Sport- noch sonstige Freizeiteinrichtungen.«

»Was soll ich also tun?«

»Colonel Hoffman hat angeboten, dich im Lagerraum eines seiner Hangars unterzubringen, und das umsonst«, sagte Patrick. »Ich hab keine Ahnung, wie es dort aussieht. Ich bin sicher, du wirst weder Fernsehen noch sonst irgendwelche Annehmlichkeiten in deinem Zimmer haben, aber ich denke, zum Fernsehen wirst du ohnehin nicht viel Gelegenheit haben.«

Diesmal reagierte Brad etwas zurückhaltender, einige Augenblicke darauf jedoch nickte er entschlossen. »Damit komme ich klar. Noch vor ein paar Wochen bin ich bei Bestie II bis zum Hals durch den Schlamm gerobbt. Ich finde, da kann ich eine Weile in einem Lagerraum wohnen.«

»Das ist die richtige Einstellung«, meinte Patrick.

»Sonst noch was?«

»Eins noch.« Einen Moment lang zögerte Patrick, bevor er fragte: »Das bleibt strikt unter uns, ja?«

Brad runzelte besorgt die Stirn, nickte aber. »Klar, Dad. Und?«

»Colonel Hoffman kann manchmal … ein richtiger Dr. Jekyll/Mr. Hyde-Typ sein«, sagte Patrick. »Er ist ein guter Kerl und ein hervorragender Pilot und Fluglehrer. Aber wenn er das Gefühl hat, jemand arbeitet nicht hart genug, geht er wie ein tollwütiger Werwolf auf einen los. Du hast erzählt, du hättest einen harten Ausbilder auf der Air Force Academy gehabt? Tom Hoffman wird hundertmal härter sein. Er verlangt hervorragende Leistung bei allem, wofür er sich engagiert. Von dem Moment an, da du einen Fuß in eines seiner Flugzeuge setzt – sei es ein einmotoriges Hubkolbenflugzeug oder ein zweistrahliger Jet –, wirst du nichts Geringeres als ATP-Flugstandards üben. Die Mindestpunktzahl für das Bestehen seiner schriftlichen Tests beträgt neunzig Punkte, und bei den Notfallmaßnahmen, den fett gedruckten Sachen und den Referenzgeschwindigkeiten, die auswendig gelernt werden müssen, sind es einhundert Prozent. Drei nicht bestandene schriftliche Tests oder Flugprüfungen haben einen Rauswurf zur Folge. Der einzige Grund, weshalb er noch mit mir arbeitet und mich die Jets fliegen lässt, ist, dass ich der Boss bin und die Rechnungen bezahle. Als Pilot der Excaliburs hätte er mich schon vor Monaten rausgeschmissen, weil ich es nicht geschafft habe, sie per Hand innerhalb von fünfzig Fuß einer vorgegebenen Höhe zu fliegen. Und seine Ausbildungskader sind genauso streng.«

Wieder blieb Brad stumm, und Patrick meinte seinen Sohn nervös schlucken zu sehen.

»Aber wir alle arbeiten täglich mit ihm zusammen, und bislang hat noch keiner den anderen zu erdrosseln versucht. Wir wissen also, es *kann* funktionieren. Mach einfach, was du auch hier schon getan hast: Arbeite hart, halt den Mund und die Ohren offen, pack mit an und strebe nach Perfektion.«

BÜRO DES STAATSPRÄSIDENTEN, ZHONGNANHAI, PEKING, VOLKSREPUBLIK CHINA

Zur selben Zeit

Als Außenminister Tang Ji das Büro von Staatspräsident Zhou Quiang betrat, stellte er fest, dass der Generalstabschef der Volksbefreiungsarmee, Generaloberst Zu Kai, bereits dort war. Tang, ein langjähriger Funktionär im Außenministerium, der drei vorangegangenen Verwaltungen gedient hatte, wusste nur zu gut, welch großen Einfluss General Zu auf den Staatspräsidenten hatte, daher war er zwar etwas erschrocken, aber nicht überrascht, ihn hier zu sehen, ehe man ihm selbst Gelegenheit gab, den Staatspräsidenten vorab zu informieren und zu sprechen. Sofort beschlich ihn das Gefühl, dass die nun folgende Entscheidung bereits gefallen war.

»Guten Abend, Genosse Vorsitzender, General«, sagte er und verbeugte sich vor Zhou.

»Sie haben mit dem amerikanischen Außenminister gesprochen, Genosse Tang?«, fragte ihn Zhou, ohne seinem Außenminister einen Platz anzubieten.

»So ist es, Genosse Vorsitzender«, antwortete Tang, immer noch stehend. »Die Amerikaner ersuchen uns, jede Einmischung in ihre Such- und Rettungsmission im Südmeer zu unterlassen – beziehungsweise dem Südchinesischen Meer, wie sie es nennen.«

»Mir ist bekannt, wie sie es nennen!« Zhou, langjähriges Mitglied des Zentralkomitees der Kommunistischen Partei Chinas und ehemaliger Aufsichtsratsvorsitzender einer Reederei in Schanghai, war bestens bewandert in geschäftlichen Belangen, noch geläufiger aber war ihm skrupellose Parteipolitik. Er trug dunkelblaue Geschäftsanzüge, blitzblank polierte Schuhe westlichen Stils und bevorzugte Seidenkrawatten, goldene Armbanduhren und französische Zigaretten. Trotz seiner deutlich mehr als sechzig Lebensjahre färbte er sich das Haar schwarz und benutzte sogar Kontaktlinsen, um keine Brille tragen zu müssen. »Sie haben Kevich hoffentlich klargemacht, dass eine fremde Macht chinesischen Streitkräften im Südmeer nichts vorzuschreiben hat?«

»Ich habe Mr. Kevich erklärt, ich würde sein Ersuchen an meine Vorgesetzten weiterleiten und ihm ihre Antwort mitteilen«, sagte Tang. »Kevich hat sich bei mir bedankt, noch einmal betont, dass sich an Bord des verschollenen Flugzeugs wichtige Geheiminformationen für die nationale Sicherheit Amerikas befänden, und mich gefragt, ob ich mir über die Bedeutung der Zusammenarbeit in dieser Angelegenheit im Klaren sei. Ein unter ungeklärten Umständen verschwundenes Schiff oder Flugzeug, meinte er, sei für jede Nation eine ernste Angelegenheit, und da Amerika bereits Suchtruppen in der Region habe, sollten wir ihre Wünsche verstehen und diese respektieren.«

»Das alles hat er gesagt, ja?«, fragte Zhou ätzend. »Sie schicken, um uns zu bespitzeln, ein Spionageflugzeug über das Südmeer, das, wie sie sehr wohl wissen, von größtem Interesse für unsere nationale Sicherheit ist und von China streng bewacht wird, und dann sollen wir mit ihnen kooperieren, wenn ihr Spionageflugzeug abstürzt? Wieso haben sie sich nicht kooperativ gezeigt, als wir von ihnen verlangt haben, ihre Lauschangriffe über der chinesischen Ostküste einzustellen?«

»Ich sagte doch, Genosse Vorsitzender, die Amerikaner haben kein Interesse an Kooperation und zeigen keinerlei Respekt«, sagte General Zu. »Sie wollen, dass wir wie ein Hund gehorchen und tun, was sie verlangen. Egal, ob sie gerade mal ein paar Hundert Kilometer von unserem Land entfernt sind, sie kommandieren China weiterhin herum. Derzeit entsenden sie sogar gerade einen Flugzeugträger-Gefechtsverband in den Norden, und wir gehen davon aus, dass sie in Kürze noch einen zweiten schicken werden.«

»Sie haben ein wichtiges Flugzeug und eine wertvolle Besatzung verloren, Genosse General.« Tang schien wie das genaue Gegenstück zu Zu. Er war groß gewachsen und schlank, wirkte fast zerbrechlich. »Sie sind verständlicherweise besorgt. Ich kenne Minister Kevich sehr gut und halte ihn für einen aufrichtigen Mann, geradeaus und nicht zu Drohungen neigend. Wie bei Schiffsunglücken mit Beteiligung ausländischer Mächte üblich, sollte China seine Hilfe anbieten, bevor es sich der Absturzstelle nähert.«

»Ach, sollten wir das, Tang?«, fragte Präsident Zhou. »Es scheint Sie ja nicht sonderlich zu stören, dass die Amerikaner tagein, tagaus ihre Spionageflugzeuge, Schiffe und U-Boote nach Belieben vor unsere Küsten entsenden. Mit jedem Tag verlieren wir zunehmend die Kontrolle über unsere ureigenen Angelegenheiten. Soweit wir wissen, haben die Amerikaner diese ganze Geschichte inszeniert, um sich selbst die Berechtigung zu verschaffen, ihre Kriegsschiffe in das Südmeer zu verlegen, damit sie dort unseren Handelsverkehr schikanieren und unsere militärischen Aktivitäten überwachen können!«

»Sie lassen ihr eigenes Flugzeug abstürzen, töten ihre eigenen Soldaten?« Tang klang voller Zweifel. Er sah zu Zu hinüber, der Tang genau beobachtete. »Das ist wenig glaubhaft, Genosse Vorsitzender.«

»Woher wissen wir überhaupt, dass es ein Spionageflugzeug war?«, fragte Zhou. »Nach Bekunden von General Zu handelt es sich bei den amerikanischen Spionageflugzeugen um umgerüstete Passagiermaschinen, bei denen bewusst auf eine militärische Kennzeichnung verzichtet wird, damit sie nicht von unbewaffneten Zivilflugzeugen unterschieden werden können.«

»Davon ist mir nichts bekannt«, sagte Tang. »Falls dies der Wahrheit entspricht, sollten wir derartige Praktiken auf das Schärfste verurteilen. Aber noch einmal, Genosse Vorsitzender, warum sollten die Amerikaner eines ihrer eigenen Flugzeuge abstürzen lassen und ihre eigenen Seeleute töten? Es steht ihnen doch frei, ihre Kriegsschiffe jederzeit im gesamten Südmeer …«

»*Genau das* ist die Haltung, die ich *jetzt sofort* und *für immer* beendet wissen möchte!«, fiel ihm Zhou barsch ins Wort, einen Finger in Tangs Richtung stoßend, und erhob sich verärgert. »Das Südmeer gehört zu *China*, begreifen Sie das endlich. Es ist kein internationales Gewässer, das jedes x-beliebige Land, ob Freund oder Feind, einfach so durchqueren kann! Freie Fahrt im Südchinesischen Meer ist nur deshalb möglich, weil China dies erlaubt!«

»Verzeihen Sie, Genosse Vorsitzender, aber so verhält es sich ganz einfach nicht«, widersprach Tang. »Sieben weitere Nationen grenzen an das Südmeer an. Nahezu die Hälfte der Frachtschifffahrt weltweit durchquert jedes Jahr das Südmeer. Kein Land kann für sich ein Besitzrecht auf das Südmeer beanspruchen.«

»Es gibt mehr als eintausend Jahre historischer Fakten und jede Menge internationale Übereinkünfte, welche die berechtigten Ansprüche Chinas untermauern«, hielt Zhou dagegen. »Die meisten Länder, die Teile des Südmeers oder die darin liegenden Inseln für sich beanspruchen, haben vor eintausend Jahren nicht einmal *existiert* – wie konnten sie Besitzrechte beanspruchen, wenn es sie noch nicht einmal gegeben hat? Und die Amerikaner haben überhaupt keine Berechtigung, eine ungehinderte Nutzung des Südmeers zu erwarten. Und schon gar nicht für Spionageflugzeuge, mit Nuklearwaffen bestückte U-Boote und Kriegsschiffe mit Marschflugkörpern an Bord, die imstande sind, unser Land aus großer Entfernung anzugreifen.«

»Genosse …«

»Das soll nicht heißen, dass China den Wunsch hat, irgendeine *befreundete* Nation an der Durchquerung des Südmeers zu hindern«, fuhr Zhou fort. »Aber sollte irgendeine Nation danach trachten, China auf irgendeine Weise, militärisch oder wirtschaftlich, über das Südmeer zu bedrohen, *werden* wir dagegen *vorgehen.*« Er wandte sich direkt an Tang. »Kevich möchte eine Antwort von mir, ja?«, fuhr er ihn an. »Dann richten Sie ihm Folgendes aus: Wir sind vielleicht *noch* nicht im Besitz der militärischen Macht Amerikas, dennoch werden wir uns nicht aus unseren angestammten Territorien vertreiben lassen. Die Amerikaner betrachten das Südmeer als internationales Gewässer und glauben, dort nach Belieben vorgehen zu können? Ich sage Ihnen, da irren sie sich. Das Südmeer ist ureigener Bestandteil Chinas – das war so seit Jahrtausenden und wird es immer sein. China will nichts weiter als friedlichen Hochseehandel sowie ungehinderten Zugang zu allen Weltmeeren und Häfen. Wir werden dem gesamten friedlichen Handelsverkehr auch künftig freien Transit durch das Südmeer gestatten. Aber Kriegsschiffe und Spionageflugzeuge sind eine völlig andere Geschichte. Man fliegt seine Spionageflugzeuge, lässt seine Kriegsschiffe auf eigenes Risiko durch unser Territorium fahren. China wird sich jedes Waffensystems bedienen, das nötig ist, um es mit jeder eindringenden ausländischen Macht aufnehmen zu können oder diese gar zu übertreffen. Das wäre alles, Genosse Tang.«

Tang, den Blick abgewandt, verbeugte sich und verließ das Büro des Staatspräsidenten.

»Wurde auch Zeit, dass jemand dies ausspricht und diesem arroganten Bastard einen Dämpfer verpasst«, sagte General Zu, nachdem Tang hinausgegangen war.

»Die Bürokraten und Unternehmen sind schon ganz besoffen von dem ausländischen Geld und der Macht, die sie damit kaufen können, Generaloberst Zu«, sagte Zhou verärgert, steckte sich eine Zigarette zwischen die Lippen und steckte sie sich an. »Und weder das Zentralkomitee der Kommunistischen Partei noch das Volkskomitee unternehmen etwas, um diese völlig überbezahlten Topmanager an die Leine zu nehmen. Die Unternehmer aus dem Ausland, die Bankiers und Bürokraten, die sie unterstützen, wünschen sich nichts sehnlicher als Nachgiebigkeit gegenüber einem Wiederaufleben der amerikanischen Militärpräsenz im Pazifik, damit sie auch weiterhin wie am Fließband Waren produzieren und sich selbst damit reich machen können. Die Unternehmer wünschen keine Konfrontation mit den Amerikanern. Ihnen sind ihre ausgeglichene Handelsbilanz und der Profit wichtiger als Souveränität, und die kommunistischen Ideale interessieren sie schon gar nicht. Die Partei ist sich unschlüssig, was zu tun ist – sich auf die Seite jener Unternehmer stellen, die China im Namen des Profits seines Selbstbestimmungsrechts berauben, oder die Außenstehenden zurückweisen.«

»Dann verstaatlichen Sie doch die ausländischen Unternehmen und Banken und bringen Sie die Partei wieder auf Linie, Genosse Vorsitzender«, schlug Zu vor. »Sie verfügen über die Macht für einen solchen Schritt. Das Militär wird auf Ihrer Seite sein, immerhin haben Sie sich für eine starke Luftwaffe und Hochseemarine eingesetzt. Der Generalstab und die Korpskommandeure sind einer Meinung mit Ihnen, dass wir uns von diesem ungezügelten Kapitalismus befreien und zu unseren revolutionären Wurzeln zurückkehren müssen, ehe eine weitere Generation diesen Verlockungen erliegt.«

Den Blick leer in die Ferne gerichtet, nahm Präsident Zhou einen tiefen Zug von seiner Zigarette. »So einfach ist das nicht, Genosse General. Die Menschen wollen Arbeit, und sie ziehen in immer größeren Massen in den Osten, wo es Arbeit gibt. Wenn wir ihnen keine Arbeitsplätze bieten können, wird sich die Landbevölkerung gegen die Regierung erheben.

Die Unternehmen garantieren den Bürokraten ebendiese Arbeitsplätze, und als Gegenleistung für zusätzliche Fabriken erhalten die Parteikomitees aller Provinzen Zuschüsse. Sie sind infiziert mit dem kapitalistischen Bazillus.«

»Dann nehmen Sie die Dinge in die Hand, Genosse Vorsitzender«, forderte Zu. »Wenn immer sie zusammengearbeitet haben, haben Partei und Militär die ländlichen Gebiete und Städte stets erfolgreich beherrscht. Durch eine Beseitigung all dieser korrupten Bürokraten sowie eine Verstaatlichung der ausländischen Unternehmen und Banken können wir die Kontrolle über das Volk zurückgewinnen. Machen Sie den nächsten Schritt, Genosse Vorsitzender – das Militär wird an Ihrer Seite stehen, dafür garantiere ich.«

»Kein überhastetes Vorgehen, General«, mahnte Zhou. »Wenn die ausländischen Investitionen ausbleiben, könnte das zu einem Zusammenbruch der Wirtschaft führen.«

»Die Welt will die chinesischen Arbeitskräfte, sie will, dass wir ihre Rohstoffe kaufen, und sie will, dass wir sie mit billigen Waren aus unseren Fabriken beliefern«, hielt Zu dagegen. »All diese Dinge werden wir nach wie vor liefern – nur dass die Partei die Verwaltung unserer Mittel steuern sollte, nicht irgendwelche Ausländer und gierige Bürokraten.«

Zhou, dessen starrer Blick ins Leere gerichtet war, nickte. »Ich danke Ihnen für Ihre Offenheit, Genosse General«, erklärte er schließlich. »Es ist gut zu wissen, dass ich nicht allein stehe mit meiner Sorge über die Richtung, in die sich unser Land bewegt.« Wieder hielt er inne, dann wollte er wissen: »Gibt es irgendwelche Hinweise darauf, was mit diesem amerikanischen Patrouillenflugzeug passiert ist, General?«

»Nein, Genosse Vorsitzender«, log Zu. »Bei dem P-8 Poseidon handelt es sich um ein vergleichsweise neues System, wenngleich das Flugzeug selbst, das auf einem gängigen Passagierflugzeug beruht, sehr zuverlässig ist. Man hat sich entschlossen, große Mengen neuen Geräts in ein kleineres Flugzeug als den Vorgänger, den P-3 Orion, einzubauen. Ich vermute, ein massiver elektrischer Defekt hat das Flugzeug lahmgelegt.«

»Ich bin nicht geneigt, unsere eigenen Suchhubschrauber aus dem Gebiet abzuziehen«, erklärte Zhou. »Ich denke, für China ist es wichtig, entschlossen Präsenz zu zeigen, wenn es im Südmeer zu größeren Zwischenfällen wie diesem kommt. Wir sollten unsere volle und umfassende Unterstützung bei der Durchführung der Such- und Rettungsaktion anbieten.«

»Ich bin völlig Ihrer Meinung, Genosse Vorsitzender«, sagte Zu. »Der nachrichtendienstliche Wert dieses Zwischenfalls ist unbedingt zu berücksichtigen. Amerika hat sich entschieden, das Risiko einzugehen, eines seiner Spionageflugzeuge in die Nähe unserer Kriegsschiffe fliegen zu lassen – und dieses Spiel verloren. Wir sind es uns selbst schuldig, so viel nachrichtendienstliches Informationsmaterial wie möglich zu sammeln, ehe die U.S. Navy uns von dort verdrängt – wozu sie in der Lage ist und was sie tun wird. Wenn es uns gelingt, den Rumpf unbeschädigt zu bergen, können wir jede Menge Informationen über die jüngsten Signalerfassungssysteme der Amerikaner gewinnen. Aus ebendiesem Grund wollen sie uns dort nicht haben, Genosse Vorsitzender – nicht, weil sie eine Kollision befürchten. Wir sollten nichts unversucht lassen, so viel wie möglich von dem Wrack zu bergen, ehe die Amerikaner einen Flugzeugträgergefechtsverband in Position bringen.«

»Dann werden wir es genau so einrichten, Genosse General«, stimmte Zhou ihm zu. »Ich möchte eine kriegerische

Auseinandersetzung vermeiden, aber ich werde mich auch nicht vom amerikanischen Außenminister herumschubsen lassen. Bergen Sie so viel wie irgend möglich, bevor der amerikanische Flugzeugträger eintrifft, und vermeiden Sie alle Feindseligkeiten, es sei denn, unsere Streitkräfte sind gezwungen, sich selbst zu verteidigen. Und ziehen Sie nach Eintreffen der amerikanischen Kriegsschiffe Ihre Kräfte ab.«

»Jawohl, Genosse Vorsitzender«, sagte Zu, salutierte und ging.

Zu wurde von seinem Stellvertretenden Stabschef, Generalmajor Sun Ji, in Empfang genommen. Beide Männer schwiegen, bis sie in Zus Dienstwagen saßen und auf dem Weg zum Armeehauptquartier waren. Dann ergriff Sun das Wort: »Genosse General, wir haben eine weitere Nachricht vom Marineattaché der Amerikaner erhalten.« Er überreichte ein Nachrichtenformblatt. »Sie bitten uns, unsere Suchhubschrauber von der Absturzstelle abzuziehen. Sie entsenden gerade ein Schiff der Küstenwache mit seinen Helikoptern, um die Suche aufzunehmen, und befürchten eine Kollision.«

»Außenminister Tang hat mit dem amerikanischen Außenminister gesprochen, der dasselbe Ansinnen vorgebracht hat«, erklärte Zu. »Zhou hat uns ermächtigt, bis zum Eintreffen der amerikanischen Suchteams mit unserer Suche fortzufahren, dann aber sollen wir uns zurückziehen.«

»Das wird bereits in wenigen Stunden der Fall sein, Genosse General«, sagte Sun. »Ein Flugzeug der Amerikanischen Küstenwache nähert sich bereits dem Gebiet, und sie haben einen Global Hawk in der Luft. Das Küstenwacheschiff wird in wenigen Stunden auf Position sein.«

»Ich möchte Admiral Zhen sprechen.« General Sun nahm das bordeigene sichere Satellitentelefon des Wagens in Betrieb, wartete auf eine sichere Verbindung und eine Antwort und reichte Zu schließlich den Hörer.

»Admiral Zhen hier, Genosse General«, antwortete Vizeadmiral Zheng Peng, Kommandeur der in Zhanjiang, Provinz Guangdong, stationierten Südmeerflotte.

»Stand der Suche?«

»Wir haben einige Objekte eingesammelt, Genosse General, sowie einige Dinge wie Antennen, die möglicherweise von gewissem nachrichtendienstlichen oder technologischen Wert sind«, sagte Zhen. »Bislang keine Spur von der Besatzung, dem Rumpf oder den Triebwerken.«

»Ich will, dass die Amerikaner so spät wie möglich Kenntnis vom ›Lautlosen Donner‹ oder dem Angriff auf das P-8-Patrouillenflugzeug bekommen«, erklärte Zu. »Erhöhen Sie die Anzahl der Suchhubschrauber.«

»Jawohl, Genosse General. Der Träger *Zhenyuan* berichtet, der Kutter der amerikanischen Küstenwache habe ebenfalls Suchflugzeuge entsandt und dass sie ein Aufklärungsflugzeug vom Typ Global Hawk in der Luft hätten. Bitte um Erlaubnis, Lautloser Donner gegen sie einzusetzen.«

Einen Moment schwieg General Zu, dann sagte er: »Sie haben ausschließlich Erlaubnis, Lautloser Donner gegen das Suchflugzeug des Kutters einzusetzen.«

»Verstanden, Genosse General.«

Zu gab Sun das Telefon zurück. »Eine kluge Vorsichtsmaßnahme, Genosse General«, bemerkte Sun. »Einen Hubschrauber abzuschießen ist *eine* Sache, der Abschuss eines Global Hawk würde gewiss weitere Untersuchungen nach sich ziehen.«

»Präsident Zhou ist schwach und unentschieden, aber in diesem Fall liegt er vielleicht richtig«, sagte Zu. »Womöglich gehen wir zu weit, wenn zu viel Aufmerksamkeit auf unsere

Aktivitäten im Südmeer gelenkt wird. Ich will davon gerade so viel, dass die Amerikaner, die Japaner, Taiwaner, Philippinos und Australier sich fragen, was da vorgeht, es vielleicht sogar ein wenig mit der Angst zu tun bekommen, aber ich will keine Reaktion provozieren. Ich will, dass die Amerikaner es sich zweimal überlegen, ehe sie ihren Flugzeugträgergefechtsverband im Südmeer parken.«

ÜBER DEM SÜDCHINESISCHEN MEER, IN DER NÄHE DER ABSTURZSTELLE DES P-8 POSEIDON

Zur selben Zeit

»Der Eagle Eye wird in ungefähr zehn Minuten auf Position sein, Sir«, verkündete Lieutenant Commander Edward Fells, der taktische Offizier an Bord des amerikanischen Küstenwachenkutters *Mohawk*. Soeben hatte der Skipper, Commander Douglas Sheridan, die taktische Einsatzzentrale betreten, um den Erstkontakt mitzuverfolgen.

»Schon irgendwelche Treffer, Ed?«, erkundigte sich Sheridan.

»Negativ, Sir«, sagte Fells. Bei dem Eagle Eye handelte es sich um ein unbemanntes Kipprotorluftfahrzeug mit großer Reichweite, das Bodensuchradar und Infrarotkameras an Bord hatte, um Suchaktionen aus sehr großer Entfernung durchzuführen, bevor der Kutter auf Reichweite seines HH-60M-Jayhawk-Such- und Rettungshelikopters mit einer Besatzung aus Rettungsschwimmern heran war. »Noch ein paar Minuten, dann sollten wir mit dem Einsammeln der Trümmerteile beginnen können – sofern unsere Schätzungen, den Absturzort betreffend, korrekt sind.«

Sheridan betrachtete das große taktische Display in der

Mitte des Raums. Es fügte Sensordaten von einer Vielzahl unterschiedlicher Quellen zu einer einzigen Karte zusammen. Der wichtigste auf dem Display dargestellte Sensor stammte von einer Drohne vom Typ RQ-4 Global Hawk, die erst wenige Stunden zuvor über der Absturzstelle eingetroffen war. »Diese chinesischen Schiffe halten noch immer Kurs auf die Absturzstelle?«, erkundigte er sich.

»Jawohl, Sir«, sagte Fells. »Der Träger *Zhenyuan* befindet sich bereits innerhalb der Reichweite seiner Starrflügelflugzeuge, und der Global Hawk hat wenigstens drei Helikopter ausgemacht, die zur Absturzstelle hinübergeschickt wurden.«

»Wann werden wir in Radarreichweite sein?« Der über eine große Reichweite verfügende Kutter – im Grunde eine kleine Fregatte, wenn auch mit Such-, Rettungs- und Patrouilleneinsätzen anstatt mit Luftabwehr und Anti-U-Boot-Krieg betraut – war mit dem TRS-3D-Radar ausgerüstet, einem digitalen Luft- und Bodensuchradarsystem.

»Wir werden in etwa vierzig Minuten auf maximale Suchreichweite für Flugzeuge heran sein«, antwortete Fells. Sucheinsätze am Boden bewältigte der Global Hawk sehr zufriedenstellend, seine Möglichkeiten für Sucheinsätze in der Luft dagegen waren eher begrenzt. Die Infrarot- und elektrooptischen Sensoren des Global Hawk konnten langsam fliegende oder in der Luft stehende Helikopter erfassen, bei schnell fliegenden Zielen waren solche Treffer aber bestenfalls zufällig – sie benötigten das Radar des *Mohawk,* um die Lage in der Luft über der Absturzstelle zu erkunden. »Optimale Reichweite für Luftsuche in etwa neunzig Minuten.«

»Verdammt«, murmelte Sheridan. »Dieser chinesische Flugzeugträger könnte seine Helikopter womöglich von Kampfjets sichern lassen.«

»Eagle Eye hat Radarkontakt!«, rief einer der Sensortechniker. »Großflächige Radarrückmeldung, nicht in Bewegung, unmittelbar nördlich der vermuteten Absturzstelle.«

»Vielleicht suchen die Chinesen ja weiter an der falschen Stelle«, hoffte Sheridan. »Markieren Sie das Echo und fahren Sie fort mit dem ursprünglichen Suchgebiet. Ich möchte nicht, dass die Chinesen denken, wir hätten etwas gefunden. Haben wir eine Bilddarstellung von dem Kontakt?«

»Augenblick, Sir«, sagte der Techniker. Kurz darauf wechselte ein seitlicher Monitor in der taktischen Einsatzzentrale die Darstellung. Jetzt war ein großes Stück eines unzweifelhaft zu einem Passagierflugzeug gehörenden Rumpfes zu erkennen. Neben dem Wrack konnte man mehrere andere Objekte auf dem Meer treiben sehen.

»Menschenskind«, hauchte Sheridan. »Das sieht wie Leichen aus.«

»Eagle Eye verliert Kontakt in sechzig Sekunden, Sir«, sagte der Techniker.

»Wann können wir den Jayhawk starten, Ed?«, wollte Sheridan wissen.

»Wir sind auf Maximalreichweite des HH-60 heran, Sir, selbst mit den externen Treibstofftanks«, antwortete Fells. Der HH-60 Jayhawk war die Küstenwacheversion des Armyhelikopters Blackhawk, optimiert für Langstrecken-Such- und Rettungseinsätze zur See. »Sie hätten bei Erreichen der Absturzstelle null Zeit auf Position.«

Sheridan überlegte einen Moment, dann fragte er: »Das bezieht sich auf die Standardtreibstoffreserven, richtig?«

Fells warf seinen Befehlshabenden einen Blick zu. Er wusste doch ganz genau, was die Regeln besagten. Was dachte sich der Skipper bloß? »Sir?«

»Es wird zehn Minuten dauern, den Jayhawk in die Luft

zu bringen, das entspricht zehn Minuten auf Position«, sagte Sheridan. »Zusätzlich können wir die normalen Treibstoffreserven ein wenig heraufsetzen, da es sich um einen Notfall handelt und das Wetter gut ist.«

»Sir, das Wetter ist für die Entscheidung, ob wir einen Heli zu einem Such-, Rettungs- und Bergungseinsatz starten, kein Faktor«, sagte Fells. »Treibstoff bedeutet Leben. Tausend Dinge können schiefgehen – deswegen wurden die Reserven in das Programm eingebaut.«

»Sie brauchen mir keinen Vortrag über Abläufe zu halten, Ed«, gab Sheridan gereizt zurück. »Amerikaner heimzubringen liegt mir mehr am Herzen als irgendwelche Regeln und Vorschriften.« Er hielt inne, setzte dann hinzu: »Starten Sie den Jayhawk. Ich will, dass wenigstens ein Amerikaner oder ein Teil dieses Flugzeugs geborgen wird.« Er griff zu einem direkt mit der Brücke verbundenen Telefon. »Deckoffizier, hier der Kapitän. Maximale Vorwärtsgeschwindigkeit bei Helikoptereinsatz, anschließend gehen Sie rauf auf Höchstgeschwindigkeit, sobald der Heli fort ist.«

»Maximal vorwärts für Helieinsätze, anschließend Höchstgeschwindigkeit, nachdem Heli fort. Aye, Sir.«

Es dauerte mehrere angespannte Minuten, während der Jayhawk-Helikopter der US-Küstenwache die Vorflugkontrolle durchlief, dann startete er mit zwei Piloten, einem Bediener der Rettungswinde sowie einem Rettungsschwimmer an Bord. Sheridan verfolgte den Start, begab sich anschließend nach vorn und betrat wenige Minuten darauf mit eiligen Schritten die Brücke. »Deckoffizier, habe Ruder übernommen«, verkündete er.

»Aye, Sir, Kapitän hat Ruder übernommen«, wiederholte der Deckoffizier. »Sind auf Höchstgeschwindigkeit, Kurs zwo-null-null, Betrieb normal.«

»Sehr gut«, gab Sheridan zurück. »Geben Sie über Funk an Pazifikflotte und Küstenwache im pazifischen Raum durch: Halten mit Höchstgeschwindigkeit weiter auf vermutete Absturzstelle des Poseidon zu. Chinesische Helikopter in der Nähe.«

Er griff zur schiffsweiten Gegensprechanlage. »An alle, hier spricht der Kapitän. Wir haben Kurs auf die vermutete Absturzstelle des Navypatrouillenflugzeugs. Den Eagle Eye und den Jayhawk haben wir bereits vorausgeschickt. Die Chinesen haben schon damit begonnen, die Absturzstelle mit Helikoptern abzusuchen. Auf die Aufforderung, das Gebiet zu verlassen, haben sie nicht reagiert. Wir kennen noch immer nicht den Grund für den Absturz des Patrouillenflugzeugs, sollten aber vom Schlimmsten ausgehen – und dass China etwas damit zu tun hat. In dem Gebiet befinden sich chinesische Luft- und Überwassereinsatzkräfte, und sie werden uns überwachen. Hoffentlich nicht mehr als das. Wir wissen außerdem, dass sie über U-Boote, maritime Bomber und möglicherweise Langstreckenantischiffsraketen sowie Marschflugkörper verfügen. Wir wissen, dass China die Kontrolle des Südchinesischen Meers als unverzichtbares nationales Interesse betrachtet und sie dort zunehmend aggressiv gegen alle ausländischen militärischen Aktivitäten vorgehen. Sollte der Verlust des Patrouillenflugzeugs darauf zurückzuführen sein, dass China zu einer aktiven Verteidigung des Südchinesischen Meeres übergegangen ist, könnten wir in Schwierigkeiten geraten. Aber ein amerikanisches Flugzeug ist mitsamt Besatzung abgestürzt, und es ist unser Job, bis zum Eintreffen schwererer Geräts nach möglichen Überlebenden zu suchen. Seien Sie vorbereitet. Ich werde Sie über die Lage auf dem Laufenden halten. Kapitän Ende.«

»Brücke, taktischer Offizier – der Eagle Eye hat das ursprüngliche Suchgebiet erreicht«, meldete wenige Minuten darauf Lieutenant Commander Fells. »Zahlreiche Radarkontakte werden gemeldet.«

»Wählen Sie die größten aus und lassen Sie ihn darüber kreisen«, ordnete Sheridan an. »Ich will jede Menge Bilder. Wie ist der Seegang?«

»Zwei bis vier Fuß, Sir.«

Das war eine erfreuliche Nachricht – wenn sie einen Schwimmer ins Wasser ließen, sollte die See keine größeren Probleme darstellen. »Wie lange, bis der Jayhawk auf dem ersten Kontakt des Eagle Eye in Position ist?«

»Fünfundfünfzig Minuten, Sir. Zeit auf Position wird weniger als zwanzig Minuten betragen.«

»Wie lange kann der Eagle auf Position bleiben?«

»Weitere zwei Stunden, Sir.«

»Und wie lange, bis wir auf Radarkontakt für Suche aus der Luft heran sind?«

»Etwa eine Stunde, Sir.«

Außer bangem Abwarten gab es jetzt nichts mehr zu tun, ging es Sheridan durch den Kopf. Wenn die Chinesen Helikopter und Kampfflugzeuge in der Luft hatten, würden sie hoffentlich den Eagle Eye im ursprünglichen Suchgebiet überwachen und den weiter nördlich positionierten Jayhawk gar nicht beachten.

Mehrere Minuten später wurde gemeldet: »Brücke, taktischer Offizier – Global Hawk hat Sichtkontakt zu zwei nicht identifizierten Helikoptern über ursprünglichem Suchgebiet. Sie scheinen in der Luft zu stehen.«

»Verdammt«, murmelte Sheridan. Er hatte nichts zur Verfügung, um die Chinesen aus dem Suchfeld zu verscheuchen, nichts, womit er irgendjemanden bedrohen oder einschüchtern konnte – außer der vollen Schlagkraft und Macht der Vereinigten Staaten von Amerika, auch wenn sie nur über die Funkfrequenz eines kleinen Küstenwachekutters gesendet wurde. »Lassen Sie den Funker auf sämtlichen zivilen, Handels- und militärischen Frequenzen durchgeben: Durchsage an alle beteiligten Parteien – US-Küstenwache führt Such- und Rettungsaktion durch, halten Sie deutlichen Abstand zu Suchfeld. Übermitteln Sie die Koordinaten des Suchfeldes. Geben Sie durch, dass es illegal ist, eine laufende Such- und Rettungsoperation auf hoher See zu behindern. Senden Sie das auf Englisch und Chinesisch, und sehen Sie zu, dass es laut und *unnachgiebig* klingt. Anschließend benachrichtigen Sie die Pazifikflotte und die Küstenwache im Pazifikraum darüber, dass mutmaßlich chinesische Helikopter über dem Suchgebiet stehen und möglicherweise im Begriff sind, Gegenstände von dem Absturz zu bergen. Taktischer Offizier, sind Sie schon dabei, Bildmaterial an Flotte und Pazifikraum zu senden?«

»Bestätige, Sir.« Einige Minuten darauf: »Sir, wir haben Videoaufnahmen des Eagle Eye von chinesischen Helikoptern, wie sie Gegenstände aus dem Wasser bergen.«

»Sind Sie sicher, dass es sich um chinesische Helikopter handelt?«

»Positiv, Sir. Kamov-28-Helix-Helikopter, das rot-weißblaue Banner der Marine der Volksbefreiungsarmee achtern auf der linken Rumpfseite«, sagte Fells. »Gute, scharfe Bilder des Eagle Eye. Eindeutige Identifizierung.«

Die Ka-28er waren Helikopter russischer Produktion, aber das Banner der Marine der Volksbefreiungsarmee war unverkennbar. Die Maschinen waren beim Ankauf russischer Zerstörer durch China übernommen worden.

»Sehr schön«, sagte Sheridan. »Schicken Sie die Bilder an

Flotte und Pazifikraum und erbitten Sie Anweisungen.« Er konnte die Formulierung »Erbitten Sie Anweisungen« nicht ausstehen – er zog es eindeutig vor, selbst einen Schlachtplan zu entwerfen und anschließend um die Erlaubnis zu bitten, ihn auszuführen. Doch solange er nicht näher an dem Suchfeld war, hatte er gegen ein bewaffnetes chinesisches Kriegsschiff nicht die geringsten brauchbaren Alternativen. »Wo befindet sich dieser chinesische Flugzeugträger?«

»Nähert sich derzeit dem südlichen Suchfeld, Sir«, antwortete Fells. »Deutlich innerhalb der Reichweite für Starr- und Drehflügelflugzeuge.«

»Und wo befindet sich unser nächster Flugzeugträger?«

»Der Träger *George Washington* ist noch mehrere Tage entfernt, Sir«, sagte Fells. »Für noch mindestens achtzehn Stunden deutlich außerhalb der Reichweite für Starrflügelflugzeuge.«

»Ich habe *keinerlei* Luftsicherung in diesem ganzen gottverdammten Gebiet, und das noch für achtzehn Stunden?«, explodierte Sheridan. »Wir haben die schlagkräftigste Militärmacht der ganzen gottverdammten Welt, und ein einsamer Kutter der Küstenwache steht völlig einsam und allein im Südchinesischen Meer gegen einen chinesischen Flugzeugträger? Die Vereinigten Staaten von Amerika sind im Südchinesischen Meer tatsächlich zahlenmäßig unterlegen?«

Sheridan fuhr sich mit der Hand durchs Gesicht, in dem erfolglosen Versuch, den Frust – ja, und auch die *Angst* – fortzuwischen, die er in diesem Moment empfand. »Funker, hier ist der Kapitän. Ich möchte, dass Sie eine Nachricht direkt an das Pentagon absetzen: Erklären Sie denen, dass sie mir irgendeine dauerhafte Langstreckenunterstützung herschaffen sollen, und zwar jetzt *sofort,* oder sie können mich verdammt noch mal von hier abziehen, weil ich mit den mir zur Verfügung stehenden Mitteln hier nicht das Geringste ausrichten kann. Senden Sie das jetzt gleich, und zwar im Wortlaut.«

»Wiederholen Sie das Letzte, Sir?«

»Wiederhole: Erklären Sie dem Pentagon, ich benötige hier draußen schwere Langstreckenluftunterstützung, andernfalls empfehle ich einen Rückzug aus dem Südchinesischen Meer«, sagte Sheridan. »Ich bin nicht bereit, die dreihundert Menschenleben an Bord meines Schiffs aufs Spiel zu setzen, nur weil wir die Einheimischen nicht verärgern wollen. Senden Sie das im Klartext und wortwörtlich. Ich bin im Begriff, die taktische Kontrolle über dieses Gebiet zu verlieren, weil ich keine Langstreckenkontrolle habe, und das ist vollkommen inakzeptabel. Entweder, Sie verschaffen mir weiträumige See- und Luftkontrolle, oder Sie ziehen mich ab, denn im Augenblick kann ich praktisch *gar nichts* tun. Und geben Sie weiter Warnungen an alle Flugzeuge aus, diesem Gebiet fernzubleiben.«

»Brücke, taktischer Offizier – Luftsuche hat Kontakt zu Jayhawk, der gerade in das nördliche Suchgebiet eintritt.«

»Sonst noch irgendwelche Flugzeuge in dem Gebiet, taktischer Offizier?«

»Negativ, Brücke.«

So weit, so gut. Sheridan griff zu einem Telefonhörer und tippte auf die Funkkanaltaste. »Mohawk Null Eins, hier Mohawk Eins. Hören Sie mich?«

»Laut und deutlich, Sir«, meldete Lieutenant Ed Coffey, der Pilot des Jayhawk.

»Irgendwelche Oberflächenkontakte, Ed?«

»Bestätige, Sir«, antwortete Coffey. »Genau vor unserer Nase, ungefähr zehn Meilen, sehr großes Radarecho. Vermutlich zu groß für uns, um es rauszufischen.«

»Überlebende oder Unfallopfer haben für uns oberste Priorität, Ed. Aber sobald Sie sich Bingo-Fuel nähern, holen Sie rauf, was immer Sie sich Ihrer Einschätzung nach schnappen können.«

»Roger, Mohawk Eins.«

»Kein Verkehr in Ihrer Nähe«, sagte Sheridan, »aber sobald die Sie kreisen und in der Luft stehen sehen, können Sie davon ausgehen, dass Sie Gesellschaft bekommen. Wir werden nach Ihnen Ausschau halten.«

»Roger.«

KAPITEL 5

GEFECHTSLEITSTELLE IM HAUPTQUARTIER DER SÜDMEERFLOTTE, ZHANGJIANG, CHINA

Zur selben Zeit

»Genosse Admiral, unser Suchhelikopter meldet einen Hubschrauber mittlerer Größe, der sich unweit unserer Helikopter der Absturzstelle nähert«, meldete der Fluglotse. »Laut Bericht des Piloten ist er unbemannt.«

»Bestätigt«, erwiderte Vizeadmiral Zhen Peng kurz angebunden und drückte seine Zigarette aus. Er saß auf dem Kommandeursplatz in seiner Gefechtsleitzentrale des Flottenhauptquartiers auf der Insel Hainan im Osten Chinas und betrachtete eine elektronische Karte des Südchinesischen Meers. Schlank, mit einem länglichen, kantigen Gesicht, längerem tiefschwarzem Haar, kleinen dunklen Augen und vorstehenden Wangenknochen wirkte Zhen trotz seiner sechzig Jahre kaum älter als vierzig. Nach seinem Abschluss fünfunddreißig Jahre zuvor an der Marineakademie in Peking war er rasch aufgestiegen und hatte an Bord der meisten schwereren Kriegsschiffe gedient, ehe man ihm seine Sterne verliehen und ihn der Südmeerflotte zugeteilt hatte.

Ein unbemannter Helikopter an Bord eines einfachen Patrouillenschiffs? Das war überaus interessant. Während Zhen sich Tag für Tag abmühte, Helikopterpiloten zu finden und auszubilden, die in der Lage waren, vom großen Deck eines Flugzeugträgers zu starten – geschweige denn die weitaus schwierigere Aufgabe einer Landung an Deck eines Zerstörers oder einer Fregatte zu bewältigen –, flogen die Amerikaner *unbemannte* Patrouillenhelikopter. Das war eine Sache, der sich China umgehend widmen musste. Es war ein weiterer Beleg für die ehrfurchtgebietende militärische Stärke der Vereinigten Staaten, insbesondere ihrer Navy. Man stelle sich nur vor, über welch eine Bewaffnung ein Großdeckschiff verfügen musste, wenn schon ein kleines Patrouillenboot ein unbemanntes Fluggerät an Bord hatte!

Obwohl China jedes Jahr Billionen *Yuan* in neue Waffensysteme investierte, würde es vermutlich ein oder zwei ganze Generationen dauern, eine Streitmacht aufzubauen, die es mit den Vereinigten Staaten von Amerika aufzunehmen vermochte.

Was eine weitere Mahnung war, warum China dies weder konnte noch versuchen sollte, überlegte Zhen. China musste sich eine klügere Lösung einfallen lassen und nicht einfach einem von vorneherein verlorenen Unterfangen Geld hinterherwerfen – etwa dem, Schiff für Schiff mit Amerika gleichzuziehen, wie es die Russen während des Kalten Krieges versucht hatten. Das hatte das Land damals in den Bankrott getrieben und Amerika zur einzigen Supermacht gemacht. Dieser Weg stand auch China bevor – wenn es sich nicht klüger als die Russen anstellte.

Doch es gab immer andere Wege und Möglichkeiten, das Unbewegliche zu bewegen – *immer.*

»Wo befindet sich der Träger *Zhenyuan?*«, erkundigte sich Zhen.

»Vierzig Kilometer südlich der Suchhelikopter«, antwortete der Lotse.

»Teilen Sie Kapitän Zhang vom Träger *Zhenyuan* mit, er soll dafür sorgen, dass der amerikanische Helikopter nicht mit den unseren kollidiert!«

»Laut Meldung von Kapitän Zhang ist das amerikanische Flugzeug sehr klein und verfügt über keinen Transponder, den wir abfragen könnten, Genosse Admiral«, sagte der Lotse, nachdem er den Funkspruch abgesetzt und Antwort erhalten hatte. »Er sagt, das Radarecho ist schwach und unregelmäßig und dass eine Staffelung wahrscheinlich nicht möglich ist.«

»Erklären Sie ihm, auf Ausflüchte kann ich verzichten«, fuhr Zhen den Lotsen an. Nach einem Moment fügte er hinzu: »Der amerikanische Hubschrauber ist eine ernst zu nehmende Gefahr für unsere Suchhelikopter. Er ist unbemannt, hat keinen Transponder, er befindet sich unterhalb der Radarerfassung seines Mutterschiffs und ist nicht imstande, nach Flugzeugen in seiner Umgebung Ausschau zu halten. Das ist eindeutig unsicher und laut Seerecht unzulässig.« Er griff zum Telefon, wählte einen Kanal aus und wartete, dass die sichere Satellitenverbindung hergestellt war. »Kapitän Zhang.«

»Ich empfange Sie, Genosse Admiral«, antwortete Zhang, Kapitän des Flugzeugträgers *Zhenyuan.*

»Setzen Sie den *Wúsheng Léitíng* gegen den Helikopter im Suchgebiet ein«, befahl Zhen.

Am anderen Ende entstand eine winzige Pause. Wegen der Knacklaute und des Pfeifens der sicheren Satellitenverbindung war sich Zhen nicht sicher, doch es klang, als murmelte Zhang etwas. Womöglich war es an der Zeit, diesen betagten Bastard zu ersetzen, überlegte Zhen. Wie konnte er sich erdreisten, einen Befehl in Frage zu stellen?

Schließlich kam die Antwort. »Den *Wúsheng Léitíng* zum

Einsatz bringen gegen unbemanntes Flugzeug im Suchgebiet, jawohl, Genosse Admiral.« Zhen legte auf.

»Genosse Admiral, unsere Suchhelikopter ziehen sich aus dem Suchgebiet zurück«, meldete der Lotse.

»Beobachten Sie weiter«, sagte Zhen. »Ich will wissen, was dieser unbemannte Helikopter treibt.«

In der Tat, überlegte Zhen, gab es viele, sehr viele Wege und Möglichkeiten, das Unbewegliche zu bewegen.

US-KÜSTENWACHEKUTTER *MOHAWK*

Kurze Zeit später

»Brücke, taktischer Offizier«, funkte Fells. »Mohawk Null Eins meldet, dass er im Begriff ist, etwas zu bergen, bei dem es sich um ein Unfallopfer zu handeln scheint. Er wird RTB, sobald der Bergungsvorgang abgeschlossen ist.«

»Gott sei Dank, sie haben jemanden gefunden«, murmelte Sheridan. »Sehr schön«, gab er zurück. »Ist der Luftraum nach wie vor frei?«

»Bestätige, Sir. Wir haben Einblick in das ursprüngliche südliche Suchfeld und stehen in Radarkontakt mit dem Eagle Eye. Wie es aussieht, sind die chinesischen Helikopter aus dem Gebiet abgezogen.«

»Ausgezeichnet!« Sheridan war froh, wurde dann aber sofort misstrauisch. Wieso sollten Flugzeuge eines Flugzeugträgers den Befehlen eines ausländischen Schiffes vom Bruchteil seiner Größe, bei dem es sich nicht einmal um ein richtiges Kriegsschiff handelte, Beachtung schenken? »Funker, Brücke – irgendwelche Reaktionen auf unseren Aufruf?«

»Nicht von den Chinesen, Sir«, antwortete der Kommunikationsoffizier. »Einige Handelsschiffe sowie eine philippinische Fregatte haben geantwortet und erklärt, sie würden fernbleiben, sich aber bereithalten für den Fall, dass sie gebraucht werden.«

Endlich, dachte Sheridan, so etwas wie Kooperation und ein befreundetes Kriegsschiff, das bereit war auszuhelfen. Lieber wäre ihm eine amerikanische Fregatte gewesen, trotzdem war ihm jede Hilfe von befreundeter Seite willkommen. »Sehr gut. Wie lautet die Position der Fregatte?«

»Dreißig Meilen südöstlich des südlichen Suchfeldes. Fahrzeit ungefähr zwei Stunden.«

»Bitten Sie sie, näher an das Suchfeld heranzufahren, sich fürs Erste aber noch zurückzuhalten. Und geben Sie meine …«

»Brücke, taktischer Offizier, habe Kontakt zu Eagle Eye verloren!«, meldete Fells aufgeregt, indem er sich der direkten CALL-Verbindung der Sprechanlage bediente, die alle anderen Kommunikationen unterbrach.

Sheridan stieß einen lauten Fluch aus. »Dreck! Was, zum Teufel, ist da passiert, ED?«

»Keine Ahnung, Sir. Keine Anzeigen irgendeiner Störung. Das Ding ist einfach schwarz geworden.«

»Mist«, murmelte Sheridan. Jetzt blieb ihnen im südlichen Suchfeld nur noch der Global Hawk. Über Funk sagte er: »Mohawk Null Eins, wie läuft's?«

»Rettungsschwimmer ist im Wasser«, antwortete Coffey. Einen Augenblick darauf meldete er: »Sir, Schwimmer sagt, die Person im Wasser lebt! Sie ist sehr schwer verletzt und wird möglicherweise den Rückflug nicht überleben, aber im Moment atmet sie noch!«

»Gütiger Himmel, das ist unglaublich!«, sagte Sheridan. »Nehmen Sie so schnell Sie können Kurs zurück zum Stall, sobald Ihr Schwimmer wieder an Bord ist.«

»Noch ungefähr fünf Minuten, Sir.«

»Melden Sie dem Schiffslazarett, dass wir mit einem Überlebenden reinkommen, ETE ungefähr eine Stunde«, wandte sich Sheridan an den Deckoffizier. »Ich will, dass der Junge überlebt.« Er wechselte am Telefon den Kanal. »Taktischer Offizier, Brücke – Ed, irgendeine Idee, was zum Teufel mit dem Eagly Eye passiert ist?«

»Keine, Sir«, antwortete Fells. »Aber den ersten Berichten zufolge, die ich über den Zwischenfall mit dem P-8 gelesen habe, haben die das Gleiche gemeldet: plötzlicher Abbruch der Verbindung, keinerlei Anzeichen für eine Störung. Gut möglich, dass das, was immer den Poseidon traf, auch den Eagle Eye abgeschossen hat.«

»Ihn abgeschossen? Was denn zum Beispiel? Eine Rakete, von einem U-Boot aus abgefeuert?«

»Möglich, aber sofern es sich bei der Rakete nicht um irgendeine magische Silberkugel gehandelt hat, hätte das Flugzeug vor dem Abbrechen der Verbindung mehrfache Fehlfunktionen gemeldet – Triebwerksbrand, Ausfall von Bordelektrik, Hydraulik und so weiter. Was immer den P-8 und den Eagle Eye getroffen hat, es hat sie von einem Augenblick auf den anderen vom Himmel geholt, ehe irgendwelche Störungen gemeldet werden konnten.«

»Mohawk Eins, Null Eins ist RTB«, gab Coffey über Funk durch.

Sheridan entfuhr ein leiser Stoßseufzer. Jetzt, da der Poseidon verloren und der Eagle Eye zwar verschwunden war, sich aber hoffentlich auf dem automatischen Rückflug befand, erschien ihm das Südchinesische Meer als ein überaus gefährlicher Ort, und je eher er sein letztes Kampfmittel wieder an Deck hatte, desto besser. »Sie haben den Jayhawk auf dem Radar, Ed?«

»Bestätige, Sir«, meldete Fells. »Er macht einhundert Knoten, und die Treibstoffreserven sehen gut aus.«

HAUPTQUARTIER DER SÜDMEERFLOTTE, ZHANGJIANG, VOLKSREPUBLIK CHINA

Zur selben Zeit

»Admiral Chen vom Träger *Zhenyuan* ist am Telefon, Genosse Admiral.«

Admiral Zhen nahm den Hörer ab. »Sprechen Sie, Admiral Chen.«

»Genosse Admiral, das Radar meldet ein weiteres Flugzeug, möglicherweise ein Patrouillenhubschrauber, der sich auf nördlichem Kurs vom Suchgebiet entfernt«, sagte Chen. »Er wurde mehrere Minuten lang über einem Gebiet stehend beobachtet, unmittelbar nördlich des Suchfelds.«

»Ein zweiter Suchhubschrauber?«

»Die amerikanischen Kutter der High-Endurance-Klasse haben zwei Drehflügelsuchflugzeuge an Bord, Genosse Admiral, ein bemanntes und ein unbemanntes«, erläuterte Chen. »Das unbemannte Flugzeug wurde ausgeschaltet, das zweite bewegt sich jedoch mit hoher Geschwindigkeit nach Norden.«

Auf dem Weg zurück zu seinem Mutterschiff, überlegte Zhen. Und wenn es in der Luft gestanden hat, hatte es womöglich etwas entdeckt – und wenn dieses Etwas China mit dem Abschuss des amerikanischen Flugzeugs in Verbindung brachte, war seine Mission fehlgeschlagen.

»Schießen Sie den zweiten Patrouillenhelikopter mit *Wúsheng Léitíng* ab, Admiral Chen«, ordnete Zhen an. »Ich möchte nicht, dass dieser Helikopter zu seinem Mutterschiff zurückkehrt.«

»Augenblick, Genosse Admiral«, sagte Chen. Die Sekunden verstrichen, und Zhens Zorn schwoll immer mehr an. Schließlich meldete Chen: »Genosse Admiral, der Helikopter befindet sich nicht mehr in Reichweite von Lautloser Donner.«

»Dann geben Sie einem Ihrer an der Rastersuche beteiligten Schiffen den Befehl, ihn abzuschießen.«

Wieder eine dieser aufreizenden Pausen; diesmal ahnte Zhen die Antwort bereits. »Genosse Admiral, wir haben keine Zerstörer oder Fregatten auf Position.«

»Dann lassen Sie den Jagdbomber der Alarmbereitschaft aufsteigen, Chen«, sagte Admiral Zhen. »Schießen Sie diesen Helikopter ab!«

»Würden Sie das Letzte noch einmal wiederholen, Genosse Admiral?«, fragte Chen mit hoher, schriller Stimme. Offenbar behagte ihm dieser Befehl ganz und gar nicht.

»Dies ist das zweite Mal, dass Sie einen Befehl in Zweifel ziehen«, tobte Zhen. »Ich wiederhole: Schießen Sie diesen verdammten Helikopter ab! Ich will nicht, dass dieser Helikopter wieder zu seinem Mutterschiff gelangt! Bestätigen Sie meinen Befehl!«

»Aber … Genosse Admiral, keiner unserer Piloten ist für Nachtlandungen auf einem Flugzeugträger qualifiziert«, hielt Chen dagegen.

»Was sagen Sie da, Chen?«, donnerte Zhen.

»Genosse Admiral, dies hier sollte eine Testfahrt für die Deckmannschaften und die Triebwerkssektion sein, auf Nachtflugeinsätze sind wir nicht vorbereitet. Unsere Piloten sind lediglich für Landungen bei Tage qualifiziert.«

»Ich wünsche keine Ausflüchte, Chen!«, brüllte Zhen.

»Bringen Sie ein Kampfflugzeug und Ihren besten Piloten in die Luft, und zwar *jetzt sofort.* Es interessiert mich nicht, ob er auf einem Stützpunkt an Land notlanden oder notwassern muss, ich will ihn in der Luft – *jetzt gleich!*«

AN BORD DES FLUGZEUGTRÄGERS *ZHENYUAN* DER MARINE DER VOLKSBEFREIUNGSARMEE
Zur selben Zeit

»Bestätige, Genosse Admiral«, antwortete Admiral Chen, doch da war die sichere Verbindung bereits unterbrochen worden. Sofort wählte er den Telefonkanal für Flugeinsätze auf dem Flugzeugträger.

»Offizier vom Dienst für Flugeinsätze Leutnant Wu, Genosse Admiral.«

»Kapitän Zhang – *sofort!*«

»Shì de, xiansheng?«, antwortete der Diensthabende. Einige Augenblicke darauf: *»Hai Jun Shang Xiao* Zhang, Genosse Admiral.«

»Kapitän Zhang, starten Sie den Jagdbomber der Alarmbereitschaft«, befahl Chen. »Geben Sie dem Piloten die Leitvektordaten für einen Richtung Norden fliegenden amerikanischen Helikopter durch. Ich will, dass er augenblicklich abgeschossen wird.«

»Dui-bu-qi, xiansheng?«, erwiderte Zhang ungläubig.

»Augenblicklich, Kapitän«, wiederholte Chen mit vollkommen ausdrucksloser Stimme.

»Genosse Admiral ... Bolin ...«, sagte Zhang. Er war einer der wenigen Nachwuchsoffiziere auf dem gesamten Schiff – in der gesamten *Flotte* –, der das Vorrecht genoss, den Admiral mit seinem Vornamen ansprechen zu dürfen; die beiden kannten sich seit vielen Jahren. »Sind Sie verdammt noch mal sicher, dass Sie das wollen?«

»Ich habe Befehl direkt aus dem Hauptquartier der Südmeerflotte, Peiyan«, erwiderte Chen mit gesenkter Stimme, »von Admiral Zhen höchstpersönlich.«

»Aber Sie sind nach wie vor Kapitän des Flugzeugträgergefechtsverbands *Zhenyuan,* Bolin«, sagte Zhang. »Sie sind bereits ein Risiko eingegangen, als Sie den Befehl zum Abschuss des amerikanischen Patrouillenflugzeugs befolgt haben, nachdem es so aussah, als würde es nicht abstürzen. Ich denke, einer Bestrafung dafür können Sie noch entgehen. Aber einen unbewaffneten Patrouillenhubschrauber abschießen?«

»Ich habe meine Befehle, Peiyan.«

»Ich sage es noch einmal: Sie sind der befehlshabende Offizier des gesamten Gefechtsverbands, Bolin. Sie sind die höchste Autorität und verpflichtet, jeden Befehl zu verweigern, der Ihre Männer oder Ihr Schiff gefährden könnte. Der Abschuss dieses Helikopters hätte mit Sicherheit einen sofortigen Gegenangriff der Amerikaner auf diesen Gefechtsverband zur Folge. Deren Flugzeugträgergefechtsverband wird in gerade mal ein paar Stunden auf Angriffsdistanz heran sein!«

Einen Moment lang zögerte Chen, ließ den Blick durch die Brücke schweifen und bemerkte, dass die diensthabenden Offiziere und einige der Wachen kurz in seine Richtung blickten. Schließlich straffte sich Chen. »Starten Sie den Jagdbomber der Alarmbereitschaft, Kapitän Zhang. Sofort. Greifen Sie den amerikanischen Helikopter an und zerstören Sie ihn. Bestätigen Sie!«

»Bestätige, Genosse Admiral«, antwortete Zhang mit einer Stimme, die noch ausdrucksloser war als kurz zuvor die von

Chen. »Ich werde den Lufteinsatz selbst fliegen. Sollten wir erschossen oder ins Gefängnis geworfen werden, dann wenigstens zusammen.«

Damit wurde die Verbindung beendet.

US-KÜSTENWACHEKUTTER *MOHAWK*
Mehrere Minuten später

»Es ist ein echtes Wunder, Skipper«, gab die Kopilotin an Bord des HH-60 Jayhawk, Lieutenant Lucy Cross, über Funk durch. »Der Überlebende ist eine *Frau.* Sie trug einen Fliegerhelm, weshalb ich vermute, dass sie die Pilotin oder Kopilotin ist. Keine Ahnung, wie sie lebend da herausgekommen ist. Sie ist bewusstlos und hat mehrere Knochenbrüche, darunter auch einen üblen Genickbruch, aber sie atmet.«

»Wie weit sind Sie noch entfernt, Ed?«, erkundigte sich Doug Sheridan über die Bordsprechanlage.

»Noch immer fünfunddreißig Minuten, Sir«, antwortete der taktische Offizier Edward Fells.

»Ärzte und Sanitäter stehen auf dem Helideck bereit?«

»Das Sanitätsteam steht bereit, Sir«, antwortete der Deckoffizier, nachdem er über Funk nachgefragt hatte.

»Die Verunglückte hat einen Herzstillstand«, funkte Cross. »Bleiben Sie dran, Skipper.«

»Tut, was ihr könnt, Leute«, funkte Sheridan zurück und dachte verbissen: *Komm schon, Mädchen! Kämpfe, kämpfe …*

Ein paar Minuten darauf sagte die Kopilotin im Funk: »Sie ist wieder bei Bewusstsein, Skipper.« Die Erleichterung in ihrer Stimme war unüberhörbar. »Ich glaube, die Rettungsschwimmer haben bloß deswegen behauptet, sie hätte einen Herzstillstand, damit sie ihre Brust betatschen konnten.«

»Konzentriert euch wieder auf euren Job, Leute«, raunzte Sheridan, innerlich jedoch atmete auch er erleichtert auf, dankbar, dass er einige der besten Seenotrettungskräfte der Küstenwache an Bord seines Kutters hatte. Die ASTs, die Aviation Survival Technicians, galten als die Arbeitstiere unter den Fliegern der Küstenwache. Sie trainierten ebenso hart wie die Navy SEALS, wussten genauso viel über Helikopter wie ein Mechaniker und genauso viel über Notfallmedizin wie ein Rettungssanitäter, und sie wussten …

»Brücke, taktischer Offizier!«, funkte Fells. »Superschneller Bogey, sechzig Meilen südlich, niedrige Flughöhe, Geschwindigkeit sechshundert Knoten, mit Kurs *direkt auf uns!*«

»Alle Mann auf Gefechtsstation, Gefechtsstationen bemannen«, sagte Sheridan. »Stand-by am 76er für Abwehr des feindlichen Flugzeugs.« Das 76er war das auf dem Bug montierte 76-Millimeter-Otobreda-Super-Rapid-Verbundzweckgeschütz des Schiffes, das Oberflächen- und Luftziele in einer Entfernung von bis zu achtzehn Meilen zu attackieren vermochte. Außerdem verfügte der Kutter *Mohawk* über ein Phalanx-Nahverteidigungswaffensystem auf dem Achterdeck und ein radargelenktes Zwanzigmillimetermaschinengewehr, das bis zu zwei Meilen entfernte Luftziele über dem gesamten hinteren Quadranten des Kutters angreifen konnte. »Funker, geben Sie auf allen Notfrequenzen durch: Superschnelles Flugzeug, ändern Sie augenblicklich Ihren Kurs, oder Sie werden beschossen! Benachrichtigen Sie den Jayhawk. Haben Sie den Kurs des nicht identifizierten Flugzeugs?«

»Bogey Kurs eins-neun-null auf null-eins-null drehend, genau auf uns zu.«

»Ruder, gehen Sie auf eins-neun-null«, ordnete Sheridan

an. Er beabsichtigte, sich dem Kurs des Flugzeugs anzugleichen, um dem Angreifer das denkbar kleinste Seitenprofil zu bieten. »Entfernung vom Bogey zum Jayhawk?«

»Zwanzig Meilen, Sir. Der Helikopter befindet sich genau zwischen uns und dem Bogey.«

Sheridan griff zum Funktelefon. »Mohawk Null Eins an Mohawk Eins – ändern Sie Kurs zwanzig Grad rechts, um aus der Schusslinie zu kommen.«

»Mohawk Air Eins, Roger«, antwortete Coffey mit merklich angespannter Stimme.

»Entfernung zum Bogey?«

»Fünfzig Meilen.«

Der Deckoffizier reichte Sheridan einen weißen Kevlarhelm, dazu eine windschlüpfige selbstaufblasende Rettungsweste und meldete: »*Mohawk* ist auf Gefechtsstation, Sir. Waffensysteme bemannt und bereit. Gehen auf Kurs eins-neun-null bei Höchstgeschwindigkeit.«

»In Ordnung.«

»Brücke, taktischer Offizier – Bogey ändert Kurs!«, verkündete Fells. »Er ist hart rechts geschwenkt! Er hält den Heli zwischen sich und uns!«

»Was, zum Teufel, will er damit …?« Auf einmal traten Sheridan vor Angst die Augen aus den Höhlen, denn er begriff, was das Flugzeug tat. »Verdammt, er hat es auf den Helikopter abgesehen!«, schrie er. »Funker, geben Sie durch an Flotte und Bereich: Nicht identifiziertes superschnelles Flugzeug verfolgt Rettungshubschrauber, erbitte sofortige Unterstützung! Taktischer Offizier, Entfernung vom Bogey zum Heli?«

»Acht Meilen.«

Sheridan griff zum Funktelefon. »Mohawk Null Eins an Mohawk Eins – Sie haben einen nicht identifizierten Kampfjäger auf den Fersen, schnell näher kommend. Versuchen Sie, ihn über Funk zu warnen – haben wir versucht, aber möglicherweise kann er uns nicht hören. Vergewissern Sie sich, dass Ihr Transponder eingeschaltet ist.«

»Roger.«

»Entfernung zwischen Bogey und Heli?«

»Fünf Meilen.«

Sheridan konnte Cross' Funkrufe auf der Notfunkfrequenz UHF GUARD mithören, es bestand also kein Zweifel, dass sie sendete und seine Anweisungen empfing. »Entfernung?«

»Zwei Meilen. Seine Luftgeschwindigkeit nimmt zu. Möglicherweise nähert er sich für eine Identifizierung. Eine Meile. Radarechos beginnen zu überlappen.«

»Haben Sie irgendeine Identifizierung für diesen Burschen?«, fragte Sheridan. »Ist er …?«

»Mayday! Mayday! Mayday! US-Küstenwachehelikopter Mohawk Null Eins, zweihundertsechzig Meilen nördlich von Lincoln Island, katastrophale Triebwerksexplosion, vermutlich Luft-Luft-Angriff! Wir stürzen ab, wir stürzen ab! Mayday, Mayd…«

Und das war das Letzte, was sie von dem Jayhawk hörten.

GEFECHTSLEITZENTRALE DER VEREINIGTEN STABSCHEFS, PENTAGON, WASHINGTON, D.C.

Kurze Zeit später

»Wir haben zwei Helikopter verloren?«, donnerte Air-Force-General Timothy Spellings, der Vorsitzende der Vereinigten Stabschefs. »Würde mir jemand *augenblicklich* erklären, wie es möglich ist, dass wir, ohne uns im Kriegszustand zu befinden, zwei Helikopter ein und desselben Schiffs über demselben Ozean verlieren?« Bemüht, seine Fassung zu bewahren, ließ er den Blick um den Konferenztisch schweifen. Schließlich fuhr er fort: »Ed, wie lautet der Status unserer Überwasserstreitkräfte im Südchinesischen Meer?«

»Sir, ich habe dem Kutter der Küstenwache *Mohawk* Anweisung gegeben, das Gebiet zu verlassen und mit höchstmöglicher Geschwindigkeit Kurs auf Manila zu nehmen«, erwiderte der Einsatzleiter der Marineoperationen, Admiral Fowler. »Ich wollte ihn in dem Gebiet nicht mit diesem chinesischen Flugzeugträger in direkte Konfrontation geraten lassen. Wenn es Überlebende dieses Absturzes gibt, werden wir Suchtrupps von den Philippinen aus entsenden müssen. Der Flugzeugträgergefechtsverband *George Washington* hält weiterhin Kurs auf die Absturzstelle des Poseidon und ist in Gefechtsbereitschaft, aber sie werden erst in mehreren Stunden auf Position sein, um Flugzeuge starten zu können.«

»Wäre ich ein misstrauischer Mensch, würde ich sagen, wer immer unsere Flugzeuge abschießt, hat dies ganz bewusst in dem Augenblick getan, als wir keine Flugzeugträger in dem Gebiet hatten, Ed«, erklärte Spellings. »Was hat der Kutter berichtet?«

»Der Kutter *Mohawk* hat ein schnell fliegendes Flugzeug gemeldet, das seinen Helikopter kurz vor dessen Abschuss verfolgte«, antwortete Fowler. »Wir glauben, dass der Jagdbomber von dem chinesischen Flugzeugträger *Zhenyuan* stammte.«

»Verdammt auch!«, entfuhr es Spellings leise. »Ich werde den Präsidenten in Kenntnis setzen. Schicken Sie mir die letzten Positionsdaten auf mein Tablet. Haben wir den Global Hawk noch in der Luft?«

»Jawohl, Sir«, sagte Fowler. »Er wird noch für ungefähr weitere acht Stunden auf Position bleiben, und ein weiterer steht auf der Andersen Air Force Base bereit. Bis dahin dürften außerdem E-2C-Patrouillenflugzeuge des Trägers *George Washington* bereit sein zu übernehmen.«

»Kein Flugzeug nähert sich unseren Flugzeugen oder Schiffen bis auf einhundert Meilen, ohne dass sich ihm eine Super Hornet an die Fersen heftet«, stellte Spellings klar. »Was mir Sorge macht, ist, dass Trägerflugzeuge diesen Kutter der Küstenwache angreifen könnten. Welche anderen Flugzeuge der Luftverteidigung haben wir in der Luft?«

»Keine, Sir.«

»Keine? Nirgendwo?«, fragte Spellings nach.

»Jedenfalls keine sofort verfügbaren«, erklärte Fowler. »Wegen der Entfernungen setzen wir für einen Großteil unserer Luftraumüberwachung durch Kampfjets auf trägergestützte Flugzeuge. Die eine Ausnahme bilden die auf Guam stationierten Bomber. Sie patrouillieren regelmäßig im gesamten Luftraum über dem Pazifischen und Indischen Ozean und wären die Einzigen, die über die nötige Reichweite für solche Langstreckeneinsätze verfügen.«

Spellings wandte sich an General Jason Conaway, den Stabschef der Air Force. »Nur verfügen diese Bomber über keine Luft-Luft-Waffensysteme, oder?«

»Nein, Sir«, antwortete Conaway. »Aber wie Admiral Fowler anmerkte, haben sie eine sehr große Reichweite sowie ausgezeichnete Radarsysteme und elektrooptische Sensoren. Ziemlich gute Informationserfassungs- und -übertragungsmöglichkeiten, und wenn es losgeht, wären sie unsere geeignetsten konventionellen Plattformen, um unsere ersten Schläge anzubringen. Wenigstens ein Tarnkappenbomber wird turnusmäßig alle sechs Monate ausgewechselt.« Er hielt einen Moment lang inne, dann fügte er hinzu: »Vor ein paar Jahren noch hatte die Air Force mit Luft-Luft-Raketen bestückte Bomber, aber ich glaube, nach dem Amerikanischen Holocaust und dem wirtschaftlichen Niedergang wurde dieses Potenzial abgeschafft.«

»Welche Kampfjägerreserven stehen Ihnen zur Verfügung, Jason, die wir jetzt einsetzen können?«

»Wir können einige F-15 Eagles von der Joint Air Base Pearl Harbor-Hickham nach Guam verlegen und bis zum Eintreffen der Hornets des Trägers *Washington* eine Luftverteidigungszone einrichten, Sir«, schlug Conaway vor.

»Wie lange würde das dauern?«

»Mehrere Stunden, um sie nach Guam rauszuschaffen, Sir, und anschließend noch ein paar weitere Stunden, um ein Patrouillengebiet einzurichten.«

»Wie sieht es mit Hilfe von den Philippinen aus?«

»Die Philippinen besitzen praktisch kein Flugzeug, das eine Luftüberlegenheit herstellen könnte«, erklärte Conway. »Ihre gesamten Geldmittel fließen in leichte Angriffsflugzeuge zur Niederschlagung von Aufständen. Meines Wissens verfügen sie noch immer über einige F-5er, aber dabei handelt es sich ausschließlich um Flugzeuge für den Sichtflug bei Tag, die vermutlich nicht weit jenseits der Küste operieren.«

Auch gut. Die Vorstellung, für die Luftsicherung seiner eigenen Streitkräfte auf eine fremde Luftwaffe angewiesen zu sein, war Spellings ohnehin verhasst. »Bringen Sie die Eagles auf den Weg, Jason, und lassen Sie sie von einem AWACS-Radarflugzeug begleiten. Ed, ich werde einen abgesprochenen Kommunikationsplan zwischen dem Kutter und den Philippinos benötigen, damit wir nicht aufeinander zu schießen anfangen.«

Conaway und Fowler griffen beide zum Telefon, um ihre Anweisungen durchzugeben, während Spellings das Treffen vertagte und sich hinüber zum Weißen Haus begab, um dort mit dem Nationalen Sicherheitsteam zusammenzukommen.

Conaways Anruf galt dem Kommandeur der Pacific Air Forces, General George Hood auf Hawaii. »Wie geht es Ihnen, George?«

»Ausgezeichnet, Sir, vielen Dank.«

»Soeben sind hier im Tank die Stabschefs zusammengekommen«, sagte Conaway. »Vor Kurzem ist ein Such- und Rettungshelikopter der Küstenwache über dem Südchinesischen Meer abgestürzt. Bei der Küstenwache glaubt man, dass er von einem Kampfjet des chinesischen Flugzeugträgers *Zhenyuan* abgeschossen wurde.«

»O verdammt«, entfuhr Hood ein leiser Fluch.

»Der CJCS möchte, dass F-15er sowie ein AWACS nach Guam verlegt werden, um dort, im Vorgriff auf die Entsendung eines Flugzeugträgers durch die Navy, eine Kampfflugzeugpatrouille einzurichten. Was hätten Sie dafür auf Abruf zur Verfügung?«

»Augenblick, Sir.« Nach kurzer Zeit meldete sich Hood wieder. »Mir steht die Tankflugzeugunterstützung zur Verfügung, um sechs Eagles dorthin zu schaffen, startbereit in etwa einer Stunde. Was für uns eine ziemliche Routineübung wäre. Ein AWACS ist ebenfalls verfügbar, und in ein oder zwei Tagen könnte ich noch ein paar weitere dorthin verlegen.«

»Setzen Sie sie in Marsch.«

»Jawohl, Sir. Normalerweise ist das Sechsunddreißigste Geschwader für derartige Verlegungen zuständig, aber wenn sie für reguläre Patrouillenflüge eingesetzt werden sollen, würde ich die Kampfflugzeuge lieber dem Ersten Expeditionsgeschwader zuteilen anstatt den normalen Transienten. Der Kommandant dort draußen ist Colonel Warner Cuthbert. Er wird ein gutes Auge auf sie haben. Außerdem wird dies das Risiko deutlich reduzieren, dass die Kampfflugzeugbewegungen von außerhalb des Stützpunkts beobachtet werden.«

»Genehmigt.«

»Vielleicht wäre es angebracht, über eine turnusmäßige Verlegung von Kampfflugzeugen und AWACS nach Guam zu sprechen, so wie Cuthbert dies mit seinen Bombern macht.«

»Arbeiten Sie einen Plan aus und lassen Sie ihn mir umgehend zukommen«, bat Conaway. »Für eine dauerhafte Stationierung zusätzlicher Jets war im Haushaltsplan kein Geld vorhanden. Ich denke aber, angesichts der Vorfälle dort draußen werden die CJCS jetzt aufgeschlossener für diese Idee sein. Womöglich geben sie uns sogar ein paar Kampfflugzeuge zurück, die bei der letzten Runde brutaler Haushaltskürzungen, mit denen sie uns beglückt haben, gestrichen wurden.«

»Jawohl, Sir. Nach Eingang der Warnmeldung wegen des Poseidon hat Colonel Cuthbert auf Guam einen Plan zur Bestückung einiger seiner Bomber mit Waffen vorgelegt. In seinem Spezialkommando ›Continuous Bomber Presence‹ hat er zwei B-1er, zwei B-52er, einen B-2er sowie Tankflugzeuge. Er beabsichtigt, einen B-1 und einen B-52 zu bestücken und deren Besatzungen in Bereitschaft zu versetzen. Die übrigen Flugzeuge sollen für das Training zur Verfügung stehen, können aber jederzeit beladen werden.«

»Das sind alle Bomber, die wir dort draußen haben?«

»Es handelt sich um ein Drittel der gesamten Flotte, die den Amerikanischen Holocaust überstanden hat, Sir«, sagte Hood. »Die Besatzungen unterliegen einem ziemlich hektischen Rotationszeitplan.«

»Womit will er sie denn beladen?«

»Es geht um eine Kombination aus JASSM-Marschflugkörpern, Harpoons und Minen.«

Conaway überlegte kurz, dann sagte er: »Ich werde das kurz mit dem SECDEF besprechen müssen, worauf dieser es vermutlich an das Weiße Haus weiterleiten wird. Falls durchsickern sollte, dass wir im Begriff sind, Bomber mit scharfer Munition zu bestücken, wird alle Welt denken, wir bereiten einen Krieg gegen China vor.«

»Sollte sich herausstellen, dass die Chinesen diesen Helikopter abgeschossen haben und womöglich auch den Poseidon, sollten wir vielleicht genau das tun.«

»Der Meinung bin ich auch«, stimmte ihm Conaway zu. »Aber solange derzeit gerade mal eine Handvoll Bomber und Flugzeugträger im Pazifik stationiert sind, können wir im Falle eines Kriegsausbruchs nicht viel tun. Wir würden Monate, wenn nicht Jahre benötigen, um so weit aufzurüsten, dass wir es mit China aufnehmen könnten, selbst auf See. Aber richten Sie Cuthbert aus, dass ich eine Bewilligung empfehle und dass sich seine Leute bereithalten sollen. Wenn es zum Schlimmsten kommt, möchte ich diese Flugzeuge so schnell wie möglich in der Luft haben.«

»Verstanden, Sir.«

»Diese Bomber verfügen nicht über Luftkampffähigkeit, oder, George?«, fragte Conway.

»Mit Gewissheit kann ich das nicht sagen, Sir, aber ich glaube nicht«, antwortete Hood. »Ich werde Cuthbert fragen, wenn ich mit ihm spreche.«

Conaway schüttelte den Kopf. »Herrgott, George, ich dachte, wir hätten mehr Material dort draußen. Schätze, angesichts all der Aktivitäten im Mittleren Osten während der letzten Jahrzehnte haben wir die Dinge im Pazifik und Asien ein wenig schleifen lassen.«

»Eine Besserung der Haushaltslage vorausgesetzt, wird man diese Nachlässigkeit hoffentlich beheben, ehe es hier draußen zu einem ernsten Zwischenfall kommt«, entgegnete Hood. »Bei der PACAF sind sie sehr gut darin, mehr mit weniger zu erreichen, aber der Pazifik ist ein ziemlich großer Teich. Wir sollten weitergehende Überlegungen anstellen, um die Verteidigungsanlagen um Guam und Hawaii zu verstärken: Luftverteidigungsraketen vom Typ Patriot und vielleicht ein oder zwei Aegis-Antiraketenschiffe nach dort draußen verlegen und ebenso mit den anderen Stützpunkten im Pazifik verfahren, die wir für die Streuung unserer Streitkräfte benötigen, wie zum Beispiel Tinian.«

»Arbeiten Sie das alles aus und lassen Sie es umgehend dem Pacific Command und mir zukommen, George«, gebot Conaway. »Dies ist der beste Augenblick, um diese Dinge zu ersuchen.« Wieder überlegte er einen Moment. »Wissen Sie was, George. Es ist noch gar nicht lange her, da hat mir der SECDEF den Vorschlag einer Firma in Nevada in die Hand gedrückt, in dem davon die Rede war, sie könnten die Generalüberholung, Aufrüstung, Pilotenausbildung und Inbetriebnahme einer ganze Flotte von mehr als zwanzig B-1-Bombern in weniger als zwei Jahren auf die Beine stellen.«

»Das klingt ungeheuerlich, Sir.«

»Das dachte ich auch«, gestand Conaway. »Ich glaube, der SECDEF wollte es einfach vom Schreibtisch haben – er hat es ohne eine Empfehlung weitergegeben. Nach Überfliegen der Inhaltsübersicht hätte ich es fast im Fach ›Blödsinn‹ abgelegt.«

»Fast, Sir?«

»Fast. Der Grund, weshalb ich es nicht getan habe, war der Mann, der das Angebot verfasst hat: Patrick McLanahan.«

»Patrick McLanahan? Sie machen Scherze!«

»Er ist der neue CEO dieser Firma, die schon seit Jahren für das Pentagon Hightechspielzeuge für die Luft- und Raumfahrt baut.« Conaway konnte sich auf einmal immer besser an das Angebot erinnern. »Offenbar hat er einige B-1-Flugzeugzellen von AMARG an der Hand, dazu einige neue Triebwerke und AESA-Radarsysteme. Eine ist bereits flugtauglich, eine weitere steht kurz davor. Zudem behauptet er, die übrigen in weniger als zwei Jahren fertigstellen zu können. Ich glaube, Ihr Mann, Cuthbert, ist mit McLanahan geflogen und hat einen eigenen Bericht vorgelegt. Er war beeindruckt. Und jetzt halten Sie sich fest: McLanahan übernimmt die Aufarbeitung der beiden ersten Flugzeuge auf Firmenkosten – bislang hat die Air Force ihm keinen Cent bezahlt. Wir tun nichts weiter, als ihm das Material zur Verfügung zu stellen.«

»Klingt immer noch zu schön, um wahr zu sein, Sir.«

»Mag sein. Aber gebrauchen könnten Sie zwanzig B-1-Bomber dort draußen in Ihrem Einsatzgebiet schon, oder?«

»Ja, verdammt«, sagte Hood, »insbesondere wenn sie luftkampffähig sind. Solange wir keinen Zugang zu den Luftstützpunkten auf den Philippinen, in Brunei oder Vietnam erhalten, haben die Kampfflieger einfach eine zu geringe Reichweite für einen wirkungsvollen Einsatz im Südchinesischen Meer, und das gilt auch für die F-35 – sofern wir davon jemals welche bekommen sollten. Das PACAF baut ganz darauf, dass außer in Hawaii, Alaska und Korea die Flugzeugträger der Navy das Gros der Luft-Luft-Einsätze übernehmen.«

»Und angesichts der Budgetkürzungen werden immer weniger Flugzeugträger im Pazifik und Indischen Ozean stationiert«, strich Conaway heraus.

»So ist es, Sir«, sagte Hood. »Wenn ich mich recht erinnere, hatte McLanahan das Kommando über dieses unheimliche schwarze Bombergeschwader aus hochgerüsteten B-1er und B-52er, die AMRAAMs an Bord hatten und auch sonst so ziemlich alles unter der Sonne konnten – einen BUFF hatte er sogar mit Laserabfangraketen bestückt. Wenn das jemand auf die Reihe bekommt, dann er.«

»Ich werde das Angebot mal aus der Versenkung holen, noch mal einen Blick reinwerfen und es an den CJCS weiterleiten. Mal sehen, was er dazu sagt«, meinte Conaway. »Nach der unrühmlichen Geschichte heute kratzen sie ja vielleicht das Geld zusammen, um ein paar dieser alten ›Bones‹ wiederaufzuarbeiten.«

OVAL OFFICE, WEISSES HAUS
Kurze Zeit später

»Ich möchte mich aufrichtig dafür entschuldigen, dass ich so lange gebraucht habe, Sie zurückzurufen, Mr. President«, sagte der im Namen des Staatspräsidenten der Volksrepublik China, Zhou Quiang, sprechende Übersetzer. »Ich habe an mehreren Dringlichkeitssitzungen über diesen höchst unglücklichen Zwischenfall teilgenommen.«

»Es geht hier um sehr viel mehr als um einen ›unglücklichen Zwischenfall‹, Herr Präsident«, entgegnete Kenneth Phoenix verärgert. Anlässlich dieser Telefonkonferenz waren Vizepräsidentin Ann Page, sein Sicherheitsberater William Glenbrook, der Vorsitzende der Vereinigten Stabschefs, Timothy Spellings, sowie Außenminister Herbert Kevich im Oval Office bei ihm. Kevich warf ihm einen besorgten Blick zu, eine stille Mahnung, die Fassung zu wahren. »In unseren ersten Berichten vom Schauplatz des Geschehens heißt es, dass der Such- und Rettungshelikopter der Küstenwache von einem Kampfjet verfolgt wurde, der von einem Flugzeugträger gestartet war, und von diesem ohne Warnung oder den Versuch einer Sichtidentifikation abgeschossen wurde. Das ist ein kriegerischer Akt, Herr Präsident, und ich verlange eine Erklärung!«

»Bitte beruhigen Sie sich, Sir«, sagte Zhou. »Einen Krieg wünscht sich gewiss niemand, ganz und gar nicht, und am allerwenigsten China. Ich habe derzeit noch keinen vollständigen Einblick in die Sachlage. Noch immer erreichen uns Berichte, und die, die ich bislang gelesen habe, sind widersprüchlich und unvollständig. Wenn Sie sich bitte noch gedulden würden. Sobald mir die Fakten bekannt sind, werde ich Sie persönlich darüber unterrichten.«

»Ich verlange *jetzt* eine Erklärung, Herr Präsident!«, forderte Phoenix. »Mit Ihrem Spiel auf Zeit unterstreichen Sie nur Ihre Absicht, einen ernst zu nehmenden Aggressionsakt zu vertuschen.«

»Ich denke, es wäre weder Ihnen noch mir oder den Familien der Betroffenen gegenüber gerecht, Entscheidungen zu fällen oder Maßnahmen zu ergreifen, ohne sich zuvor sämtliche Fakten zu beschaffen, Mr. President«, sagte Zhou. Phoenix versuchte anhand Zhous eigener, im Hintergrund hörbarer Stimme, dessen Aufrichtigkeit und Haltung einzuschätzen, doch das gelang ihm nicht. »Ich kann Ihnen nur sagen, zu welchen Ergebnissen ich persönlich gekommen bin, basierend auf den recht zusammenhanglosen Berichten, die ich erhalten habe. Demnach scheint es sich um einen schrecklichen und tragischen Unfall zu handeln.«

»Ein *Unfall?* Sie haben einen Kampfjet auf unseren Such- und Rettungshelikopter gehetzt und das Feuer auf ihn eröffnen lassen, ohne auch nur den Versuch einer Identifizierung zu unternehmen!«

»Das entspricht nicht den Fakten, wie sie sich mir darstellen, Mr. President«, widersprach Zhou. »Nach den Angaben, die ich vom Kommandanten des Gefechtsverbandes erhalten habe, hat dieser einem Kampfjet befohlen, einen Helikopter zu verfolgen, der offenbar im Begriff war, Wrackteile Ihres abgestürzten Patrouillenflugzeugs Poseidon-8 zu bergen. Nach mehrfachen Warnungen sowohl vom Flugzeugträger als auch vom Piloten des Kampfjets war dessen feindliche Absicht bestätigt, und der Pilot hatte die Erlaubnis zu feuern.«

»Und welche feindlichen Absichten sollen das gewesen sein?«

»In diesem Punkt sind die Berichte nicht ganz eindeutig«, behauptete Zhou. »Der Helikopter weigerte sich, den Anweisungen Folge zu leisten, und der Pilot des Kampfjets berichtet, er habe Geschützfeuer aus einer Seitentür des Helikopters beobachtet. Gemäß eines Dauerbefehls sind unsere Flugzeuge befugt, im Falle eines Angriffs das Feuer augenblicklich zu erwidern. Nichts anderes hat der Pilot getan, mit tragischen Folgen. Ich entschuldige mich aufrichtig für diesen schrecklichen Unfall, President Phoenix. Dies ist eine Katastrophe höchster Ordnung, und die Schuld dafür trage ausschließlich ich.«

»Das kaufe ich Ihnen nicht ab, Herr Präsident«, sagte Phoenix. »Ein Helikopter der Küstenwache ist sehr schwer mit einem Armeehubschrauber zu verwechseln, selbst nachts. Zudem hat der Kutter der US-Küstenwache zahlreiche Frequenzen überwacht und von derartigen Warnungen nichts gehört.«

»Über diese Dinge bin ich nicht unterrichtet, Mr. President«, behauptete Zhou. »Die mir vorliegenden Berichte der Kommandanten vor Ort sind vorläufig. Ich versichere Ihnen, man wird eine umfassende Untersuchung durchführen und Ihnen einen Bericht zukommen lassen.«

»Ich erwarte, dass sich die Marine der Volksbefreiungsarmee von der Absturzstelle unseres Poseidon-Patrouillenflugzeugs fernhält«, forderte Phoenix mit Nachdruck. »Das Flugzeug hatte sensibles Material an Bord, das zu bergen China kein Recht hat.«

»Unsere Marinestreitkräfte haben sehr wohl das Recht, alles zu bergen, was sie in von China kontrollierten und zu China gehörenden Gewässern findet – und das schließt das Südmeer ein, wo Ihr Flugzeug abgestürzt ist«, hielt Zhou dagegen. »Gleichwohl werde ich, als aufrichtige Entschuldigung und unterwürfige Verbeugung für den unbeabsichtigten Abschuss Ihres Patrouillenhubschraubers, den Überwasserschiffen der Marine der Volksbefreiungsarmee den Befehl erteilen, der Absturzstelle fernzubleiben. Selbstverständlich behalten wir uns das Recht vor, Ihre Schiffe im Südmeer zu überwachen.«

»Solange Ihre Streitkräfte die unseren nicht behindern, Sir.«

»Wir werden kein *friedliches* Schiff oder Flugzeug belästigen«, versicherte Zhou. »Dennoch müssen Sie einsehen, dass angesichts der Vielzahl von Kriegsschiffen und Flugzeugen, die in den Gewässern des Südmeers operieren und sich unter den zivilen und Handelsverkehr mischen, Unfälle durchaus passieren können, wie wir jetzt gesehen haben. Ich ersuche alle Beteiligten um verantwortungsvolles Denken und Handeln. China steht bereit, Ihre Rettungs- und Bergungskräfte jederzeit zu unterstützen, Mr. President.«

»Ich danke Ihnen, Herr Präsident, aber das wird nicht nötig sein«, entgegnete Phoenix. »Wir werden unsere eigenen Ermittlungen durchführen, dann werden wir ja sehen, wer sich hier verantwortungsbewusst verhalten hat … und wer *nicht.* Guten Tag, Herr Präsident.« Phoenix fuhr sich mit dem Daumen über den Hals, und die Verbindung wurde beendet.

»Dieser Bastard«, sagte Phoenix. »Tim, sind die Helikopter der Küstenwache bewaffnet?«

»Die MH-60T Jayhawks, die gewöhnlich auf Kuttern der Medium- und High-Endurance-Klasse stationiert werden, haben Maschinengewehre, um Warnschüsse auf mutmaßliche Schmuggler abzugeben, sowie Scharfschützengewehre für das Ausschalten der Motoren flüchtiger Schiffe«, antwortete General Spellings. »Ich weiß nicht, ob es sich bei dem abgestürzten Jayhawk um ein Modell T gehandelt hat, aber ich nehme es stark an.«

»Ist es möglich, dass unsere Leute auf etwas gefeuert haben und der Kampfjet geglaubt hat, das Feuer gelte ihm, und es erwidert hat?«

»Sie glauben doch kein Wort von diesem Haufen Mist, den Zhou von sich gegeben hat, oder, Sir?«, mischte sich Ann Page ein. »Dieser Helikopter wurde *vorsätzlich* abgeschossen – und das Poseidon-Patrouillenflugzeug ebenfalls, ohne jede Frage.«

»Warum sollten die Chinesen einen Such- und Rettungshubschrauber der Küstenwache abschießen, Miss Vice President?«, fragte Außenminister Kevich. »Das ergibt keinen Sinn.«

»Ich weiß es nicht, Herbert«, sagte Ann. »Vielleicht dachten sie, unsere Jungs hätte irgendein belastendes Beweisstück aus dem Wasser gefischt. Vielleicht wollten sie auch nur zeigen, dass sie dort das Sagen haben. Sie haben ihn doch gehört: Zhou ist der Meinung, das Südchinesische Meer gehört zu China. Womöglich hält er es für absolut gerechtfertigt, ein Flugzeug ›aus Versehen‹ über ›seinem‹ Meer abzuschießen.«

»Das muss es einfach wissen«, sagte der Präsident. »Wenn die Besatzung dieses Helikopters auf etwas gefeuert hat, das sich im Wasser befand – Piraten, ein Schiff, das geheimes Material zu bergen versuchte, was auch immer –, dann ist es möglich, dass ein Kampfjet dieses Vorgehen als Angriff missversteht und das Feuer eröffnet.«

Ann Page schüttelte den Kopf; sie glaubte nicht eine Sekunde daran, enthielt sich aber eines Kommentars. Spellings aber versprach: »Ich werde es herausfinden, Sir, ganz bestimmt.«

»Gegenüber dem Flugzeugträgergefechtsverband *George Washington,* der unter Volldampf Kurs auf ›sein‹ Meer hält, wird Zhou nicht länger den großen Zampano markieren können.« Vizepräsidentin Page konnte sich doch nicht mehr zurückhalten. »Doch können wir die taktische und strategische Überlegenheit überhaupt noch zurückgewinnen, sobald der Verband *George Washington* im Südchinesischen Meer angelangt ist? Es ist offensichtlich, dass wir von diesem Zusammenstoß überrascht wurden und waffentechnisch unterlegen waren, wofür wir einen hohen Preis bezahlt haben.«

Man sah Glenbrook an, dass er sich zunehmend unwohl fühlte. »Ma'am, Sie sind mit dem Sachverhalt ebenso vertraut wie ich«, äußerte er sich schließlich. »Seit mittlerweile zehn Jahren ist China unter Hochdruck dabei, seine militärischen Überwasser-, Unterwasser- und Luftstreitkräfte im Südchinesischen Meer, im Ostchinesischen Meer und sogar weit entfernt im Indischen Ozean aufzustocken, wodurch sie ihre Handelsrouten mit militärischem Gerät verstärkt haben, während die Vereinigten Staaten diese militärischen

Aktiva entweder in den Mittleren Osten verlegt oder diese Streitkräfte gleich ganz gestrichen haben. Darüber hinaus haben die Chinesen Dutzende Stützpunkte für Raketen und Marschflugkörper errichtet, bis hin nach Afrika. Wir waren immer der Ansicht, die chinesische Marine und Luftwaffe wären nur groß, qualitativ aber minderwertig. Doch ihre Qualität hat sich verbessert, während ihre Anzahl gleich geblieben ist, während unsere nun zahlenmäßig weit überlegen ist.«

Der Präsident richtete eine stumme Frage an General Spellings, woraufhin der Viersternegeneral mit einem Nicken bekundete, dass er mit dem Nationalen Sicherheitsberater einer Meinung war. »Zhou sagt, China ›besitze‹ und ›kontrolliere‹ das Südchinesische Meer, und womöglich hat er recht damit, Sir«, sagte er. »Um Ihre Frage zu beantworten, Miss Vice President: Es wäre sehr schwierig, wenn nicht gar unmöglich, einen Flugzeugträgergefechtsverband im Südchinesischen Meer innerhalb der Reichweite von chinesischen landgestützten Bombern, ballistischen Antischiffsraketen und Marschflugkörpern zu unterhalten. Gewiss könnten wir mit unseren eigenen U-Boot- und überwasserschiffgestützten Marschflugkörpern eine Anzahl fester chinesischer Ziele bedrohen. Aber der Unterhalt eines Gefechtsverbandes im Südchinesischen Meer würde den restlichen Pazifischen und Indischen Ozean ungesichert lassen. Wir würden vieles aufgeben, ohne daraus einen Vorteil zu ziehen – ganz zu schweigen von der gewaltigen Zunahme weltweiter Spannungen, wenn sich zwei Flottenverbände auf so kurze Distanz Auge in Auge gegenüberstünden.«

»Lassen wir den Rest von einem weiteren Flugzeugträgerverband absichern«, schlug Ann vor. »Parken wir einen Flugzeugträgergefechtsverband im Südchinesischen Meer, direkt vor Zhous Nase, und lassen die beiden anderen Verbände den Rest dieses Teils der Welt patrouillieren.«

»Das würde ich gern vermeiden, Ann«, widersprach Präsident Phoenix. »Ich bin verärgert über das, was da draußen vorgefallen ist, und fraglos beabsichtigt China, seinen Einfluss im Südchinesischen Meer auszuweiten. Ich bin zwar nicht überzeugt davon, dass Zhou tatsächlich den Abschuss unseres Flugzeugs angeordnet hat, aber wenn wir Flugzeuge verlieren und er daraufhin behauptet, China ›gehöre‹ das Südchinesische Meer, werde ich nervös. Allerdings weiß ich auch um die Wirkung, die die Verlegung eines solchen Flugzeugträgergefechtsverbands in der Region hätte. Die Feuerkraft, die er darstellt, ist gewaltig. Sie wäre für jede Nation eine unverblümte Drohung. Wenn man einmal weiß, dass Dutzende Bomber und Hunderte Marschflugkörper gleich hinter dem Horizont warten, werden plötzlich sehr viele Finger ganz nah über dem roten Knopf schweben.«

Er überlegte einen Moment, dann sagte er: »Ich benötige mehr Alternativen, Leute. Sosehr es mich in den Fingern juckt, ich möchte Zhou nicht provozieren. Die Lage ist ohnehin schon angespannt genug. Ich möchte, dass die Flugzeugträgergefechtsverbände weiter Patrouille fahren. Der Träger *George Washington* kann sich in das Südchinesische Meer begeben und dort die Rettungs- und Bergungsaktion unterstützen, anschließend aber wird er wieder auf Patrouillenfahrt gehen und eine normale turnusmäßige Rotation vollziehen. Das Gleiche gilt für den Träger *Reagan.* Sobald der *GW* abzieht, kann der Träger *Reagan* nachrücken. Solange jedoch weiter nichts geschieht, nimmt er seine Patrouille wieder auf oder kehrt zurück nach San Diego, um seine Flottenqualifikationen abzuschließen.«

Phoenix wandte sich wieder an Spellings. »Was ist mit

Flugzeugen, General? Was haben wir da draußen, das in der Lage ist, zusammen mit unseren Flugzeugträgern eine Präsenz aufrechtzuerhalten? Wie sieht es mit Langstreckenbombern aus?«

»Wie Sie wissen, Sir, wurden unsere schweren Langstreckenbomber während des Amerikanischen Holocausts und den darauf folgenden Gegenangriffen über Russland nahezu vollständig vernichtet«, erinnerte Spellings. »Damit sind uns lediglich eine Handvoll Exemplare geblieben, die auf nicht von den Russen bombardierten Stützpunkten stationiert wurden. Im Laufe der Jahre sind wir immer mehr von bemannten Bombern abgerückt und dazu übergegangen, die nächste Generation von unbemannten Bombern und weltraumgestützten Angriffswaffen zu entwickeln. Doch dann kam die Hyperrezession, und es gab keine Geldmittel mehr für neue, nicht erprobte Programme.«

Kenneth Phoenix, die Lippen fest aufeinandergepresst, wandte den Blick ab – er wusste, dass größtenteils er die Verantwortung für die Streichung all dieser kostspieligen unerprobten Verteidigungsprogramme seit seiner Amtseinführung zu verantworten hatte.

»Heutzutage werden die meisten überlebenden Bomber turnusmäßig auf die Andersen Air Force Base auf Guam verlegt«, fuhr Spellings fort, »auf den Flugplatz der Naval Support Facility Diego Garcia im Indischen Ozean sowie in andere Länder im Pazifikraum, die bewaffneten Angriffsflugzeugen die Benutzung ihrer Einrichtungen gestatten, wie zum Beispiel Australien. Aber es handelt sich um eine überaus magere Streitmacht: Normalerweise werden nur fünf oder sechs Bomber eingesetzt, während die anderen auf einen Einsatz vorbereitet werden oder gerade von einem solchen zurückkommen.«

»Mein Gott …« Ann entfuhr ein leiser Seufzer. »Früher hatten wir Hunderte Bomber, während des Zweiten Weltkriegs sogar Tausende. Und jetzt nicht mehr als ein paar *Dutzend?*«

»Nach wie vor verfügen wir über eine ganze Reihe von taktischen Jagdbombern, die für Langstreckenpatrouillenflüge umgerüstet werden können, aber solange wir keine entsprechenden Vereinbarungen mit befreundeten Ländern getroffen haben, die an das Südchinesische Meer angrenzen, sind unsere verfügbaren Landstützpunkte einfach zu weit entfernt«, erklärte Spellings.

»Außerdem werden die unmittelbar an China angrenzenden oder eng mit den Chinesen verflochtenen Länder – aus Angst, ihren Handel und ihre freundlichen diplomatischen Beziehungen zu China zu verlieren – den amerikanischen Angriffsflugzeugen die Landung auf ihren Stützpunkten höchstwahrscheinlich verweigern«, befürchtete Außenminister Kevich. »Ihre Beziehungen zu China sind ihnen mindestens so wichtig, in einigen Fällen sogar *noch wichtiger,* als ihre Beziehungen zu uns.«

»Was wäre denn erforderlich für einen Einsatz von Jagdflugzeugen wie Eagles und Hornets über dem Südchinesischen Meer, General?«, fragte der Präsident.

»Selbst bei umfassender Unterstützung durch Tankflugzeuge für die Luftbetankung würde ein Flugzeug wie eine F-15E Eagle mit zwei, womöglich drei externen Treibstofftanks ausgerüstet werden müssen, was ihre Waffenladekapazität vermindert«, antwortete Spellings. »Und ein Flugzeug wie die kleinere und leichtere einstrahlige F-16 Fighting Falcon unterläge sogar noch mehr Einschränkungen. Selbst für ein moderneres Kampfflugzeug wie die F/A-18 Super Hornet oder die F-35 Lightening Joint wäre dies eine gewaltige Herausforderung.«

»Aber deren Besatzungen haben das alles doch bereits geschafft, General, oder etwa nicht?«, fragte Kevich. »Was ist denn mit Irak und Afghanistan? Dort haben sie doch auch Langstreckeneinsätze geflogen.«

»Sie waren gezwungen, lange in der Luft zu bleiben, Sir, keine Frage«, entgegnete Spellings. »Allerdings sind die Entfernungen im Mittleren Osten und Südwestasien nicht annähernd vergleichbar mit dem, worüber wir hier im Pazifikraum sprechen. Die Entfernung von Guam bis zur Mitte des Südchinesischen Meers beträgt fünfzehnhundert Meilen – das entspricht einem Dreistundenflug mit Reisegeschwindigkeit, nur um das Patrouillengebiet überhaupt zu erreichen –, immer vorausgesetzt, die Philippinen erteilen uns die Überflugrechte. Transportflugzeuge der Navy und des Marine Corps, die im Zuge von Desert Storm gegen Ziele im Irak und später, bei der Operation Enduring Freedom, in Afghanistan eingesetzt wurden, hatten eine Flugzeit von vielleicht einer Stunde, um das Zielgebiet zu erreichen – und das war schon eine Menge für Besatzungen, die häufig auftanken, ins Gefecht ziehen, erneut auftanken und anschließend auf einem Flugzeugträgerdeck landen mussten.« Spellings hielt einen Moment inne, sah die anderen an, dann wandte er sich an den Präsidenten. »Vielleicht gibt es noch eine andere Möglichkeit, die man in Betracht ziehen könnte, Sir.«

»Und die wäre, General?«

»Ich habe von einer Hightechfirma in Nevada ein Angebot zur Aufarbeitung von zweiundzwanzig in New Mexico flugtauglich eingelagerten B-1B-Lancer-Bombern vorliegen, die sie mit modernen serienmäßigen Bordelektronik- und Waffensystemen bestücken wollen. Diese Firma würde …«

»Entschuldigen Sie, General, eine Hightechfirma in Nevada?«, fiel Ann Page ihm ins Wort, wobei sich ihre Miene deutlich aufhellte. »Sie sprechen von Patrick McLanahan?«

Spellings blinzelte überrascht. »Nun … ganz recht, Ma'am, von dem pensionierten General Patrick McLanahan. Woher haben Sie …?«

»Wie ich hörte, hat er Sky Masters übernommen, nachdem Jon Masters letztes Jahr von diesen einheimischen Terroristen ermordet wurde.« Ann strahlte auf einmal über das ganze Gesicht. »Mensch, der Mann vergeudet keine Zeit. Eben noch ein Pensionär, der mit der Civil Air Patrol Air Force spielt, und im nächsten Augenblick plant er schon den Bau von B-1-Bombern.«

»Zweiundzwanzig B-1-Bomber, General?«, fragte der Nationale Sicherheitsberater Glenbrook skeptisch. »Für ein derartiges Vorhaben haben wir gar nicht die Mittel. Abgesehen davon würde der Bau einer solch großen Zahl eine Ewigkeit dauern.«

»Er baut sie nicht, Sir. Er *baut* diejenigen *um,* die außer Dienst gestellt und als flugtauglich eingelagert wurden. Außerdem verwendet er vorhandene handelsübliche Bauteile, die bereits getestet und erprobt sind«, erläuterte Spellings. »Einen hat er schon generalüberholt und erst kürzlich mit Erfolg vorgeführt. Und das alles auf Kosten seiner Firma. Zusätzlich gibt er in seinem schriftlichen Angebot an, die gesamte Flotte in weniger als zwei Jahren ausliefern zu können, und behauptet, sämtliche Flugzeuge für den Preis von nicht einmal zehn F-35 Lightnings umrüsten zu können.«

»Klingt interessant – und ein wenig fantastisch«, meinte der Präsident. »In weniger als zwei Jahren?«

»Wenn Sie nichts dagegen haben, Mr. President, würde ich mir das gern näher ansehen«, sagte Vizepräsidentin Page. »Zum einen würde ich Patrick gerne wiedersehen, außerdem kann ich es gar nicht erwarten zu erfahren, was genau ihm da vorschwebt.«

»Ich brauche Sie hier, Miss Vice President.«

»Ich kann ihn herkommen und mir seinen Marketingzirkus vorführen lassen«, schlug Ann an. »Ich bin gespannt zu sehen, wie ihm das Dasein als Unternehmer bekommen ist.«

Phoenix willigte mit einem Kopfnicken ein. »Laden Sie ihn hierher ein, sobald er eintrifft. Ich würde ihn ebenfalls gern sehen – und herausfinden, was für einen Unfug er jetzt im Schilde führt.«

BÜRO DES STAATSPRÄSIDENTEN, ZHONGNANHAI, PEKING, CHINA
Zur selben Zeit

»Wie kann er es wagen, mich zu belehren wie ein kleines Kind!«, brüllte Staatspräsident Zhou, schmiss den Hörer auf den Apparat und sprang auf. »Ich verbitte mir, dass ein elender weißer, rundäugiger Jammerlappen wie Phoenix auf diese Weise mit mir spricht!«

Er klopfte seine Jackett- und Hosentaschen nach Zigaretten ab, ohne welche zu finden.

»Bringen Sie mir Zigaretten!«, rief er seinem Assistenten im Vorzimmer zu, ehe er sich dem Generalstabschef der Volksbefreiungsarmee, Generaloberst Zu Kai, zuwandte. »Also, was ist da draußen passiert, General?«, fragte er wütend. »Ich habe Sie bevollmächtigt, wenn möglich Teile des Wracks zu bergen, und nun beschuldigen uns die Amerikaner, wir hätten zwei ihrer Helikopter abgeschossen!« Er drehte sich abermals zu seinem Vorzimmer herum. »Wo, zum Teufel, bleibt dieser Adjutant? Bringen Sie mir Zigaretten, verdammt!«

»Die Beschuldigungen dieses Amerikaners interessieren mich nicht, Genosse Vorsitzender, und sie sollten Sie ebenso wenig interessieren«, meinte Zu herablassend. Mit ihm im Büro des Staatspräsidenten befanden sich Vizepräsident Gao Xudong und Außenminister Tang Hi. »Sie bezichtigen uns doch stets aller nur erdenklichen Schandtaten.«

»Meine Frage, General, lautete: Was ist dort draußen vorgefallen?«

»Ich habe getan, was man mir befohlen hat: Ich habe Wrackteile des abgestürzten Flugzeugs geborgen«, antwortete Zu. »Was außerdem noch geschehen ist, ist ohne Bedeutung.«

»Ohne Bedeutung, ja? Das ist Ihre professionelle politische Einschätzung? Wo bleiben diese Zigaretten!« Zhou schien einem Zusammenbruch nahe. »Wurden Helikopter von chinesischen Streitkräften abgeschossen, General?«

Zu wog einen Moment ab, ob er darauf antworten sollte oder nicht. Außenminister Tang bedachte ihn mit einem einigermaßen verwirrten Blick, während Vizepräsident Gao von dieser Auseinandersetzung fasziniert zu sein schien. Schließlich zuckte Zu mit den Schultern. »Einer meiner jungen Admirale hat Initiative gezeigt. Er hatte beobachtet, dass die Amerikaner zwei Drehflügelflugzeuge entsandt hatten, eines bemannt, das andere unbemannt, um Wrackteile des bewaffneten P-8-Poseidon-Patrouillenflugzeugs zu bergen. Hätten sie welche gefunden und hätte der Fund auf eine Beteiligung Chinas an dem Abschuss hingewiesen, hätte das für China nachteilige Konsequenzen mit sich ziehen können, weshalb er den Befehl gab …«

»Warten Sie, einen Augenblick, General!«, unterbrach ihn Zhou, dessen Augen sich ungläubig geweitet hatten. »Wollen Sie damit etwa andeuten … China *war* in den Abschuss dieses amerikanischen Patrouillenflugzeugs involviert?«

Zu blieb stumm, bis er glaubte, Zhou würde jeden Moment aufspringen und ihm an die Gurgel gehen. »Genosse Vorsitzender, nach Ihren eigenen Worten gilt das Südmeer als Teil des chinesischen Hoheitsgebiets. Sie selbst sagen, dass man alle feindlichen ausländischen Militärkräfte in der Region in die Schranken weisen sollte. Wenn dem so ist, Genosse Vorsitzender, muss China handeln. China sollte ...«

»*Was erlauben Sie sich?*«, platzte es aus Zhou heraus. »Dafür wird man Sie erschießen, Zu! Sie werden als geistesgestörter Aufrührer hingerichtet!« Er ließ sich in seinen Sessel zurücksacken, starrte auf seinen Schreibtisch, die Hände flach auf der Arbeitsplatte, wie um sich Halt zu geben. »Wir werden dies der Zentralen Militärkommission und dem Politbüro melden müssen«, sagte er mit leiser Stimme. »Und ich werde dies den Amerikanern gegenüber zugeben müssen. Für das, was Sie da angerichtet haben, werden wir alle im Gefängnis landen oder hingerichtet werden.«

»Wir müssen nichts dergleichen tun, Genosse Vorsitzender«, widersprach Zu. »Niemand außerhalb dieses Raumes muss je davon erfahren.«

»Die Amerikaner werden dahinterkommen«, sagte Zhou, seine Stimme mittlerweile fast ein Flüstern. »Sie werden unsere Auslieferung verlangen, damit sie uns vor Gericht stellen können – sofern wir uns dann nicht bereits im Krieg mit ihnen befinden. Sie werden alles zerstören, was wir aufgebaut haben. Unsere Marine, unsere Luftstreitkräfte werden vernichtet werden. China wird in eine Isolation zurückgedrängt werden, schlimmer als zu Zeiten der Großen Proletarischen Kulturrevolution.«

»Sie müssen sich zusammenreißen, Genosse Vorsitzender«, gebot Zu. »Sie sehen gar nicht gut aus. Vielleicht benötigen Sie ärztliche Hilfe.« Er ging hinüber zur Tür des Büros und öffnete sie. Unmittelbar davor stand der Stellvertretende Stabschef, Generalmajor Sun Ji – und zwar in Begleitung zweier bewaffneter Soldaten. »General, rufen Sie wie abgesprochen das Sanitätsteam und räumen Sie das Gebäude.«

»Jawohl, Genosse General«, sagte Sun und nickte den anderen hinter ihm zu.

»Was hat das zu bedeuten, Zu?«, stieß Zhou hervor. »Was soll das heißen?«

»Genosse Vorsitzender, dies ist nicht der Augenblick, Führungsschwäche zu zeigen«, sagte General Zu. »China ist auf dem Weg zu nationaler Größe, was Sie jedoch nicht zu begreifen scheinen, weshalb Sie nicht im Mindesten gewillt sind, dieses Land voranzubringen. Selbst angesichts der gegenwärtigen Schwäche der Amerikaner weigern Sie sich, ihnen Paroli zu bieten. China hat in der Vergangenheit eine seiner Kolonien mit Nuklearwaffen angegriffen, ohne dass darauf irgendeine Reaktion erfolgt wäre – es gab keinerlei Vergeltung. Da wird der Abschuss von ein paar Hubschraubern bestenfalls wütendes Geschrei hervorrufen. Die Situation jedoch, in der wir uns jetzt befinden, verlangt nach umsichtiger und starker Führung, und dafür sind Sie nicht der richtige Mann. Aus diesem Grund habe ich einen Plan zur Übernahme der Führung durch einen anderen auf den Weg gebracht.«

»Einen anderen? Das steht überhaupt nicht in Ihrer Macht!«, stieß Zhou hervor und erhob sich so langsam, als wären seine Muskeln auf einmal verkümmert. »Das vermag allein das Zentralkomitee!«

»Sobald die militärische und Sicherheitskrise überstanden ist, wird das Zentralkomitee wieder die Führung übernehmen«, erklärte Zu. »Bis dahin wird ein Stellvertreter benannt werden.«

»Das ist ungeheuerlich!«, rief Zhou. »Dies ist ein rüder Militärputsch! Damit werden Sie niemals durchkommen! Allein schon für diese Äußerungen wird man Sie hängen!«

»Sie werden damit nichts mehr zu tun haben, Genosse«, meinte Zu leichthin. »Man wird Sie stillschweigend zur Beobachtung in eine sichere medizinische Einrichtung bringen. Ich werde die Zentrale Militärkommission und das Politbüro davon in Kenntnis setzen, dass Sie erkrankt sind.«

»Das werden Sie nicht tun, Zu!«, stieß Zhou hervor. »Das ist ungesetzlich! Das steht gar nicht in Ihrer Macht! Sie haben einen Eid geleistet …!«

»Mein Eid lautete, Volk und Land gegen alle Feinde zu beschützen«, erklärte Zu. »Und Sie, Genosse Vorsitzender, sind der größte Feind unseres Landes. Sie ergehen sich in wirren Tiraden darüber, dass Sie uns beschützen wollen, handeln aber nicht. Ich bleibe meinem Eid sehr wohl treu. Sie werden in eine medizinische Einrichtung gebracht und dort in Verwahrung genommen, bis ich zu dem Schluss gelangt bin, dass Sie bereit sind, gegen alle ausländischen Militärkräfte im Südmeer vorzugehen. Überzeugen Sie mich nicht davon, dass Sie entschieden handeln werden, wird man Sie aus gesundheitlichen Gründen in den Ruhestand versetzen – nachdem Sie einen schweren Schlaganfall erlitten haben, der Sie nahezu Ihrer gesamten geistigen Fähigkeiten berauben wird. Oder aber Sie erleiden einen schweren Herzanfall und entschlafen friedlich.« General Sun erschien wieder in der Tür und nickte Zu zu. »General, nehmen Sie den Genossen Vorsitzenden in Gewahrsam.«

Zhou wandte sein entgeistertes Gesicht Vizepräsident Gao zu. »Gao! Wie können Sie nur tatenlos herumstehen? Zum Teufel, tun Sie was! Rufen Sie den Sicherheitsdienst!«

Gao schaute Zu an, der stumm blieb und keinerlei Regung

zeigte, dann wieder Zhou. Vermutlich war Gao der am meisten verwestlichte chinesische Politiker, der jemals ein hohes Amt in Zhongnanhai bekleidet hatte; er hatte in den Vereinigten Staaten eine betriebswirtschaftliche und verwaltungstechnische Ausbildung genossen und nie im Militär gedient. Zu misstraute Gao, doch dieser war der erste Vizepräsident und beliebt in Übersee, weshalb er ihm womöglich noch von Nutzen sein konnte. Gaos Verhalten war vollkommen unvorhersehbar; zwar galt er gemeinhin als Opportunist, doch in welche Richtung es ihn treiben würde, war unmöglich einzuschätzen.

»Aber Sie sehen tatsächlich ein wenig unwohl aus, Genosse Vorsitzender«, sagte Gao schließlich. »Womöglich wäre eine gründliche Beobachtung in einer geeigneten medizinischen Einrichtung durchaus angebracht.«

»Sie … verräterischer Bastard!«, explodierte Zhou.

»Nehmen Sie den Genossen Vorsitzenden in Gewahrsam, General«, wiederholte Zu.

Rasch traten die Soldaten vor und ergriffen Zhou bei den Armen. Im Vorzimmer sah Gao medizinisches Personal sowie eine Transportliege, und ein Soldat in Uniform bereitete eine Injektionsspritze vor. Weder der Vorzimmersekretär noch der stets anwesende Sicherheitsdienst waren irgendwo auszumachen.

Sun geleitete den Präsidenten hinaus und schloss die Tür. »Also, Genosse Vizepräsident«, sagte Zu. »Sprechen Sie.«

Gao nickte, und das zuvor lediglich angedeutete Lächeln wurde breiter. »Ich denke, ich sollte jetzt besser das Politbüro und die Zentrale Militärkommission über die Erkrankung des Genossen Vorsitzenden unterrichten. Zur Erhöhung der Bereitschaft und der Aufrechterhaltung der Ordnung in dieser unsicheren Zeit sollten Sie die erforderlichen Militärstreitkräfte mobilisieren und darauf vorbereitet sein, nach Bedarf Streitkräfte für den Erhalt des Friedens und die Sicherung der Nation aufmarschieren zu lassen. Mit der Entsendung ihres Militärs in das Südchinesische Meer sowie dem gegen China erhobenen Vorwurf, für den Verlust ihrer Flugzeuge verantwortlich zu sein, verschärfen die Amerikaner die Spannungen in der gesamten Region, und wir müssen auf alle Eventualitäten vorbereitet sein.«

»Hervorragende Vorschläge, in der Tat ... Kommissarischer Vorsitzender Gao«, sagte Zu. »Er wandte sich zu Außenminister Tang. »Genosse Minister?«

»Ich hätte nicht gedacht, dass ich den Tag erleben würde, General Zu«, äußerte Tang mit leiser Stimme. »Ein Militärputsch, ausgeführt von einem chinesischen General, mitten im Büro des Genossen Vorsitzenden, vor meinen Augen!«

»Hatten Sie erwartet, ich würde Panzer durch die Straßen rollen lassen, Genosse Minister?«, fragte Zu. »Das Politbüro erstürmen? Die Radiosender in meine Gewalt bringen und eine Machtübernahme durch das Militär verkünden? Dies ist China, Genosse Minister, nicht irgendeine Bananenrepublik in der Dritten Welt. Entscheiden Sie sich, auf wessen Seite Sie stehen, Genosse Minister.«

»Der Tod – oder Beteiligung an Ihrem Putsch, General?« Zu sagte nichts, sondern sah Tang direkt in die Augen und wartete. Tang schnappte laut nach Luft, so als hätte er das Atmen vor langer Zeit eingestellt. »Ich habe einen Eid geleistet, Volk, Nation und Partei zu schützen und zu verteidigen«, sagte er schließlich. Und dann fügte er hinzu: »Egal, wer Präsident ist oder wer tatsächlich die Regierungsgewalt ausübt.«

»Eine nicht gerade überschwängliche Unterstützungserklärung, Tang, aber ich hatte auch nicht mehr erwartet«, bemerkte Zu herablassend. »Aber seien Sie gewarnt: Sollten Sie mit irgendjemandem darüber sprechen, wird Ihre Amtszeit ein noch abrupteres Ende nehmen als die von Zhou. Sie können wegtreten.«

Tang schien sehr erleichtert, das Büro verlassen zu können.

»Vertrauen Sie ihm, General?«, fragte Gao.

»Nicht im Mindesten – aber noch weniger traue ich *Ihnen*«, bemerkte Zu ätzend.

»Ich möchte lediglich auf der Seite der Sieger stehen, weiter nichts«, rechtfertigte sich Gao, »und ich glaube, das ist das Militär. Ich bin ebenfalls der Meinung, dass es für China an der Zeit ist, einen Schritt nach vorn zu wagen und den ihm zustehenden Platz als die wahre Führungsmacht der Welt einzunehmen. Die alten Männer in unserer Regierung wie Zhou würden sich damit zufrieden geben, weitere eintausend Jahre zu warten, während die Bürokraten und Unternehmer das Land aussaugen. Allein das Militär vermag China auf den rechten Kurs zu bringen.«

»Sie sagen all die richtigen Worte, Gao«, meinte Zu, »nur bedeuten mir Ihre Worte nichts. Es werden allein Ihre Taten sein, die über Ihr Schicksal entscheiden. Spielen Sie die Rolle und tun Sie, was ich sage, dann werden Sie als Kommissarischer Vorsitzender eine ruhige und ereignislose Zeit verleben. Hintergehen Sie mich jedoch, werden Sie ein weitaus schlimmeres Schicksal als Zhou erleiden. Jetzt gehen Sie zurück in Ihr Büro, entwerfen Sie so schnell wie möglich eine Erklärung für das Politbüro und die Zentrale Militärkommission und sorgen Sie dafür, dass ich sie umgehend erhalte. Anschließend können Sie sie dann verkünden. Sie können wegtreten.«

Gao wollte gerade gehen, als General Sun Ji zurückkam. »Zhou befindet sich auf dem Weg in die Einrichtung«, meldete er. »Für einen Mann seines Alters hat er sich ziemlich heftig gewehrt, ehe man ihm das Betäubungsmittel verabreichen konnte.«

»Das letzte Aufbegehren eines erschöpften alten Mannes.« Zu sah auf seine Uhr. »Setzen Sie ein Treffen mit dem Generalstab an. In zwei Stunden.«

»Jawohl, Genosse General«, sagte Sun. »Ich glaube nicht, dass sie uns Schwierigkeiten machen werden. Keiner von ihnen war Zhou sonderlich ergeben.«

»Um den Generalstab oder die Zentrale Militärkommission mache ich mir keine Sorgen, Ji – was mir Sorge bereitet, ist, dass das Politbüro das Volk aufwiegeln könnte. Deswegen muss Gao so lange die Rolle des Kommissarischen Vorsitzenden spielen, bis es uns gelingt, unsere Machtübernahme zu festigen. Für den Fall, dass das Politbüro Ärger schürt, werden wir die Armee, unabhängige und lokale Infanteriedivisionen, Grenzwachen und Reserveeinheiten in Bereitschaft versetzen müssen. Und sollten uns irgendwelche ausländischen Mächte Schwierigkeiten bereiten, werden wir einen Mobilmachungsplan benötigen, damit wir Marine und Marineinfanterie kurzfristig zu beiden Archipelen verlegen können.«

»Ich bin sicher, Admiral Zhen hat einen solchen Plan vorbereitet, Genosse General«, sagte Sun. »Und er wird mehr als froh sein, ihn in die Tat umgesetzt zu sehen.«

FLUGHAFEN STEAD, RENO, NEVADA

Eine Woche später

»Ist mir wirklich eine Freude, dich hier zu haben, Brad, wirklich eine Freude«, sagte Thomas Hoffman mit seiner volltönenden Stimme. Der groß gewachsene, ungeschlachte Eigentümer von Warbirds Forever Inc. trug Brads Reisetasche, als sie durch einen riesigen, mit Flugzeugen jeder Art vollgestellten Hangar schritten. Sie waren mit Bedacht so geparkt, dass der verfügbare Platz bestmöglich genutzt wurde, ohne dass es zu einer Gefährdung kam. Es war kurz nach Sonnenuntergang, und Patrick hatte Bradley erst kurz zuvor mit der turbinengetriebenen P210 Centurion abgesetzt. »Schade, dass du erst so spät gekommen bist – eigentlich wollte ich dich noch überall herumführen und anschließend noch mit ein paar Formalitäten anfangen.«

»War nicht meine Absicht, so spät zu kommen, Sir«, entschuldigte sich Bradley. »Bei Sky Masters haben sie nach Dienstschluss eine kleine Abschiedsparty für mich geschmissen, und davor hatte ich dort eine volle Schicht gearbeitet. Ich hatte also einen wirklich langen Tag. Ich hoffe, es macht Ihnen nichts aus.«

»Aber nein, überhaupt nicht«, sagte Hoffman freundlich. »Du musst noch eine kleine Hausaufgabe erledigen, ehe dein Arbeitstag beginnt, und morgen wird es hier ziemlich hoch hergehen. Wir werden wohl morgen ein wenig Zeit haben, dich herumzuführen. Ich denke allerdings, dass du ziemlich beschäftigt sein wirst.«

»Vielen Dank, Sir.« Brad sah sich mit blankem Staunen im Hangar um. Der Fußboden war unglaublich sauber – er machte einen so blank gewienerten Eindruck, dass sich die Deckenbeleuchtung darin spiegelte – und mit einer hellgrauen kerosindichten Farbe gestrichen. Es gab ungefähr ein Dutzend rollbare Werkzeugkisten, die mit jedem nur denkbaren Aufkleber, Patch und Foto verziert waren, aber alles war sehr geschmackvoll und professionell gemacht. Dies war bestimmt die sauberste und bestorganisierte Werkstatt, die er je zu Gesicht bekommen hatte.

Aber den wirklich erstaunlichen Anblick boten die Flugzeuge: Manche befanden sich in unterschiedlichen Stadien der Reparatur, andere sahen fabrikneu aus. Es gab alles: von großen Geschäftsjets bis zu einmotorigen, zweisitzigen leichten Sportflugzeugen – und Kampfflugzeugen.

Brad war eigentlich kein echter Fan von Kriegsflugzeugen, trotzdem erkannte er einige von ihnen aus Filmen über den Zweiten Weltkrieg, den Koreakrieg und den Vietnamkrieg wieder, und die meisten von ihnen sahen aus, als wären sie gerade vom Fließband gerollt. »Mann, ein paar von diesen Jets habe ich überhaupt noch nie gesehen«, sagte er.

»Du wirst schon bald mit allen sehr vertraut sein und wahrscheinlich eine Musterberechtigung für einige der älteren Kriegsflugzeuge erhalten.« Hoffman wies mit einem Nicken auf eines der Flugzeuge in makellosem Zustand. »Das ist einer unserer Favoriten: eine Aero L-39 Albatros. Sie stammt aus Rumänien. Dort können sich Käufer so ein Prachtstück aussuchen, und zwar für einen Bruchteil des Preises, den man für jeden anderen einstrahligen Jet hinlegen müsste, lassen es zerlegen und von Osteuropa herübertransportieren. Wir checken den Flieger durch, bauen ihn wieder auf, lackieren ihn, bilden den Besitzer daran aus, und schon hat er einen fantastischen Jet, der leicht zu fliegen und vergleichsweise kostengünstig ist. Eine Menge Leute fliegen damit Rennen bei den Reno Air Races.« Er nickte nach rechts. »Da drüben sind die Werkstatt für die Bordelektronik, mein Büro, der Leseraum und der Pausenraum für die Angestellten. Der Empfangsbereich für die Kunden, der Laden für die Piloten und die Buchhaltung befinden sich auf der anderen Seite des Hangars.«

Sie gingen durch den vollgestellten Hangar und dann durch einen spärlich beleuchteten Gang und an mehreren

Räumen vorbei, bis Hoffman vor einer Tür stehen blieb. »Ich wollte dich nicht an einem der beiden Enden des Hangars unterbringen, Brad. Auf der einen Seite gibt es die Ausdünstungen von der Lackiererei, und auf der anderen herrscht ein übler Geruch von der Werkstatt für die Verbundwerkstoffe. Ich denke, hier wirst du die Gerüche von beiden Seiten gar nicht bemerken, und wenn doch, sag mir Bescheid, und wir überlegen uns was anderes. Du kannst sogar bei mir wohnen, bis wir eine bessere Unterkunft gefunden haben. Ich hab immer ein Schlafzimmer übrig, wenn es meine Enkel gerade nicht benutzen.« Er wies den Gang entlang. »Die Umkleide und der Waschraum für die Angestellten sind drei Türen weiter. Ich hoffe, du hast Handtücher dabei, ich hab nämlich vergessen, welche mitzubringen.« Er öffnete die Tür. »Und da wären wir.«

Der Raum war groß, der nutzbare Platz dagegen winzig, da er mit Kartons, Autoreifen, Regalen, einer großen Werkbank und bis unter die Decke gestapelten Flugzeugteilen vollgestellt war. An der einen Wand stand ein Einzelbett mit Sprungfederrahmen, auf dem eine Rolle aus dickem Schaumstoff, Bettwäsche sowie ein Kopfkissen lagen, gleich daneben stand eine Kommode mit zwei Schubladen. Beleuchtet wurde der Raum von einer einsamen, an einem uralt aussehenden Deckenventilator befestigten Glühbirne. Es gab einen einfachen, aus einem Klapptisch bestehenden Schreibtisch mit einer Lampe und einer Mehrfachsteckdose.

»Ich weiß, Brad, das Ritz ist es nicht, aber bis uns was Besseres einfällt, ist es das Beste, was ich dir anbieten kann«, sagte Hoffman. »Wenigstens ist der Preis unschlagbar.«

»Ich werde hier bestimmt prima zurechtkommen, Sir.« Brad war bemüht, gut gelaunt zu klingen.

»Ich denke, du wirst hier drinnen nicht von irgendwelchen Gerüchen, von den Reifen und was weiß ich belästigt werden. Wenn aber doch, sag mir Bescheid. Also, das hier ist nach wie vor ein Lagerraum, die anderen Angestellten haben also etwa von sieben Uhr morgens bis fünf Uhr nachmittags Zutritt. Richte es so ein, dass du bis dahin auf den Beinen bist. Sie werden deine Sachen nicht anrühren, aber für den Fall, dass jemand nicht mitbekommen haben sollte, dass ich jeden, der deine Sachen auch nur anschaut, wie eine Laus zerquetsche, würde ich den Laptop in deinem Spind einschließen.«

»In Ordnung, Sir.«

»Rosetta, unsere Büroleiterin, bringt jeden Morgen um sieben Donuts und macht im Frühstücksraum Kaffee für die Angestellten. Allerdings sind die Donuts schnell weg, du bist also gewarnt.« Hoffman wies mit einem Nicken auf den Schreibtisch. »Dort liegt ein Zettel mit dem Zugangscode des WLAN-Routers für deinen Laptop und einem provisorischen Passwort für die Angestelltenseite und den Terminkalender unserer Firma. Wirf online einen Blick auf deinen Arbeitsplan, den Wartungstechnikerkurs und das Angestelltenhandbuch, bevor wir morgen früh loslegen. Die interne Kommunikation läuft größtenteils über den sicheren Bereich der Webseite. Wenn du Schwierigkeiten mit dem Zugang hast, lass es mich morgen früh wissen. Deine Lehrbücher sind ebenfalls alle online.« Er gab ihm ein Handy. »Dein neues Telefon, alle wichtigen Nummern sind bereits gespeichert. Wir benutzen das Handy hier ziemlich viel, besonders für Last-minute-Aufträge, wichtige Terminänderungen und falls jemand über die Rufanlage nicht zu erreichen ist. Bitte nur für den Dienstgebrauch.«

Er hielt ihm seine Hand hin, und Brad schüttelte sie. »Willkommen bei Warbirds Forever, Brad. Dein Dad meinte, du seist ein guter Pilot und harter Arbeiter. Das mit der Akademie ist ein Jammer. Ich habe dort 1970 meinen Abschluss gemacht. Jetzt, rückblickend, kann ich sagen, es war eine gute Erfahrung, aber ich weiß noch, damals dachte ich: Was, zum Teufel, tue ich hier eigentlich? Aber bei uns wirst du eine Erfahrung machen, an der du, denke ich, deine Freude haben wirst – und es ist näher an zu Hause.«

»Vielen Dank, Sir«, sagte Brad. »Ich freu mich schon darauf.«

»Das höre ich gern. Wir sehen uns morgen früh.« Und damit stapfte er aus dem Lagerraum, dessen dünne Sperrholztür selbst nach dem Schließen noch laut in den Angeln schepperte.

Tja, dachte Brad, als er sich umschaute, *was, zum Teufel, tue* ich *hier?* Aber dann rückte er die Dinge ins rechte Licht: Das Schlafzimmer in dem Wohnwagen, in dem er es jahrelang klaglos ausgehalten hatte, war auch nicht viel größer gewesen als der Platz, der ihm hier zur Verfügung stand. Er hatte einen Job, und er würde lernen, ein paar dieser heiß aussehenden Flugzeuge drüben im Hangar zu fliegen. Das konnte eine unglaubliche Chance bedeuten. Er zweifelte nicht daran, dass sein fliegerisches Können Hoffman zufriedenstellen würde. Außerdem schien der Boss ein wirklich netter Kerl zu sein.

Brad richtete seinen Laptop ein, entschied dann aber – es war schon spät, und er hatte auf seiner Abschiedsparty ein paar Bier getrunken –, zu Bett zu gehen und früh aufzustehen, um sich einzuloggen und einen Blick in seinen Stundenplan zu werfen. Er rollte die Schaumstoffrolle auf dem Bett aus. Sie sah aus wie Packmaterial für Motoren oder Ersatzteile, war gut zehn Zentimeter dick und halbwegs sauber. Die Ecken klemmte er zwischen die Drähte des Bettgestells, damit sie sich nicht wieder einrollte, wickelte ein Laken darum und machte sein Bett. Handtücher hatte er tatsächlich mitgebracht, er war also gerüstet. Er stellte den Wecker seiner Armbanduhr auf sechs Uhr morgens – damit sollte er genug Zeit haben, in seinen Stundenplan zu schauen und Richtung Donuts und Kaffee loszuziehen. Er hatte Energieriegel und Trockenfleisch mitgebracht, bis er Gelegenheit hatte, sich ein Auto zu leihen und einzukaufen.

Er ging mit seinem Kulturbeutel und einem Handtuch durch den Flur und hatte keine Mühe, Umkleideraum und Toilette zu finden. Er entdeckte seinen Spind, in schwarzem Filzstift auf einem weißen Stoffstreifen bereits mit B. MCLANAHAN gekennzeichnet. Ungefähr zwanzig weitere Spinde waren namentlich markiert. Die Toiletten und Duschen waren peinlich sauber. Er fing tatsächlich an, sich hier zu Hause zu fühlen – es hatte viel Ähnlichkeit mit den Schlafsälen, die er an der Universität von Nevada in Reno gesehen hatte – bis auf die bis unter die Decke seines Zimmers gestapelten Flugzeugersatzteile natürlich.

Das Sprungfederbett gab grauenhafte Quietsch- und Stöhngeräusche von sich, als er es sich darauf bequem machte. Er würde sich eine Sperrholzplatte suchen müssen, um es zu verstärken, oder sich vielleicht in einem Secondhandladen oder auf einer Tauschbörse ein besseres Bett besorgen. Jetzt aber war er viel zu müde, um sich von dem Gequietsche stören zu lassen, und Minuten später war er eingeschlafen.

»Was, zum Teufel, ist denn hier los?«

Brad, aus tiefstem Schlaf geweckt, fiel beinahe schnurstracks aus dem Bett. Das Licht wurde angeknipst, und in der offenen Tür stand Thomas Hoffman, die Fäuste in die Hüften gestemmt. »Wa… was? Mr. Hoffman? Wieso …?«

»Es ist fünf Uhr früh, McLanahan!«, donnerte Hoffman. »Wieso bist du nicht auf?«

Brad sah auf seine Uhr – es war tatsächlich kurz nach fünf Uhr morgens. »Ich … Ich hatte vor, um sechs aufzustehen, Sir«, stammelte er. »Dann hätte ich reichlich Zeit, um …«

»Du hast dich nicht eingeloggt und auf deinen Arbeitsplan zugegriffen, oder?«

»Nein … Nein, Sir. Ich dachte, wenn ich um sechs aufstehe, hätte ich Zeit, mich einzuloggen, in den Arbeitsplan zu schauen und mich fertig zu machen, bis die anderen erscheinen …«

»Junge, die anderen Angestellten sind um sieben hier, fangen um sieben Uhr fünfzig mit der Arbeit an und gehen um halb fünf nach Hause«, sagte Hoffman. »Du dagegen hast mehrere Monate mit Vorbereitungen, Ausbildung und Prüfungen vor dir, ehe du auch nur daran denken kannst, nach deren Stundenplan zu arbeiten. Dein Tag, mein Bester, fängt um *fünf* Uhr morgens an, und er endet, wenn deine Arbeit erledigt ist, und zwar vollständig. Ich nehme an, das Angestelltenhandbuch oder die Übungspräsentation für Wartungsmechaniker hast du dir ebenfalls nicht angesehen?« Brads Miene reichte ihm als Antwort, und er schüttelte verärgert den Kopf. »Gestern bist du zu spät angekommen, also bist du ohnehin bereits mehrere Stunden im Rückstand. Dein erster Tag bei der Arbeit, und schon musst du dich ins Zeug legen, um aufzuholen. Also schön, es läuft folgendermaßen …« Hoffman machte einen bedrohlichen Schritt auf Brad zu. »Das Wichtigste ist, dafür zu sorgen, dass alle Bodenfahrzeuge vollgetankt sind und ihr Ölstand überprüft ist, aber ehe du das machst, musst du dir die PowerPoint-Präsentation für Wartungsmechaniker ansehen, damit du weißt, wie die Treibstoffzapfsäulen, Fahrzeuge und Geräte zu bedienen sind, *dann* musst du die Treibstofffilter in den Zapfsäulen für Benzin, Flugbenzin und Jet-A kontrollieren, und zwar noch bevor du die Fahrzeuge selbst wartest. Und das alles muss in weniger als zwei Stunden erledigt sein, ehe die Mechaniker, Kunden und Auftraggeber erscheinen. Sobald die Mechaniker hier sind, hilfst du ihnen dabei, Ersatzteile und Zubehör herzuschaffen, du hilfst ihnen beim Umsetzen der Flugzeuge und wo immer Not am Mann ist. Anschließend hat Rosetta Papierkram für dich, den du ausfüllen musst: Angestelltenvertrag, Flughafensicherheit und Schulunterlagen. Während du den Mechanikern hilfst, musst du dich zwischendurch auf deine schriftlichen System-, Funktions- und Ablauftests auf der Cessna 182 vorbereiten. Aber solltest du deinen Namen ausgerufen hören und nicht augenblicklich reagieren, komme ich nach dir suchen, und *das,* glaub mir, willst du *ganz sicher* nicht. Noch Fragen?«

»J-j-ja, Sir«, stammelte Brad. »Woher weiß ich, wie man die Zapfsäulen kontrolliert?«

»Wird alles in der PowerPoint-Präsentation erklärt, die du dir gestern Abend hättest ansehen sollen«, sagte Hoffman und sah dabei aus, als würde sein Schädel jeden Augenblick explodieren. »Außerdem meinte dein Vater, du hättest Erfahrung im Servicebereich – ich hoffe, er hat mir nicht bloß Zucker in der Arsch geblasen. Also, du hast zehn Minuten, um in deine Uniform zu steigen, eine Kanne Kaffee für mich aufzusetzen und dich auf deinen Wartungsmechanikertest vorzubereiten. Bis sieben müssen die Bodenfahrzeuge gewartet sein.«

»Kaffee kochen? Aber wo finde ich den …?«

»Junge, gestern Abend habe ich dir gezeigt, wo der Pausenraum ist, und die sind überall auf der ganzen Welt gleich: Da gibt's 'ne Kaffeemaschine, eine Spüle mit fließendem Wasser, einen Kühlschrank mit Kaffee und Schränke, in denen man Kaffeefilter, Tassen, Löffel, Zucker und den ganzen anderen Kram findet. Ich bin sicher, du kriegst das raus. Falls du es aber nicht mal auf die Reihe kriegen solltest, mir Kaffee zu machen, wie kommst du dann auf die Idee, du könntest eines meiner Flugzeuge fliegen? Und jetzt *beweg dich!*«

WARBIRDS FOREVER INC.
Ein paar Tage später

Brad ging beim ersten Klingeln an sein Handy – mittlerweile hatte er herausgefunden, dass Tom Hoffman und viele andere aus seinem Büro im Empfangsbereich die Handys gern als Pager benutzten, und einen Anruf später als beim zweiten Klingeln entgegenzunehmen galt als absolutes Tabu. »Ja, Colonel Hoffman?«

»Brad, hier ist dein Dad«, sagte Patrick McLanahan. »Ich wollte einfach mal nachhören und fragen, wie es so läuft. Hattest du einen guten Tag heute?«

»Weiß ich nicht, er ist ja noch nicht vorbei.«

»Noch nicht vorbei? Es ist nach neun!«

»Ich weiß«, stöhnte Brad. »Aber gleich als Erstes morgen Früh hab ich einen schriftlichen Test über die Piper Aztec, anschließend eine Flugrevision, was etwa einer Civil-Air-Patrol-Prüfung Formblatt 5 entspricht.«

»Du wirst auf einer Aztec geprüft?«, fragte Patrick. Die Piper Aztec war ein leichter zweimotoriger Tiefdecker, sehr einfach zu fliegen und wirtschaftlich im Unterhalt. »Klingt, als würdest du ordentlich vorankommen. Was hast du diese Woche gemacht?«

»Frag lieber, was ich *nicht* gemacht habe«, stieß Brad hervor. »Nicht nur, dass ich dieses ganze Fliegereizeugs mache, ich werde auch ständig wegen irgendetwas anderem weggerufen. Hier gibt's für alles Tests: Wartungsmechaniker, Security, Bodenabfertigung, Sicherheits-dies, Sicherheits-das. Und dann werde ich noch alle zehn Minuten von Mr. Hoffman unterbrochen, der mir SMS schickt, mich anruft, ausruft oder anschreit, ich soll irgendetwas tun.«

»Klingt ganz wie die Civil Air Patrol. Hast du die Tests alle bestanden?«

Brad holte tief Luft, ließ sie dann ganz langsam wieder heraus. »Ja«, antwortete er schließlich. »Die für Wartungstechniker und Bodenabfertigung waren eigentlich einfach – das meiste hatten mir die Jungs drüben in Battle Mountain schon beigebracht.«

»Gut gemacht.«

»Aber sobald ich einen Test bestanden habe, habe ich zig andere Dinge zu erledigen, und das alles, bevor die Mechaniker um sieben Uhr aufkreuzen.«

»Sieben Uhr? Um wie viel Uhr fängst du denn jeden Tag an?«

»Um fünf Uhr früh, wenn ich Glück habe«, sagte Brad. »Und jetzt bin ich gerade erst vor ein paar Minuten ins Zimmer zurückgekommen. Aber ich muss noch für das Formblatt 5 lernen.«

»Du machst eine Flugrevision auf einer Aztec? Und wofür genau?«

»Die Berechtigungsprüfung für mehrmotorige Flugzeuge.«

»Mehrmotorige? Du lernst jetzt schon die Sachen für mehrmotorige Flugzeuge? Was ist mit den einmotorigen?«

»Den Prüfungsflug für den Berechtigungsschein für einmotorige Verkehrsflugzeuge habe ich bereits hinter mir.«

»Tatsächlich? Meinen Glückwunsch!«, rief Patrick. Der Berechtigungsschein für Verkehrsflugzeuge ermöglichte es Brad, gegen Bezahlung zu fliegen, ein erster großer Schritt in jeder Pilotenkarriere. »Donnerwetter, das ging ja schnell! Du bist nicht mal eine Woche dort und hast schon deine Verkehrspilotenlizenz! Wieso hast du nicht kurz angerufen oder mir eine SMS geschickt?« Brad hüllte sich in Schweigen. »Mann, du musst ganz schön fertig sein.«

»Ich bin *völlig erledigt,* Dad«, sagte Brad. »Neben der ganzen Lernerei und Fliegerei bin ich hier ständig wegen irgendwelcher Besorgungen unterwegs – auf dem ganzen Gelände. Jede Stunde muss ich den Arbeitsplan online auf Änderungen prüfen, denn sobald ich bei irgendwas zu spät komme, schreit Mr. Hoffman mich an.«

»Hast du dich schon mal verspätet?«

Brad rieb sich vor Verbitterung die Augen. »Gleich am ersten Abend hab ich es versäumt, einen Blick in den Onlinearbeitsplan zu werfen, außerdem war mir nicht klar, dass ich um fünf Uhr früh anfangen würde.«

»Aber du wusstest doch von dem Onlineterminplan, oder?«

Wieder ein Seufzer von Brad. »Schon. Mr. Hoffman hatte mir all die Unterlagen zum Einloggen gegeben«, gestand er. »Aber ich war so müde, nachdem ich hier angekommen war, ich bin einfach ins Bett gegangen. Er meinte zu mir, ich solle es mir ansehen, bevor wir uns am Morgen treffen, und ich dachte, er meinte, wir würden uns treffen, wenn die Angestellten um sieben Uhr ihren Kaffee und die Donuts bekommen. Ich hatte mir vorgenommen, früh aufzustehen und online zu gehen – ich hatte doch keine Ahnung, dass ich so *verdammt* früh anfangen würde und noch vor Arbeitsbeginn *zwei Stunden* lang irgendwelches Zeug zu erledigen hätte.«

»Ich wette, das wird nicht noch einmal vorkommen«, sagte Patrick.

»Jeder hier ist mein Boss, selbst die Mechaniker ohne Abschluss«, platzte es aus Brad heraus. »Jeden Morgen verpasse ich die Donuts, weil sie schon weg sind, ehe ich eine Chance habe, in den Pausenraum zu kommen, und mittags esse ich einen meiner Energieriegel, weil ich nicht zum Einkaufen gekommen bin.«

»Ich werde ein CARE-Paket zusammenstellen und es dir entweder per Nachtpost schicken oder es, wenn ich Zeit habe, selbst rüberfliegen«, versprach Patrick. »Was brauchst du sonst noch?«

»Alles«, sagte Brad. »Ich ernähre mich vom Kaffee aus dem Pausenraum, den ich die meiste Zeit selbst koche, weil Colonel Hoffman das Zeug literweise trinkt und ständig Nachschub verlangt. Mein Bett ist ein rostiges altes Klappergestell, das aussieht, als hätte man es vor hundert Jahren aus einem Wrack geborgen, und meine Matratze besteht aus Luftfracht-Verpackungsmaterial.«

»Ich werde auch eine Luftmatratze mitbringen – das wird besser sein als Verpackungsschaumstoff«, sagte Patrick. »Schreib mir eine E-Mail oder SMS, ob du sonst noch etwas brauchst. Wie ist dein Zimmer?«

»Es ist ein Lagerraum, den ich mir mit einem Dutzend Flugzeugreifen, bis unter die Decke gestapelten Ölkanistern, Metallblechen, Hausmeisterutensilien und Werkzeug teile.«

»Aber es ist okay?«

Brad sah sich in seinem Zimmer mit der einsamen Glühbirne und den sich bedrohlich um ihn herum auftürmenden Kartons um und räumte widerwillig ein: »Ganz okay. Jedenfalls besser als die Zelte unter freiem Himmel während Bestie II.«

»Und du kommst zurecht?«

Wieder zögerte Brad. »Schätze schon«, meinte er schließlich. »Ich bin bloß so verdammt *müde*. Bei Mr. Hoffman gibt es für alles Tests – zwei, manchmal drei am Tag über alles, was man sich nur vorstellen kann. Entweder ich gehe die Antwortbögen rauf und runter, oder ich fahre zwischen all den Hangars hin und her, die er hier draußen hat.«

»Aber du hast bereits deine Verkehrspilotenlizenz und wirst in Kürze eine Berechtigung für mehrmotorige Flugzeuge erwerben! Das ist großartig! Ich kann gar nicht glauben, was du für ein Tempo vorlegst. Dann machst du deine Sache bestimmt ordentlich.«

Wieder zögerte Brad, deutlich länger diesmal, ehe er mit gesenkter Stimme sagte: »Dad, ich bin mir nicht sicher, ob ich das durchhalte.«

»Was?«

»Ich weiß, Dad, ich bekomme hier eine intensive Flugausbildung, außerdem kann ich arbeiten, aber … Ich bin mir nicht sicher, ob ich *beides gleichzeitig* schaffe. Ich meine … Ich bin wirklich *müde*, zum Verrücktwerden müde. Ich hab keine Zeit zum Essen und krieg vielleicht vier oder fünf Stunden Schlaf pro Nacht.«

»Mr. Hoffman meinte, das alles werde sich ändern, sobald du einmal auf allen seinen Flugzeugen getestet worden und mit den Abläufen vertraut bist«, sagte Patrick. »Es wird nicht immer Vierundzwanzigstundentage geben. Außerdem müsstest du auch auf dem College ab und an mal eine Nacht durcharbeiten, glaub mir.«

»Ich hab das Gefühl, dass man mich schikaniert, so als wär ich wieder in der Bestie. Ich hab das Gefühl, als würde ich überhaupt nicht vorankommen. Klar, ich hab die Verkehrspilotenlizenz, aber das betrachte ich nicht als große Leistung – hier schütteln viele ihre Fluglizenz in zwei, drei Tagen aus dem Ärmel. Ständig lern ich und lege Prüfungen ab, aber außer auf der Cessna 182 fliege ich eigentlich überhaupt nicht.«

»Brad, du bist noch nicht mal eine Woche dort – wie mir Mr. Hoffman erklärte, dauert seine Grundausbildung mindestens fünf Monate«, sagte Patrick. »Du musst dem eine Chance geben.«

»Ich hab diese Flugschulenmagazine gelesen. Dort steht, man kann seine Lizenzen und Berechtigungsscheine in derselben Zeit bekommen, wohnt währenddessen in einem Apartment und braucht keine Handlangerarbeiten und Besorgungen zu machen – nichts außer Fliegen und Lernen.«

»Ja, es gibt da draußen jede Menge Flugschulen«, sagte Patrick. »Ich weiß nicht, ob wir uns die hätten leisten können, aber einen Versuch hätten wir machen können. Doch vergiss nicht, wir haben uns für Warbirds Forever entschieden, weil du dort die Gelegenheit hast, auf der Riesenauswahl von Flugzeugen geprüft zu werden, die Colonel Hoffman dort draußen unterhält.«

»Ich dachte, es wäre deswegen, weil Colonel Hoffman für dich arbeitet.«

»Das tut er, aber er hat dir diese Chance angeboten und nur für dich dieses Programm aufgelegt. Außerdem weiß ich, dass er ein großartiger Fluglehrer und Pilot ist.«

»Ich bin noch nicht mit ihm geflogen. Ich fliege fast jedes Mal mit einem anderen Fluglehrer.« Brad hielt ein paar Augenblicke inne, dann sagte er: »Dad, gibt es nicht irgendeine andere Möglichkeit, wie wir es versuchen können?«

»Es gefällt dir dort nicht? Für mich klingt es, als kämest du ganz gut zurecht.«

»Es fällt mir wirklich schwer, Dad. Ich sollte nicht jedermanns Sklave sein müssen, bloß um ein paar Berechtigungsscheine zu bekommen.«

Seinen Sohn so reden zu hören, gefiel Patrick gar nicht. Es klang, als wäre er kurz davor hinzuschmeißen. Seit seinem Ausscheiden aus der Akademie befürchtete Patrick, dass sein Sohn die ungesunde Geisteshaltung eines Versagers entwickelte.

»Die Situation ist wie folgt, Brad«, erklärte er mit tiefer, monotoner Stimme, bemüht, nicht verärgert zu klingen. »Dir steht zu, was von dem Collegegeld noch übrig ist. Ich wünschte, es wäre mehr, und wir haben auch schon eine Menge für Warbirds Forever ausgegeben, aber so ist es nun einmal. Du bist erwachsen und kannst selbst entscheiden, was du tun willst und wie. Möglichkeit eins: Du kannst den Rest des Geldes für eine Schule deiner Wahl verwenden. Die Vorstellung, fürs College einen Kredit aufzunehmen, gefällt mir nicht, aber wenn es nicht anders geht, werden wir das tun. Nummer zwei: Du kannst das Geld, abzüglich Steuern und Strafzahlungen, nehmen und für irgendeinen sonstigen Zweck deiner Wahl verwenden, sei es Fliegen oder eine Reise. Ich hoffe, das wirst du nicht tun, aber die Entscheidung liegt bei dir. Oder Nummer drei: Du gibst Warbirds Forever noch eine Chance. Das Geld haben wir schon bezahlt – dann kannst du es ebenso gut auch durchstehen, so viele Lizenzen und Berechtigungen wie möglich erwerben und eine Entscheidung treffen, wenn es in drei Monaten Zeit ist für die nächste Unterrichtsgebühr.«

»Drei Monate!«, stöhnte Brad. »O Mann …«

»Du bist eine Verpflichtung eingegangen, Brad«, wiederholte Patrick. »Und aufgrund dieser Verpflichtung hat Tom Hoffman ein umfassendes Programm für dich ausgearbeitet.«

»Du kannst ihn doch bitten, dir das Geld für die nicht genutzten Flugstunden zu erstatten.«

»Das könnte ich, werde ich aber nicht«, widersprach Patrick streng. »Denn er wiederum ist ebenfalls eine Verpflichtung eingegangen – gegenüber dir, mir und den Leuten, die er für deine Ausbildung eingestellt hat. Glaubst du etwa, deine Ausbilder sind einfach so aus dem Nichts aufgetaucht? Tom hat sie anwerben und einstellen müssen. Einige von ihnen haben Familie und sind auf ihr Einkommen angewiesen. Glaubst du, es ist richtig, dass sie entlassen werden, bloß weil du *keine Lust mehr hast?* Viele von ihnen haben noch einen zweiten oder dritten Job, und einige haben wegen dieser Stelle umziehen müssen. Sie verlieren ihren Job, wenn du jetzt aufgibst.«

Brad hüllte sich daraufhin in Schweigen.

»Also, wie lautet deine Entscheidung? Bleibst du oder gibst du auf? Ich finde, du solltest bleiben, aber es liegt bei dir.«

Immer noch keine Reaktion von Bradley.

»Ruf mich an, wenn du dich entschieden hast. Ich fliege dieses Wochenende raus, entweder um dir dein CARE-Paket und deine Luftmatratze vorbeizubringen oder um dich abzuholen und nach Hause zu holen. Wir reden später, Junge.«

Damit unterbrach Patrick die Verbindung.

Patrick beschloss, Brad das Wochenende lang über die Sache nachdenken zu lassen, doch als er dann nichts von ihm hörte, landete er mit seiner turbinengetriebenen und mit einer Druckkabine ausgestatteten Centurion noch vor acht am Montagmorgen auf dem Flughafen Reno-Stead und rollte hinüber zum Haupthangar von Warbirds Forever.

Er war angenehm überrascht, von Brad empfangen zu werden, der mit Gehörschutz und einer orangefarbenen reflektierenden Sicherheitsweste und Einweiserstäben in den Händen auf die Rollbahn hinausgetrabt kam. »Hey, Brad«, grüßte Patrick, nachdem er auf seine Parkposition geleitet worden war und das Triebwerk heruntergefahren hatte.

»Hi, Dad«, sagte Brad. Sie umarmten sich nicht, noch gaben sie sich die Hand. »Wie war der Flug?«

»Schon ein bisschen unruhig«, sagte Patrick. »Ich muss mit Colonel Hoffman sprechen, und da ich nichts von dir gehört hatte, dachte ich, ich bringe dir die Luftmatratze und noch ein paar Annehmlichkeiten vorbei.«

»Danke.«

Ein paar Augenblicke lang standen sie verlegen schweigend da, dann fragte Patrick schließlich: »Hast du dich schon entschieden?«

»Ich hab ja nicht gerade die große Wahl, oder?«

»Doch, hast du, und ich werde jede Entscheidung unterstützen, die du triffst.« Brads Handy fiepte, und er sah auf das Display. »Wirst du gerade ausgerufen?«

»Zum ungefähr hundertsten Mal heute Morgen.« Brad seufzte. »Brauchst du Benzin? Soll ich sie auftanken?«

»Kommt darauf an. Kommst du nun mit mir zurück, oder bleibst du?«

Das Handy fiepte erneut. Mit einigermaßen besorgter Miene warf Brad einen Blick auf das Display, sah dann seinen Dad an. »Ich muss los.« Die Übermüdung war ihm deutlich ins Gesicht geschrieben. »Ich werd sie für dich auftanken.«

»Okay, Brad«, sagte Patrick. Das bedeutete, dass er blieb. Die turbinengetriebene P210 konnte nicht zwei Personen, Brads sämtliche Habseligkeiten, das CARE-Paket, die Luftmatratze sowie volle Treibstofftanks tragen, das wusste Brad. Patrick holte das CARE-Paket und die Luftmatratze und begab sich nach drinnen.

Auf dem Weg dorthin sah er Brad aus Tom Hoffmans Büro hasten. »Ich bringe die Sachen in dein Zimmer, Brad«, rief er.

»Danke, Dad«, rief Brad über die Schulter und war auch schon verschwunden.

Patrick traf Hoffman vor seinem Computer sitzend an, in einer Ecke lief der Fernseher. Das Büro war spartanisch eingerichtet, es gab nur einen Schreibtisch, zwei Stühle sowie ein paar Regale, vollgestopft mit technischen Handbüchern. Die Wände waren mit Fotos, Gedenktafeln und Erinnerungsstücken seiner sechsundzwanzig Jahre bei der U.S. Air Force gepflastert. »Wann werden Sie endlich Geld für ein richtiges Büro ausgeben, Tom?«, begrüßte ihn Patrick.

»Brauch ich nicht«, antwortete Hoffman. Er wies mit einem Nicken auf seinen Laptop. »Mein ganzes Leben und mein Geschäft sind hier drin.« Er sah kurz hoch zum Fernseher. »Was sagen Sie dazu, dass die Chinesen im Südchinesischen Meer verrücktspielen, General?«

»Ich finde es unglaubwürdig, dass der Helikopter der Küstenwache versehentlich abgeschossen worden sein soll«, sagte Patrick. »Wenn sie Teile des Poseidon geborgen haben, wird der Küstenwachehelikopter sie dabei beobachtet haben. Mit dem Abschuss des Helikopters haben sie mehrere Stunden für die Suche nach Wrackteilen gewonnen.«

»Sie glauben also, China hatte auch etwas mit dem Absturz des P-8 zu tun?«

»Genaues weiß ich nicht, aber ich glaube nicht an Zufälle«, antwortete Patrick. »Es besteht kein Zweifel, dass die Chinesen Anspruch auf das Südchinesische Meer erheben und sie ihre Luft- und Seestreitkräfte dort rasch vergrößern. Peking glaubt, dass wir nichts unternehmen werden, solange keine belastende Spur zu ihnen führt.«

»Na ja, wir *unternehmen* ja auch nichts«, sagte Hoffman.

»Ihre Strategie scheint also aufzugehen. Wie denken Sie darüber, dass man den chinesischen Staatspräsidenten aus dem Verkehr gezogen und der Vize das Ruder übernommen hat?«

»Zhou hatte bereits Anzeichen von Verschleiß gezeigt, ich bin also nicht sonderlich überrascht«, meinte Patrick. »Wir werden sehen, wie sich der Neue macht. Gao ist deutlich jünger, kaum älter als Präsident Phoenix, und wurde in Amerika ausgebildet. Davon abgesehen weiß ich über ihn nicht viel.«

»Es gefällt mir nicht, all diese chinesischen Militäreinheiten urplötzlich aufrüsten zu sehen«, bemerkte Hoffman, »aber ich nehme an, angesichts dieses unvermuteten Führungswechsels und der Unsicherheit im Land war das nicht anders zu erwarten.« Er wies mit einem Nicken auf die Pakete. »Sachen für Brad?«

»Ein paar Dinge drohen bei ihm knapp zu werden, außerdem hat er über sein Bett gestöhnt, also habe ich ihm eine Luftmatratze mitgebracht. Würde es Ihnen etwas ausmachen, mir zu zeigen, wo sein Zimmer ist?«

»Natürlich nicht, Sir.« Hoffman stand auf, schnappte sich die Luftmatratze und ging voraus.

Als Patrick und Hoffman bei dem Lagerraum ankamen, kam gerade ein Mechaniker heraus, in den Händen einen Karton mit Flugzeugersatzteilen. Patrick sah sich um. »Brad hat es ziemlich treffend beschrieben«, bemerkte er.

»Das Beste, was ich ihm anbieten konnte, General«, sagte Hoffman.

»Schon in Ordnung, Tom. Vielleicht sollte ich ihm einen kleinen Anreiz bieten, seine Ausbildung abzuschließen, damit er rauskommt, ein wenig Geld verdienen und sich eine eigene Wohnung leisten kann.« Er stellte den Karton mit Lebensmitteln und Kleidern auf Brads Bett, und Hoffman schmiss die Luftmatratze daneben. »Wie macht er sich, Tom?«

»Sie hatten recht, er ist ein guter Junge, ein guter Schüler, und er arbeitet hart. Aber ich will offen zu Ihnen sein, General. Seine Einstellung gefällt mir nicht.«

»Was für eine Einstellung denn?«

»Die Haltung, dass er sich zu schade hierfür ist, dass er etwas Besseres verdient hat als das Leben, das er hier führt. Ich spüre es, er denkt, er ist zu gut für all das hier.« Patrick erwiderte nichts. Hoffman bemerkte seinen finsteren Gesichtsausdruck und zuckte mit den Schultern. »Ich werde Klartext mit Ihnen reden, General. Seit über dreißig Jahren habe ich mit angehenden Piloten und Technikern zu tun, ich weiß, wovon ich spreche.«

»Ich weiß das zu schätzen«, sagte Patrick. »Charakter und Einstellung zählen ebenso viel wie Fertigkeiten und Kenntnisse; alles hängt zusammen. Und Brad muss in all diesen Dingen den Anforderungen genügen. Ich überlasse es Ihnen zu entscheiden, ob er gut genug ist für Ihr Programm.«

»Vielen Dank, Sir.«

Patrick nickte, dann, nach einer kurzen Pause, sagte er: »Brad scheint zu glauben, dass Sie ihn besonders hart rannehmen.«

»Ja, das tue ich«, erklärte Hoffman unverblümt.

Patricks Augen wurden schmal. »Das tun Sie?«

»Worauf Sie wetten können«, sagte Hoffman. Patrick hatte Mühe, seine aufsteigende Verärgerung zu unterdrücken, was Hoffman ganz offensichtlich sofort bemerkte. »General, Sie können hier keine tote Katze am Schwanz im Kreis herumschwenken, ohne damit eine wahre Primadonna zu treffen. Leute geben Millionen Dollar für ihre fliegenden Spielzeuge aus, und sie wollen, dass ich sie ausbilde, wie man sie fliegt. Über das Flugzeug selbst oder seine Systeme wollen sie nichts wissen – sie wollen einfach nur einen heiß aussehenden Jet für richtig harte Kerle fliegen. Solange es sich nicht um völlig unsichere Kantonisten handelt, nehme ich ihr Geld, schule sie und lasse sie davonfliegen. Wenn sie nicht daran interessiert sind, mehr über die Jets zu erfahren, die sie fliegen – Ihre Sache. Bei Bradley dagegen habe ich die große Chance, es um einiges besser zu machen. Ganz offen, Sir, Bradley steht ganz kurz davor, sich zu einer Primadonna zu entwickeln. Er ist ein guter Pilot, das Problem ist nur: Er *weiß* es. Und er weiß auch, dass er der Sohn von General Patrick McLanahan ist.«

»Was genau tut er?«

»Jedes Mal, wenn ich ihn ausrufe und er dann in mein Büro spaziert kommt und ich ihm irgendeinen Auftrag erteile, krieg ich diesen schrägen Blick zu sehen«, erläuterte Hoffman. »Und hat der Auftrag nichts mit Fliegen zu tun, ist sein Widerwille noch deutlicher zu spüren.«

»Ist er respektlos?«

»Nein, nicht nach außen hin oder mit Worten. Wenn dem so wäre, hätten Sie längst einen Anruf von mir bekommen. Gegenüber den Mechanikern und Technikern verhält er sich ganz genauso, und die haben mich darauf angesprochen. Und jedes Mal, wenn er das macht, krieg ich Lust, ihm noch mehr von all dem Zeugs aufzuhalsen, das nichts mit Fliegen zu tun hat.«

»Ihm aufzuhalsen? Warum?«, fragte Patrick.

»Und zu sehen, ob er das hier hinschmeißt wie zuvor die Akademie«, sagte Hoffman. »Nach Ihrer Beschreibung ist Brad ein zäher, sportlicher und engagierter junger Mann und Schüler. Sie wissen, dass ich ein Absolvent der Akademie bin und dass ich dort noch immer Verbindungs- und Einführungsaufgaben übernehme. Ich kenne die Akademie also. Mit seinem Sport und seiner Erfahrung bei der Civil Air Patrol hätte er es schaffen müssen, selbst wenn er von den Soldaten aus dem letzten Jahr, die ganz genau wussten, wer sein Vater ist, ziemlich übel schikaniert wurde. Meiner Meinung nach wollte er vielleicht gar nicht so sehr auf die Akademie, wie er selbst dachte … Oder, wenn mir die Bemerkung erlaubt ist, Sir, nicht so sehr, wie Sie dies wollten.«

Patrick schluckte einen starken Anflug von Empörung hinunter. Hoffman hatte wahrscheinlich recht. »Das mag sein, Tom«, sagte er. »Allerdings kann es kaum härter gewesen sein als erwartet, denn er hat sich ein Jahr lang darauf vorbereitet – er wusste genau, was ihn erwartete.«

»Genau das meine ich«, sagte Hoffman. »Brad ist während Bestie II ausgestiegen – das ist der Feldteil des Sommercamps, zehnmal härter als Bestie I, und die ist schon verdammt heftig. Wahrscheinlich hatte er Bestie I geschafft, doch auf einmal steckte er bis über beide Ohren im Dreck und fühlte sich nicht mehr wohl. Also hat er sich mit einem Soldaten aus dem letzten Jahr angelegt. Hab ich schon hundertmal erlebt.« Patrick schwieg – weil er wusste, dass Hoffman wahrscheinlich ins Schwarze getroffen hatte. »Sie wollen, dass ich aufhöre, Bradley auf die Nerven zu gehen, und dass ich ihn wie einen gewöhnlichen Flugschüler behandele, Sir? Ich hab hier genug andere, die die sinnlosen Tätigkeiten übernehmen könnten, außerdem macht er bei der Fliegerei seine Sache wirklich gut. Ich könnte ihm also etwas mehr Zeit am Steuerknüppel geben.«

Patrick schüttelte sofort den Kopf. »Ich werde Ihnen nicht sagen, wie Sie Ihre Firma führen oder Ihr Schulungsprogramm gestalten sollen, Tom. Die Wahrheit ist, ich war wahrscheinlich – nein, ganz bestimmt sogar – in den letzten Jahren etwas zu nachsichtig mit ihm. Nein, machen Sie weiter wie bisher. Mal sehen, wie er reagiert. Er meinte, er hätte bereits seinen Verkehrspilotenschein für einmotorige Flugzeuge und arbeitet an dem für mehrmotorige?«

»Wie ich bereits sagte, fliegen kann er.«

»Soll dieses Gespräch unter uns bleiben?«

»Erzählen Sie es ihm ruhig, wenn Sie möchten, Sir«, sagte Hoffman. »Sagen Sie ihm, ich erwarte von ihm, dass er von der Sache hier überzeugt ist, dass er Eigeninitiative zeigt und Engagement. Ich will, dass er anfängt, sich wie ein Mitglied eines Teams zu benehmen. Ein Teamplayer zu sein und Überzeugung und Initiative an den Tag zu legen, kann man niemandem befehlen, das muss der Betreffende schon selbst wollen. Ich denke, letztendlich wird er sich in das Team einfügen. Warten wir einfach ab, ob er es lange genug durchsteht. Aber wenigstens sollen Sie wissen, dass er ein guter Pilot und Arbeiter ist. Nur muss er diese Einstellung ablegen.«

»Ich hoffe, das tut er, Tom. Das hoffe ich wirklich.«

»Ganz meinerseits, Sir.« Sie verließen den Lagerraum und gingen hinüber zum Haupthangar. »Und, haben Sie schon Nachricht zu Ihrem Excalibur-Angebot?«

»Ein paar Anfragen nach weiterem Informationsmaterial, Hintergrundprüfung zu einigen Ingenieuren, und das war's eigentlich auch schon«, antwortete Patrick. »Gehen Sie davon aus, dass FBI oder Verteidigungsministerium Sie selbst und die von Ihnen vorgeschlagenen Ausbilder überprüfen werden und man vielleicht weitere Informationen zu dem Ausbildungsprogramm verlangt.«

»Schon passiert. Ich habe fünf Kartons mit Material an die Defense Intelligence Agency geschickt. Keine Probleme, soweit ich weiß.«

»Gut«, sagte Patrick. »Aber das Schweigen ist ohrenbetäubend – ich habe bislang weder ein Nein noch ein Ja gehört. Wenigstens habe ich bislang auch noch kein schallendes Gelächter aus dem Pentagon vernommen.«

»Es ist ein ausgezeichneter Plan, Sir«, meinte Hoffman. »Aber das DoD ist es nicht gewöhnt, altes Gerät zu kaufen, selbst wenn die Idee sinnvoll und durchführbar ist. Doch auf Ihr Wort hin werde ich sofort aktiv werden. Ich habe eine Liste mit Piloten, die sofort mit der Ausbildung beginnen können, größtenteils ehemalige B-1-Besatzungen, aber auch ein paar Zivilisten. Es ist ein ziemlich betagter Haufen, aber alle sind bestens qualifiziert und voller Eifer.«

Sie durchquerten den Haupthangar und gingen hinaus auf das Flugvorfeld. Nach dem Betanken der rechten Tragfläche war Brad gerade eine Leiter hinuntergeklettert und trug den Jet-A-Schlauch und die Leiter zur anderen Tragfläche hinüber. »Wenn du damit fertig bist, kontrollier den Druck auf den Reifen hier – ich sehe da eine kleine Delle«, rief Hoffman zu Brad hinüber. »Und vergiss nicht, die Fenster zu putzen.«

»Jawohl, Sir«, antwortete Brad. Und dann sah Patrick sie, diese Andeutung eines Gesichtsausdrucks, der zu sagen schien: *Sonst noch was, Sklaventreiber?* Hoffman warf Patrick einen Blick zu – er hatte es auch gesehen.

»*Diese* Einstellung«, sagte er mit gesenkter Stimme zu Patrick. Er schüttelte den Kopf, lächelte dann schief und schüttelte Patrick die Hand. »Bis später, Sir«, sagte er mit seiner üblichen volltönenden Stimme. »Ihnen einen angenehmen Flug.« Dann ließ er Patrick mit Bradley allein.

»Und, was hat Colonel Hoffman gesagt?«, wollte Brad wissen.

»Nichts«, erwiderte Patrick. »Wir haben deine Sachen auf dein Bett gelegt.«

»Danke«, sagte Bad mit steinerner Miene und begann,

die Treibstoffeinfüllstutzen in der Hand, die Leiter emporzuklimmen. Er breitete eine Neoprenschutzmatte über die Tragfläche, um die Enteisungsleisten an der Tragflächenvorderkante gegen Beschädigungen zu schützen, entfernte den Deckel von der Tanköffnung und begann, den Tragflächentank mit Kerosin zu füllen. »Fliegst du direkt wieder nach Hause?«

»Wir haben um elf unser montägliches Abteilungsleitertreffen«, erklärte Patrick. »Anschließend findet ein Meeting mit dem Firmenvorstand statt. Montags ist immer eine Menge los.«

»Hier ist es so ziemlich dasselbe«, sagte Brad verdrießlich. »Die Piloten kommen reingeflogen und wollen, dass alles zack, zack erledigt wird, Mr. Hoffman kriecht ihnen in den Hintern und schreit mich dann an. Wenn er mich dann nicht mit irgendeiner Idiotenarbeit betraut, muss ich das nächste Technikhandbuch durchackern und wieder einen Test ablegen. Jeden Tag das gleiche Programm.«

Patrick spürte, wie der Ärger in seiner Brust emporstieg, und wollte gerade losblaffen, doch dann erwachte flackernd sein intraokularer Monitor zum Leben. Der kürzlich verstorbene Jon Masters hatte eine von Patricks Augenhornhäuten gegen ein winziges elektronisches Gerät ausgetauscht, das wie ein großer hochauflösender Computer-Monitor wirkte und Patrick ohne jede zusätzliche Hardware überall einen Internetzugriff ermöglichte. Mit düsterer Miene betrachtete Patrick Bradleys Hinterkopf, dann trat er zur Seite, um den Anruf entgegenzunehmen. »Patrick hier. Was gibt's, Kylie?«

»Soeben ist eine E-Mail aus dem Pentagon reingekommen«, erklärte seine Assistentin. »Ich hab sie an Sie weitergeleitet. Der für Neuerwerbungen bei der Air Force zuständige Staatssekretär des Verteidigungsministeriums wünscht Sie, Dr. Oglethorpe und Colonel Hoffman augenblicklich im Büro des Nationalen Sicherheitsberaters zu treffen.« Dr. Linus Oglethorpe ersetzte den jüngst verstorbenen Jon Masters und war der neue Chefingenieur bei Sky Masters sowie der Leiter des Excalibur-Entwicklungsprojekts.

Rasch überflog Patrick die E-Mail – mit wachsender Erregung. »Besorgen Sie uns Flugtickets für heute Nachmittag, Kylie. Ich werde noch kurz mit Colonel Hoffman sprechen, ob er Zeit hat.«

»Das Pentagon schickt Ihnen eine Maschine, Patrick«, sagte Kylie. »Sie ist bereits unterwegs. Colonel Hoffman habe ich ebenfalls eine SMS geschickt – ich gehe mal davon aus, dass er mit Ihnen in der Centurion nach Battle Mountain fliegen wird.«

Die Anzeichen werden immer besser, dachte Patrick. »In einer Stunde bin ich zurück. Könnten Sie mir ein paar Sachen zum Anziehen und Reiseutensilien in eine Tasche schmeißen und dafür sorgen, dass sämtliche neuesten Präsentationsmaterialien und Kostenvoranschläge auf meinem Laptop sind? Und sehen Sie nach Dr. Oglethorpe, ob er reisefertig ist – Sie wissen ja, wie er sein kann.«

»Wird gemacht, Sir«, antwortete Kylie und unterbrach die Verbindung.

Patrick eilte zurück in Hoffmans Büro, doch Rosetta, dessen Assistentin, sagte, er sei bereits nach Hause gefahren, um zu packen. Er habe einen sehr aufgeregten Eindruck gemacht. Patrick ging kurzerhand noch einmal nach draußen zu Brad und der Centurion. Brad war gerade mit dem Reinigen der Windschutzscheibe beschäftigt und hatte eine tragbare Flasche mit komprimiertem Stickstoff dabei, um einem der lizenzierten Flugzeugmechaniker beim Auffüllen der Reifen helfen zu können, sollte dies nötig sein. »Was ist denn los, Dad?«

»Wir sind auf dem Weg nach Washington zu Gesprächen über das XB-1-Projekt«, sagte Patrick. »Colonel Hoffman wird mich begleiten. Das Pentagon schickt einen Jet, um uns in Battle Mountain abzuholen.« Patrick rief ein Lade- und Gleichgewichtformular sowie einen Flugplan auf sein intraokulares Computersystem. »Ich gleiche das Ladegewicht und Gleichgewicht besser mit Colonel Hoffman ab – der Mann ist ziemlich schwer.«

»Ich denke, du wirst schon klarkommen«, sagte Brad. Ein paar Minuten darauf war er mit der Kontrolle der Reifen fertig. »Genau wie ich dachte: Mit den Reifen war alles in Ordnung.«

»Du scheinst dich heute schrecklich viel zu beklagen, genau wie vor ein paar Tagen, als ich mit dir telefoniert habe«, sagte Patrick, während er mittels der virtuellen Tastatur seines intraokularen Displays auf die Programme zugriff. Es kam Brad immer seltsam vor, seinen Vater im Nichts herumtippen und wischen zu sehen, während seine Augen hin und her zuckten. »Du glaubst vielleicht, du wirst hier unfair behandelt, und ich hab dir deine Möglichkeiten erklärt. Aber mach nicht anderen Leuten das Leben schwer.«

»Ich hab mich bei niemandem beklagt.«

»Und so soll es auch bleiben«, sagte Patrick. »Aber es ist nicht nur, was du sagst, sondern auch deine Einstellung, die die Leute runterzieht. Du musst wenigstes so *tun,* als würden dir deine Arbeit und deine Ausbildung etwas bedeuten. Wenn die Leute hier von dir nie etwas anderes zu sehen bekommen als diesen lustlos herumnörgelnden Burschen, ziehst du alle runter, und das wird dann auch der Eindruck sein, der sich bei allen ins Gedächtnis einbrennt.«

»Das hat Colonel Hoffman gesagt?«

»Das ist mir selbst in der kurzen Zeit, die ich hier bin, aufgefallen, und es gefällt mir nicht«, sagte Patrick und sah von seinem virtuellen Computer auf, um seinen Sohn anzusehen. »Du weißt, was es heißt, ein Mannschaftsspieler zu sein, ob nun beim Football oder bei der Civil Air Patrol. Und du weißt auch, dass eine Mannschaft auf die Unterstützung jedes einzelnen Mitspielers angewiesen ist, auch wenn man dabei nicht immer genau das tun kann, was einem am liebsten wäre. Als du bei der CAP Mitglied des Bodenteams warst, hast du dich auch nicht beklagt, obwohl du lieber geflogen wärst. Du hast dich auch nicht beklagt, als du die Bank drücken oder statt in der ersten Mannschaft im Reserveteam spielen musstest.«

»Aber das war etwas anderes«, meinte Brad. »Normalerweise war ich der Mannschaftsführer oder Kapitän. Hier bin ich der allerletzte Dreck.«

»Du erinnerst dich vielleicht nicht mehr, als du anfangs zur CAP gekommen bist oder als Nachwuchsspieler in der Schulmannschaft angefangen hast, aber ich schon. Du hast dich immer irgendwo im Hintergrund herumgedrückt, wolltest nie aufgerufen werden, alles musste man dir ein Dutzend Mal erklären, und sobald die anderen sich zu dir herumgedreht oder über eine dumme Bemerkung von dir getuschelt haben, bist du in Panik geraten. Genau so ist das jetzt auch. Du bist der Neue, also musst du dich noch einmal ganz von vorn beweisen – genau wie damals, als du bei Sky Masters angefangen hast.«

»Colonel Hoffman kann mich nicht leiden«, war Brad überzeugt. »Ständig beschäftigt er mich mit sinnlosen Aufgaben. Er weiß, dass ich wegen der Fliegerei hier bin, stattdessen lässt er mich niedere Handlangerarbeiten machen.«

»Brad, erinnerst du dich an unser Gespräch über meine Arbeit für den Vorstand von Sky Masters?«, fragte Patrick. »Wie bei mir der Vorstand, ist Colonel Hoffman hier der Boss. Er kann dich behandeln, wie es ihm beliebt, kann dir nach Gutdünken Arbeiten zuteilen. Als Gegenleistung für deine Arbeit ermöglicht er dir das Fliegen, stellt dir den Simulator und Unterrichtszeit zur Verfügung. Wenn dir nicht gefällt, wie er dich behandelt oder dich unterrichtet … Du bist erwachsen und kannst dich entscheiden, und zwar mit den Füßen. Kündige einfach höflich, pack deine Sachen und ruf mich an, dann verabschieden wir uns hier aus deinem Dilemma und fliegen nach Hause. Meiner Meinung nach würdest du eine Riesenchance verspielen, aber wenn du hier tatsächlich so unglücklich bist, solltest du gehen, ehe man dich rausschmeißt oder du anfängst, anderen das Leben so schwer zu machen wie dir selbst. Danach werden wir beide überlegen, wie es weitergehen könnte. Weil du erwachsen bist, werde ich darauf verzichten, dir zu sagen, was du tun sollst, sondern dir nur einen Rat mitgeben: Wenn du hierbleibst, solltest du alles dafür tun, ein Mannschaftsspieler zu werden, ein Mitarbeiter, auf den man sich verlassen kann und den man schätzt. Fang an, dich wie ein Mitglied des Teams zu benehmen, vielleicht behandelt dich Colonel Hoffman dann auch besser.«

Mehrere Minuten später trat Tom Hoffman mit einem einzelnen Koffer in der Hand aus dem Haupthangar. »Meine Frau kann deutlich besser Koffer packen als ich«, sagte er. »Brad, bis ich zurück bin, hat Jerry Melton hier das Sagen. Wende dich an ihn, wenn du Fragen wegen des Arbeitsplans hast. Für deine Flugstunden, die Bodenschulung und die Testplanung wird Sondra verantwortlich sein.«

»In Ordnung, Sir«, antwortete Brad. Als Hoffman rasch an

ihm vorbeiging, erhaschte Brad einen Blick auf seines Vaters Gesichtsausdruck, blickte dann noch einmal auf Hoffmans einzelne Reisetasche. Es dauerte nur wenige Augenblicke, dann begriff er. »Brauchen Sie auf diesem Trip nicht Ihren Laptop, Colonel?«, fragte er.

Hoffman schüttelte verärgert den Kopf über seine Vergesslichkeit. »Verdammt, ich würde glatt meinen Kopf vergessen, säße er nicht fest auf meinem Hals.«

»Ich gehe ihn für Sie holen«, sagte Brad, und sofort hellte sich Patricks Miene deutlich auf. »Ich werd Ihnen auch noch ein paar Flaschen Wasser mitbringen für den Flug nach Battle Mountain. Möchten Sie eine Thermoskanne Kaffee für den Flug, Sir?«

»Ja, Kaffee klingt gut«, meinte Hoffman gedankenverloren, während er seine Taschen nach etwas anderem absuchte, das er womöglich vergessen hatte. »Der Air-Force-Kaffee, den sie einem auf dem Flug anbieten, ist vermutlich scheußlich.«

»Haben Sie Ihre Brieftasche, Sir?«, fragte Brad.

Hoffman klopfte auf die Gesäßtasche seiner Hose, wo sie eigentlich hätte stecken sollen. »Oh, du lieber Himmel. Wahrscheinlich liegt die auf der Mittelkonsole meines Pickups.«

»Ich hole sie«, sagte Brad. »Oh, eins noch, Sir: Der WLAN-Router, den wir drüben auf der Ostseite des Haupthangars benutzen, ist ein älteres G-Modell.«

»Ein was?«

»Ein Modell der zweiten Generation, aber die neueren sind viel besser«, fuhr Brad fort. »Ich kann uns praktisch umsonst einen neueren WIMAX-4G-Router besorgen. Er hat eine bessere Reichweite durch Metallwände und ist sehr viel schneller. Damit würden wir die Netzwerkabdeckung bis zum Parkplatz und dem Flugvorfeld erweitern.«

»Von Routern hab ich keine Ahnung – ich will nichts weiter, als dass mein Netzwerk funktioniert«, murmelte Hoffman barsch. »Sag Rosetta, was du mir gerade erklärt hast, und richte ihr aus, ich möchte, dass du es bis zu meiner Rückkehr erledigt hast.«

»Jawohl, Sir.« Brad bedachte seinen Vater mit einem verlegenen Lächeln, dann trabte er davon.

Hoffman merkte, dass Patrick ihn direkt ansah, ein Lächeln auf den Lippen. »Was amüsiert Sie so, General?«

»Gar nichts, Sie alter Mistkerl«, gab Patrick zurück, dessen Tag plötzlich strahlend hell und sonnig war. »Überhaupt nichts.«

BÜRO DES NATIONALEN SICHERHEITSBERATERS,
WEISSES HAUS, WASHINGTON, D.C.
Am nächsten Morgen

»Willkommen im Weißen Haus, General«, begrüßte ihn der pensionierte Armee-General und ehemalige Vorsitzende der Vereinigten Stabschefs, William Glenbrook, Präsident Phoenix' Nationaler Sicherheitsberater. »Sie müssten Washington viel häufiger besuchen.« In Patricks Augen hatte sich Glenbrook in den vergangenen sechs Jahren kein bisschen verändert: groß, vierschrötig, mit einem kräftigen Händedruck und gesegnet mit einem gewinnenden Lächeln, auch wenn er jetzt statt des Armeegrüns Maßanzüge trug.

»Vielen Dank, Sir«, sagte Patrick, bemüht, keine Miene zu verziehen, als er und Glenbrook sich die Hand schüttelten. Patrick war Kevin Martindales Sonderberater für Langstreckenangriffstechnik gewesen, und er und Glenbrook waren nur selten völlig einer Meinung. Patrick hatte sich für die Militarisierung des Weltraums stark gemacht, während Glenbrook der Ansicht gewesen war, angesichts ihrer begrenzten Möglichkeiten wäre die Technologie bei Weitem zu teuer. Ausgaben in verschwenderischer Höhe für nicht erprobte futuristische Weltraumtechnologie war einer der von Kritikern angeführten – und von Glenbrook aufgegriffenen – Gründe für den wirtschaftlichen Niedergang und das jähe Ende der Martindale-Administration.

»Ach was, es heißt Bill in dieser Runde, Patrick«, sagte Glenbrook zwanglos. »Oder manchmal auch ›Wie bitte?‹, zum Beispiel, wenn ich dem Präsidenten einen Rat gebe, mit dem er nicht gerechnet hat – was häufiger vorkommt, als ich zugeben möchte.«

»Das Gefühl kenne ich, Bill«, sagte Patrick. »Ich möchte Ihnen Colonel Thomas Hoffman von der Air Force vorstellen, jetzt im Ruhestand, Inhaber von Warbirds Forever, und Dr. Linus Oglethorpe, leitender Wissenschaftler und Chefingenieur bei Sky Masters Inc. Diese beiden Gentlemen sind die Architekten und Begründer des XB-1-Projekts. Meine Herren, William Glenbrook, vormals U.S. Army, der Nationale Sicherheitsberater des Präsidenten.«

»Vielen Dank für die Vorstellung, Patrick«, sagte Glenbrook, Hände schüttelnd. »Zu Zeiten der Martindale Administration sind Patrick und ich uns nicht sehr oft über den Weg gelaufen. Entweder hatte er sich in sein Büro im Untergeschoss des Weißen Hauses verkrochen oder aber er war ständig unterwegs zur Armstrong-Raumstation. Trotzdem konnte ich immer ganz genau erkennen, wann eine seiner Ideen auf den Weg gebracht wurde – dann ging es hier noch chaotischer zu, und drüben im Pentagon musste ich mir ein Bein ausreißen, um dahinterzukommen, was er überhaupt getan hatte.« Er wies auf einen bebrillten Mann, der sich bisher im Hintergrund gehalten hatte. »Gentlemen, darf ich bekannt machen, Dr. Gerald Murth, Staatssekretär im Verteidigungsministerium, Abteilung Neuerwerbungen. Als Ihr Angebot von der Air Force an das Büro des Verteidigungsministers weitergegeben wurde, hat man ihn damit beauftragt, es zu prüfen. Der Verteidigungsminister wurde bereits gestern unterrichtet. Jetzt bin ich an der Reihe, und da dachte ich, Sie wären vielleicht gern dabei.« Er bedeutete allen mit einem Wink, Platz zu nehmen, und ein Assistent brachte ein Tablett mit Kaffee, um an das heranzukommen Hoffman die anderen beinahe aus dem Weg schob. Als es sich alle bequem gemacht hatten, bedachte Glenbrook Murth mit einem Wink. »Dr. Murth, bitte übernehmen Sie.«

»Vielen Dank, General Glenbrook«, sagte Murth mit seiner hohen, leicht fisteligen Stimme. »Wenn Sie erlauben, General?« Er drehte sich herum und wandte sich direkt an Patrick. »Sir, ich muss Ihnen sagen, dass ich Ihre Großtaten über die Jahre hinweg wirklich mit …« Aus Angst, eine kränkende Bemerkung zu wählen, hielt er kurz inne, entschied sich dann aber offenbar, offen seine Meinung zu sagen: »… Erstaunen zur Kenntnis genommen habe.«

»Interessante Wortwahl, Staatssekretär Murth«, sagte Patrick.

»Sie müssen zugeben, General, dass Sie in einem gewissen … Ruf stehen«, sagte Murth. Offenbar legte er vor dem entscheidenden Wort eines Satzes gern eine kleine Pause ein – besonders, wenn es ihm um Unverblümtheit und nicht um Höflichkeit ging. Er bemerkte Patricks unbehagliche Körpersprache und war sichtlich erfreut, diese bewirkt zu haben. »Ein Ruf, der bei leitenden Beamten und Militärführern das unangenehme Gefühl erzeugt, keine Ahnung zu haben, was Sie als Nächstes zu tun gedenken, außer dass es, was immer es sein mag, bombastisch sein wird. Und das im globalen Maßstab.« Patrick enthielt sich einer Bemerkung. »Ich muss Ihnen sagen, Sir, als Ihr Angebot von der Air Force auf meinem Schreibtisch landete, war ich nicht darauf vorbereitet, ein objektives Urteil abzugeben. Ihr Ruf und Ihre Dienstakte erfüllen mich mit einem deutlichen Gefühl der … Sorge.«

»Sehr ehrlich von Ihnen, das so offen auszusprechen, Staatssekretär Murth«, sagte Patrick. »Dennoch wäre uns allen besser damit gedient, denke ich, wenn Sie bei Ihrer Beurteilung auf Personen und nicht relevante Anekdoten verzichteten und das Vorhaben aufgrund seiner Vorzüge ganz für sich bewerteten.«

»Dr. Murth ist im Pentagon dafür bekannt, dass er mit seiner Meinung nicht hinter dem Berg hält, Patrick«, warf Glenbrook mit einem schiefen Lächeln ein. »Offen gesagt, ich finde, Dr. Murth ist der designierte Projektkiller im Pentagon. Aber er hat die besten Referenzen von Minister Hayes. Fahren Sie fort.«

»Man hat mich damit beauftragt, das Angebot zu prüfen, trotz meiner … Vorbehalte«, ergiff Murth erneut das Wort. »Ich wurde angewiesen, Minister Hayes eine aufrichtige Einschätzung Ihres Angebots zu geben und anschließend eine Empfehlung auszusprechen, ob es einer weiteren … Betrachtung durch das Pentagon würdig ist.«

»Kommen wir zum Punkt, Murth«, knurrte Thomas Hoffman gereizt. Murths Kopf schnellte herum, und er musterte Hoffman, erst mit unverhohlener Überraschung, dann Empörung. Offenbar war er es nicht gewohnt, dass jemand so mit ihm sprach. »Wir haben eine Menge Arbeit vor uns.«

Glenbrooks einzige Reaktion auf den Ausbruch war – den linken Zeigefinger an seine Lippen gelegt – ein schlecht verhohlenes Schmunzeln. Offenbar war er nicht gewillt, einen klärenden Meinungsaustausch zu unterbinden.

»Ja … natürlich«, sagte Murth, wobei er Hoffman mit einem irritierten Stirnrunzeln bedachte und dafür im Gegenzug einen noch durchdringenderen finsteren Blick erhielt. »Sie sind General Thomas Hoffman, der Mann, der die Luft- und Bodenbesatzungen ausbilden wird? Sie sind der«, Murth musterte ihn von Kopf bis Fuß, »Fluglehrer?«

»Sechsundzwanzig Jahre bei der Air Force, fünfzehn davon auf B-1B Lancers, über sechstausend Flugstunden«, sagte Hoffman. »Erster Ausbildungskader auf der B-1, Ausbilder für Flugzeuge und Simulatoren, Geschwader- und Divisionskommandeur von Stan-Eval. Ich besitze eine Berechtigung als Verkehrsflugzeugpilot und Musterberechtigungen für neunzig verschiedene Flugzeuge. Ich habe Astronauten im Fliegen der Gulfstream ausgebildet, die auf das Flugverhalten des Space Shuttle umgerüstet war. Masterzertifizierter Fluglehrer der FAA in Nevada während der letzten sechs Jahre. Ich kann auf allem fliegen und ausbilden, von einer Piper Super Cup bis hin zu einer Boeing 787. Außerdem unterstütze ich die Wartungs- und Bodenbesatzungen.«

»Ich bin sicher, das ist ein überaus beeindruckender Lebenslauf«, sagte Murth herablassend. »Meine Erfahrung ist: Wer's kann, der tut's, wer nicht … der unterrichtet es.« Ein gefährliches Flackern schlich sich in Hoffmans Blick, seine Wangen waren leicht gerötet, sodass Patrick schon glaubte, ihn körperlich zurückhalten zu müssen. »Fluglehrer stehen gewiss eine Stufe über anderen Ausbildern, nichtsdestotrotz sind Sie *nur* Ausbilder. Ihre Dienstakte offenbart mir nichts Besonderes, und Ihre derzeitige Firma in Reno beheimatet … nicht gerade das Weltzentrum der Luftfahrt.«

»Haben Sie schon mal was von den National Championship Air Races gehört, Freundchen?«, knurrte Hoffman. »Ich bilde auf jedem einzelnen der an den Reno Air Races teilnehmenden Flugzeuge aus, und ich warte eine ganze Reihe von ihnen.«

»Ja, von diesem Ereignis habe ich in der Tat schon gehört. Das ist doch diese Veranstaltung, auf der vor ein paar Jahren ein älterer Pilot bei einem Absturz zehn Zuschauer getötet und mehr als siebzig verletzt hat. Haben Sie diesen Piloten ebenfalls ausgebildet, Colonel Hoffman?«

Hoffman wandte den Blick ab, als er ihn jedoch wieder hob, war er voller Empörung. »Ja, habe ich«, sagte er. »Er war mein Freund und einer der besten Piloten auf diesem Planeten. Es gab eine technische Panne.«

»Ich liebe diese Formulierung, ›technische Panne‹«, höhnte Murth. »Ich höre sie recht häufig. Sie hat die Tendenz, alle anderen … Fehler in den Hintergrund zu drängen.« Er taxierte Hoffman erneut. »Wie alt sind Sie, Mr. Hoffman?«

»Ich bin sicher, Sie wissen ganz genau, wie alt ich bin, Murth«, sagte Hoffman gereizt. »Spielen Sie keine Spielchen mit mir.«

»Sie hegen doch nicht etwa den Gedanken, dieses Projekt aus Altersgründen abzulehnen oder zu disqualifizieren, oder, Staatssekretär Murth?«, fragte Patrick.

»Ich brauche keinen Grund, um diesem Projekt die Zustimmung zu verweigern, General McLanahan. Alles, was ich dafür benötige, ist ein Federstrich. Das ist meine … Verantwortung.«

»Wir sind alle erpicht darauf, wieder an die Arbeit zu gehen, Murth«, grollte Tom Hoffman. Patrick warf ihm einen warnenden Blick zu, sagte aber nichts. »Wir haben unsere Präsentation vorbereitet, um Sie Ihnen zu zeigen, sofern Sie dies wünschen, oder aber Ihre Fragen zu beantworten, so Sie denn welche haben.«

»Meine Mitarbeiter und ich haben Ihre Präsentation bereits gesehen, und sie ist einigermaßen … unglaubwürdig«, behauptete Murth. »Offen gesagt, General McLanahan, gibt es hier niemanden, der glaubt, dass Sie das … hinbekommen.«

»Ich versichere Ihnen, Staatssekretär Murth, wir bekommen es hin«, warf Linus Oglethorpe ganz ungezwungen ein. Oglethorpe, geboren in England, mittlerweile aber US-Bürger, war nahezu zwei Jahrzehnte lang Jonathan Masters' Stellvertreter und Protegé bei Sky Masters gewesen. Er hatte eine unglaublich hohe Stirn, funkelnde blaue Augen hinter dicken, horngefassten Gläsern und große Ohren, die im Yoda-Stil von seinem Kopf abstanden. »Wir haben das Verfahren entwickelt und anhand von zwei Flugzeugzellen nachgewiesen, dass es funktioniert. Die Flugzuge sind besser als neu, Sir.«

»Alles, was wir dafür benötigen, sind die Flugzeugzellen, Triebwerke, die Bordelektronik, Treibstoff und Bewaffnung«, erläuterte Patrick. »Für das Betreiben des Flugzeugs nach Anweisung der Air Force berechnen wir Ihnen eine Pauschale. Arbeit und Arbeitskräfte stellen wir. In zwei Jahren oder weniger haben wir ein Geschwader einsatzbereit.«

»Flugzeugzellen, Triebwerke, Bordelektronik, Treibstoff und Bewaffnung – ist das nicht dasselbe, wie ein Flugzeug zu bauen?«, fragte Murth. »Die Steuerzahler begleichen die Rechnung für ein vollständiges Flugzeug – und zahlen Ihnen obendrein noch eine … Gebühr?«

»Ganz recht, Staatssekretär Murth, allerdings mit einem Unterschied: Die Steuerzahler *haben* das alles bereits bezahlt«, sagte Patrick. »Die Steuerzahler haben die Triebwerke, die Bewaffnung, die Bordelektronik und den Treibstoff bereits gekauft – wir bedienen uns lediglich aus dem Regal des bereits Vorhandenen. Auf unsere Kosten, nicht ihre, bauen wir die bereits gekauften und bezahlten Einzelteile in Flugzeugzellen ein, die ebenfalls bereits bezahlt sind. Wir versetzen sie lediglich wieder in einen einsatzfähigen Zustand, und das für ein Zehntel dessen, was der Neubau eines vergleichbaren Flugzeugs kosten würde. Die Technologie dafür ist bereits vorhanden. Auf diese Weise arbeiten wir schon seit zehn Jahren B-1 Lancers auf. Sobald sie zusammengebaut sind, kann das Pentagon dann seine eigenen Besatzungen für die Bemannung ausbilden. Bis sie jedoch so weit sind, zahlt das Pentagon Sky Masters eine Gebühr für den Betrieb.«

»Woher werden wir wissen, ob irgendetwas davon … tatsächlich funktioniert?«

»Wir verfügen bereits über zwei flugtaugliche Maschinen, die für Waffentests und das Training von Ausbildern und die Wartungsteams am Boden bereit stehen«, erklärte Patrick. »Sky Masters zahlt für die Wiederaufarbeitung, die Ausbildung von Flugzeugbesatzungen und Wartungstechnikern sowie den Unterhalt. Wie gesagt, Sky Masters hat dieses Wiederaufarbeitungsprogramm schon vor Jahren entwickelt, und mehrere eingemottete Flugzeuge wurden nach unseren Plänen bereits erfolgreich umgerüstet.«

Murth machte ein von äußerster Skepsis geprägtes Gesicht. »Das ist eine Menge Geld«, wandte er sich an Glenbrook. »Wenn es schiefgeht …«

»Wenn es schiefgeht, Staatssekretär Murth, hat die Regierung keinerlei Verlust gemacht. Sky Masters investiert derzeit stark in Arbeitskräfte und Betriebsmittel«, sagte Patrick. »Wir bitten lediglich darum, uns die Hardware zu überlassen, alles andere machen wir. In weniger als zwei Jahren werden wir über eine Flotte schwerer Bomber verfügen, die eine weite Bandbreite von Aufgaben zu übernehmen vermag, und das über Entfernungen, die die eines jeden anderen Flugzeugs im Depot bei Weitem übersteigt. Im Falle eines Scheiterns erhält die Regierung ihre Hardware zurück, und Sie können sie wieder in die Regale einräumen.«

»Das überzeugt mich nicht«, wehrte Murth ab. »Ich werde mich unter sechs Augen mit General Glenbrook und Verteidigungsminister Hayes besprechen und ihnen meinen Bericht vorlegen. Möglicherweise wollen sie sich dann irgendwann mit Ihnen treffen, aber ich …«

In diesem Augenblick klopfte es an der Tür zu Glenbrooks Büro. Bevor dieser dem Betreffenden, wer immer es war, sagen konnte, er solle verschwinden, hatte sein Assistent auch schon die Tür geöffnet, und herein kam Vizepräsidentin Ann Page.

»Guten Morgen, meine Herren«, begrüßte sie die Anwesenden gut gelaunt. Alle im Büro sprangen auf, einen schockierten Ausdruck im Gesicht. »Wie ich hörte, weilt der Allerbeste wieder in der Stadt. Der Präsident dachte, ich sollte vielleicht an diesem Treffen teilnehmen.« Sie ging zu Patrick und begrüßte ihn mit einer herzlichen Umarmung. »Schön, Sie wieder hier im Weißen Haus zu haben, Patrick«, sagte sie »Der Präsident lässt Sie grüßen und möchte, dass Sie und Ihre Begleiter ihm und mir heute Abend auf dem Amtssitz bei einem Abendessen Gesellschaft leisten.«

»Es wäre mir ein Vergnügen, Miss Vice President.«

»Ausgezeichnet, ausgezeichnet.«

Patrick stellte alle anderen vor, dann nahm man wieder Platz. Ann wies auf William Glenbrook. »Als Präsident Phoenix zum ersten Mal sein Amt antrat, machte er mich zu seiner Nationalen Sicherheitsberaterin, was ich damals sehr zu schätzen wusste. Gleichwohl bin ich froh, General Glenbrook am Ruder unseres Sicherheitsstabes zu wissen. Nun, Staatssekretär Murth, ich nehme an, Sie haben sich General McLanahans Angebot genau angesehen. Was denken Sie?«

Pages unvermitteltes Erscheinen und ihre herzliche Begrüßung für Patrick hatten Murth einigermaßen verblüfft, was er jedoch rasch abschüttelte. »Miss Vice President, meine Empfehlung an General Glenbrook ist die gleiche, die ich auch Verteidigungsminister Hayes gegeben habe: Der Plan ist eine Verschwendung von Geld und Betriebsmitteln und sollte unter keinen Umständen gebilligt werden.«

»Erklären Sie mir, wieso nicht, Sir.«

»General McLanahan schlägt vor, ein vor über vier Jahrzehnten entwickeltes Flugzeug zu einem Mehrzwecklangstreckenflugzeug umzubauen, das imstande sein soll, in den Krisenregionen des 21. Jahrhunderts zu operieren und sich dort zu behaupten, Ma'am«, sagte Murth. »Das ist schlicht unglaubwürdig. Sie können nicht einfach einen Oldtimer nehmen, einen größeren Motor einsetzen und dicke Reifen aufziehen, und schon haben Sie einen Dragster.«

»Verzeihen Sie, Staatssekretär Murth.« Ann schmunzelte und und hob einen Finger. »Sie sind bei Weitem zu jung, um das einschätzen zu können, aber als ich ein Teenager war, haben meine Brüder und ich *genau* das getan – und zwar mit allen möglichen Autos, von Model A Fords bis hin zu 57er Chevys Bel Air – und anschließend mit diesen Dingern den Asphalt zum Rauchen gebracht.« Sie warf Patrick ein Lächeln zu. »Allerdings ist General McLanahan hier kein Schrauber, sondern ein Technikbesessener. Wahrscheinlich hätte er sich meinen frisierten Model A Dragster vorgenommen und ihm das Fliegen beigebracht oder ihn womöglich gar ins All geschossen. Ist das Ihr Plan, Patrick – Sie nehmen sich einen Ford Model A vor und machen ihn flugtauglich?«

»Die B-1B Lancer ist alles andere als ein Model A, Miss Vice President«, warf Tom Hoffman ein. »Er war damals seiner Zeit weit voraus und das leistungsfähigste Flugzeug der gesamten Bomberflotte. Der Plan von General McLanahan verbessert es noch zusätzlich.«

Vizepräsidentin Page wandte sich herum zu Tom Hoffman. »Man sagte mir, Sie seien ein Mann der klaren Worte und sachlich obendrein, Colonel Hoffman. Also, erklären Sie mir rundheraus: Was halten Sie von diesem Vorhaben?«

»Ich habe General McLanahan erklärt, das Pentagon würde ihn niemals akzeptieren, Ma'am«, sagte Hoffman wie aus der Pistole geschossen. »Es ist ein ausgezeichneter Vorschlag, lässt sich aber nicht verkaufen.«

»Warum nicht?«

»Weil das Pentagon grundsätzlich das Neueste und Größte will und Erbsenzähler wie Murth hier der Ansicht sind, unser Vorhaben würde nicht dem neuesten technischen Stand entsprechen. Aber ich rüste jedes Jahr Dutzende Flugzeuge aus Zeiten des Zweiten Weltkriegs, des Korea- und Vietnamkrieges um, und sie alle sind staatlich geprüft und für ihre Zwecke geeignet und weitaus besser als im Originalzustand. Und das wird auch auf die XB-1 Excaliburs zutreffen. Als General McLanahan mit seinem Plan auf mich zutrat, Besatzungen für das Fliegen auf umgerüsteten B-1-Bombern zu schulen, war ich sofort mit von der Partie. Allerdings habe ich ihm erklärt, er werde das Geld seiner Firma verschwenden, weil die Regierung sich niemals darauf einlassen wird, vierzig Jahre alte Bomber zum Einsatz zu bringen.«

»Er verfügt nicht über Tarnkappentechnologie, die Flugzeugzellen befinden sich in einem fragwürdigen Zustand, die

Basissysteme, wie etwa Flugsteuerung und Fahrwerk, sind ungesichert und neigen zu unvorhersehbaren Ausfällen, und um sie überhaupt fliegen und unterhalten zu können, ist Colonel Hoffman hier gezwungen, Piloten anzuheuern, die sich schon seit längerer Zeit im … Ruhestand befinden, Ma'am«, sagte Murth entschieden. »Die Russen und Chinesen würden sie regelrecht vorführen. General McLanahan denkt, nur weil es weniger kostspielig ist als moderne Alternativen wie etwa die F-35 oder die F7A-18, ist es auch besser. Das ist sicher nicht der … Fall.«

»Verstehe«, sagte Ann. »Dann verraten Sie mir doch, Patrick … Wir haben die Super Hornets, und die F-35 Lightnings werden bald einsatzbereit sein – hoffentlich. Wozu also benötigen wir diese B-1-Bomber?«

»Ma'am, die F-35 und sogar die F/A-18 Hornet sind perfekte Beispiele dafür, was mit der Auftragsvergabe beim Militär schiefläuft: Erst wird das Material gebaut, und dann erst sucht man dafür eine Einsatzmöglichkeit. Der F/A-18 ist ein guter trägergestützter Jagdbomber, aber aufgrund seines begrenzten Gefechtsradius ist er – ohne jede Menge zusätzlicher, seine Leistung beschneidender Treibstofftanks, einen Flugzeugträger oder sonstigen Stützpunkt in Küstennähe – im pazifischen Einsatzgebiet nur eingeschränkt verwendbar. Der Super Hornet sollte die Tarnkappenbomber A-6 Intruder, A-7 Corsair und A-12 sowie das Jagdflugzeug F-14 Tomcat ersetzen, nur entsprechen seine Leistungen nicht denen der anderen. Die F-35 sollte die F-16 Fighting Falcon ersetzen, und er verfügt über einige hochmoderne Eigenschaften, allerdings entspricht seine Nutzlast praktisch genau der der F-16, und auch sein Gefechtsradius ist nur marginal größer. Auch das sind Flugzeuge, die Mehrzweckaufgaben übernehmen können, nur eben einige nicht so gut wie die Flugzeuge, die sie ersetzen sollen. Mittlerweile haben wir ein neues Gefechtskonzept: AirSea Battle. Alle sagen, AirSea Battle sei ja nicht für einen künftigen Konflikt mit China entwickelt worden, aber solange wir keinen Krieg mit Japan, Indien oder Australien anzetteln, gibt es kaum andere Gegner, die ein Vorgehen mit sowohl land- als auch trägergestützten Angriffsflugzeugen erforderlich machen. Die F-35 und die F/A Super Hornet verfügen über eine hervorragende Technik, aber solange sie nicht von einem Träger oder einer vorgeschobenen Basis aus operieren, können sie die Langstreckeneinsätze im Pazifik nicht leisten. Jeder Versuch, den Lightening oder den Hornet passgenau in das AirSea-Battle-Konzept einzubinden, muss darum scheitern.«

»Dann bestücken Sie sie doch einfach mit Marschflugkörpern«, schlug Ann vor.

»Der Lightning kann die modernste nicht nukleare luftgestützte Cruise Missile mitführen, die AGM-158A-Extended Range«, antwortete Patrick. »Möglich ist das aber nur extern, was seine Reichweite stark beschneidet und seine Tarnkappenfähigkeit zunichtemacht. Dennoch eine machbare Option, vorausgesetzt, wir hätten genug F-35er. Nur würden wir dann erneut ein Waffensystem an eine Aufgabe anpassen, anstatt ein Waffensystem *für* eine Aufgabe zu entwickeln. Die taktische, schiffs- oder U-Boot-gestützte BGM-109 Tomahawk für Angriffe zu Land verfügt über eine größere Reichweite, muss aber für einen Angriff auf tief in feindlichem Gebiet liegende Ziele näher an die Küste herangeführt werden. Auch das ist machbar, aber nicht ideal. Zudem sind die Cruise Missiles unterschallschnell, und natürlich verfügen die meisten über lediglich einen Gefechtskopf. Eine weitere Option wäre die nukleare Interkontinentalrakete, aber eine derart große Rakete Richtung Asien abzufeuern würde bei einer Menge uns nicht freundlich gesinnter Nationen günstigstenfalls Besorgnis und im schlimmsten Fall einen nuklearen Gegenschlag auslösen. Für mich lautet die Antwort: Bauen wir einen Bomber, der mehrere Marschflugkörper mitführen kann und dessen Tarnkappenfähigkeit ausreicht, um sich feindlichem Gebiet zu nähern oder es sogar zu überfliegen.«

»Die Worte eines wahren Bomberfanatikers«, warf Ann lächelnd ein.

»Schuldig im Sinne der Anklage, Ma'am«, gestand Patrick. »Der Tarnkappenbomber B-2 Spirit ist gewiss dazu imstande, aber nach dem Amerikanischen Holocaust stehen uns nur eine Handvoll erhaltene Exemplare zur Verfügung. Die Programme ›Next Generation Bomber‹ und ›Thors Hammer‹ – eine weltraumgestützte Angriffswaffe – hätten diese Aufgaben übernehmen sollen, wurden aber gestrichen, und selbst wenn man sie morgen wiederauflegen würde, es würde mindestens fünf Jahre dauern, eine für die Aufgabe ausreichend große Flotte zu bauen.«

»Also haben Sie sich überlegt, eingemottete Bomber für diese Aufgabe umzurüsten?«

»Ganz recht, Ma'am«, sagte Patrick. »Vor ein paar Jahren habe ich meinen Sohn Bradley zu einer Besichtigung der Aerospace Maintenance und Regeneration Group auf der Davis-Monthan Air Force Base mitgenommen, und all die eingeschweißten B-1-Bomber, die dort draußen eingelagert sind, haben ihn glatt umgehauen. Schon seit Jahren stellt Sky Masters die Technologie für die Modernisierung von B-52- und B-1-Bombern zur Verfügung, und nachdem ich Sky Masters übernommen hatte, beschloss ich, wieder in das Geschäft mit der Umrüstung von Bombern einzusteigen. Wegen der Haushaltskürzungen hatte die Führung der Air Force ihr Umrüstprogramm für den B-1 in Palmdale gestrichen, daher waren sie mehr als froh, mir das gesamte Programm verkaufen zu können. Anschließend erstanden wir ein größeres Kontingent F136-Triebwerke und stellten fest, dass sie nicht nur perfekt in die B-1-Bomber hineinpassen, sondern sich dadurch auch Leistungsdaten und Treibstoffeffizienz des Flugzeugs verbessern würden. Nachdem wir die modernen Triebwerke in den B-1 eingebaut hatten, erkannten wir, wie einfach es sein würde, die B-1-Bomber auch mit moderner digitaler Bordelektronik auszurüsten. Die Air Force war bereit, uns eine große Menge serienmäßiger Bordelektronik für wenig oder gar kein Geld zu überlassen, und ehe wir's uns versahen, war der XB-1 geboren. Das Programm hat sich praktisch selbst entwickelt.«

»Interessante Geschichte, Patrick«, bemerkte Vizepräsidentin Ann Page.

»Nur ist es eben nicht die ganze Geschichte«, warf Murth ein. »Die B-1 ist kein Tarnkappenbomber, über einem modernen Schlachtfeld hat er keine Chance, zumal China zweifellos über Radar- und Luftabwehrsysteme verfügt, die imstande sind, ihn aufzuspüren, zu verfolgen und anzugreifen. Die B-1 ist … veraltet.«

»Patrick?«

»Richtig ist, dass der Radarquerschnitt eines B-1 zehnmal größer ist als der einer F-35. Aber eine F-35 mit zwei externen Marschflugkörpern weist einen größeren Radarquerschnitt auf, und seine Reichweite beträgt nur ungefähr ein Zehntel des B-1. Der Super Hornet hat noch keine Freigabe für das Mitführen von luftgestützten Marschflugkörpern, zudem würde der externe Transport ebenfalls eine drastische Minderung von Leistungsdaten und Reichweite bedeuten. Die B-1 mit innenliegender Lagerung weist einen nur geringfügig größeren Radarquerschnitt als der Super Hornet auf und verfügt über stärkere Radarstörsysteme. Er verfügt über eine höhere Eintrittsgeschwindigkeit, ist geeignet für Geländefolgeflüge und kann bis zu sechzehn Cruise Missiles mitführen – gegenüber den maximal zwei der F-35. Zudem ist die F-35 noch nicht einsatzbereit und wird es voraussichtlich auch erst in frühestens vier Jahren sein. Bis zum Bau der ›Next Generation Bomber‹ oder ›Mjollnir‹ ist die XB-1 Excalibur nur eine Zwischenlösung für AirSea Battle, vermag aber für weniger Geld die gleichen Aufgaben zu übernehmen, und das besser als jede andere Alternative. Und er wäre früher einsatzbereit.«

»Das Design ist vierzig Jahre alt und das jüngste Flugzeug nahezu dreißig, zudem ist es seit fast fünfzehn Jahren nicht mehr in der Luft gewesen«, wandte Murth ein. »Was General McLanahan hier zitiert, sind Daten über Leistung und Tarnkappenfähigkeit, die auf der Technik der Achtzigerjahre beruhen. Sollte sich eine chinesische JN-15 oder J-20 oder auch eine russische Sukhoi-34 oder T-50 einem solchen Bomber bis auf Reichweite nähern, wären diese sechzehn Cruise Missiles im Handumdrehen verloren. Ich rate Ihnen dringend, dieses Programm nicht in Betracht zu ziehen, Miss Vice President.«

»Vielen Dank, Mr. Murth«, sagte Ann, dann sah sie Glenbrook an, den Nationalen Sicherheitsberater. »Bill?«

Nach einem Augenblick des Überlegens sagte Glenbrook: »Der Plan gefällt mir, Miss Vice President.« Murth klappte vor Überraschung der Unterkiefer herunter. »Offen gesagt, Ma'am, haben wir gar keine große Wahl. Sehen Sie doch, was draußen auf dem Südchinesischen Meer passiert ist: Wir verfügen über eine Handvoll Bomber – darunter auch einen B-52-Tarnkappenbomber, der uns nach dem Amerikanischen Holocaust erhalten geblieben ist –, die beim Einsatzkommando ›Continuous Bomber Presence‹ auf Guam stationiert sind, haben jedoch gezögert, sie über dem Südchinesischen Meer einzusetzen, da wir befürchtet haben, die Spannungen weiter zu verschärfen oder, schlimmer, einer von ihnen könnte auf ebenso mysteriöse Weise abgeschossen werden wie der P-8 Poseidon. Flugzeugträger, von denen aus Hornets starten, müssten für einen Einsatz in feindlichen Gewässern auf Nahdistanz gehen, und die F-35 Lightnings wären frühestens in drei oder vier Jahren einsatzbereit. Der Skipper dieses Küstenwachekutters hatte um Unterstützung gebeten, wir aber hatten ihm nichts anzubieten. General McLanahans Plan ist die einzig realisierbare Option.« Er überlegte erneut, nickte dann. »Ich werde dem Präsidenten empfehlen, dass das Pentagon sich an den Kongress wenden und dort die finanziellen Mittel zur Umsetzung von General McLanahans Projekt beantragen sollte.«

»Verzeihen Sie, Sir, aber meiner Meinung nach ist es völlig ausgeschlossen, dass der Kongress einer Ausgabe von nahezu einer Milliarde Dollar zustimmen wird für ein paar vierzig Jahre alte fliegende … Dinosaurier«, sagte Murth, in dessen Gesicht der verdutzte Ausdruck wie eingemeißelt war. »Das Weiße Haus würde sich … lächerlich machen.«

»In Anbetracht der Vorfälle über dem Südchinesischen Meer«, sagte Ann, »empfehle ich dem Präsidenten, dass er einen Nothaushalt zur sofortigen Umsetzung des Programms beantragt.«

Murth wandte seine verblüffte Miene der Vizepräsidentin zu. »Ein Nothaushalt, Miss Vice President?«, fragte er. »Das ist vollkommen … inakzeptabel.«

»Der Präsident und ich sind anderer Meinung, Herr Staatssekretär«, entgegnete Ann. »Wir möchten, dass dieses

Projekt mit der größtmöglichen Eile vorangetrieben wird. Weißes Haus und Pentagon verfügen über einen geheimen Notfonds, der uns für derartige Sonderfälle zuerkannt wurde. Ein Teil davon wird dafür benutzt werden, das Drehflügelflugzeug auf dem Kutter der Küstenwache zu ersetzen, ein weiterer für den P-8, ein gewisser Betrag geht an die Familien der Opfer, und der Rest fließt in den Erwerb der umgerüsteten B-1-Bomber für den Pazifikeinsatz. So können wir verfahren, bis wir den Kongress zur Finanzierung weiterer B-1er oder eines neuen Langstreckenangriffsflugzeugs bewegen können. Ich danke Ihnen, dass Sie sich diese Mühe gemacht haben, Staatssekretär Murth.« Ihre letzten Worte besagten mit aller Deutlichkeit, dass er sich nun entfernen konnte.

Der junge Bürokrat nickte und verließ ohne ein weiteres Wort den Raum.

»Also, meine Herren, Sie wissen, was Sie zu tun haben«, wandte sich Ann Page an Patrick, Hoffman und Oglethorpe. »Soeben haben der Präsident und ich den vierthöchsten Zivilisten des Pentagon überstimmt, einen Mann, dessen Job es ist, unsinnige Programme zu stoppen. Der Präsident möchte, dass Sie heute Nachmittag Ihr Angebot dem Sicherheitsstab präsentieren. Geben Sie Ihr Bestes. Und vergessen Sie nicht das Abendessen später im Amtssitz.« Sie lächelte und fügte dann, bereits auf dem Weg zur Tür, hinzu: »Immer vorausgesetzt, Sie reden noch miteinander, nachdem er und sein Sicherheitsstab Sie durch die Mangel gedreht haben, und haben dann noch immer den Wunsch, Zeit mit ihm zu verbringen.«

NAVAL AIR STATION FALLON, NEVADA
Einige Monate später, Februar 2015

»Ladys und Gentlemen, willkommen auf der Naval Air Station Fallon«, sagte der Offizier der U.S. Navy. »Mein Name ist Captain Richard Avery, und ich möchte Sie auf der Naval Air Station Fallon und dem Naval Strike and Air Warfare Center, der führenden Schulungseinheit für Luftkriegsführung, willkommen heißen.«

Nahezu einhundert Männer und Frauen füllten den Zuschauerraum. Rechter Hand saßen Personen in unterschiedlich farbigen Fliegeroveralls, von Schwarz über Dunkelgrün bis Rot. Dann folgte eine auffallende Lücke aus unbesetzten Plätzen und schließlich, auf der Linken, eine weitere Gruppe, ebenfalls in unterschiedlich farbigen Fliegeroveralls, meist jedoch in dem international üblichen Orange. Der große Bildschirm hinter dem Sprecher auf der Bühne wechselte zu einem dreieckigen Emblem aus zwei Jets, Bergen und einem gehörnten Rinderschädel.

»Wie die meisten unserer Gäste vermutlich wissen, sind im NSAWC drei ehemals getrennte Schulungszentren zusammengefasst«, sagte Avery, »das Naval Strike Warfare Center oder ›Strike U‹, in dem moderne Bombardierungs- und Schießtaktiken unterrichtet werden, TOPGUN für moderne Luft-Luft-Gefechtstaktiken sowie TOPDOME, die Carrier Airborne Early Warning Weapons School, wo moderne Radar-, Luftabfangs- und Kontrolltechniken gelehrt werden. Jede Einheit, die sich auf ihre Entsendung vorbereitet, kommt für eine Vorabaufarbeitung nach Fallon, darüber hinaus sind wir die einzige Einrichtung weltweit, die ein volles Flugzeugträgerluftgeschwader in ein umfassendes und realistisches Schulungsprogramm aufnehmen kann. Wie es der

Zufall will, befinden wir uns derzeit zwischen zwei Aufarbeitungskursen. In ein paar Wochen wird das Luftgeschwader des Trägers *Nimitz* für seine Aufarbeitungsprogramm eintreffen als Vorbereitung auf sein letzte Fahrt vor seiner Außerbetriebnahme. Wir haben also Gelegenheit, eine ziemlich ungewöhnliche Gruppe von Personen realitätsnah zu schulen. Ganz ehrlich, Leute, zuerst dachte ich: *Wen* sollen wir hier ausbilden? Doch dann beteuerte mir der Einsatzleiter für Marineoperationen, dass dies keineswegs ein Scherz ist. Wir werden Sie ein stark verkürztes Aufarbeitungsprogramm des Luftgeschwaders der Flotte durchlaufen lassen und dabei herausfinden, was ihr Leute zu leisten imstande seid.«

Er wies mit einem Nicken auf die Männer und Frauen zu seiner Rechten. »Willkommen bei den VF-13, den ›Fighting Saints‹, unserer gegnerischen hier in Fallon stationierten Staffel. Sie fliegen den F-5N-Aggressor-Kampfjet.« Die Darstellung auf der großen Monitorwand hinter ihm wechselte zum Foto eines schnittigen zweistrahligen Kampfjets in einer ungewöhnlichen Lackierung aus grauen, blauen und braunen Streifen. »Unsere Flugzeuge sind in den Farben vieler unserer gegnerischen Flugzeuge lackiert. Unsere Crews üben und fliegen genau so, wie unsere Gegner dies tun. Und wie Sie erkennen können, sind unsere Flugzeugbesatzungen gehalten, die gleichen Fliegeroveralls und Ausrüstungen zu benutzen wie unsere Gegner, sodass sie den gleichen Erfahrungen und Einschränkungen unterliegen wie diese.«

Avery wandte sich den links von ihm sitzenden Piloten zu und musste über die extremen Unterschiede zwischen beiden Gruppen innerlich schmunzeln. Linker Hand waren die meisten deutlich älter als die Männer und Frauen von VF-13, ihre Haare waren länger und schütterer, und bei nicht wenigen von ihnen zeichnete sich in der Hüftgegend erkennbar eine Rundung ab. »Saints, heißen Sie die Männer und Frauen von Sky Masters Incorporated aus Battle Mountain, von uns aus gleich die Straße hinauf, willkommen.«

Die Darstellung auf der Monitorwand wechselte zurück zu einem B-1-Bomber. »Sie fliegen einen Bomber, den sie XB-1 Excalibur nennen, dabei handelt es sich um einen umgerüsteten und modernisierten überschallschnellen strategischen Bomber vom Typ B-1B Lancer. Die Air Force wird eine Reihe dieser Bomber im pazifischen Einsatzgebiet stationieren, um Operationen eines Flugzeugträgergefechtsverbands zu unterstützen und das AirSea-Battle-Konzept dort in die Tat umzusetzen. Ihr Auftrag in den nächsten Wochen wird es sein, ihnen Unterrichtsräume zur Verfügung zu stellen und sie im Rahmen des Flugschulungsprogramms über Flottentaktiken und Abläufe zu unterrichten.«

Auf der rechten Seite wurde Gemurmel laut. »Wie bitte, Sir?«, fragte eines der in der ersten Reihe sitzenden VF-13-Mitglieder. »Wir sollen diese *Zivilisten* ausbilden?«

»Richtig verstanden, Noose«, sagte Avery. »General McLanahan, darf ich bekannt machen, dies ist Commander Kris Kahn, Rufzeichen ›Noose‹, Kommandeur von VF-13. Noose, Sie haben sicher schon von dem pensionierten Air Force Lieutenant General Patrick McLanahan gehört?«

Kahns Gesichtsausdruck wechselte von Verwirrung zu Unglauben und wieder zurück zu völliger Verwirrung, trotzdem schaffte er es irgendwie, sich lange genug wieder in das Hier und Jetzt zurückzuzwingen, um sich zu erheben und Patrick die Hand zu schütteln.

»General McLanahan ist Vizepräsident von Sky Masters Inc., jener Firma, die die B-1-Bomber aufarbeitet. Er wird der Schulung der ersten Gruppe von Flugzeugbesatzungen beiwohnen.«

»Jawohl, Sir«, sagte Kahn, immer noch verdutzt. »Freut mich, Sie kennenzulernen, Sir, und verzeihen Sie den Ausbruch.«

Patrick hüllte sich in Schweigen, nickte bloß, ein skeptisches Lächeln auf den Lippen.

Kahn wandte sich wieder herum zu Avery. »Sir, die Planspiele des Luftwaffengeschwaders Fallon und die Übungen zu dem Advanced Readiness Program dauern jeweils einen Monat. Wie können wir da Crews, die nicht der Navy angehören, in gerade mal einer Woche ausbilden?«

»Das werde ich Ihnen und den Angehörigen Ihrer Staffel überlassen, Noose«, sagte Avery. »Offensichtlich handelt es sich nicht um eine vollständige Vorabaufarbeitung, sondern um eine Einführung in Navyterminologie, Basisabläufe und Taktik. Der CNO ist sich bewusst, dass die B-1–Leute eine Weile brauchen werden, sich mit den Abläufen bei der Navy vertraut zu machen, und er will vermeiden, dass es zu irgendwelchen Verwirrungen kommt. Die B-1er werden Langstreckenüberwassereinsätze mit den Flugzeugträgergefechtsverbänden koordinieren, aber Formationsflüge von Hornets mit den B-1 werden wir nicht zu sehen kriegen.« Er ignorierte Kahns Gesichtsausdruck völliger Verdutztheit. »Die Zivilisten werden Zutritt haben zum Silver State Club, dem Desert Moon Kino, dem Sagebrush Bowling Center, dem Flightline Grill and Bar sowie dem Fitnesscenter. Ich erwarte, dass Sie Ihren Teil dazu beitragen werden, dass sie sich hier willkommen fühlen, Noose. Vielen Dank.«

Es wurde ein vorläufiger Stundenplan für den nächsten Tag, weitere Leute miteinander bekannt gemacht, anschließend ging das Treffen auseinander, damit die Belegschaftsangehörigen die Zivilisten zu ihren Unterkünften bringen konnten.

Vor dem Auseinandergehen gaben sich Kahn und Patrick die Hand. »Noch einmal, Sir, der Ausbruch eben tut mir leid.«

»Kein Problem, Commander«, sagte Patrick.

Kahn nickte, senkte dann die Stimme, sah Patrick fest in die Augen und fragte: »Masters Eins, nehme ich an?«

Patrick war verwirrt, allerdings nur für einen Moment, dann begriff er, was Kahn da sagte, und in seinen Augen leuchtete es auf: »Formationsflug Welder Eins Sieben von zwei Super Hornets, nehme ich an?«

Kahn nickte und bedachte Patrick mit einem breiten Grinsen. »Sie haben da eine ganze Reihe heißer Jets, Sir. Aber jetzt sind Sie auf *meinem* Deck. Wir sehen uns auf dem Übungsgelände, Sir.«

»Darauf können Sie wetten, Commander«, sagte Patrick und ging.

Nachdem alle anderen gegangen waren, fing Kahn Avery ab, um ihn unter vier Augen zu sprechen. »Was, zum Teufel, soll das, Skipper?«, ging er ihn direkt an. »Ich muss meine Zeit zwischen den Aufarbeitungskursen dafür verschwenden, einen Haufen alter Knacker an die Hand zu nehmen und ihnen zu erklären, wie wir es bei der Navy halten – in gerade mal einer Woche?«

»Hören Sie, Noose, ich bin darüber auch nicht sehr erbaut«, sagte Avery mit gesenkter Stimme und in einem völlig anderen Ton als bei seiner Ansprache an die Gruppe: keine Spur mehr von dem jovialen, freundlichen und entgegenkommenden Gastgeber. »Aber ich habe diesen Auftrag direkt vom CNO. Das Pentagon wünscht, dass diese Burschen schnellstmöglich geschult und dann nach Guam geschickt werden, und genau das werden wir tun.«

»Das ist einfach völlig bescheuert, Sir«, sagte Kahn. »Haben Sie sich mal ein paar von den Typen angesehen? Wahrscheinlich nicken sie im Cockpit weg, oder sie werden ohnmächtig, wenn sie im Einsatzgebiet gegen die Schurken fliegen müssen! Hat die Navy ihren verdammten Verstand verloren?«

»Verstehe schon, Noose, verstehe«, sagte Avery. »Aber ich habe meine Befehle und Sie jetzt Ihre. Denken Sie sich irgendwas aus, damit McLanahan nicht zu seinen Freunden im Pentagon geht und dort erzählt, die Navy hätte ihn abblitzen lassen. Was passiert, sobald sie hier weg sind, ist nicht mehr mein Problem.« Er schüttelte den Kopf. »Ich will bloß hoffen, sie kommen nicht der Flotte in die Quere. ›Die Truppe, die nicht geradeaus schießen kann‹ ist auf dem Weg in den Pazifik.«

SPRATLY-INSELN, SÜDCHINESISCHES MEER

Mehrere Wochen später

Die Fregatte der Gepard-Klasse HQ-013 *Cá map* oder kurz *Hai* der Sozialistischen Republik Vietnam befand sich auf Patrouillenfahrt in der Nähe der von Vietnam besetzten Spratly-Insel. Die Fregatte war das jüngste Kriegsschiff Vietnams, in Russland entwickelt, gebaut jedoch unter Lizenz in Vietnam – eine Spezialanfertigung für die Anti-U-Boot-Kriegführung mit einem Helikopter mit Tauchsonar, bestückt mit Torpedos, einem Sonar für variable Tiefen, vier Torpedorohren sowie einem mehrläufigen Raketenstartgerät vom Typ RBU-6000; dies konnte in einem dichten Muster Anti-U-Boot-Raketen verteilen, die von einem Feuerleitoffizier für eine Explosion in einer bestimmten Tiefe programmiert wurden. Das schnelle und wendige Schiff war der Stolz der vietnamesischen Marine.

Ihr geringer Tiefgang von gerade mal fünfzehn Fuß machte die Fregatte HQ-013 zum perfekten Schiff für Patrouillenfahrten zwischen den Riffen, Tiefseebergen und Sandbänken nahe der vietnamesischen Kommunikationseinrichtung auf Spratly Island. Die Insel – gerade mal fünfunddreißig Morgen groß, jedoch mit einer Bevölkerung von fast eintausend Personen, größtenteils Armee- und Marinesoldaten – war die viertgrößte im Archipel der Spratly-Inseln und die größte der von Vietnam besetzten Inseln. Das Eiland wurde von einer sechshundert Meter langen Rollbahn aus Korallen und Sand in zwei Hälften geteilt, die sich über die gesamte Länge der ovalen Insel erstreckte. Ein Hafendamm auf der Südostseite der Insel reichte über das die Insel umgebende Riff hinaus, hinter dem der Meeresboden an einer fast senkrechten Wand nahezu zweitausend Meter tief abfiel. Am Ende des Damms hatte man einen Pier errichtet, groß genug für die Fähren und großen Versorgungsschiffe, die nach fünfzehnstündiger Fahrt von Ho-Chi-Minh-Stadt dort anlegten, aber auch für die zahlreichen Fischerboote, die in diesen Gewässern verkehrten.

Obwohl die Kommunikationsanlage der vietnamesischen Marine echt war und eine Funk- und Telefonverbindung zwischen den Fischerbooten und dem Festland bot, war sie im Zeitalter der Satellitenkommunikation weitgehend überflüssig. Ihr eigentlicher Zweck bestand darin, eine starke Militärpräsenz auf der Insel aufrechtzuerhalten und Vietnams Anspruch auf diese wie auch auf weitere elf Inseln und Inselchen, die das Land im Archipel besetzt hielt, zu stützen. Fünf weitere Nationen erhoben Anspruch auf Inseln des Archipels, und zwei weitere Länder, die Volksrepublik China und die Philippinen, beanspruchten ein Eigentumsrecht an dem gesamten Archipel.

Der Kommandant der *Hai*, Kapitän Dang Van Chien, stand auf der Brücke und nippte an einem Becher Tee. Der erfahrene Seemann, schlank und athletisch, genoss es offensichtlich, das Kommando über eines der besten Beispiele für die militärtechnischen Errungenschaften seines Landes zu führen. Es hielt ihn kaum auf seinem Platz; wenn er nicht auf der Brücke stand und die elektronischen Bedienelemente und umfangreichen Kommunikationssysteme bestaunte, befand er sich in der Gefechtsleitstelle oder im Maschinenraum, wo er sich alles genau ansah und sich die Funktionsweise von irgendetwas erklären ließ. Er wusste, dass er den anderen damit auf die Nerven ging, aber er *war* nun mal der Kapitän, und er hatte das Gefühl, dass es sowohl seine Verantwortung als auch sein gutes Recht war, seine Besatzung über ihre besonderen Befähigungen zu befragen.

Dang sah auf seine Uhr, und ein Lächeln huschte über seine Lippen. Sie hatten eine überraschende Schießübung angesetzt, und diese würde in wenigen Minuten beginnen. Informiert waren nur er und einige wenige Einheitsführer. Ihr Ziel war ein altes Fischerboot, das mehrere Monate zuvor von den Grenzschützern wegen Heroinschmuggel aufgebracht worden war. Nach einem eintägigen Prozess war die Mannschaft ausnahmslos hingerichtet worden, und nun würde man ihr Drogenschmugglerschiff zum Wohle der Marine zerstören.

»Brücke, Gefechtsoffizier«, wurde ihm ein paar Augenblicke daraufhin gemeldet. »Radarkontakt, Flugzeug, Kurs drei-null-null, Flugrichtung Süden, Entfernung fünfzig Kilometer, Höhe eintausend Meter, Geschwindigkeit dreihundert, kein Transponder.«

Tief und langsam fliegend, ohne Funkfeuer für die Identifizierung, weit draußen inmitten des Südchinesischen Meeres – das bedeutete für gewöhnlich Schmuggler oder ausländische Patrouillenflugzeuge. Doch das Zielschiff befand sich weit drüben in südlicher Richtung und das Flugzeug im Norden, es würde die Übung also nicht stören. »Sehr gut«, gab er zurück. »Setzen Sie die Beobachtung fort.«

»Brücke, Gefechtsoffizier – Oberflächenkontakt, Kurs eins-sechs-fünf, Entfernung zwanzig, Geschwindigkeit zehn, Fahrtrichtung Osten, freundlicher Transpondercode empfangen und bestätigt. Zweiter Oberflächenkontakt, scheint erstem Kontakt zu folgen, einhundert Meter dahinter.«

Dang wusste, dass es sich bei dem Schiff mit dem elektronischen Radarfunkfeuer um einen das Zielschiff ziehenden Hochseeschlepper handelte. »Weitere Oberflächenkontakte in der Nähe?«, erkundigte er sich.

»Nein, Kapitän.«

»Sehr gut.« Er sah erneut auf seine Uhr, um die Zeit zu notieren, dann wandte er sich an den Deckoffizier. »Gefechtsstation, Angriff auf Oberflächenziel vorbereiten. Höchstgeschwindigkeit.« Die Alarmglocken, die allmähliche Beschleunigung der *Hai*, das Geräusch der über die Decks und Leitern hastenden Stiefel, das Zuschlagen der Luken … das alles versetzte ihn stets in eine Art Rausch, und er spürte sein Herz voller Erwartung schneller schlagen.

Der Bootsmann reichte Dang einen Helm samt Schwimmweste. Als er beides angelegt hatte, meldete der Deckoffizier: »Das Schiff ist auf Gefechtsstation, Kapitän. Wir fahren mit Höchstgeschwindigkeit, Kurs eins-neun-null.«

»Sehr gut. Gefechtsoffizier, Entfernung zum Ziel?«

»Fünfzehn Kilometer, Kapitän.«

»Bereiten Sie Angriff mit dem AK-176 vor«, ordnete Dang an. Das AK-176 war das bugwärts montierte 76-Millimeter Mehrzweckgeschütz. Es konnte Zwölfkilogranaten bis zu fünfzehn Kilometer weit feuern; die *Hai* war mit dem neuesten Modell ausgerüstet worden, das, ohne anschließend eine längere Abkühlphase zu benötigen, bis zu zwei Schuss in der Sekunde abgeben konnte. Das Geschütz war sowohl über Fernseh- und bildgebende Infrarotkameras als auch über das Feuerleitradar AK-630 steuerbar.

»AK-176 bereit, Deck geräumt, Kapitän«, meldete der taktische Offizier.

»Ausgezeichnet. Stellen Sie sicher, dass Sie das richtige Schiff anvisieren – versenken Sie nicht unseren Schlepper, *xin.*«

»Untiefe voraus, Kapitän«, meldete der Navigationsoffizier.

»Manövrieren Sie nach Osten«, befahl Dang.

»Manövrieren nach Osten, verstanden, Kapitän.« Damit hatten sie das Ziel nicht mehr direkt vor der Nase.

Dang warf einen Blick auf die elektronische Karte – schon in wenigen Minuten würden sie die Untiefe hinter sich gelassen haben.

»Brücke, Gefechtsoffizier – Luftziel hat sich genähert auf unter zwanzig Kilometer, Kurs nach wie vor Süden. Ist heruntergegangen auf fünfhundert Meter. Bestreichen uns mit Suchradar.«

Wahrscheinlich doch kein Schmuggler, überlegte Dang. »Immer noch kein Transponder?«

»Nein, Kapitän.«

Dang überlegte, ob er die Schießübung abblasen sollte, entschied dann aber, dass sie sicher waren, solange sich das Flugzeug nördlich hielt. Dessen Besatzung war nah genug, dass man ihm eine ziemlich gute Show bieten konnte. »Beobachten Sie weiter. Geben Sie mir Bescheid, sobald es auf unter zehn Kilometer heran ist.«

»Jawohl, Kapitän.«

»Haben Untiefe hinter uns, Kapitän«, meldete der Navigator.

»Sehr gut. Gehen Sie auf eins-neun-fünf, bereit machen zu Angriff auf Oberflächenziel.« Die *Hai* reagierte wie der Vollblütler, der sie war. Dang spürte, wie seine angespannte Erwartung immer mehr anwuchs, als er den Geschützturm des AK-176 bei der Verfolgung seines Ziels nach links schwenken sah.

»Entfernung zum Ziel?«, rief Dang.

»Zehn Kilometer bis Ziel, Kapitän.« Einen Augenblick darauf: »Brücke, Gefechtsoffizier – neuer Oberflächenkontakt, Peilung zwo-drei-null, Entfernung dreißig, Kurs Osten mit fünfundzwanzig Knoten.«

»Ziemlich schnell«, kommentierte Dang. »Kommandant, Brücke – geben Sie auf allen Frequenzen auf Vietnamesisch, Chinesisch und Englisch unsere Identifizierung und Position durch. Teilen Sie mit, dass wir in Kürze eine Schießübung durchführen, und warnen Sie andere Schiffe, sich aus einer Zone dreißig Kilometer um die Spratly-Inseln fernzuhalten. Gefechtsoffizier, bestätigen Sie, dass Sie nicht mit dem Ziel mit dem Funkfeuer eingeklinkt sind.«

»Bestätigt, Kapitän.«

»Sehr gut. Deckoffizier, geben Sie Alarm.« Als das Alarmhorn verstummte, griff Dang zum Hörer der schiffsweiten Gegensprechanlage. »An alle, hier spricht der Kapitän – Abfeuern der Geschütze vorbereiten.« Er wechselte zurück auf den Kanal des Gefechtsleitstandes. »Gefechtsoffizier, hier ist der Kapitän – Geschützbatterien freigegeben, feuern, sobald bereit, Rate dreißig, radargesteuert.«

»Freigabe Geschützbatterien erteilt, feuern, sobald bereit, Rate dreißig, radargesteuert, jawohl, Kapitän.«

Das Geräusch des feuernden Sechsundsiebzigmillimetergeschützes war Musik in Dangs Ohren; nur selten setzte er einen Gehörschutz auf. Er hob seinen Feldstecher vor die Augen und registrierte mit Begeisterung die Feuergarben und Rauchwölkchen, als die Schüsse in den Fischkutter einschlugen. »Feuer einstellen«, kommandierte er. »Gut getroffen, Gefechtsoffizier. Gehen Sie auf Infrarotpeilung, Frequenz dreißig. Ich möchte unser Zielobjekt noch nicht in Stücke schießen. Freigabe für Geschützbatterien erteilt, feuern, wenn bereit.«

HAUPTQUARTIER DER SÜDMEERFLOTTE, ZHANGJIANG, CHINA

Zur selben Zeit

Ein Adjutant kam in das Kommandeursbüro geeilt, in der Hand eine Nachricht. »Genosse General, dringende Meldung von einem unserer Patrouillenflugzeuge nahe Spratly Island.«

»Was gibt's denn?«, fragte Admiral Zhen Peng, Kommandeur der Südmeerflotte der Marine der Volksbefreiungsarmee, ohne von seiner Arbeit aufzublicken.

»Geschützfeuer einer vietnamesischen Fregatte südlich von Nansha Dao«, sagte der Adjutant, sich des chinesischen Namens für die Spratly-Inseln bedienend. »Wie es scheint, feuert sie auf ein Zielschiff, das von einem Schlepper gezogen wird.«

Zhen wollte schon sagen, es interessiere ihn nicht, was die Vietnamesen so trieben, dann aber unterbrach er doch seine Arbeit. General Zu Kai hatte es dem Generalstab wie auch der Stabsführung im Hauptquartier recht unmissverständlich zu verstehen gegeben: China beabsichtigte, die Kontrolle über die Nansha Dao und die Xisha Dao zu übernehmen. Gewiss würde er keinem ausländischen Kriegsschiff erlauben, nahe Nansha Dao Geschütze abzufeuern.

Er betrachtete die große Schautafel auf der anderen Seite seines Büros, die – bei stündlicher Aktualisierung – die Position jedes einzelnen Schiffes unter seinem Kommando anzeigte, vom Flugzeugträger *Zhenyuan* bis hin zum kleinsten Lastschiff. Der Gefechtsverband *Zhenyuan* lag wieder im Hafen und stand für Einsätze zur Verfügung, aber selbst wenn er sofort ausliefe – was im günstigsten Falle jedoch ein oder zwei Tage dauern würde –, würde er die vietnamesische Fregatte frühestens in knapp zwei Tagen erreichen. Zhen entschied sich, dafür zu sorgen, dass der Gefechtsverband mehr Zeit auf Patrouille verbrachte und weniger im Hafen. Der zweite chinesische Flugzeugträgergefechtsverband, angeführt vom Träger *Zheng He,* einem ehemals brasilianischen Flugzeugträger, war sogar noch weiter entfernt, und ein dritter Gefechtsverband unter der Führung des Trägers *Tongyi,* einem ehemaligen spanischen Angriffslandungsschiff und Helikopterträger, benötigte noch immer ein Jahr bis zu seiner Bereitstellung. Zudem war sein Hauptaufgabengebiet das Ostmeer gegenüber Taiwan. Die Südmeerflotte schien außerstande, gegen das in chinesischen Gewässern kreuzende vietnamesische Schiff etwas zu unternehmen. Seine Flotte aus Xian-H-6-Bombern mit ihren Antischiffsraketen kam ihm in den Sinn, doch selbst die würden mehrere Stunden für die Vorbereitung eines Ausfalls benötigen.

Er beschloss, ab sofort weitere H-6-Bomber – beladen und gefechtsbereit – in Alarmbereitschaft zu versetzen. An diesem Tag standen sie ihm jedoch nicht zur Verfügung.

Ein einziges chinesisches Schiff gab es, ein Type-062-Patrouillenboot unweit Spratly Island. Zhen rief seinen ranghöchsten Lotsen in der Befehlsstelle an. »Überprüfen Sie, ob das Patrouillenflugzeug bei Nansha Dao Kontakt zu P-71 hat.«

Kurz darauf erhielt er zur Antwort: »Funkkontakt bestätigt, Genosse Admiral.«

Das Type-062 war schnell und wendig, hatte aber nur ein schweres Zwillingsgeschütz sowie ein doppelläufiges schweres Maschinengewehr an Bord – damit wäre es einer vietnamesischen Fregatte nicht gewachsen …

Aber vielleicht war das auch gar nicht nötig. Es gab da dieses neue Waffensystem … Es unterstand zwar noch nicht seinem Kommando, war aber verfügbar und hatte seine durchschlagende Wirkung angeblich bereits unter Beweis gestellt. »Ist dieses Patrouillenflugzeug bei Nansha Dao imstande, eine Zieldatenverbindung herzustellen?«, fragte er den ranghöchsten diensthabenden Lotsen.

»Jawohl, Genosse Admiral«, antwortete dieser wenige Augenblicke später. »Alle unsere Langstreckenpatrouillenflugzeuge können sichere digitale Zielinformationen an unser Hauptquartier oder andere befugte Nutzer übermitteln.«

Das wäre perfekt, überlegte Zhen. Seine Schiffe konnten dieses Ziel vielleicht nicht aufbringen, aber sie konnten jemanden unterstützen, der dies vermochte.

»Lassen Sie den gesamten Gefechtsstab zusammenkommen«, befahl Zhen. »Ich will, dass die Gefechtsverbände Thenyuan *und* Zheng He alle Vorbereitungen zum Auslaufen treffen. Anschließend holen Sie mir General Zu auf einer sicheren Verbindung an den Apparat – *sofort!* Unser Patrouillenschiff wird südlich von Nansha Dao von der vietnamesischen Marine angegriffen, und ich wünsche, dass dagegen etwas unternommen wird!«

HAUPTQUARTIER DER ELFTEN TAKTISCHEN RAKETENDIVISION, PEKING, CHINA

Einige Minuten später

Beinahe im Laufschritt eilte Generalmajor Hua Zhilun in seine Kommandozentrale. »Meldung!«, rief er, kaum dass er in der Tür stand.

»Datenverbindung bestätigt, Genosse Generalmajor«, meldete der ranghöchste Lotse. »Ein Marinepatrouillenflugzeug, ungefähr fünfzehn Kilometer nördlich des Ziels. Haben ihn im Visier.«

»Nicht doch, Sie verdammter Trottel. *Hu Zhao*«, sagte Hua. »Die Tigerkralle. Statusmeldung.«

Es dauerte mehrere Augenblicke, sämtliche verfügbaren Batterien zu überprüfen. »Keine Batterien von Tigerkralle innerhalb der Reichweite verfügbar, Genosse Generalmajor«, meldete der Lotse.

»Méiyou?«, stieß Hua hervor. »Keine einzige?« Allerdings hätte er nicht so überrascht sein sollen. Trotz der angespannten Situation im Westpazifischen und Indischen Ozean hielten sie ›Tigerkralle‹ nicht in Alarmbereitschaft, sondern verwahrten die Batterien sicher in den Garnisonen, bis der Befehl zur Verlegung auf vorab festgelegte Startpunkte erteilt wurde. Bei aller Mobilität benötigten die Mannschaften nach wie vor einige Zeit, um sie startbereit zu machen. Außerdem waren die ihnen im Augenblick zur Verfügung stehenden Raketen lediglich mit nicht nuklearen hochexplosiven Sprengladungen bestückt, was ihre Reichweite stark

verminderte. »Was haben wir in den nächsten zehn Minuten sonst noch zur Verfügung?«

»Augenblick, Genosse Generalmajor«, bat der ranghöchste Lotse. Kurz darauf meldete er mit einem Lächeln: »Genosse Generalmajor, Batterie Zwei, CJ-20 *Cháng Jiàn*, Wuzshan, Hainan Dao, aufgetankt und startklar. Hat gerade an einer simulierten Startübung teilgenommen. Der Kommandeur meldet, Rakete ist ausschließlich mit hochexplosivem Gefechtskopf bewaffnet. Erwartet Befehle.«

»Das ist höchst erfreulich«, sagte Hua. Die CJ-10 *Cháng Jiàn* oder »Langschwert« war eine neue Klasse von Langstrecken-Antischiffsmarschflugkörpern der Volksbefreiungsarmee. Sie war aus der überschallschnellen CJ-10-Landangriffsrakete entwickelt worden und wurde von einer mobilen Raketenstartrampe abgefeuert. Wie die Dong Feng-21 verfügte die nicht nukleare Version der CJ-20 weder über die große Reichweite noch die hohe Geschwindigkeit der mit einem nuklearen Gefechtskopf ausgestatteten Version, in diesem Fall jedoch war sie deutlich innerhalb der Reichweite und würde ihren Zweck erfüllen. Sie bediente sich desselben superschnellen Radarendphasenlenksystems wie »Tigerkralle« und war überaus präzise, und das selbst auf große Entfernung, bei hoher Geschwindigkeit und gegen bewegliche Ziele.

Mit ernster Miene überlegte Hua, was man ihnen da gerade befohlen hatte. Als er jedoch das erwartungsfrohe Lächeln auf dem Gesicht seines ranghöchsten Lotsen sah, konnte auch er sich ein Lächeln nicht verkneifen. »Freigabe für Batterie erteilt«, sagte er mit ruhiger Stimme. »Abschuss sobald bereit.«

INSEL HAINAN, VOLKSREPUBLIK CHINA
Zur selben Zeit

»*Zhàn wèi!* Gefechtsstation!«, rief der Staffelkommandant und knallte den Telefonhörer auf. Draußen vor seinem Kommandofahrzeug erschallte ein elektronisches Signalhorn. »Abschussstationen! Melden Sie, wenn Rakete bereit. Rufen Sie den Datenfluss von diesem Patrouillenflugzeug ab.«

Der Zielerfassungsoffizier begann hektisch auf seiner Computertastatur zu tippen, und kurz darauf erschien eine Karte des Südchinesischen Meers südlich der Spratly-Inseln auf seinem Bildschirm. Vier Ziele wurden hervorgehoben, daneben waren Flugbahnen und Geschwindigkeiten abzulesen. Er vergrößerte die Darstellung so, dass nur noch drei Ziele zu sehen waren.

»Was haben wir, Leutnant?«

»Das am weitesten nördlich liegende Schiff ist die vietnamesische Fregatte«, sagte der Zielerfassungsoffizier. Er wies auf den Bildschirm. »Bei dem Ziel im Südosten handelt es sich um einen Schlepper. Das dritte ist das Fischerboot, das soeben von der Fregatte beschossen wird. Das Radarecho ganz im Westen ist unser Type-062-Patrouillenboot.«

»Markieren Sie die Fregatte als Ziel eins«, ordnete der Kommandeur an. »Beginnen Sie sofort mit dem Datentransfer.«

Lange dauerte es nicht. Position, Kurs und Geschwindigkeit der vietnamesischen Fregatte wurden zu den Flugcomputern eines *Cháng-Jiàn*-20-Maschflugkörpers übermittelt. Innerhalb von Augenblicken wurde die Information mehrfach geprüft und gegengeprüft. Unterdessen wurde die fünfzehn Tonnen schwere CJ-20 auf ihrer mobilen Raketenstartrampe in die Feuerstellung aufgerichtet. Die mit

Festtreibstoff betriebene CJ-20 musste nicht aufgetankt werden – sobald sie aufgerichtet, ihre Gyroskope ausgerichtet und ihre Zielinfodaten empfangen und bestätigt waren, war sie startbereit.

»Haben wir eine Position von Yaogan-9?«, rief der Kommandeur. »Ich will eine Bestätigung sowie eine weitere Positionslinie für das Ziel.« Yaogan-9 war eine Gruppe von drei Radarsatelliten, die das Südchinesische Meer und den Westpazifischen Ozean rund um die Uhr überwachten und Radarbilder und Zielinformationen lieferten, die an die gesamte Flotte von ballistischen DF-21D-Antischiffsraketen und CJ-20 Antischiffsmarschflugkörpern übermittelt wurden.

»Nein, Genosse Kommandeur«, meldete der Zieloffizier. »Yaogan-9 scheint offline zu sein.«

»Was ist mit dem *Chàngyuan de mùguang?*«, wollte der Kommandeur wissen. Das *Chàngyuan de mùguang* oder »Weiter Blick« war das in Chongqing in der Provinz Guizhou gelegene rückstreuende Überhorizontradar. Das System reflektierte Radarstrahlen von der Ionosphäre zur Erde zurück, wieder hinauf zur Ionosphäre und von dort zurück zum Empfangsgerät, wodurch es möglich wurde, Radarechos über eine Entfernung von Tausenden Meilen aufzufangen – hundertmal weiter als bei Sichtradar. Der Radarstrahl konnte elektronisch so ausgerichtet werden, dass er sowohl die Meeresoberfläche als auch den Himmel bestrich und Schiffe wie Flugzeuge auf unglaublich große Entfernungen ortete.

»Kein Kontakt zu ›Weiter Blick‹, Genosse Kommandeur«, meldete der Zielerfassungsoffizier. »›Weiter Blick‹ wurde offenbar wegen Wartungsarbeiten abgeschaltet.«

Das war nicht überraschend – das rückstreuende Überhorizontradar war zwar keine neue Technologie, aber sie war neu für China und noch nicht vollständig ausgereift. »Was ist mit diesem Patrouillenboot?«, fragte der Kommandeur.

»Negativ, Genosse Kommandeur. Ausschließlich Navigationsradar. Kein Datenlink.«

Wie es aussah, würden die einzigen Zielangaben, die ihnen zur Verfügung standen, vom Radar des Patrouillenflugzeugs kommen. Das war ausreichend, gleichwohl wurde eine Bestätigung durch weitere Peilungen stets bevorzugt. »Na schön«, sagte der Kommandeur. »Status?«

»Gyroskopausrichtung abgeschlossen«, meldete der Lotse. »Rakete ist aufgerichtet, Steuerkurs eingegeben.«

»Sehr gut.« Der Kommandeur nahm einen Schlüssel vom Band um seinen Hals, langte nach oben, zum oberen Rand seiner Steuerkonsole, steckte ihn in ein Schloss und drehte ihn nach links, woraufhin augenblicklich über Satellit Gefechtsleitstellen im gesamten Gebiet gewarnt wurden, dass in Kürze eine Rakete abgefeuert wurde. Augenblicke später klingelte das Telefon neben ihm, und er nahm sofort ab. Nach Angabe und Erhalt der Authentifizierungscodes meldete er: »Vorstartüberprüfungen abgeschlossen, Rakete startbereit, Genosse Kommandeur.«

»Abschuss, wenn bereit, Oberst«, kommandierte General Hua.

»Abschussbefehl bestätigt, Genosse General«, sagte der Kommandeur, drehte den Schlüssel auf AUS, wartete einige Augenblicke und drehte ihn dann ganz nach rechts.

An der Abschussbasis erschallte eine Alarmglocke, und Augenblicke später schoss ein CJ-20-Marschflugkörper aus seinem auf der mobilen Startrampe montierten Lagerbehälter hervor und raste in den nächtlichen Himmel. Im Nu war er auf zehntausend Fuß gestiegen und überflog mühelos das in der Mitte der Insel Hainan gelegene Gebirge. Augenblicke später klappten Tragflächen aus dem Raketenkorpus aus, und die CJ-20 begann ihren langsamen Sinkflug auf einhundert Fuß über dem Südchinesischen Meer, während sie auf zweifache Schallgeschwindigkeit beschleunigte.

EINSATZLEITSTELLE DES WELTRAUMGESTÜTZTEN INFRAROTSYSTEMS, BUCKLEY AIR FORCE BASE, AURORA, COLORADO
Im selben Augenblick

»Raketenstartsichtung!«, rief der Sensortechniker. Was augenblicklich jedermanns Aufmerksamkeit fesselte und die Operateure an den Konsolen bewog, ihren Bildschirmen den Rücken zuzukehren.

»Ausgangspunkt?«, fragte die ranghöchste Operateurin, Air Force Captain Sally Martin.

»Sieht aus, als könnte es die Insel Hainan sein, in China«, antwortete der Sensortechniker. »Die exakte Abschussrampe werden wir in Kürze reinbekommen. Steuerkurs ist Süd-Südost, beschleunigend, nähert sich Schallgeschwindigkeit.«

»Alarmieren Sie das Pacific Command«, sagte Martin. »Überschallschnelle Rakete verlässt Insel Hainan mit Kurs Süd-Südost, Ziel unbekannt.« Aufmerksam beobachtete sie den großen Bildschirm vor ihr, auf dem der Computer eine grafische Darstellung der im Flug befindlichen Rakete zeigte. Martin war die diensthabende Offizierin und verantwortlich für das weltraumgestützte Infrarotsystem der Air Force oder SBIRS, ein Netzwerk aus wärmesuchenden Satelliten – hoch, tief und geostationär –, dafür ausgelegt, ballistische Raketen zu entdecken und zu verfolgen, ihre Start- und Aufschlagpunkte zu ermitteln, ihre Gefechtsköpfe zu verfolgen und zu klassifizieren, festzustellen, ob womöglich Täuschkörper darunter waren, und die Zielinformationen an land- und seegestützte Raketenabwehrstützpunkte weiterzuleiten.

Erst nachdem das gesamte System installiert war, hatte man festgestellt, dass die Sensoren so empfindlich waren, dass man nicht nur die weißglühende Abstrahlfahne während des Aufstiegs oder die rot glühenden Gefechtsköpfe während des Wiedereintritts ausmachen konnte, sondern auch die Wärmespur hinter dem Raketentriebwerk, was sogar noch präzisere Verfolgungs- und Zieldaten lieferte.

Diesmal jedoch war an der Wärmespur etwas merkwürdig. Martin wandte sich herum zu ihrem stellvertretenden Controller, Master Sergeant Ed Ingalls, einem erfahrenen Soldaten des U.S. Space Command mit fünfzehn Dienstjahren auf dem Buckel. »Was halten Sie von dieser Spur, Ed?«

»Ich würde sagen, das ist keine ballistische Rakete, sondern ein Marschflugkörper, Ma'am«, antwortete Ingalls ein paar Augenblicke später. »Es geht das Gerücht, dass die Chinesen neben den ballistischen Raketen jetzt auch Antischiffsmarschflugkörper aufstellen. Gut möglich, dass das einer davon ist. Sie bleiben so tief, dass die Atmosphäre ihre Wärmespur abschwächt.«

Martins Interkom fiepte, und sie brachte das Mikro an ihre Lippen. »Martin hier, sprechen Sie, SPACECOM.«

»Was haben Sie für mich, Sally?«, fragte der ranghöchste Controller im Hauptquartier des Space Command.

»Master Sergeant Ingalls ist der Meinung, wir hätten hier einen Marschflugkörper, Sir«, antwortete Martin. »Geschwindigkeit über Mach Eins, und er steigt nicht durch die Atmosphäre auf. Steuerkurs Süd-Südost.«

»Aufschlagpunkt?«

»Stand by.« Martin besah sich das Display genauer und

wartete ab, was die Darstellung ergeben würde, doch bislang passierte nichts. »Die Rakete manövriert leicht, deswegen gibt der Computer noch keine Schätzung aus, Sir«, sagte sie. »Sieht aus, als würde sie westlich an den Paracel-Inseln vorbeifliegen, aber sie könnte überall zwischen Vietnam und den Philippinen aufschlagen. Für eine genauere Beurteilung ist es noch zu früh, doch mein Tipp wäre, irgendwo im Gebiet der Spratly-Inseln. Falls wir irgendwelche Schiffe dort draußen haben, sollten diese besser benachrichtigt werden.«

»Ich werde es an das PACOM weitergeben«, sagte der Controller bei SPACECOM. »Sobald der Computer Ihnen einen eindeutigen Aufschlagpunkt nennt, melden Sie sich bei mir.«

»Wilco, Sir.«

SÜDCHINESISCHES MEER, SÜDLICH DER SPRATLY-INSELN
Mehrere Minuten später

»Nicht identifiziertes Schiff südlich von Nansha Dao«, vernahm Dang Van Chien, Kapitän der vietnamesischen Fregatte *Hai,* auf Chinesisch, »hier Patrouillenboot *Qíyú* der Marine der Volksbefreiungsarmee. Identifizieren Sie sich!«

»Ist der Kerl schwer von Begriff?«, murmelte Dang laut. »Funker, Sie haben diese Warnungen doch rausgegeben, oder?«

»Jawohl, Kapitän. Während der letzten zehn Minuten auf Vietnamesisch, Englisch und Chinesisch.«

»Machen Sie weiter damit«, befahl der Kapitän. »Gefechtsoffizier, Entfernung zu diesem chinesischen Patrouillenboot?«

»Zehn Kilometer. Hält genau auf uns zu.«

»Schießübung beenden, geben Sie Signal ›auf Gefechtsstation‹, keine Übung«, sagte Dang. Der Alarm erklang erneut, diesmal empfand der Skipper jedoch kein erregendes Gefühl, sondern beklemmende Angst. Er nahm das Mikrofon in die Hand und wechselte den Kanal auf die Seenotfrequenz. »Patrouillenboot *Qíyú,* hier spricht die Fregatte *Cá map* der Marine der Sozialistischen Republik Vietnam«, funkte er auf Chinesisch. »Sie befinden sich auf Kollisionskurs mit diesem Schiff. Ändern Sie augenblicklich Kurs.« Keine Antwort. Mittlerweile behielt Dang den Radarrepeater im Auge und konnte sehen, dass das chinesische Schiff keine Kursänderung vornahm. »Ruder, bleiben Sie auf Kurs zwo-zwo-null.« Damit würden sie genau aufeinander zuhalten und dem hereinkommenden Schiff das kleinstmögliche Profil bieten. »Gefechtsoffizier, bleiben Sie weiter am 176, nehmen Sie das chinesische Patrouillenboot ins Visier und warten Sie auf Befehl für Warnschuss.«

»AK-176 bereit.«

»Geben Sie einen Warnschuss ab«, kommandierte Dang. »Radargelenkter Warnschuss, Einzelschuss.«

»Unterwegs«, erfolgte die Antwort, und Augenblicke später feuerte das AK-176. Im Warnschussmodus war das Feuerleitsystem des Geschützes der *Hai* darauf ausgelegt, eine Granate präzise einhundert Meter vor ein Radarziel zu platzieren.

»Patrouillenschiff *Qíyú,* dies ist unsere letzte Warnung«, gab Dang wieder über Funk durch. »Ändern Sie augenblicklich Ihren Kurs!« Immer noch keine Reaktion. Dang schloss für einen Moment die Augen. Er wollte das nicht tun, dennoch dachte er nicht daran, abzudrehen und sich von diesem Winzling aus seinen eigenen Gewässern vertreiben zu lassen. »Gefechtsoffizier, geben Sie noch einen Warnschuss …«

»Ziel dreht ab, Kapitän«, meldete der Radaroffizier. »Dreht auf Süd … Setzt Kursänderung in östlicher Richtung fort.«

Den Sternen sei Dank, dachte Dang. Das Letzte, was er wollte, war, auf ein Schiff der chinesischen Marine zu schießen. »Sehr gut. Gehen Sie runter auf zehn Knoten, behalten Sie diesen Kurs bei, bis das Ziel …«

Und in diesem Augenblick gab es auf der Steuerbordseite der *Hai* eine gewaltige Explosion. Das Schiff wurde heftig nach links geworfen, in eine derartige Schräglage, dass seine Backbordreling für kurze Zeit ins Wasser tauchte. Jeder auf der Brücke wurde aufs Deck geschleudert, wenn er nicht auf seinem Platz angeschnallt war. Dichter Rauch füllte die Brücke, und die auf dem Schiff ausbrechenden Brände erleuchteten die Fenster.

Erst nach Minuten kam Dang wieder zu sich. Er lag auf der Brücke seines einstmals stolzen Schiffs und stellte fest, dass er zwar noch lebte, aber nicht das Geringste sehen konnte und seine Kehle von dem dichten Rauch brannte, der seine wunderbare Brücke füllte. Alarmglocken schrillten. Rings um ihn her schrien Matrosen. Mittlerweile hatte sich das Schiff wieder aufgerichtet, wurde aber immer wieder von Explosionen hin und her geworfen. Über Leichen, Blut und Glassplitter kriechend schob er sich hinüber auf die Steuerbordseite der Brücke. Er konnte die Feuer sehen, aber der Rauch war zu dicht, um irgendetwas anderes auszumachen. Er kroch zurück auf die Backbordseite.

»Kapitän!«, rief jemand. Zwei Armpaare hievten ihn auf die Füße, und zu seiner Überraschung stellte er fest, dass seine Beine, obwohl wackelig, ihn trugen. Die Männer, die ihn stützten, trugen Brandbekämpfungsmasken – die Lecksicherungsteams waren bereits bei der Arbeit. Sie zogen Dang auf die Backbordseite der Brücke und dort ins Freie.

»Meldung!«, rief er über das Tosen der Flammen und den Lärm der Alarmhörner hinweg.

»Ich weiß nichts, Kapitän«, antwortete einer der Männer der Lecksicherung, nachdem er sich Maske und Helm heruntergerissen hatte. »Unsere Lecksicherungsstation befindet sich auf der Brücke, weshalb wir sofort hergekommen sind. Im Funk hab ich nichts gehört.«

Dang trat backbords um die Aufbauten achtern der Brücke herum. Die gesamte Mittelpartie der *Hai* schien unter dichtem Rauch zu liegen, aus dem offenbar jeden Moment eine gewaltige Explosion oder Feuersäule hervorschießen konnte. Der Schaden schien sich jedoch oberhalb der Wasserlinie und nicht darunter zu befinden, er war also vermutlich nicht von einem Torpedo verursacht worden. Es war schlicht zu früh, darüber zu spekulieren, was die *Hai* getroffen hatte – jetzt musste er sich erst einmal um seine Mannschaft kümmern.

»Wer immer dafür verantwortlich ist, er wird teuer dafür bezahlen«, sagte Dang laut inmitten dem Rauch und dem Chaos rings um ihn herum. »Wer immer dies getan hat, Vietnam befindet sich im Krieg mit ihm!«

KAPITEL 6

ÜBER DEM WESTPAZIFIK
Früh am nächsten Morgen

»Radarkontakt!«, hörte Patrick über das Interkom. Er war der Kopilot an Bord eines Excalibur-XB-1-Bombers von Sky Masters, dreißigtausend Fuß über dem Pazifischen Ozean und einhundert Meilen nordwestlich der Insel Guam. Der Pilot war Warner »Cutlass« Cuthbert, der soeben seinen ersten aus einer Serie von sechs Prüfungsflügen absolvierte – neben all seinen anderen Pflichten hatte er den theoretischen und den Simulatortest in Rekordzeit bestanden und saß jetzt glücklich an den Steuerhebeln jenes Bombers, der stets sein Favorit gewesen war. »Oberflächenkontakt, auf zehn Uhr, einhundertdreißig Meilen.«

»Verstanden«, sagte Patrick. »Schon eine ID, Karen?«

»Negativ, Sir«, sagte der DSO, der Defensivsystemoffizier, Karen Wells. Normalerweise saß der DSO an Bord eines B-1-Bombers in der hinter dem Cockpit gelegenen Kabine des Waffensystemoffiziers, im Falle der Excalibur befand sich diese jedoch am Boden auf der Anderson Air Force Base in Guam, und die Sensordaten wurden vom Bomber via Datenlink und Satellit übermittelt. Wells war eine zivile Offizierin für elektronische Kriegführung, eine Veteranin der Air Force auf der B-1B und der EF-111, den Flugzeugen für elektronische Kriegsführung. Nach ihrem Ausscheiden aus der Air Force nach einundzwanzig Dienstjahren hatte die Mutter vier erwachsener Kinder Regionalfluglinien geflogen, ehe sie für dieses Projekt bei Sky Masters eingestiegen war. »Kein Radar …« Auf einmal hielt sie inne. Im selben Augenblick erschien auf Patricks und auf Cutlass' Multifunktionsdisplay eine Radarwarnanzeige. »Stand-by, Sir. Ist eben erst aufgetaucht … Ich hab's, Golfband-Langstreckenluftsuche. Ich würde ihn als chinesischen Lenkraketenzerstörer der Luhai-Klasse einstufen.«

»Das ist der, den wir suchen, der das taiwanesische Fischerboot versenkt und zwanzig Besatzungsmitglieder getötet hat«, sagte Cutlass. »Besatzung: Bereiten wir uns auf einen Angriff vor.«

Patrick vergewisserte sich, dass sich alles im Cockpit in Kampfbereitschaft befand, überprüfte dann, ob die Besatzung auf dem Stützpunkt Anderson ihre Systeme entsprechend konfigurierte. »Wie ist die Bewaffnung an Bord des Zerstörers, DSO?«

»Radargelenkte Boden-Luft-Raketen vom Typ Hong-Qian 9, maximale Reichweite sechzig Meilen, Sir«, antwortete Wells.

»Das ist weiter als die Reichweite unserer Zielerfassung«, sagte Patrick. »Wir müssen bis auf wenigstens zehn Meilen heran, um eine gute Sichtidentifizierung zu bekommen.«

»Verteidigungssysteme gefechtsbereit«, meldete George Wickham, der Offensivsystemoffizier, der neben Wells in dem klimatisierten Container saß, der ihnen auf dem Stützpunkt Anderson als Systemoffiziersabteil diente. Wickham, ein alter Hase der Navy mit acht Dienstjahren, hatte nach seinem Ausscheiden als Ingenieur für Bordelektronik bei einem großen zivilen Auftragnehmer für Verteidigungstechnik angefangen, ehe er von Sky Masters angeheuert worden war, doch außer als Passagier hatte er nie einen Fuß an Bord eines Flugzeugs gesetzt, und er hoffte auch, dass es dabei bleiben würde.

»Mein Plan ist es, auf dreißigtausend zu bleiben, einen Blick darauf zu riskieren und zu sehen, wie nah wir für eine positive Sichtidentifizierung herangehen müssen«, sagte Cutlass.

»Wenn das der Bursche ist, hinter dem wir her sind«, erinnerte ihn Patrick, »dann hat er schon früher Unschuldige getötet. Gut möglich, dass er es noch einmal versucht.«

»Schätze, sobald er auf uns feuert, wissen wir, dass er unser Mann ist.« Cutlass zog die Gurte seines Schleudersitzes stramm. »An alle, halten Sie sich weiterhin bereit. Patrick, gegenprüfen Sie meine Konfiguration für den Tiefflugangr…«

»Achtung, Achtung, nicht identifiziertes Flugzeug, einhundertzehn Meilen nordwestlich von Guam auf dreißigtausend Fuß, Steuerkurs West«, unterbrach ihn eine Stimme auf einer separaten Funkfrequenz. »Hier spricht der Zerstörer der chinesischen Marine *Seedrache.* Drehen Sie augenblicklich ab. Halten Sie wenigstens zwanzig Meilen Abstand, oder Sie werden beschossen.«

»Seedrache, hier Masters Null Sieben«, gab Patrick über Funk zurück. »Ihre Position wird an die Küstenwache und Navy der Vereinigten Staaten weitergegeben. Schlage vor, Sie drehen bei und bereiten sich darauf vor, dass wir an Bord kommen.«

»Sie können uns mal, Masters Null Sieben«, kam die Antwort.

»Echo-Foxtrot Band, Zielbeleuchtungsradar!«, verkündete Wells. »Lock-on stabil!«

»Bereitmachen für Angriff mit SPEAR!«, kommandierte Cutlass. »Holen Sie dieses Radar vom Himmel!«

»SPEAR meldet Fehlfunktion«, sagte Wells. »Bin schon dabei, es erneut zu initialisieren, aber das wird mehrere Minuten dauern!«

»Schalten Sie das TFR ein und gehen wir auf Tiefflug, Patrick«, entschied Cutlass. Patricks Finger flogen über die berührungsempfindliche Oberfläche seines MFDs, und kurz darauf schoss die Excalibur mit zehntausend Fuß in der Minute auf die Wasseroberfläche zu. »Fahren Sie SPEAR hoch und sehen Sie zu, dass Sie es schnellstmöglich ans Laufen kriegen, Karen!«

»Tragflächenschwenk«, sagte Patrick über Interkom. »Gashebel. Und behalten Sie Ihre Barber-Poles im Blick.« Die Barber-Poles waren gelb-schwarze Warnanzeigen auf dem Leistungsdatendisplay, die vor einem Abfallen der benötigten Luftgeschwindigkeit warnten.

»Danke.« Cutlass schwenkte die Tragflächen vollständig nach hinten und nahm leicht den Schub zurück, um während ihres computergesteuerten Sturzflugs nicht Mach 1 zu überschreiten.

»Passieren zehntausend.«

»Entfernung?«

»Nähern uns neunzig Meilen«, sagte Wickham.

»Können wir bei diesem Burschen jetzt auf Sichtidentifizierung verzichten?«, wollte Cutlass wissen. »Er macht sich bereit, auf uns zu feuern.«

»Die Einsatzregeln verlangen ausdrücklich eine Sichtidentifizierung«, erinnerte ihn Patrick. »Passieren fünftausend. Sichcrheitsebene festgelegt auf eintausend. Starte Übergang in Horizontalflug.«

»Und die Zielerfassung hat eine Reichweite von dreißig Meilen?«

»Die Entfernung für die Identifizierung eines Zieles von

Schiffsgröße beträgt etwa zwanzig Meilen«, sagte Wickham.

Sowohl Patrick als auch Cutlass behielten die Excalibur während des Übergangs in den Horizontalflug aufmerksam im Blick, gingen dann mit der Sicherheitsebene stufenweise nach unten auf fünfhundert Fuß. »TFR eingeschaltet.«

»Zielbeleuchtung und Luftsuche haben sich aus Lock-on gelöst«, meldete Karen. »Initialisierung von SPEAR läuft noch …« Dann ließ sie eine erneute Radarwarnung verlauten. »X-Band-Sea-Skimmer-Erkennungsradar meldet Lock-on.« Dann fügte sie hinzu: »Sie können die HQ-9 auf dieses Radar einschwenken und es so zur Steuerung von Nahverteidigungsgeschützen benutzen.«

»Entfernung fünfzig Meilen. Raketen bereit. Überprüfen Sie Sicherheitsebene fünfhundert.« Fünfhundert Fuß war die Minimalhöhe für das Abfeuern einer ihrer Raketen.

»Fünfhundert geprüft und bestätigt«, sagte Patrick.

»Vierzig Meilen.«

»Zielbeleuchtung ist wieder da … Beleuchter meldet Lock-on«, sagte Wells. »Solange SPEAR noch initialisiert wird, müssen Sie Infrarot- und Radartäuschkörper manuell auswerfen, General.«

»Verstanden«, sagte Patrick.

»Dreißig Meilen.« In der von der Sniper-Zielerfassungskuppel gelieferten Darstellung begannen sich die Umrisse ihres Ziels abzuzeichnen. Es war eindeutig ein großes Kriegsschiff, wenn auch nach wie vor zu weit entfernt für eine eindeutige Identifizierung. »Ziel Locked-on. Erscheint gleich auf Zielidentifizierung …«

»Raketenstart!«, schrie Wells. »Abbruch!«

»Radartäuschkörper links!«, rief Cutlass und riss im selben Moment, als er Patrick auf den Touchscreen tippen sah, die Excalibur in eine steile Rechtskurve.

»Lock-on abgebrochen«, bestätigte Wells.

»Sniper immer noch Locked-on ... Zwanzig Meilen!«, sagte Wickham. »Eindeutige Identifizierung: chinesischer Zerstörer! Tragflächen horizontal, an Bombenschachtklappen bereithalten!« Cutlass schwenkte zurück in Position Tragflächen waagerecht. »Klappen werden geöffnet.« Alle vernahmen sie das Rumpeln, als sich die Klappen des mittleren Bombenschachts öffneten. »Rakete eins ab ... Rakete zwei ab. Klappen schließen. Linksschwenk auf Kurs drei-null-null und Anflug mittig für Fotoeinsatz. Zehn Meilen. Und bitte lächeln für die Kameras.« Cutlass steuerte den Bomber geradewegs auf ihr Ziel zu, richtete ihn dann leicht schräg aus, um dieses, mit beinahe Schallgeschwindigkeit, nicht direkt zu überfliegen. Sekunden später schossen sie über ihr »Ziel« hinweg ...

... bei dem es sich jedoch gar nicht um einen chinesischen Zerstörer handelte, sondern um die *USS Sampson*, einen Lenkraketenzerstörer der Arleigh-Burke-Klasse der U.S. Navy, ein zu einem aus verschiedenen Kreuzern, Zerstörern und Fregatten bestehenden Verband gehörendes Schiff, mit denen die auf Guam stationierten B-1-Bomber während erweiterter Überwasserpatrouillen zusammengearbeitet hatten. Die Geschichte über einen chinesischen Zerstörer, der ein Fischerboot versenkt hatte, war Teil jenes realitätsnahen Szenarios, das Patrick und Tom Hoffman für die Besatzungen der Excalibur ausgearbeitet hatten. Der Zerstörer *Sampson* hatte echte Signale chinesischer Marineluftabwehr- und Suchradars gesendet, um den Besatzungen der Excalibur ein noch wirklichkeitsgetreueres Training zu ermöglichen. Bei der Rakete, die sie auf den Zerstörer *Sampson* abgefeuert hatten, handelte es sich um einen Nachbau der AGM-65M-Maverick-ER-Angriffsrakete mit vergrößerter Reichweite – die Excaliburs hatten noch keine Freigabe für die Bestückung mit Waffen erhalten.

»Sehr cooler Vorbeiflug, Masters Null Sieben«, funkte der Skipper der *Sampson,* nachdem der XB-1 ihn passiert hatte. »Ist schon nett, hier draußen mal Gesellschaft zu haben.«

»Vielen Dank für die das Training, *Sampson*«, funkte Cutlass zurück. »Masters Null Vier sollte in Kürze draußen sein, um die Patrouillenpositionen einzunehmen.«

»Wir wissen die Überwachung gewiss zu schätzen«, sagte der Skipper. Die auf der Anderson Air Base eingetroffenen XB-1 Excaliburs hatten den Auftrag, mit einzelnen Schiffen oder kleinen Verbänden von Schiffen der Navy im Westpazifik zu operieren und den Himmel jenseits des Schiffshorizonts nach Flugzeugen oder anderen Schiffen abzusuchen, diese zu identifizieren und das Infomaterial an ihre Führung weiterzuleiten. Bei entsprechender Flughöhe hatte das AESA der Excaliburs eine Reichweite von mehr als zweihundert Meilen für Oberflächen- und auch für fliegende Ziele und vermochte Ziele in großer Detailgenauigkeit zu identifizieren.

Cutlass setzte zu einem Steigflug an und schwenkte ab Richtung Guam. »Besatzung: Stations- und Sauerstoffprüfung«, sagte er, schlug sich dann mit dem Handballen gegen den Helm. »Ich vergesse ständig, dass ich nur ein Besatzungsmitglied habe.«

»Stimmt nicht, Cutlass, Sie haben noch immer eine vierköpfige Besatzung – nur dass zwei von ihnen auf eine Sauerstoffprüfung verzichten können«, sagte Patrick. »Ihre Gefechtsstationen müssen Sie dennoch neu konfigurieren.«

»Verstanden«, sagte Cutlass. »Sonst noch was?«

»Es war alles in allem sehr gut, Cutlass«, sagte Patrick mit einem Blick in seine Aufzeichnungen auf seinem mit einem Riemen auf dem Oberschenkel befestigten Klemmbrett. »Halten Sie ein Auge auf Ihre Luftgeschwindigkeit, damit wir nicht ohne die Sniper-Kuppel zurückkehren. Das Flugkontrollsystem sollte Sie eigentlich warnen, es wird aber nicht die Gashebel für Sie zurückziehen. Und bedenken Sie auch, sollte SPEAR versagen, müssen wir das Scheinschleppziel – so wie Radar- und Infrarottäuschkörper auch – manuell auswerfen. Ich hatte eigentlich erwartet, dass Sie daran denken würden. Zur Abwehr der HQ-9 wäre es hilfreich gewesen.« Bei dem ALE-50-Scheinschleppziel Kleiner Freund handelte es sich um einen aerodynamischen, hinter einem Flugzeug geschleppten Kanister, der aufgrund seiner Konstruktion einen deutlich größeren Radarquerschnitt aufwies als das Flugzeug selbst, was ihn für radargesteuerte Flugabwehrraketen zu einem weitaus verlockenderen Ziel machte. Die verbesserte Version des Täuschkörpers verfügte über Infrarotsender, die Wärme suchende Rakten auf sich zu lenken vermochten, und für eine Wiederverwendung konnte der Kanister sogar eingeholt werden.

»Das hatte ich vollkommen vergessen«, gestand Cutlass.

»Karen hat Ihnen mit ihrer Erinnerung, dass die Täuschkörper manuell ausgeworfen werden müssen, einen Tipp gegeben. Aber ich denke, beim nächsten Mal werden Sie es nicht vergessen.«

»Ich hoffe nicht.«

»Masters Null Sieben, hier Flugsicherung«, meldete sich der ranghöchste Lotse auf dem Kommandokanal.

»Flugsicherung, hier Null Sieben, sprechen Sie«, antwortete Patrick.

»Wir brauchen Sie so bald wie möglich RTB«, sagte der Lotse.

»Wir werden in ungefähr zwanzig Minuten gelandet sein. Was gibt's?«

»Draußen auf dem Südchinesischen Meer ist die Sie-wissen-schon am Dampfen, Sir«, sagte der Lotse. »Sämtliche taktischen Einheiten sind in Alarmbereitschaft versetzt worden.«

Keine zwanzig Minuten darauf ließ Cutlass die XB-1 Excalibur zu seinem Unterstand auf der Parkfläche des First Expeditionary Bomb Wing rollen, und er und Patrick kletterten hinaus.

Die Sicherheitsvorkehrungen auf dem Flugvorfeld waren spürbar verstärkt worden. Nachdem der Jet dem Cheftechniker und den Wartungstechnikern übergeben worden war, begaben sich die beiden Männer augenblicklich hinüber zum Hauptquartier. Und stellten fest, dass es in dem normalerweise gut klimatisierten Gebäude kaum kühler war als draußen. »Ist wieder mal der Strom ausgefallen?«, fragte Cutlass.

»So ist es, Sir«, antwortete Lieutenant Colonel Nash Hartzell, der stellvertretende Staffelkommandant. Hartzell trug die Abzeichen eines verantwortlichen Luftfahrzeugführers; er war mehr als zehn Jahre lang Pilot von Transportflügen weltweit gewesen. Die eigentliche Leidenschaft des hochgewachsenen, kahlköpfigen und Brille tragenden Offiziers galt jedoch Computern. »Beim Versorgungsbezirk Guahan heißt es, wegen eines fehlerhaften Ventils sei die Heizölversorgung kurz unterbrochen gewesen, aber sobald die Dampfblasenbildung im Griff sei, werde der Strom wieder eingeschaltet. In der Gefechtsleitstelle und den Sicherheitsschleusen laufen die Reservegeneratoren recht ordentlich.«

»Das ist ein verbreitetes Problem hier, Patrick«, erläuterte Cutlass. »Für die Strom- und Wasserversorgung des Stützpunkts ist der städtische Versorgungsbezirk zuständig, so wie der Telefondienst von Guam für die Telefonverbindungen. Nur für die hochsensiblen Bereiche haben wir eigene Sicherungssysteme.« Er wandte sich wieder Hartzell zu. »Also, Nash, was ist los?«

»Die Air Force hat einen Raketenstart beobachtet, bei dem es sich vermutlich um einen Marschflugkörper von der Insel Hainan handelt. Mehrere Minuten später wurde eine vietnamesische Fregatte von einem nicht identifizierten Waffensystem getroffen. Beim PACOM glaubt man, der Raketenstart auf Hainan war eine chinesische Antischiffsrakete.«

»Herrgott«, entfuhr es Cutlass. »Sieht ganz so aus, als wäre China derzeit regelrecht auf dem Kriegspfad. Irgendwelche Befehle?«

»Nur eine allgemeine Alarmbereitschaft sowie eine Heraufstufung bei der Force Protection Condition auf Charlie.« Die Force Protection Condition legte die Sicherheitsstufe auf einem Stützpunkt fest, im Normalfall als Reaktion auf eine terroristische Bedrohung, aber auch jede Art von Störung oder Gefahr hatte entsprechende Auswirkungen. Stufe »Charlie« bedeutete eine erhöhte Sicherheitsstufe bei nicht spezifischen Bedrohungen. »Derzeit werden die auswärtigen Sicherheitsfirmen durch unsere eigenen Securityteams verstärkt, und die innere Sicherheit ist heraufgestuft worden.«

Cutlass nickte und dachte einen Moment nach. »Ich würde gern auf FPCON Charlie plus erhöhen. Wir haben hier draußen zu viele Flugzeuge stehen, und da China derzeit aus heiterem Himmel mit Marschflugkörpern um sich schießt, könnten wir die Nächsten sein, die was abbekommen. Beschränken Sie das gesamte Personal auf den Stützpunkt und die Flugzeugbesatzungen auf das Vorfeld. Doppelte Sichtidentifizierung an den Toren, alle Fahrzeuge werden durchsucht, und umfassender Wechsel auf Alarmdienstmarken auf dem Flugvorfeld. Ich möchte, dass das gesamte Bodenpersonal, insbesondere die Zivilisten, über die Evakuierungsbereiche und Notverlegungsabläufe nach Tinian und Saipan gebrieft werden.« Die beiden internationalen Flughäfen auf den zwei anderen größeren Inseln des Commonwealth der Nördlichen Marianen wurden als alternative Verteilungs- und Notevakuierungsstützpunkte genutzt. Für beladene Bomber waren die Start- und Landepisten dort zu kurz, doch von Kampfjets wurden sie des Öfteren genutzt.

»Jawohl, Sir«, sagte Hartzell. »Ich muss mich beeilen und die Befehle herausgeben, Sir. Der Stromausfall hat auch das Telefonnetz lahmgelegt.« Damit eilte er davon, gefolgt vom Kommandeursstab.

»Die Lage wird hier ziemlich prekär, Sir«, sagte Cutlass zu Patrick, als sie für die Trainingsnachbesprechung zum Wartungshangar zurückgingen. »Ich habe so ein Gefühl, dass man uns in Alarmbereitschaft versetzen wird, auch die Excaliburs.«

»Hoffentlich täuschen Sie sich, Cutlass«, sagte Patrick. »Alles hängt jetzt davon ab, was China als Nächstes sagt und tut. Ich glaube aber nicht, dass sich die Geschichte in absehbarer Zeit erledigt haben wird.« Er gab Cutlass einen Klaps auf die Schulter. »Ich tue Ihnen das nur äußerst ungern an, Cutlass, aber nach meinem Debriefing werde ich aufs Festland zurückfliegen und die letzten Excalibur an den Start bringen. Er sollte jeden Tag vom Band rollen. Sie haben jetzt einen Flug zu Buche stehen, allerdings habe ich keine Ahnung, wann der nächste Prüfungsflug stattfinden wird.«

»Schon in Ordnung, Sir«, sagte Cutlass. »Ich habe so eine

Ahnung, dass ich am Boden jede Menge zu tun haben werde. Hier draußen geraten die Dinge in Bewegung, Sir, und ich glaube, wir werden mittendrin sein, und das schon sehr bald. Haben Sie noch Zeit für das Alarmeinsatzbriefing?«

»Aber ja«, sagte Patrick.

Nach Abschluss ihrer Wartungsnachbesprechung gingen Patrick und Cutlass hinüber zum Besprechungsraum in der Kommandozentrale. Auf dem Podium stand Lieutenant Colonel Nash Hartzell, einen sehr großen elektronischen Bildschirm im Rücken, und führte die Besprechung durch. Etwa fünfzig Besatzungsmitglieder befanden sich im Raum. Hartzell ließ sie einen Uhrenvergleich vornehmen, und sie erhielten einen Dreitagewetterbericht. Das Wetter war an allen drei Tagen praktisch unverändert: heiß und feucht, mit einer fast einhundertprozentigen Wahrscheinlichkeit für Gewitter am Nachmittag. Die Taifunsaison war erst vor wenigen Monaten zu Ende gegangen.

Nach dem Wetterbriefing trat Captain Alicia Spencer, Nachrichtenoffizier des First Expeditionary Bomb Wing, auf das Podium. »Wie Sie alle sicher in den Nachrichten verfolgt haben, ist die Lage in der Region nach wie vor angespannt«, begann sie. »In China herrscht noch immer Kriegsrecht. Überall kommt es zu zivilen Unruhen, das Militär greift hart durch. Als Folge dieser Unruhen sind die Ein- und Ausfuhren um ungefähr zwanzig Prozent zurückgegangen, und überall im Land herrscht Mangel an Gütern des täglichen Bedarfs. Die kommunistische Regierung kann jeden Moment stürzen – es ist nicht einmal ausgeschlossen, dass dies bereits geschehen ist.«

Spencer wechselte die Darstellung, die daraufhin den Verlauf der chinesischen Küste zeigte, über deren gesamte Länge sich mehrere Icons verteilten. »Wegen der Versorgungsengpässe und der politischen Instabilität scheinen sämtliche chinesischen mit ballistischen Raketen bestückten U-Boote im Hafen zu liegen. Nicht eines davon wurde in seinen üblichen Patrouillengebieten im Südchinesischen Meer oder Gelben Meer gesichtet. Das Gleiche gilt für die chinesischen Flugzeugträger. Der Träger *Zhenyuan* liegt in seinem Heimathafen in Zhangjiang, der Träger *Zheng He* ist in Fahrt, dies allerdings in der Nähe seines Heimathafens Zhongshan, und der Helikopterträger *Tongyi* ankert offenbar einsatzbereit in seinem Heimathafen Quanzhou. Die alarmierendste Bewegung bei strategischen Waffensystemen, die wir beobachtet haben, scheint die Verlegung der beiden Dong-Feng-21D-Antischiffsraketen von ihrer Lagerhalle nahe Guangzhou an einen neuen Standort bei Huizhou, etwa einhundert Meilen weiter östlich, zu sein. Das Gebiet von Guangzhou bis zur Küste ist mit Boden-Luft-Raketen stark gesichert, es ist also davon auszugehen, dass dies ein neuer Einsatzbereich für die DF-21 sein wird. Wir nehmen an, dass die Verlegung dieser Raketen als Reaktion auf die angekündigte Durchquerung des Südchinesischen Meeres durch den Flugzeugträgergefechtsverband *Nimitz* später in diesem Monat erfolgt ist.«

»Kein guter Zeitpunkt, um das Südchinesische Meer zu befahren«, lautete Tom Hoffmans Kommentar.

»Die Vereinigten Staaten möchten der Welt kundtun, dass sie nicht fürchten, was immer derzeit in China geschieht, und der Ansicht sind, die Weltmeere trotz der Spannungen ungehindert befahren zu können«, sagte Alicia. »Was die Spannungen offensichtlich noch erhöht. Sie können darauf wetten, dass sich die betreffenden Besatzungen in äußerster Alarmbereitschaft befinden.«

»Und dies alles in Zeiten der bevorstehenden Wiederwahlkampagne«, kommentierte ein anderer. »Präsident Phoenix will den Wählern Stärke demonstrieren, und dafür nimmt er wenig Rücksicht auf unsere Flugzeugträger.«

»Okay, okay, genug der Politik«, gebot Hartzell. »Sonst noch was, Alicia?«

»Ja, Sir. Der letzte Punkt ist, dass der russische Flugzeugträger *Putin* zusammen mit elf weiteren Begleit- und Versorgungsschiffen wegen einer, wie es heißt, gemeinsamen Flugzeugträgerflug- und -nachschubübung bei voller Fahrt mit dem Flugzeugträgergefechtsverband *Zheng He* in Zhongshan angelegt hat. Es wird erwartet, dass die Übung in enger Kooperation durchgeführt wird und dabei die Interoperabilität untereinander erkundet werden soll, inklusive Flugeinsätze vom Deck des jeweils anderen, Übungen zur Lecksicherung, gemeinsame Nachschubübungen während der Fahrt und so weiter.«

Nach ihrem Bericht beantwortete Alicia noch einige Fragen, dann überließ sie das Podium Hartzell.

»Also gut, Leute, jetzt noch einmal die Zusammenfassung«, sagte Hartzell. »Das Rufzeichen der Task Force wird Leopard sein. Alle behalten die Rufzeichen ihrer Staffel bei. Der Kommunikationsplan hat sich geändert, prüfen Sie also auf jeden Fall die Datum/Zeit-Gruppe, wenn Sie Flugpläne und Daten hochladen. Offenbar scheint es in dem Gebiet um Guangzhou – früher Kanton genannt – derzeit ziemlich turbulent zuzugehen, weshalb diesem das Hauptaugenmerk unserer Alarmeinsätze gilt. Die vorrangige Aufgabe der XB-1er ist es, die chinesischen S-300-Boden-Luft-Raketenbasen entlang der Küste mit AGM-1598 Cruise Missiles auszuschalten, die Tarnungen von Jagdbombern zu vernichten und land- wie schiffgestützte Luftabwehrradarsysteme mit AGM-88-Antiradarraketen zu bekämpfen. Anschließend folgen die

B-2- und B-1B-Bomber, fliegen landeinwärts und greifen die Abschussbasen der DF-21D bei Huizhou sowie den Lagerkomplex der DF-21D bei Guangzhou mit AGM-158ern an. Das vorrangige Ziel der B-52er wird ein Angriff mit AGM-86Ds und AGM-158ern auf den H-6-Bomberstützpunkt bei Fushan, den Radar- und Marineluftwaffenstützpunkt bei Guangzhou und den Flugzeugträger *Zheng He* sein.«

»Was ist mit dem Träger *Putin?*«, wollte Lieutenant Colonel Bridget »Xena« Dutchman wissen, die Kommandantin der B-52H-Stratofortress-Expeditionsbomberstaffel. »Was dagegen, wenn wir den ebenfalls angreifen?«

»Soweit ich weiß, hat sich niemand dagegen ausgesprochen, aber halten wir uns zunächst einmal an die chinesischen Ziele, Xena«, antwortete Hartzell. »Also, im Augenblick können wir bei diesen Einsätzen nicht von einer Unterstützung durch zu Land angreifende Tomahawk-Marschflugkörper ausgehen. Japan hat die Tomahawks auf seinen Schiffen stationiert, die sind für unseren Lufteinsatz jedoch zu weit entfernt. Die Luftwaffe von Taiwan und die der Philippinen sind in hoher Alarmbereitschaft, wir werden diese Länder beim Anflug also nicht überfliegen. Auf dem Rückweg aber dürfen Sie Kontakt aufnehmen und um Überflugerlaubnis oder auch Hilfe gegen etwaige Verfolger ersuchen. Noch Fragen?« Es gab keine. »Also gut, alarmieren Sie die Vorflugkontrollen, aktualisieren Sie die Mode-Zwei-Codes und den Ablaufplan für die Kommunikation, melden Sie sämtliche Transpondercodes bei der Wartung an, und wir sehen uns dann beim Essen in der Kantine. Wegtreten.«

Patrick traf sich mit den Staffelkommandeuren sowie Hartzell und Cuthbert an der Stirnseite des Einsatzbesprechungsraums. »Das erinnert mich an meine alten Tage, als ich in

Alarmbereitschaft auf den B-52Gs gesessen habe«, meinte Patrick. »Ich bin überrascht, Cutlass, dass das Briefing nicht als streng geheim klassifiziert wurde. Da werden die Positionen des Trägers *Nimitz*, die Positionen von U-Booten und Kommunikationspläne bekannt gegeben, und der Raum ist nicht sicher?«

»Nein, denn es handelt sich nicht um ein echtes Einsatzbriefing, Patrick«, sagte Cutlass trocken.

»Soll heißen?«

»Es *ist* kein echter Einsatz, Patrick. Glauben Sie etwa, das PACOM würde uns erlauben, mit einer Handvoll Bomber einen Einsatz über China zu fliegen? Keine Chance. Wir halten diese Briefings ab, damit die Crews bei den Echtweltabläufen auf Zack bleiben, besonders im Umgang mit scharfen Waffen. Wir haben auch schon früher Alarmreaktionen trainiert, sind aber nie mit voller Waffen- und Treibstoffbeladung gestartet.«

»Was?«, fragte Patrick verwundert.

»Das Letzte, was man beim PACAF will, ist, dass wir einen Bomber mit voller Treibstoff- und Bombenladung abstürzen lassen. Und schon gar nicht einen der wenigen noch verbliebenen, zwei Milliarden teuren Tarnkappenbomber«, sagte Cutlass, überrascht über Patricks ungläubiges Staunen. »Die ständige Bomberpräsenz ist eine reine Machtdemonstration, Sir, weiter nichts. Wir briefen dieses Echtweltzeugs, aber das alles ist für jeden zugängliches, nicht geheimes Material.«

»Diese Verlegung der DF-21, die H-6-Bomber, der Flugzeugträger *Putin* …«

»Können Sie alles in der Ausgabe von *Aviation Week and Space Technology* von vor ein paar Wochen nachlesen«, gestand Hartzell. »Die Crews haben einen Mordsspaß an diesen realistisch klingenden nachrichtendienstlichen Briefings, und Alicia macht bei der Zusammenstellung einen richtig guten Job. Über den russischen Flugzeugträger werden wir wahrscheinlich in Kürze etwas im Fernsehen sehen.«

»Demnach sind die Angriffseinsätze …?«

»Wir sind gar nicht befugt, loszuschlagen und irgendwohin zu fliegen, schon gar nicht mit bestückten Flugzeugen«, sagte Cutlass. Die Staffelkommandanten fingen bereits an, sich über Patricks verdutzte Miene lustig zu machen. »Wir lassen die Besatzungen echte Einsätze zusammenstellen, lassen sie Geheimdienstberichte besorgen, Flugpläne ausarbeiten und das Ganze in die bordeigenen Computer der Flugzeuge programmieren, was aber nicht heißt, dass sie auch geflogen werden sollen.«

»Es sind also keine echten Ziele?«

»Sie *sehen aus* wie echte Ziele, und wahrscheinlich *sind* sie auch echt, aber weder handelt es sich um vom Pacific Command noch vom PACAF zugewiesene Ziele – die Crews suche sie sich selbst aus. Sie müssen sie jede Woche aktualisieren, aber das alles ist Training für die Einsatzplanung und die Programmierung der Angriffscomputer.«

»Ziemlich unglaublich«, murmelte Patrick.

»Sie haben doch nicht etwa geglaubt, Ihre Excaliburs wären die einzigen Flugzeuge, die nicht mit scharfen Waffen an Bord starten dürfen, oder?«, fragte Cutlass. »Sir, abgesehen von den Jagdflugzeugen für die Luftabwehr sind wir *niemals* mit scharfen Waffen an Bord gestartet! Wir haben in verschiedenen Ländern Übungen durchgeführt, aber ausschließlich mit Attrappen oder Übungsbomben, nicht mit echten. Wir dürfen nicht mal unsere eigenen Waffen aus den Staaten abtransportieren – sie werden mit speziellen Transportflugzeugen ausgeflogen.«

Die Staffelkommandanten verabschiedeten sich, damit sie

mit der Vorflugkontrolle ihrer Flugzeuge fortfahren konnten, und beim Hinausgehen hörte Patrick den einen oder anderen Kommentar: »Glaubst du, er hat das alles für bare Münze genommen?«

»Mensch, General, jetzt sehen Sie aber enttäuscht aus«, meinte Cutlass mit gesenkter Stimme. »Ich bin von Ihren Excaliburs und den Besatzungen überaus beeindruckt, Sir. Sie arbeiten sehr hart und sind angesichts der Tatsache, wie lange Sie nicht mehr im Cockpit gesessen haben, bemerkenswert kompetent. Aber einen echten Einsatz werden Sie nicht erleben. Verdammt, sollten sich die Dinge in China zum Schlechteren wenden, wird man uns alle hier rausholen und nach Hause schicken, aber keine Echtwelteinsätze planen lassen. Tut mir leid, Sir.«

BÜRO DES AUSSENMINISTERS, ZHONGNANHAI, PEKING, CHINA
Einige Tage später

»*Wanshàng hao.* Guten Abend, meine Damen und Herren, wo immer Sie mich hören«, begann die Sendung in englischer Sprache. »Mein Name ist Tang Ji, ich bin Außenminister in der Regierung der Volksrepublik China. Ich begrüße Sie alle herzlich. Bei mir ist Generaloberst Zu Kai, Generalstabschef der Volksbefreiungsarmee. Im Namen von Staatspräsident Zhou Qiang werden wir eine kurze Erklärung abgeben. Es ist der aufrichtige Wunsch des Präsidenten, die zunehmenden Spannungen, die zum Einsatz des Militärs und zu einem bedauerlichen Verlust von Menschenleben geführt haben, abzubauen. Das chinesische Volk und seine Regierung wünschen sich nichts mehr als Frieden, Sicherheit und allgemeinen Wohlstand. Wie Sie vielleicht wissen, besitzt die Volksrepublik China das historische und legitime Recht auf sämtliche von der ersten Inselkette umschlossenen Gewässer, also auch auf sämtliche Gewässer westlich der Halbinsel Korea, die Gewässer von den Ryukyu-Inseln bis hin nach Taiwan, rund um die westlichen philippinischen Inseln sowie nördlich von Borneo bis hin zu den hoheitlichen Gewässern Vietnams«, fuhr Tang in ausgezeichnetem Englisch fort. »Wir stellen jedoch fest, dass andere Nationen die historischen Gegebenheiten ignorieren. Im Interesse des Friedens hat China bislang darauf verzichtet, von seinen Rechten Gebrauch zu machen oder ausländische Schiffe an der Durchquerung dieses Gebiets zu hindern, und friedliche Verhandlungen zur Klärung seiner Belange vorgezogen. Nun aber sind andere Nationen dazu übergegangen, diese friedlichen Regelungen auszunutzen und Militärflugzeuge, Vermessungsschiffe und letztendlich auch Kriegsschiffe in diese Gewässer zu entsenden. Die Vermessungsschiffe haben es auf Öl und Gas in einem zu China gehörenden Gebiet abgesehen, und auch die Kriegsschiffe wollen einen Vorteil aus Chinas neutraler Haltung ziehen und durch die Erhöhung ihrer feindseligen Präsenz die unrechtmäßigen Abbau- und Bohraktivitäten ihrer jeweiligen Länder sichern. China sah sich gezwungen, darauf zu reagieren. Den ebenso unglücklichen wie unabsichtlichen Abschuss amerikanischer Suchflugzeuge während eines Rettungseinsatzes bedauert China zutiefst, gleichwohl war dieser ein unmittelbares Resultat der derzeit zunehmenden militärischen Aktivitäten im Südchinesischen Meer. China hatte keine andere Wahl, als darauf zu antworten. General Zu wird Ihnen nun die militärische Antwort Chinas auf diese akute Sicherheitskrise erläutern.«

General Zu trat in Begleitung eines Dolmetschers ans Podium. »Guten Abend. Ich möchte Sie davon in Kenntnis setzen, dass die Marine der Volksbefreiungsarmee innerhalb der ersten Inselkette – und insbesondere im südlichen Südmeer oder, wie einige von Ihnen es nennen, dem Südchinesischen Meer – ein Patrouillensystem eingerichtet hat. Die chinesischen Flugzeugträgergefechtsverbände *Zhenyuan* und *Zheng He* sind bereits entsandt und werden zur Identifizierung und Klassifizierung jedes dieses Gebiet durchfahrenden Schiffs Überwasser- und Luftpatrouillen durchführen. Darüber hinaus werden wir die Luft- und Satellitenpatrouillen intensivieren. Ich muss betonen, dass dies keine Sperrung oder Blockade der Nansha Dao, Xisha Dao, Taiwans oder des Südmeers bedeutet. China wird die Schiffsbewegungen in diesem Gebiet, auch die militärischer Schiffe, weder behindern noch stören. Dennoch werden wir, um der Sicherheit unserer Besatzungen willen und um die Gefahr eines möglichen Konflikts möglichst gering zu halten, bezüglich der Aktionen gewisser dieses Gebiet durchfahrender militärischer Schiffe eine rigorose Strategie verfolgen. Für die Flugzeugträger gilt: Alle ausländischen Flugzeugträger sind gehalten, innerhalb der ersten Inselkette, zu denen Nansha Doa und Xisha Dao gehören, sowie im Umkreis von zweihundert Meilen um chinesische Flugzeugträger und zweihundert Meilen vor der chinesischen Festlandküste ihre sämtlichen Startkatapulte bis auf eines durch geparkte und angekettete Flugzeuge zu blockieren. Wir sind uns bewusst, dass viele Marinen auf Patrouillen- und Versorgungsflugzeuge angewiesen sind, weshalb wir darauf verzichten, irgendwelche Einschränkungen bezüglich des Typs der startenden und landenden Flugzeuge zu verlangen. Dennoch bestehen wir darauf, dass während des Aufenthalts in diesem Gebiet ausschließlich Patrouillenflugzeuge starten. Das mag wie eine drastische Forderung erscheinen, aber viele Nationen verlangen für die Durchquerung ihrer Hoheitsgewässer ähnliche Beschränkungen, und nun wird zum ersten Mal China eine solche Forderung durchsetzen – wenn auch nur für einen begrenzten Zeitraum. Die Einhaltung dieser Bitte wird durch Patrouillenboote, Satelliten und Patrouillenflugzeuge überwacht werden. Flugzeugträgern, die sich der sogenannten Sprungschanzenmethode bedienen, erlegen wir keinerlei Einschränkungen auf. An diese Einschränkungen werden sich auch Kriegsschiffe der Marine der Volksbefreiungsarmee halten, sofern sie sich weiter als zweihundert Meilen vom Festland befinden. Bezüglich der U-Boote gilt: Da sie die größte Bedrohung von Frieden und Sicherheit in dieser Region darstellen, wird China jedes abgetauchte U-Boot, das innerhalb der ersten Inselkette aufgespürt wird, als feindlich ansehen und dementsprechend reagieren. China wird ebenfalls darauf verzichten, dieses Gebiet mit abgetauchten U-Booten zu befahren.«

Unvermittelt trat Zu vom Podium ab, und Außenminister Tang nahm seinen Platz ein. »Diese Forderungen mögen unvernünftig und aggressiv erscheinen, meine Damen und Herren, doch ich versichere Ihnen, es ist unser Ziel, die Spannungen in der Region abzubauen und so schnell wie möglich zu einem dauerhaften Frieden zurückzukehren. Nichts anderes wünschen sich Staatspräsident Zhou, das Politbüro, der Generalsstab und das rechtschaffene chinesische Volk. Wir ersuchen Sie in aller Bescheidenheit um Ihre willkommene Mithilfe in diesen schwierigen Zeiten. *Xièxiè.* Vielen Dank.« Tang verbeugte sich, machte mit abgewandten Augen kehrt und verließ das Podium.

OVAL OFFICE, WEISSES HAUS, WASHINGTON, D.C.
Zur selben Zeit

»Also, diese beiden, Zhou und Zu, müssen irgendein bescheuertes Kraut geraucht haben«, meinte Vizepräsidentin Ann Page lachend. »Wollen die uns auf den Arm nehmen? Keine U-Boote im Südchinesischen Meer? Nur ein nutzbares Katapult auf unseren Flugzeugträgern? Meinen die das ernst?«

Neben dem Präsidenten und der Vizepräsidentin waren im Oval Office anwesend: Außenminister Herbert Kevich, der Nationale Sicherheitsberater William Glenbrook, Verteidigungsminister Fredrick Hayes sowie der Vorsitzende der Vereinigten Stabschefs, Timothy Spellings.

Ann wandte sich an Kevich. »Und wo steckt Staatspräsident Zhou, Herbert? Schon seit geraumer Zeit hat ihn niemand mehr gesehen. Wer hat da draußen eigentlich das Sagen?«

»Die eigentliche Frage, Ann, lautet: Was können sie tun, um diese Auflagen durchzusetzen?«, sagte Präsident Ken Phoenix. »General Spellings, was kann China dort draußen aufbieten, das uns gefährlich werden könnte, sofern es sich entscheidet, diese Einschränkungen zu erzwingen?«

»Eine Menge, Sir, und es wird täglich mehr.« Spellings las von seinem Tabletcomputer ab: »Wie Zu erwähnte, haben sie dort derzeit zwei Flugzeugträgergefechtsverbände im Einsatz. Bei dem einen, dem Träger *Zhenyuan,* handelt es sich um einen Sprungschanzenträger, der allerdings mehrere hochmoderne Flugzeuge an Bord hat, wenn auch nicht mit den gleichen schwereren Bombenladungen, wie sie amerikanische Flugzeugträger mitführen können. Der Träger *Zheng He* ist ein anderer Fall: Er ist ein Schrägdeckträger mit dampfbetriebenen Startkatapulten, ganz ähnlich den Trägern der Nimitz-Klasse, außer dass er ein wenig kleiner ist und mehr Flugzeuge mit größerer Bombenlast mitführen kann. Des Weiteren besitzen sie einen amphibischen Angriffsflugzeugträger, den Träger *Tongyi*, stationiert im Südchinesischen Meer, der bei Einsätzen gegen Taiwan oder die Paracel-Inseln die Führung übernehmen soll, aber auch weiter südlich eingesetzt werden kann. Er ist ebenfalls ein Sprungschanzenträger, hat allerdings größtenteils Helikopter und amphibische Angriffsschiffe an Bord, sowie ungefähr fünfhundert chinesische Marinesoldaten. Diese Kampfverbände werden von mindestens zehn weiteren Schiffen unterstützt, darunter Lenkwaffenkreuzer, Zerstörer, Fregatten, Nachschubschiffe und U-Boote. Bei den meisten dieser Unterstützungsschiffe handelt es sich um ehemals russische Schiffe oder Schiffe aus heimischer Produktion, die im Vergleich mit unseren veralteten Schiffen durchweg gut dastehen. In Kürze dürften sie einen dritten Flugzeugträgergefechtsverband in Betrieb nehmen. Fazit: Sie haben eindeutig aufgerüstet, um es mit allem aufnehmen zu können, was wir im Südchinesischen Meer aufzubieten vermögen. Das große Problem, Sir, ist das Offensivpotenzial vom chinesischen Festland aus. Auf See verfügen wir über eine qualitative Überlegenheit – sie mag gering sein, ist aber vorhanden –, die wir aber zu verlieren beginnen, sobald es um Landunterstützung geht. Innerhalb jener Zone, die sie als erste Inselkette bezeichnen, besitzt China wenigstens zwei Dutzend mit ballistischen Raketen und Marschflugkörpern bestückte Antischiffsbatterien. Dies entspricht einem weiteren Schiff auf See, bei allerdings deutlich größerer Reichweite. Die Raketen sind mobil, und selbst von einer nicht vermessenen Abschussstelle dauert das Ausrichten und Starten gerade mal eine Stunde. Außerdem verfügen sie über mindestens drei Stützpunkte mit Dutzenden Langstreckenbombern vom Typ H-8, bestückt mit überschallschnellen Antischiffsraketen. Und bei alldem ist noch nicht berücksichtigt, was wir über das chinesische Militär *nicht* wissen. So wissen wir noch immer nicht, was den P-8 Poseidon und die Sea-Eye-Drohne vom Himmel geholt hat. Einige militärische Blogger und Analysten, die sich die Übertragungen aus dem P-8 noch einmal vorgenommen haben, sind der Meinung, China könnte möglicherweise eine Art Mikrowellen-, Nuklear-, Laser- oder Cyberwaffe eingesetzt haben, die für kurze Zeit die Elektronik des P-8 lahmgelegt hat, vergleichbar der früher von uns verwendeten Netrusionstechnologie. Wir wissen es einfach nicht. Aber wenn sie im Besitz einer Laser- oder Teilchenstrahlenwaffe sind, die imstande ist, ein einhundert Meilen von ihrem Flugzeugträger entferntes Flugzeug abzuschießen, sind wir eindeutig im Nachteil. In unserem Arsenal vor Ort haben wir derzeit nichts Vergleichbares.«

»Was uns aber dennoch nicht davon abhalten wird, im Südchinesischen Meer zu patrouillieren«, stellte die Vizepräsidentin klar. »Und wir werden unsere Flugzeugträger einsetzen, wo immer es uns beliebt. Es war ziemlich albern von Zhou, eine solche Erklärung abzugeben. Einen allgemeinen Krieg, ausgelöst durch einen Angriff auf die Vereinigten Staaten, werden sie nicht riskieren. Wenn also ein Schiff unbehelligt das Gebiet durchfährt, wird sie dies schwach aussehen lassen.«

»Ich stimme der Vizepräsidentin zu, Sir«, stimmte Verteidigungsminister Fredrick Hayes zu. »China wird es nicht wagen, einen amerikanischen Flugzeugträger im Südchinesischen Meer anzugreifen.«

»Ich bin derselben Meinung, Sir«, sagte Außenminister

Kevich. »Diese Ankündigung bewirkt nur eins: Sie wird die Versicherungsprämien für die das Gebiet durchfahrenden Schiffe in die Höhe treiben – was ihnen wirtschaftlich am meisten zusetzen wird, da sie für die Ankurbelung ihrer Wirtschaft auf Exporte angewiesen sind.«

»Bill?«, wandte sich der Präsident an seinen Sicherheitsberater.

»Ich bin nicht ganz so überzeugt wie die anderen, Sir«, gestand Glenbrook. »Ich wäre deutlich überzeugter, hätten die Vereinigten Staaten bereits die volle AirSea-Battle-Stärke erreicht, doch nach Lage der Dinge sind wir gerade eben noch im Plan. Wie General Spellings sagte, sie verfügen in dieser Region über eine gewaltige Feuerkraft. Wenn sie uns herausfordern, könnte das ziemlich hässlich werden.«

»Es war eine dreiste Ansage, die jede Nation weltweit unmittelbar provoziert«, sagte Präsident Phoenix. »Es war eine Drohung an uns alle.« Er sah seine Vizepräsidentin an. »Das macht die sofortige Bereitstellung der Mittel für das Kontingent von McLanahans Bombern noch unerlässlicher, Ann, und möglicherweise auch eine erneute Aufstockung der Gelder für die Navy, Air Force und Space Defense Force.«

»An all diesen Dingen lasse ich den Haushaltsausschuss bereits unter Hochdruck arbeiten, Mr. President«, sagte Ann Page.

»Wie viele von McLanahans Bombern haben wir derzeit auf Guam?«

»Acht, Sir«, antwortete Hayes. »Zwei weitere hat er noch für die Entsendung bereitstehen, und zwei werden derzeit aufgearbeitet. Das war alles, was das Notprogramm letztes Jahr ermöglicht hat. Eine Umrüstung weiterer Flugzeuge aus eigenen Mitteln war seiner Firma finanziell nicht möglich.«

»Wir werden das Geld zusammenkratzen«, sagte Präsident

Phoenix. »In der Zwischenzeit, Fredrick, sind Sie befugt, gemäß dem vom Pacific Command ausgearbeiteten Plan zusätzliche Truppen nach Guam zu verlegen. Ich will Guam in eine Festung verwandeln: Luftabwehr, Raketenabwehr, Langstreckenüberwachung – das volle Programm. Was immer Guam oder die abgelegenen Inseln benötigen, ich will, dass es zur Verfügung steht. Das wird eine zweite Mobilmachung vor der Schlacht von Midway werden.«

»Möchten Sie das Anforderungsprofil für McLanahans Bomber verändern, Sir?«, fragte Verteidigungsminister Hayes. »Derzeit führen sie lediglich Überhorizontaufklärung für kleinere Verbände von Überwasserschiffen durch, und bewaffnet sind sie nicht. Die anderen Bomber auf Guam sind für Bodenangriffs- und Antischiffseinsätze bestückt. Nach Aussage des Staffelkommandanten haben sie auf einigen von McLanahans Bombern das Beladen mit Waffensystemen geübt, um sich davon zu überzeugen, dass die ferngelenkten Waffensysteme funktionieren, aber Einsätze mit Waffen an Bord sind sie noch nicht geflogen.«

Phoenix überlegte einen Moment, dann nickte er. »Ja, lassen Sie McLanahans Bomber an allen Übungen der Staffel teilnehmen, inklusive der Alarmbereitschaften mit scharfen Waffen«, sagte er. »Soweit ich weiß, sind seine Bomber auch imstande, Luft-Luft-Waffensysteme mitzuführen?«

»Richtig, Sir.«

»Die sind ebenfalls genehmigt.«

»Jawohl, Sir. McLanahans XB-1er sind mit einem System namens SPEAR ausgerüstet, das nicht nur Radar- und Funkgeräte stören, sondern Steuerbefehle und sogar schädliche Codes in feindliche elektronische Sensorsysteme einzuschleusen vermag. Ist das ebenfalls genehmigt?«

Phoenix schüttelte reuig den Kopf. »Mein guter alter

Freund McLanahan und seine Hightechspielzeuge«, sagte er lächelnd. »Ja, ist genehmigt. Wie laufen die Dinge bei der Navy?«

»McLanahans Leute hatten bislang sehr wenig mit den Flugzeugträgern oder anderen Kampfverbänden der Navy zu tun«, antwortete Hayes. »Sie treten als Teil der Surface Action Group auf, stellten Langstreckenaufklärung für kleine Verbände von Kreuzern, Zerstörern und Fregatten bereit, die nicht Teil eines Flugzeugträgergefechtsverbands sind – Überwasserschiffe, die nicht über eigenes Gerät verfügen. Bislang haben sie noch nicht versucht, Angriffe mit trägergestützten Jagdflugzeugen oder Marschflugkörperattacken der Navy zu koordinieren. Aber als Teil des SAG scheinen sie sich gut einzufügen. Alles in allem würde ich sagen, ihr Programm funktioniert.«

»Ausgezeichnet«, sagte der Präsident. »Wir werden die zusätzlichen Mittel beschaffen und noch mehr dieser Excaliburs dorthin verlegen.«

Nachdem sich das Treffen aufgelöst hatte, blieb Ann zusammen mit Präsident Phoenix zurück. Er griff zu einem Telefon. »Rufen Sie bitte McLanahan an, auf seinem privaten Apparat.«

Einige Augenblicke darauf klingelte das Telefon, und der Präsident nahm ab. »McLanahan hier, Mr. President.«

»Ich werde Ihnen die Mittel für das restliche Excalibur-Programm beschaffen, Patrick«, sagte der Präsident. »Aber das wird eine Weile dauern. Ich wollte Sie fragen, ob Sie sich wegen einer Anschubfinanzierung für den Rest der Flotte noch einmal an Ihre Firma wenden könnten – und auch wegen eines kleinen zusätzlichen Betrags für einige der anderen Flugzeuge, an denen Sie nach eigenen Worten derzeit arbeiten.«

HAUPTGESCHÄFTSSITZ SKY MASTERS INC., INDUSTRIEFLUGHAFEN NORDNEVADA
Zur selben Zeit

»Das sind großartige Neuigkeiten, Mr. President«, sagte Patrick. Er war tags zuvor nach Battle Mountain zurückgekehrt, um die abschließende Umrüstung der letzten XB-1 Excalibur und ihre Auslieferungsvorbereitungen zu beaufsichtigen. Jetzt saß er in seinem Büro im Haupthangar von Sky Masters Inc., von wo aus man die Endmontagezone für die umgerüsteten Flugzeuge überblicken konnte, und sprach über seinen sicheren subkutanen Sendeempfänger mit dem Präsidenten. Durch das große, schalldichte Panoramafenster hinter ihm konnte er einen XB-1 Excalibur am Kopfende des den Hangartoren am nächsten gelegenen Montagebands sehen, bereit, ins Freie gerollt zu werden, des Weiteren eine XF-111 SuperVark und gleich dahinter einen umgerüsteten, mittelgroßen überschallschnellen F-111G-Aardvark-Bomber, der immer noch von einer kleinen Gruppe von Mechanikern umringt war, die ihm den letzten Schliff gaben. Wie der B-1-Bomber auch, war die F-111 eine überschallschnelle Schwenkflügelkonstruktion, ursprünglich allerdings dafür gedacht, von Flugzeugträgern aus zu operieren. Von der Navy endgültig als zu groß und schwerfällig für den Trägerbetrieb abgelehnt, diente die F-11 in der U.S. Air Force in mustergültiger Funktion als mittelgroßer strategischer Bomber und als Plattform für elektronische Kriegführung. Bei der Operation Desert Storm hatte er vierzig Prozent aller Lenkwaffen abgeworfen, ehe er kurz darauf außer Dienst gestellt worden war.

»Ich werde ein Treffen mit der Generaldirektorin ansetzen und sie bitten, beim Aufsichtsrat und den Anteilseignern vorstellig zu werden und es herauszufinden, Sir«, sagte Patrick. »Soeben sehe ich Excalibur Nummer zehn vom Band rollen, und dem zweiten umgerüsteten XF-111-Bomber geben wir gerade den letzten Schliff.«

»Das ist der, den ich im Sinn hatte, dieses andere Schwenkflügelflugzeug, richtig?«

»Ganz recht, Sir«, sagte Patrick. »Es verfügt nicht über die große Reichweite und Zuladung des XB-1, ist aber besser als alles andere derzeit im Pazifik.«

»Sorgen Sie dafür, dass einige zusammengestellt und nach Guam geschickt werden.«

»Jawohl, Sir«, bestätigte Patrick. »Gerade habe ich mir die Ansprache von Außenminister Tang und General Zu angesehen. Schätze, sie glauben tatsächlich, die Bedingungen im Südchinesischen Meer diktieren zu können.«

»Nahezu jeder im Weißen Haus ist der Meinung, dass China das nicht durchziehen wird«, erklärte Phoenix. »Ich bin da jedoch nicht so sicher. Beim PACOM hat man einen Plan zur Verstärkung der Verteidigungssysteme rings um Guam und die anderen pazifischen Stützpunkte in der Region ausgearbeitet, dessen Umsetzung ich ebenfalls angeordnet habe. Angesichts des chinesischen Säbelrasselns wird der Kongress die zusätzlichen Mittel wohl bewilligen. Aber ganz gleich, wie streitlustig China auch zu werden scheint, sobald die Rede davon ist, irgendjemandes Sparschwein zu plündern, wird sich ein großes Geschrei erheben.«

»Wenn Sie möchten, dass ich mit den Leuten im Kongress rede, lassen Sie es mich wissen«, bot Patrick an. »Ich habe meine Uniform zwar schon vor einer Weile abgelegt, aber wenn Sie der Meinung sind, es hilft, werde ich dort sein.«

»Sie sind zwar raus aus der Uniform, aber nicht aus den Nachrichten, mein Freund«, sagte der Präsident. »Jeder hier zuckt noch immer zusammen, sobald er nur Ihren Namen hört. Aber eine Menge Leute bewundern und respektieren Sie immer noch – so wie ich. Gut möglich, dass wir Sie genau deswegen zurückkommen lassen.«

»Vielen Dank, Sir«, sagte Patrick. »Ich werde sogar einen der Excaliburs mitbringen. Sie verfügen über einen Notsitz – wir könnten Abgeordneten und Kongressangestellten die Möglichkeit anbieten, einmal mitzufliegen.«

»Und ich?«, fragte der Präsident. »Ich weiß noch, wie Präsident Martindale davon sprach, er wolle der erste amtierende Präsident sein, der ins All fliegt. Mir wäre fast der Unterkiefer heruntergefallen, als er das sagte. In geringer Höhe würde ich allerdings gern in einem Ihrer Ungetüme mitfliegen. Auch wenn die First Lady mich umbringt, das würde ich wirklich gern tun.«

»Ich kann in vier Stunden in Andrews sein, Sir, ein Wort von Ihnen genügt.«

»Ich denke, wir beide haben auch ohne solche Spritztouren genug Arbeit«, meinte der Präsident. »Aber wenn das hier alles vorbei ist, nehme ich Sie vielleicht beim Wort. Bis später.«

Und damit wurde die Verbindung unterbrochen.

»Kylie, bitten Sie Dr. Oglethorpe zu mir herüber«, rief Patrick seiner Assistentin zu. »Und besorgen Sie mir so schnell wie möglich einen Termin bei Dr. Kaddiri.«

Sein erster Anruf galt Tom Hoffman. »Ich habe gerade eben mit Präsident Phoenix gesprochen«, sagte er. »Er will weitere Excaliburs und vielleicht sogar einige XF-111 SuperVarks, hat aber nicht das Geld dafür und mich darum gefragt, ob die Firma für ein paar weitere Exemplare einspringen könnte, bis sie die Mittel bewilligt bekommen. Ich werde beim Aufsichtsrat vorsprechen und herausfinden müssen, welchen Betrag wir uns für zusätzliche Flugzeuge und Schulungen vorschießen lassen können, bis das Geld aus Washington eintrifft.«

»Ausgezeichnet, General«, sagte Hoffman. »Ich werde meine nächste Gruppe von Piloten und Mechanikern anrufen und sie gleich loslegen lassen. Die Theorie haben sie bereits hinter sich, in ein paar Wochen kann ich sie also für das Flug- und Simulatortraining und die praktische Wartungsausbildung zu Ihnen schicken.«

»Schicken Sie sie so bald wie möglich los, Tom.«

»Wird gemacht, Sir!«

Linus Oglethorpe betrat Patricks Büro, während Patrick noch mit Hoffman telefonierte. Er war stets verblüfft und amüsiert, Patrick einfach so – ohne Telefon oder sichtbares Bluetooth-Headset – telefonieren zu sehen.

Patrick beendete das Telefonat mit Hoffman und wandte sich zu Oglethorpe herum. »Der Präsident möchte weitere Excaliburs und vielleicht sogar SuperVarks«, sagte er. Linus reckte triumphierend die Faust in die Höhe. »Allerdings fehlt ihm das Geld. Ich werde also Helen bitten einzuspringen. Wie ist unser Stand bei der nächsten Serie von Flugzeugzellen?«

»Letzte Woche haben wir zwei Stück von AMARG geliefert bekommen, Patrick«, sagte Linus. »Sie befinden sich beide im Inspektionshangar Stufe zwei, wo sie für eine detaillierte konstruktionstechnische Prüfung bereitstehen. Eine Zelle unten in Davis-Monthan hat die Prüfung Stufe eins nicht bestanden, und eine weitere ist problematisch. Sie können also davon ausgehen, dass wir derzeit bei noch maximal zwanzig Exemplaren sind. Alle anderen haben die Prüfung Stufe eins bestanden und warten auf ihre Überführung per Eisenbahn hierher. Wir haben dreiundvierzig Flugzeugzellen der Typen F-111G und FB-111 ermittelt, die bereit sind für die Prüfung Stufe eins.«

»Ausgezeichnet. Ich werde mich mit Helen treffen, hoffentlich bald, um zu sehen, ob wir für den Anfang einen gewissen Vorschuss bekommen können, und ich werde Ihnen Bescheid geben, wann wir mit dem Transport hierher beginnen können. Ich möchte nicht erst abwarten, bis Washington das Geld und die Verträge schickt.«

Dr. Helen Kaddiri war die langjährige Präsidentin und Aufsichtsratsvorsitzende von Sky Masters Inc. Mit ihrem zweifachen Doktortitel in Betriebswirtschaft und Ingenieurwissenschaften hatte die exotische mandeläugige Frau aus Kalkutta, Indien, als eine der Assistentinnen des Begründers Jon Masters in der Firma angefangen. Ihr Unmut darüber, für den oft jungenhaft und unreif wirkenden Freigeist Jon Masters arbeiten zu müssen, hatte sie – nur um seinem Dunstkreis zu entkommen – dazu getrieben, rasch die Karriereleiter emporzuklimmen, bis sie schließlich Generaldirektorin geworden war.

»Wir werden wie Sprinter bei den Olympischen Spielen in den Startblöcken hocken und darauf warten, dass Sie den Startschuss geben, alter Freund«, begeisterte sich Linus. »Wir werden bereit sein!«

KAPITEL 7

WARBIRDS FOREVER AVIATIK, FLUGHAFEN RENO-STEAD, RENO, NEVADA

Am nächsten Tag

Tom Hoffman traf Brad McLanahan im Frühstücksraum an, wo er, umgeben von Flugbüchern und Papierkram, gerade an einer Wasserflasche nippte. »Hi, Brad«, begrüßte ihn Hoffman. »Kommst du gerade von einer deiner frühmorgendlichen Unterrichtsstunden?«

»Richtig, Sir«, sagte Brad. Er trug ein weißes Pilotenhemd mit Epauletten und vier Kapitänsstreifen auf den Schulterstücken, den silbernen Schwingen der Zivilluftfahrt und dem silbernen Stern eines verantwortlichen Piloten, dazu ein blaues Namensschild und eine schwarze Krawatte – sein äußeres Erscheinungsbild entsprach voll und ganz dem Berufspiloten, der er mittlerweile war. »Tom Cook. Er möchte an seinem siebzehnten Geburtstag seinen Pilotenschein machen, deshalb nimmt er ständig in aller Herrgottsfrühe Unterricht, noch vor der Schule. Bewundernswert, dieser Tatendrang.«

»Ich weiß zu schätzen, dass du das für ihn tust, Brad«, sagte Hoffman. »Ich bin gut mit seinem Großvater befreundet. Tom Cook hat seinen Vater im Irak verloren.«

»Ich weiß. Zäher Bursche, der Junge.«

»Wie macht er sich?«

»Leider das Übliche«, antwortete Brad. »Solange er wenigstens einmal pro Woche fliegen kann, macht er sich richtig gut, aber sobald er auf weniger als vier Flugstunden pro Monat kommt, müssen wir Flug- und Bodenzeit damit verbringen, altes Material durchzugehen, und das ist ein bisschen frustrierend für ihn. Ich hab ihm einen Flugsimulator für den PC gekauft, mit dem er zu Hause üben kann, damit er seine Motivation nicht verliert.«

»Gute Idee.«

»Wenn er diese Woche noch einmal reinkommt, machen wir mit ihm einen Überlandübungsflug. Macht er sich dabei ordentlich, unterschreibe ich seine Anmeldung für Soloüberlandflüge. Wenn er dann wenigstens einmal in der Woche fliegt, sollte er keine Probleme haben, noch vor seinem Geburtstag die praktische Prüfung abzulegen.«

»Klingt gut«, meinte Hoffman. »Ich bin überrascht, dass sich überhaupt noch jemand das Fliegen leisten kann, jetzt, da die Preise für das Flugbenzin durch die Decke gehen. Angesichts des ganzen Mists in China und offenbar in halb Asien spielen die Preise für Öl und Lebensmittel regelrecht verrückt.«

»Das Geschäft hat mächtig nachgelassen, oder, Sir?«

»Private und auch manche Firmenflüge sind regelrecht abgestürzt, die Flugzeugvermietungen sind fast bei null, aber die höherwertigen Firmen- und Frachteinsätze haben sich ganz gut gehalten«, antwortete Hoffman. »Wer sich ein altes Kampfflugzeug oder einen großen Jet leisten kann, fliegt auch noch. Die Einhundertdollarflüge einfach so zum Spaß sind zu Sechshundertdollarflügen geworden, und die gibt es fast gar nicht mehr.«

»Die Simulatoren sind dagegen bestens ausgelastet.«

»Wenigstens liegt den Piloten so viel daran, in Übung zu

bleiben, dass sie hereinkommen, um Zeit am Simulator zu buchen, wenn sie schon nicht fliegen können«, murmelte Hoffman. »Hoffentlich kriegen wir bald mal eine Atempause bei den Treibstoffpreisen.«

»Es sieht echt gruselig aus«, meinte auch Brad. »Gestern war ich bei Walmart – die Regale dort wirken plötzlich ziemlich leer.«

»Immer weniger Containerschiffe gehen das Risiko ein, durch das Südchinesische Meer zu fahren, jetzt, wo dort ständig geschossen wird. Ich wette, wenn Chinas Exporte noch weiter zurückgehen als jetzt schon, wird es für sie bald schon richtig übel werden. Die gute Nachricht ist, eine ganze Reihe von Firmen spricht davon, als Ersatz für die Fabriken in China Produktionsanlagen in Nordamerika zu eröffnen. Das könnte uns tatsächlich einen Wirtschaftsaufschwung bescheren. Schon jetzt sehe ich viele Führungskräfte hier draußen, die in der Umgebung von Reno geeignetes Land für den Bau von Fabriken suchen. Ich sehe die Zukunft Amerikas durchaus rosig – wir müssen einfach nur durchhalten.«

Hoffman hielt einen Umschlag in die Höhe. »Und ich habe eine richtig gute Nachricht für dich, Brad. Ist für mich das erste Mal in all den Jahren als Fluglehrer. Ich habe noch nie erlebt, dass ein Ausbilder Trinkgeld bekommt.« Er ließ den Umschlag vor Brad auf den Tisch fallen. »Sind nur fünfzig Dollar.«

»Fünfzig Dollar sind fünfzig Dollar – nehme ich gern!«, sagte Brad glücklich. »Die Flugschüler geben so viel Geld für ihre Stunden aus, dass sie gar nicht auf die Idee kommen, Trinkgeld zu geben. Sie denken, wir haben alle eh genug Geld. Von wem ist das?«

»Von Jeff Keefe, deinem Schüler für mehrmotorige Flugzeuge. Er hat gerade ohne Probleme seinen Prüfungsflug bestanden. Er war so begeistert, in seinem eigenen Flugzeug nach Hause fliegen zu können, dass er auf dem Vorfeld ein Tänzchen hingelegt hat. Er hat eine an mich adressierte Karte beigefügt, mit ein paar netten Worten, weil du dich so für ihn eingesetzt und die Dinge vorangetrieben hast, damit er seinen Schein für mehrmotorige Flugzeuge an nur einem Wochenende schafft.«

»Er war gut vorbereitet, hat getan, was ich ihm gesagt habe, und sich den Hintern aufgerissen«, sagte Brad. »Er war ein guter Schüler – er hat mich bloß ein, zwei Mal umzubringen versucht.«

»Er meinte, er wolle wiederkommen, für seine Instrumentenflugberechtigung und vielleicht seine Berufspilotenlizenz. Anschlussaufträge mögen wir hier äußerst gern.« Hoffman zögerte einen Moment, dann fügte er hinzu: »Du machst hier einen verdammt guten Job, Brad. Harte Arbeit wird hier gern gesehen. Ich glaube, es gab nicht einen Auftrag, den du abgelehnt hast.«

»Ich brauche die Stunden, wenn ich noch in diesem Jahrzehnt meine Verkehrspilotenlizenz bekommen will.«

»Du bist auf einem guten Weg, was das anbetrifft«, sagte Hoffman. »Und zwar so sehr, dass ich dir einen neuen Studienplan hochgeladen habe, falls es dich interessiert. Wirf mal einen Blick hinein.«

Brad wechselte auf seinem Laptop auf die Seite seines neuen Lehrplanordners – und bekam beim Lesen immer größere Augen. »Sie wollen mich wohl auf den Arm nehmen, Colonel – das ist ja das Flugtrainingsprogramm für die XB-1 Excaliburs!«

»Ganz genau. Das Bomberwiederaufarbeitungsprogramm deines Dads ist erweitert worden und unterliegt jetzt einem überaus engen Zeitplan. Er hat weitere Mittel für die XB-1er und sogar einen gewissen Betrag für die XF-111er bewilligt bekommen, und sie wollen diese Flugzeuge schnellstmöglich auf Guam haben.«

»Cool. Dann kann ich also eine Excalibur oder eine SuperVark nach Guam fliegen?«, fragte Brad ungläubig.

»Als verantwortlicher Pilot benötigst du zunächst einmal deine Verkehrspilotenlizenz«, erläuterte Hoffman. »Wir haben jedoch seitens der FAA eine Befreiung von höchster Stelle bekommen – für von Battle Mountain ausgehende Überführungsflüge, die entweder militärische Stützpunkte zum Ziel haben oder außerhalb der CONUS stattfinden und umgekehrt. Wenn du insgesamt mehr als fünfhundert Flugstunden aufweisen kannst, eine Verkehrspilotenlizenz besitzt, einen Berechtigungsschein für mehrmotorige Flugzeuge und Instrumentenflug sowie mindestens zweihundertfünfzig Flugstunden auf mehrstrahligen Düsenflugzeugen und du den entsprechenden Lehrgang absolvierst, kannst du Erster Offizier werden. Die Gesamtstundenzahl wirst du bald zusammenhaben; für deine Flugstunden auf Düsenflugzeugen werden wir dir zusätzliche Flüge auf dem Lear 35 und Gulfstream besorgen. Außerdem hast du hier bei uns derart gute Arbeit geleistet, dass du dir ein dickes, fettes Lob verdient hast.«

»Das ist ja Wahnsinn!«, platzte Brad heraus und sprang auf. »Ich kann's gar nicht glauben!«

»Schwer ist der Kurs nicht, aber ziemlich zeitaufwendig und erschöpfend«, sagte Hoffman. »Außerdem werden wir dich für das Höhenkammertraining, die lebenserhaltenden Maßnahmen, Flugphysiologie, das räumliche Orientierungs- und Schleudersitztraining zur Edwards Air Force Base schicken müssen und möglicherweise auch nach Fallon, für das Navyintegrationstraining, das dein Dad eingerichtet hat. Aber all das wird dir einen Riesenspaß machen. Morgen werde ich in einer Excalibur nach Guam fliegen und dort draußen ein paar Prüfungsflüge abnehmen. Für den Onlinekurs solltest du etwa eine Woche benötigen, eine weitere für die Simulatorsitzungen, eine Woche für Fallon und ein paar Tage in Edwards. Anschließend werde ich zurückkommen und den Kursus im Jet selbst geben und dich einen Prüfungsflug absolvieren lassen. Alles in allem gute fünf Wochen Schulungen, aber ich denke, das bekommst du hin. Interessiert?«

»Verdammt, ja, ich bin interessiert!«, rief Brad. »Ich werde noch heute Abend mit dem Onlinekursus anfangen.«

»Und das Beste: Die Stunden, die du als Stellvertreter des kommandierenden Offiziers auf der Excalibur ableistest, lassen sich auf deine Verkehrspilotenlizenz anrechnen«, fügte Hoffman hinzu. »Das sind zehn Stunden pro Überführungsflug von Battle Mountain nach Guam, und wenn wir dich in einer Firmenmaschine zurückfliegen und du während des Rückflugs Zeit am Steuerknüppel bekommst, kriegst du noch ein paar Stunden zusammen. Außerdem erhältst du im XB-1 Gelegenheit, vom rechten Sitz aus eine Luftbetankung mitzuverfolgen – und falls ein bereitwilliger Pilot dir ein wenig Zeit am Steuerknüppel überlassen möchte, selbst hinter einem Tankflugzeug, ich hätte nichts dagegen.«

»Cool!«, rief Brad überglücklich. »Vielen Dank, Colonel! Ich werde mich sofort über diesen Lehrgang hermachen. Was für eine Gelegenheit! Vielen Dank!«

»Die hast du dir verdient«, sagte Hoffman. »Der XB-1 wird dir sicher den Mund wässrig machen.«

HAUPTQUARTIER DES 265sten U-BOOT-GESCHWADERS, KAOHSIUNG, REPUBLIK CHINA
Einige Wochen später

»Es versuchen? Aber sicher will ich das!«, erwiderte Kapitän Yao Mei-Yueh aufgeregt. Der junge, klein gewachsene und schlanke Offizier hatte in Habtachtstellung vor dem befehlshabenden Admiral des Ersten Marinedistrikts Süd der *Zhongguó haijun gònghéguó*, der Marine der Volksrepublik China, Vizeadmiral Wu Jin-ping, gestanden, doch nachdem ihm der Admiral diese einfache Frage gestellt hatte, konnte er kaum noch an sich halten. »Ich hatte schon befürchtet, wir würden vor den Kommunisten den Kopf einziehen!«

»Weitermachen, Kapitän!«, sagte der Admiral und konnte sich ein Schmunzeln kaum verkneifen. Wenige Sekunden, nachdem Yao erneut Haltung angenommen hatte, befahl er ihm, bequem zu stehen, und Yao nahm die Rührt-Euch-Stellung ein. »Dies ist eine ernste Angelegenheit, Kapitän. Patrouillen haben gerade mal einhundertfünfundsiebzig Kilometer südlich den Flugzeugträgergefechtsverband *Zhen He* ausgemacht. Die haben dermaßen viele Flugzeuge in der Luft, dass sie die Luftströmungen verändern.«

»Spielt keine Rolle, Admiral«, sagte Yao. »Die Goldbesatzung der *Fùchóu zhe* ist die beste Angriffs-U-Boot-Besatzung weltweit. Vergangenes Jahr haben wir vier erfolgreich simulierte Torpedoangriffe gegen ihre Schiffe durchgeführt, darunter einen gegen den Träger *Zhenyuan*. Entdeckt worden sind wir kein einziges Mal.«

Admiral Wu hatte eine Vorliebe für selbstbewusste, ja, großspurige junge Offiziere, und Kapitän Yao war all das und mehr, was auch der Grund war, weshalb er an diesem Morgen hier stand. »Ihre Einsatzbilanz ist mir bestens bekannt, Kapitän«, sagte Wu. »Dies wird ebenfalls ein simulierter Angriff auf ihren Kampfverband sein – zunächst mit simulierten torpedogestützten Harpoon-Raketen, abgefeuert in weniger als fünfzig Kilometer Entfernung zu einem Schiff, anschließend mit Torpedos, abgefeuert in weniger als zehn Kilometer Entfernung zu einem Begleitschiff ...«

»Erlauben Sie mir, einen simulierten Angriff auf den Träger *Zheng He* selbst durchzuführen, Admiral«, fiel Yao ihm ins Wort. Wu, der es nicht gewöhnt war, von einem untergebenen Offizier unterbrochen zu werden, wollte schon zuschlagen, doch Yao sprach einfach weiter: »Ein Bild des Trägers *Zheng He* im Fadenkreuz meines Periskops zu verbreiten, weltweit und über das Internet, das wäre praktisch nicht zu überbieten.«

»Dies ist kein Spiel, bei dem man bei einer Geburtstagsparty peinliche Fotos von seinen Kindern macht, Kapitän«, sagte Wu verärgert, wenngleich ihm Yoas Einstellung durchaus gefiel und er zugeben musste, dass es keine schlechte Idee war. »Wir wollen ihre Suchmuster bewerten, ihre akustischen Muster und Sonarfrequenzen analysieren und so viele Daten wie möglich über ihre Patrouillentätigkeit sammeln.« Er unterbrach sich, nickte dann lächelnd. »Und ja, die Veröffentlichung eines Fotos ihres neuen Flugzeugträgers im Fadenkreuz eines taiwanesischen U-Boots wäre durchaus begrüßenswert.«

»Wird mir ein Vergnügen sein, Admiral«, sagte Yao. »Ich verspreche Ihnen eine hübsche Aufnahme für Ihre Bürowand.«

»Konzentrieren Sie sich einfach auf die bevorstehende Aufgabe, Kapitän«, sagte Wu. »Dass Ihr U-Boot in einem Stück zurückkehrt, wünsche ich mir sehr viel dringlicher als ein Foto an der Wand.«

»Was meinen Sie? Werden die Kommunisten tatsächlich angreifen, wenn sie uns entdecken, Admiral?«, fragte Yao, jetzt mit deutlich mehr Besorgnis in der Stimme.

»Gehen Sie davon aus, Yao«, antwortete Wu. »Innerhalb der ersten Inselkette treten sie derzeit deutlich aggressiver auf, auch wenn sie außer diesem amerikanischen Vermessungsschiff noch niemanden angegriffen haben.«

»Und die vietnamesische Fregatte, Admiral.«

»Es gibt noch keinen eindeutigen Beweis dafür, dass die Fregatte von einer chinesischen Rakete getroffen wurde, auch wenn das jeder vermutet. Gehen Sie davon aus, im Falle einer Entdeckung von ihnen angegriffen zu werden, und bringen Sie Ihr Schiff in einem Stück zurück.« Wu erhob sich hinter seinem Schreibtisch, und Yao nahm Haltung an. »Viel Glück, Kapitän.«

»*Shì haijun, shàngjiàng*«, sagte Yao. »Jawohl, Admiral.« Er salutierte vor dem Admiral, Wu erwiderte die Ehrenbezeigung, und der junge Offizier ging.

Einen Moment darauf kam Wus Adjutant ins Büro. »Die Befehle, Admiral?«

»Geben Sie sie augenblicklich heraus, auf allen sicheren Kanälen«, sagte Wu. Er unterzeichnete ein Schriftstück, reichte es dann seinem Adjutanten. »*Fùchóu zhe* wird innerhalb der nächsten vierundzwanzig Stunden auslaufen. Setzen Sie die gewöhnlichen Attrappen aus und lassen Sie die üblichen falschen Funkmeldungen zusammenstellen.«

»Jawohl, Admiral«, sagte der Adjutant und entfernte sich.

Im Vorzimmer zeichnete der Adjutant einen Laufzettel für die Befehle ab, fügte die mündlich vom Admiral erteilten Befehle hinzu und übergab dann alles seinem Melder. »Bringen

Sie diese Befehle zur Verschlüsselungsabteilung und lassen Sie sie dort codieren und augenblicklich senden.« Der Melder unterschrieb den Laufzettel, verstaute die Befehle dann in einem Aktenkoffer, den der Adjutant anschließend eigenhändig abschloss. Nur er selbst sowie die verantwortlichen Offiziere in den verschiedenen Büros des Hauptquartiers, die mit geheimen Dokumenten befasst waren, besaßen die Kombination dieses Aktenkoffers. Der Melder machte sich auf den Weg.

In der Verschlüsselungsabteilung wurde der Aktenkoffer von dem diensthabenden Offizier geöffnet und per Hand zum ersten verfügbaren Verschlüsselungstechniker gebracht. Bei jedem Verschlüsselungsvorgang kamen zwei Computerprogramme zum Einsatz: Das erste errechnete die in der Präambel der codierten Nachricht enthaltenen Schlüssel und würde auch am anderen Ende zur Entschlüsselung der Nachricht verwendet werden, das zweite bediente sich der Schlüssel, um die Nachricht, die aus diesem Vorgang als lange Ziffernfolge hervorging, zu verschlüsseln. Das Schlüsselerrechnungsprogramm benutzte eine Kombination aus Datum/Zeit-Gruppe, ursprünglichem Verfasser, Empfänger sowie unterschiedlich großen, von einem Zufallszahlengenerator festgelegten Ziffernmengen, um eine Tastenfolge zu generieren, die dann an das zweite Programm weitergeleitet wurde, sodass dieses mit dem Verschlüsselungsvorgang beginnen konnte. Der für die Erzeugung der Tastenfolge und den Verschlüsselungsvorgang benutzte Computer war mit keinem anderen Netzwerk verbunden, sodass Hacker die Tastenfolge nicht abfangen konnten. Die Generierung der Tastenfolge verlief für den Techniker unsichtbar: Alles, was er sah, war eine Fehlerkennungsanzeige, welche die Tastenkombination las und deren Bitmenge errechnete, die entweder korrekt war oder nicht.

Den Computer selbst zu hacken war unmöglich, demzufolge war der Vorgang zur Generierung der Tastenfolge absolut sicher …

… nicht aber die Parametereingabe für die Generierung der Tastenfolge auf einer Tastatur sowie die Anzeige der Bitmenge auf dem Computerbildschirm – die *konnte* gehackt werden, und tatsächlich war genau dies bereits geschehen: durch Agenten der Marine der Volksbefreiungsarmee. Die üblicherweise verwendete sichere Tastatur mitsamt Bildschirm war gegen nicht sichere, aber identisch aussehende Geräte ausgetauscht worden, die sowohl den Tastendruck sowie jedes auf dem Bildschirm dargestellte Zeichen weiterleiteten – dorthin, wo außerhalb des Gebäudes sitzende Agenten diese Informationen aufzeichnen konnten. Waren die in die Generierung der Tastenfolge einfließenden Parameter bekannt, war es, sobald der Hacker die Bitmenge erhielt, für einen schnellen Computer verhältnismäßig einfach, diesen Vorgang umzukehren und so in den Besitz der Tastenfolge zu gelangen. Und war diese einmal bekannt, konnte jede sich dieses Schlüssels bedienende Nachrichtenübermittlung nahezu ebenso schnell gelesen werden wie vom eigentlichen Empfänger.

So kam es, dass die Information über die geplante Verlegung des U-Boots *Fùchóu zhe* in weniger als zwei Stunden in das Hauptquartier der Südflotte der Marine der Volksbefreiungsarmee gelangte.

HAUPTQUARTIER DER VOLKSBEFREIUNGSARMEE, PEKING, VOLKSREPUBLIK CHINA

Kurze Zeit später

»Was sagten Sie da gerade, Admiral?«, donnerte Generaloberst Zu Kai. »Wiederholen Sie das!«

»Es steht fest, Genosse Generaloberst«, erwiderte der Kommandeur der Südmeerflotte, Vizeadmiral Zhen Peng. »Die Taiwaner planen – als direkte Anfechtung Ihrer jüngsten Auflagen sowie zur Beobachtung des Flugzeugträgergefechtsverbandes *Zhen He* – die Entsendung eines Angriffs-U-Boots in das Südmeer. Das ist eine bewusste Missachtung Ihrer Befehle. Sie planen sogar, Periskopaufnahmen von chinesischen Schiffen zu machen, die sie im Internet veröffentlichen wollen – als Beweis dafür, dass diese Auflagen für sie bedeutungslos sind, und um Sie und unser ganzes Land zu verspotten.«

»Wie haben Sie davon erfahren, Zhen?«, wollte Zu wissen.

»Ich verfüge über ein Netzwerk von Agenten im Ersten Marinebezirk in Kaohsiung«, antwortete Zhen. »Diesem ist es gelungen, deren Computer auf höchster Ebene zu infiltrieren. Es liefert uns überaus brisantes Nachrichtenmaterial.«

General Zu warf seinem Stellvertreter, Generalmajor Sun Ji, der das sichere Telefongespräch über eine tote Nebenstelle mithörte, einen Blick zu. Die Besorgnis war dessen Gesicht ebenso deutlich abzulesen wie seinem eigenen. »Über dieses Spionagenetzwerk, das Sie da haben, weiß ich nichts, Zhen«, sagte Zu. »Für Spionage gegen Taiwan ist das Büro für Wiedervereinigung beim Militärischen Nachrichtendienst zuständig. Flottenadmirale unterhalten keine Spionagenetzwerke. Ein einziger unbedachter Zug eines Ihrer sogenannten Spione könnte das Werk von Tausenden zunichtemachen.«

»Sollte ich meine Befugnisse überschritten haben, so bitte ich um Verzeihung, Genosse Generaloberst«, entgegnete Zhen. »Aber mein Netzwerk besteht, seit ich das Kommando über die Südmeerflotte übernommen habe, und hat der Volksbefreiungsarmee eine Menge belastbares nachrichtendienstliches Material geliefert, ohne dass irgendetwas auf eine Entdeckung hingewiesen hätte. Sofern Sie es befehlen, Genosse Generaloberst, werde ich es selbstverständlich sofort auflösen. Dennoch bitte ich Sie, es weiterarbeiten zu lassen.«

»Augenblick, Zhen«, sagte Zu barsch. Er drückte eine Taste und unterbrach den Anruf. »Zhen unterhält ohne mein Wissen ein Spionagenetzwerk in Taiwan und hackt deren Computer?«

»Der Mann ist ein findiger und aggressiv vorgehender Offizier«, lautete Suns Kommentar.

»Dann hätte er sich also auch in *meinen* Computer hacken können«, knurrte Zu. »Ich sollte den Mann erschießen lassen!«

»Möglicherweise wäre es besser, ihn mit Ihrer Billigung weiterarbeiten zu lassen«, meinte Sun. »Und zwar, bis wir in der Lage sind, unser System zu scannen und die Hackerspuren zu ihm zurückzuverfolgen.«

»Hackerspuren?«

»Ein Computernetzwerk zu hacken hat sehr viel Ähnlichkeit mit dem Einbruch in ein Haus, Genosse Generaloberst«, erläuterte Sun. »Selbst der geschickteste Einbrecher hinterlässt irgendwelche Beweise für seine Anwesenheit. Wenn Zhen versucht hat, unser System zu hacken, werden wir dahinterkommen. Auf jeden Fall wissen wir, dass es ihm gelungen ist, den taiwanesischen Verschlüsselungsdienst zu infiltrieren – und das, obwohl sie dort über eines der weltweit besten Cybersicherheitssysteme verfügen.«

Zu überlegte einen Moment, dann nickte er zustimmend. »Aber ich möchte, dass Sie das sofort untersuchen. Ich will wissen, wo jeder einzelne Infiltrierungsversuch unseres Systems seinen Ursprung hat.«

»Jawohl, Genosse Generaloberst.«

Zu drückte erneut die Unterbrechertaste. »Also schön, Genosse Admiral. Ich war zunächst ein wenig bestürzt, dass sich einer meiner Flottenadmirale an nicht genehmigten Aktivitäten beteiligt. Andererseits sind die von Ihrem Netzwerk gewonnenen Informationen durchaus wertvoll, weshalb ich sie im Nachhinein genehmigen werde. Aber vermeiden Sie unter allen Umständen, dass Ihr Netzwerk auffliegt.«

»Jawohl, Genosse Generaloberst. Vielen Dank. Ich hätte einen Vorschlag, wie man gegen das taiwanesische U-Boot vorgehen könnte, Genosse Generaloberst.«

»Ein solcher Vorschlag erübrigt sich, Genosse Admiral«, entgegnete Zu. »Der kommissarische Staatspräsident und ich haben unsere Befehle bereits ausgegeben: Jeder, der gegen die innerhalb der Ersten Inselkette geltenden Auflagen verstößt, wird entweder in Gewahrsam genommen oder angegriffen.«

»Sehr wohl, Genosse Generaloberst, ich verstehe. Allerdings sollte die Art des Angriffs eindrucksvoll sein und keinen Zweifel an der festen Entschlossenheit Chinas lassen, die Gewässer innerhalb der Ersten Inselkette zu verteidigen und zu kontrollieren.«

»Was wollen Sie damit sagen, Zhen?«

»Ich meine damit die BLU-89E, Genosse Generaloberst. *Kepà debo* – die ›Fürchterliche Welle‹. Dieses Waffensystem ist noch immer im Bestand der Südmeerflotte und kann an Bord des Anti-U-Boot-Flugzeugs Y-8 sofort zum Einsatz gebracht werden – bei einer späteren Verlegung auf die Kreuzer im Begleitzug der Träger *Zheyuan* und *Zheng He.*«

Sofort legte Sun seinen Hörer zur Seite und griff auf ein Computerterminal in einer fernen Ecke von Zus Büro zu, um nachzusehen, um welches Waffensystem es sich handelte – und kaum hatte er es gefunden, traten ihm vor Überraschung fast die Augen aus den Höhlen. Er schickte die Seite hinüber auf Zus Computer, der sogar noch schockierter schien. »Haben Sie den Verstand verloren, Zhen?«, rief er.

»Das Waffensystem wurde von unseren Schiffen entfernt, weil die jüngste Generation von Torpedos deutlich präziser und leistungsstärker ist«, erläuterte Zhen. »Allerdings war BLU-89E viele Jahre lang die Standardbewaffnung unserer Kreuzer – wir haben sie sogar mit dem Kampfverband für Somalia in den Golf von Aden geschickt. Sollten die Nationalisten die Absicht haben, die Marine der Volksbefreiungsarmee ganz offen und dreist in unseren eigenen Gewässern herauszufordern, sollten wir jedes in unserem Arsenal verfügbare Waffensystem aufbieten.«

Allmählich ebbte das Schockgefühl ab, das General Zu aufgrund dieses Vorschlags durchlebte. »Bleiben Sie dran, Zhen!« Er drückte erneut auf die Wartetaste seines Telefons. »Hat er den Verstand verloren?«, murmelte er. »Erst ein eigenes Spionagenetzwerk, und jetzt will er auch noch ›Fürchterliche Welle‹ einsetzen? Reichen ihm etwa ›Tigerkralle‹ und ›Lautloser Donner‹ noch nicht?«

»Genosse Generaloberst, wir hatten ›Fürchterliche Welle‹ während der letzten zehn Jahre im Aufgebot, auf beiden Schiffen und auch auf Patrouillenflugzeugen der Marine«, gab General Sun zu bedenken. »Wahrscheinlich ist Zhen in der gesamten Navy der am besten für die Verwendung dieser Waffe qualifizierte Kommandeur.«

Zu ließ sich das ein paar Augenblicke lang durch den Kopf gehen, griff dann erneut zum Hörer und entsperrte die Wartetaste. »Genehmigt«, sagte er. »Nur ein Waffensystem. Und wegen der Erlaubnis zum Einsatz der Waffe melden Sie sich bei mir.«

»Bestätige, Genosse General.«

Zu beendete die sichere Verbindung. »Ich sollte besser Gao über mein Vorhaben unterrichten.« Er erhob sich von seinem Platz. »Was er darüber denkt, interessiert mich nicht, aber für den Fall, dass sie tatsächlich eingesetzt wird, sollte er vorbereitet sein.« Er schüttelte den Kopf. »Wir stehen kurz vor einer erneuten Entfesselung von *Lóng Dehuxi* – dem ›Atem des Drachen‹«, sagte er an seinen Stellvertreter gewandt. »Dabei ist es erst sechzehn Jahre her, dass mein Vorgänger ihn eingesetzt hat, und erst zehn, dass die Russen dies getan haben.«

»Sun Tzu sagt: ›Sind deine Streitkräfte überlegen, greife an‹, Genosse Generaloberst«, bemerkte General Sun. »Die Amerikaner sind geschwächt und werden mit jedem Tag schwächer, während Chinas Stärke mit jedem Tag zunimmt. Die Amerikaner sind auf eigenem Boden von den Russen angegriffen worden und haben keinen nuklearen Vergeltungsschlag geführt. Ihr Verhalten ist unentschlossen und wird von Angst diktiert. Dies ist der perfekte Augenblick, unseren Machtanspruch zu bekräftigen.« Er zögerte einen Moment, ehe er fortfuhr: »Genosse Generaloberst, ich schlage vor, Sie setzen sich mit dem russischen Präsidenten Truznyew in Verbindung, wenn Sie sich auch weiterhin seiner Kooperation und Mithilfe versichern wollen. Russland ist der Schlüssel.«

Zu nickte gedankenverloren. Einige Augenblicke darauf griff er erneut zum Telefon. »Holen Sie mir den russischen Präsidenten Truznyew an den Apparat, sofort und sicher«, kommandierte er und legte wieder auf. »Ich hoffe, sie haben keine U-Boote im Südmeer.«

Einige Minuten später klingelte das Telefon, und Zu nahm ab. »Generaloberst Zu, sicher.«

Es entstand eine kurze Pause, als der sichere Kanal auf beiden Seiten gesperrt wurde, dann sagte eine unbekannte Stimme: »Hier spricht der Dolmetscher von Präsident Truznyew, General. Der Präsident lässt ausrichten, es sei höchste Zeit, dass jemand in Peking ihn davon in Kenntnis setzt, was zum Teufel bei Ihnen los ist.«

»Richten Sie ihm meinen Dank aus, dass er zurückgerufen hat«, sagte Zu wenig beeindruckt.

»Der Präsident meint, dass die Gerüchte über einen Militärputsch offenbar der Wahrheit entsprechen.«

»Es gab keinen Militärputsch. Bis zur endgültigen Beurteilung des Zustandes von Staatspräsident Zhou wird der kommissarische Staatspräsident Gao Xudong die Verantwortung übernehmen.«

»Tatsächlich?«, sagte der russische Übersetzer. »Trotzdem gehe ich davon aus, dass ich mit dem De-facto-Präsidenten der Volksrepublik China spreche. Also, was kann ich heute für Sie tun, Herr Präsident? Verzeihen Sie, *Herr Generaloberst?*«

»Sie wissen selbstverständlich von den Aktivitäten im Südmeer, das amerikanische und vietnamesische Militär betreffend.«

»Natürlich. Überaus interessant. Offensichtlich verfügen Ihre Flugzeugträgergefechtsverbände über einige hochmoderne Fähigkeiten, die unsere Nachrichtendienste noch nicht aufgedeckt haben. Möchten Sie sich dazu äußern, General?«

»Sie werden über all dies in Kürze in Kenntnis gesetzt werden, Herr Präsident«, versprach Zu. »Angerufen habe ich jedoch, weil China bereit ist, beim Ringen um seine Herrschaft über das Südmeer auf die nächsthöhere Stufe zu gehen, und wir streben dabei die Mithilfe Russlands an.«

»In welcher Hinsicht, Herr General?«

»Die Amerikaner verfügen im Pazifikraum über erhebliche Streitkräfte, und erst kürzlich haben sie durchblicken lassen, dass sie bereit sind, diese als Antwort auf die chinesischen Truppenentsendungen auf doppelte Stärke zu erhöhen. Uns ist bekannt, dass die russischen Mittel in Fernost begrenzt sind. Das gilt jedoch nicht für den Westen. Würde Russland seinen beträchtlichen wirtschaftlichen und militärischen Einfluss im Westen geltend machen, müssten die Amerikaner erkennen, dass ihre Fähigkeit zu einer Reaktion an zwei Fronten – auf entgegengesetzten Seiten des Planeten – begrenzt sind, und man könnte sie aller Handlungsmöglichkeiten berauben. Amerika hat weniger Schiffe auf See als zu jedem anderen Zeitpunkt nach dem Vietnamkrieg, und sie zu einer Reaktion an einer zweiten Front im Westen zu zwingen, könnte sie zu Zugeständnissen sowohl gegenüber Russland als auch China zwingen.«

»Amerika ist keine Bedrohung für Russland, zumindest nicht in unserer eigenen Einflusssphäre, namentlich in Osteuropa und Zentralasien«, sagte Truznyews Übersetzer. »Wir haben unsere Arbeit bereits gemacht. Russland verlangt es nicht nach einer Vorherrschaft über das Südchinesische Meer. Tatsächlich liegt eine Begrenzung des Zugangs zum Südchinesischen Meer nicht in unserem Interesse. Dieses Säbelrasseln im Südchinesischen Meer ist Ihrem Verhältnis zu Russland nicht zuträglich, General.«

»Wir gedenken sehr viel mehr zu tun, als bloß mit dem Säbel zu rasseln, Herr Präsident.«

»Erklären Sie das, General!« Im Hintergrund konnte Zu Truznyews verärgerte Stimme hören, die sich dramatisch von dem emotionslosen, mechanischen Tonfall des Dolmetschers unterschied.

»Herr Präsident, China fordert mit dem heutigen Tag alle seine historisch verbürgten Rechtsansprüche im Südmeer ein«, erklärte Zu. »Ich bin fest entschlossen und durch meine Ehre daran gebunden, die Rechte meines Landes auf die Innere Inselkette zu verteidigen, und wir werden diesbezüglich alles tun, was nötig ist. Ich habe Sie angerufen, um Sie von meinen Absichten zu unterrichten und Sie um Ihre Unterstützung und Hilfe bei diesem ehrenvollen Anliegen zu ersuchen.«

»Ihre Absichten und Ihre Ehre interessieren mich einen Dreck, Zu«, sagte Truznyews Übersetzer. Truznyews laute Stimme war im Hintergrund deutlich zu hören, und es war offenkundig, dass dies Absicht war. »Ich werde Sie ins Bild setzen, Sie verräterischer Bastard, jetzt gleich: Sollte auch nur einem russischen Matrosen oder Flieger ein Haar gekrümmt werden, sollten sie auch nur ein einziges Mal durch irgendwelche Aktionen Chinas bei einer Mahlzeit gestört werden, werde ich einhundert Megatonnen nukleare Gefechtsköpfe über Ihrem rückständigen Land abwerfen.«

»Das war keineswegs meine Absicht, Herr Präsident«, sagte Zu. »Ich bemühe mich um nichts anderes als die Kooperation Russlands bei unserem Unterfangen. Unser beider Bemühungen verfolgen exakt dasselbe Ziel: die Reduzierung oder Eliminierung des Einflusses der U.S. Navy auf sämtlichen Weltmeeren. Die Marine der Vereinigten Staaten ist auf jedem einzelnen der Weltmeere präsent. Diesen Einfluss möchte ich in den für China lebenswichtigen Regionen begrenzen. Dazu gehören das Südmeer, die Straße von Malakka und der Indische Ozean.«

»General Zu, entweder Sie sind größenwahnsinnig oder Ihnen ist der Blick für die Realität abhandengekommen«, sagte Truznyew. »Die Vereinigten Staaten besitzen leider die mächtigste Marine der Welt, selbst nach ihren Austeritätsmaßnahmen. Wenn Sie glauben, Ihre zwei kümmerlichen Flugzeugträger könnten es mit der U.S. Navy aufnehmen, gehören Sie in eine Anstalt eingewiesen.«

»Allein kann es niemand mit den Vereinigten Staaten aufnehmen«, sagte Zu. »Aber mit Unterstützung Russlands können wir die USA dazu zwingen zu verhandeln.«

»Verhandeln? Worüber?«

»Über die Macht im Pazifik«, sagte Zu. »Den ungehinderten Zugang zu allen Weltmeeren, ohne die Einmischung und ständige Bedrohung durch die Marine der Vereinigten Staaten.«

»Russland hat bereits ungehinderten Zugang zu allen Meeren, die es zu befahren wünscht, General«, sagte Truznyew.

»Aber sollten die Vereinigten Staaten beschließen, Ihnen diesen Zugang zu verwehren, Herr Präsident, was könnten Sie dann dagegen tun?«, wollte Zu wissen.

»Russland ist nicht so abhängig vom Meer, wie dies China ist«, entgegnete Truznyew.

»Vielleicht nicht, dennoch muss es Sie – ebenso wie mich – anwidern, unter der ständigen Androhung amerikanischer Vorherrschaft zu leben.« Truznyew sagte darauf nichts. »Herr Präsident, dies war ein Höflichkeitsanruf, um Sie darüber zu informieren, dass China bald, sehr bald schon handeln und die Welt davon in Kenntnis setzen wird, dass es sein Hoheitsgebiet gegen jegliche Bedrohungen mit allen ihm zur Verfügung stehenden Waffen verteidigen wird. Russland kann sich auf die Seite Chinas schlagen – wie wir dies anlässlich des Zwischenfalls von Aden getan haben – und den Amerikanern die Stirn bieten. Sollten Sie sich jedoch entscheiden stillzuhalten, wird China trotzdem seiner Bestimmung folgen.«

»Russland denkt nicht daran, sich auf Ihre Seite zu schlagen, nur damit Sie irgendeinen verrückten, haltlosen Anspruch auf das Südchinesische Meer und den Westpazifik geltend machen können, Zu.«

»Möglicherweise gibt es ja andere Bereiche, in denen unsere beiden Nationen zusammenarbeiten können, Herr Präsident«, meinte Zu. »Russland verfügt über gewaltige natürliche und praktisch unerschlossene Ressourcen in Sibirien. China hat einen gewaltigen Rohstoffhunger, der mit jedem Jahr exponentiell wächst. Ich denke, dass chinesische Investitionen in mehrere Gasverflüssigungsanlagen in Sibirien unseren beiden Nationen gute Dienste leisten würden.« Wiederum sagte Truznyew nichts. »Herr Präsident?«

»Erzählen Sie mir mehr darüber, was Ihnen bezüglich des Südchinesischen Meers vorschwebt, General«, sagte Truznyew. »Und ich möchte von diesem anderen Waffensystem erfahren, das Sie augenscheinlich in besagtem Gebiet eingesetzt haben – das dieses amerikanische Flugzeug heruntergeholt hat. Und ich möchte wissen, warum ich mit Ihnen anstatt mit Zhou spreche und wieso Sie Tausende von Truppen überall im ganzen Land aufmarschieren lassen.«

»Ich denke, es ist an der Zeit, Sie umfassend ins Bild zu setzen, Herr Präsident«, gestand Zu ein, »und ich denke, Sie werden hocherfreut sein über unser beider Möglichkeiten.«

SÜDCHINESISCHES MEER, SECHZIG MEILEN SÜDLICH VON KAOHSIUNG, REPUBLIK CHINA
Zwei Tage später

»Unglaubliches Wetter heute Morgen für diese operative Übung, Genosse Konteradmiral«, bemerkte Flottillenadmiral Weng-Li Yeh, ein stolzes Lächeln auf den Lippen, während er die Aktivitäten unten auf seinem Schiff verfolgte. Obwohl dies ihr erster Einsatz nach Abschluss ihres Probelaufs und einer Testfahrt war, arbeitete seine Mannschaft mit höchster Präzision.

»Ganz hervorragend, in der Tat, Genosse Admiral«, antwortete Wengs vorgesetzter Offizier, Konteradmiral Hu Tansun. »Sobald Sie fertig sind, können Sie mit dem Startvorgang beginnen.«

»*Shì, haujung shàng jiàng*«, antwortete Weng. Er griff zu einem Telefon. »Einsatzzentrale, hier spricht der Flaggoffizier. Sie können jetzt wie gebrieft mit den Lufteinsätzen beginnen, Genosse Kapitän.«

Das Treiben unten nahm an Tempo zu. Hu und Weng beobachteten die Aktivitäten von der Flaggenbrücke des Flugzeugträgers *Zheng He* aus, des zweiten Flugzeugträgers der Volksrepublik China, der erst kürzlich in gefechtsbereiten Zustand versetzt worden war. Bei dem Träger *Zheng He*, benannt nach einem weit gereisten chinesischen Flottenadmiral aus dem fünfzehnten Jahrhundert, handelte es sich um den ehemaligen Träger *Sao Paulo* der brasilianischen Marine, der wiederum zuvor der Flugzeugträger *Foch* der Clemenceau-Klasse der französischen Marine gewesen war. Unter dem Namen *Sao Paulo* war der fünfundfünfzig Jahre alte Flugzeugträger umfassend aufgerüstet und modernisiert worden, sodass er, obwohl kleiner als der Träger *Zhenyuan*, ebenso viele Flugzeuge an Bord nehmen konnte, eine Mischung aus chinesischen und russischen Mehrzweckkampfflugzeugen und Helikoptern. Da Brasilien gerade dabei war, eine umfassende Modernisierung seiner Marine in Angriff zu nehmen, darunter auch einen im eigenen Land gebauten Flugzeugträger, und sich die Konstruktion der beiden von China gebauten Flugzeugträger verzögerte, hatte China den überzähligen Flugzeugträger mit Freuden erworben.

Anders als der Träger *Zhenyuan* besaß die *Zheng He* ein Schrägdeck, das gleichzeitige Starts und Landungen ermöglichte, zudem bediente er sich für den Start von Flugzeugen Dampfkatapulten anstelle einer sprungschanzenartigen Rampe, was auch den Start schwerer bewaffneter Flugzeuge erlaubte.

Nachdem die Harbin Z-5-Bergungshelikopter und die Harbin Z-9-Hubschrauber zur Kriegsführung gegen U-Boote gestartet waren, traf die Besatzung des Trägers *Zheng He* Vorbereitungen für den Start eines der größten trägergestützten Kampfflugzeuge der Welt: des JH-37 *Fei Bào* oder Fliegender Leopard. Der Leopard war die trägergestützte Variante des in Russland hergestellten Sukhoi-34-Jagdbombers, modifiziert mit einklappbaren Tragflächen und Seitenleitwerk, einem verstärkten Fahrwerk, das Flugzeugträgerlandungen standhielt, sowie leistungsstärkeren Xian-WS9-Mantelstromtriebwerken. Er benutzte sogenannte Entenflügel – kleine, bewegliche Tragflächen zu beiden Seiten des Bugs – für verbesserte Manövrierfähigkeit im Luftkampf, sein Haupteinsatzzweck jedoch waren Langstreckenangriffe. Er vermochte nahezu zehn Tonnen eines weit gefächerten Waffenarsenals mitzuführen, von Minen bis hin zu Marschflugkörpern. Darüber hinaus eignete sich die JH-37 für elektronische Langstrecken-U-Boot-Suchmissionen,

Radarpatrouillen, für die elektronische Kriegführung sowie Aufklärungsflüge, bei denen seine an der Tragflächenunterseite montierten Sensor- und Emitterkapseln zum Einsatz kamen. Diesmal führte die JH-37 sechs raketengetriebene APR-3E-Torpedos mit, jeweils drei unter jeder Tragfläche.

Den Start eines JH-37 zu verfolgen war stets ein aufregendes Ereignis, und viele Besatzungsmitglieder, die gerade dienstfrei hatten, kamen an Deck, um das prachtvolle Ungetüm mit seinen weit geschwungenen Tragflächen und dem hoch aufragenden Heck zum Katapultshuttle rollen zu sehen. Der Träger *Zheng He* führte nur sechs JH-37 mit sich, und das aus einem einfachen Grund: Die Bomber waren so riesig, dass für mehr einfach kein Platz war. Der über vierzig Tonnen schwere JH-37 nahm das Katapult Nummer drei, wobei seine linke Tragfläche weit über backbord hinausragte. Wegen der enormen Größe des Leopard konnte kein anderes Flugzeug zur gleichen Zeit eines der Katapulte benutzen, und die Landungen mussten sorgfältig geplant werden, da währenddessen kein anderes Flugzeug auf dem Hecküberhang parken durfte. Wegen seiner enormen Reichweite und Größe war die JH-37 nicht selten gezwungen, auf Landstützpunkte auszuweichen, bis die Decks klargemacht werden konnten. Gemäß den von China angeregten Einschränkungen waren die Katapulte Nummer Eins und Zwei mittschiffs mit parkenden Flugzeugen blockiert.

Nach dem Einklinken in den Katapultshuttle und die Rückhaltestange wurden die Mantelstromtriebwerke des Xian auf Vollschub ohne Nachbrenner hochgefahren, was einen derart starken Abgasstrom erzeugte, dass er die dahinter befindlichen schweren stählernen Abgasschürzen zum Zittern brachte. Als das Katapult gezündet und die ein Ausbrechen verhindernde Rückhaltestange gelöst wurde, schien es wie immer ausgeschlossen, dass der große Bomber schnell genug würde beschleunigen können, um die einhundert Meter Deck hinter sich zu lassen und aufzusteigen, ehe er über die Bordkante kippte und ins Meer stürzte. Tatsächlich aber stieg der mächtige Bomber tosend in den Himmel, ließ dabei das Deck unter dem Rückstoß seiner mächtigen Triebwerke erbeben und war schon bald außer Sicht. In seiner Anti-U-Boot-Funktion konnte er Patrouillenflüge von bis zu dreihundert Meilen vom Träger entfernt absolvieren und sechs Stunden in der Luft bleiben.

Nach dem Start des JH-37 waren als Nächstes die Kampfflugzeuge der Luftverteidigung an der Reihe. Wie der Träger *Zhenyuan*, Chinas erster Flugzeugträger überhaupt, hatte der Träger *Zheng He* eine Mischung aus Kampfflugzeugen in seinem Arsenal: zwei Staffeln von jeweils fünfzehn JN-15-Mehrzweckkampfflugzeugen – dem ersten chinesischen trägergestützten Jagdflugzeug aus heimischer Produktion, ein Nachbau des russischen trägergestützten Su-33-Jagdbombers, sowie eine Staffel aus zehn hochmodernen JN-20-Jagdflugzeugen für die Luftüberlegenheit. Die JN-20 waren eindeutig die Vorzeigeflugzeuge der Flotte und wurden, außer bei Eignungs- und Leistungstests oder wenn sich ausländische Patrouillenflugzeuge im Gebiet befanden, nur selten geflogen. Für Patrouillenflüge wurden daher die JN-15 eingesetzt.

Beteiligt an diesem Einsatz, wenn auch nicht Teil der Ausstattung des Trägers *Zheng He*, war ein weiteres, in einer Höhe von fünftausend Fuß über dem Südchinesischen Meer um den Flugzeugträgergefechtsverband kreisendes Flugzeug: ein landgestütztes, mittelgroßes viermotoriges Turbo-Prop-Transportflugzeug vom Typ Shaanxi Y-8, ein Nachbau aus chinesischer Produktion der russischen Antonov-12-Transportmaschine, die einige Stunden zuvor gestartet war. Das Y-8 war als luftgestütztes Frühwarnflugzeug und auch als Flugzeug zur Anti-U-Boot-Kriegführung ausgelegt, mit einem über dem Flugzeugrumpf montierten Balance-Beam-Luftsuchradar, einem Oberflächenradarsystem im Bug sowie einem magnetischen Detektor für Anomalien im Magnetfeld der Erde, in der Fachsprache *Magnetic Anomaly Detector* oder kurz MAD, der auf einem langen Ausleger am Heck montiert war. Der MAD spürte Veränderungen im Magnetfeld auf, sobald ein U-Boot dieses durchfuhr, und machte einen Operator auf dessen Vorhandensein aufmerksam. Einmal alarmiert, startete das Y-8 einen Suchvorgang, warf Sonobojen zur Aufspürung des U-Boots ab und anschließend, sobald dies geortet war, Wasserbomben, um das U-Boot entweder zu zerstören oder trägergestützte Anti-U-Boot-Helikopter für einen Angriff dorthin zu leiten. Das Y-8 war Chinas erstes Langstreckenaufklärungs- und -anti-U-Boot-Flugzeug und eigens für die Überwachung der langen chinesischen Küste konstruiert.

Für diesen besonderen Patrouillenflug war das Y-8 mit einem ganz besonderen Waffensystem bestückt, einem, dessen Aufgabe es war, Chinas Anspruch auf das Gebiet der Inneren Inselkette ein für alle Mal zu zementieren.

Normalerweise entfernte sich das Y-8 auf seinen Patrouillenflügen nicht weiter als zweihundert Meilen vom chinesischen Festland, seinen Häfen und küstennahen Militärstützpunkten. Die Chinesen hatten jedoch Informationen über ein Ziel, das es zu orten galt, und sie waren fest entschlossen, genau dies zu tun.

Keine zwei Stunden später gab der Offizier der Gefechtsleitstelle über Funk an Admiral Weng durch: »Brücke, Gefechtsoffizier – das Y-8 hat MAD-Kontakt hergestellt und beginnt seinen Rundkurs, Entfernung eins-dreißig Kilometer, Steuerkurs drei-null-null.«

Weng wusste, dass die Entfernung zu groß für ihre Helikopter war, denn für die Strecke würden sie mehrere Stunden benötigen. »Lassen Sie das Y-8 den MAD-Kontakt aufrechterhalten, aber sorgen Sie dafür, dass es keine Sonobojen abwirft«, kommandierte er. »Ich möchte nicht, dass unsere Freunde bereits jetzt gewarnt werden. Ruder, gehen Sie auf Steuerkurs drei-null-null bei Höchstgeschwindigkeit. Einsatzzentrale, bereiten Sie eine Staffel Z-9er für Zielverfolgung vor, sobald wir in Reichweite sind. Sorgen Sie dafür, dass die Besatzung des JH-37 informiert ist, und sagen Sie ihnen, sie sollen sich bereithalten.«

Das Telefon der Flaggenbrücke summte, und Weng nahm sofort ab. »Machen Sie Meldung«, befahl Admiral Hu.

»Genau dort, wo unser Geheimdienst es angekündigt hat, Genosse Admiral«, antwortete Weng. »Unsere Agenten melden, dass das taiwanesische Spionage-U-Boot *Fùchóu zhe* gestern von seinem Stützpunkt in Kaohsiung in See stechen sollte, um einen fingierten Raketen- und Torpedoangriff auf den Flugzeugträgergefechtsverband *Zheng He* zu führen. Ich habe dem Y-8 befohlen, den Kontakt aufrechtzuerhalten. Die JN-15-Kampfjets befinden sich auf einem normalen Patrouillenflug. Einer weiteren Staffel Anti-U-Boot-Helikopter habe ich Befehl gegeben, sich für den Einsatzbefehl bereitzuhalten. Auch die JH-37 ist einsatzbereit. In etwa zwei Stunden sollten wir für den Helikopter- und ASW-Einsatz in Position sein.«

»Sehr gut, Genosse Admiral.«

»Genosse Admiral, bei unserem gegenwärtigen Kurs und unserer derzeitigen Geschwindigkeit werden wir das *Fùchóu zhe* in taiwanesischen Gewässern abfangen«, sagte Weng. »Habe ich Erlaubnis fortzufahren, Genosse Admiral?«

»So etwas wie ›taiwanesische Gewässer‹ gibt es nicht, Admiral Weng«, sagte Hu mit hohntriefender Stimme. »Sehr richtig, Sie werden die Operation fortsetzen. Das U-Boot verstößt gegen die Einsatzauflagen für getauchte U-Boote. Es gilt, ein Exempel zu statuieren.«

U-BOOT DER REPUBLIK CHINA *FÙCHÓU ZHE*, SÜDCHINESISCHES MEER

Kurze Zeit später

»Haben soeben die neuesten Positionsangaben für den Flugzeugträgergefechtsverband *Zheng He* erhalten, Kapitän«, meldete der Offizier der Einsatzleitstelle an Bord des taiwanesischen U-Boots *Fùchóu zhe* Typ 800. Er übertrug die Position auf die Karte im Ruderhaus. »Ungefähr dreißig Kilometer südlich.«

Kapitän Yao nickte. »Wir werden bald in Reichweite ihrer Patrouillenhubschrauber sein. Beschaffen Sie sich ein letztes GPS-Update für das Trägheitsnavigationssystem, anschließend werden wir auf Patrouillentauchtiefe gehen und mit Ultraleisefahrt beginnen.«

»Jawohl, Kapitän.« Im Augenblick befand sich das U-Boot *Fùchóu zhe* auf Periskoptiefe, wo es über seinen am Periskopmast angebrachten GPS-Empfänger Funkmeldungen empfangen und seine Positionsbestimmung auf den jeweils neuesten Stand bringen konnte. Das war innerhalb von Sekunden geschehen, dann wurde sein Mast eingezogen, um einer Entdeckung zu entgehen. Anschließend begann die *Fùchóu zhe* einen steilen Abstieg auf vierhundert Fuß und schaltete um auf Ultraleisebetrieb. Ursprünglich war das U-Boot *Fùchóu zhe* ein israelisches Angriffs-U-Boot mit Hybridantrieb, das in Deutschland gebaut worden war. Es war ohnehin eines der leisesten U-Boote weltweit, im Ultraleisebetrieb jedoch wurden alle erdenklichen Nebengeräuschquellen eliminiert. Die Besatzung war gehalten, behutsam aufzutreten, Luken nicht geräuschvoll zu schließen, keine metallischen Gegenstände fallen zu lassen und sich selbst über die Bordsprechanlage nur im Flüsterton zu unterhalten. Abgetaucht war die Geschwindigkeit halbiert, was die Tage im gleichen Maß verlängerte, andererseits war die Jagd auf Schiffe ohnehin ein Geduldsspiel.

Das U-Boot *Fùchóu zhe* war mit zehn Torpedorohren bestückt, sechs davon größere 25-Zoll-Rohre, geeignet für den Abschuss von Tomahawk-Marschflugkörpern. Derzeit war Taiwan der Erwerb amerikanischer U-Boot-gestützter Marschflugkörper untersagt, weshalb die größeren Torpedorohre mit Selenrohren versehen waren, die ihnen den Abschuss von 21-Zoll-Torpedos ermöglichten. Insgesamt war es mit sechzehn drahtgelenkten Torpedos mit einem Durchmesser von einundzwanzig Zoll bestückt. Darüber hinaus hatte die *Fùchóu zhe* ein neues Waffensystem an Bord: die IDAS, bei der es sich um eine als Torpedo gestartete, laser- oder infrarotgelenkte Rakete handelte, die Schiffe, Landziele und sogar Anti-U-Boot-Helikopter aus einer Entfernung von bis zu dreißig Kilometern anzugreifen vermochte. IDAS war die weltweit erste Rakete, die imstande war, Flugzeuge von einer getauchten Startplattform aus zu attackieren. Zwei der Torpedorohre der *Fùchóu zhe,* eines bugwärts und das andere achtern gelegen, enthielten jeweils ein Magazin mit vier IDAS-Raketen.

Ungefähr eine Stunde später meldete der Sonarbediener

mit Flüsterstimme über Interkom: »Kapitän, haben Sonarkontakt, Steuerkurs zwo-fünf-null. Klingt wie ein Patrouillenhubschrauber.« Das passive Echolot vermochte sämtliche Unterwassergeräusche aufzufangen, diese wurden anschließend von Computern analysiert, die daraufhin eine begründete Vermutung bezüglich ihrer Quelle ausgaben.

»Gehen Sie runter auf fünf Knoten, Linksschwenk auf Steuerkurs eins-sechs-null«, ordnete Yao an. Das Tauchsonar eines Patrouillenhubschraubers war – abgesehen von einem anderen U-Boot – der am meisten gefürchtete Gegner dieses U-Boot-Typs, und die einzige Möglichkeit, seinem aktiven Echolotsignal zu entgehen, bestand darin, sich vor einer Entdeckung so schnell und so weit wie möglich zu entfernen. Sobald der Helikopter sein Signal aussandte und anschließend seine Position veränderte, während das U-Boot mit eigenen Kurskorrekturen reagierte, wurde das Ganze zu einem Katz-und-Maus-Spiel.

»Versuchen wir es mit einem fingierten IDAS-Angriff auf den Helikopter«, sagte Kapitän Yao. »Periskoptiefe, halbe Standardgeschwindigkeit. IDAS auf Stand-by, fingierter Angriff auf Luftziel. Rohr drei fluten.« Die *Fùchóu zhe* stieg ganz behutsam auf eine Tauchtiefe von sechzig Fuß.

»Kurs auf Helikopter drei-fünf-zwo.«

Yao drehte das Periskop, bis die Linse auf drei-fünf-zwei Grad wies, und fuhr es dann langsam aus bis über die Wasseroberfläche. Er sah den Helikopter sofort, der sich von ihnen entfernte, und nahm ihn in Fangpeilung und tippte auf den Laserentfernungsmesser. »Ziel erfasst.«

»Entfernung 3200 Meter.«

»Abschuss zweier IDAS vortäuschen.«

»Vortäuschen Abschuss zweier IDAS … Nummer eins ab … Nummer zwei ab.« Hätten sie tatsächlich zwei drahtgelenkte Raketen abgefeuert, hätten diese, um ihr Ziel zu finden, ihre Steuerangaben von dem Laserzielerfassungssystem erhalten.

»Gute Arbeit«, sagte Yao. »Periskop einfahren. Geschwindigkeit gleichbleibend auf zwo-zwo-null, Wiederbeladung von Rohr mit IDAS simulieren. Wie weit bis zum ersten Begleitschiff?«

»Ungefähr zehn Kilometer, Kapitän.«

Das war deutlich innerhalb der Reichweite des aktiven Sonars eines mittelgroßen oder großen Begleitschiffs, wie Yao wusste, aber außerhalb des Erfassungsbereichs ihres eigenen passiven Echolots. Sie gingen abwechselnd höher und tiefer und nahmen dabei Temperaturmessungen vor, um die Computermodelle zur Bestimmung von Temperaturgrenzen – markante Schichten unterschiedlicher Wassertemperaturen, die möglicherweise Geräusche oder Sonarwellen reflektierten – zu unterstützen und auf diese Weise die geeignete Tauchtiefe für eine Annäherung an ihr Ziel zu bestimmen. Letztendlich war das jedoch vergleichbar mit einem Jäger mit Pfeil und Bogen, der sich im Wald vorsichtig an eine Stelle heranpirscht, an der er ein Reh vermutet, und sich dabei aller Mittel einer unbemerkten Annäherung bedient: Windrichtung, Laubwerk, Lautlosigkeit. Letzten Endes lief es auf Geduld und Glück hinaus.

Auf einmal wurde gemeldet: »Einzelnes Sonar-Ping, Kapitän, Peilung zwo-vier-null.«

Dem Kommunisten war ein Fehler unterlaufen – er hatte sein aktives Sonar benutzt, um sie zu orten, und damit seine eigene Position preisgegeben. »Wir werden wohl ein wenig übereifrig, was?«, bemerkte Yao mit leiser Stimme. »Also, richtig hilfreich wäre es, wenn du …«

»Zweites einzelnes Ping«, meldete der Sonarbediener, nach

wie vor mit gedämpfter, jetzt aber merklich erregter Stimme. »Peilung zwei-vier-sieben, Steuerkurs eins-null-null, ungefähre Entfernung acht Kilometer!«

»Periskop ausfahren«, befahl Yao. Er drehte das Periskoprohr auf die korrekte Peilung, fuhr es dann langsam nach oben. Ein paar Vergrößerungsklicks, und er hatte den Zerstörer im Fadenkreuz. »Du gehörst mir, *pigu*«, sagte er mit gesenkter Stimme. Er machte mehrere Aufnahmen. »Periskop einfahren«, befahl er leise. »Besatzung, bereithalten für fingierten Torpedoangriff«, gab er über die Bordsprechanlage durch. »Rohe zwei und fünf fluten, Außenluken geschlossen halten, bestätigen.«

»Torpedoaußenluken alle geschlossen und überprüft, Kapitän.«

»Sehr gut. Nur fingierter Abschuss, Peilungen angleichen … Simulierter Abschuss eins … Simulierter Abschuss zwei.« Die WS-2A5-Torpedos waren die taiwanesischen Standardtorpedos – entwickelt und gebaut in Taiwan, auch wenn es sich um einen Nachbau des amerikanischen Mk-48-Torpedos handelte. Sie waren drahtgelenkt, verfügten als vorrangige Endphasenlenkung über passive Sonarerfassung und aktive Sonarlenkung für den Fall, dass der Draht gekappt wurde, aber auch für die abschließende Zielpeilung. Die Drahtübertragung funktionierte in beiden Richtungen, sodass nicht nur der Torpedooperator an Bord des U-Boots den Torpedo per Draht steuern, sondern auch der Torpedo während seiner Annäherung an das Ziel Sonarsignale zurück zum U-Boot senden konnte. Der Torpedo schwamm mit einer Geschwindigkeit von bis zu fünfzig Knoten, bremste dann für eine abschließende Sonarortung auf vierzig Knoten ab, ehe er auf den letzten Metern für den Abschuss schließlich wieder beschleunigte.

»Gehen Sie auf Steuerkurs zwo-eins-null«, kommandierte Yao. Er wandte sich seinem leitenden Offizier zu, Kommandant Chein Si-yao. »Jetzt nehmen wir ihren Flugzeugträger ins Visier, Si-yao.«

»Das ist riskant, Kapitän.« Chein Si-yao war weit jünger und weniger erfahren als Yao und absolvierte seine erste längere Fahrt auf dem *Fùchóu zhe.* »Der Flugzeugträgergefechtsverband ist nur acht Kilometer entfernt und hat mehrere Helikopter in der Luft. Wenn sie mit ihrem aktiven Sonar losschlagen, können sie uns ziemlich auf die Pelle rücken.«

»Wir werden sie passieren lassen und uns dann für einen Schuss von hinten an den Träger *Zheng He* heranpirschen«, erklärte Yao. »Diese Gelegenheit werde ich mir nicht entgehen lassen. Die Kommunisten erwarten, dass alle vor Angst die Flucht ergreifen, sobald sie mit ihrem riesigen Flugzeugträgergefechtsverband durch die Gegend schippern. Dass jemand sie verfolgt, werden sie nicht erwarten.«

»Fingierte Angriffe gegen kommunistischen Zerstörer abgeschlossen, Kapitän«, meldete Chein, während die Sekunden auf seiner Armbanduhr verstrichen. »Angriffe erfolgreich. Meinen Glückwunsch, Kapitän.«

»Vielen Dank, Kommandant«, sagte Yao. »Aber als Nächstes will ich den Flugzeugträger. Fahren Sie fort mit dem Scan für den Träger *Zheng He* und ermitteln Sie so schnell wie möglich Entfernung und Peilung.«

KAPITEL 8

AN BORD DES FLUGZEUGTRÄGERS *ZHENG HE*
Zur selben Zeit

Das Telefon der Flaggenbrücke klingelte, und sofort nahm Flotillenadmiral Weng-Li-Yeh, Kapitän des Flugzeugträgers *Zheng-He*, den Hörer ab. »Ja, Genosse Admiral?«

»Schon irgendwelche Hinweise auf das Verräter-U-Boot?«, wollte Konteradmiral Hu Tan-sun, Kommandeur des Flugzeugträgergefechtsverbands *Zheng He*, wissen.

»Wir haben das Gebiet auf weniger als zweihundert Quadratmeilen eingegrenzt, Genosse Admiral«, antwortete Weng. »Die Radarbediener des Y-8 meinten, vor etwa einer halben Stunde für einen kurzen Moment ein Periskop gesichtet zu haben, aber die See ist ein wenig rau, weshalb Radarmeldungen nicht völlig fehlerfrei sind.«

»Was ist mit diesen Dieseldetektoren?«, erkundigte sich Hu. Das Patrouillenflugzeug Y-8 hatte die Fähigkeit, die Luft – als Warnung vor hybridgetriebenen U-Booten – nach verräterischen Dieselabgasen abzusuchen.

»Das Y-8 patrouilliert zu nah am Gefechtsverband, Genosse Admiral«, antwortete Weng. »Dieseldetektoren sind erst in größerer Entfernung verlässlich. Im Übrigen, wenn das Ziel fingierte Angriffe auf unseren Verband durchzuführen versucht, wird es wahrscheinlich ausschließlich im Batteriebetrieb fahren.«

Es entstand eine kurze Pause, dann wollte Hu wissen: »Wie viele Anti-U-Boot-Helikopter können wir jetzt sofort in das Gebiet entsenden?«

»Vier, Genosse Admiral«, antwortete Weng. »Vier unserer Begleitschiffe verfügen über Helikopter, aber ich denke, lediglich zwei davon sind derzeit für Anti-U-Boot-Einsätze ausgelegt. Macht insgesamt sechs, Genosse Admiral.«

»Wir hatten Informationen, dass die Verräter uns ein U-Boot auf den Hals schicken wollten, Weng. Wir hätten alle Helikopter für die Anti-U-Boot-Kriegführung auslegen lassen sollen.« Er machte erneut eine Pause, dann: »Lassen Sie alle verfügbaren ASW-Helikopter augenblicklich in das Suchgebiet starten.«

»Alle? Aber, Genosse Admiral, sobald das taiwanesische U-Boot die Mehrfachsonars bemerkt, wird es gewarnt sein, dass wir nach ihm suchen. Ich empfehle …«

»Weng, wir wissen, dass dieser Verräter auf dem Weg hierher ist, und wir haben eine recht klare Vorstellung davon, wo er sich befindet«, schnauzte Hu. »Das Letzte, was ich will, ist, dass die Verräter in Torpedoreichweite dieses Schiffes gelangen – oder, was noch übler wäre, tatsächlich einen Schuss auf uns abgeben. Lassen Sie die Helikopter augenblicklich aufsteigen.«

AN BORD DES TAIWANESISCHEN U-BOOTS *FÙCHÓU ZHE*

Kurze Zeit später

Die Suche nach dem Träger *Zheg He* währte nicht lange. »Hab ihn!«, sagte Yao aufgeregt, aber mit leiser Stimme. Selbst auf diese Entfernung war das Profil des Flugzeugträgers durch sein Periskop unverwechselbar. »Peilung eins-neun-eins.« Er tippte auf den Laserentfernungsmesser. »Entfernung zwölf Kilometer, Geschwindigkeit zwanzig, Steuerkurs null-acht-null. Übermitteln Sie Position und Periskopaufnahme des zweiten Angriffs an das Flottenhauptquartier.«

»Übermittlung gesendet, Kapitän«, erfolgte die Antwort wenige Augenblicke darauf.

»Sehr gut.« Yao führte einen raschen Dreihundertsechziggradscan des Horizonts durch. Westlich gab es ein einzelnes Begleitschiff. Yao machte eine Aufnahme davon und stellte seine Position fest. »Periskop einfahren.« Zwölf Kilometer, das entsprach dem äußersten Radius der Torpedos, außerdem befand sich das Ziel senkrecht zu ihrem derzeitigen Kurs, was den Schuss zusätzlich erschwerte. Sie mussten näher ran. »Gehen Sie auf Kurs eins-sieben-null, bei fünfzehn Knoten, Tauchtiefe einhundert Meter.« Seiner Einschätzung nach fuhr der Flugzeugträgergefechtsverband wahrscheinlich mit nicht mehr als zwölf Knoten. Er konnte sich ihm also allmählich nähern, ohne auf volle Unterwassergeschwindigkeit zu gehen. Während des Startvorgangs für Flugzeuge konnte der Träger *Zheng He* vermutlich nahezu dreißig Knoten machen, was bei Weitem mehr war als die schnellste Unterwassergeschwindigkeit der *Fùchóu zhe.* Umgeben von seinem schützenden Kokon aus Begleitschiffen war er jedoch gezwungen, seine Geschwindigkeit zu drosseln, damit die anderen Schritt halten konnten. »Holen wir ihn uns, Männer. Bis morgen früh will ich ein Foto eines abgesoffenen kommunistischen Flugzeugträgers an der Wand der Admiralskajüte haben.«

»Kapitän«, bemerkte Chein, »wir nähern uns jetzt unserer höchsten Tauchgeschwindigkeit und überschreiten dabei die Parameter für den Ultraleisebetrieb.«

»Ich will mir diese Gelegenheit nicht entgehen lassen, Leitoffizier«, sagte Yao. »Wir haben ohne jede Mühe einen Zerstörer ›torpediert‹ – ich denke, der Flugzeugträger wird uns keine Probleme machen. Also weiter!«

AN BORD EINES HARBIN Z-9 ASW-HELIKOPTERS
Zur selben Zeit

»Kontakt!«, rief der Radarbediener. »Periskop, Peilung null-drei-fünf, Entfernung zwölf Kilometer!«

Der Kopilot trug eine Markierung auf seiner Karte ein. »Jetzt haben wir dich, Freundchen«, sagte er. Auf dem Kommandokanal funkte er: »*Jia,* hier spricht *Yúying* Drei, Radarkontakt Periskop, dreizehn Kilometer nordöstlich von Ihnen.«

Einem Rudel ausgehungerter Wölfe gleich, die ein Reh aufscheuchten, rasten die sechs Helikopter zu der Stelle hin und formierten sich dann zu einem rechteckigen Suchmuster. Dann bestreuten sie das Gebiet mit Sonobojen. Kaum trafen die auf der Wasseroberfläche auf, setzten sie eine schwimmende Plattform mit einer UHF-Antenne aus und ließen dann den mit einem Unterwasserhorchgerät bestückten Hauptteil sechs Fuß hinab unter die Oberfläche. Das erste Muster bestand aus passiven, ausschließlich auf mechanische Geräusche lauschenden Horchgeräten …

Es brauchte nicht lange, eine Peilung zu einem Unterwasserziel zu triangulieren.

»Deutliche Rotorgeräusche am Himmel, Kapitän«, funkte der Sonarbediener an Bord der *Fùchóu zhe.* »Jetzt mehrere Rotoren! Könnte sich um eine Staffel handeln, Kapitän!«

»Gehen Sie mit der Geschwindigkeit runter auf fünf Knoten, Steuerkurs auf null-sechs-null, Tauchtiefe zweihundert Meter«, kommandierte Kapitän Yao Mei-Yueh. Er erkannte, dass er zu versessen darauf gewesen war, ein Foto des Flugzeugträgers zu bekommen, was zu einer Häufung von Fehlern geführt hatte – sie fuhren zu schnell, hatten das Periskop zu lange ausgefahren, die Gefahr durch die Helikopter ignoriert –, sodass es ihn möglicherweise einige Mühen kosten würde, aus dem Schlamassel wieder herauszukommen. Doch je weiter er sich vom Flugzeugträger und dessen Begleitschiffen entfernte, desto wahrscheinlicher war es, dass die Helikopter ihre Suche abbrachen und heimflogen.

Ein paar Minuten darauf hörten sie es alle: das Pingen der aktiven Sonare rings um sie her. »Gehen Sie auf Tauchtiefe zweihundertfünfzig«, kommandierte Yao. »Drehen Sie links auf null-vier-fünf, Geschwindigkeit gleichbleibend bei fünf Knoten.«

»Wenn die chinesischen Operatoren gut sind«, meinte Kommandeur Chien, »werden sie unsere Position innerhalb von Minuten haben.«

»Aber sie sind nicht sehr gut, Si-yao«, sagte Yao. »Und wenn ihre Helikopter die Tauchsonare einsetzen, bedeutet dies, dass sie auf der Stelle stehen und uns nicht verfolgen. Ruder, Mehrfachschwenks bei fünfzehn Knoten.« Er wandte sich wieder herum zu Chein. »Jetzt beginnt die Jagd, Kommandeur. Wenn sie uns verfolgen, werden wir einfach wieder auf Leisefahrt gehen, darauf warten, dass sie ihre aktiven Sonars einsetzen, und erneut die Flucht ergreifen. Das können wir sehr viel länger durchhalten als sie.«

AN BORD DES CHINESISCHEN FLUGZEUGTRÄGERS *ZHENG HE*
Zur selben Zeit

»Die Z-9er melden, das Verräter-U-Boot erhöht Geschwindigkeit, Genosse Admiral«, sagte der Kapitän des Trägers *Zheng He,* Admiral Weng, zu Admiral Hu, dem Kommandanten des Flugzeugträgergefechtsverbands *Zheng He.* »Den Helikoptern geht der Treibstoff aus, und die Umrüstung der anderen für einen Anti-U-Boot-Einsatz wird noch zwanzig Minuten dauern.«

»Ich hatte doch angeordnet, Weng, dass alle Helikopter für den Anti-U-Boot-Einsatz bereit gemacht werden sollen«, sagte Hu verärgert. »Gut möglich, dass wir den Verräter verlieren. Machen Sie einen zweiten JH-37 mit Torpedos startklar. Lassen Sie alle Helikopter, sämtliche Sonars aktiviert, so lange wie möglich auf Position bleiben. Ich will dieses U-Boot in einer Position, die nahe genug ist, dass die JH-37 angreifen kann. Es ist mir egal, ob sie mit leeren Treibstofftanks auf der Wasseroberfläche treiben, solange sie nur ihre Sonars einsetzen. Ich wünsche, dass Fliegender Leopard angreift, und ich wünsche, dass dieses Verräter-U-Boot auf Grund gesetzt wird – *jetzt!*«

»Sie kommen zurück«, sagte Yao Mei-Yueh, als das Geräusch der aktiven Sonars näher kam. »Die weigern sich einfach aufzugeben. Ruder, Steuerkurs null-acht-fünf. Bringen wir mehr Abstand zwischen uns und den Flugzeugträger. Das wird die Helikopterpiloten zwingen, ihre Treibstoffanzeigen noch genauer im Blick zu behalten.«

»Sollen wir die Geschwindigkeit drosseln, Kapitän?«, erkundigte sich der leitende Offizier Chein Si-yao. »Bei fünfzehn Knoten machen wir einen ziemlichen Lärm.«

Yao schüttelte den Kopf. »Sobald wir die Helikopter näher kommen hören, gehen wir wieder auf fünf Knoten. Aber mit jedem Kilometer, den wir uns von dem Flugzeugträger entfernen, erhöhen sich die Chancen, dass wir entkommen.«

Bei dieser Tauchtiefe war die *Fùchóu zhe* im Batteriebetrieb sehr leise, selbst bei zwanzig Knoten, allerdings würden bei diesem Tempo die Batterien nicht lange halten. Er legte einen Funkkanalschalter auf seinem Interkom um. »Sonar, irgendwelche Anzeichen von Verfolgung durch deren Überwasserschiffe?«

»Keine, Kapitän«, gab der Sonarbediener zurück. »Alle Begleitschiffe scheinen beim Flugzeugträger zu bleiben.«

»Sehr gut.« Ein Lächeln huschte über Yaos Gesicht. »Was nützt es, eine Zerstörereskorte zu haben, wenn sie einfach bei ihrem Mutterschiff bleibt? Wollen sie etwa den Helikoptern die ganze Arbeit überlassen?« Zum ersten Mal seit ihrer Entdeckung verspürte Yao einen Anflug von Erleichterung. Womöglich würden sie so gerade eben mit heiler Haut davonkommen.

»Kontakt, Genosse Admiral!«, rief Weng. »Einer der Helikopter hat kurzzeitigen Kontakt hergestellt, nur Peilung.«

»Geben Sie die an Fliegender Leopard weiter und lassen Sie ihn augenblicklich angreifen«, kommandierte Admiral Hu. »Und er sollte ihn besser nicht verfehlen.«

Unweit des Trägers *Zheng He* raste die JH-37 *Fei Bào* mit Patrouillengeschwindigkeit fünfhundert Fuß über dem Meer dahin und schlug, der Peilung des Sonarkontakts folgend, östlichen Kurs ein. Unmittelbar nachdem er den Schwarm von Z-9-Patrouillenhubschraubern überflogen hatte, begann die Bomberbesatzung mit dem Aussetzen von APR-3-Torpedos entlang der zuletzt gemeldeten Peilung des taiwanesischen U-Boots und warf alle zehn Sekunden einen Torpedo ab. Sobald die Torpedos unter die Wasseroberfläche tauchten, stießen sie ihre aerodynamische kegelförmige Heckpartie ab und schalteten ihre aktiven Sonars ein, um sich ein Ziel zu suchen.

Minuten später fing eines der Torpedos das Geräusch der durch das Meer gleitenden *Fùchóu zhe* auf, und das weniger als eine halbe Meile entfernt. Der Torpedo übernahm die Zielpeilung als Fangsignal in sein Navigationssystem, machte seinen Hundertfünfzigpfundgefechtskopf scharf, aktivierte sein aktives Sonar und startete seinen Festtreibstoffraketenmotor. Augenblicklich beschleunigte der Torpedo auf fast einhundert Meilen die Stunde und schloss rasch zu seiner Beute auf.

»Torpedo, hereinkommend!«, schrie der Sonarbediener. »Mit hoher Geschwindigkeit, schnell näher kommend! Hat uns mit aktivem Sonar erfasst!«

»Gegenmaßnahmen steuerbord!«, rief Yao. »Ruder, hart backbord, Fluchtgeschwindigkeit! Geben Sie Kollisionssignal!«

Doch bei einer Entfernung von gerade mal einer halben Meile war für Ausweichmanöver keine Zeit – der Torpedo überbrückte die Distanz in weniger als dreißig Sekunden. Er verfehlte das taiwanesische U-Boot, sein Nahzünder jedoch brachte den Gefechtskopf nur wenige Dutzend Meter hinter der *Fùchóu zhe* zur Explosion. Augenblicklich deformierte der gewaltige Überdruck das Ruder des U-Boots sowie mehrere Blätter der Schiffsschraube und rief im gesamten Schiff eine gewaltige Erschütterung hervor. Es fühlte sich an, als würde das U-Boot schlingernd auf den Kopf gestellt.

»Alles auf Halt!«, schrie Yao und versuchte, sich irgendwo festzuhalten. »Schadensmeldung!« Er eilte zur Sonarstation. »Erzeugen wir irgendwelche Geräusche?«

Der Sonarbediener lauschte einige Sekunden. »Laute Kavitations- und Strukturschadensgeräusche bei dieser Geschwindigkeit, Kapitän«, sagte er schließlich. Er lauschte erneut. »Geräusche nehmen ab, sowie wir das Tempo drosseln, aber im Hintergrund kann ich immer noch ein paar hören.«

Das konnte zum Problem werden, überlegte Yao, während er sich in den Kontrollbereich zurückbegab. »Schadensmeldung.«

»Mehrere Lecks rings um Schraubenwelle und -lager und möglicherweise mehrere verbogene Schraubenblätter«, antwortete Chein. »Die Technik meint aber, dass wir Schub bekommen, sofern wir den Lärm in Kauf nehmen. Das Ruder weist eine sieben Grad Schrägstellung nach steuerbord auf, lässt sich aber bewegen. Alle anderen Abteilungen melden: keine ernsthaften Schäden.«

Angeschlagen, dachte Yao, aber nicht tot. »Wie viel Geschwindigkeit können wir nach Meinung der Technik machen?«

»Kommt darauf an, wie viel Lärm wir zu machen bereit sind, Kapitän. Sie denken, maximal fünfzehn Knoten.«

»Wenigstens kommen wir noch bis nach Hause, vorausgesetzt, wir schaffen es, den Kommunisten aus dem Weg zu gehen«, flüsterte Yao. »Funker, bereiten Sie das Aussetzen einer Funkboje vor, geben Sie unsere Position in Bezug auf den Referenzpunkt *Anquán* durch und fordern Sie Unterstützung an – die Helikopter befinden sich über taiwanesischem Gewässer.« Die Funkboje verfügte über einen Satellitensendeempfänger mit Antenne und würde eine codierte Nachricht an das Flottenhauptquartier senden, eine Bestätigung dieser Nachricht abwarten und sich anschließend eigenständig versenken, um die Position des U-Bootes, das sie ausgesetzt hatte, nicht zu verraten.

»Funkboje bereit, Kapitän.«

»Aussetzen«, kommandierte Yao. Er wartete, bis die Nachricht abgeschickt war und die Boje sank.

»Steuermann, Sonar – Helikoptergeräusche an Wasseroberfläche, Peilung zwo-null-null«, sagte Chein mit gesenkter Stimme.

»Helikoptergeräusche zunehmend, Kapitän, Peilung zwo-null-null«, sagte der Sonarbediener. »Er kommt näher.«

»Wird Zeit, dass wir den Spieß umdrehen«, meinte Yao. »Ruder, bringen Sie uns ganz langsam und vorsichtig auf Periskoptiefe.«

Eine Annäherung an die Wasseroberfläche ohne Vorwärtsschub und Ausblasen erforderte ein sorgfältiges Ausbalancieren des Ballasttanks, aber wenige Minuten darauf hatten sie sich auf sechzig Fuß unter der Oberfläche stabilisiert. Nach einem sorgfältigen Sonarscan fuhr Yao das Periskop aus und führte einen schnellen Dreihundertsechziggradscan des Horizonts durch, ehe er sich auf die Peilung des sich nähernden Helikopters ausrichtete. »Ziel, Flugzeug«, verkündete er. Er tippte auf den Schalter des Laserentfernungsmessers. »Entfernung acht Kilometer. Waffensystemoffizier, IDAS in Rohr drei bereit machen, Stand-by für Angriff. Rohr drei fluten.«

»Steuer, Waffensystemoffizier, IDAS bereit.«

»Rohr drei geflutet.«

»Außenklappe an Rohr drei öffnen«, kommandierte Yao. Er vergrößerte die Darstellung des Helikopters, übernahm sie dann als Fangpeilung. »IDAS, Flugzeug, Rohr drei, Nummer eins feuern.«

»IDAS, Rohr drei, Nummer eins abgefeuert.«

Auf einer Pressluftdruckwelle schoss die IDAS-Rakete aus dem Torpedorohr und brachte sich eigenständig auf den Peilkurs ihres Ziels. Sobald sie fünfzig Meter vor dem U-Boot war, zündete das Starttriebwerk am Heck der Rakete, trieb diese mit über einhundert Meilen pro Stunde aufwärts und drückte sie über die Wasseroberfläche. Kaum hatte sie die Wasseroberfläche durchbrochen, wurde die ausgebrannte Startrakete abgeworfen, und das Haupttriebwerk zündete und beschleunigte die Rakete auf nahezu doppelte Schallgeschwindigkeit.

Sekunden später schlug die Rakete unmittelbar über dem Cockpit an der Rotorwelle des Helikopters ein. Der Fünfzigpfundgefechtssprengkopf trennte die Welle vom Helikopter, und der havarierte Hubschrauber stürzte ins Meer.

»Volltreffer!«, brüllte Yao. »Der Helikopter wird genug Lärm erzeugen, um unsere Schadensgeräusche zu kaschieren. Periskop einfahren. Rohr drei sichern, dann IDAS nachladen. Ruder, gehen Sie auf Tauchtiefe zweihundert Meter. Mehrfachwendungen bei fünfzehn Knoten. Steuerkurs auf null-fünf-null.«

Yao ließ sich zu der Hoffnung verleiten, dass sie tatsächlich lebend aus diesem Gebiet entkommen würden.

HAUPTQUARTIER DER VOLKSBEFREIUNGSARMEE, PEKING

Zur selben Zeit

Als General Zu den Hörer abnahm, glaubte er bereits zu wissen, worum es bei dem Anruf ging. Es bestand kaum ein Zweifel daran, dass Admiral Zhen *Kepà debo* eingesetzt hatte, nachdem er die Vollmacht dazu erhalten hatte. »Was gibt es, Genosse Admiral?«, sagte er, nachdem die sichere Verbindung hergestellt war.

»Das taiwanesische U-Boot wurde entdeckt, Genosse General«, sagte der Kommandeur der Südmeerflotte, Admiral Zhen Peng. »Es ist augenscheinlich beschädigt, aber in Fahrt. Es hat sich einer neuartigen Rakete bedient, mit der es abgetaucht einen Anti-U-Boot-Patrouillenhubschrauber abgeschossen und zerstört hat.«

»Wie kam es zu der Beschädigung des Verräter-U-Boots, Genosse Admiral?«, fragte Zu.

»Es wurde von dem Torpedo eines unserer Flugzeugträgerjagdflugzeuge attackiert, Genosse General«, sagte Zhen. »Es konnte dem Torpedo zwar ausweichen, wurde aber dennoch durch die Explosion beschädigt.«

»Wenn es einem Torpedo ausweichen konnte, Zhen, wie kommen Sie dann darauf, dass Ihre Streitkräfte imstande sind, es mit *Kepà debo* zu vernichten?«

»Es ist angeschlagen, Genosse General, es wird dem Torpedo also nicht wie zuvor ausweichen können. Und mittels Sonobojen haben wir jetzt seine sichere Position. Ich bin überzeugt, dass wir es jetzt ausschalten können.«

Zu zögerte. Dies würde eine extreme Eskalation bedeuten, die allein er zu verantworten hätte.

»Genosse General?«, hakte Zhen nach. »Habe ich die Erlaubnis fortzufahren?«

»Augenblick, verdammt, Zhen.«

»Genosse General, wir müssen handeln, ehe das Verräter-U-Boot entkommt«, drängte Zhen. »Wenn es unseren Auflagen zuwiderhandelt und anschließend entkommt, wird die Welt denken, wir haben weder die Technologie noch die Entschlossenheit, genau diesen Auflagen in unseren eigenen Hoheitsgewässern Geltung zu verschaffen.«

»Ich sagte, halten Sie den Mund, Zhen«, zischte Zu. In diesem Moment betrat der stellvertretende Generalstabschef, Generalmajor Sun, das Büro. Er bekam die ebenso wütende wie scharfe Erwiderung seines Vorgesetzten mit und verengte die Augen zu einer stummen Frage.

Sun hatte ganz recht, dachte Zu. Niemand, nicht einmal Amerika, verfügte in der Region über die Macht, es mit China aufzunehmen. Was nun geschah, würde jede Nation der Welt davor warnen, sich mit China anzulegen.

»Sie haben die Erlaubnis, Zhen«, sagte Zu. »Sorgen Sie dafür, dass es vernichtet wird.« Er knallte den Hörer auf. »Holen Sie mir Gao an den Apparat, sofort!«

Wenige Augenblicke darauf. »Ja, Genosse General?«, meldete sich Gao Xudong.

»Ein taiwanesisches U-Boot trifft Vorbereitungen für einen Angriff gegen unseren Flugzeugträger *Zhen He*«, sagte General Zu. »Ich habe unseren Flugzeugen und Schiffen befohlen, es anzugreifen. Sie sind ermächtigt, für die Vernichtung des U-Boots ›Fürchterliche Welle‹ einzusetzen. Haben Sie das verstanden?« Dann erläuterte Zu, was das für eine Waffe war …

… und Gao entfuhr ein vernehmliches Keuchen. »*Yi!* Bei den Sternen, Genosse General!«, stieß er hervor. »Das wäre Wahnsinn!«

»Vielleicht wäre das die beste Abschreckung – alle glauben zu machen, China sei wahnsinnig«, sagte Zu in einem Anflug von schwarzem Humor. »Beim Iran und bei Nordkorea funktioniert das schon seit Jahren.«

»Und die halbe Welt steht kurz davor, beide Länder zu vernichten«, sagte Goa. »Widerrufen Sie diesen Befehl, Genosse General!«

»Niemand wird Vergeltung üben, Gao«, war Zu überzeugt.

»Amerika ist in der Vergangenheit schon viele Male angegriffen worden, ohne dass es jemals einen strategischen Gegenschlag auf die Beine gestellt hätte.«

»Erklären Sie das dem russischen Präsidenten Gryzlow!«, entfuhr es Gao. »Er liegt noch immer begraben unter Millionen Tonnen Trümmerteilen seiner unterirdischen Kommandozentrale, nachdem die amerikanischen Bomber mit ihm abgerechnet haben – und zwar *nachdem* sie den größten Teil ihrer landgestützten Interkontinentalraketen zerstört hatten!«

»Die Amerikaner haben die Überreste ihrer Bomberflotte leichtfertig aufs Spiel gesetzt, um Gryzlow dranzukriegen – und ihre Bomberstreitmacht noch immer nicht wieder aufgebaut«, entgegnete Zu. »Amerika ist zu geschwächt, um auf irgendetwas außer einem Angriff auf das amerikanische Festland zu reagieren. Sie werden es nicht wagen, für irgendeinen Zwischenfall auf der anderen Seite des Globus einen allgemeinen Krieg zu riskieren.«

»Aber wenn Sie sich irren, Genosse General, wird China leiden«, mahnte Gao.

»Der Plan steht bereits fest, Genosse Gao«, sagte Zu. »Ich werde Ihnen eine Erklärung zukommen lassen, die Sie anschließend veröffentlichen können. Lesen Sie sie aufmerksam – jeder soll annehmen, es wären Ihre Worte, nicht meine.«

»Ich habe eine bessere Idee, Genosse General«, sagte Gao. »Sobald Sie das Waffensystem zum Einsatz bringen, werden die Amerikaner gewiss Botschafter Li Peiyan zur Rücksprache einbestellen oder sich telefonisch direkt an mich wenden. Direkt danach werde ich Präsident Phoenix anrufen, um seine Reaktion einzuschätzen. Dabei sollte es mir gelingen, ihn davon zu überzeugen, dass diese Angriffe auf eine

Idee von Zhou zurückgehen und dass China seine sämtlichen Streitkräfte aus dem Südmeer abziehen wird.«

»Abziehen? Wieso sollte ich das tun wollen? Sinn der Aktion ist es, die Erste Inselkette zu besetzen und zu verteidigen, nicht von dort abzuziehen!«

»Genosse General, wenn Sie mir nicht erlauben, Präsident Phoenix zu besänftigen, ist es gut möglich, dass er Vergeltung übt. Ich glaube nicht, dass er das tun wird, aber er *könnte* es tun, erst recht, wenn wir nicht sofort Gesprächsbereitschaft signalisieren. Wenn ich Sie also schon nicht an dieser Verrücktheit hindern kann, dann lassen Sie mich wenigstens unmittelbar danach Verbindung zu Phoenix aufnehmen, ihm zuhören und ihn zu überzeugen versuchen, dass China einen Rückzieher macht.«

»Einen Rückzieher? Das wird China niemals tun!«

»Dann ist China dem Untergang geweiht«, war Gao überzeugt. »Wenn es uns gelingt, Phoenix einzureden, dass China nichts anderes will als Frieden, gewinnen wir zusätzliche Zeit für den Aufbau unserer Streitkräfte im Südmeer. Halten wir uns dagegen bedeckt oder hegt Phoenix Zweifel an unserem friedlichen Willen, könnte er sich zu einem Vergeltungsschlag gezwungen sehen.«

Zu war nicht im Mindesten überzeugt, doch schließlich sagte er: »Also gut, sprechen Sie mit ihm. Aber geben Sie nichts preis.«

»Das ist die falsche Vorgehensweise, Genosse General«, beharrte Gao. »Wir sollten alles zugeben.«

»Was?«, entfuhr es Zu. »Warum, in aller Welt, sollte ich das tun?«

»Genosse General, Sie haben ausländische Schiffe angegriffen und Bodentruppen mobilisiert, und der chinesische Staatspräsident ist auch noch auf rätselhafte Weise verschwunden. Ich war lange und oft in Amerika. Die Amerikaner sind das paranoideste Volk auf diesem Planeten, besonders, wenn möglicherweise Nuklearwaffen im Spiel sind. Schon wenige Augenblicke nach Ihrem Angriff werden sie sich für einen Atomkrieg rüsten. Ich denke nicht, dass sie Vergeltung üben werden, ohne im Besitz weiterer Informationen zu sein, aber ich garantiere Ihnen, sie werden alle und jede Raketenabschussbasis, Radaranlage, Befehls- und Kommandozentrale, jede Luftabwehranlage, jeden Militärhafen und jeden Flugplatz mit Marschflugkörpern ins Visier nehmen.«

»Sie wissen doch gar nicht, was Sie da reden, Gao!«

»Ich weiß genau, wovon ich spreche, Genosse General. Ich bitte Sie dringend, keine Spezialwaffen gegen irgendwelche Schiffe einzusetzen. Sollten Sie aber dennoch darauf bestehen, damit Sie in einer Erklärung die Inbesitznahme der Ersten Inselkette verkünden können, sollten Sie sich besser auf eine vernichtende Reaktion seitens der Vereinigten Staaten gefasst machen. Ihre Air Force und Navy mögen kleiner sein, als sie es jemals während der vergangenen achtzig Jahre waren, aber ich glaube nicht, dass ihr Bestand an Marschflugkörpern geschrumpft ist – kein bisschen.« Zu, nach wie vor nicht überzeugt, schwieg, und Gao fuhr fort: »Sie sind der Generalstabschef, Genosse Zu. Sie verfügen über einen großen Nachrichtenapparat und werden mehrmals in der Woche auf den neuesten Stand gebracht. Was sagen denn Ihre Experten?«

»Sie sagen, dass die Vereinigten Staaten weder die Kapazitäten noch den Mumm besitzen, in Asien oder dem Pazifik einen Krieg zu führen, Gao«, antwortete Zu. »Sie sagen, sie verfügen kaum über die erforderlichen Mittel, ihre Inseln im Pazifik zu verteidigen. Sie sagen, sie wären während der Mobilmachungsphase auf die Unterstützung ihrer Freunde und Verbündeten in Asien angewiesen, was Jahre dauern und sich vernichtend auf die Volkswirtschaften und auch auf die Militärmittel mehrerer Länder auswirken könnte. Sie sagen, dass die amerikanische Regierung mehr um innere Sicherheit und die Erholung der Wirtschaft besorgt ist als um Asien.«

»Ich glaube, all das trifft zu, Genosse General«, gestand Gao ein. »Aber lassen Sie sich gesagt sein: Beim ersten Anzeichen einer chinesischen Bedrohung gegen die Aleuten, Mariana und Hawaii, egal, ob real oder vermeintlich, werden die Vereinigten Staaten mit allen ihnen zur Verfügung stehenden Mitteln angreifen, Atomwaffen eingeschlossen. Mit *allen.* Wir müssen sie davon überzeugen, dass China sich nicht auf dem Kriegspfad befindet.«

Zu schwieg erneut, doch Gao Xudong hatte den Eindruck, dass sich Zu seine Worte durch den Kopf gehen ließ. Schließlich drückte Zu seine Zigarette aus und fragte gereizt: »Was schlagen Sie vor, Gao?«

»Geben Sie mir die Erlaubnis, die Amerikaner umfassend zu informieren, auch über den Abschuss des Patrouillenflugzeugs und den des Suchhubschraubers.« Bei diesen Worten weiteten sich Zus Augen, er enthielt sich aber eines Kommentars. »Geben Sie Zhou die Verantwortung für all das. Ich werde sie überzeugen, dass Zhou völlig unzurechnungsfähig all diese Angriffe angeordnet hat, weil er besessen ist von der Vorstellung, eine ausländische Präsenz innerhalb der Ersten Inselkette zurückzudrängen. Sie haben lediglich Befehle ausgeführt oder aber Zhou hat sie übergangen und sich direkt an Admiral Zhen gewandt – oder wer immer das Kommando über die Marinestreitkräfte da draußen hat –, während Sie sich der Idee eines Angriffs auf die Amerikaner widersetzt haben. Anschließend müssen Sie all diese lächerlichen Auflagen für die Bewegungen innerhalb der Ersten Inselkette zurücknehmen und sämtliche Marinestreitkräfte in unsere territorialen Gewässer zurückbeordern.«

»Die Erste Inselkette *liegt* innerhalb unserer territorialen Gewässer!«

»Da gebe ich Ihnen recht, Genosse General, aber Sie wissen auch, dass die Amerikaner das nicht akzeptieren werden«, sagte Gao. »Sie müssen die Flugzeugträgergefechtsverbände bis auf dreihundert Kilometer vor das Festland zurückziehen – nicht bis auf dreihundert Kilometer vor Nansha oder Xisha Dao, sondern bis auf dreihundert Kilometer vor das *Festland.* Wenn Sie das tun und gleichzeitig die Vereinigten Staaten um eine Demilitarisierung des Südchinesischen Meeres ersuchen, werden sie dem, denke ich, zustimmen.«

Zu ließ sich das einige Momente lang durch den Kopf gehen, nahm dabei eine weitere Zigarette heraus, die er dann jedoch unangezündet auf seinen Schreibtisch pfefferte. »Also gut«, sagte er schließlich. »Sie können mit Phoenix sprechen. Geben Sie alles zu. Bieten Sie den Rückzug unserer Marinestreitkräfte an. Aber wenn die Amerikaner nicht einwilligen oder weitere Zugeständnisse verlangen, wird China das Südmeer wieder für sich beanspruchen.«

»Sie *werden* zustimmen«, sagte Gao voller Zuversicht. »Sie werden höllisch wütend sein, aber sie werden zustimmen. Ich hoffe nur, Phoenix juckt es nicht, auf den roten Knopf zu drücken.«

IM SÜDCHINESISCHEN MEER

Kurze Zeit später

Zwar übertönte der havarierte Z-9-Helikopter die Geräusche der sich von ihm entfernenden *Fùchóu zhe,* nicht aber das Geräusch des sich von Norden her nähernden Y-8-Patrouillenflugzeugs – wohl aber die Laute der entlang seiner Flugstrecke abgeworfenen Sonobojen …

… wie auch das Geräusch, das wenige Minuten darauf beim Abwurf einer einzelnen Wasserbombe vom Typ BLU-89E *Kepà debo,* oder Fürchterliche Welle, entstand.

Die BLU-89E – der Form nach erinnerte sie an ein Ölfass mit Stabilisatorflossen am einen und einer Sonarkuppel am anderen Ende – löste sich aus dem Bombenschacht des Y-8 Patrouillenflugzeugs und verschwand im Südchinesischen Meer. Ihr Sonar schaltete automatisch in den Passivmodus, und während sie im Meer tiefer sank, begann sie, eigenständig zu dem beschädigten taiwanesischen U-Boot hinzusteuern. Als das U-Boot dazu überging, den Abstand zwischen ihnen zu vergrößern – die Wasserbombe sank senkrecht in die Tiefe, während das U-Boot sich in Vorwärtsfahrt befand –, schaltete sie ihr aktives Sonar ein, um eine präzisere Entfernung zu ihrem Ziel zu erhalten.

»Steuermann, Sonar, lautes Plätschern direkt über uns, könnte sich um ein Torpedo oder eine Wasserbombe handeln«, meldete der Sonarbediener an Bord des taiwanesischen U-Boots *Fùchóu zhe.* »Noch keine Antriebsgeräusche bislang. Möglicherweise Wasserbombe.«

»Kein Mensch benutzt heutzutage noch Wasserbomben«, bemerkte Kapitän Yao Mei-Yueh mit halblauter Stimme. Er befürchtete, es könnte sich um ein weiteres Exemplar dieser chinesischen raketengetriebenen Torpedos handeln. »Alles auf Halt. Klar machen für Ultraleisefahrt«, ordnete er an. Traf das zu, dann besaß er weder die Manövrierfähigkeit noch die Geschwindigkeit, um es, wie beim letzten Mal, mithilfe von Gegenmaßnahmen auszumanövrieren. Besser, er verhielt sich vollkommen still und hoffte darauf, der Torpedo würde ihn nicht entdecken. Er wusste, der Torpedo stürzte senkrecht ins Meer und würde, sofern er kein Ziel fand, einfach immer tiefer sinken, bis er sich in den Meeresboden bohrte oder selbst zerstörte. »Irgendwas, Sonar?«

»Nichts, Kapitän.«

Vielleicht hatten sie wieder einmal Schwein, dachte Yao. Er beschloss, noch ein paar Minuten länger zu warten, ehe er …

Und dann hörte er sie – die unverkennbaren Pings eines starken aktiven Echolots, *sehr nah. »Ruder, Sonar, aktives Sonar, Entfernung zweitausend Meter, Peilung …«*

Er kam nicht mehr dazu, die Meldung zu beenden. Der nukleare Gefechtskopf von einer Kilotonne im BLU-89E detonierte weniger als eine Meile hinter dem *Fùchóu zhe,* und der rot glühende, untermeerische Feuerball hüllte das U-Boot vollständig ein. Der Feuerball erzeugte eine Heißdampfblase, die sich mit einer Geschwindigkeit von mehreren Hundert Meilen in der Stunde ausbreitete und dabei eine Meerwasserwoge auslöste, die das U-Boot augenblicklich in Stücke riss. Als der Meerwasserdruck den der Gasblase überstieg, fiel diese in sich zusammen und erzeugte dabei eine weitere Druckwelle in entgegengesetzter Richtung. Im Zusammenfallen überhitzte die Gasblase das Meerwasser ein weiteres Mal, löste erneut eine sich rasch ausbreitende energiegeladene Blase sowie eine zweite, sich rasend schnell bewegende Wasserwand aus, die Ähnlichkeit mit einem lebendigen, atmenden Tsunami hatte.

Die Explosion erfolgte so tief, dass an der Oberfläche außer einer nicht einmal fünfzig Fuß hohen Kuppel aus Wasser und Dampf nichts zu sehen war, und als der Dampf der Blase in die Atmosphäre entwich, fiel diese rasch in sich zusammen. Einige kleinere Begleitschiffe des chinesischen Flugzeugträgergefechtsverbands *Zheng He* wurden von den plötzlich auftauchenden gegenläufigen Meereswellen durchgeschüttelt, und ein paar Beobachter meinten, über dem Horizont so etwas wie eine flache Wolken- oder Nebelbank zu erkennen, doch das war auch schon alles.

Von dem amerikanischen weltraumgestützten wärmeerkennenden Infrarotsatellitensystem jedoch wurde das unvermittelte Auftauchen einer weißglühenden Dampfkuppel inmitten des kälteren Südchinesischen Meeres sehr wohl bemerkt, woraufhin eine weitere Meldung durch die Befehlskette auf den Weg gebracht wurde.

KAPITEL 9

WEISSES HAUS, OVAL OFFICE, WASHINGTON, D.C.
Einige Stunden später

»Es war ein vorsätzlicher und aggressiver kriegerischer Akt seitens der taiwanesischen Nationalisten, Mr. President«, erklärte Li Peyan, der Botschafter der Volksrepublik China in den Vereinigten Staaten in ausgezeichnetem Englisch.

Der fünfzig Jahre alte ehemalige Armeegeneral wirkte überaus steif, als er bei ihrem Treffen im Oval Office zu Präsident Phoenix und Vizepräsidentin Page sprach, denn statt nur den Kopf bewegte er seinen ganzen Körper, und seine übergroßen, zu Fäusten geballten Hände ruhten auf seinen Oberschenkeln, so als rechnete er jeden Moment damit, sie einsetzen zu müssen. Bei Phoenix und Page waren Außenminister Kevich und der Nationale Sicherheitsberater William Glenbrook.

»Besagtes taiwanesisches U-Boot hat sich an unseren Flugzeugträgergefechtsverband herangepirscht, und bei seiner Entdeckung wurde ein Helikopter abgeschossen. Jede Nation der Welt hat das Recht, sich zu verteidigen.«

»Das ist Unsinn, Herr Botschafter«, sagte Präsident Phoenix. »China hat keineswegs das Recht, sämtlichen im Südchinesischen Meer operierenden Schiffen Einschränkungen aufzuerlegen und ihnen Ultimaten zu stellen.«

»Mr. President, chinesische Schiffe sind unter Beschuss

geraten, durch Vietnam, Taiwan und sogar die Vereinigten Staaten …«

»Auch das ist Unsinn«, warf Vizepräsidentin Page ein. »Die Helikopter unserer Küstenwache haben auf niemanden das Feuer eröffnet. Sie waren, wie auch unser Patrouillenflugzeug P-8 Poseidon, gar nicht bewaffnet.«

»Unsere Geheimdienstberichte sagen da etwas anderes, Madame«, widersprach Li. »Wir sind im Besitz vollständiger Listen der routinemäßig von Ihren Flugzeugen mitgeführten Waffensysteme, und diese decken sich mit den Berichten unserer Besatzungen vor Ort. Und was besagtes taiwanesisches U-Boot anbelangt, so war dies eine offenkundige Kampfansage an Präsident Zhous Anweisungen, deren Ziel es war, gerade so eine drohende militärische Eskalation zu verhindern. Ein getauchtes U-Boot griff ein chinesisches Schiff an. Erwarten Sie etwa, dass China darauf nicht reagiert?«

»Laut Aussage unserer Analysten hat die Marine der Volksbefreiungsarmee mit einer *nuklearen Wasserbombe* angegriffen, Herr Botschafter«, ereiferte sich Phoenix.

»Das ist eine ungeheuerliche Lüge, Sir!«, erwiderte Li scharf. »China hat sich zum Verzicht eines Ersteinsatzes verpflichtet …«

»Richtig, das haben Sie«, warf Ann ein, »nachdem Sie zehn Jahre zuvor Guam mit Nuklearwaffen angegriffen haben!«

»Ich wüsste es sehr zu schätzen, wenn man mich nicht unterbrechen würde, Madame«, fauchte Li und sah dabei aus wie ein Roboter, als er sich mit steifem Oberkörper an die Vizepräsidentin wandte. »Mr. President, ich habe keine Erklärung für diese Explosion, die auch von unseren Satelliten der Meeresüberwachung sowie den Schiffen des Flugzeugträgergefechtsverbands beobachtet wurde. Womöglich handelte es sich um ein atomgetriebenes U-Boot, oder es war ein dieselgetriebenes U-Boot mit Nuklearwaffen an Bord. Die Explosion war verhältnismäßig begrenzt, möglicherweise war es also nicht mal eine Atombombe. Bislang hatten wir noch keine Gelegenheit, das zu untersuchen. Tatsache jedoch ist, dass ein taiwanesisches U-Boot ein chinesisches Kriegsschiff und einen chinesischen Hubschrauber angegriffen hat, und darauf hat unsere Marine reagiert. Ebenso verhält es sich mit dem vietnamesischen Kriegsschiff. Es hat ein chinesisches Patrouillenboot angegriffen, dabei kamen zur Verteidigung unserer Schiffe Langstreckenwaffen zum Einsatz, da das Patrouillenboot nicht über die Waffensysteme verfügte, um sich der vietnamesischen Fregatte zu erwehren. Nicht China ist hier der Aggressor, Sir, sondern Taiwan, Vietnam und die Vereinigten Staaten. Darüber hinaus glauben wir, auch von Japan, den Philippinen, Australien und Indonesien bedroht zu werden. China hat ein Recht auf die Verteidigung seines Territoriums und seiner Kriegsschiffe.«

»China muss die Auflagen für alle das Südchinesische Meer befahrenden Kriegsschiffe zurücknehmen, und zwar *sofort*«, sagte Präsident Phoenix verärgert. »Andernfalls wird sich China einer zweifachen Übermacht gegenübersehen – für jedes Überwasserschiff, U-Boot oder Flugzeug, das Sie im Südchinesischen Meer stationieren, werden die Vereinigten Staaten und ihre Bündnispartner zu deren Überwachung die doppelte Anzahl aufbieten.«

»Das würde eine schwerwiegende und gefährliche Aufstockung der Streitkräfte in dieser Region bedeuten, Sir«, sagte Botschafter Li. »Überlegen Sie sich sehr genau, was Sie da ankündigen, Mr. President. Eine solche Zwei-zu-eins-Entsprechung könnte als Vorbereitung für eine Seeblockade der chinesischen Hafenstädte oder gar einen allgemeinen Krieg gewertet werden, Sir.«

»Denken Sie darüber, wie immer Sie wollen, Herr Botschafter«, sagte Phoenix. »Das Südmeer gehört nicht China allein, und China hat nicht das Recht, dort mutwillig Schiffe und Flugzeuge anzugreifen – und erst recht keine friedlichen, unbewaffneten Flugzeuge oder Schiffe, von denen keinerlei Gefahr ausgeht. Und was die Kriegsvorbereitungen anbetrifft, Herr Botschafter: Seit einiger Zeit schon beobachten die Vereinigten Staaten sehr genau überall in Ihrem Land massive Truppenbewegungen, insbesondere entlang der Küsten. Wir haben den Eindruck, dass Sie die Truppen für einen Kampfeinsatz mobilmachen.« Als Li etwas darauf erwidern wollte, hob Phoenix eine Hand. »Auf Ihr Leugnen und Ihre fadenscheinigen Ausflüchte kann ich verzichten, Sir. Unsere Information ist korrekt, und ich versichere Ihnen, die Vereinigten Staaten und ihre Partner weltweit, denen wir unsere Informationen anvertrauen, werden entsprechend darauf reagieren. Unsere Maßnahmen werden mit großer Schnelligkeit und Präzision erfolgen.«

»Das, Sir, klingt für mich wie eine Drohung«, sagte Botschafter Li Peyan, »und so werde ich es auch meinen Vorgesetzten weitergeben. Meine Regierung hat mich bereits abberufen. Guten Tag, Sir, Madame.« Damit schritt er zur Tür und verließ das Oval Office.

»Tja, das lief doch hervorragend«, murmelte Kevich voller Sarkasmus und laut genug, dass alle es mitbekommen konnten.

»Lassen Sie's gut sein, Herbert«, sagte Ann Page. »Die Chinesen haben soeben im Südchinesischen Meer eine Nuklearexplosion ausgelöst und mit einem überschallschnellen Marschflugkörper beinahe ein vietnamesisches Kriegsschiff versenkt. Glauben Sie vielleicht, die interessieren sich noch für Diplomatie und Frieden? Sie haben sich nicht nur durchgesetzt, sie haben die Welt davon in Kenntnis gesetzt, dass ihnen jedes Mittel recht ist, um Kriegsschiffe aus diesem Gebiet, das sie ungerechtfertigterweise in Anspruch nehmen, fernzuhalten.«

Präsident Phoenix nickte, schwieg aber mehrere Augenblicke lang, ehe er schließlich zum Telefon griff. »Verbinden Sie mich mit dem Verteidigungsminister, sofort.«

Während er wartete, zog er eine Karte aus seiner Tasche, sah auf seine Uhr und führte im Kopf eine rasche Berechnung durch. Er musste nicht lange warten. »Ja, Mr. President«, meldete sich Fredrick Hayes.

»Fredrick, setzen Sie uns auf DEFCON Stufe drei«, sagte der Präsident und las dann unter Verwendung des Datum/Zeit-Codes den von ihm errechneten Authentifizierungscode ab.

»Jawohl, Sir«, sagte Hayes, las seinen eigenen Authentifizierungscode ab, den der Präsident gegenprüfte, und bestätigte.

Jeder Befehl, der eine Verlegung oder den Einsatz von Nuklearwaffen beinhaltete, erforderte eine codierte Bestätigung sowie eine Autorisierung durch zwei Personen. DEFCON war die Abkürzung für *Defense Readiness Condition* und legte die Verteidigungsbereitschaft im Falle eines drohenden Atomkriegs fest. DEFCON Fünf war die niedrigste Bereitschaftsstufe, während DEFCON Eins bedeutete, dass ein Atomkrieg unmittelbar bevorstand. Unmittelbar nach dem Amerikanischen Holocaust hatten sich die Vereinigten Staaten auf DEFCON Eins befunden und auf DEFCON Zwei im Anschluss an die Waffenstillstandsverhandlungen mit den Russen nach dem amerikanischen Gegenangriff. Mehrere Monate später dann war man auf DEFCON Drei gegangen, als die weltweiten Spannungen nachließen, und ungefähr ein Jahr nach den Angriffen auf DEFCON Vier, was seitdem Dauerzustand war. DEFCON Drei hatte zur Folge, dass Urlaube gestrichen, Kampfeinsatzstäbe gebildet, Notfallpläne eingesetzt und sämtliche verfügbaren Flugzeuge und Schiffe bestückt und einsatzbereit gemacht wurden.

»Minister Hayes hat den Befehl an das Northern Command, das U.S. Strategic Command und das Air Force Global Strike Command weitergeleitet, Sir«, meldete Sicherheitsberater William Glenbrook wenige Minuten später. »Wir befinden uns auf DEFCON Drei. Die Lageänderung wird gerade an die NATO weitergegeben.«

»Ich werde einen vollständigen Überblick dessen benötigen, was wir gegen China zum Einsatz bringen können«, sagte der Präsident verärgert. »Ich denke nicht daran, klein beizugeben. China wird den Tag bereuen, an dem es den Entschluss gefasst hat, eine Atombombe zur Explosion zu bringen. Ich beabsichtige, vor jedem ihrer größeren Marinehäfen einen Flugzeugträgergefechtsverband in Stellung zu bringen.«

»Das ist möglicherweise keine gute Idee, Sir«, wandte Glenbrook ein, das Gesicht ein Ausdruck tiefer Besorgtheit. »Jedenfalls nicht, solange wir nicht wissen, wer in Peking wirklich das Sagen hat und was dieser Jemand weiterhin zu tun beabsichtigt. Wer immer tatsächlich das Kommando in China hat – Zhou oder eher General Zu selbst – hat soeben den nuklearen Flaschengeist herausgelassen. Sie könnten unsere Flugzeugträger mit einer ballistischen Rakte oder einem Marschflugkörper angreifen, und dabei könnten – durch einen einzigen Gefechtskopf – tausende Matrosen ums Leben kommen und Material im Wert von mehreren Milliarden Dollar vernichtet werden.«

»So weit werde ich es nicht kommen lassen«, sagte Präsident Phoenix. »Ich möchte, dass jede bekannte Lagerstätte und Starteinrichtung solcher Raketen von Tomahawk-Marschflugkörpern ins Visier genommen wird. Sollten wir innerhalb der Reichweite nicht über genügend Cruise Missiles für die Abdeckung aller bekannten Ziele verfügen, will ich, dass Vorbereitungen für das Auslaufen zusätzlicher Schiffe und U-Boote getroffen werden, die imstande sind, Tomahawks abzufeuern. Ich will, dass so viele Schiffe und Bodensysteme zur Raketenabwehr im Pazifikraum stationiert werden wie möglich. Ich will, dass so viele Bomber und Kampfflugzeuge wie möglich auf den Stützpunkten im Pazifik stationiert und mit allem bewaffnet werden, was sie für die Vernichtung der chinesischen Luftabwehr und ihres Führungssystems und für das Eindringen in ihren Luftraum und die Ausschaltung ihrer Raketenstandorte benötigen.«

Er hielt in Erwartung der üblichen Ermahnungen von Herbert Kevich inne, doch die blieben diesmal aus.

»All das wird Zeit erfordern, Sir«, sagte Glenbrook. »Zurzeit stehen uns gerade mal zwei Flugzeugträgergefechtsverbände im Pazifik zur Verfügung. Unter DEFCON Drei können wir innerhalb der nächsten Monate vielleicht einen weiteren auslaufen lassen, der andere jedoch wird gerade von Grund auf gewartet und ist frühestens in einem Jahr verfügbar.«

»Dann benötigen wir andere Lösungen, Bill«, sagte der Präsident. »Wir verfügen noch über andere Schiffe, Kreuzer und Zerstörer, die imstande sind, Cruise Missiles abzufeuern. Wir müssen uns eine Möglichkeit überlegen, wie wir ihnen die gleiche Langstreckenluftabsicherung bieten können, über die die Flugzeugträger verfügen.« Er überlegte einen Moment, dann sagte er: »Ann, wir müssen mit der Führungsriege im Kongress über die Bereitstellung von Mitteln für weitere von McLanahans Bombern reden – und anschließend über die Wiederbelebung der Space Defense Force und über die Flugzeugträger, die ich letztes Jahr gestrichen habe. Es sind unsere einzigen verfügbaren Lösungen, sollte China weiterhin derart den starken Mann markieren. Wir werden sie über den Statuswechsel bei DEFCON unterrichten müssen, und das ist eine günstige Gelegenheit, sie wegen der Geldmittel anzugehen. Sorgen Sie für ein geheimes Briefing im Kontrollraum, hinter verschlossenen Türen. Ich werde sie ausführlich darüber ins Bild setzen, was China in jüngster Zeit treibt.«

»In Ordnung, Sir.« Sie trat nahe an Phoenix heran und fragte mit gesenkter Stimme: »Möchten Sie, dass ich Einzelheiten über die nukleare Wasserbombe durchsickern lasse, Ken?«

»Später, nach dem Treffen mit der Führungsriege«, erwiderte der Präsident in gedämpftem Ton. »Womöglich lassen die es sogar als Erste durchsickern.« Mit normaler Stimme fügte er hinzu: »Bis dahin erklären Sie gegenüber der Presse, dass wir von der Explosion wissen und Ermittlungen aufgenommen haben. Sagen Sie ihnen ruhig, dass die Chinesen uns jegliche Kooperation verweigern und ihren Botschafter abberufen haben.«

Das Telefon auf dem Schreibtisch des Präsidenten summte. »Die Direktleitung nach Peking«, erklärte Phoenix an die Anwesenden im Oval Office gewandt und nahm ab. Sein überraschter Gesichtsausdruck ließ alle augenblicklich aufhorchen. Er drückte eine Taste und unterbrach den Anruf. »Das dürfte so etwas wie ein Schnelligkeitsrekord sein. Ich denke, Botschafter Li hat noch nicht einmal das Weiße Haus verlassen.« Er schaltete den Anruf auf Lautsprecher, wodurch auch die Videokonferenzfunktion freigeschaltet wurde. »Ich bin hier zusammen mit der Vizepräsidentin, dem Außenminister und meinem Nationalen Sicherheitsberater. Bitte sprechen Sie, Mr. Gao.« Jetzt machten auch die anderen ein entsprechend überraschtes Gesicht.

»Ich danke Ihnen, dass Sie meinen Anruf entgegennehmen, Präsident Phoenix«, sagte der kommissarische Präsident Chinas in ausgezeichnetem Englisch. »Ich habe soeben mit Botschafter Li gesprochen und hielt es für überaus wichtig, mich an Sie persönlich zu wenden.«

»Das ist gut, Mr. Gao«, meinte Phoenix, »denn als Folge unserer Zusammenkunft mit Botschafter Li habe ich soeben die Entsendung zusätzlicher Verteidigungswaffensysteme in das Einsatzgebiet im Pazifik angeordnet. Ich habe den Befehl ausgegeben, jede bekannte chinesische Raketenabschussrampe von Langstreckenmarschflugkörpern ins Visier nehmen zu lassen, außerdem beabsichtige ich ein Treffen mit der Führungsriege des Kongresses wegen der Bewilligung von Geldmitteln für weitere Raketenabwehrsysteme. Jeder hier im Raum befürchtet, dass ein Krieg mit der Volksrepublik China unmittelbar bevorsteht. Sagen Sie mir, dass ich mich irre, Mr. Gao.«

»Mein Anruf hat den Zweck, ebendieses Szenario noch abzuwenden, Mr. President«, erklärte Gao. »Es war Staatspräsident Zhou, der die Angriffe auf das vietnamesische und das taiwanesische Kriegsschiff sowie auch den Einsatz von speziellen Waffensystemen angeordnet hat.«

»Sie meinen die *nuklearen* Waffensysteme, Mr. Gao«, warf Ann ein. »Wir sollten in aller Deutlichkeit klarmachen, worüber wir hier sprechen, meinen Sie nicht auch, Sir?«

»Durchaus, Miss Vice President«, sagte Gao. »Ich bin völlig Ihrer Meinung. Ja, Präsident Zhou hatte den Einsatz der Langstrecken-Antischiffsmarschflugkörper sowie der nuklearen Wasserbombe bewilligt. Er wollte der Welt beweisen, dass China bei der Sicherung und Verteidigung seiner Hoheitsgewalt über das Südchinesische Meer bereit ist, alle erforderlichen Mittel einzusetzen.«

»Sie sprechen von Staatspräsident Zhou in der Vergangenheit, Mr. Gao«, bemerkte Phoenix. »Was ist passiert?«

»Der Präsident war gezwungen, sich in Behandlung zu begeben – wegen einer Verschlechterung seiner psychischen Verfassung, wodurch seine Fähigkeit, vernünftige Entscheidungen zum Wohle des chinesischen Volkes zu treffen, infrage gestellt wurde. Er war geradezu besessen von dem Gedanken, alle Ausländer, insbesondere alle ausländischen Kriegsschiffe, aus dem Gebiet innerhalb der Ersten und Zweiten Inselkette fernzuhalten, und hat sogar den Einsatz von Nuklearwaffen beschlossen. Seine Befehle, gegen das taiwanesische U-Boot vorzugehen, waren bereits ausgegeben, doch als ich davon erfuhr, habe ich sofort das Politbüro informiert. Daraufhin hat man den Präsidenten sogleich abgesetzt, leider nicht mehr rechtzeitig, um den Wasserbombenangriff auf das U-Boot noch zu verhindern. Ich denke aber, es ist uns gelungen, zahlreiche weitere Angriffe dieser Art zu unterbinden. General Zu kooperiert völlig. Bis der Nationale Volkskongress zusammentreten und einen neuen Präsidenten ernennen kann, hat das Politbüro mich mit dieser Aufgabe betraut.«

»Sie behaupten also, Zhou habe auf eigene Faust gehandelt, ohne von Politbüro oder Sekretariat autorisiert worden zu sein?«, wollte Außenminister Kevich wissen. »Sie geben den Angriff der Marine der Volksbefreiungsarmee auf das vietnamesische Kriegsschiff und das taiwanesische U-Boot zu, aber die diesbezüglichen Befehle wurden von Zhou erteilt, ohne Einwilligung des Politbüros oder der Zentralen Militärkommission?«

»Genau, Minister Kevich«, bestätigte Gao.

»Und was ist mit dem Patrouillenflugzeug P-8 Poseidon und den Helikoptern der Küstenwache?«, fragte Phoenix. »Hat er auch deren Abschuss angeordnet?«

»Bedauerlicherweise ja, President Phoenix«, erwiderte Gao ohne Zögern. »Das Patrouillenflugzeug und der erste Helikopter wurden von einer experimentellen, auf dem Flugzeugträger *Zhenyuan* montierten Hochleistungsmikrowellen-Waffe namens ›Lautloser Donner‹ abgeschossen, die vorübergehend elektronische Signale lahmlegt. Sie ist mit den von den Vereinigten Staaten und Russland eingesetzten Waffensystemen vergleichbar. Zhous Informationen zufolge führte die P-8 Antischiffsraketen mit sich, weshalb er den sofortigen Abschuss anordnete. Der zweite Helikopter wurde von einem trägergestützten Kampfflugzeug abgeschossen, da er sich außerhalb der Reichweite von Lautloser Donner befand. Präsident Zhou ist schlichtweg verrückt, Mr. President.«

»Das ist außerordentlich«, sagte Phoenix und schüttelte völlig schockiert den Kopf. »Wie, in aller Welt, kann man da China jemals wieder vertrauen, Mr. Gao?«

»Im Kern, Sir, geht es hier um die Länder, die für sich ein Recht auf die Rohstoffquellen im Südmeer beanspruchen und dafür eine Militarisierung des Südmeers in Kauf nehmen«, sagte Gao. »Für China ist die Frage von Bedeutung, welchen Ländern es erlaubt sein soll, im Südmeer nach Öl, Gas und anderen Mineralien zu suchen. Es ist nicht gerecht, wenn ein oder mehrere Länder selbst darüber entscheiden, ob sie dort nach Öl oder Gas suchen, und das ohne die Konsultation anderer Länder, die für sich das gleiche Recht beanspruchen. Ebenso ungerecht ist es, wenn einzelne Länder – ohne Konsultation der anderen – bewaffnete Truppen auf umstrittenen Inseln im Südmeer stationieren oder mit bewaffneten Flugzeugen und Kriegsschiffen im Hoheitsgebiet eines anderen Landes Patrouillen durchführen. Derartige Aktionen führen zu Misstrauen, Feindseligkeit und Konflikten. Wenn diese Praxis nicht unterbunden wird, könnte es sein, dass wir im Südmeer einen Rüstungswettlauf gewaltigen Ausmaßes erleben.«

»Wie ist die Haltung Chinas, Mr. Gao?«, fragte Phoenix.

»Unsere Position, Sir, besagt, dass sämtliche Gewässer und Inseln innerhalb der Ersten Inselkette zu China gehören«, stellte Gao nüchtern fest. Er deutete Phoenix' und Pages bestürzte Mienen korrekt und fügte hinzu: »Allerdings gibt es bei uns auch Personen, die, im Gegensatz zu Zhou Qiang, begreifen, dass zahlreiche andere Nationen dieses Gebiet gemäß dem Seerechtsübereinkommen der Vereinten Nationen ebenfalls beanspruchen. Unser Anspruch gründet sich auf historische und rechtliche Tatsachen, um die sich offenbar niemand schert und mit denen sich niemand befassen möchte. Ungeachtet der Handlungen Zhous gibt es zahlreiche Führungskräfte in China, die geduldig sind und zuversichtlich, dass man eine Lösung findet. Alle müssen begreifen, dass ausländische Flugzeuge und Schiffe innerhalb der Zweihundertmeilen-Sonderwirtschaftszone für alle Länder eine ernsthafte Bedrohung darstellen und ferngehalten werden müssen.«

»Das UNCLOS-Abkommen erlaubt allen Schiffen oder Flugzeugen außerhalb der hoheitlichen Gewässer eines Landes die uneingeschränkte Passage – das sind zwölf Meilen«, sagte Ann Page. »Diesen Vertrag hat auch China unterzeichnet, Sir.«

»Ich denke, die Zwölfmeilenzone wurde eingeführt, weil dies damals die maximale Reichweite der Bordgeschütze auf den meisten Kriegsschiffen war«, meinte Gao. »Heute, im Zeitalter von Marschflugkörpern und Überschallflug, sind zwölf Meilen gar nichts, eine Frage von gerade mal wenigen Sekunden. Sie werden gewiss verstehen, dass sämtliche unter Umständen als feindlich einzustufende Militäraktionen jenseits der Zweihundertmeilenzone stattfinden müssen. Das würde auch getauchte U-Boote, mit Waffen bestückte Flugzeuge, Spionageflugzeuge und für den Kampfeinsatz konfigurierte Kriegsschiffe – etwa Flugzeugträger mit einsatzbereiten Flugdecks – einschließen.«

Präsident Phoenix warf der Vizepräsidentin einen überraschten Blick zu. »Sie scheinen auf die Besprechung einer solch weitreichenden Politik bestens vorbereitet zu sein, Mr. Gao«, stellte er fest.

»Für mein Volk ist dies eine Frage von größter Wichtigkeit«, antwortete Gao. »Stellen Sie sich Folgendes vor, Mr. President: Unser Flugzeugträgergefechtsverband *Zheng He* hält auf New York zu, auf Washington, San Francisco oder New Orleans, an Bord vierzig überschallschnelle Kampfflugzeuge, Dutzende atomare Marschflugkörper sowie Geschütze, die imstande sind, Granaten mit großer Präzision über eine Entfernung von zwanzig Meilen zu feuern. Elf Seemeilen vor der Küste gilt dies als feindlich und ist verboten, dreizehn Meilen davor hingegen nicht? Ich glaube, die Bewohner aller unserer Küstenstädte wären dankbar, wenn Flugzeugträgergefechtsverbände einen Abstand von wenigstens zweihundert und nicht bloß zwölf Seemeilen einhalten würden. Würden Sie dem nicht zustimmen, Sir?«

Phoenix nickte seiner Vizepräsidentin zu. »Ja, das würde ich«, räumte er ein.

»Das ist ganz hervorragend, Sir«, sagte Gao. »Mir ist bewusst, dass es bis zur Unterzeichnung eines internationalen

Vertrags viele Wochen oder Monate dauern wird – hoffentlich nicht länger –, ich denke aber, es sollte unseren beiden Nationen möglich sein, dem zuzustimmen – als Signal an alle anderen Völker, auf den Frieden hinzuarbeiten. Ausländische Flugzeuge und Schiffe sollten sich wenigstens zweihundert Seemeilen von unseren jeweiligen Küsten fernhalten.«

»Ich möchte das mit meinem vollständigen Nationalen Sicherheitsstab besprechen, Sir«, sagte Phoenix, »aber sofern wir einer Meinung sind, sollte sich eine solche Beschränkung noch während der Beratungen mit dem Senat über einen formellen Staatsvertrag einführen lassen.«

»Vielen Dank, Sir«, sagte Gao. »Dies war ein überaus unglücklicher und – offen gesagt – beängstigender Vorfall, Mr. President. Ich hatte das Gefühl, die Geschehnisse drohten völlig außer Kontrolle zu geraten. Ich hoffe, es gelingt uns, das weitere Vorgehen so zu planen, dass sich die Kommunikation und Kooperation zwischen unseren Ländern verbessert und sich dies niemals wiederholt.«

»Ich empfinde ganz genauso, Mr. Gao«, sagte Phoenix. »*Zàijiàn*, Mr. Gao.

»Auf Wiederhören, Sir«, sagte Gao. »*Xièxiè.*« Damit wurde die Verbindung unterbrochen.

Phoenix legte den Hörer wieder auf, sah dann hoch zu den anderen. »Was halten Sie davon?«, wollte er wissen.

»Es unterstreicht mein Misstrauen gegenüber den Chinesen noch, Sir«, sagte Ann Page. »Sie zünden einen Atomsprengkopf im Südchinesischen Meer und erwarten dann von uns, dass wir einfach ein Stück Papier unterzeichnen und einen Rückzieher machen? Warum sollten die Vereinigten Staaten das tun? Wir haben niemanden in internationalen Gewässern angegriffen!«

»Ich weiß, Ann, aber es ist ein Anfang. Wenn sämtliche Kriegsschiffe einander aus dem Weg gehen, ist es eher unwahrscheinlich, dass wir auf offener See einen Krieg vom Zaun brechen. Herbert?«

»Ich bin nach den Worten von Gao Xudong extrem erleichtert und optimistisch, außerdem bin ich ihm für seine umfassende Erklärung dankbar – und für die rasche Formulierung eines Plans für unser Vorgehen. Das mindert meine Bedenken zweifellos.«

»Ich bin nach wie vor nicht überzeugt, Herbert«, sagte Ann. »Nur wenige Tage, nachdem Tang und Zu strenge Regeln für alle Schiffsbewegungen im Südchinesischen Meer verkünden, nimmt Gao sie in vollem Umfang wieder zurück?«

»Es ergibt Sinn, sofern es stimmt, was Gao über Zhou gesagt hat«, meinte Phoenix. »Wenn Zhou die Dinge in die Hand genommen hat, ohne vorher eine Erlaubnis einzuholen, hätten er und Zu China leicht an den Rand des Abgrunds bringen können.«

»Ich kenne Gao nicht so gut, Sir«, meinte Kevich. »Aber er hat eine westliche Ausbildung genossen, ist hochintelligent und überall auf der Welt hoch angesehen. Er scheint mir ein überaus fähiger Vizepräsident – und wird vermutlich einen guten Staatspräsidenten abgeben.«

»Aber hat er auch genug Arsch in der Hose, General Zu Paroli zu bieten?«, fragte Ann.

»Das vermag ich nicht zu sagen, Miss Vice President«, sagte Kevich, die Stirn gerunzelt angesichts der deftigen Ausdrucksweise der Vizepräsidentin. »Aber ohne Einwilligung des Generalstabs hätte er sich gewiss nicht so offen äußern dürfen, wie er es getan hat. Seine Zugeständnisse, seine Vorstellung des Plans, das war schon außergewöhnlich. Das hätte man ihm niemals zugestanden, wenn das Militär nicht mit im Boot wäre.«

Ann schien immer noch skeptisch, sagte aber nichts.

»Bill?«, fragte der Präsident.

»Ich bin mit der Vizepräsidentin in dieser Sache einer Meinung, Sir. Das Ganze stinkt zum Himmel«, sagte der Nationale Sicherheitsberater Glenbrook. »Ich denke, wir sollten – und zwar noch bevor wir besagten Anruf von Gao erhalten – all die von Ihnen geplanten Dinge vorantreiben: unsere Verteidigungssysteme im Westpazifik verstärken, so viele Bomber und Kampfflugzeuge wie möglich dorthin entsenden und uns auf eine Auseinandersetzung vorbereiten.«

»Das wäre sicherlich kein kooperatives Signal, General Glenbrook«, meinte Kevich.

»Die Chinesen haben *zugegeben,* dass sie im Südchinesischen Meer einen Atomsprengkopf gezündet haben – das klingt ebenfalls nicht gerade nach Kooperation, Mr. Secretary«, bemerkte Glenbrook ätzend. »Trotzdem können wir allen Vorschlägen Gaos nachkommen, nur dass wir eben unsere eigene Präsenz und Verteidigungssysteme im Westpazifik aufbauen, und das schnell. Wenn wir ein paar Kampfflugzeug- und Bomberstaffeln sowie ein paar Flugzeugträgergefechtsverbände in der Nähe haben, ist China womöglich nicht mehr ganz so bereit, dort einen Atomsprengkopf zu zünden.«

»Angesichts der Eingeständnisse und des versöhnlichen Tons von Präsident Gao halte ich das nach wie vor für übertrieben provokativ, Sir«, hielt Kevich dagegen.

Präsident Phoenix dachte ein paar Augenblicke darüber nach. »Ich gebe Ihnen recht, Bill«, sagte er schließlich. »Fahren Sie mit der Aufrüstung im Westpazifik fort – allerdings werden wir die Patrouillen auf unbewaffnete Luftpatrouillen beschränken und eine Durchfahrt unserer Schiffe durch das Südchinesische Meer vorab ankündigen. Wir können nach wie vor den Anschein von Kooperation erwecken, dabei aber gleichzeitig mit der Verstärkung unserer Präsenz dort draußen fortfahren.« An Vizepräsidentin Ann gerichtet, sagte er: »Sobald dieser Bericht von Gao eintrifft, Ann, lesen Sie ihn durch und informieren mich über seine Stärken und Schwächen. Der Presse können Sie erklären, wir stünden bezüglich einer Resolution auf höchster Ebene in direktem Kontakt mit der chinesischen Regierung.« Präsident Phoenix schüttelte reumütig den Kopf. »Ich weiß nicht, was passieren wird, wenn das mit dieser nuklearen Wasserbombe bekannt wird. Ich hoffe nur, es kommt nicht zu einer massiven internationalen Panik.«

BÜRO DES GENERALSTABSCHEFS, PEKING, VOLKSREPUBLIK CHINA

Zur selben Zeit

»Was meinen Sie, hat er mir das abgenommen, Genosse General?«, fragte Gao. Er saß in General Zus Büro, an dem Computer, der als Terminal für die Videokonferenz zwischen mehreren Hauptstädten weltweit diente. »Er schien überhaupt nicht verärgert oder streitlustig.«

»Ich sagte Ihnen doch, Genosse Gao, die Amerikaner wollen keine Auseinandersetzung in Asien«, sagte Zu und zündete sich eine Zigarette an. »Seit dem Zweiten Weltkrieg ist es ihnen nicht mehr gelungen, einen Krieg in Asien zu gewinnen, nicht einmal mit einer mächtigen Armee und Atomwaffen gegen eine deutlich unterlegene Streitmacht.« Er nickte Gao zu. »Aber ich muss zugeben: Sie hatten recht, Genosse

Gao, mit den Amerikanern zu sprechen und sogar den Angriff auf ihr Flugzeug zuzugeben, scheint sie beruhigt zu haben. Sie haben diesen rückgratlosen Schmarotzer Phoenix sogar dazu gebracht, Mandarin zu sprechen! Ich dachte, er würde uns stundenlang mit Flüchen und Verwünschungen überhäufen, und stattdessen spricht er Mandarin – *grauenhaftes* Mandarin, aber immerhin!«

Zu überlegte einen Moment. »Das sollte uns Gelegenheit geben, unsere Marinestreitkräfte aufzubauen, ohne eine Mobilmachung und Blockade der Amerikaner befürchten zu müssen. Der Ankauf des französischen Flugzeugträgers *Clemenceau* sollte in Kürze unter Dach und Fach sein, anschließend können wir dann mit der Zusammenstellung seines Gefechtsverbandes und seines Fliegergeschwaders beginnen. Danach verfügen wir über drei Flugzeugträgergefechtsverbände innerhalb der Ersten Inselkette, während die Amerikaner von Glück reden können, wenn sie gerade mal einen dort laufen haben. Unsere Vorherrschaft wäre gesichert!«

KONTROLLRAUM DES WEISSEN HAUSES
Einige Stunden später

Unter den anwesenden Zivilisten im Kontrollraum des Weißen Hauses brach ein Sturm aus ungläubigen und absolut schockierten Ausrufen los. Der Sprecher des Repräsentantenhauses, Joseph Collingsworth, sprang auf. »China hat *was* getan, Mr. President?«, rief er.

Neben dem Präsidenten, der Vizepräsidentin, den Ministern für Inneres und Verteidigung, dem Nationalen Sicherheitsberater sowie dem Vorsitzenden der Vereinigten Stabschefs war auch eine Gruppe aus führenden Abgeordneten beider politischer Parteien sowie die Vorsitzenden und Führungspersonen des Militärausschusses im Kongress zugegen.

»Sämtliche Hinweise deuten exakt darauf hin«, sagte Präsident Ken Phoenix. »Als sich ein taiwanesisches Angriffs-U-Boot hingegen der chinesischen Auflagen für das Südchinesische Meer einem der Flugzeugträgergefechtsverbände Chinas näherte, wurde es entdeckt und mit einer nuklearen Wasserbombe angegriffen und zerstört. Die Wucht der Detonation betrug weniger als ein Zwanzigstel der Hiroshimabombe, und sie war deutlich kleiner als die während des Amerikanischen Holocausts gegen unsere Interkontinentalraketenbasen eingesetzten Nuklearbomben.«

»Das ist ungeheuerlich!«, empörte sich Diane M. Jamieson, die Mehrheitsführerin im US-Senat. Jamieson war eine altgediente Senatorin aus Nevada, die in mehreren Militärausschüssen sowohl im Repräsentantenhaus als auch im Senat gedient hatte und deren Kenntnisse in Verteidigungsfragen denen nahezu aller im Raum in nichts nachstand. »Es interessiert mich nicht, wie hoch die Sprengkraft war, Mr. President – die Chinesen setzen wieder einmal Nuklearwaffen ein! Wie haben wir darauf reagiert? Wie ist der DEFCON-Status?«

»Ich habe – unmittelbar, nachdem wir die Bestätigung erhalten hatten, dass es sich um eine nukleare Wasserbombe gehandelt hat – für unsere Streitkräfte DEFCON Drei ausgegeben«, antwortete Phoenix. »Seitdem konnten wir gestern Abend zwei zusätzliche raketenbestückte U-Boote der Ohio-Klasse auslaufen lassen, eines im Pazifik und eines im Atlantik.« Die Darstellung auf der großen elektronischen Bildschirmwand am Kopf des Konferenztisches wechselte und zeigte nun eine mit den Icons für U-Boote und Flugzeuge markierte Weltkarte. »Das ergibt insgesamt drei mit ballistischen Raketen bestückte U-Boote sowie eines, bestückt mit

Marschflugkörpern, im Atlantik sowie vier raketenbestückte U-Boote und ein mit Marschflugkörpern bestücktes U-Boot im Pazifik. Des Weiteren verfügen wir über drei B-2A-Spirit-Tarnkappenbomber und drei B-52H-Stratofortress-Bomber, verteilt auf verschiedene Luftwaffenstützpunkte auf dem amerikanischen Festland, die derzeit mit nuklearen Schwerkraft- und Mittelstreckenwaffensystemen beladen und in eine Rund-um-die-Uhr-Alarmbereitschaft versetzt werden sollen. Die bereits nach Guam verlegten Bomber sind nur mit konventionellen Waffensystemen bestückt, wir überlegen aber, sie ebenfalls mit Nuklearwaffen auszurüsten. Die bereits auf See befindlichen Flugzeugträger werden keine Nuklearwaffen erhalten, die drei im Hafen liegenden Schiffe, die für ihren Einsatz vorbereitet werden, können hingegen damit bewaffnet werden.«

»Das war's?«, fragte Jamieson ungläubig. »Das ist unsere Atomstreitmacht? Mir ist bekannt, dass der größte Teil unserer Bomber und landgestützten Raketen während des Amerikanischen Holocausts vernichtet wurden, aber wo sind all die U-Boote?«

»Die üblichen Patrouillen heutzutage bestehen gewöhnlich aus insgesamt sechs oder sieben U-Booten, aufgeteilt auf Pazifik und Atlantik, Senatorin Jamieson«, sagte Verteidigungsminister Fredrick Hayes. »Wir können von Glück reden, dass wir die beiden zusätzlichen einsetzen können. Die übrigen U-Boote werden entweder gerade gewartet, kommen von einer Patrouillenfahrt zurück oder bereiten sich auf eine solche vor. In diesen Fällen kann der Vorgang beschleunigt werden, um sie schneller auslaufen zu lassen, vielleicht in ein oder zwei Tagen. Bei den anderen könnte es bis zu einem Monat dauern.«

»Ein *Monat?*«, platzte Joseph Collingsworth heraus. Obwohl beinahe so lange Mitglied des Repräsentantenhauses wie Jamieson, war Collingsworth noch vergleichsweise neu in der Position des obersten Führers im Repräsentantenhaus und in militärischen und auswärtigen Angelegenheiten nicht so bewandert. »Mir war nicht bewusst, in welch beklagenswertem Zustand sich unser Militär befindet.«

»Seit unserer Amtseinführung haben wir auf eine Erhöhung der Militärausgaben gedrängt, vorrangig für Langstreckenangriffs- und Raumfahrtprogramme, Mr. Congressman«, sagte Vizepräsidentin Page. »Aber angesichts der niedrigen Steuereinnahmen, der nach wie vor hohen Arbeitslosigkeit sowie der durch die Decke schießenden unüberlegten Ausgaben ist ohne vorherige Einschnitte bei anderen Programmen kein Geld für das Militär mehr übrig.«

»Sie können dieses Problem auf einen Schlag lösen, Miss Vice President, und zwar ohne Kürzungen bei Leistungsansprüchen, Bildungs- und Forschungsprogrammen oder im Gesundheitswesen«, sagte Senatorin Jamieson. »Erhöhen Sie den Höchststeuersatz auf den üblichen Satz für Kriegszeiten oder andere Phasen, in denen wir für Verteidigungs- oder Infrastrukturmaßnahmen zur Geldbeschaffung gezwungen waren. Schaffen Sie die Gehaltsobergrenze bei Medicare ab und unterstützen Sie die Gesetze zum Emissionshandel mit festen Obergrenzen. Allein Letzteres würde über einhundert Millionen Dollar pro Jahr einbringen, obendrein die Treibhausgase reduzieren und Anreize bei der Entwicklung von Umweltschutztechnologien bieten.«

»Lassen Sie uns zu dem anstehenden Thema zurückkehren, Ladys und Gentlemen«, mahnte Präsident Phoenix, sehr darum bemüht, sich seine Gereiztheit nicht anmerken zu lassen. »Meine Antwort auf den chinesischen Einsatz von Nuklearwaffen bestand darin, den DEFCON-Status zu erhöhen, zusätzliche nuklearwaffenbestückte U-Boote und Bomber in Alarmbereitschaft zu versetzen sowie taktische Kampfflugzeuge und zusätzliche Kriegsschiffe für den Einsatz von Nuklearwaffen vorzubereiten. Ich hatte Kontakt mit dem kommissarischen Präsidenten Chinas, Gao Xudong, der erklärte, der frühere Präsident Zhou habe den Einsatz einer Nuklearwaffe angeordnet, sei aber nicht mehr im Amt. Dies ist von unserem Botschafter in Peking bestätigt worden. Des Weiteren sind wir darin übereingekommen, zum Abbau der Spannungen die Marineaktivitäten im Südchinesischen Meer auf das Gebiet außerhalb der Zweihundertmeilen-Sonderwirtschaftszone zu begrenzen. Irgendwelche weiteren Vorschläge?«

»Schmeißen wir die Chinesen doch als Erstes aus dem Sicherheitsrat der Vereinten Nationen und verhängen eine Billionendollarstrafe gegen sie!«, meinte Senatorin Jamieson.

»Der Ausschluss eines ständigen Mitglieds des Sicherheitsrats erfordert einen einstimmigen Beschluss der ständigen und der nicht ständigen Mitglieder des Rats sowie eine Zweidrittelmehrheit der Generalversammlung«, erläuterte Außenminister Kevich, »und meiner Meinung nach würde Russland sein Veto einlegen. Dennoch könnte der Kongress eine dementsprechende unverbindliche Resolution verabschieden. China hat sich bereit erklärt, die Kosten für die Umweltsanierung, Rettungs- und Bergungsmaßnahmen sowie die Ersetzung der beschädigten und zerstörten Kriegsschiffe zu übernehmen.«

»Das ist *alles?«*, fragte Senatorin Jamieson ungläubig. »China zündet einen Atomsprengkopf im Südchinesischen Meer, und alles, was die Vereinigten Staaten tun können, ist, seine bescheidenen Militärkräfte Vorbereitungen für einen Krieg treffen lassen?«

»China ist die zweitgrößte Wirtschaftsmacht weltweit, Senatorin«, gab Phoenix zu bedenken. »Ihr BIP wächst ständig, während unseres schrumpft. Gut möglich, dass es in fünf Jahren über unserem liegt. China hält zwanzig Prozent der US-Schuldverschreibungen, und wir importieren fünfundzwanzig Prozent der chinesischen Inlandsproduktion. Sie besitzen die größte Militärmaschinerie der Welt, und diese wächst mit jedem Jahr, sowohl in absoluten Zahlen als auch ihre Qualität betreffend.«

»Ich hätte nie für möglich gehalten, dass wir jemals so weit kommen könnten«, sagte Jamieson. »Mit anderen Worten, wir sind machtlos und können überhaupt nichts tun?«

»Machtlos sind wir keineswegs«, erwiderte Phoenix. »Ich möchte, dass der Kongress Folgendes tut: Er soll meinem Haushaltsplan zustimmen, der für das Verteidigungsministerium zweihundert Milliarden Dollar pro Jahr zusätzlich in den nächsten sechs Jahren vorsieht. Mit diesem Geld werde ich die weltraumgestützten Waffenplattformgruppen der Space Defense Force reaktivieren und so den Vereinigten Staaten eine erprobte und zuverlässige globale Schlagkraft zurückgeben. Gleichzeitig werde ich den Aufbau einer Langstreckenbomberflotte vorantreiben und die Produktion der gestrichenen großen Flugzeugträger CVN-79 und 80 der Ford-Klasse wieder anlaufen lassen.«

»*Ihr* Haushaltsplan, Mr. President?«, fragte Jamieson spöttisch. »Der Haushaltsplan, dem vier Abteilungen auf Ministeriumsebene zum Opfer gefallen sind, der jedermanns Budget um zwanzig Prozent gekürzt und Hunderte von Bildungs-, Forschungs-, Umweltschutz-, Gesundheits- und Umschulungsprogramme zunichtegemacht hat? Ihr Haushalt ist von beiden Häusern des Kongresses abgeschmettert worden, Sir. Der kommt nicht mehr zurück.«

»Es ist der einzige Haushaltsplan, der vorgelegt wurde, Senatorin«, sagte Ann. »Der Kongress hat seit über fünf Jahren keinen Haushalt mehr verabschiedet.«

»Das werden wir tun, sobald man uns einen Haushalt vorlegt, der die unteren und mittleren Einkommensschichten nicht zwingt, militärisches Gerät und Steuererleichterungen für die Reichen zu bezahlen, Miss Vice President«, sagte Collingsworth.

Der Präsident musterte jeden einzelnen der ihn Umgebenden, sah, dass sich kein Kompromiss abzeichnete, und nickte. »Also gut«, sagte er schließlich. »Ich denke, diese Situation mit China ist ernst genug, dass sie sofortiges Handeln erfordert. Ich erkläre mich also bereit, eine zehnprozentige Steuererhöhung zu befürworten ...« Als sich auf Jamiesons Gesicht ein Lächeln abzuzeichnen begann, hob er rasch eine Hand und fügte hinzu: »... für jeden, Senatorin. Durch die Bank.« Das Lächeln fiel in sich zusammen. Schließlich aber nickte Jamieson. »Und die Mittel gehen vollständig in die Unterstützung der Verteidigung: Langstreckenschlagkraft, Flugzeugträger und militärische Raumfahrt, all die Dinge, die wir in den vergangenen fünf Jahren hätten aufbauen sollen.«

»Und der Grenzsteuersatz, der Emissionshandel mit festen Obergrenzen und die Gehaltsdeckelung bei Medicare?«, wollte Collingsworth wissen. »Das letzte Mal, dass wir ein umfassendes militärisches oder Infrastrukturprogramm aufgelegt haben, lag die Steuerobergrenze bei siebzig Prozent. Eine zehnprozentige Erhöhung mag für den Anfang ganz gut sein, wird aber nicht reichen.«

»Diese Diskussion werden wir uns für einen späteren Zeitpunkt aufheben«, entschied der Präsident, einen Anflug von Erschöpfung in der Stimme. »Sind wir uns einig, Miss Jamieson, Mr. Collingsworth?«

Die beiden Wortführer im Kongress wechselten einen Blick, und der sagte alles: Endlich hatten sie den Präsidenten dazu gebracht, seine Zusage, die Steuern nicht zu erhöhen, zurückzunehmen – damit war die nächste Wahl für ihn gelaufen. Jamieson wandte sich dem Präsidenten zu und nickte. »Wir sind uns einig, Mr. President.«

»Gut. Wenn es keine weiteren Vorschläge zu unserem möglichen Vorgehen gegen China gibt, möchte ich Ihnen für Ihr Kommen danken. Bitten denken Sie daran: Alle heute von mir an Sie weitergegebenen Informationen unterliegen der Geheimhaltung und dürfen unter keinen Umständen an die Öffentlichkeit gelangen. Nochmals vielen Dank.« Phoenix erhob sich, und die anderen taten es ihm nach. Er schüttelte jedem Kongressmitglied und Mitglied seines Sicherheitsstabs die Hand, dann ging er, gefolgt von Ann Page.

Wieder im Oval Office, schenkte sich Phoenix einen Kaffee ein, setzte sich an seinen Schreibtisch und starrte aus den Fenstern.

»Glauben Sie Jamieson und Collingsworth?«, fragte Ann hinter ihm. »China zündet einen Atomsprengkopf im Südchinesischen Meer und schießt zwei amerikanische Flugzeuge mit einer Mikrowellenwaffe ab, und sie wollen nur über Leistungsansprüche und Emissionshandel diskutieren? Sie kontrollieren beide Häuser des Kongresses und schaffen es trotzdem nicht, sich auf irgendetwas zu einigen!«

»Die beiden sind ideologische Partisanenkämpfer mit äußerst progressiver politischer Gesinnung, Ann«, sagte der Präsident. »Landesverteidigung steht nicht gerade oben auf ihrer Prioritätenliste, es sei denn als gewaltiger Haushaltsbrocken, den sie für andere Programme anzuzapfen hoffen.

Für sie könnte das Südchinesische Meer ebenso gut auf dem Mars liegen.«

»Wir hätten uns austauschen sollen, bevor Sie einer Steuererhöhung zustimmten, Sir. Wir haben beide versprochen, die Steuern niemals zu erhöhen. Dafür wird uns die andere Seite gehörig den Marsch blasen.«

»Ich weiß, ich weiß, in Kürze beginnt die Wahlkampfsaison, und ich werde gleich mit der Rücknahme eines Versprechens einsteigen. Aber wenn die Welt erfährt, dass China erneut einen Atomsprengkopf eingesetzt hat, werden die Vereinigten Staaten nicht das einzige Land sein, das sein Militär aufstockt. Ich bin bloß erleichtert, dass Jamieson einer Zweckbindung der zusätzlichen Einnahmen für das Militär zugestimmt hat. Das ist für sie allerhand.« Eine Weile lang blieb der Präsident stumm und nippte an seinem Kaffee. Dann sagte er: »Lassen Sie es durchsickern.«

»Bitte um Verzeihung, Mr. President?«

»Lassen Sie es durchsickern«, wiederholte Phoenix. »Lassen Sie einige Einzelheiten über die nukleare Wasserbombe der Chinesen, ihre Langstreckenantischiffsraketen und das Hochleistungs-Mikrowellenwaffensystem durchsickern. Und zwar verteilt über einen Zeitraum von mehreren Wochen. Lehnen Sie jeden Kommentar zu Berichten ausländischer Pressekanäle oder Gerüchten aus der Blogosphäre ab, aber bestätigen Sie gegenüber einigen dieser Kanäle, dass wir diesen Meldungen nachgehen werden.«

»Haben Sie keine Angst, damit eine Panik auszulösen, Ken?«, fragte Ann. »Sobald die Leute erfahren, dass China einen Nukleargefechtskopf im Südchinesischen Meer gezündet hat und imstande ist, ein Schiff Hunderte Meilen jenseits des Horizonts mit einer Rakete zu treffen, wird der Handel durch dieses Gebiet vollständig zum Erliegen kommen. Keine Reederei wird mehr ein Frachtschiff oder einen Tanker durch das Südchinesische Meer fahren lassen. Und durch dieses Gebiet führt ein Drittel aller Seetransporte.«

»Ja, dessen bin ich mir bewusst«, sagte Phoenix ruhig. »Der Kongress wird nicht aktiv werden, weil er sich nicht auf die militärische Bedrohung durch China konzentriert. Jeder glaubt, wir wären so fest miteinander verwoben, dass China keinerlei Bedrohung für die Vereinigten Staaten darstellen könnte. Allerdings waren die Vereinigten Staaten ebenso fest mit Japan verwoben, bis Japan dann 1937 in China einmarschiert ist und wir 1941 die Einfuhren von Öl und Stahl nach Japan unterbunden haben, was dann den Angriff auf Pearl Harbour zur Folge hatte. Wenn es zu einer Panik kommt, dann nicht deswegen, weil wir ein paar Informationen durchsickern lassen, sondern weil China ausländische Flugzeuge und Kriegsschiffe angegriffen hat und das Südchinesische Meer zu seinem Privatsee machen will.«

Ein paar Augenblicke lang musterte Ann Page den Präsidenten aufmerksam. »Sie haben sich verändert in den letzten Wochen, Ken«, meinte sie schließlich. »Als Präsident sind Sie immer noch derselbe … Aber ich denke, der Mann dahinter ist ein anderer geworden. Diese Eskapaden überall auf der ganzen Welt nagen an Ihnen, und Sie wollen unbedingt etwas dagegen tun, nur dass Ihnen dazu ein wenig die Mittel fehlen. Noch. Sie sind angefressen.«

Phoenix betrachtete seine Vizepräsidentin lange, dann zuckte er mit den Achseln und fragte: »Und?«

»Und nichts«, sagte Ann lächelnd. »Das gefällt mir. Ich mag Sie so.«

KAPITEL 10

SHANGHAI, VOLKSREPUBLIK CHINA
Herbst 2015

Der Protestmarsch setzte sich in Bewegung. Seit einigen Wochen schon kamen arbeitslose Dockarbeiter auf den Wangma-Jiazhai-Piers im Nordosten Schanghais zusammen. Die Veranstalter wiegelten die Masse mit durch Megafone gehaltenen Ansprachen auf, woraufhin die wütende Menge die Wuzhou Avenue entlang zum ein paar Kilometer entfernten Verwaltungsgebäude der Regierung marschierte, um gegen dauerhaft hohe Lebensmittelpreise, Entlassungen, Inflation und die vermeintliche Gleichgültigkeit der Regierung gegenüber dem immer schneller um sich greifenden wirtschaftlichen Zusammenbruch zu protestieren, der China erfasst hatte.

Anfangs war ihre Zahl bescheiden gewesen, ein paar Hundert nur, doch mittlerweile waren daraus Tausende Demonstranten geworden, genug, um die Schanghaier Ringschnellstraße während des Stoßverkehrs komplett zu blockieren, was die allgemeine Verärgerung noch zusätzlich anfachte. Die Schilder und Banner, die die Demonstranten anfangs mitführten, gab es immer noch, allerdings waren sie deutlich größer und mehr geworden, und immer mehr Demonstranten brachten jetzt auch Werkzeuge, Ketten und anderes Gerät von den Docks mit.

Begonnen hatten die Proteste vor zwei Monaten, als Folge von Zeitungsberichten über den Einsatz einer nuklearen Wasserbombe im Südchinesischen Meer durch China. Zunächst war dies noch von sämtlichen beteiligten Ländern abgestritten worden, doch schon bald bestätigten unabhängige Tests einen niedrigen Plutoniumverseuchungsgrad im Meer. Gleichwohl war der öffentliche Aufschrei nicht so laut, wie man hätte erwarten können: China behauptete, es habe auf einen vermeintlichen U-Boot-Angriff gegen seinen Flugzeugträgergefechtsverband reagiert, was Taiwan nicht dementierte. Die Verseuchungsgrade waren nicht übermäßig hoch und fielen derzeit sogar noch. Am Meeresgrund und auch an den angrenzenden Küsten war nur minimaler Schaden entstanden, und China hatte sich verpflichtet, alle Betroffenen für den erlittenen Personen- und Sachschaden zu entschädigen.

Trotzdem war die Angelegenheit längst nicht ausgestanden. Von der Öffentlichkeit unbemerkt, waren die Versicherungsprämien für Frachtschiffe, die das Südchinesische Meer, das Ostchinesische Meer und das Gelbe Meer durchfuhren – überhaupt jede Wasserfläche, auf der ein chinesisches Kriegsschiff Patrouille fuhr oder die in Reichweite einer chinesischen Militärbasis lag –, in astronomische Höhen gestiegen. Für die meisten Privatgesellschaften war es schlicht zu riskant, ein sich irgendwo nahe Festlandchina bewegendes Schiff zu versichern, und diejenigen, die dennoch eine Versicherungspolice ausstellten, verlangten deftige Prämien.

Infolgedessen hatten sich die Preise für alles, von Kleidung bis hin zu elektronischen Geräten, praktisch über Nacht verdoppelt. Nicht verkaufte Waren stapelten sich in den Lagerhäusern und auf den Piers. Die chinesische Regierung versuchte, die Arbeitergehälter zu bezuschussen, doch schon bald kam es zu den ersten Entlassungen, und innerhalb weniger Monate waren Hunderte Millionen Menschen im ganzen Land arbeitslos. Es kam zu zweistelligen Inflationsraten, und das nicht etwa pro Jahr, sondern pro *Monat*.

Es war sofort offensichtlich, dass der Protestmarsch arbeitsloser Dockarbeiter diesmal anders verlaufen würde. Hatte bei allen anderen Aufmärschen stets die Stadtpolizei parat gestanden, um Geschäfte und Pendler zu schützen, und kam es kaum jemals zu Gewalt, fielen den Demonstranten diesmal, je näher sie dem Verwaltungsgebäude der Regierung kamen, mehr und mehr Soldaten und Panzerfahrzeuge in den Straßen auf. Als sie bis auf zwei Blocks an dem Verwaltungsgebäude heran waren, war die Straße vollständig von Soldaten blockiert, die Automatikwaffen mit sich führten. Mitten auf der breiten Straße stand ein Lastwagen mit einem großen rechteckigen, auf einem Gestell montierten Paneel, das an eine leere weiße Reklametafel erinnerte.

Über die Sprechchöre der Demonstranten hinweg sagte eine lautsprecherverstärkte Stimme: »Achtung, an alle Demonstranten! Achtung, hier spricht Major Li Dezhu, Kommandant der hundertsiebzehnten Einheit der Bewaffneten Volkspolizei aus der Zhimalou-Kaserne. Sie werden hiermit von der Schanghaier Stadtbehörde für Sicherheit angewiesen, sofort auseinanderzugehen und sich nach Hause zu begeben. Seien Sie versichert, dass Ihre Beschwerden gegen die Regierung Gehör gefunden haben und von der Führung Ihrer Regierung in Angriff genommen werden. Ihre Anwesenheit hier wird zu keinen Ergebnissen führen, diese Proteste behindern lediglich die Bewegungsfreiheit Ihrer Mitbürger. Begeben Sie sich sofort nach Hause zu Ihren Familien.«

»Wir denken nicht daran zu gehen!«, brüllte ein Demonstrant durchs Megafon zurück. »Das monatliche Arbeitslosengeld, das wir bekommen, reicht nicht mal zwei Wochen lang für Lebensmittel. Unsere Vermieter drohen uns mit Rausschmiss, wenn wir keine Miete zahlen!«

»Niemand wird während dieser finanziellen Notlage obdachlos werden«, rief Li. »Der Nationale Volkskongress wird eine Erhöhung des Arbeitslosengeldes beschließen. Es wird alles Menschenmögliche getan! Hier, in diesem Augenblick, können Sie jedoch nichts tun, zudem stören Sie den Verkehr! Jetzt gehen Sie nach Hause!«

»Jeden Tag erzählen Sie uns dasselbe!«, rief ein anderer Demonstrant. »Aber in Peking hört kein Mensch auf uns! Lassen Sie uns vor, damit wir mit Bürgermeister und Stadtrat sprechen können!«

»Sie sind gewarnt!«, entgegnete der Major. »Lösen Sie sich sofort auf und gehen Sie nach Hause! Der Einsatz spezieller Systeme zur Kontrolle der Massen ist bewilligt! Lösen Sie die Versammlung augenblicklich auf!«

»Wir gehen nicht, ohne dass der Bürgermeister zu uns spricht!«, rief ein Demonstrant. »Und wenn er nicht rauskommt, um mit uns zu sprechen, dann gehen wir eben rein!« Der Mob wogte vorwärts.

Li setzte ein tragbares Funkgerät an die Lippen, tippte auf den Mikroknopf und sagte: »Stufe Grün, *jihuó.*«

Im selben Moment blieben die ersten einhundert Demonstranten an der Spitze der Menge stehen und begannen, sich auf Arme und Gesicht zu klopfen, so als würde ihre Haut mit heißem, windgepeitschtem Sand bestrahlt werden. Die weiter hinten in der Menge Stehenden drängten nach wie vor nach vorn und stießen mit den vorne Stehengebliebenen zusammen, bis schließlich auch die nach vorn Drängenden das seltsame Gefühl auf ihren Körpern spürten. Mittlerweile waren immer mehr in der Menge betroffen, und die Verwirrung begann in Panik umzuschlagen. Die Menschen stoben in alle Richtungen auseinander, ohne darauf zu achten, wen sie anrempelten. Doch trotz des seltsamen Gefühls drängten große Teile der Menge weiterhin vor.

»Stufe Gelb!«, kommandierte Li.

Das Gefühl, von einem Sandsturm erfasst zu werden, verwandelte sich in das, vor einem offenen Glutofen zu stehen. Angst- und Schmerzensschreie schlugen rasch in Schreie voller Panik um. Längst versuchte niemand mehr, Sand von sich abzubürsten – jeder versuchte sich gegen eine sengende Hitze zu schützen, obwohl kein Feuer zu sehen war und die Haut keinerlei Verletzung aufzuweisen schien. Einige versuchten, das Feuer, das sie spürten, dadurch zu löschen, dass sie sich am Boden wälzten. Weder war da Tränengas noch hörte man Schüsse oder Gewehre, trotzdem sanken die Menschen wie getroffen zu Boden.

Schließlich rückte die Menge nicht mehr weiter vor, die Leute brachen nach rechts und links aus, um dem zu entrinnen, womit immer man sie traktierte …

… und kaum waren sie in den Schutz von Gebäuden geflohen oder liefen durch die angrenzenden Straßen, verschwand das Gefühl, in Brand zu stehen.

»Hier herüber!«, riefen mehrere der Demonstranten ihren Kameraden zu, die sich noch immer schmerzgequält im Freien wanden, und kaum hatten sich auch diese in Sicherheit gebracht, ebbte der Schmerz ab. »Was ist hier los? Was passiert hier gerade?«

»Ich hab so was schon mal im Fernsehen gesehen«, sagte ein anderer Arbeiter. »Ich gehe jede Wette ein, es hat was mit diesem großen Schild dort mitten auf der Straße zu tun.«

»Ein Schild? Was sollte das denn damit zu tun haben?«

»Das ist kein Schild, das ist ein Mikrowellensender«, sagte der andere Mann.

»Eine *Mikrowelle?* Willst du mich auf den Arm nehmen?«

»Weißt du nicht mehr, dass der Major etwas über ›spezielle Systeme zur Beherrschung der Massen‹ gesagt hat? Ich wette, das war es, was er damit gemeint hat. Die Polizei setzt Mikrowellen gegen uns ein! Die Mikrowellen heizen unsere Körperflüssigkeiten auf, ohne die Haut zu verbrennen!«

»Und wie kriegen wir das Ding ausgeschaltet?«

»Ich denke, es strahlt gerichtet ab – ich hab jedenfalls nicht gesehen, dass einer der daneben stehenden Polizisten getroffen worden wäre. Und kaum waren wir hinter dieses Gebäude hier gelaufen, hat der Schmerz nachgelassen. Wenn wir es von den Seiten her stürmen, wird es uns auch nichts tun.«

Kurzerhand organisierte sich die Menge mittels tragbarer Sprechfunkgeräte und Meldern. Während eine große Gruppe Sprechchöre anstimmend und rufend zur Ablenkung auf der breiten Straße zurückblieb, umgingen zwei Gruppen die den Mikrowellensender bewachenden Polizisten mehrere Blocks weit auf beiden Seiten. Dann, mit Hereinbrechen der Dunkelheit, stürzten sie von zwei Seiten auf die Polizisten zu. Innerhalb von Augenblicken hatten sie die Polizeikräfte überwältigt und den Mikrowellensender heruntergerissen. Triumphierend über den überwältigten Polizisten stehend, nahmen sie deren Waffen an sich und wandten sich herum zu dem Verwaltungsgebäude …

… und in diesem Moment eröffneten auf Panzerfahrzeugen montierte Maschinengewehre auf beiden Seiten das Feuer und mähten die Demonstranten nieder.

Mehrere Dutzend von ihnen versuchten noch, die Panzerfahrzeuge zu erstürmen, doch sie wurden in Stücke geschossen, ehe sie diese erreichen konnten.

ZHONGNANHAI, PEKING, VOLKSREPUBLIK CHINA
Am nächsten Morgen

»Aufgrund der Unruhen, zu denen es gestern Abend in Shanghai gekommen ist und die schon während der letzten Monate überall im Land herrschen, bin ich gestern Abend mit dem kommissarischen Präsidenten Gao und dem Chef des Politbüros zusammengetroffen«, las Generaloberst Zu Kai vom Manuskript in seinen Händen eine Radio- und Fernsehbotschaft ab, die vom Sendezentrum im Gebäude der Zentralregierung in Peking aus verbreitet wurde. »Gestern Abend sind in Shanghai mehr als drei Dutzend Polizisten getötet worden, und seit Beginn der Proteste im vergangenen Jahr hat es über eintausend tote Polizisten gegeben. Sowohl der Präsident als auch der Chef des Politbüros wünschen, dass diese Gewalt ein Ende hat. Sie haben mich gebeten, Maßnahmen zu ergreifen, um weiteres sinnloses Morden durch diese kriminellen Subjekte zu verhindern. Wie Präsident Gao mir mitteilte, haben sich das Büro des Staatspräsidenten, der Nationale Volkskongress und das Politbüro darauf geeinigt, sich vorübergehend dem Militär zu unterstellen. Gemäß unserer Verfassung hat das Militär das Recht, zur Sicherung des Friedens und der öffentlichen Ordnung einzuschreiten, und ebendies hat man mir befohlen. Ich habe Anweisung, folgende Maßnahmen mittels unserer Militärstreitkräfte in allen Städten, Provinzen und unabhängigen Gemeinden Chinas anzuordnen und durchzusetzen: Von Einbruch der Nacht bis zum Morgengrauen wird eine Ausgangssperre verhängt. Wer diese ohne eine offizielle Arbeits- und Transiterlaubnis verletzt, wird verhaftet. Lebensmittel werden mit sofortiger Wirkung rationiert. Plünderer werden auf der Stelle erschossen, und wer Lebensmittel hortet oder sich am Schwarzmarkthandel für Lebensmittel oder Medikamente beteiligt, wird verhaftet. Das Militär wird die lokalen und provinzialen Polizeikräfte bei der Verbrechensbekämpfung und der Verteilung von Gütern des täglichen Bedarfs unterstützen.«

Zu legte das Manuskript aus der Hand, nahm seine Brille ab und blickte direkt in die Kamera. »Mir ist bewusst, liebe Mitbürger, dass dies schwierige Zeiten für unser Land sind. Seit einer Generation war China nicht mehr mit solch schwerwiegenden wirtschaftlichen Problemen konfrontiert. Die Regierung unternimmt alles Menschenmögliche, um die Fabriken wieder zu öffnen und Vollbeschäftigung zu erlangen. Der kommissarische Präsident Gao und die Regierung nehmen all diese Probleme in Angriff. Gleichwohl möchte ich feststellen, dass ich es als meine persönliche Pflicht erachte, dafür zu sorgen, dass, während unsere Wirtschaft und unser Lebensstandard wiederhergestellt werden, die Ordnung aufrechterhalten bleibt. Zu diesem Zweck fordere ich alle Bürger auf zusammenzuhalten. Ausschreitungen haben unsere Städte entzweit – diese Gewalt muss ein Ende haben. Die mir unterstellen Militärkräfte werden eng mit den lokalen und Provinzbehörden zusammenarbeiten, um die Ordnung aufrechtzuerhalten. Dennoch sind wir zur Beendigung der Gewalt auf Ihre Mithilfe angewiesen. Sollten Sie Plünderer oder Schwarzmarkthändler bemerken, melden Sie diese der Polizei oder einem Soldaten. Sollte Ihnen zu Ohren kommen, dass ein Aufruhr oder Protestmarsch geplant wird, benachrichtigen Sie uns augenblicklich, damit wir Ruhe und Frieden garantieren können. Das wäre alles.«

ÜBER DEM PAZIFISCHEN OZEAN
Einige Tage später

»Klappen der Slipanlage sind geöffnet«, sagte Tom Hoffman. Er saß auf dem Pilotensitz des frisch umgerüsteten Excalibur-XB-1-Bombers, ohne das Flugzeug jedoch zu fliegen – was er auf diesem Flug auch so gut wie gar nicht getan hatte, da Brad McLanahan darauf bestanden hatte, dies weitgehend zu übernehmen. Allerdings war dies Brads erster Versuch, eine echte Luftbetankung durchzuführen. Vom rechten Sitz aus hatte er dies schon Dutzende Male im Simulator getan, außerdem hatte er Hoffman bei der ersten echten Luftbetankung unmittelbar westlich von Hawaii zugesehen.

Auf diesem Flug hatten sie ein drittes Besatzungsmitglied an Bord. Sondra Ellington war einige Jahre älter als Brad und gehörte zu den Ersten, die Tom Hoffmans forciertes Flugausbildungsprogramm bei Warbirds Forever durchlaufen hatten. Allerdings hatte sie einen etwas größeren Betrag zurückgelegt gehabt als Brad und hatte sich eine Wohnung, ein Auto und für ihren Bachelorabschluss in Wirtschaftswissenschaften und ihren Magister in Betriebswirtschaft den Besuch der Universität Nevada-Reno leisten können, statt sich im Lagerraum einquartieren und in der Firma arbeiten zu müssen.

Nachdem sie eine Zeit lang für verschiedene Unternehmen alles geflogen hatte, von Piper-Cheyenne-Turbo-Prop-Maschinen bis hin zu Gulfstream-Geschäftsjets, war die groß gewachsene blonde und blauäugige Pilotin auf besondere Einladung von Tom Hoffman zu Warbirds Forever zurückgekehrt, um an dem Excalibur-Projekt teilzunehmen. Sie hatte bereits mehrere Excaliburs nach Guam überführt, auf diesem Trip jedoch war sie die Hilfspilotin. Die meiste

Zeit verbrachte sie lesend oder ein Nickerchen haltend in ihrer Koje, oder aber sie bereitete für die anderen Kaffee oder Fertignudelgerichte zu. Jetzt, während der Vorbereitung auf die Luftbetankung, saß sie angeschnallt auf dem Notsitz zwischen Pilot und Kopilot – mit aufgesetztem Helm, eingestöpselt in Sauerstoffversorgung und Bordfunk, mit übergestreiften Handschuhen und angelegtem Fallschirm. In einem Notfall und nachdem sich die beiden Piloten sicher hinauskatapultiert hatten, würde sie sich nach hinten zur Einstiegsluke begeben, das Bugfahrwerk ausfahren und abspringen – keine sonderlich verlockende Perspektive, erst recht nicht, wenn der Jet weder längs noch quer ausbalanciert war, trotzdem ihre einzige Chance. »Okay, denk immer an dein Zielbild, Brad«, sagte Hoffman. »Du sitzt zwar auf der rechten Seite, aber von dort drüben wird es ganz genauso aussehen.«

»Jawohl, Sir«, sagte Brad. Er machte an den Bedienhebeln des Jets einen überaus selbstsicheren und entspannten Eindruck.

»Masters Eins Vier, hier Cajun Zwo Eins – wie ist die Verständigung mit Ihrem Bediener des Auslegergalgens?«

»Klar und deutlich«, antwortete Brad.

»Hier oben ebenfalls klar und deutlich. Habe Sie in Sicht. Freigabe für Vorkontaktposition erteilt, Zwo Eins ist bereit.«

»Eins Vier, Freigabe für Vorkontakt erteilt.« Sämtliche Führungslichter auf der Unterseite des KC-10-Extender-Luftbetankungsflugzeugs vor ihnen leuchteten kurz auf, dann begannen zwei grüne Lichter zu blinken – die Bestätigung, dass die Freigabe für die Vorkontaktposition erteilt war. Der Auslegergalgen war bereits herabgelassen und der Stutzen ein Stück weit ausgefahren.

»Ganz gleichmäßig, die Steuereingaben schrittweise«,

coachte Hoffman seinen jungen Piloten mit ruhiger Stimme. »Du wirst sehen, es ist deutlich einfacher als der Simulator. Du brauchst den Knüppel nicht mal zu bewegen. Es ist, als würde man die Planchette auf einem Ouijabrett verschieben – man bewegt den Steuerknüppel kaum, stellt sich aber vor, ihn zu bewegen, und schon bewegt er sich. Keine Eile. Leg deine Luftgeschwindigkeit fest, nimm anschließend die Feinkorrekturen vor. Die Excalibur liegt sehr ruhig. Sobald du mit dem Tankflugzeug synchron bist, wirst du kaum noch Korrekturen am Gashebel vornehmen müssen.«

Als Brad sich langsam vorwärts und nach oben schob, schien der Galgen größer zu werden. »Konzentrier dich nicht auf den Stutzen, Brad«, sagte Hoffman. »Behalt alles weiter im Blick – Führungslichter, Einfüllstutzen, Fensterbogen, die Unterseite des Tankflugzeugs. Lass deinen Blick wandern. Was du suchst, ist folgendes Vorkontaktbild: hintere Reihe der Führungslichter genau am Oberrand des Fensterbogens, Einfüllstutzen mittig. Die Führungslichter sagen dir: Jetzt einführen. Du überprüfst Näherungsgeschwindigkeit und Höhenwarnungen, wiederholst das Ganze dann. Immer schön vorsichtig.«

Nun beobachtete Hoffman zum ersten Mal, wie Brad seine Finger öffnete und schloss und tief einatmete – die ersten Anzeichen von Nervosität, die er bei ihm seit den ersten paar Simulatorsitzungen beobachtet hatte. »Griff schön locker am Steuerknüppel, Brad – nicht gegen das Flugzeug angehen. Du schaffst das. Die B-1 Excalibur ist das am leichtesten in der Luft zu betankende Flugzeug, allerdings befindet sich die Slipanlage vor und nicht, wie bei den meisten Flugzeugen, hinter dir, weshalb man dazu neigt zu glauben, der Stutzen würde glatt durch die Windschutzscheibe auf einen zukommen. Das wird der Mann am Ausleger nicht zulassen, glaub mir. Fokussier dich nicht darauf. Entspann dich. Und behalt weiterhin alles im Blick.«

Brad zwang sich zu entspannen, und kurz darauf begannen seine Hände, jene winzigen Korrekturen vorzunehmen, die man zur Erzeugung des Zielbildes benötigte, wie er es so oft am Simulator geübt hatte. Jetzt warf er nur noch kurze Blicke auf den näherkommenden Einfüllstutzen, und obwohl er wusste, dass dies real war und nicht der Simulator, fand er seinen Rhythmus, prüfte abwechselnd das Zielbild und sah immer wieder kurz und locker hinüber zum …

Und ehe er sich's versah, hatte er es vor sich, das perfekte Bild aus Markierungspunkten auf dem Tankflugzeug und dem Fensterbogen des Cockpits, und schon hörte er: »Eins Vier, Vorkontakt stabilisieren.«

»Roger, Vorkontakt stabilisiert«, antwortete Brad und nahm ein winziges bisschen Schub zurück, um die relative Vorwärtsbewegung zu stoppen. Er sah, wie sich der Galgen mit ausgefahrenem Stutzen ein wenig herabsenkte, und dann spürte er das satte metallische Klingen, als der voll ausgefahrene Stutzen in die Fassung hineinglitt, ohne die Slipanlage auch nur zu berühren.

»Kontakt, Zwo Eins«, sagte der Auslegergalgenbediener.

»Kontakt, Eins Vier«, erwiderte Brad.

»Treibstoffaufnahme läuft«, meldete Hoffman. »Wir werden keine große Menge Treibstoff aufnehmen, nur sei dir bewusst, dass du, würden wir die übliche Treibstoffladung aufnehmen, den Schub leicht verändern müsstest, sobald das Gesamtgewicht zunimmt.«

Unterdessen hatten die Führungslichter am Bauch des Tankflugzeugs gewechselt: Brad musste den Auslegergalgen mit der gelben Mittellinie in einer Flucht halten und auf die Führungslichter reagieren, die ihm zu erkennen gaben, ob er zu hoch oder zu tief war, zu nah oder zu weit weg. Brad entdeckte, dass es, je behutsamer er den Steuerknüppel bediente, umso einfacher war, in der Mitte des Bereichs für das Auftanken zu bleiben.

Sie nahmen nur eine symbolische Treibstoffmenge auf – Hoffman hatte das erste Auftanken, das sie sicher bis nach Guam bringen würde, bereits durchgeführt, und auch Sondra hatte ein paar Übungskontakte vom linken Sitz aus ausführen können. Anschließend ließ er Brad zur Übung einige Ab- und Wiederankopplungsmanöver ausführen, darunter auch Ankopplungen während einer Wende, wie man sie in einer festgelegten Auftankzone flog, auf einer Art Rundkurs, dafür gedacht, das Flugzeug auf einer bestimmten geografischen Position zu halten, anstelle einer langen, geraden Auftankstrecke.

Unmittelbar bevor Brad beim fünften Übungsanflug die Vorkontaktposition erreichte, tippte Hoffman auf den Mikroknopf und sagte: *»Abbruch! Abbruch! Abbruch!«* Augenblicklich riss Brad die Gashebel in die Leerlaufposition und setzte zu einem zügigen, aber nicht übermäßig schnellen Sinkflug an, während der Pilot des Tankflugzeugs die Gashebel auf vollen Schub stellte und einen schnellen Steigflug begann und der Galgenbediener den Tankausleger einzog und wieder in seine maximal eingefahrene Position im Heck des Tankflugzeugs brachte.

»Danke für Ihre Unterstützung, Zwo Eins«, funkte Hoffman. »War ein Neuling, der die Kontakte und das Abkopplungsmanöver vom rechten Sitz aus durchgeführt hat.«

»Gute Arbeit, Kopilot«, funkte der Bediener des Tankauslegers. »Dann bis später, auf der anderen Seite. Cajun Zwo Eins ab.«

»Nicht übel dafür, dass es dein erstes Kopplungsmanöver

war, Brad«, sagte Hoffman. »Schätze, das mit der Excalibur wirst du hinkriegen.«

»Wie Sie sagten, Sir: Je behutsamer man mit Steuerknüppel und Gashebel umgeht, desto einfacher ist es.«

»Fast könnte man meinen, ich hätte das schon ein paarmal gemacht, was, Brad?«, scherzte Hoffman trocken. Er tätschelte die Oberseite der Instrumententafel. »Die B-1 scheint ein riesiges, muskelbepacktes brüllendes Ungetüm zu sein, dabei hat er viel mehr Ähnlichkeit mit einer netten, intelligenten Frau. Ist man respektvoll und aufmerksam und versucht nicht, sie rumzukommandieren, gibt sie sich im Gegenzug ebenso freundlich. Versucht man sie aber herumzuschubsen, wird sie zickig.« Er drehte sich, sah über die rechte Schulter. »Ich ziehe mich jetzt zurück und lasse mich ablösen, schnapp mir einen Energieriegel und mach eine halbe Stunde ein Nickerchen. Klingt das okay für Sie, Sondra?«

»In Ordnung, Sir«, antwortete sie. Sie stand auf und verstaute ihren Fallschirm, klappte dann ihren Notsitz hoch, damit Hoffman sich vorbeizwängen konnte, hievte sich anschließend auf den Pilotensitz und schnallte sich an. Sie legte die Hand an den Steuerknüppel und rüttelte einmal kurz daran. »Habe Flugzeug übernommen.«

Brad tat es ihr nach, spürte Sondras Widerstand und wusste, dass sie die Kontrolle hatte. »Das Flugzeug gehört Ihnen.«

»Übernahme bestätigt.« Sie schaltete den Autopiloten ab und vollführte eine Reihe sanfter Schwenks, um ein Gefühl für das Flugzeug zu bekommen – Brad wusste, dass sie fast nie den Autopiloten benutzte. »Wie läuft es, Brad?«, erkundigte sie sich.

»Prima, Sondra.«

»Klang, als wärst du eben ein wenig nervös geworden während des ersten Ankopplungsmanövers. Aber du hast dich durchgebissen. Gute Arbeit.«

»Danke.«

»Ich bin wirklich beeindruckt, wie schnell du das Flugtrainingsprogramm unseres Colonels hier absolviert hast«, sagte sie. »Ich dachte schon, ich wäre schnell, aber du hast mich glatt in den Schatten gestellt.«

»Ich hab neben dem Flugtraining ja nicht auch noch einen Haufen Scheine an der UNR gemacht«, sagte Brad.

»Das nicht, trotzdem hast du mir ein bisschen leidgetan, dass du es während der ganzen Ausbildung Vollzeit mit dem Boss aushalten musstest. Hast dich aber tapfer geschlagen.« Sie hielt ein paar Augenblicke inne, dann wollte sie wissen: »Und, wie geht's jetzt weiter, Brad? Du bist Fluglehrer für mehrmotorige Maschinen und Instrumentenflug, du bist Berufspilot, du bist auf einigen der alten Schätze geprüft worden, und jetzt legst du deine Prüfung auf einem XB-1-Bomber ab. Was noch?«

Er lächelte Sondra an. »Um ehrlich zu sein, ich möchte dasselbe tun wie du. Hat mein Dad schon damals vorgeschlagen, noch bevor ich mit dem Programm angefangen hatte, und nun hab ich jemanden kennengelernt, der das alles geschafft hat: Verkehrspilotenlizenz, CFI, CFI-I, außerdem hast du einen Abschluss in Wirtschaftswissenschaften sowie einen in Betriebswirtschaft mit Schwerpunkt Flugzeugwartungstechnik. Er meint, das alles zusammengenommen, dazu vielleicht einen Abschluss als Metallflugzeug- und Triebwerksbauer, könnte mich für einen Job bei Sky Masters qualifizieren. Das und der Umstand, dass ich dort schon gearbeitet habe und der Boss mich kennt.«

»Ziemlich guter Rat«, meinte Sondra. »Aber um ehrlich zu sein, ich hab das ganze Zeug nur aus einem Grund gemacht: um Typen kennenzulernen.«

»Wie bitte?«

»Um Piloten kennenzulernen.« Brad bedachte sie mit einem skeptischen Gesichtsausdruck. »Piloten sind eine heiße Nummer«, fuhr sie fort. »Du denkst wahrscheinlich nicht so, aber ich schon. Alle Piloten, die ich kennengelernt habe, waren sich darüber im Klaren, dass sie über ein Können verfügen, das weniger als ein Prozent aller Menschen in diesem Land besitzt. Diese Angeberpiloten, die diese arrogante, großspurige Nummer abziehen, törnen mich ab, die coolen aber halten ihre Angeberei auf einem Minimum, fliegen ihr Flugzeug und bringen ihren Einsatz zu Ende.« Sie sah ihn direkt an. »Ich bin mir noch nicht sicher, zu welcher Sorte du gehörst«, sagte sie, und ein dünnes Lächeln war hinter ihrem Mikro zu erkennen. »Als du bei Warbirds Forever ankamst, hab ich dich für den größten Idioten gehalten, der mir je unter die Augen gekommen ist. Aber allmählich machst du dich.«

»Danke«, sagte Brad. »Denke ich jedenfalls.«

Sondra schenkte ihm ein strahlendes Lächeln. »Das war ein Kompliment«, sagte sie. »Also, verrat mir, wie ist das so, Patrick McLanahans Sohn zu sein?«

Brad zuckte mit den Schultern. »Eine bunte Mischung, schätze ich. Alles, was ich wirklich über meinen Dad weiß, sind die Geschichten oder Meinungen, die andere zum Besten geben. Er spricht nie darüber, was er bei der Air Force getan hat. Ab und zu krieg ich mit, wie er diesen Blick bekommt, so als würde er sich an etwas Schlimmes erinnern, das vor langer Zeit passiert ist. Er hört einen großen Jet in der Nähe vorüberfliegen oder sieht ein altes Kampfflugzeug zum Start rollen, und er lässt alles stehen und liegen und kriegt diesen entrückten Blick. Das ist keine Trauer oder posttraumatischer Stress oder so was – zumindest denke ich das nicht –, aber wenn ich ihn später bitte, darüber zu sprechen, schweigt er sich aus.«

»Ich finde, dein Dad ist ein ziemlich toller Typ«, sagte Sondra.

Brads Kopf fuhr überrascht herum. *»Was?«*

Sondra lächelte, sah dabei direkt nach vorn. Während der ganzen Zeit, die sie sich unterhielten, wich der Bomber kein Jota von seiner Flughöhe oder seinem Steuerkurs ab – es war, als hätte sie den Autopiloten eingeschaltet. »Der starke, schweigsame Typ«, meinte sie versonnen. »In einem Raum voller Piloten würde man niemals darauf kommen, dass er es ist, der das Sagen hat. Bis es an der Zeit ist, mit der Arbeit anzufangen oder er etwas sagt. Dann würde man es sofort merken.«

»Aber er ist doppelt so alt wie du!«, entfuhr es Brad, und das wahrscheinlich viel zu nachdrücklich.

Nach einer Weile zuckte sie mit den Schultern. »Nicht unbedingt ein Ausschlusskriterium.« Sie sah ihn an und schmunzelte über Brads schockierte Miene. »Ich kann sehen, wo du das herhast.«

»Herhaben? Was denn?«

»Du hast das Können und diese Attitüden, Brad«, sagte sie, »aber du bemühst dich, es zu verbergen.« Sie schenkte ihm erneut ein Lächeln, dann setzte sie hinzu: »Auch nicht unbedingt ein Ausschlusskriterium.«

»Ausschlusskriterium wofür?«

Doch sie gab ihm keine Antwort darauf, sondern hatte nur dieses feine Lächeln auf den Lippen und steuerte die Excalibur, als laufe er auf Schienen, bis Hoffman eine halbe Stunde später wieder nach oben kam und Brad ablöste, damit er Pause machen konnte.

Ein paar Stunden später zeichnete sich die Insel Guam auf ihrem Radar ab. »Guam Zentrale, hier Masters Eins Vier«, funkte Brad McLanahan. Er saß jetzt wieder auf dem Platz des Kopiloten, obwohl er die Excalibur flog. »Gleichbleibend auf eins-vier-tausend, vierzig Meilen östlich Schnittpunkt BAGBE, informiere Romeo für Landung.«

»Masters Eins Vier, hier Guam Zentrale, willkommen«, antwortete der Fluglotse. »Gehen Sie tiefer und bleiben Sie auf achttausendachthundert, Freigabe erteilt für Landebahn GPS Zulu zwo-vier, Anflug links. Winde drei-null-null bei zehn, in Böen siebzehn.«

Nach dem Ankopplungsmanöver für die Luftbetankung kam Brad der GPS-gesteuerte Landeanflug mit der Excalibur wie ein Kinderspiel vor. Er bediente sich derselben Techniken wie bei der Luftbetankung: Steuerknüppel und Gashebel nur leicht berühren, entspannt bleiben und das Zielbild im Blick behalten, während er die Nadeln mittig und die Luftgeschwindigkeit im Griff hielt. Hoffman vergewisserte sich, dass die Checklisten abgearbeitet waren, dann folgten sie sicher und mühelos dem ILS-Leitstrahl. Das satte Doppelquietschen des Hauptfahrwerks beim Aufsetzen auf dem Asphalt kam beinahe überraschend.

»Willkommen auf Guam, Junge«, sagte Patrick McLanahan, als Brad, Tom Hoffman und Sondra Eddington die lange Einstiegsleiter hinabkletterten, nachdem sie die Excalibur vor dessen Zelthangar abgestellt hatten. Er schloss Brad herzlich in die Arme. »Wie war der Flug?«

»Großartig!«, sprudelte Brad hervor, »außer, dass sich mein Hintern anfühlt, als hätte man mir die Beine amputiert.« Er zog den Reißverschluss seines Fliegeroveralls bis zur Hüfte auf. »Mann, ist das hier drückend!«

»Müsste jetzt jeden Augenblick Zeit für unser Dreiuhrgewitter sein, es wird also gleich besser«, meinte Patrick. Er reichte jedem von ihnen eine Wasserflasche, ehe er sich an Hoffman wandte: »Wie hat er sich gemacht, Tom?«

»Der Apfel fällt nicht weit vom Stamm«, meinte Hoffman. Grinsend fügte er hinzu. »Aber keine Sorge, den kriegen wir schon hin.«

»Danke, mein Freund«, sagte Patrick. Sie gingen hinüber zur Wartungsnachbesprechung, tranken dabei alle einen kräftigen Schluck Wasser. Als sie den Wartungshangar erreichten, hatte sich der Himmel verdunkelt, und Augenblicke später ergossen sich wahre Sturzbäche aus den wie aus dem Nichts aufgezogenen Wolken. »Nach dem Nachmittagsgewitter kann man fast seine Uhr stellen«, bemerkte Patrick.

»Das Gleiche gilt für den Stromausfall«, sagte Colonel »Cutlass« Cuthbert, der soeben in den Hangar geschlendert kam. »Stromausfall wird hier üblicherweise durch eine rausgesprungene Sicherung entweder beim städtischen Elektrizitätswerk oder beim Umspannwerk ausgelöst, nach einem Blitzeinschlag oder einer plötzlichen Überlastung. Unsere Reservebatterien sollten sich jeden Moment zuschalten. Die Computer laufen alle auf unterbrechungsfreier Stromversorgung, ihr könnt also trotzdem die Nachbesprechung abhalten, aber Klimaanlage und Beleuchtung funktionieren nicht. Sollte nicht lange dauern.«

Nur wenige Minuten nach Beginn der Wartungsnachbesprechung gingen die Lichter wieder an, und der Strom war wieder da, doch der nachmittägliche Regenguss hatte die drückende Schwüle bereits gemildert. Nach der Besprechung reichte Cutlass Sondra ein Schlüsselbund. »Würden Sie Brad hier zeigen, wo das Zelt seines Dads steht? Er wird bei ihm Quartier beziehen. Vergessen Sie nicht Ihre Identifikationskarten für den Park- und Servicebereich. Und seien

Sie in einer Stunde für die Einsatzbesprechung zurück in der Kommandozentrale.«

»In Ordnung, Sir«, sagte Sondra. Brad griff sich seinen Rucksack und die Computertasche und folgte ihr.

Wenige Minuten darauf fuhren sie in einem viertürigen Mannschaftstransporter durch den Servicebereich der Andersen Air Force Base und sahen sich die Reihen von B-52H-, B-1B- und XB-1-Bombern, von KC-135- und KC-10-Tankflugzeugen, F-22-Raptor und F-15-Eagle-Jagdflugzeugen auf ihren Parkpositionen an. Mehrfach wurden sie zur Überprüfung ihrer Personalien angehalten. Fahrzeuge mit Gerätewagen voller Munition jeder Art fuhren ebenfalls kreuz und quer durch den Servicebereich. »Sieht chaotisch aus, ist aber ziemlich gut aufeinander abgestimmt, sodass es nicht zu Engpässen kommt, die zu einer Gefahren- und Sicherheitssituation führen könnten«, erläuterte Sondra.

Bei einer XB-1 Excalibur, etwa auf halber Strecke, blieben sie stehen. Ein Sicherheitsbediensteter überprüfte ihre Ausweise und winkte sie an einer simplen Sperre aus gelbem Nylonseil vorbei. »Achte darauf, immer nur hier, wo der Wachmann steht, rein- und rauszugehen«, mahnte Sondra. »Die Sicherheitsleute nehmen einen fest, wenn man über das Seil steigt, außerdem sind sie befugt zu schießen, wenn sie einen für einen Selbstmordattentäter oder Ähnliches halten.«

»Ich hab das Sicherheitsbriefing noch nicht vergessen«, antwortete Brad.

Sie traten unter den Rumpf und trafen Edward Gleason bei der Vorflugkontrolle seines Jets im vorderen Bombenschacht an. »Hallo, Sondra«, begrüßte sie Gleason.

»Hallo, Sir«, sagte Sondra. »Ed, ich glaube, Sie haben General McLanahans Sohn noch nicht kennengelernt. Ed, das ist Bradley McLanahan. Brad, darf ich bekannt machen,

Lieutenant General im Ruhestand Ed Gleason, einer der erfahrensten B-1-Piloten bei Sky Masters. Er hat den besten Abschluss seiner Klasse auf der Air Force Academy gemacht, als Second Lieutenant die F-15E Strike Eagles geflogen, als junger Captain die B-1er und hat Nurflügelflugzeuge kommandiert, bis er schließlich der Kommandeur der Twelfth Air Force wurde. Wir schätzen uns glücklich, ihn bei uns zu haben.«

Brad gab ihm die Hand.

»Das mit der Akademie tut mir leid, Junge«, sagte Gleason.

Brad verdrehte verzweifelt die Augen. »Weiß eigentlich jeder auf Guam, dass ich bei der Air Force Academy rausgeflogen bin?«

»*Ich* weiß es jetzt«, sagte Sondra. Daraufhin legte sich ein wirklich verärgerter Zug auf Brads Gesicht, doch sie schenkte ihm ein Lächeln, das ihn sofort wieder aufrichtete. »Brad ist Fluglehrer bei Warbirds Forever und hat soeben als stellvertretender kommandierender Offizier seinen ersten Überführungsflug auf einer Excalibur beendet. Ich finde, er hat seine Sache ziemlich gut gemacht. Colonel Hoffman hat ihm sogar vom rechten Platz aus Steuerknüppelzeit bei der Luftbetankung gegeben. Der ›Bone‹ hat's ohne Delle überstanden.«

»Wir werden dich zum Fliegerführer ausbilden lassen, ehe du dich's versiehst«, prophezeite Gleason. »Sie führen Brad im Vogel herum, Sondra?«

»Jawohl, Sir.«

»Ausgezeichnet. Hat mich gefreut, dich kennenzulernen, Brad.«

»Ganz meinerseits, Sir.« Sie gaben sich erneut die Hand, dann entfernte sich Gleason und ließ Brad und Sondra zurück.

»Wie dir bekannt sein dürfte, Brad, können wir jeden Bombenschacht mit jeweils drei unterschiedlichen Bombenlasten bestücken oder aber, zur Unterbringung größerer Waffensysteme, die Trennwand zwischen dem vorderen und dem mittleren Schacht verschieben. Der Haupteinsatzbereich dieses Vogels ist das Ausschalten der feindlichen Luftabwehr auf Überwasserschiffen und auch an Land. Der vordere Bombenschacht verfügt über ein drehbares Abschussgerät mit vier AIM-9-Sidewinder-Raketen sowie vier radargelenkten AIM-120-AMRAAM-Luft-Luft-Raketen, mit denen meines Wissens derzeit alle Excaliburs bestückt sind.« Sie gingen weiter zum in der Mitte liegenden Bombenschacht. »Hier haben wir ein drehbares, mit sechs AGM-158-JASSM-Mittelstreckenmarschflugkörpern bestücktes Abschussgerät. JASSM ist die Abkürzung für *Joint Air to Surface Standoff Missiles.* Sie verfügt über einen Eintonnengefechtskopf, eine Reichweite von über zweihundert Meilen und ein bildgebendes Infrarotendphasensuchsystem sowie ein Trägheitsnavigationssystem und GPS. Mittels der vom AESA oder den Satelliten empfangenen Zielinformationen können wir es auf ein neues Ziel programmieren. Im hinteren Bombenschacht ist ein Dreitausendgallonentreibstofftank untergebracht, den wegen der langen, über Wasser führenden Teilstrecken alle Excaliburs haben, obwohl wir über eine eigene Tankflugzeugunterstützung verfügen.«

Sie gingen weg von den Bombenschächten, und sie wies auf zwei außen unter dem Rumpf montierte Raketengruppen. »Das sind meine Lieblinge: die AGM-88 HARM, wobei HARM die Abkürzung ist für High-Speed Anti-Radiation Missile, superschnelle Antistrahlenrakete«, fuhr Sondra fort. »Wir haben zwei Gruppen zu jeweils zwei Raketen an außen liegenden Waffenaufhängungen. HARMs können feindliche

Radarsysteme aufspüren, sich auf diese ausrichten und sie vernichten, und das aus einer Entfernung von bis zu dreißig Meilen. Sie können jedes beliebige, innerhalb ihrer Reichweite liegende Ziel in weniger als einer Minute vernichten und sind so programmiert, dass sie jedes bekannte Radarsystem innerhalb des chinesischen und russischen Militärs finden.«

»Werden die Excaliburs mit JASSMs bestückt geflogen?«, wollte Brad wissen.

»Ja, für Leistungstests und bei Waffenfunktionsprüfungen, aber nicht auf Patrouillenflügen«, sagte Sondra. »Nur die mit den Luft-Luft-Raketen bestückten Vögel dürfen Patrouillen fliegen.«

»Die Patrouillen klingen ein wenig langweilig.«

»Die meiste Zeit absolvieren wir luftgestützte Radarüberwachungsflüge für Navypatrouillen«, erläuterte Sondra. »Wir sind imstande, Radardaten direkt zu den mit AEGIS ausgerüsteten Schiffen zu übermitteln, oder wir leiten Radar- oder Sichtinformationen an Schiffe weiter, die keine Datenlinks oder Digitalbilder empfangen können. Das kann schon mal langweilig werden, aber ein Schiff weit vor einer Navyformation zu entdecken und zu klassifizieren, ist ziemlich cool. Etwa alle zwei Stunden führen wir eine Luftbetankung durch, wodurch wir reichlich Treibstoff haben, um notfalls eine Ausweichbasis zu erreichen. Wir haben also immer was zu tun.«

»Ich wünschte, ich könnte solche Patrouillen fliegen«, murmelte Brad.

»Ich wüsste nicht, warum das nicht möglich sein sollte«, meinte Sondra. »Wenn du mit Colonel Hoffman, Ed Gleason oder deinem Vater fliegst, würdest du in Begleitung eines Fluglehrers fliegen. Das bedeutet, diese Flugstunden würden sich auf deine Verkehrspilotenlizenz anrechnen lassen, und wenn du die erst mal hast, kannst du dich als Fliegerführer auf einer Excalibur prüfen lassen. Wahrscheinlich müsstest du, wie wir auch, sämtliche Sicherheitsüberprüfungen und Hintergrundprüfungen über dich ergehen lassen, um Teil dieser Spezialeinheit zu werden. Erklär denen, dass du ein paar Patrouillenflüge möchtest. Colonel Cuthbert kann dir alle Genehmigungen beschaffen, und schon bist du startklar.«

Sie fuhren zur unweit des Servicebereichs gelegenen Wohnanlage. Brad erblickte reihenweise weiße, auf einem Gelände mit Korallen- und Sandboden errichtete Zelte. »Mein Dad wohnt in einem Zelt?«, entfuhr es ihm.

»Er besteht darauf, genauso untergebracht zu werden wie die anderen Besatzungsmitglieder und Wartungstechniker. Wenn es ihm unbehaglich wird, weiß er, wie allen anderen zumute ist. Außerdem sind diese Dinger ganz nett.« Sie tippte an der Tür einen Code ein – Zeltklappen gab es hier nicht – und führte Brad nach drinnen. Es war überraschend geräumig. Es gab Platz für zwei Klappbetten, zwei Kommoden sowie zwei Schreibtische.

»Ich habe gar keine Stromkabel gesehen, die hier reinführen«, bemerkte Brad.

»Die Zelt werden alle mit Solarenergie betrieben. Jeweils eine Gruppe aus sechs Zelten teilt sich eine große Batterie, und auf jedem Zelt und auf jedem Batteriegehäuse befinden sich Solarkollektoren. Die Batterien können zusätzlichen Strom vom Stützpunkt beziehen, aber das kommt selten vor. Die Solarzellen funktionieren ziemlich gut.«

»Nicht eben viel Privatsphäre.«

»Die Spezialeinheit patrouilliert und arbeitet im Park- und Servicebereich rund um die Uhr, sieben Tage die Woche«, erklärte Sondra. »Alle haben also reichlich zu tun. Wir arbeiten in einem Fünftageturnus im Wechsel mit zwei freien Tagen, aber um ehrlich zu sein, jeder hier hält sich auch an seinen freien Tagen zur Verfügung, weil es hier draußen nicht eben viel gibt, was man unternehmen könnte. Die Hotels und Kasinos haben praktisch alle dichtgemacht, und am Strand herumliegen wird schnell öde. Privatsphäre ist nicht wirklich ein Thema – die schafft man sich einfach selbst. Der Lärm der startenden Maschinen kann schon mal nerven, wenn man sein Zelt so nah am Flugvorfeld hat, aber man gewöhnt sich an, es auszublenden.« Sie musterte ihn aufmerksam, streckte die Hand aus und berührte seine. »Davon abgesehen, was würdest du denn tun, wenn du ein wenig Privatsphäre hättest?«

Er trat zu ihr hin und gab ihr einen flüchtigen Kuss auf die Lippen, was ihr zu gefallen schien. »Ich würde mir schon was einfallen lassen«, sagte er mit leiser Stimme.

»Oh, das würdest du, da bin ich ganz sicher, mein Hengst«, entgegnete Sondra, schon auf dem Weg zur Tür. »Ganz bestimmt. Komm jetzt, wir haben eine Einsatzbesprechung.«

»Ich darf daran teilnehmen?«, fragte Brad.

»Wenn nicht, werden sie es dich schon wissen lassen. Aber ich wüsste nicht, warum nicht. Wir haben alle die gleiche Sicherheitseinstufung. Wird dich von deinen schmutzigen Gedanken ablenken.«

»Die hatte ich nicht, bis du aufgetaucht bist«, behauptete Brad.

Sondra lächelte, sagte aber nichts.

KAPITEL 11

ÜBER DEM SÜDCHINESISCHEN MEER
Mehrere Tage später

»Es ist mir stets eine große Freude, wenn ich fliegen darf«, sagte der Waffenoffizier des trägergestützten Angriffsflugzeugs JH-37 »Fliegender Leopard«, Leutnant Du Weiqing, über Interkom zu dem neben ihm sitzenden Offizier, dem Piloten und Korvettenkapitän Bo Xueji. Die Jh-37 war auf dem Flugzeugträgergefechtsverband *Zheng He* stationiert, der sich gegenwärtig einhundertundfünfzig Meilen südlich von Shantou auf einer Routinepatrouille im Norden des Südchinesischen Meers befand. Bewaffnet war sie mit vier *Ying Ji*-83 Raketen – dicht über der Wasseroberfläche fliegenden, staustrahlgetriebenen Antischiffswaffensystemen – sowie zwei hochmodernen PL-12-aktiv/passiv-Luft-Luft-Raketen an Triebwerksaufhängungen unter den Flügelspitzen. »Aber diese Überwasserpatrouillen sind so verdammt öde.«

»Zugegeben«, sagte Bo. »Aber wären Sie lieber an Bord und würden dort eine weitere Zusatzschicht schieben?«

»*Bùyòngle, xièxiè*«, sagte Du. »Bloß nicht, vielen Dank. Ich bin schon gestern für zwei Zusatzschichten ›freiwillig‹ gemeldet worden.«

»Für welche?«, fragte Bo.

»Als Ausbilder für das Überleben im Wasser sowie als stellvertretender Sicherheitsoffizier auf dem Flugdeck.«

»Aha, wieder mal eine Gelegenheit, sich auszuzeichnen«, meinte Bo.

»Na klar.« Du richtete den Blick nach oben, auf die Abdeckung über seinem Angriffsradar. »Habe Oberflächenradarkontakt auf zwölf Uhr, neunzig Kilometer«, meldete er. Er gab Steuerbefehle in seinen Zielerfassungscomputer ein, aktivierte dann die elektrooptische Kamera des JH-37. Das MFD auf der vorderen Instrumententafel zeigte ein großes Nachschubschiff. »Sieht aus wie ein Tank- und Versorgungsschiff der U.S. Navy«, meinte Du.

»Wie weit sind wir von Xisha Dao entfernt?«, fragte Bo.

Du rief eine elektronische Karte auf eines seiner MFDs. »Zweihundertzehn Kilometer.«

»Alle Kriegsschiffe sind gehalten, dreihundert Kilometer Abstand zur Küste, zu anderen Kriegsschiffen und zu Nansha Dao und Xisha Dao zu halten«, sagte Bo. »Also verstößt er gegen das Abkommen!«

»Es ist nur ein Versorgungsschiff, kein Kriegsschiff.«

»Es ist ein Schiff der U.S. Navy, und es verstößt gegen das Abkommen«, beharrte Bo. »Übermitteln Sie das an den Flugzeugträger und geben Sie durch, dass wir im Begriff sind, Kontakt aufzunehmen.« Bo ging in den Sinkflug und ließ Fliegender Leopard auf Überschallgeschwindigkeit beschleunigen.

»Zielbild an Schiff weitergeleitet«, sagte Du wenige Minuten später. »Die Einsatzzentrale weist uns an, Verbindung zu dem Schiff aufzunehmen und uns nach ihren Absichten zu erkundigen.«

»Kontakt herstellen werde ich *ganz bestimmt«*, sagte Bo. Auf eintausend Fuß über dem Meer schwenkte er in die Waagerechte und gab ein klein wenig mehr Schub, um auf Überschallgeschwindigkeit zu bleiben. Mit immer noch mehr als

Mach eins überflogen sie das Treibstoffversorgungsschiff. Bo begann einen steilen Linksschwenk. »Habe ich jetzt eure Aufmerksamkeit, meine Freunde?«, fragte er.

»Nicht identifiziertes mit Überschallgeschwindigkeit fliegendes Flugzeug, hier spricht Nachschubschiff *USS Laramie*«, kam der Anruf über den internationalen Seenotrufkanal. »Sie haben uns soeben mit Überschallgeschwindigkeit überflogen! Das ist unzulässig! Ziehen Sie sich zurück!«

»*USS Laramie,* hier *Qiánfeng* Drei Drei«, funkte Bo zurück. »Sie fahren zu nah an Xisha Dao und verstoßen damit gegen internationale Abkommen. Erklären Sie Ihre Absichten!«

»*Qiánfeng* Drei Drei, wir sind ein nicht bewaffnetes Nachschubschiff und im Begriff, zur Aufnahme von Treibstoff und Vorräten den Hafen von Kaohsiung, Taiwan, anzulaufen. Wir sind ein Alleinfahrer und kein Kriegsschiff, unsere Bewegungen unterliegen keinerlei Einschränkungen. Vermeiden Sie es, uns noch einmal zu überfliegen! Wir sehen, dass Sie irgendwelche Raketen unter den Tragflächen mitführen, und gehen davon aus, dass Ihre Absichten feindlicher Natur sind. Halten Sie sich fern.«

»Gehen Sie aus, wovon immer Sie wollen, Sie amerikanischer Bastard«, sagte Bo über die Bordsprechanlage. »Sie können hier nicht einfach nach Belieben herumschippern, und schon gar nicht in der Nähe einer chinesischen Insel.«

»Die Einsatzzentrale sagt, sie schicken eine Fregatte, um den Amerikaner abzufangen«, sagte Du. »Wir haben Anweisung, bis zum Erreichen des Umkehrtreibstoffstands die Verbindung aufrechtzuerhalten. Und sie lassen einen weiteren Leoparden als Ersatz für uns aufsteigen.«

»Wo wir schon hier oben sind, warum üben wir nicht ein

paar Raketenangriffe zur Schiffsabwehr?«, sagte Bo. »Dann hätten wir was zu tun.«

»Gute Idee«, sagte Du. »Waffenhauptschalter steht auf AUS, Abdeckung ist geschlossen.«

»Mein Waffenhauptschalter steht ebenfalls auf AUS«, sagte Bo und verzögerte auf unter Mach eins, um innerhalb der Parameter für den Start einer Antischiffsrakete zu bleiben.

Du ging seine Checklisten durch und gab dem Piloten Anweisungen für den Anflug aus verschiedenen Richtungen, um den Angriff auf das Treibstoffversorgungsschiff unter verschiedenen Gesichtspunkten zu üben. Das große Versorgungsschiff von der Seite zu erfassen und ins Visier zu nehmen, war einfach, etwas anspruchsvoller dagegen war der Angriff übers Heck und noch schwerer einer über den Bug. Du probierte es mit und ohne Zuhilfenahme des Radars sowie mit und ohne das elektrooptische Sensorsystem.

»Der Bursche ist mehr als erledigt«, meinte Du nach ihrem fünften Überflug. Er kam mit seinen Augen unter der Radarabdeckung hervor, nahm ein paar Eintragungen im Fluglogbuch vor, holte dann eine Wasserflasche heraus und sah nach draußen, um seine Augen zu entspannen. »Noch ungefähr fünfzehn Minuten, dann müssen wir zum Schiff zurückkehren. Wir können noch ein, zwei Überflüge absolvieren und dann … *Was, in aller Welt, ist das?*«, stieß er plötzlich mit lauter Stimme hervor.

Bo folgte dem Blick seines Waffensystemoffiziers durch die Kabinenhaube nach draußen. Dort, keine einhundert Meter von ihrer rechten Tragflächenspitze entfernt, flog ein riesiges hellgraues Bombenflugzeug. »Wo ist der denn hergekommen?«

»Das ist ein amerikanischer B-1-Bomber!«, meinte Du. Er bemerkte die auflackierte amerikanische Fahne am Heck, auf der Verankerung des Seitenleitwerks jedoch war eine zivile US-Luftfahrzeugkennzeichnungsnummer – N-03SM – zu sehen. Die Tragflächen befanden sich etwa in der Vierziggradstellung. Unter dem Rumpf, auf der rechten Seite, konnten sie etwas erkennen, das vermutlich eine Sensorkapsel war. »Wie lange ist der schon dort?«

»Bis eben gerade habe ich nichts bemerkt. Geben Sie den Kontakt über Funk zum Stützpunkt durch und fordern Sie Abfangjäger an!« Während Du den Stützpunkt anfunkte, ging Bo auf seinem Sekundärfunkgerät, das gewöhnlich auf GUARD eingestellt war, auf den internationalen Notrufkanal. »Nicht identifizierter amerikanischer B-1-Bomber«, funkte er in holprigem Englisch. »Hier spricht *Qiánfeng* Drei Drei. Wir führen in diesem Gebiet militärische Patrouilleneinsätze durch. Identifizieren Sie sich augenblicklich.«

»Hier Masters Null Drei«, antwortete Tom Hoffman, der Pilot des Bombers XB-1 Excalibur. »Wir treiben uns hier einfach ein bisschen herum, überprüfen einige Dinge und schießen ein paar Fotos. Wir werden Ihnen schon nicht auf die Pelle rücken.«

Obwohl sein Englisch besser war als das der meisten Piloten in seiner Staffel, hatte Bo Schwierigkeiten, den Amerikaner zu verstehen. »Bomber der U.S. Air Force, hiermit teilen wir Ihnen mit, dass wir gefährliche militärische Flugmanöver in diesem Gebiet durchführen. Sie haben Anweisung, dieses Gebiet augenblicklich zu verlassen. Bitte bestätigen Sie.«

»Wir sind kein Flugzeug der Air Force, bloß eine Zivilmaschine«, sagte Hoffman. »Wir führen Routinepatrouillen- und Testeinsätze in diesem Gebiet durch. Man sagte uns, Sie hätten ein amerikanisches Schiff mit Überschallgeschwindigkeit überflogen, und hat uns geschickt, um Sie zu überprüfen. Ich denke, es wird Zeit, dass Sie abdrehen und zu Ihrem Flugzeugträger zurückkehren.«

»Masters Null Drei, werden Ihrer Aufforderung nicht Folge leisten«, sagte Bo, die Augen fassungslos aufgerissen. »Dies ist eine Militäroperation der Marine der Volksbefreiungsarmee. Behinderungen werden nicht geduldet! Verlassen Sie augenblicklich dieses Gebiet, oder Sie können ohne Warnung von Kampfflugzeugen abgefangen und beschossen werden! Bestätigen Sie!«

»Jetzt seht mal, Leute«, sagte Hoffman. »Es ist ein herrlicher Tag zum Fliegen, wieso entspannt ihr euch nicht einfach, und wir genießen alle den netten, angenehmen Flug hier draußen. Kein Grund, auf einmal so aggressiv zu werden. Außerdem befinden wir uns fast schon in der taiwanesischen Flugüberwachungszone, und ich glaube nicht, dass sie begeistert sein werden über so nahe vor ihrer Küste fliegende bewaffnete Bomber.«

»Störungen werden nicht geduldet!«, schrie Bo im Funk. »Drehen Sie augenblicklich ab! Bestätigen Sie!«

»Ein JN-15 ist unterwegs«, sagte Du über die Bordsprechanlage. »Ungefähr noch zehn Minuten entfernt. Eine JN-20 vom Flugzeugträger *Zheng He* wird soeben startklar gemacht. Wir sollen zum Flugzeugträger zurückkehren, um das Abfangmanöver zu beschleunigen.«

»Wir sollen die Flucht ergreifen, weil ich diesen Bastard an der Backe habe?«

»Die Jagdflugzeuge werden ihn vertreiben«, sagte Du. »Er versucht doch bloß, uns zu reizen.«

»Also, das ist ihm gelungen«, meinte Bo übellaunig. Er zwang sich zur Ruhe. »Der Kerl hat eine zivile Kennzeichnungsnummer. Könnte es sein, dass Zivilisten …?«

»*Quiánfeng* Drei Drei, hier Einsatzzentrale«, kam ein

Funkruf von ihrem Heimatstandort, »informiere Sie …« Und dann brach die Übermittlung übergangslos ab.

»Zentrale, hier *Qiánfeng* Drei Drei, verstehen Sie mich?«, funkte Du. Allerdings wurden seine Worte, während er sprach, mit einer einsekündlichen Verzögerung wiederholt und ihm zurückübermittelt, sodass er sich außerstande sah weiterzusprechen. Er versuchte, seine Stimme so gut es ging zu ignorieren, trotzdem war es schlicht unmöglich, mit dem Echo der eigenen Stimme im Ohr weiterzusprechen!

»Wiederholen Sie, Drei Drei«, funkte der Einsatzoffizier des Trägers *Zheng He*. »Sie wurden …« Doch die Verbindung wurde abermals unterbrochen.

»Unser Funksignal wird gestört«, sagte Du. »Jemand stört unsere Funkgeräte und speist auf unserem Kanal ein anderes Signal ein.«

»Könnte das von diesem amerikanischen Bastard kommen, der neben uns fliegt?«, fragte Bo.

»Einsatzzentrale, hier *Ying* Sieben Eins Führungspilot«, ließ sich eine neue Stimme auf der Kommandofrequenz vernehmen. »Haben Radarkontakt zu *Qiánfeng* Drei Drei und amerikanischem Flugzeug und werden Abfangmanöver übernehmen. Brechen Sie ab. *Qiánfeng* Drei Drei, *Ying* Sieben Eins Zweierformation, hereinkommend, haben Sie auf dem Radar und werden uns Ihnen in zwei Minuten anschließen.«

»Drei Drei, bestätigt«, erwiderte Bo. »Sieben Eins, teilen Ihnen mit, vorgehen mit Bedacht, unsere Funkgeräte werden gestört, und ich glaube, schuld ist dieser Amerikaner.«

»Haben noch nichts aufgefangen«, sagte der Führungspilot der JN-15-Formation, Korvettenkapitän Wu Dek Su. »Haben Radarverbindung zu amerikanischem Flugzeug. Empfehle Rückkehr zum Stützpunkt.«

»Bestätige«, antwortete Bo. Er bedachte den B-1, der immer noch hartnäckig an seiner linken Tragflächenspitze hing, mit einem finsteren Blick. Als er nach links abdrehte, um zum Flugzeugträger zurückzukehren, machte die B-1 Anstalten, ebenfalls nach links zu schwenken, ging dann aber rasch tiefer und verschwand außer Sicht. »Mistkerl. Bloß unterwegs zu einer kleinen Spritztour, ja?«

»Wir waren sowieso fertig für heute«, meinte Du.

»Sieben Eins, Sichtkontakt hergestellt«, funkte Wu einige Augenblicke darauf. »Übernehme ihn auf der linken Seite. Sie übernehmen Ausguckposition.«

»Verstanden«, antwortete der Flügelmann.

Momente später hatten die JN-15-Kampfflugzeuge ihre Positionen rings um den amerikanischen B-1-Bomber eingenommen, der Führungspilot ein wenig seitlich neben dem Bug, wo er vom Piloten deutlich gesehen werden konnte, und der andere zweihundert Fuß über und fünfhundert Fuß hinter dem Bomber, in einer guten Position, um sämtliche Akteure im Blick zu haben und reagieren zu können, sollte der Bomber irgendwelche Ausweich- oder gefährlichen Manöver versuchen.

»Einsatzzentrale, hier *Ying* Sieben Eins – Sichtbestätigung. Flugzeug ist ein großer, vierstrahliger strategischer Bomber und hat Ähnlichkeit mit einem B-1B-Lancer-Bomber der American Air Force«, meldete Wu auf dem Kommandokanal. »Zivile amerikanische Luftfahrzeugkennzeichnungsnummer November Minus Null Drei Sierra Mike. Amerikanische Flagge auf Heck lackiert, weitere Markierungen Fehlanzeige. Unterhalb des Bugs auf der rechten Seite sehe ich etwas, das eine Zielerfassungskapsel sein könnte, ansonsten keine externen Waffensysteme oder Geräte. Erbitte Instruktionen.«

»Bleiben Sie in Formation und beobachten Sie«, kam die Antwort vom Einsatzleiter an Bord des Trägers *Zheng He*. »Senden Sie weiterhin Warnungen auf UHF GUARD. Schaffen Sie ihn augenblicklich aus dem Gebiet.«

»Bestätige.« Auf dem weltumspannenden GUARD-Notfunkkanal sagte Wu: »Amerikanischer B-1-Bomber, hier *Ying* Sieben Eins Formation aus zwei JN-15-Kampfflugzeugen. Warnung, Warnung, Warnung! Sie behindern für die Verteidigung der Volksrepublik China unverzichtbare militärische Fliegereinsätze. Sie haben Anweisung, sofort nach Osten abzudrehen und diesem Gebiet fernzubleiben. Haben Sie verstanden? Bitte um sofortige Bestätigung.«

»Hawk Sieben Eins, hier Sky Masters Null Drei«, antwortete Hoffman, sich der englischen Übersetzung für *Ying* bedienend. »Verstehe Sie klar und deutlich, aber wir werden nirgendwohin abdrehen. Sie und Ihre Freunde können einfach zur Hölle fahren. Das hier ist internationaler Luftraum, in dem zu fliegen wir ebenso berechtigt sind wie Sie. Wir werden uns von Ihren Schiffen fernhalten, aber wir werden nicht unseren Kurs ändern. Und jetzt *zou kai, go niang yang de!*«

»Der Fliegerführer des amerikanischen Bombers weigert sich, Gebiet zu verlassen!«, funkte Wu dem chinesischen Einsatzleiter. »Er provoziert uns, ihn anzugreifen! Erbitte Erlaubnis zum Abgeben von Warnschüssen!«

»Bleiben Sie dran, Sieben Eins«, antwortete der Einsatzleiter. Einige Augenblicke später: »Negativ, Sieben Eins, nicht feuern. Wiederhole: *nicht* feuern. Ein JN-20 von einem einzelnen Schiff ist in der Luft und wird ihn in drei Minuten abfangen. Sollte der amerikanische Bomber auf die Anwesenheit unserer Kampfflugzeuge nicht reagieren, behalten wir uns Maßnahmen vor. Bleiben Sie weiter in geschlossenem

Formationsflug und überwachen Sie Position vom Flugzeugträgerverband aus.«

Sosehr das Wu ärgerte, er ließ die Finger von den Funkgeräten und blieb in Formation mit dem B-1-Bomber, dem er gelegentlich näher rückte, um weitere Details des Flugzeugs zu erkennen und zu sehen, ob er den Piloten nicht abschrecken konnte, indem er ihm gefährlich nahe kam. Doch offenbar ließ sich der B-1-Pilot dadurch nicht aus der Fassung bringen. Wu war auch verärgert, dass es dem Piloten des JN-20 erlaubt war, den Amerikaner zu verjagen, und nicht den JN-15ern.

»*Ying*-Formation, hier *Laoying* Eins Eins, Ankopplung über Radar«, meldete der Pilot des JN-20 Challenger. Es war der Geschwaderkommandeur persönlich, Hua Ji. Wu hätte wissen müssen, dass der Boss dieses Abfangmanöver übernehmen würde. »Nennen Sie Status.«

»*Laoying* Eins Eins, hier *Ying* Sieben Eins Zweierformation, immer noch in engem Formationsflug mit amerikanischem Bomber, Fluggeschwindigkeit zunehmend, jetzt, da der Bursche zum Schiff zurückkehrt«, meldete Wu. »Die Besatzung dee JH-37 meldet irgendein Funkecho sowie Störungen und vermutet, dass es von dem Radar des Bombers herrühren könnte. Haben aber derzeit keine Probleme.«

»Bestätigt«, antwortete Hua. »Wechseln Sie auf rechte Seite des Zielobjekts, und ich werde mich von links nähern.«

»Flug Sieben Eins, bestätigt. Flug *Ying*, Führungspilot wechselt auf rechte Seite.«

»Verstanden.«

Der Pilot der JN-15 nahm ein wenig Schub weg und lenkte unter den Bomber. Jetzt, da er das große Flugzeug über sich hatte, konnte er die an einer externen Halterung montierte Sniper-Zielerfassungskapsel, die drei Bombenschächte sowie die übrigen Halterungen deutlich erkennen – alle leer. Als er ganz herum auf die andere Seite flog, gab der Pilot behutsam wieder Schub und stieg langsam höher, bis er mit dem Fenster des Kopiloten auf der rechten Seite auf gleicher Höhe war. Sofort holte der Kopilot des Bombers eine kleine Kamera hervor und begann, Aufnahmen zu schießen.

»Masters Eins Null, hier *Laoying* Eins Eins«, funkte Hua auf GUARD. »Bestätigen Sie, dass Sie nicht bewaffnet sind und keine Strahlenemission abgeben.«

»Ich denke nicht daran, irgendwas zu bestätigen, Eins Eins«, sagte Hoffman. »Ich hab keinen von euch Scherzkeksen hergebeten. Es könnte jemand verletzt werden – aus Versehen, versteht sich.«

»Vermeiden Sie alle aggressiven Handlungen, Null Drei«, sagte Kommandant Hua. »Ich habe Sie im Blick und werde auf Ihrer linken Seite aufschließen.«

»Niemand hat Sie hergebeten, Eins Eins«, wiederholte Hoffman verärgert. Es klang eindeutig so, als würde der Chinese unruhig. Vielleicht bereitete er sich bereits auf seinen hastigen Rückzug vor. »Halten Sie sich fern. Ich bin unbewaffnet und befinde mich in internationalem Luftraum. Dieses Gebiet gehört euch nicht, Leute. *Líkai,* Scheißkerl!«

»Null Drei, Sie durchfliegen ein Gebiet, in dem Einsätze des chinesischen Militärs stattfinden«, sagte Hua, empört, dass sich der Amerikaner auf einem offenen Funkkanal derart übler Kraftausdrücke bediente. »Sie sind es, der gefährliche Handlungen begeht. Wenn Sie nicht sofort das Gebiet verlassen, haben wir keine andere Wahl, als Sie zu begleiten, bis Sie dies tun.«

»Ganz, wie ihr wollt, ihr Deppen«, antwortete Hoffman. »Hoffentlich sind eure Pinkelflaschen noch nicht bis oben voll.«

Hua zog sein JN-20-Jagdflugzeug hoch bis zum B-1-Bomber, machte im Näherkommen Digitalaufnahmen von der linken Flugzeugseite und manövrierte dann neben ihn, kaum mehr als ein paar Meter entfernt. Der Bomberpilot schoss ein paar Aufnahmen und zeigte Hua dann eine obszöne Fingergeste, indem er den Daumen zwischen Zeige- und Mittelfinger steckte.

»Wieso geben wir's dem Kerl nicht mit unserem Nachbrenner, wie es die Amerikaner bei unserem JH-37 gemacht haben?«, funkte Kommandant Wu auf seinem Kommandokanal. Bei einem Zusammenstoß im südlichen Teil des Südchinesischen Meers zwischen landgestützten JH-37 und Kampfflugzeugen des amerikanischen Flugzeugträgers *George H. W. Bush* hatten die Jagdflugzeuge der U.S. Navy vom Typ F/A-18 Super Hornet die JH-37 mit einem »Handstand« genannten Flugmanöver zu verscheuchen versucht – ein Hornet-Pilot hatte sich unmittelbar über den JH-37 geschoben, dann abrupt zu einem steilen Steigflug angesetzt, seinen Nachbrenner zugeschaltet und den chinesischen Bomber zu einem nahezu unkontrollierbaren Sturzflug gezwungen.

Allerdings hatte dieses Manöver zum Abwurf einer überschallschnellen Antischiffsrakete geführt, die direkt auf den Träger *Bush* zugesteuert war – ob versehentlich oder mit Absicht, war nach wie vor ungeklärt. Die Rakete war Sekunden vor dem Aufschlag auf dem großen Flugzeugträger vernichtet worden, doch die explodierende Rakete hatte fünfzehn Soldaten das Leben gekostet, hatte siebenunddreißig weitere verletzt und acht Flugzeuge zerstört – der Flugzeugträger *Bush* war danach nahezu zwei Jahre außer Betrieb gewesen. Der Zwischenfall lag mittlerweile fast fünf Jahre zurück, doch er hatte bei den meisten chinesischen Seeleuten und Fliegern eine tiefe Wunde hinterlassen.

»He, Eins Eins, gehen Sie auf Abstand«, sagte Hoffman wenige Minuten später im Funk. »Sie bedrängen mich. Der Typ auf meiner rechten Seite kommt mir ebenfalls zu nahe.«

»Klingt, als würde der Amerikaner nervös«, funkte Wu.

»Wenn er nervös genug wird, verschwindet er vielleicht«, meinte Hua. »Testen Sie doch mal aus, wie nahe Sie herankommen.«

»Ist mir ein Vergnügen«, sagte Wu und manövrierte gekonnt näher an den B-1-Bomber heran, so nah, dass er die rechte Tragfläche mit den Abgasen seiner Triebwerke zum Rütteln brachte. »Wie gefällt dir das, Freundchen?«

In diesem Augenblick vollführte der B-1-Bomber einen leichten Rechtsschwenk, sodass er in südwestlicher Richtung flog und sich damit aus der taiwanesischen Flugüberwachungszone entfernte – und auf das weniger als zweihundertfünfzig Meilen westlich gelegene chinesische Festland zuhielt.

»Nehmen Sie sich in Acht, Sieben Eins«, funkte Hua.

»Kein Problem, Eins Eins«, sagte Wu. »Ich kann mühelos an ihm dranbleiben. Aber er fliegt auf das Festland zu.«

»Nicht mehr lange«, sagte Hua. Auf dem GUARD-Kanal gab er durch: »Masters Null Drei, hier *Laoying* Eins Eins – es ist Ihnen nicht erlaubt, sich unserer Küstenlinie auf weniger als dreihundert Meilen zu nähern. Ändern Sie augenblicklich Ihren Kurs.«

»Ich denk nicht daran, *húndàn*«, gab Hoffman zurück, indem er sich eines weiteren Kraftausdrucks bediente. »Weder der Luftraum noch der Ozean sind euer Eigentum, Leute. Wir sind unbewaffnet. Verschwindet von meiner Tragfläche.«

»Masters Null Drei, dies ist meine letzte Warnung«, funkte Hu. »Sollten Sie sich unserem Festlandstützpunkt auf weniger als zweihundert Meilen nähern, wird auf Sie geschossen werden.« Er warf einen prüfenden Blick auf seine Navigationsanzeigen – keine zwei Minuten mehr, dann würden sie die Zweihundertkilometerlinie überfliegen. Auf dem Kommandokanal funkte Hua: »Einsatzzentrale, hier *Laoying* Eins Eins, bitte um Bestätigung – habe ich Freigabe für Angriff auf Bomber innerhalb der …«

In diesem Augenblick erhaschte Hua einen flüchtigen Blick auf ein sich schnell bewegendes Objekt, das keine einhundert Meter über ihm vorbeiraste. Es folgte ein lautes, schepperndes Krachen, dann war er gefangen in brutal verwirbelten Turbulenzen, die ihn zwangen, von dem B-1-Bomber abzudrehen, um eine Kollision zu vermeiden. »Was war denn das?«, fragte er auf seinem Kommandokanal.

»Ein großes mit Überschallgeschwindigkeit fliegendes Flugzeug!«, antwortete einer der JN-15-Piloten.

Dann sah er es, als es gerade einen steil aufsteigenden Linksschwenk vollführte – ein weiterer B-1-Bomber, der, die Tragflächen vollständig nach hinten geschwenkt, beinahe zu schnell flog, um ihn mit den Augen verfolgen zu können. Von einem Moment auf den anderen war er hinter Huas linken Schulter verschwunden.

»Es ist ein weiterer amerikanischer B-1-Bomber!«, rief er. »Ein *zweiter* Bomber! Einsatzzentrale, hören Sie mich? Ein weiterer amerikanischer B-1-Bomber!«

»*Laoying* Eins Eins, halten Sie Kontakt zu zweitem Bomber!«, antwortete der Fluglotse nach einer quälend langen Funkstille. »Wir haben keinen Radarkontakt! Bleiben Sie dran! Flug *Ying* Sieben Eins, halten Sie Verbindung zu erstem Bomber, verlieren Sie nicht den Kontakt! Bestätigen Sie!« Alle Piloten bestätigten ihre Befehle.

Hua schaltete sein Radar ein und begann einen harten

Linksschwenk, um dem zweiten B-1-Bomber auf den Fersen zu bleiben. »Zentrale, hier Eins Eins, habe Sichtkontakt verloren, versuche Radarfangpeilung«, gab er über Funk durch. »Erbitte Start der Alert-5-Kampfflugzeuge.«

Hua fluchte leise, als er einen Blick auf sein Radarschirmbild warf und erkannte, dass es gestört wurde! »Einsatzzentrale, hier Eins Eins, empfange starke elektromagnetische Störsignale!«, funkte er. Normalerweise war es überaus schwierig, das überlegene AESA-Radarsystem des JN-20 zu stören, da es sehr schnell die Frequenzen wechselte. Doch welche Störsender oder Radarsysteme sich auch immer an Bord des B-1 befanden, sie waren ungemein leistungsstark und schnell. »Flug Sieben Eins, nennen Sie Status.«

»Erster B-1-Bomber schwenkt vom Festland weg und geht auf nördlichen Kurs«, antwortete Wu. »Wir folgen seiner Richtungsänderung, werden aber in fünf Minuten für Umkehr vorgeschriebenen Treibstoffstand erreicht haben. Soeben werden wir …« Und dann fielen die Funkgeräte vollständig aus. Weder wurden die Signale zeitversetzt gedoppelt noch gestört, sie verstummten vollends.

»Flug Sieben Eins, können Sie mich hören?«, funkte Hua. Doch auch sein Funkgerät war verstummt, und sein Radar wurde noch immer gestört. Ohne Funk oder Radar hatte er keine Möglichkeit festzustellen, wo sich die JN-15er befanden, weshalb er gezwungen war, das Verfahren bei Kommunikationsverlust durchzuführen und zum Flugzeugträger zurückzukehren. Diese verdammte Entscheidung des Geschwaderkommandanten, keine externen Treibstofftanks einzusetzen, dachte Hua. Auf jedem Flug von mehr als zweihundert Kilometern, sofern der Träger weiter als zweihundert Kilometer von einem geeigneten Stützpunkt an Land entfernt war, mussten eigentlich abwerfbare Tanks mitgeführt werden. Doch offenbar befürchtete der Geschwaderkommandant, externe Tanks würden zu sehr die Leistung seiner Jets beeinträchtigen …

In diesem Augenblick ging eine Rakentenanpeilungswarnung auf seiner Radarwarnanlage ein, auf sieben Uhr von ihm aus und in einer Entfernung von weniger als zehn Kilometern. Er wurde von einem feindlichen Kampfflugzeug verfolgt! Sofort schaltete er den vollen Nachbrennerschub zu, warf Radar- und Infrarottäuschkörper aus und vollführte einen hart ansteigenden Linksschwenk. Woher war der Jäger bloß gekommen? Das feindliche Kampfflugzeug schoss unmittelbar unter ihm und ein wenig nach links versetzt mit nördlichem Kurs an ihm vorbei – und wieder erhaschte Hua einen flüchtigen Blick auf den B-1-Bomber! Der amerikanische Bomber war mit einer Luft-Luft-Rakete bestückt?

Hua zog seinen Schwenk enger und umflog den B-1-Bomber in dessen Rücken. Er hatte keine Freigabe für einen Angriff, aber seine Funkgeräte waren funktionsuntüchtig, und soeben war er von einem feindlichen Flugzeug bloßgestellt worden. Das war der Provokation genug für einen Angriff. Er machte seine Raketen und sein Bordgeschütz scharf.

Unterdessen hatte die B-1 ihre Geschwindigkeit beträchtlich gedrosselt, sodass er in der Ferne verhältnismäßig einfach auszumachen war. Selbst wenn Huas Radar nicht funktionierte, seine PL-12-Raketen würden auf den Abgasstrahl zusteuern und …

In diesem Augenblick hörten die elektronischen Störmaßnahmen abrupt auf. »*Laoying* Eins Eins, *Laoying* Eins Eins, hier Einsatzzentrale – wie empfangen Sie mich?«

»Hier Eins Eins, jetzt wieder laut und deutlich, Zentrale«, antwortete Hua. »Störmaßnahmen wurden eingestellt. Wurde vom Feindradar des B-1-Bombers in Fangpeilung genommen und bin möglicherweise einem Raketenabschuss entgangen. Habe den zweiten Bomber in Radarfangpeilung. Er fliegt in nördlicher Richtung, Höhe siebentausend Meter, Fluggeschwindigkeit …«

In diesem Moment nahm sein Radar etwas anderes in Fangpeilung – sechs weitere Ziele, die sich ihm mit hoher Geschwindigkeit von Norden her näherten!

»Achtung, Achtung, Kampfflugzeug der Marine der Volksbefreiungsarmee, hier Sechserformation *Jiàn* Vier Sieben Vier, *Chung-kuo Kung Chuan,* der Luftwaffe der Republik China«, sagte eine Stimme auf Mandarin auf dem Notfunkkanal GUARD. »Sie haben die Flugüberwachungszone der Republik China verletzt. Sie haben Anweisung, sämtliche elektronischen Quellengeräte abzuschalten, die Geschwindigkeit zu drosseln und Ihr Fahrwerk auszufahren. Sie werden einer Sichtidentifizierung unterzogen und zum Luftwaffenstützpunkt Tainan geleitet werden. Anwendung tödlicher Gewalt ist bewilligt. Also kommen Sie unseren Anweisungen unverzüglich nach!«

Hua verspürte den beinahe übermächtigen Drang, sie alle mit seinem Feuerleitradar in die Fangpeilung zu nehmen – das AESA-Radarsystem des JN-20 vermochte zwanzig Ziele zu verfolgen und sechs gleichzeitig angreifen –, doch er unterdrückte seine Wut und hämmerte stattdessen auf den Mikroknopf seines Kommandokanals: »Einsatzzentrale, hier Eins Eins – habe Radarkontakt zu sechs taiwanesischen Kampfflugzeugen! Wiederhole: sechs Kampfflugzeuge, Typ unbekannt, auf gleicher Flughöhe, Fluggeschwindigkeit eintausendzweihundert!« Bei dieser Geschwindigkeit musste es sich um Kampfflugzeuge handeln, vermutlich um F-15er oder F-22er amerikanischer Herstellung. »Erbitte Instruktionen.«

Das Warten zog sich quälend dahin. Als die taiwanesischen Kampfflieger noch ungefähr siebzig Kilometer entfernt waren und damit innerhalb der Reichweite von radargelenkten Raketen, vernahm Hua: »*Laoying* Eins Eins, hier Flug *Ying* Siebens Eins – *yèying*, wiederhole, *yèying*. Flug *Ying* Acht Eins wird aufsteigen und Ihnen Deckung geben. Bestätigen Sie.«

»Eins Eins bestätigt«, antwortete Hua. »Flug Sieben Eins, brechen Sie ab, nehmen Sie Kurs Südost, gehen Sie runter auf achttausend und schließen Sie sich mir an.« *Yèying*, das hieß »Nachtigall«, war das Codewort, mit dem in der Luft befindliche Flugzeuge schnellstmöglich zum Flugzeugträger zurückbeordert wurden. Er musste sich eingestehen, dass dies eine kluge Entscheidung war, schwenkte hart nach links und nahm Kurs Südost, fort von dem Taiwanesen. Er wusste, dass ihn die taiwanesischen Kampfflugzeuge weder verfolgen noch ihm erneut den Befehl zur Aufgabe erteilen würden, was ein Blick auf seine Gefahrenwarnanlage bestätigte: Die Kampfflugzeuge flogen zwei Schleifen zur bewaffneten Luftraumüberwachung, eine in fünftausend Metern Höhe und die andere auf zehntausend Meter. Obwohl die JN-15 in seinen Leistungsdaten und seiner Feuerkraft mit der F-15 aus amerikanischer Produktion identisch und die JN-20 allem, was es sonst noch am Himmel gab, eine Generation voraus war, verhieß ein Verhältnis drei gegen sechs keine guten Chancen. Hua hätte sich wirklich gern mit den Taiwanesen angelegt, allerdings hätte das zu *seinen*, nicht deren Bedingungen geschehen müssen.

HAUPTQUARTIER DER VOLKSBEFREIUNGSARMEE, PEKING, CHINA

Kurze Zeit später

»Die Meldung wurde bestätigt, Genosse Generaloberst«, sagte Vizeadmiral Zhen Peng, Kommandeur der Südmeerflotte, über eine sichere Leitung. »Beide Besatzungen, sowohl die der JH-37 wie auch die der JN-20, melden, ihre Radar- und Funkgeräte seien nach der Kontaktaufnahme mit den amerikanischen Bombern vollständig ausgefallen und dass der amerikanische Bomber die JN-20 über ein Raketenverfolgungsradar in eine Fangpeilung genommen hat. Das bedeutet eine ernste und möglicherweise verheerende Eskalation.«

»Wir wissen selbstverständlich von den B-1-Bombern auf Guam«, sagte Generaloberst Zu Kai in seinem Büro im Hauptquartier der Volksbefreiungsarmee. »Aber sie scheinen über Fähigkeiten zu verfügen, die wir nicht vorhergesehen haben.«

»Wir müssen etwas gegen sie unternehmen, Genosse General«, sagte Zhen. »Langstreckenbomber, die über hochmoderne Gegenmaßnahmen und Luft-Luft-Waffensysteme verfügen, stellen eine Gefahr für alle unsere Patrouillen dar. Unsere trägergestützten Kampfflugzeuge konnten sich ungehindert über dem Südmeer bewegen, weil die amerikanischen trägergestützten Flugzeuge keine Bedrohung für uns darstellen – entweder sie lassen während der Durchfahrt gar keine Kampfflugzeuge aufsteigen, oder aber sie belassen sie in der Nähe ihrer Flugzeugträger. Und dieser B-1-Bomber kann mit jedem luftgestützten Waffensystem aus dem amerikanischen Arsenal bestückt werden, Schiffsabwehrraketen, Torpedos und Minen eingeschlossen. Wenn er sich ebenso mühelos an unsere Flugzeugträger heranpirschen kann wie an unsere Patrouillenflugzeuge, mit der Fähigkeit, sich gegen unsere Kampfflugzeuge abzuschirmen …«

»Ich weiß, Zhen, ich weiß«, fiel ihm Zu ins Wort. »Ich war zu sehr darauf konzentriert, Truppen in die Westprovinzen zu verlegen, um dort regierungsfeindliche Rebellen auszuheben, und zur Niederschlagung von Aufständen zusätzliche Truppen in die Städte zu entsenden. Ich hatte angenommen, die Lage im Südmeer hätte sich beruhigt. Etwas muss geschehen, aber was?«

»Es gibt nur eine Lösung«, sagte Zhen, »die Vernichtung der amerikanischen Flugzeuge auf Guam.«

»Das haben wir bereits einmal versucht, haben Sie das vergessen?«

»Unsere Waffensysteme sind hundertmal besser, als sie es damals waren, Genosse General«, sagte Zhen. »Die auf Guam stationierten amerikanischen Kampfflugzeuge patrouillieren nur bis zu einer Distanz von etwa fünfzehnhundert Kilometern, was deutlich unterhalb der Maximalreichweite unserer mit Nukleargefechtsköpfen bestückten und von H-6-Bombern abgefeuerten AS-19-Marschflugkörper liegt. Auch unsere ballistischen Raketen sowie die marschflugkörperbestückten U-Boote sind da besser.«

»Ein Nuklearangriff auf Guam würde ganz sicher eine atomare Gegenreaktion zur Folge haben«, sagte Zu. »Es werden auf keinen Fall Nuklearwaffen eingesetzt.«

»U-Boot- und luftgestützte konventionelle Marschflugkörper sind in der Lage, Guams Luftabwehr zu überwinden, und werden dort ganze Arbeit leisten«, sagte Zhen. »Darüber hinaus habe ich ein weiteres System eingerichtet, das einen Angriff unterstützen wird.«

»Wovon sprechen Sie, Genosse Zhen?«

»Es nennt sich *Nèizài de dírén,* Genosse General – ›Der Feind im Innern‹. Es handelt sich um unser bis dato ambitioniertestes Computerhackingprojekt, und es ist bei Weitem umfassender und erfolgreicher als unser Hackingprogramm gegen Taiwan.« Zu schluckte nervös. Er wusste, dass sich Zhen mit einem sich nur selbst initiierenden Spionageprogramm nicht zufrieden geben würde.

»Erklären Sie das.«

»Mit Projekt ›Innerer Feind‹ können wir die Einrichtungen zur Computersystemsteuerung auf der Insel Guam hacken, Genosse General«, sagte Zhen. Sogar am Telefon hatte Zu Mühe, seine völlige Überraschung zu unterdrücken. »Meiner Gruppe ist es gelungen, jeden kommunalen Computer und Server auf der Insel und auch eine Reihe von firmeneigenen und privaten Netzwerken zu hacken. Diese sind deutlich schlechter gegen Hackangriffe und Virusbefall geschützt als die Militärcomputer.«

»Und was bringt das, Genosse Zhen?«

»Der amerikanische Luftwaffenstützpunkt auf Guam bezieht seine Elektrizität, sein Wasser und seine Telefondienste von einer kommunalen Versorgungsgesellschaft, Genosse General. Ich bin imstande, sämtliche Versorgungsleistungen für den Stützpunkt augenblicklich auf Kommando abzuschalten. Ich mache das bereits seit Jahren. Die Amerikaner denken, es würde sich durch Blitzeinschläge ausgelöste Überspannungsschutzmaßnahmen oder Bedienfehler handeln. Aber der Strom fällt aus, weil ich es so anordne. Das Gleiche kann ich mit den kommunalen Telefon-, Radio-, Satelliten- und Internetdiensten tun.«

Zu war vollkommen verblüfft. Ein seinem Kommando unterstellter Marineadmiral, der sich heimlich in eine feindliche Versorgungseinrichtung hackt? »Und was nützt uns das alles, Zhen?«, wollte Zu wissen, nachdem er ein plötzlich aufkommendes Angstgefühl abgeschüttelt hatte. »Der Stützpunkt verfügt doch gewiss über Sicherungssysteme.«

»Richtig, Genosse General, die haben sie dort, und zwar recht umfassende«, erklärte Zhen. »Die Patriot-Raketenbatterien, die Hochfrequenz- und Satellitenkommunikation ihrer Befehlsstelle und auch ihre Sicherheitsabteilungen sind völlig autark und unabhängig von der kommunalen Stromversorgung, und die individuellen Computer und Server verfügen über Stützbatterien. Aber Notgeneratoren können nicht alles mit Strom versorgen, und bei zahlreichen Systemen braucht dies Zeit, von wenigen Sekunden bis hin zu mehreren Minuten, bis sich die Notstromversorgung zuschaltet und die Systeme wieder hochfahren und arbeiten. Selbst eine kurze Zeitspanne könnte von Nutzen sein.«

Zu verdrehte verärgert die Augen, obwohl er innerlich geradezu bebte.

»Wichtiger noch, Genosse General«, fuhr Zhen fort, »ihre zivilen Langstreckenradarsysteme, Computernetzwerke sowie die normale Luft-Boden-Kommunikation werden alle über das kommunale Stromnetz versorgt. Eine Unterbrechung würde sie zwar nicht vollständig blind und taub machen, Genosse General, aber wir können sie lange genug verwirren.«

»Lange genug, um was zu tun, Zhen?«

»Um die Andersen Air Force Base vollständig zu vernichten, Genosse General«, sagte Zhen »Oder doch zumindest genug am Boden stehende Flugzeuge zu zerstören und den Stützpunkt so weit lahmzulegen, dass er für ihre wenigen noch bestehenden schweren Bomber unbrauchbar ist.«

Zu kniff überrascht die Augen zusammen. »Ist das Ihr Ernst, Zhen?«

»Es ist machbar, Genosse General«, sagte Zhen. »Ich habe einen Plan ausgearbeitet, der dies zu leisten imstande ist.«

»Was, wenn das geschehen ist, Zhen? Nachdem die Amerikaner zurückgeschlagen haben, werden sie einfach umziehen – nach Japan, auf die Philippinen, nach Australien …«

»Sofern diese Länder ihnen Unterstützung gewähren«, sagte Zhen. »Damit würden diese Länder aber militärisch und ökonomisch zu einem Ziel für China. In jedem Fall würde die amerikanische Bomberflotte außer Gefecht gesetzt und nahezu vollständig ausgelöscht.«

»Ich bin mir nicht sicher, ob China angesichts der anhaltenden wirtschaftlichen Rezession auch weiterhin eine so große Wirtschaftsmacht bleiben wird«, sagte Zu. »Wenn Amerika mit einem Nuklearangriff reagiert, könnte das unser Land vollständig zerstören.«

»Amerika ist noch immer angeschlagen und geschwächt, Genosse General«, sagte Zhen. »Ich glaube nicht, dass sie einen Atomkrieg wagen werden.«

»Die Amerikaner lassen zusätzliche mit ballistischen Raketen bestückte U-Boote Patrouillenfahrten durchführen, Zhen«, sagte Zu. »Das ist ihre wirkungsvollste Waffe. Bei einem Angriff auf Guam würde jeder einzelne unserer Militärstützpunkte zerstört.«

»Das denke ich nicht, Genosse General«, widersprach Zhen. »Ich glaube nicht, dass die Amerikaner einen Krieg mit China wollen. Wenn sie Vergeltung üben, dann mit konventionellen Marschflugkörpern, die sie, wie auch schon vor achtzehn Jahren, auf unsere Raketenstützpunkte, unsere Flugplätze und unsere militärischen Führungseinrichtungen abschießen werden, und ich denke, wir sind in der Lage, unsere Waffensysteme gut genug zu streuen, um das zu überstehen. Unsere Boden-Luft-Raketen und Luftabwehrsysteme können mit jedem Angriff auf ortsgebundene Einrichtungen fertig werden.« Zu schwieg. »Genosse General, die Amerikaner zwingen uns, auf ihre Provokationen zu reagieren, und die größte Provokation derzeit ist ihr Bomberstützpunkt auf Guam. Den gilt es anzugreifen, allerdings nicht mit Nuklearwaffen. Ein Nadelstich wäre völlig ausreichend.«

Zu schwieg lange, so lange, dass Zhen schon glaubte, er habe aufgelegt. Dann fragte Zu: »Haben Sie einen Plan, Genosse Admiral?« Er wusste, eigentlich konnte er sich die Frage sparen, Zhen hatte immer einen Plan, meist einen verwegenen, mitunter auch gefährlichen, doch bislang schienen sie alle funktioniert zu haben.

»Selbstverständlich, Genosse General«, sagte Zhen. »Ich habe den Plan seit seiner Entstehung täglich anhand neuer nachrichtendienstlicher Berichte aktualisiert, und er ist so weit gediehen, dass er jederzeit umgesetzt werden kann.«

»Also schön«, sagte Zu. »Lassen Sie ihn mir augenblicklich zukommen.« Er beendete das Telefonat, rief dann seinen Stellvertreter an, General Sun. »Stellen Sie mir eine Direktleitung zu Phoenix in Washington her und besorgen Sie mir augenblicklich einen Übersetzer.«

KONTROLLRAUM IM WEISSEN HAUS, WASHINGTON, D.C.

Ungefähr eine Stunde später

»Hier Präsident Phoenix«, sagte der US-Präsident, langsam sprechend, damit der Übersetzer Zeit hatte, die Worte auf Chinesisch zu wiederholen. »Wer, bitte, wünscht mich zu sprechen?«

»Wie geht es Ihnen, Phoenix?«, rief Zu. Die Stimme des

Übersetzers klang ruhig und gesetzt, während Zu im Hintergrund laut und schrill klang.

Ebenfalls anwesend im Oval Office – und das Gespräch auf stumm geschalteten Nebenanschlüssen mithörend – waren Vizepräsidentin Ann Page, der Nationale Sicherheitsberater Glenbrook, Außenminister Kevich sowie der Vorsitzende der Vereinigten Stabschefs, General Timothy Spellings, die alle ins Oval Office gerufen worden waren, als Zu um ein direktes Gespräch mit dem Präsidenten ersucht hatte. Phoenix und seine Berater waren gerade erst über die Konfrontation im Südchinesischen Meer unterrichtet worden.

»Ihre B-1 Bomber haben ein Patrouillenflugzeug, das China gehört, bedrängt und bedroht! Ich verlange eine Erklärung!«, forderte Zu.

»Zunächst einmal, General Zu, werden Sie mich mit ›Präsident Phoenix‹ oder ›Mr. President‹ ansprechen«, begann Phoenix. »Zweitens: Wieso spreche ich überhaupt mit Ihnen? Ich sollte mit dem kommissarischen Präsidenten Gao oder Verteidigungsminister Cao reden, nicht mit dem Generalstabschef.«

»Erstens, Phoenix, werde ich Sie so ansprechen, wie immer es mir beliebt«, brüllte Zu. »Zweitens bin ich nach dem Kriegsrecht befugt, für die chinesische Regierung zu sprechen. Regierung und Politbüro haben sich mir für die Dauer dieses Notfalls unterstellt – einen Notfall, den Ihre Bomber an den Rand eines umfassenden Krieges gebracht haben! Jetzt rechtfertigen Sie sich! Warum werden meine Patrouillenflugzeuge auf diese Weise schikaniert?«

»Weil Ihre Patrouillenflugzeuge ein allein fahrendes, unbewaffnetes Marineversorgungsschiff abgefangen, in bedrohlicher Manier mit Überschallgeschwindigkeit und in geringer Höhe überflogen und anschließend einen fingierten Raketenangriff durchgeführt haben«, entgegnete Phoenix. »Die Besatzung der *USS Laramie* hat Unterstützung angefordert, und die Excalibur-Aufklärungsflugzeuge waren die nächsten verfügbaren.«

»Sie sprechen von den B-1-Bombern!«

»Bei diesen Fliegern handelt es sich um überzählige B-1-Bomber, von einer Privatfirma umgerüstet für den Langstreckenaufklärungseinsatz«, antwortete Phoenix, ohne dabei – wie mit dem Nationalen Sicherheitsstab abgesprochen – offenzulegen, dass die XB-1 Excaliburs mit Luft-Luft-Raketen bewaffnet waren. »Sie werden, als Unterstützung kleinerer Verbände von Überwasserschiffen, zur Langstreckenaufklärung eingesetzt.«

»Aber sie haben unser Patrouillenflugzeug und unsere Kampfflugzeuge in eine Fangpeilung ihres Luftabwehrradars genommen, unseren Funkverkehr gestört, unsere Navigationsradars abgeschaltet …«

»Sie meinen Ihr Feuerleitradar, jenes Radarsystem, das für die Steuerung von Geschützen, Bomben und Raketen verwendet wird. Alles deutete darauf hin, dass sich Ihre Patrouillen- und Kampfflugzeuge in Vorbereitung auf einen Angriff befanden«, sagte Phoenix. »Ich war davon ausgegangen, General, dass sich beide Seiten von den Schiffen und Küsten des jeweils anderen fernhalten würden. Wieso hat dann dieses Patrouillenflugzeug unser Versorgungsschiff bedrängt?«

»Wir waren darin übereingekommen, uns zweihundert Seemeilen von den Küsten des jeweils anderen fernzuhalten, und das schließt auch die umstrittenen Inseln im Südmeer ein«, gab Zu zurück. »Ihr Kriegsschiff befand sich eindeutig innerhalb dieser Zone. Sie haben das Abkommen verletzt!«

»Wir hatten uns darauf geeinigt, *Kriegsschiffe* fernzuhalten«, sagte Phoenix. »Die *Laramie* ist kein Kriegs-, sondern ein Versorgungsschiff, das nichts außer Lebensmitteln und Treibstoff geladen hatte, nicht einmal Munition. Es war unbewaffnet, befand sich auf Alleinfahrt und hatte Kurs fort von den Paracel-Inseln. Es war nicht im Mindesten eine Bedrohung für China.«

»So gedenken Sie dies also zu halten, ja?«, grollte Zu. »Sie treffen kurzerhand irgendwelche Vereinbarungen, dann verdrehen Sie Ihre eigenen Worte und biegen sich die Wirklichkeit so zurecht, wie es Ihnen gerade passt.«

»General Zu, wir haben wiederholt um ein offizielles Treffen mit Präsident Gao ersucht, um eine förmliche Vereinbarung über den Status der Militärstreitkräfte in und um das Südchinesische Meer zu entwerfen«, sagte Präsident Phoenix. »Von Ihnen ist da nichts gekommen. In der Zwischenzeit haben Sie überall in Ihrem Land Bodentruppen in Millionenstärke aufmarschieren lassen, Zivilisten angegriffen und Nuklearwaffen gegen feindliche Flotten zum Einsatz gebracht. Jetzt erleben wir, dass weitere Langstreckenbomber einsatzbereit gemacht werden, Ihre Flugzeugträger zusammen mit zwei russischen Flugzeugträgergefechtsverbänden vor Ihre größten Hafenstädte verlegt werden, und zu allem Überfluss haben wir auch noch ein chinesisches U-Boot auf östlichem Kurs entdeckt. Ein Krieg ist das Letzte, was die Vereinigten Staaten wollen, aber das chinesische Handeln werten wir als Kriegsvorbereitung.«

»Und China registriert, dass mehr und mehr Bomber und Kampfflugzeuge nach Guam und Saipan verlegt werden, mehr und mehr mit ballistischen Raketen bestückte U-Boote zu Wasser gelassen und bereits aus dem Verkehr gezogene Kriegsschiffe wieder seeklar gemacht werden«, wetterte Zu. »Es sind die Vereinigten Staaten, die sich für den Krieg rüsten, Phoenix!«

»All diese Vorbereitungen sind als Reaktion auf Ihre Angriffe mit einer nuklearen Wasserbombe und einem Marschflugkörper zur Schiffsabwehr geschehen«, erklärte Phoenix. »Ich wünsche keinen Krieg, General, aber auf eine Mobilmachung werde ich reagieren. Und nun rate ich Ihnen dringend, Ihre U-Boote kehrtmachen zu lassen und diese H-6-Bomber abzuziehen.«

»Ich werde von Ihnen weder Befehle, Ratschläge noch sonst irgendetwas annehmen, Phoenix!« Zus Stimme im Hintergrund klang, als würde er jeden Moment explodieren. »Diese Bomber, die Sie auf Guam stationiert haben, richten sich direkt gegen unsere Häfen und Städte, und China wird ihre Anwesenheit nicht länger hinnehmen. Beordern Sie sie zurück, sofort! Sobald China Beweise dafür sieht, dass die Vereinigten Staaten Frieden wollen, wird es sich erkenntlich zeigen. Andernfalls werden wir alle erforderlichen Schritte zum Schutz unseres Landes unternehmen. Seien Sie gewarnt.«

»Versuchen Sie nicht, uns zu drohen, General Zu«, warnte Phoenix. »Ich will Frieden, aber auf alle direkten Angriffe gegen mein Land werde ich reagieren.« Doch da war die Verbindung bereits unterbrochen.

HAUPTQUARTIER DER VOLKSBEFREIUNGSARMEE, PEKING

Zur selben Zeit

Zu knallte den Hörer des »heißen Drahts« auf den Apparat. »Diese Bastarde!«, brüllte er. »Am liebsten würde ich diese Insel ins nächste Jahrzehnt bomben! Ich will, dass Guam erstrahlt wie eine Glühbirne!«

»Es hat den Anschein, als würden die Amerikaner einen

Rückzieher machen«, bemerkte Zus Stellvertreter, General Sun Ji. Er musterte seinen vorgesetzten Offizier mit fragendem Blick. »Genosse General? Warum haben Sie …?«

»Für die Umsetzung von Zhens Plan benötige ich Zeit«, erklärte Zu, fieberhaft nachdenkend.

»Welchen Plan?«

»Er hat einen Plan für einen Angriff auf die Insel Guam ausgearbeitet«, sagte Zu. »Er behauptet sogar, die kommunalen Versorgungseinrichtungen gehackt zu haben und die Strom- und Telefonleitungen des Luftwaffenstützpunkts unterbrechen zu können.«

Sun hielt mit seiner Skepsis nicht hinterm Berg. »Ich würde ihm kein einziges Wort von dem glauben, was er sagt, Genosse General.«

»Aber bislang haben alle seine Pläne funktioniert«, erinnerte Zu, »und noch nie hat sich jemand bei uns revanchiert.«

»Außer durch Abbruch der Handelsbeziehungen, Genosse General. Die Exporte sind um zwanzig Prozent zurückgegangen und die Importe um deren fünfzehn. Es ist bereits zu Engpässen bei der Treibstoffversorgung gekommen, und im Land breitet sich Unzufriedenheit aus. Niemand hat es nötig, militärisch Vergeltung gegen uns zu üben, Genosse General. Das alles geschieht auf dem Weltmarkt.«

»Das bereitet mir keine Sorge, Sun«, sagte Zu. »Sobald die Menschen es leid sind, höhere Preise zu zahlen, macht man wieder mit uns Geschäfte.« Sun war da anderer Meinung, sagte aber nichts. »Doch gegen die amerikanische Aufrüstung auf Guam muss etwas unternommen werden.«

»Sie denken doch nicht etwa an einen weiteren Nuklearangriff auf Guam, oder, Genosse General?«, fragte Sun. »Ich habe nicht das Gefühl, dass sich die Amerikaner nach dem russischen Angriff auf ihr Land zurücklehnen und einen erneuten Angriff hinnehmen werden, ohne massiv Vergeltung zu üben.«

Zu überlegte einen Moment, dann befahl er: »Schaffen Sie Gao her.«

Es verging keine Stunde, bis Gao Xudong in Zus Büro erschien. »Was gibt es, Genosse General?«

»Ich möchte, dass Sie mit den Amerikanern eine umfassende Demilitarisierung des Südmeers aushandeln«, erklärte Zu. Sun war schockiert, verzog aber keine Miene. »Unsere Schiffe bleiben innerhalb unserer hoheitlichen Gewässer. Kein bewaffnetes Flugzeug überfliegt das Südmeer. Diese Vereinbarung gilt zwischen China und den Vereinigten Staaten, allerdings werden wir andere Nationen auffordern, sich dem anzuschließen. Später dann werden wir über die Koordination der Nutzung natürlicher Ressourcen im Südmeer diskutieren, um allen militärischen Auseinandersetzungen aus dem Weg zu gehen.«

Gao war unverhohlen skeptisch. »Woher dieser plötzliche Sinneswandel, Genosse General?«

»Wir können das Kriegsrecht nicht unbefristet aufrechterhalten. Wir müssen etwas tun. Die Amerikaner wollen nach eigener Aussage keinen Krieg. Finden wir heraus, ob es ihnen ernst damit ist. Die Details werden Sie ausarbeiten.«

Die Skepsis in Gaos Miene wich aufkeimender Hoffnung. »Ich werde sofort einen Dialog eröffnen, Genosse General«, sagte er. »Nach meinem Empfinden werden die Amerikaner mit Freuden kooperieren, und gewiss werden sie darüber hinaus auch andere Nationen dazu ermutigen.« Lächelnd und offensichtlich erfüllt mit freudiger Erwartung verließ er Zus Büro.

Verwirrt betrachtete Sun seinen vorgesetzten Offizier. »Genosse General, wie genau lautet der Plan? Sie wollen das Südmeer demilitarisieren? Wie sollte das überhaupt durchführbar sein?«

»Ich habe keine Ahnung, Sun«, sagte Zu. »Ich benötige einfach Zeit für die Umsetzung von Zhens Plan zum Angriff auf Guam.«

»Haben Sie sich den Plan schon näher angesehen, Genosse Zu?«

Zu wandte sich seinem Computer zu und öffnete einen Ordner mit Geheimdokumenten. »Hier ist er, und ich möchte, dass Sie ihn sich sorgfältig ansehen und mir dann sagen, was Sie davon halten.«

KAPITEL 12

ERSTES EXPEDITIONSBOMBERGESCHWADER, ANDERSEN AIR FORCE BASE, GUAM

Einige Stunden später

Patrick McLanahan kletterte die Einstiegsleiter seines XB-1-Excalibur-Bombers hinab in die warme, tropische Luft und sofort spürte er, wie ihm unter seiner Fliegermontur in internationalem Orange der Schweiß ausbrach. Sein Kopilot, Colonel Warner »Cutlass« Cuthbert, erwartete ihn auf dem Flugvorfeld.

»Was für ein Flug, Patrick!«, meinte er begeistert, als Patrick Augenblicke später zu ihm stieß. Er reichte Patrick eine Flasche kühles Wasser. »Und obendrein hatten wir Gelegenheit, JN-15er und JN-20er aus nächster Nähe zu sehen! Erstaunlich!«

»Es war schon großartig, Cutlass.« Patrick nahm die Flasche dankbar entgegen und leerte sie fast ganz in einem Zug. »Die Maschinen haben sich prächtig geschlagen.«

Wenige Augenblicke später gesellte sich Tom Hoffman zu ihnen, dessen XB-1 gleich neben Patricks unter dem Schutzdach geparkt stand. »Jetzt wird mir auch klar, wie Sie zu Ihrem Ruf gekommen sind, General«, sagte er. »Wie sind Sie bloß auf die Idee zu diesem Hochgeschwindigkeitsüberflug gekommen? Gebrieft hatten wir das nicht.«

»Ich hatte einen verdammten JN-20 im Nacken, da musste ich irgendwas tun«, erklärte Patrick. »Also hab ich improvisiert.«

»Tja, mich jedenfalls hat es verdammt beeindruckt, General«, sagte Hoffman. »Ich sähe es nur ungern, wenn Sie von einer JN-20 abgeschossen würden, trotzdem danke, dass Sie dazwischengegangen sind.«

»Keine Ursache. Und Sie haben offensichtlich Ihre chinesischen Kraftausdrücke aufgefrischt.«

»Es war nicht meine Absicht, das auf einem offenen Kanal unter Beweis zu stellen, General, aber als sie uns dann so auf die Pelle gerückt sind, bin ich sauer geworden«, antwortete Hoffman. »Hat mich noch einmal an den Zwischenfall mit dem EP-3 erinnert.« Das war im Jahr 2001 gewesen. Ein ELINT-EP-3-Flugzeug der U.S. Navy hatte sich nahe der chinesischen Insel Hainan auf Patrouillenflug befunden, als es von zwei J-8-Kampfflugzeugen der Luftwaffe der Volksbefreiungsarmee abgefangen worden war. Eines davon war während eines Hochgeschwindigkeitsüberflugs mit der EP-3 kollidiert, wobei das Jagdflugzeug auseinandergebrochen und den Radom sowie einen Propeller des EP-3 beschädigt hatte. Der EP-3 gelang es, sicher auf der Insel Hainan zu landen. Ihre Besatzung wurde zehn Tage lang festgehalten, von chinesischen Spionageexperten verhört, und anschließend wurden die Trümmerteile in die Vereinigten Staaten zurücktransportiert.

Patrick, Cutlass, Hoffman und dessen Kopilot, der ehemalige Air Force Pilot Ed Gleason, führten eine Nachfluginspektion ihrer XB-1-Excalibur-Bomber durch. Acht davon standen auf dem Parkvorfeld des First Expeditionary Bomb Wing unter großen Zeltschutzdächern aus Kevlar geparkt. Zwei wurden gerade für Patrouillenflüge über dem Südchinesischen Meer bereit gemacht, zwei weitere für Patrouillenflüge über der Straße von Malakka, einer schmalen, lebenswichtigen Wasserstraße in Malaysia zwischen dem Südchinesischen Meer und der Andamanensee, durch die der größte Teil des Schiffsverkehrs zwischen dem Pazifik und dem Indischen Ozean führte. Unter zwei der Schutzdächer stand nichts, da die entsprechende XB-1 bereits zu ihrem Patrouillenflug über dem Südchinesischen Meer gestartet waren. Etwas weiter hinten in der Reihe, sicher in Flugzeugboxen anstatt unter Zeltdächern untergebracht, standen die Bomber des aktiven Diensts der Ständigen Bomberpräsenz sowie die KC-10 Extender, die KC-46A Provider und die Flugzeuge für die Luftbetankung, die KC-135 Stratotanker, und auf der anderen Seite des Vorfelds waren vier Kampfflugzeuge vom Typ F-15 Eagle sowie zwei F-22 Raptor zu sehen, die, wie die Bomber auch, im turnusmäßigen Wechsel aus den Staaten herübergeflogen wurden.

Nach dem Rundgang ihrer Nachflugprüfung kamen die Fliegerbesatzungen im Debriefingzelt mit ihren Wartungsteams und Cheftechnikern zusammen und gingen jedes Bordsystem des Flugzeugs einzeln durch, besprachen aufgetretene Störungen sowie alle ungewöhnlichen Anzeichen oder Vorkommnisse. Das nahm über eine Stunde in Anspruch, war aber ein unerlässlicher Bestandteil jedes Einsatzes und ebenso wichtig wie das Fliegen selbst. Nachdem sie sich überzeugt hatten, dass die Datenausgabe, Systemdaten und Cockpitaufzeichnungen sicher überspielt waren, begaben sich die Crews hinüber zur DFAC, der *dining facility*, also der Kantine, um sich dort über den Einsatz auszutauschen.

»Eins sag ich Ihnen, General, ich bin sehr beeindruckt von Ihrer XB-1«, sagte Cuthbert bei einer weiteren Flasche eisgekühlten Wassers. »Ich war etwas skeptisch, auch noch nach den Testflügen. Aber dann schienen sich die alten Mädchen bestens zu schlagen. Mich würde interessieren, ob bei den Datenausgaben irgendwelche Probleme auftauchen. Ich meinte nämlich, ein paar Zitterer bei den Abgastemperaturanzeigen unseres Triebwerks Nummer drei bemerkt zu haben, und das linke Hauptfahrwerk schien sich mit der Meldung ›Ausgefahren und verriegelt‹ ein bisschen lange Zeit zu lassen. Ansonsten aber haben die bösen Mädchen einen prächtigen Eindruck hinterlassen.«

»Danke, Cutlass.« Patrick warf einen Blick auf seine handschriftlich eingetragenen Notizen auf seinem Tablet. »Ich glaube, über die EGT von Nummer drei hab ich etwas notiert, und über das Fahrwerk ebenfalls. Das linke Hauptfahrwerk schien mir beim Einfahren ebenfalls ziemlich laut zu sein, jede Menge Schleifgeräusche. Zu viel für meinen Geschmack.« Er ging die Meldungen auf seinem Tablet durch. »Es existiert eine Liste mit Punkten, die von meinen Leuten drüben in Battle Mountain gemeldet wurden und die wir für sie überprüfen sollen. Die Wartungsteams sollten sie bereits haben. Ich werde mich davon überzeugen, sobald wir hier fertig sind. Flugzeug Nummer dreizehn sollte in ein paar Tagen einsatzbereit sein.«

»Ich habe Ihre Zelte bereits aufstellen lassen«, sagte Cutlass.

»Verdammt nette Zelte und Quartiere, Cutlass«, bemerkte Gleason. »Als ich hörte, wir würden in Zelten wohnen, war ich gar nicht mehr so scharf darauf, hierherzukommen, aber die sind eindeutig anders als die Zelte meines Dads.«

»Kugelsicheres Kevlar, Klimaanlage, Solarenergie sowie schneller Internetanschluss in jedem einzelnen von ihnen«, zählte Cutlass auf. »Nicht wenige der Crews hier draußen ziehen sie unseren konventionellen Standardunterkünften vor.«

Patrick beendete die Durchsicht der Notizen auf seinem Tablet. »Ich dachte, ich hätte vielleicht Zeit für ein Nickerchen. Aber in zwanzig Minuten ist eine Videotelekonferenz mit dem PACAF angesetzt. Tom, Ed, könnten Sie überprüfen, ob die Wartungsleute die Checkliste von Battle Mountain erhalten haben, ehe Sie sich aufs Ohr hauen?«

»Klar, General«, sagte Hoffman, »aber auf ein blödes Nickerchen kann ich verzichten. Verdammt, am liebsten würde ich gleich die nächste Patrouille fliegen.«

»Geht mir genauso«, meinte Gleason.

»Gönnen wir den anderen Jungs auch ein wenig Zeit am Steuerknüppel, einverstanden?«, sagte Patrick lächelnd. »Wir können uns nicht alle Flüge unter den Nagel reißen.« Er warf einen Blick in den Einsatzplan, um sich zu vergewissern, dass er für die Teilnahme am Vorflugbriefing für den nächsten XB-1-Patrouillenstart zur Verfügung stand, dann begaben sich er und Cutlass zur Kommandozentrale des First EBW, um der Videotelekonferenz beizuwohnen.

»Also, das hat wahrlich nicht lange gedauert, Männer«, sagte General George Hood, Kommandeur der Pacific Air Forces, wenige Minuten später bei der Videotelekonferenz. »Ich hab's bereits von Admiral Luce beim PACAF erfahren, und der hatte es bereits vom CJCS und vom CNO gehört. Die Chinesen sind stinksauer. General McLanahan, hatten Sie oder sonst jemand auf Ihrem Patrouillenflug heute Morgen eine vorsätzliche Beinahekollision bei hoher Geschwindigkeit mit einem chinesischen JN-20-Kampfflugzeug? Der erste Anruf ist um 0500 im Weißen Haus eingegangen.«

»Das war meine Wenigkeit, General Hood«, sagte Patrick

McLanahan. »Colonel Hoffmans Flugzeug war von zwei JN-15 und einer JN-20 des Trägers *Zheng He* abgefangen worden, und ich war der Meinung, sie würden ihn ein wenig zu nachdrücklich bedrängen mit dem Ziel, eine Auseinandersetzung zu erzwingen. Ich entschied, dass ich die Formation auseinanderbrechen musste.«

»Sie haben die JN-20 mit *mehr als Schallgeschwindigkeit* überflogen?«

»Jawohl, Sir. Es war klar wie selten, und ich hatte alle Beteiligten im Blick.«

»Das, General, war – bei allem gebührenden Respekt – ein bescheuertes Vorgehen«, sagte Hood. Obwohl schon seit vielen Jahren bei der Air Force ausgeschieden, hatte sich Patrick noch immer einen nachhaltigen Ruf bewahrt, der ihm die Hochachtung selbst der meisten höheren Offiziere im aktiven Dienst eintrug. Zu denen zweifellos auch Hood gehörte: Obwohl er einen höheren Rang bekleidete als Patrick in seinen aktiven Zeiten, betrachtete er Patrick McLanahan aufgrund von dessen weltweiten Aktionen im Namen der Vereinigten Staaten als Gleichgestellten. »Die Chinesen behaupten, *wir* hätten versucht, eine Konfrontation zu erzwingen.«

»Selbstverständlich tun sie das, General Hood«, sagte Patrick. »Sie haben Colonel Hoffman eindeutig bedrängt, und meiner Einschätzung nach wollten sie ihn entweder von dort vertreiben oder aber ihn zu einer aggressiven Handlung provozieren, um angreifen zu können.«

»Na schön, schon gut«, sagte Hood. »Ich nehme an, Sie haben Helmkameraaufzeichnungen und Radardatendownloads von alldem?«

»Jawohl, General.« Auf allen ihren Helmen waren hochauflösende Videokameras montiert, die alles aufzeichneten, was die Mitglieder der Besatzung sahen, und die darüber hinaus den gesamten Interkom-, Radar- und Funkverkehr aufnahmen. Überdies lieferten die Datenlinks der Offensiv- und Defensivsysteme ihrer Fliegermontur detaillierte Positions- und Leistungsdaten an die Bodenstationen.

»Lassen Sie mir die so schnell wie möglich zukommen«, sagte Hood. »Also gut, Folgendes hat PACOM angeordnet. Erstens und wenig überraschend: keine weiteren Hochgeschwindigkeitsüberflüge. Zweitens: ab sofort ausschließlich Einzelschiffpatrouillen.« Patricks Augen verengten sich voller Sorge, Cutlass klappte vor Überraschung der Mund auf. Das alles bemerkte Hood auf seinem Videotelekonferenzmonitor und hob die Hand. »Ich weiß, was Sie sagen wollen, Männer. Ich hatte nicht ohne Grund Doppelschiffspatrouillen angeordnet, und ich werde auch weiterhin versuchen, meinen Einfluss beim PACOM geltend zu machen, aber lassen Sie uns fürs Erste tun, was sie dort sagen, bis wir ein paar Einsätze mehr auf unserem Konto haben.«

»Jawohl, Sir«, sagte Cutlass, obwohl ihm der Befehl deutlich spürbar nicht behagte.

»Drittens: keine weiteren Störmaßnahmen, es sei denn, Sie bekommen ein Uplink oder ein Raketenlenksignal angezeigt.«

»Das alles benachteiligt uns ganz entschieden, General Hood«, warf Patrick ein.

»So wird es fürs Erste gehandhabt«, erklärte Hood. »Nur um das klarzustellen, General – womit sind die Luftpatrouillen bewaffnet?«

»Der vordere Bombenschacht ist mit einem drehbaren Startgerät mit vier AIM-120C-AMRAAM- sowie vier AIM-9X-Luft-Luft-Raketen bestückt, im hinteren befindet sich ein Dreitausendgallonentreibstofftank. Außerdem führen die Flugzeuge Radar- und Infrarottäuschkörper, eine Sniper-Zielerfassungskapsel und einen Little Buddy mit.« Die Radartäuschkörper wurden zur Abwehr von radargelenkten Raketen verwendet, Infrarottäuschkörper vermochten wärmesuchende Projektile abzulenken.

»Gut. Andere Bestückungen sind für Luftpatrouillen nicht bewilligt«, erklärte Hood.

»Die von uns abgefangene JH-37 hatte sowohl Schiffsabwehrraketen als auch Luft-Luft-Raketen an Bord, Sir«, sagte Patrick. »Außerdem haben sie Übungsangriffe gegen das Versorgungsschiff der Navy geflogen.«

»Offen gesagt, General McLanahan, ich wäre nicht überrascht, wenn Ihre dortigen Bomber zurückbeordert würden«, sagte Hood. »Was Sie dort abgezogen haben, hätte China an die Grenzen seiner Toleranz bringen können. Um die Chinesen bei Laune zu halten, wird man möglicherweise gezwungen sein, Sie zu opfern.« Hood zögerte einen Moment, dann fügte er hinzu: »Ich werde ehrlich zu Ihnen sein, Männer: Ich denke, beim PACOM ist man der Meinung, Sie sind hier nicht viel mehr als Augenwischerei. Und jetzt befürchtet man im Weißen Haus, dieses Abfangmanöver könnte die Chinesen veranlassen, vollends durchzudrehen. Sie nach Hause zu schicken, General McLanahan, könnte das Einzige sein, was noch verhindert, dass sich Ihre Nummer zu einem internationalen Zwischenfall auswächst.«

WEISSES HAUS, WASHINGTON, D.C.

Mehrere Tage später

Soeben waren die Fotografen des Weißen Hauses damit fertig geworden, ihre Aufnahmen vom Präsidenten der Vereinigten Staaten und des kommissarischen Präsidenten Chinas zu machen, wie sie sich unmittelbar vor ihrer Zusammenkunft im Oval Office die Hände schüttelten. Vizepräsidentin Ann Page sowie zahlreiche andere Mitglieder des Kabinetts machten Gao ihre Aufwartung, der jeden Einzelnen herzlich begrüßte. Schließlich ließen sich die beiden Führungspersönlichkeiten in ihren Sesseln im Oval Office nieder, der Präsident mit einer Tasse Kaffee und Gao mit Tee.

»Ich möchte Ihnen danken, dass Sie diesem inoffiziellen Treffen zugestimmt haben, Mr. Gao«, sagte Präsident Phoenix. »Es tut mir leid, dass es uns nicht möglich war, dies als offiziellen Staatsbesuch zu gestalten. Ich bin sicher, Sie haben dafür Verständnis.«

»Natürlich, Mr. President. Ich bin lediglich von einem nicht gewählten Gremium zum Präsidenten ernannt worden und daher im strengen Sinne kein Staatsoberhaupt«, erwiderte Gao Xudong. »Gleichwohl ist es sehr freundlich von Ihnen, mich zu empfangen. Es ist mir wirklich eine Ehre, im Weißen Haus zu sein.«

»Die Ehre ist ganz meinerseits, immerhin haben Sie sich die Zeit genommen, New York am Vorabend Ihrer Rede vor den Vereinten Nationen zu verlassen, damit wir uns treffen können. Und vielen Dank, dass Sie dem Außenministerium eine Ausarbeitung Ihrer Rede überlassen haben. Was natürlich auch der Anlass war, Sie um ein Treffen zu ersuchen.«

»Es ist mir eine Freude, Mr. President«, versicherte Gao. »Wie ich höre, haben Sie Bedenken wegen meiner Ansprache?«

»Ich wollte einige Einzelheiten in Ihrer Rede klarstellen«, sagte Phoenix, »und hatte gehofft, Sie überzeugen zu können, am Text Ihrer Ansprache einige Änderungen vorzunehmen, welche die derzeitige Lage widerspiegeln.«

»Als da wären, Sir?«

»Zunächst einmal, Sir, ist nicht beabsichtigt, den Flugzeugträger *Gerald R. Ford* in Australien zu stationieren«, erklärte Phoenix. »Er nimmt derzeit an planmäßigen Übungen gemeinsam mit Australien, den Philippinen und Neuseeland teil.«

»Er hat das Gebiet des südlichen Südmeers und des östlichen Indischen Ozeans seit vielen Monaten nicht verlassen und mehrfach Häfen in Australien angelaufen«, strich Gao heraus. »Und Ihre Marinesoldaten sind eindeutig in Australien stationiert. Zunächst hatten die Vereinigten Staaten nur fünfhundert Marines entsandt, doch diese Zahl ist inzwischen auf über fünftausend angewachsen.«

»Ich bin nicht vollkommen vertraut mit allen Einzelheiten, Sir, aber ich versichere Ihnen, der Träger *Ford* ist nicht in Australien stationiert«, erklärte Phoenix. »Wir haben überhaupt keine Flugzeugträger mehr in anderen Ländern stationiert, was der wirtschaftlichen Krise und den Kürzungen bei den Militärausgaben geschuldet ist. Aber da Sie schon die Flugzeugträgerstützpunkte erwähnen … Wir konnten nicht umhin zu bemerken, dass der russische Flugzeugträgergefechtsverband *Vladimir Putin* auf einem ausgedehnten Besuch in China weilt. Stationieren Sie jetzt russische Flugzeugträger in chinesischen Häfen, Sir?«

»Die russische Marine war so freundlich, die Fliegerbesatzung, das Wartungspersonal sowie etliche andere Spezialisten für unseren Flugzeugträger auszubilden«, erläuterte Gao. »Zudem spielt China mit dem Gedanken, einen nuklear getriebenen Flugzeugträger auf Kiel zu legen, und dafür wäre das russische Expertenwissen von großer Bedeutung.«

»Verstehe«, sagte Phoenix. »In Ihrer Rede sprechen Sie auch davon, dass die auf Guam stationierten Bomber mit

Nuklearwaffen bestückt wären, was aber ganz gewiss nicht der Fall ist.«

»Unsere Geheimdienstinformationen lassen etwas anderes vermuten, Sir«, entgegnete Gao ziemlich ernst. »Eine unabhängige Untersuchung Ihrer Flugzeuge und Einrichtungen auf Guam wäre geeignet, um zu bestätigen, dass es dort keine vorgeschobenen Nuklearwaffen gibt.«

»Das wäre hinnehmbar«, meinte Präsident Phoenix, und diese Antwort ließ Gao überrascht die Brauen hochziehen. »Auch wir würden gern das Vorhandensein von Nuklearwaffen an Bord Ihrer Kriegsschiffe im Südchinesischen Meer überprüfen.«

»Wie Ihnen bekannt ist, Sir, gilt in China derzeit das Kriegsrecht.« Als er Phoenix' Gesichtsausdruck in tiefe Skepsis umschlagen sah, ergänzte Gao: »Aber ich denke, das lässt sich einrichten.«

»Sehr gut«, meinte Phoenix. »Sie sprechen auch davon, wir würden bewaffnete Flugpatrouillen im Südchinesischen Meer durchführen. Das entspricht ebenfalls nicht den Tatsachen. Ausschließlich die am Boden befindlichen Flugzeuge sind bewaffnet und stehen als schnelle Eingreiftruppe in Alarmbereitschaft.« Er zögerte einen Moment, dann sagte er: »China scheint einigermaßen besorgt zu sein wegen dieser Flugzeuge auf Guam, Mr. Gao. Guam ist ein wichtiger Militärstützpunkt, und der Zugang zum Pazifik ist für die Vereinigten Staaten und unsere Verbündeten – wie auch für China und seine Verbündeten – von äußerst großer Bedeutung. Das Programm der Ständigen Bomberpräsenz ist seit kurz nach dem 11. September in Kraft, also seit nahezu fünfzehn Jahren. China hat noch nie zuvor Besorgnis über die in Guam stationierten Bomber geäußert.«

»Die beinahe Verdreifachung der Bomberspezialeinheit,

die Aufstockung der Spezialeinheit auf Guam um weitere Kampfflugzeuge und Radarflugzeuge sowie der aggressive Einsatz der B-1-Bomber in unmittelbarer Nähe unserer Flugzeuge, das alles trägt zur Besorgnis meiner Regierung bei, Mr. President. Falls es Ihr Ziel sein sollte, die Volksrepublik China zu bedrohen, so ist Ihnen das gelungen.«

»Das war ganz und gar nicht meine Absicht, Sir«, versicherte Phoenix. »Auch ist uns aufgefallen, dass Sie, Mr. Gao, in Ihrer Rede davon sprechen, die Vereinigten Staaten würden zwei Flugzeugträgergefechtsverbände im Südchinesischen Meer ›stationieren‹. Das entspricht ebenfalls nicht der Wahrheit. Wir führen regelmäßig Patrouillen im Westpazifik und dem Südchinesischen Meer durch, haben dort aber keine Flugzeugträger stationiert. Entsprechend unserer Vereinbarung werden Zeitpunkt und Dauer jeder Durchfahrt Ihrer Regierung lange im Voraus mitgeteilt, zudem sind die Flugzeugträger so konfiguriert, dass ihre Decks für Starrflügelflugzeuge nicht benutzbar sind.«

»Das ließe sich in meiner Rede vielleicht entsprechend ändern, Sir«, sagte Gao, wenngleich es ihm ganz offensichtlich nicht behagte und seine Bereitschaft dazu nicht übermäßig groß schien. »Allerdings haben die Analysten unseres Geheimdienstes eine zahlenmäßige Zunahme dieser Patrouillenfahrten registriert.«

»Diese Patrouillen, Mr. Gao, wurden vermehrt, nachdem wir im vergangenen Jahr eines unserer Patrouillenflugzeuge, einen Patrouillenhelikopter sowie einen Bergungshubschrauber verloren haben«, sagte Phoenix. »Angesichts dieser tragischen Verluste werden Sie unser verstärktes Sicherheitsbedürfnis gewiss verstehen.«

»Das Ihnen China unumwunden zugestanden hat. Zudem haben wir Ihnen unser aufrichtiges Bedauern bekundet.« Es entstand eine unbehagliche Pause im Oval Office. Schließlich ergriff Gao wieder das Wort: »President Phoenix, diese über dem Südmeer patrouillierenden B-1-Bomber – sie scheinen sich von denen, die in unmittelbarer Alarmbereitschaft stehen, zu unterscheiden. Können Sie mir mehr darüber sagen?«

»Mir scheint, Sie sind bereits bestens informiert, Sir«, sagte Phoenix.

»Ich möchte mich nicht in Zurückhaltung üben, Mr. President«, sagte Gao, dessen steife Haltung die Schärfe seines Tons noch unterstrich. »Sie haben Spione in China, wir haben Spione in den Vereinigten Staaten. Das ist nun einmal die Welt, in der wir leben. Doch werfen die von uns zusammengetragenen Geheimdienstinfos lediglich weitere Fragen auf.«

»Sofern ich sie beantworten kann, Mr. Gao, werde ich dies tun. Andernfalls werde ich mir die Antworten augenblicklich verschaffen.«

»Vielen Dank, Sir. Uns ist aufgefallen, dass einige der B-1-Bomber zivile Kennzeichnungsnummern statt der Serien- oder Einheitennummern tragen, und einige andersartig lackiert sind. Auch tragen die Besatzungen andere Fliegeroveralls als üblich. Wenn Sie mir die Direktheit gestatten, Sir, es scheint sich um zivile oder möglicherweise nichtmilitärische Kräfte zu handeln. CIA vielleicht?«

»Es sind private Dienstleister«, sagte Phoenix. »Zivile Dienstleister, die mit den Flugzeugen vertraut sind und unter Oberaufsicht der Air Force arbeiten.«

»Tatsächlich. Weder militärische noch Regierungskräfte?«

»Sinn und Zweck dieser zivilen B-1-Flugzeuge ist ausschließlich die Langstreckenaufklärung«, erklärte Phoenix. »Sie haben nicht einmal Waffensystembediener an Bord. Sie sind als Verstärkung für unsere Flotte aus Global Hawks und anderen unbemannten Flugzeugen gedacht. Zudem sind sie deutlich flexibler und reaktionsschneller als viele andere Sensorplattformen.«

»Das ist überaus interessant, Sir«, sagte Gao. »Sie gehören nicht der CIA an?«

»Nein.«

Gao machte nicht den Eindruck, als würde er Phoenix glauben, als er jedoch dessen Gesicht musterte, hatte er nicht das Gefühl, dieser weiche ihm aus oder sage die Unwahrheit. »Sehr interessant«, sagte er noch einmal. »Aber Ihnen ist klar, dass die Anwesenheit von Langstreckenflugzeugen wie den B-1-Bombern unsere tiefe Besorgnis bezüglich Ihrer Absichten noch verstärkt, Sir.«

»Deswegen unterrichte ich Sie ja über sie«, sagte Phoenix. »Sie sollen die Ständige Bomberpräsenz unterstützen und diese bei den Patrouillenflügen entlasten. Und da wir bei der Air Force derzeit über so wenig Personal verfügen, das sich mit den B-1-Bombern auskennt, setzen wir eben auf Privatfirmen.«

»Dann ist also nicht geplant, diese … privaten Flugzeuge zu bewaffnen?«

»Nein.«

»Wäre es denn möglich, sie zu bewaffnen, Mr. President?«

Phoenix beugte sich vor und sah Gao direkt in die Augen. »Ich denke, das kommt auf die Art der Bedrohung an, Mr. Vice President«, sagte er. Nach einer kurzen, aber angespannten Pause lehnte er sich in seinem Sessel zurück. »Um ehrlich zu sein, mir ist nicht bekannt, ob sie Waffen mitführen können, zurzeit jedenfalls habe ich ausschließlich Patrouillenflüge angeordnet.«

»Wären für Überwasserpatrouillen die Global Hawks nicht besser geeignet, Mr. President?«

»Jeder will heutzutage einen Global Hawk, Mr. Gao«, sagte Phoenix. »Nur gibt es einfach nicht genug für alle. Außerdem ist der Pazifik eine gewaltige Wasserfläche. Wir haben ein gutes Angebot für die umgerüsteten B-1-Bomber bekommen, und sie haben sich als perfekt für diesen Einsatz erwiesen.«

Gao nickte, nach wie vor mit einem leicht überraschten Ausdruck im Gesicht. »Umgerüstete strategische Bomber, die von zivilen Firmen betrieben werden«, murmelte er. »Wirklich sehr interessant.«

»Ich würde gern auf die Frage der Militarisierung des Westpazifik und des Südchinesischen Meers zurückkommen«, sagte Präsident Phoenix. »Und zwar auf Ihre neuen Flugzeugträger und die Stellungen der DF-21-Antischiffsraketen, die überall in der Gegend aus dem Boden schießen. Sie haben zwei Flugzeugträgergefechtsverbände im Südchinesischen Meer, und ein dritter, das ehemalige spanische amphibische Angriffsschiff, wird, wie uns zu Ohren gekommen ist, derzeit auf seinen Einsatz im Ostmeer vorbereitet. Ihre ballistischen DF-21D-Raketen decken das gesamte Gebiet ab, einschließlich des Philippinischen Meers, der Celebessee, der Andamanensee und der Straße von Malakka.«

»Sie verfügen offenbar ebenfalls über eine Fülle von Informationen, Mr. President«, bemerkte Gao.

»Das scheint mir eine Menge Feuerkraft, die in einem überaus kurzen Zeitraum stationiert wird«, meinte Phoenix. »Fragt sich, warum?«

»Ich bin sicher, den Grund dafür kennen Sie ebenso gut wie ich, Mr. President. Es geschieht aus demselben Grund, weshalb Sie über eine so große und mächtige Marine verfügen: Sie haben lange Küstenlinien, und Außenhandel und ungehinderte Verkehrswege sind für Sie lebenswichtig, was auch für China gilt. Auf die Gefahr hin, den Anschein zu erwecken, ich wollte Sie belehren, Sir: China war von See aus stets verwundbar. China ist auf allen Seiten, außer nach Osten, von natürlichen Grenzen umgeben, und nahezu alle ausländischen Invasoren haben es vom Meer aus angegriffen. Und in der Neuzeit setzt China mehr denn je auf Seehandel.«

»Und die ballistischen Raketen?«

»Sind ihrem Wesen nach rein defensiv, Sir«, behauptete Gao. »Wir sind derzeit dabei, unsere Armee zu verkleinern, dennoch ist sie nach wie vor groß und verschlingt ungeheure Mittel. Unser Militärbudget weitet sich langsam aus, und wir sind um Modernisierung bemüht. Trotzdem wird dies noch Jahre, vielleicht sogar Generationen dauern. Daher sind wir gezwungen, bei unseren defensiven Belangen auf Technologie zu setzen. Die Hälfte unserer Bevölkerung lebt weniger als dreihundert Meilen vom Meer entfernt. Unsere Ballungsgebiete sind anfällig für Angriffe von See aus, selbst mit einer großen Armee im Rücken.«

»Die Dong Feng-21 wurde mir als ›Flugzeugträgerkiller‹ beschrieben, Mr. Gao«, sagte der US-Präsident. »Ist das Ihre Absicht – Flugzeugträger zu vernichten?«

Gao machte ein Geräusch, das man als verhaltenes Kichern deuten konnte. »Ich habe Ihre Flugzeugträger gesehen, Sir«, sagte er. »Eine von der Ladefläche eines Lastwagens abgefeuerte Rakete scheint mir einem Schiff mit einem Gewicht von nahezu einhunderttausend Tonnen nicht recht gewachsen zu sein. Nein, Sir, amerikanische Flugzeugträger sind kein Ziel für Chinas Raketen.«

»Mr. Gao, wir haben die DF-21D jetzt fast ein Jahrzehnt lang analysiert. Sie hat eine maximale Reichweite von nahezu zweitausend Meilen und trägt einen Fünfhundert-Kilotonnen Nukleargefechtskopf. Sie haben Dutzende von ihnen entlang Ihrer Küsten stationiert, dazu mehrere im Ausland. Sie können unmöglich so tun, als wären sie unbedeutend.«

Mehrere Augenblicke lang schien Gao bewegungslos zu verharren, dann neigte er kaum merklich den Kopf. »Ich bitte um Verzeihung, Sir«, sagte er, wenngleich seiner Stimme keine Spur von Reue anzumerken war. »Es war keineswegs meine Absicht, diesen überaus ernsten Punkt herunterzuspielen, und ich entschuldige mich, sollte ich den Anschein erweckt haben, Ihnen nicht den gebührenden Respekt entgegengebracht zu haben.« Phoenix reagierte nicht, noch erwiderte er irgendetwas darauf. »Gestatten Sie mir, offen zu sprechen.«

»Bitte«, sagte Phoenix mit steinerner Miene.

»Zunächst einmal, Sir, sind die derzeit stationierten Dong-Feng-Raketen nicht mit Nukleargefechtsköpfen bestückt«, erklärte Gao. »Sie verfügen über einen Sechzehnhundert-Kilotonnen-Sprenggranatengefechtskopf und eine Reichweite von nur siebenhundert Kilometern. Es sind keine, wie Sie es ausdrückten, ›Flugzeugträgerkiller‹ – bei einem Schiff dieser Größe können sie einigen Schaden bewirken, es aber nicht versenken.«

»Aber man könnte sie mit einem Nukleargefechtskopf bestücken, ist das korrekt?«, hakte Phoenix nach.

Gao sah ihn direkt an. »Wie Sie soeben sagten, Mr. President, das kommt auf die Art der Bedrohung an.« Phoenix honorierte dies mit einem angedeuteten Lächeln und einem Nicken. »Mr. President, lassen Sie uns noch einmal ganz offen sprechen. Für uns beide gibt es unverzichtbare nationale Interessen, die den Schutz von Armee und Marine erfordern. Wir sind für unser wirtschaftliches Wohl auf ungehinderten Seeverkehr angewiesen. Diese Notwendigkeiten werden sich in absehbarer Zukunft nicht einfach in Luft auflösen.

Deshalb wird die Volksrepublik China, wie Sie sich sicher denken können, diese Raketen nicht entfernen oder seine Flugzeugträger außer Dienst stellen, ebenso wenig, wie die Vereinigten Staaten ihre Atom-U-Boote auf Grund setzen oder ihre Flugzeugträger ins Trockendock verholen. Unser beider Nationen müssen sich schützen. Es ist bedauerlich, wenn unsere Streitkräfte, wie gestern geschehen, aneinandergeraten, aber das ist nun einmal der Zustand der Welt – und die gegenwärtige geopolitische und militärische Lage, in der wir uns befinden.«

»Das klingt, als hätten Sie sich mit dem derzeitigen Stand der Dinge abgefunden, Mr. Vice President«, sagte Phoenix.

»Ich bemühe mich, realistisch und pragmatisch zu sein, Sir«, sagte Gao. »Amerika hat seinen Reichtum und seine Stellung nach dem Zweiten Weltkrieg dazu benutzt, zur Sicherung der Weltmeere eine mächtige Marine aufzubauen, um so den Handel weltumspannend auszuweiten. Nichts anderes tut auch China. Wir sind gezwungen, Waren zu exportieren, deshalb brauchen wir unbedingt ungehinderten Zugang zu den Weltmeeren – und eine Militärmacht, die imstande ist, diesen Zugang sicherzustellen.«

»Das ist eine sehr ehrliche und unverblümte Beschreibung der Lage, Mr. Gao«, meinte Phoenix. »Warum also sagen Sie das nicht in Ihrer Rede morgen? Warum beschuldigen Sie die Vereinigten Staaten des Versuchs, durch die Stationierung von ein paar Flugzeugen auf einer eintausend Meilen von China entfernten Insel einen Krieg mit Ihrem Land vom Zaun zu brechen? Warum saugen Sie sich Halbwahrheiten über unsere Marinestreitkräfte aus den Fingern?«

»Weil die Völker der Welt und die Politiker, die meine Rede hören werden, für Pragmatismus nichts übrig haben«, erklärte Gao. »Pragmatismus erhöht weder Verteidigungshaushalte noch spornt es junge Männer und Frauen an, sich als Seeleute oder Piloten zu verdingen oder auf den Docks oder in den Fabriken zu arbeiten. Meine Rede hat den Zweck, den Völkern der Welt zu zeigen, dass China einer Gefahr ins Auge sieht und wir etwas gegen diese Gefahr unternehmen müssen. Ich möchte die Aufmerksamkeit der Welt auf das richten, was vor Chinas Küsten geschieht, und die Welt davon in Kenntnis setzen, dass China dabei ist, die modernen, zu seinem Schutz erforderlichen Mittel zu entwickeln. China ist längst kein abgeschottetes Drittweltland mehr mit alten, überholten Vorstellungen, Taktiken, Politikern, Soldaten und Waffen. China ist auf dem Vormarsch.«

»Klingt sehr undurchsichtig und fatalistisch, Sir«, sagte Phoenix.

»Ganz und gar nicht, Mr. President«, entgegnete Gao, während ein dünnes Lächeln auf seine Lippen trat. »Wenn ich in Ihrem Land zu Besuch bin, sehe ich mir gern American Football an. Wenn Fänger und Verteidiger übers Spielfeld rennen, kommt es gelegentlich zu Berührungen zwischen ihnen.« Zum ersten Mal während dieser Konferenz hob Gao beide Hände, streckte seine Zeigefinger und tippte sie mehrmals der Länge nach aneinander. »Kein Spieler hatte die Absicht, den anderen zu berühren, beide waren ganz auf den Ball in der Luft konzentriert. Gewöhnlich kommt dabei niemand zu Schaden, das Spiel läuft weiter, und es folgt ein Touchdown, ein Abfangmanöver, oder der Spielzug bleibt unvollendet. Erst wenn ein Spieler beschließt, bewusst den Spieler und nicht den Ball zu spielen, kommt es zu einem Strafstoß.«

»Unsere Aufgabe ist es, dafür zu sorgen, dass niemand ein Foul begeht.«

»Ganz genau, Sir.« Wieder lächelte Gao, froh, dass der Präsident seinen Footballvergleich gelten ließ. »Ich denke, Berührungen sind unvermeidlich. Amerikas erklärtes Ziel ist die Beherrschung und Kontrolle der Weltmeere. Chinas erklärtes Ziel ist ungehindertes und fortgesetztes weltweites Wachstum und Wohlstand für alle. Das scheint sich zu widersprechen. Doch Berührungen müssen nicht in einer Katastrophe münden.« Er unterbrach sich einen Moment. »Darf ich fragen, Sir: Was halten Sie von unserem Vorschlag?«

»Die vollständige Demilitarisierung des Südchinesischen Meers?«, fragte Phoenix. »Ich bin voll und ganz dafür, Mr. Gao. Aber was haben die Bomber auf Guam mit dem Südchinesischen Meer zu tun?«

»Sie können offenbar mühelos über diesem Gebiet Patrouille fliegen. Zudem stellt jeder einzelne von ihnen eine erhebliche gegen China gerichtete Schlagkraft dar. Die Verringerung ihrer Zahl auf das Niveau vor Beginn der Spannungen, also maximal sechs Stück, oder doch zumindest ihre Verlegung nach Hawaii, würde viel zur Entspannung in der Region beitragen. Parallel zu der Verlegung Ihrer Bomber würde China seine beiden Flugzeugträgergefechtsverbände sowie seinen Helikoptergefechtsverband in seine hoheitlichen Gewässer verlegen, worunter ich die Zwölfmeilenzone vor unserer Küste verstehe. Wir werden künftig auf Patrouillen um die Paracel- und Spartly-Inseln verzichten, behalten uns aber weiterhin das Recht vor, unsere Kriegsschiffe dieses Gebiet durchfahren zu lassen. Des Weiteren würden wir darauf verzichten, gegen das Anlaufen von Häfen und Marineübungen Protest einzulegen, sofern dies vorab angekündigt wird, wie auch auf Patrouillenfahrten mit Überwasserschiffen oder U-Booten.«

»Das ist sicher ein guter Start, Sir«, meinte Phoenix, die Überraschung deutlich ins Gesicht geschrieben. »Was ist mit Patrouillenflügen?«

»Wir behalten uns weiterhin das Recht vor, Patrouillenflüge über dem Südchinesischen Meer durchzuführen, allerdings werden diese ausschließlich Aufklärungszwecken, dem Zoll und der Fischwirtschaft sowie Such- und Bergungszwecken dienen. Auch sähen wir es gern, wenn die Vereinigten Staaten andere Patrouillenflugzeuge als die B-1-Bomber oder die P-8 Poseidon einsetzen würden, da diese mit Angriffswaffen bestückt werden können. Sollten Sie jedoch eine Nichtbewaffnung garantieren und wir die Erlaubnis erhalten, sie kurzfristig zur Bestätigung einer Sichtprüfung zu unterziehen, wäre dies ausreichend. Selbstverständlich wird China auch weiterhin die Umweltschäden im Südchinesischen Meer untersuchen und für sämtliche Restaurierungs- und Wiederherstellungskosten aufkommen wie auch für die Kosten in Verbindung mit der Bergung des taiwanesischen U-Boots und den Reparaturen an dem vietnamesischen Kriegsschiff.« Es entstand eine längere Pause, bevor er hinzufügte: »Wir gehen natürlich davon aus, dass sich die Vereinigten Staaten im Geiste der Kooperation ebenfalls an diese Vorgaben halten werden.«

»Ich werde dies selbstverständlich ausgiebig mit meinem Nationalen Sicherheitsstab besprechen, Mr. Gao«, sagte Phoenix, »aber es klingt durchaus vielversprechend. Ich wüsste natürlich gern Näheres, aber für den Anfang klingt das sehr gut.«

»Ausgezeichnet«, meinte Gao. »Ich werde Außenminister Tang, Verteidigungsminister Cao und General Zu die Einzelheiten ausarbeiten lassen. Anschließend wird der Plan von der Zentralen Militärkommission und dem Politbüro ratifiziert werden müssen. Ich denke aber, Sie können mit einer schnellen Einigung rechnen.« Gao erhob sich. »Und nun muss ich mich verabschieden.«

Phoenix stand auf, ein wenig überrascht. »Wir haben weder über Taiwan noch über die umstrittenen Inseln im Südchinesischen Meer gesprochen, Mr. Gao.«

»Das wird bis zu einer anderen Gelegenheit warten müssen, fürchte ich. Aber so viel kann ich sagen: Sie sind Eigentum der Volksrepublik China.« Er musterte Phoenix' sich schlagartig versteinernde Miene. »Ich weiß, dass Sie das nicht akzeptieren. Ihrer Meinung nach ist das Südchinesische Meer Eigentum der ganzen Welt und Taiwan sollte ein unabhängiges Land sein, aber das entspricht nicht der Sichtweise meiner Regierung und des größten Teils meines Volkes. Diese Fragen werden eines Tages geklärt werden.« Wieder tippten seine Zeigefinger aneinander. »Kontakt, vereinzelt und unabsichtlich, aber keine Sanktionen. Das ist unser Auftrag.« Gao bedachte Phoenix mit einem angedeuteten Nicken, und sie gaben sich die Hand. »Ich danke Ihnen, dass Sie mich heute empfangen haben, Mr. President. Auf Wiedersehen.«

Die Tür des Oval Office wurde von einem Mitarbeiter des Secret Service geöffnet, und Gao ging.

Phoenix kehrte an seinen Schreibtisch zurück, und wenige Augenblicke darauf betrat Ann Page das Oval Office. »Wie ist es gelaufen?«, erkundigte sie sich.

»Sehr gut«, meinte Phoenix. »Ein wirklich interessantes Treffen. Was er sagt, klingt gar nicht wie all die chinesischen Politiker, denen ich bislang Gehör geschenkt habe. Er gehört einer neuen Politikergattung an, vermutlich der ersten Generation, die weder im Bürgerkrieg gekämpft hat noch die Kulturrevolution hat miterleben müssen. Haben Sie gehört, was er zur Demilitarisierung des Südchinesischen Meers vorgeschlagen hat?«

»Ja«, sagte Ann. »Ich halte das für einen großen Schritt in die richtige Richtung.«

»Ich ziehe diese B-1 nur äußerst ungern von Guam ab«, sagte Phoenix. »Aber leider ist unser alter Freund Patrick McLanahan den Chinesen auf die Füße getreten. Ich denke, der Abzug einiger dieser Flugzeuge und die Beschränkung zu irgendeinem Zeitpunkt auf maximal sechs Langstreckenbomber auf Guam wird eine Menge zur Entschärfung der angespannten Situation dort beitragen.«

»Ich finde, wir sind etwas zu nachgiebig, trotzdem gebe ich Ihnen recht. Durch die Aufrechterhaltung des Status Quo würde sich die Lage dort nicht verbessern.«

»Sehr gut«, meinte Phoenix. »Berufen wir ein Treffen mit dem Nationalen Sicherheitsstab und der Führungsriege des Kongresses ein und sehen wir uns den Vorschlag an. Ich werde Patrick und den für diese Spezialeinheit verantwortlichen Colonel vorwarnen, dass sie schon mal mit der Vorbereitung einiger ihrer Bomber für den Heimflug beginnen sollten.«

ANDERSEN AIR FORCE BASE, GUAM

Einige Tage später

»War eine nette Zeit«, meine Sondra Eddington, während sie ihre Sachen in einen Koffer packte. »Aber es wird auch schön sein, wieder in die Staaten zurückzukehren. Ich kann es kaum erwarten, endlich wieder ein wenig Ski zu fahren. Schon mal Heliskiing gemacht, Brad?« Sie bekam keine Antwort. »Ist ein wirklich unglaubliches Erlebnis. Man wird ganz bis oben auf diese Höhenrücken geflogen, wo der Pulverschnee mehrere Meter tief und völlig unberührt ist, springt auf Skiern ab und fährt runter. Das haut einen um. Ich habe selbst ein paar Jahre Helikopter geflogen, dachte aber nie, dass ich es jemals wagen würde, mit Skiern abzuspringen. Aber als ich es dann doch tat, war ich sofort Feuer und Flamme. Du musst diese Saison mit mir raufkommen, es wird dir gefallen.« Als immer noch keine Antwort kam, blickte sie hinüber zu Brad und sah, dass er sie anschaute. »Was ist?«

»Ich bin gerade erst dabei, dich kennenzulernen«, sagte Brad mit ruhiger Stimme, »und jetzt gehen wir schon wieder auseinander.«

»He, wir werden uns schon wiedersehen«, sagte Sondra. »Ich arbeite für deinen Dad, schon vergessen? Das heißt, vorausgesetzt, sie lassen das Excalibur-Projekt weiterlaufen. Wenn du erst mit deinen Scheinen und Zulassungsprüfungen fertig bist und deinen Abschluss machst, kriegst du vielleicht auch einen Job bei Sky Masters.«

»So lautet der Plan.«

»Außerdem«, sagte sie, nahm seine Hand und zog ihn zu sich heran, »müssen wir ja noch den ganzen Kram zusammenpacken und die Waffen in die Vögel verladen, und das wird wenigstens ein paar Tage dauern, und zwar ohne die Fliegerei. Wir haben also noch Zeit genug, am Strand abzuhängen, kriegen ein bisschen Sonne und lernen uns besser kennen.« Damit beugte sie sich vor und küsste ihn zärtlich auf die Lippen. »Na, wie hört sich das an, mein Hengst?«

»Prima«, sagte Brad.

»Also gut«, sagte sie und wies mit einem Wink auf die Tür ihres Zeltes. »Und jetzt raus hier und lass mich zu Ende packen, bevor ich noch zu sehr abgelenkt werde und wir irgendwas anfangen, das uns peinlich sein könnte, falls jemand hereinspaziert kommt.«

»Jawohl, Ma'am«, sagte Brad und ging.

ÜBER DEM PHILLIPPINISCHEN MEER, SIEBENHUNDERT MEILEN WESTLICH VON GUAM

Am selben Abend

»Flug Siren Eins Acht, Spyglass, habe Radarkontakt mit Flugzeug, Peilung zwei-acht-fünf, Entfernung zwei-achtzig, Höhe einunddreißigtausend, Steuerkurs Richtung Osten bei vierhundert Knoten«, funkte der Radarlotse an Bord eines E-3C-Sentry-AWACS-Radarüberwachungsflugzeugs. Die E-3C Sentry verfügte über einen auf dem Rumpf montierten, drehbaren Dreißigfußradom, der Luft- und Bodenüberwachung in 3D ermöglichte und eine IFF-Identifikationsabfrage sowie ein Relais für Überhorizontkommunikation besaß, und konnte seine Radarbilder über das JTIDS an andere Flugzeuge, Schiffe und das Battlemanagement anderer Einsatzgebiete weiterleiten. »Sieht nach einer Formation aus zwei Flugzeugen aus. Ziviler Transpondercode drei, Modus Charlie negativ.«

»Roger, verstanden«, antwortete Lieutenant Colonel Jimmy »Juju« Maili, Führungspilot der Zweierformation aus zwei F-22A-Raptor-Kampfjets, die sich westlich von Guam auf Patrouillenflug befanden. Maili war außerdem Kommandeur der 199th Expeditionary Fighter Squadron der Hawaii Air National Guard, stationiert auf der Joint Air Base Pearl-Harbour-Hickham, Honolulu, Hawaii, und verantwortlich für die vier nach Guam verlegten Raptors. Die beiden Raptors flogen in loser Formation mit einem KC-

135-Stratotanker, der wiederum für eine ausreichende Treibstoffversorgung der Kampfflugzeuge auf ihrem Langstreckenpatrouillenflug sorgte. »Brewski, wieso lassen Sie sich nicht auftanken? Anschließend tanke ich auf, und wir sehen uns das Ganze mal an.«

»Einverstanden«, antwortete Major Robert »Brewski« Carling, Mailis Flügelmann. »Schere aus. Esso Drei Sechs, hier Siren Eins Neun – erbitte Freigabe für Vorkontaktposition.«

»Roger, Eins Neun – Freigabe für Vorkontaktposition erteilt«, antwortete der Pilot der KC-135. Während Maili weiter an der rechten Tragflächenspitze des Tankflugzeugs hing, ließ sich Carling elegant unter die linke Tragfläche des Tankflugzeugs gleiten und schob sich gekonnt in die Vorkontaktposition unterhalb des Auftankstutzens. Nachdem er den Kontakt hergestellt und seine Treibstofftanks aufgefüllt hatte, kehrte er an die linke Tragflächenspitze zurück, und Maili erhielt die Freigabe, auf Position zu gehen. Wenige Minuten darauf waren beide aufgetankt, lösten sich von dem Tanker und nahmen Kurs nach Westen.

»Ihre beiden nicht identifizierten Flugzeuge befinden sich auf zwölf Uhr, zweihundert Meilen, gleichbleibend auf einunddreißigtausend, angezeigte Fluggeschwindigkeit gleichbleibend vierhundert Meilen«, meldete der Radarlotse des AWACS. »Transpondercode gleichbleibend ausschließlich Modus drei.«

»Irgendeine Meldung von Guam Oceanic?«, fragte Maili. Außerhalb des direkten Radarkontakts bedienten sich Zivilflugzeuge für Meldungen an Guam Oceanic Control des Satellitenpositionssystems, um den Überblick über ihren Flug zu behalten und das Kollisionsrisiko mit anderen Flugzeugen auf ein Minimum zu beschränken.

»Mehrere Passagierflugzeuge durchfliegen das Gebiet«,

meldete der Radarlotse, »aber die befinden sich alle in den hohen Dreißigern oder Vierzigern. Diese Jungs dagegen fliegen ziemlich tief. Ihr Transpondercode entspricht keinem der zugeteilten Codes.«

»Roger«, antwortete Maili. Das war nicht gänzlich unbekannt, aber auch alles andere als üblich.

Es dauerte weitere dreizehn Minuten, dann hatten die Raptors die Entfernung überbrückt, und Maili traf Vorbereitungen für eine Sichtidentifikation, indem er Carling oberhalb rechts von sich positionierte, während er nach links abschwenkte, um sich der Formation zu nähern. Im Formationsflug und für die Sichtidentifikation benutzten sie Nachtsichtgeräte. Die NVGs besaßen eine effektive Reichweite von ungefähr fünf Meilen für das Aufspüren und von zwei Meilen für das Identifizieren. Sie mussten sich also in Geduld üben. Er entdeckte die Formation rechter Hand auf fünf Meilen. »Sichtkontakt hergestellt«, meldete Maili. »Haben Sie mich verstanden, Brewski?«

»Verstanden«, gab sein Flügelmann zurück. »Sichtkontakt mit Bogeys ebenfalls hergestellt. Seltsam aussehendes Flugzeug bisher.«

»Gehe näher ran«, sagte Maili und manövrierte oberhalb zwischen die Formation. Er wünschte sich, der Raptor hätte für solche Identifizierungen ein hübsches und leistungsstarkes FLIR sowie einen Suchscheinwerfer, doch die NVGs taten es auch. »Also gut, Leute, mit wem haben wir es denn heute Abend hier zu tun?« Er schob sich näher und konnte schon bald weitere Details erkennen …

… und plötzlich wurde ihm klar, dass er nicht zwei Flugzeuge im Formationsflug vor sich hatte, sondern *mehrere!*

»Spyglass, Spyglass, hier Eins Acht – es sind nicht zwei Flugzeuge, das sind … Verdammt, es sind zwei Formationen zu je *sechs* Flugzeugen! Wiederhole: zwei Formationen von sechs in V-Formation, zwölf insgesamt! Es sind große Schwenkflügeljets und …« Je näher er kam, desto schlimmer wurde es. »Spyglass, hier Eins Acht – die beiden Jets an den Enden des V sehen aus wie Tankflugzeuge, und sie … sie sind dabei, *Kampfflugzeuge aufzutanken!* Ich sehe zwei … nein, ich sehe *vier* Kampfjets bei jedem Tankflugzeug! Ich zähle wenigstens sechzehn Kampfjets hier oben, Bodenkontrolle!«

»Haben Sie eine Kennzeichnung für die großen Jets, Eins Acht?«

»Ich kann sie noch nicht identifizieren«, sagte Maili. »Sie sehen aus wie alte Stratojets, wie diese großen Kampfflugzeuge, aber ich kann nicht … Warten Sie, jetzt erkenne ich sie. Es sind H-6er! Bodenkontrolle, ich glaube, es sind chinesische H-6-Bomber! Und die Kampfjets in ihrem Gefolge sehen aus wie JH-20er!«

»Sind Sie sicher, Eins Acht? Können Sie sie eindeutig identifizieren?«

»Stand by.« Maili scherte nach links aus und ging tiefer, bis er sich unterhalb der am weitesten südlich fliegenden Formation befand. »Okay, wie es aussieht, scheinen sie zwei Triebwerke zu haben, eines an jeder Tragflächenwurzel, Höhenruder mittig auf dem Seitenleitwerk, und … Ach du heilige Scheiße, unter den Tragflächen führen sie riesige Raketen mit! Wiederhole: drei große Raketen unter jeder … Sie sind *alle* mit Raketen bestückt, mit Ausnahme der Tankflugzeuge! Diese Typen sind bis an die Zähne bewaffnet! Ich kann die Raketen nicht identifizieren, außer dass sie groß sind und übel aussehen! Erbitte Instruktionen.«

»Juju, hier Brewski«, funkte Carling. »Mehrere der Kampfjets, die am Tanker hingen, lösen sich gerade und steigen höher, Kurs Nordost. Werde sie jeden Augenblick verlieren.«

»Haben Sie immer noch Sichtkontakt zu mir, Brewski?«

»Positiv.«

»Ich komme rauf.« Maili drehte in nordöstlicher Richtung von der Formation ab und setzte zu einem Steigflug an. »Schließen Sie sich mir an.«

»Verstanden«, bestätigte Carling.

»Flug Siren Eins Acht, hier Bodenkontrolle, haben Kontakt zu abgelöstem Flugzeug«, meldete der Radarlotse. »Vier feindliche Flugzeuge, elf Uhr, Höhe acht Meilen, auf über sechshundert Knoten beschleunigend.« Einige Augenblicke darauf leuchtete sein Radarwarnempfänger auf. »Flug Siren, Flug Siren, wir empfangen Musik«, sagte der Lotse, sich der Kurzformel für das Erkennen feindlichen Radars bedienend. Wenige Augenblicke darauf: »Flug Siren, Augapfel! Wiederhole: *Augapfel!*« »Augapfel« war die Kurzformel für die Feststellung des Radarlotsen, dass das AWACS das Ziel der feindlichen Kampfflugzeuge war.

»Lassen Sie sie in hellem Licht erstrahlen, Brewski«, sagte Maili und aktivierte sein AN/APG-77-Angriffsradar und das elektronische Gegenmaßnahmesystem.

»Verstanden.« Weil sie ihre Zielvektoren vom AWACS-Frühwarnsystem erhielten, schalteten sie in diesem Moment zum ersten Mal während des gesamten Einsatzes ihre eigenen Radarsysteme ein …

… was zur Folge hatte, dass die chinesischen J-20-Kampfflugzeuge überhaupt erst die Raptors bemerkten. »Flug Siren, teilen Ihnen mit, dass mehrere superschnelle Flugzeuge im Begriff sind, sich aus ihren Formationen zu lösen und Richtung Nordosten abschwenken! Vier … jetzt sechs feindliche Flugzeuge! Wiederhole: sechs feindliche Flugzeuge auf für Sie sechs Uhr, fünfzehn Meilen, schneller werdend!«

ANDERSEN AIR FORCE BASE, GUAM
Zur selben Zeit

»Was, zum Teufel, ist das, Nash?«, rief Warner »Cutlass« Cuthbert, als er im Laufschritt in den Bereich der Gefechtsleitzentrale geeilt kam. Draußen war das auf- und abschwellende Heulen der Alarmsirene zu hören. »Weshalb der Alarm?«

»Das AWACS meldet, sie haben offenbar Kontakt mit zwölf chinesischen H-6-Bombern, die in östlicher Richtung auf Guam zuhalten«, antwortete Lieutenant Colonel Nash Hartzell. »Vier von ihnen scheinen Tankflugzeuge zu sein. Die anderen acht haben jeweils sechs großen Raketen unter den Tragflächen. Außerdem meldet das AWACS, dass die Tankflugzeuge gerade dabei waren, jeweils vier Kampfflugzeuge zu betanken, bei denen es sich vermutlich um chinesische J-20 handelt. Vier der Kampfflugzeuge sind aus der Formation ausgeschert und scheinen das AWACS anzufliegen. Sechs weitere Kampfjets verfolgen die Raptors.«

»Gütiger Gott«, entfuhr es Cuthbert leise. »Lassen Sie so schnell wie möglich die Kampfjets der Alarmbereitschaft aufsteigen und …«

Just in diesem Augenblick fiel die gesamte Beleuchtung in der Kommandozentrale aus, und die Sirene draußen verstummte. »Ein Stromausfall? *Jetzt?* Der Himmel ist so klar, wie er nur sein kann!«, rief Cutlass. Er griff zum Telefon – tot. »Was, zum Teufel, hat das zu bedeuten?« Er zog ein tragbares Funkgerät aus einem Holster an seinem Gürtel. »Security-Tower zwei, hier Alpha. Was sehen Sie?«

»Auf dem ganzen Gelände ist der Strom ausgefallen, Sir«, antwortete der auf einem der Sicherungstürme nahe dem Eingangstor postierte Sergeant. Einen Augenblick darauf gingen die Lichter in der Kommandozentrale wieder an, wenige Augenblicke später gefolgt von weiteren Lichtern, als endlich der dieselgetriebene Notgenerator ansprang. »Die Lichter in der Stadt sind ebenfalls aus. Eingangstor ist sicher.«

»Teilen Sie den Securityteams bei den geparkten Flugzeugen mit, dass wir alles aufsteigen lassen, was wir haben«, sagte Cutlass. »Ich will eine eindeutige Identifizierung eines jeden, der seinen Fuß auf das Flugvorfeld setzt, aber schaffen Sie so schnell es geht die Besatzungen und Cheftechniker zu ihren Maschinen.«

»Verstanden, Sir.«

Patrick McLanahan kam im Laufschritt in die Kommandozentrale, gefolgt von Bradley, beide in Fliegeroveralls. Wenige Augenblicke darauf erschienen auch Ed Gleason, Sondra Eddington, Tom Hoffman sowie mehrere andere Mitglieder der Excalibur-Besatzungen. »Was ist hier los, Cuthbert?«, verlangte Patrick zu wissen.

»Wir haben hereinkommende chinesische Bomber, chinesische Kampfjets, die es auf unser AWACS abgesehen haben, und mittendrin einen Ausfall der Strom- und Telefonverbindungen«, sagte Cutlass. Völlige Fassungslosigkeit ließ ihre Mienen ausdruckslos werden. Cutlass verteilte einige Walkie-Talkies. »Ich will, dass Sie zu den geparkten Maschinen rüberlaufen und die Waffenladecrews von den anderen Excaliburs abziehen. Sobald diese frei sind, stellen Sie eine Besatzung zusammen und bringen eine Excalibur in die Luft. Wir werden so viele von ihnen starten lassen wie nur möglich.«

Patrick wandte sich an Brad. »Du bleibst hier.«

»Teufel, nein. Ich begleite dich.«

»Ist zu gefährlich«, sagte Patrick. »Das hier ist kein Überführungsflug.«

»Und auch kein Kampfeinsatz, sondern eine Evakuierung«, sagte Brad. »Ich komme mit.«

Patrick wollte schon widersprechen, doch überall ringsum herrschte bereits hektisches Treiben, also nickte er und lief nach draußen, dicht gefolgt von Brad. Hektisch drängten sie sich in den Fond eines Pick-up-Sechssitzers, gerade noch rechtzeitig, bevor der Fahrer losraste.

KAPITEL 13

ÜBER DEM PAZIFISCHEN OZEAN, FÜNFHUNDERT MEILEN WESTLICH VON GUAM

Zur selben Zeit

»Fox Drei, Brewski!«, schrie Jimmy Maili auf dem Kommandokanal. Alle vier chinesischen Kampfflugzeuge waren von seinem APG-77-Radarsystem stabil in Fangpeilung genommen worden, und der Feuerleitcomputer hatte die besten Ziele ausgewählt.

Auf Knopfdruck öffnete sich die linke Bombenschachtklappe, und eine AIM-120D AMRAAM wurde in den Turbinenstrahl ausgeworfen und steuerte auf ihr Ziel zu, Sekunden später gefolgt von einer zweiten aus dem rechten Bombenschacht. In der Ferne konnte er winzige Punkte aufblitzen sehen und nahm an, dass die chinesischen Piloten nach Erhalt einer Raketenwarnung Infrarottäuschkörper auswarfen.

»Flug Siren, feindliche Flugzeuge noch immer von Ihnen aus auf sechs Uhr, elf Meilen«, meldete der AWACS-Radarlotse. Auf dem MFD des Raptors war jetzt, als Kombination der Radarinfos des AWACS mit den eigenen Radardaten, eine Draufsicht des Gefechts zu sehen.

»Schere aus, um die Nachzügler anzugreifen, Juju«, sagte Carling.

»Schnapp sie dir«, sagte Maili.

Carling deaktivierte sein Radar, vollführte dann einen steil ansteigenden Linksschwenk, wobei er die Lenkschubdüsen seines Raptors dazu benutzte, die Nase noch enger herumzuziehen. Da das im selben Gebiet befindliche AWACS Radarinfos in Echtzeit an die Raptors lieferte, konnte der F-22 den Angriff anhand der AWACS-Radardaten durchführen und musste sich den feindlichen Flugzeugen nicht durch Einschalten des eigenen Radarsystem offenbaren. Carling schaltete in den Radaremulationsmodus, und der Feuerleitcomputer wählte die besten Ziele aus. »Eins Neun, Fox Drei«, verkündete er und gab den Angriffsbefehl aus.

Die linke Waffensystemschachtklappe öffnete sich, und eine AMRAAM schoss davon in die Dunkelheit. Sobald sie nahe genug an ihrem Zielobjekt war, würde sie ihre eigenen Radar- und Infrarotsensoren aktivieren und den Abschuss selbsttätig durchführen.

»Flug Eins Acht, ein Treffer«, meldete Carling, als er das sargähnliche Geviert auf seiner Anzeige um das erste Feindflugzeug aufblinken sah. Allerdings bemerkte er auch, dass die Zielerfassungsmarkierungen um die anderen Feindflugzeuge verschwunden waren. »Habe Radardaten von AWACS verloren«, gab Carlington per Funk durch. Er schaltete sein eigenes AN/APG-77-Radar ein, um die Suche nach den chinesischen Verfolgern aufzunehmen …

… und entdeckte sie alle in seiner unmittelbaren Umgebung! Wie Haie, die ein Seehundjunges umschwärmten, hatten ihn die chinesischen Kampfflugzeuge eingekreist.

Carling schaltete sein Radar ab, rollte in Rückenlage, schoss fünfhundert Fuß nach unten und vollführte einen harten Rechtsschwenk, wartete dann ein paar Herzschläge ab, ehe er sich erneut herumwälzte, die Tragflächen wieder in die Waagerechte brachte und eine Fassrolle ausführte. Wenn ihm der nördlich von ihm fliegende Feindflieger nach unten zu folgen versucht hatte, müsste er sich nach Vollendung der Rolle genau vor ihm befinden …

… und als er das Radar wieder einschaltete, war er da auch schon, weniger als vier Meilen voraus! Immer noch in Rückenlage funkte Carling: »Eins Neun, Fox zwei!«

Der Feuerleitcomputer hatte bereits eine wärmesuchende AIM-9X-Sidewinder-Rakete aus dem linken Waffenschacht ausgewählt und sie davonschießen lassen. Augenblicklich deaktivierte Carling sein Radar …

… doch kaum hatte er das getan, vernahm er vom Radarlotsen des AWACS: »Eins Neun – feindliches Flugzeug auf fünf Uhr, hoch, acht Meilen! Weitere feindliche Flugzeuge jetzt auf elf Uhr, neun Meilen sowie auf sieben Uhr, zehn Meilen!«

Sofort riss Carling das Flugzeug in eine enge, steil ansteigende Rechtskurve und machte sich an die Verfolgung des nächstgelegenen Ziels in seinem Rücken …

Doch genau darauf hatten die anderen chinesischen J-20-Kampfjets gewartet. Als er zu seinem Rechtsschwenk ansetzte, präsentierte er den links von ihm fliegenden Kampfjets seine heißen Triebwerksabgase, und zwei der J-20 feuerten eine Salve wärmesuchender PL-9C-Raketen ab. Das automatische Gegenmaßnahmensystem an Bord der F-22 reagierte sofort mit dem Aussetzen von Infrarottäuschkörpern und einer Warnung an den Piloten, und Carling scherte hart nach rechts unten aus, um den Raketen zu entkommen.

Dabei bot er dem östlich fliegenden Feindflieger jedoch ein perfektes Radarziel. Der feuerte zwei radargelenkte PL-12-Raketen ab. Ein Volltreffer ließ Carlings Raptor explodieren.

Unterdessen hatte Maili einen weiteren der drei noch verbliebenen J-20 abgeschossen, die es auf das AWACS Flugzeug abgesehen hatten. Die beiden noch verbliebenen chinesischen Kampfflugzeuge teilten sich auf und drehten von dem AWACS ab. »Brewski, sieht ganz so aus, als würden die J-20 hier oben in Ihre Richtung abdrehen.« Keine Antwort. »Brewski, können Sie mich hören?«

»Radarkontakt mit Eins Neun negativ, Führungspilot Siren«, funkte der Radarlotse. Maili fluchte in seine Sauerstoffmaske. »Achtung, feindliche Flugzeuge auf sieben Uhr, fünfzehn Meilen und näherkommend, zahlreiche Ziele. Feindliches Flugzeug auf zehn Uhr, sechs Meilen, dreht immer noch ab mit Kurs Südwest. Sein Flügelmann befindet sich auf zwei Uhr, Kurs Südwest.«

»Spyglass, scheint so, als könnten sie mich mit ausgeschaltetem Radar nicht sehen«, sagte Maili. »Wie sieht das Datenlink aus?«

»Ist klar derzeit, Eins Acht«, antwortete der Radarlotse. »Leitvektor links Steuerkurs zwo-acht-null. Wiederholte schwere Störmaßnahmen auf allen Frequenzen. Die Bomberformation befindet sich von Ihnen aus auf fünf Uhr, dreißig Meilen – von ihnen scheinen die schwersten Störmaßnahmen zu stammen. Allerdings nehmen sie ab, je weiter Sie sich entfernen.«

Maili schwenkte auf den neuen Steuerkurs ein, da sah er eine »RAKETE ABGEFEUERT«-Warnung auf seinem Multifunktionsdisplay. Er drückte auf den Startknopf, und eine AMRAAM schoss aus dem linken Hauptwaffenschacht. Wenige Sekunden später gewahrte er ein gleißend helles Aufblitzen in der Ferne, gefolgt von einem kurzen Feuerschweif, und dann ein blinkendes Sargrechteck auf seinem Display.

»Leitvektor links auf Steuerkurs null-fünf-null«, sagte der

Radarlotse. »Feindflugzeuge werden sich für Sie auf zwölf Uhr befinden, neun Meilen. Weiteres Feindflugzeug für Sie auf zwölf Uhr, sechs Meilen, hoch.« Die Gefahrenwarnanlage plärrte los. »Feindliches Flugzeug für Sie auf zwei Uhr, geht tiefer, scheint sich Ihnen im Sturzflug zu nähern. Zwei feindliche Flugzeuge für Sie auf zwölf Uhr, acht Meilen, beschleunigend, steigen höher, Entfernung zu Spyglass weniger als fünfzig Meilen.«

Maili fluchte leise, während er die Gashebel auf Nachbrennerzone eins schob. Die Datenverbindung war immer wieder unterbrochen, also schaltete er sein Radar ein, fand die beiden dem AWACS-Flugzeug am nächsten befindlichen J-20, nahm sie in die Fangpeilung und feuerte in rascher Folge zwei AMRAAMs ab …

… allerdings nicht, bevor die chinesischen J-20er vier radargelenkte PL-12-Raketen auf das AWACS-Flugzeug abfeuerten. Die PL-12 gehörten zu den weltweit modernsten Luft-Luft-Raketen; sie verfügten über vier verschiedene Lenkmodi, die alle bei diesem Angriff zum Einsatz kamen.

Zunächst erhielten sie beim Start vom Angriffsradarsystem der J-20 die Zielausgangsposition. Als Mailis AMRAAMs dann ins Schwarze trafen und die Radarsysteme des J-20 nicht mehr funktionsfähig waren, schalteten sie um auf den Trägheitssteuermodus, um sich selbstständig zu einem vorausberechneten Punkt zu lenken, an dem sich ihr Zielobjekt befinden konnte. Im Näherkommen schalteten sie dann ihre bordeigenen Radarsysteme ein, erfassten ihr Ziel und holten zum entscheidenden Schlag aus.

Kaum hatten sie ihre Endphasenlenkradarsysteme aktiviert, begann das AWACS-Flugzeug mit dem Aussenden von Störsignalen, warf Radar- und Infrarottäuschkörper aus und manövrierte so geschickt, wie dies für das große Flugzeug mit seinem auf dem Rumpf montierten, im Durchmesser dreißig Fuß messenden Radom möglich war. Dann jedoch bedienten sich die P-12 ihres vierten Endphasenlenkmodus und richteten sich auf die Störsignale selbst aus. Zwei der Raketen verfehlten ihr Ziel …

… aber die noch verbliebenen zwei PL-12 waren mehr als ausreichend, um das Werk zu vollenden. Sie bohrten sich in den Rumpf des AWACS, ihre fünfzig Pfund Hohlladungsgefechtsköpfe und ihre Lasernahzünder leisteten ganze Arbeit, rissen das Flugzeug in Stücke und ließen es ins Meer stürzen.

Maili sah den Feuerball in der Ferne und wusste, dass er zu spät kam. Kurz wanderten seine Gedanken hinüber zu dem großen Flugzeug und den mehr als zwanzig getöteten Besatzungsmitgliedern, dann aber musste er überlegen, wie er weiter vorgehen sollte. Er nahm eine kurze Einschätzung seiner Lage vor: Er verfügte noch über zwei AMRAAMs sowie eine Sidewinder, sein Treibstoff ging zur Neige, was aber keine große Rolle spielte, da sie sich alle auf denselben Ort zubewegten – die Insel Guam.

Er war entschlossen, so viele chinesische Kampfflugzeuge auszuschalten wie möglich. Er hatte noch immer vierhundertacht Schuss Zwanzigmillimetermunition für sein Bordgeschütz, und er war entschlossen, notfalls – wenn es ihm nicht gelang, ihre Formation aufzubrechen und sie zum Abdrehen zu zwingen – einen anderen Bomber in einer Kamikazeattacke zu rammen.

Er drehte ab in die Richtung, in der er die Formation vermutete, und aktivierte sein AN/APG-77-Radar, und tatsächlich, gerade mal dreißig Meilen in südöstlicher Richtung machte er die beiden V-Formationen aus – sie hatten sich nicht mal die Mühe gemacht, von ihrem ursprünglichen

Kurs oder ihrer Flughöhe abzuweichen. Sofort nahm er den am weitesten nördlich fliegenden Bomber in Fangpeilung und feuerte in der Hoffnung, der Anblick ihres abstürzenden Führungsflugzeugs würde die anderen veranlassen, abzudrehen oder doch wenigstens die Formation aufzu…

In diesem Augenblick erfasste sein Radar weitere mit hoher Geschwindigkeit in östlicher Richtung fliegende und sogar noch beschleunigende Ziele, die sich bereits wenige Sekunden nach dem Start der Schallmauer näherten. Marschflugkörper! *Überschallschnelle* Marschflugkörper!

»Achtung, Achtung, an alle Luft- und Seefahrzeuge, an alle Feuerleitstände auf dieser Frequenz«, schrie er auf seinem Kommandokanal und der internatonalen Notfunkfrequenz GUARD. »Hier Flug Siren Eins Acht, United States Air National Guard – hereinkommende Marschflugkörper mit Kurs Guam! Wenn Sie mich hören, gehen Sie in Deckung!«

Er befand sich Hunderte Meilen von der Andersen Air Force Base entfernt und von dort aus deutlich jenseits des Horizonts, und ohne das AWACS-Flugzeug als Kommunikationsschaltstelle für sein Joint Tactical Information Distribution System JTIDS empfing niemand sonst seine Radarbilddaten. Trotzdem konnte er nicht einfach stumm bleiben, solange …

Plötzlich sah er einen Lichtblitz von ungeheurer Helligkeit und verspürte ein gewaltiges Reißen in gegensätzlichen Richtungen, als sein F-22 Raptor von mehreren chinesischen PL-12-Raketen gleichzeitig getroffen wurde – und dann überhaupt nichts mehr.

ANDERSEN AIR BASE
Zur selben Zeit

Brad stellte im Cockpit den Schalter des Notstromaggregats auf »EIN« und den Batterieschalter auf »ALARM«, schwang sich dann auf den Sitz und schnallte sich an. Unten schlug Patrick auf den »ALARM-START«-Knopf auf dem Alarmschaltfeld für die Öffnung des Bugfahrwerks, wodurch augenblicklich beide Hilfsaggregate gestartet und bei allen vier Triebwerken die Startsequenzen eingeleitet wurden, dann hastete er die Leiter hinauf. Noch während er dies tat, erschien einer der Cheftechniker, riss die Bremsklötze weg und überprüfte das Flugzeug kurz auf heraushängende Teile, offene Montagedeckel und andere den Wartungsteams am Boden vorbehaltene Sicherheitsdetails. Rechts und links auf der Startbahn zwo-vier starteten Flugzeuge, die Luft war erfüllt von Triebwerksabgasen, und der Lärm war ohrenbetäubend.

Der Cheftechniker setzte sein Intercom-Headset auf. »Cheftechniker auf Empfang, Sir!«, sagte er. »Bremsklötze entfernt, Bombenschachtklappen und alle vier Triebwerke startklar!«

»Roger«, antwortete Brad. »Bombenschachtklappen werden geschlossen!« Dabei schlug er auf die Schalter, mit denen alle drei Gruppen von Bombenschachtklappen geschlossen wurden.

Unterdessen war auch Patrick ins Cockpit geklettert und schnallte sich hastig an.

»Bin auf Empfang!«, meldete Patrick.

»APUs eingeschaltet, Triebwerksstartsequenz läuft, Bombenschachtklappen sind geschlossen, Bremsklötze entfernt«, meldete Brad. »Ich bin angeschnallt, und mein Sitz ist scharf.«

»Meiner ebenfalls«, sagte Patrick. Zu zweit überwachten sie das Anlaufen der Triebwerke, wobei sie auf plötzliche steile Temperaturanstiege achteten – möglicherweise Anzeichen für eine Überhitzung während der Startphase. Als sich alle vier Triebwerkstemperaturen stabilisiert hatten, gab Patrick über Funk durch: »Sind startklar! Erbitte Freigabe für Rollbahn!«

»Cheftechniker klar für Start. Viel Glück, Sir.« Patrick drückte auf den Schalter der Rollscheinwerfer und gab etwas Schub, und schon setzte sich die Excalibur in Bewegung. Er konnte den Cheftechniker sehen, der ihn mit seinen fluoreszierenden Einweisstäben auf das Vorfeld dirigierte. Patrick und Brad waren mit Abstand die Ersten, die die Parkzone verließen.

Brad vergewisserte sich, dass die Funkgeräte konfiguriert waren. »Andersen Tower, hier Masters Null Drei«, sprach Patrick ins Funkgerät. »Rollen aus dem Unterstand, erbitte sofortige Startfreigabe.« Noch immer bewegten sich Brads Hände geschwind durch das Cockpit, stellten sicher, dass sich die Schalter für den Start in der richtigen Stellung befanden.

»Masters Null Drei. Hier Andersen Tower, Winde zwo-sieben null um elf, Startfreigabe erteilt, Startbahn frei.«

»Wir nehmen zwo-vier links«, sagte Patrick. Ihre Unterstände befanden sich genau am Ende von Startbahn zwo-vier, der Rollweg zum Start war also kurz. Über die Bordsprechanlage fragte er: »Wie sieht's aus bei mir, Brad?«

»Ich denke, ich bin durch, Dad«, sagte Brad, »aber überprüf es erst!«

»Dafür reicht die Zeit nicht«, widersprach Patrick. »Tragflächenschwenk, Vorflügel und Landeklappen sind startklar – wir legen los. Sollten wir etwas übersehen haben, kümmern wir uns darum, sobald wir in der Luft sind.«

Am Ende der Rollbahn vergewisserte er sich, dass die Bedienelemente startklar waren, sah sich kurz im Cockpit um, ob er womöglich irgendetwas Offensichtliches übersehen hatte, schob die Gashebel dann langsam hoch auf Vollschub ohne Nachbrenner, überprüfte die Schwenkdüsen, stellte sie hoch in Nachbrennerzone eins, überprüfte erneut die Anzeigen und ging dann hoch auf Zone fünf.

Die Excalibur raste die Startbahn entlang wie ein Gepard in vollem Lauf, hob ab und war in der Luft.

Patrick holte das Fahrwerk ein, fuhr Landeklappen und Vorflügel ein, schwenkte dann die Tragflächen nach hinten in die Reisesteigflugposition. »Nachstartcheckliste, Brad«, sagte er, und sofort rief dieser die entsprechende Seite auf eines seiner MFDs und prüfte, ob der Computer jeden Punkt der Sequenz abgehakt hatte.

»Checkliste abgeschlossen«, verkündete Brad.

»Danke«, sagte Patrick. »Ruf den nördlichen Evakuierungsanker auf – dort werden wir warten und uns den anderen anschließen, sobald sie es geschafft haben zu starten.«

»Roger.« Rasch rief Brad die entsprechenden Wegpunkte ab und überspielte sie. Guam benutzte mehrere Notwarteschleifen, Anker genannt, für alles, von Landebahnsperrungen bis hin zu Evakuierungen aufgrund von Taifunen. Der nördliche Anker befand sich zwanzig Meilen südlich der Insel Tinian. Der Tinian International Airport hatte eine Beton- und Asphaltlandebahn, die lang und stabil genug war, um die XB-1er aufzunehmen. Der Flughafen Saipan International, wenige Meilen nördlich von Tinian, besaß eine ebenso lange Landebahn wie Saipan, die jedoch bestand ausschließlich aus Asphalt und vermochte nicht einmal einen nur leicht beladenen XB-1 zu tragen.

»Umschalten Funkgerät Nummer eins auf Gefechtsleitstand.«

»Roger«, bestätigte Brad.

»Null Drei, hier Luftüberwachung«, antwortete der ranghöchste Radarlotse. »Verstehe Sie ausgezeichnet.«

»Sie sind schwach und kaum zu hören«, entgegnete Patrick.

»Wir benutzen tragbare Funkgeräte – haben in weiten Teilen des Stützpunkts noch immer keinen Strom«, sagte eine andere Stimme, dem Klang nach Colonel Warner »Cutlass« Cuthbert. »Sie müssen innerhalb von fünf Meilen um Andersen bleiben, damit wir in Verbindung bleiben können.«

»Wilco«, sagte Patrick. »Haben Sie Verbindung zu den Patriot-Batterien?« In der Nähe gab es vier Patriot-Luftabwehr-Stellungen: drei auf Guam selbst im Nordteil der Insel, eine auf dem Stützpunkt und eine ganz im Süden, dazu eine Batterie auf Tinian.

»Die Patriots sind startklar und autark, und sie sind mit Ihren Mode Twos versehen«, antwortete Cutlass. Bei Mode Two handelte es sich um einen codierten Transponder, der zur Identifizierung von einzelnen Militärflugzeugen benutzt wurde.

»Wie viele haben es geschafft?«

»Alle Flugzeuge der Alarmbereitschaft: eine B1-B, eine B-52H, eine B-2A, drei XB-1, zwei F-22, zwei F-15, dazu drei KC-135 sowie ein KC-10-Tankflugzeug«, zählte Cutlass auf. »Ich habe sie auf zehntausend Fuß in eine Warteschleife nordwestlich von FISON gelegt. Zurzeit funktioniert der Funk unserer Zentrale nicht, also versuchen wir, alle Flugzeuge hier auf Papier mithilfe des Patriot-Überwachungssystems auseinanderzuhalten.«

»Wie viele haben es außerdem noch geschafft?«, erkundigte sich Patrick.

»Neun der anderen B-52 werden innerhalb der nächsten dreißig Minuten starten. Möglicherweise schaffen wir es, den größten Teil der XB-1 und der B-1B in dreißig Minuten aufsteigen zu lassen, aber das dürfte eng werden. Ich werde Sie auf fünfundzwanzigtausend Fuß legen, General, direkt über der Startbahn, und Sie einen westlich ausgerichteten Rundkurs fliegen lassen. Die Kampfjets werde ich bei den Bombern der Alarmbereitschaft belassen, bis jemand irgendwas entdeckt, und dann hoffe ich, dass wir sie erwischen. Hoffentlich können Sie die H-6, oder was immer sie gegen uns aufbieten, ausmachen. Wir setzen Wells und Wickham in den Hänger mit den Fernsystemen, damit sie unsere Waffensysteme von dort aus steuern können.«

»Verstanden«, sagte Patrick. Er ging auf Steigleistung und setzte zu einem steilen Steigflug auf seine neue Patrouillenflughöhe an. Über die Bordsprechanlage sagte er: »Okay, Brad, schmeißen wir das Radar an und finden wir diese Mistkerle.«

Patrick legte einen dreischenkligen Suchkurs über dem Mittelteil der Insel fest, sodass es nur eine Teilstrecke gab, auf der die XB-1 nicht nach Westen ausgerichtet war.

»Hoffman und Eddington sind mit der Eins Vier in der Luft«, meldete Cutlass. »Sie werden auf einundzwanzigtausend Fuß gehen und dort einen dem Ihren entgegengesetzten Suchkurs fliegen, sodass wir mindestens immer ein nach Westen ausgerichtetes Radarsystem haben.«

»Verstanden«, sagte Patrick. Brad hatte eine Vogelperspektive des sie umgebenden Gebiets auf eines seiner zentralen MFDs gerufen, sodass sie alle die Insel umfliegenden Maschinen im Blick hatten. Das JTIDS schloss die Radardaten sämtlicher Flugzeuge sowie des Patriot-Radarsystems zusammen, damit Patrick und Brad die anderen Flugzeuge

»sehen« konnten, auch wenn sie sie mit ihrem bordeigenen Radar vielleicht gar nicht direkt erfassten.

Nur wenige Minuten später erblickten sie ein extrem schnelles Ziel, das sich von Westen her näherte. »Ich sehe etwas!«, rief Brad. »Es bewegt sich schnell, tiefer gehend, hält genau auf uns zu!«

»Geben Sie mir einen Steuerkurs von zwo-neun-null, Patrick«, sagte George Wickham, der Waffensystemoffizier für ferngelenkte Angriffswaffen. »Fangpeilung steht. Waffensysteme in Kürze scharf, lasse Ihre AMRAAMs anlaufen. Masters Eins Vier, gehen Sie auf Steuerkurs drei-null-null, Ihre Waffensysteme sind ebenfalls in Kürze scharf, Standby. Zweierformation Cougar Sieben und Zweierformation Buffalo Zwo Fünf, hereinkommende superschnelle feindliche Flugobjekte auf für Sie sieben Uhr, prüfen Sie, ob Sie sie ausmachen können.«

Patrick hatte gerade eben den Schwenk nach Nordwesten vollendet, als sich die vorderen Bombenschachtklappen öffneten und im Abstand von wenigen Sekunden zwei Raketen auf einem Feuerstreif in den Nachthimmel davonschossen, Sekunden später gefolgt von zwei weiteren. Unterhalb konnten sie weitere Feuerstreifen ausmachen, als auch die Raketen von Hoffman und Eddington losschossen, um sich ihre Ziele zu suchen. Die AESA-Radardaten der beiden XB-1 wurden an die Feuerleitcomputer der F-22 Raptors und F-15 Eagles weitergegeben, was es deren Raketen erleichterte, die in ihrem Rücken befindlichen Ziele in Fangpeilung zu nehmen, und Sekunden später waren auch deren Raketen in der Luft und beschrieben einen weiten Bogen am nächtlichen Himmel, als sie sich an die Verfolgung ihrer Beute machten.

In weniger als dreißig Sekunden war alles vorbei, es wurden keine weiteren chinesischen Marschflugkörper mehr entdeckt, keine weiteren AMRAAM-Raketen erhielten Startbefehl, und die vorderen Bombenschachtklappen schlossen sich.

»Was ist passiert?«, wollte Brad wissen. »Haben wir sie erwischt?«

»Ich weiß es nicht«, sagte Patrick. Er tippte auf den Mikroknopf. »Feuerleitstand, hier Masters Null Drei, können Sie mich hören?« Keine Antwort. »Null Drei an Systemfernleitstand, hier Null Drei – können Sie mich hören, Wick?« Immer noch nichts. »Das verheißt nichts Gutes.«

»Vielleicht sind wir außerhalb der Reichweite«, meinte Brad.

»Das werden wir gleich herausfinden«, sagte Patrick. »Eins Vier, hier ist Null Drei«, funkte er auf dem sicheren Kommandokanal. »Haben Sie Kontakt zu Cutlass?«

»Negativ, Null Drei«, erwiderte Tom Hoffman. »Auch nichts von dem für den Patriot-Angriff zuständigen Gefechtsleitstand.«

»Werde Stützpunkt überfliegen und mir das Ganze mit der Sniper-Kapsel ansehen«, sagte Patrick.

»Verstanden. Bleiben hier oben.«

Die gesamte Insel schien in völlige Finsternis getaucht. Auf dem Stützpunkt konnte Patrick ein paar Lichter ausmachen, aber ansonsten lag auch er weitgehend im Dunkeln. Er ging runter auf eintausend Fuß über Grund, wobei er Mount Santa Rosa, Mount Barrigada und andere Erhebungen und Hindernisse rings um den Stützpunkt im Blick behielt, ging dann runter auf Anfluggeschwindigkeit, schwenkte die Tragflächen nach vorn und fuhr Landeklappen und Vorflügel aus, um sich das Ganze genau anzuschauen.

»Eins Vier, hier Null Drei, sehe mehrere Einschlagstellen«,

meldete Patrick. Brad schien auf seinem Schleudersitz wie erstarrt, als er die erschreckenden Bilder der Sniper-Kapsel auf seinem MFD betrachtete. »Sieht nach Volltreffern auf die Kommandozentrale aus, mehrere weitere auf den Parkbereich für die Flugzeuge, die Treibstoffanlage und den Bereich der Umspannwerke. Mehrere Flugzeuge stehen in Flammen. Ein Krater etwa fünftausend Fuß breit auf der Startbahn zwo-vier links, allerdings etwas seitlich zwischen Start- und Rollbahn. Ich denke, er ist passierbar oder lässt sich umsteuern. Startbahn zwo-vier rechts hat ein paar Treffer abbekommen, die ist nicht mehr benutzbar.«

»Diese Mistkerle«, knurrte Hoffman.

Auf dem sicheren Kommandokanal sagte McLanahan: »Abbruch. Task Force Leopard, hier Masters Null Drei – können Sie mich hören?«

»Laut und deutlich, Sir«, antwortete Lieutenant Colonel Franklin »Wishbone« McBride, das älteste Mitglied der Alarmbereitschaft und Kommandeur der Spezialeinheit, der sich als Fliegerführer an Bord des B-2A-Spirit-Tarnkappenbombers befand.

»Haben Sie schon Verbindung zu PACAF aufgenommen, Wishbone?«

»Negativ«, sagte McBride. »Erst sollten sich alle Flugzeuge der Alarmbereitschaft auf ihren Rundkursen einrichten, anschließend wollte ich eine B-1 schicken, damit sie sich die Landebahn ansieht – was Sie bereits getan haben –, dann alle wieder runter auf den Boden holen und um Instruktionen bitten. Ihren Bericht vom Stützpunkt haben wir mitbekommen und uns über das JTIDS-Datenverbundsystem Ihr Sniper-Video angesehen. Wie es aussieht, ist Landebahn zwo-vier links tatsächlich noch halbwegs brauchbar.«

»Was reden Sie da, Wishbone?«, wollte Patrick wissen.

»Wir haben Kampfeinsätze zu fliegen. An Luft-Luft-Bewaffnung hab ich nur noch die Sidewinders, aber wir haben immer noch JASSMs und HARMs. Also an die Arbeit! Wir verschwenden bloß Treibstoff.«

»Was denn für Kampfeinsätze, McLanahan?«, fragte McBride, der ganz vergaß, den pensionierten General gebührend respektvoll anzusprechen. »Ich war dabei, als Cutlass es Ihnen erklärt hat: Die Einsätze auf unseren Computern *sind nicht real.*«

»Cutlass ist wahrscheinlich tot, McBride«, erklärte Patrick. »Ist das real genug für Sie? Ich hab mir einige der Ziele angesehen, und sie schienen mir durchaus real zu sein, und wenn eine SAM aufsteigt, dann haben wir es durchaus mit einem realen Ziel zu tun.«

»Sie sind verrückt, McLanahan!«, entfuhr es McBride. »Sie können diesen Jet nicht bis nach China und zurück fliegen! Das verstößt gegen die Vorschriften! Dazu sind Sie nicht befugt! Diese Flugzeuge gehören Ihnen nicht!«

»Da irren Sie sich, McBride. Sie gehören mir sehr wohl. Die Air Force hat sie lediglich von mir gemietet. Und ich habe noch nie von der Air Force gehört, dass unsere Einsätze nicht real wären. Werden Sie jetzt also den Luftschlageinsatz fliegen oder nicht, McBride?«

»Es gibt überhaupt keine Luftschläge, McLanahan!«, ereiferte sich McBride. »Begreifen Sie's nicht? Das ist alles nichts als Show. Und jetzt gehen Sie aus dem Funk und lassen Sie mich die Rückholung unseres Geräts auf den Boden koordinieren.«

»Ruf den Angriffsplan auf, Brad«, sagte Patrick über die Bordsprechanlage. Innerhalb weniger Sekunden hatte Brad ihn geladen. »Masters Flugzeuge, nehmen Sie Kurs auf ARCP Nummer eins. Meldung bei Ankunft dort.« Der Air Refueling Control Point, der Kontrollpunkt für das Betanken in der Luft, galt für alle Angriffspläne und Flugzeuge gleichermaßen.

»Null Fünf hat verstanden«, antwortete Ed Gleason.

»Null Neun, wilco«, antwortete Sam Jacobs, einer der jungen, nicht ehemals dem Militär angehörenden Piloten, die von Sky Masters für das Excalibur-Projekt angeheuert worden waren.

»Eins Vier, Roger«, antwortete Tom Hoffman.

»Was, zum Teufel, glauben Sie, was Sie da tun?«, fluchte McBride, der auf seinem JTDIS-Display offensichtlich bereits mitverfolgte, wie die XB-1er die ihnen zugewiesenen Parkorbits verließen. »Kehren Sie auf Ihre gottverdammten Warteschleifen zurück – *sofort!*«

»Flug Masters, umschalten auf KBAM Uniform«, kommandierte Patrick.

»Zwo verstanden.«

»Drei verstanden.«

»Vier verstanden.«

»Fünf verstanden.«

»Gib für mich die Battle-Mountain-UHF-Frequenz ein, Brad«, sagte Patrick.

»Erledigt.«

»Flug Masters, bestätigen!«

»Zwo bestätigt.«

»Drei bestätigt.«

»Vier bestätigt.«

»Fünf bestätigt.« Alle hatten begriffen, was Patrick im Sinn hatte.

»Wieso hast du das getan, Dad?«, wollte Brad wissen.

»Weil ich mir sicher war, dass alle Jungs aus Battle Mountain die Frequenz kennen, aber ich wette, dass die Air-Force-

Typen sie nicht kennen«, erklärte Patrick. »Ich habe keine Lust, mir McBrides Gefluche anzuhören.«

»Wir werden also einen Bombenangriff gegen China fliegen, Dad?«

»Es sei denn, du willst nicht mit dabei sein, Brad. Wie du schon sagtest, du bist nur für eine Evakuierung mitgekommen, nicht für einen Kampfeinsatz. Ich weiß ja nicht mal, ob du weißt, wie man die Angriffssysteme bedient. Die Bediener der Fernleitsysteme werden uns jedenfalls nicht zur Verfügung stehen.«

»Ich denke, das krieg ich schon hin.«

Patrick sah hinüber zu seinem Sohn. »Kommst du klar mit all dem hier, Brad?«

»Denke schon, Dad«, sagte Brad kleinlaut. »Ich meine, ich wollte für dich da sein, und wenn ich Nein sagen würde, müsstest du umkehren, landen, einen anderen finden, der dich begleitet – und womöglich würden sie dich erst gar nicht wieder starten lassen. Es ist nur ... Es ist nur ...«

»Was denn, Junge?«

»Ich hab nur Angst, ich könnte versagen«, gestand Brad. »Ich meine, ich war noch nie in einem Kampfeinsatz – außer im CID, und dieses Ding ist derartig überlegen, dass man das kaum als Kampfeinsatz bezeichnen kann.« Das CID, das kybernetische Infanteriegerät, war ein bemannter Roboter, der seinem Piloten unglaubliche Kräfte und Schnelligkeit, ein hervorragendes Sehvermögen und ebensolche Angriffsfähigkeiten verlieh, und entsprach in seiner Kampfkraft etwa einem kompletten Zug Infanterie. Brad hatte eine Prüfung darauf abgelegt und damit eine Gruppe von Terroristen aufgespürt und gefangen genommen, die seinen Vater hatten ermorden wollen. »Ich mach mir bloß Sorgen, ich könnte dich im Stich lassen.«

»Diese Sorge kennt jeder, Brad, ganz gleich, wie erfahren er ist.«

»Selbst du, Dad?«

»Natürlich«, gestand Patrick. »Ich führe meinen Sohn, vier weitere Besatzungen und deren Bomber in einen Kampfeinsatz gegen die größte Armee und die viertgrößte Luftwaffe der Welt. Du glaubst doch nicht, das würde mir keine Angst machen? Aber dann denke ich daran, was wir gerade eben auf der Andersen Air Force Base gesehen haben, ich denke daran, was die Chinesen in der Vergangenheit angestellt haben, und weiß, dass ich handeln muss.« Er drückte die Mikrotaste. »Flug Masters, ich weiß, Sie halten dies für vollkommen verrückt. Wenn Sie dieses Risiko nicht eingehen wollen, können Sie mit den anderen zur Andersen Air Base zurückkehren.«

»Wir denken nicht daran, uns abzusetzen, General«, entgegnete Ed Gleason. »Wir können von Glück reden, dass wir nicht am Boden waren, als diese Mistkerle uns angegriffen haben. Ich kehre nicht um, ohne es ihnen zumindest ein wenig heimgezahlt zu haben.«

»Drei ebenso«, funkte Sondra.

»Vier auch«, sagte Jacobs.

»Fünf gleichfalls«, antwortete Hoffman. »Für mich gilt das doppelt.«

»Ich danke euch, Leute!« Patrick warf einen Blick auf den Flugplan. »In einer Sunde und zwanzig Minuten erreichen wir den Startpunkt für die Gegenmaßnahmen. Überprüfen Sie noch einmal Ihre Ausrüstung und geben Sie mir Bescheid, wenn es irgendwelche Probleme gibt. Sehen Sie sich Ihre Ziele und Bedrohungen genau an und lassen Sie uns darüber sprechen. Und nochmals vielen Dank, dass Sie mir bei dieser Geschichte beistehen.«

KONTROLLRAUM IM WEISSEN HAUS, WASHINGTON, D.C.

Zur selben Zeit

»Was, zur Hölle, ist da passiert?«, verlangte Präsident Ken Phoenix zu wissen, als er entschlossenen Schritts den Kontrollraum betrat. »Was haben Sie, Bill?«

»Zwei Formationen aus insgesamt zwölf chinesischen H-6-Bombern, bestehend aus vier Tankflugzeugen für die Luftbetankung und acht Marschflugkörper mitführenden Bombern, haben die Andersen Air Base auf Guam angegriffen.« William Glenbrook, der Nationale Sicherheitsberater, wies auf die große, die ganze Wand einnehmende elektronische Schautafel. »Die Bomber wurden begleitet von acht hochmodernen J-20-Kampfflugzeugen der fünften Generation, die zwei F-22 Raptors sowie ein E-3-Sentry-Radarflugzeug abgeschossen haben.«

»Was?«, stieß der Präsident hervor. »Mein Gott …!«

»Anschließend haben die Bomber aus einer Entfernung von fünfhundert Meilen überschallschnelle Marschflugkörper abgefeuert, bei denen es sich vermutlich um AS-17er handelte«, fuhr Glenbrook fort. Er sah den Präsidenten direkt an und las die unausgesprochene Frage in seinem Gesicht. »Die Marschflugkörper waren nicht mit Nukleargefechtsköpfen bestückt, Mr. President, aber sie haben die Kommandozentrale des Stützpunkts, das Treibstoffvorratslager sowie das Stromnetz zerstört, eine Startbahn schwer beschädigt und ein halbes Dutzend Flugzeuge am Boden zerstört. Die mit Luft-Luft-Raketen bewaffneten Bomber, Kampfflugzeuge sowie die auf Guam aufgestellten Patriot-Batterien haben die Verluste wahrscheinlich einigermaßen gering gehalten, aber der Stützpunkt ist zweifellos schwer angeschlagen. Unsere

Ermittlungen laufen, um festzustellen, ob auch noch andere Flugplätze in der Nähe in Mitleidenschaft gezogen wurden.«

»Herrgott«, entfuhr es Phoenix leise. Dann sagte er entschieden: »Gehen Sie auf DEFCON Zwei.« DEFCON Zwei war nur zwei Schritte entfernt vom Eintritt in einen umfassenden Atomkrieg: Alle nuklearwaffentauglichen Flugzeuge und Schiffe wurden mit Nuklearwaffen bestückt, alles militärische Gerät auf alternative Einsatzbasen verlegt und verteilt, Kommandozentralen und Rekonstitutionseinrichtungen bemannt, die Sicherheitsstufen auf sämtlichen Stützpunkten auf die in Kriegszeiten geltende Stufe erhöht und die führenden Köpfe aus Militär und Regierung an abgeschiedene Orte gebracht, damit die Führung im Falle eines Angriffs handlungsfähig blieb.

»Verteidigungsminister Hayes hat den Befehl authentisiert. Wir befinden uns jetzt auf DEFCON Zwei«, meldete Glenbrook wenige Augenblicke darauf. »Er ist auf dem Weg nach Andersen, um dort an Bord der EB-4 zu gehen.« Die EB-4 war das National Airborne Operations Center oder NAOC, eine umgerüstete Boeing 747-200, ausgestattet mit umfassenden Kommunikations- und Überwachungseinrichtungen, um im Falle der Zerstörung oder des Ausfalls der bodengestützten Kommandozentralen die US-Streitkräfte weltweit führen zu können. Einstmals, vor ihrer Zerstörung durch einen russischen Marschflugkörper, auf der Offutt Air Force Base in Nebraska stationiert, waren die vier Flugzeuge vom Typ E-4B aufgeteilt und im Anschluss an den Amerikanischen Holocaust auf andere Stützpunkte innerhalb der Vereinigten Staaten verlegt worden. Eins war jedoch stets für die Nutzung durch den Präsidenten, den Vizepräsidenten oder den Verteidigungsminister in der Region Washington, D.C. stationiert. »Die Vizepräsidentin ist unterwegs zu Standort-R.« Standort-R war der Militärkomplex Raven Rock, eine unterirdische alternative Kommunikations- und Kommandozentrale in Pennsylvania, nur wenige Meilen nördlich von Camp David, Maryland.

»Wie, zum Teufel, sind diese Bomber in die Reichweite von Guam gelangt?«, wollte der Präsident wissen. »Hatten wir dort etwa keine Luftraumüberwachung?«

»Die chinesischen Bomber wurden von zwei F-22-Raptor-Kampfflugzeugen abgefangen, als sie noch sechshundert Meilen von Guam entfernt waren«, erklärte Glenbrook. »Diese waren gerade dabei, eine Sichtidentifikation durchzuführen, als sie von den J-20-Kampfjets angegriffen wurden. Mehrere chinesische Kampfflugzeuge wurden abgeschossen, allerdings waren unsere Jungs schlicht in der Unterzahl. Die Chinesen schossen an den Raptors vorbei und haben das AWACS-Radarflugzeug runtergeholt, wonach die chinesischen Kampfflugzeuge im Vorteil waren. Diese J-20 ist dem Raptor vermutlich in jeder Hinsicht ebenbürtig.«

»Hat überhaupt eines unserer Flugzeuge überlebt?«

»Ja, Sir«, antwortete Glenbrook. »In den Erstberichten heißt es, wir hätten noch einen B-2A-Spirit-Tarnkappenbomber, einen Bomber vom Typ B-1B Lancer, fünf Bomber vom Typ XB-1 Excalibur, zwei F-22A Raptors, zwei F-15 Eagles sowie vier Tankflugzeuge.«

Völlige Schockiertheit ließ den Unterkiefer des Präsidenten herunterklappen. »Sie … wollen sagen, das ist alles?«

»Das sind alle Langstreckenangriffs- und Luftverteidigungsflugzeuge, über die wir im Operationsgebiet des Westpazifik derzeit noch verfügen, Sir«, bestätigte Glenbrook. »Auf Hawaii haben wir zusätzlich eine Handvoll F-22 und F-15 stehen, einige weitere in Alaska sowie sechs XB-1-Bomber in Nevada, die gerade für ihre Verlegung fertig gemacht werden. Jetzt, unter DEFCON Zwei, Sir, schlage ich vor, den Flugzeugträgergefechtsverband *Nimitz* in den Westen von Hawaii zu verlegen. Die Chinesen haben Guam vollständig lahmgelegt. Als Nächstes könnte Honolulu an der Reihe sein.«

»Honolulu!«, stieß der Präsident hervor. »Unter gar keinen Umständen werde ich zulassen, dass sich irgendwelche Flugzeuge Honolulu auf Marschflugkörperreichweite nähern.«

»Wie möchten Sie vorgehen, Sir?«, fragte Glenbrook.

»Welche Möglichkeiten haben wir denn? Wo stehen die Flugzeugträger derzeit?«

»Der nächste verfügbare ist der Träger *Ford*, derzeit in der Javasee«, sagte Glenbrook nach einem Blick auf sein Tablet. »Der Träger *Nimitz* befindet sich im Westpazifik, allerdings haben Sie ihn zur Unterstützung der Verteidigung der Hawaiischen Inseln zurückbeordert. Ebenfalls im Westpazifik liegen derzeit noch zwei mit ballistischen Raketen bestückte U-Boote der Ohio-Klasse.«

Glenbrook brach ab, und die Augen des Präsidenten weiteten sich schockiert. »Das ist *alles?*«

»Aufgrund der Drohungen Chinas nach der Zündung der nuklearen Wasserbombe haben wir es nicht gewagt, Flugzeugträger oder U-Boote ins Südchinesische Meer zu entsenden«, erklärte Glenbrook. »Und abgesehen von den wenigen nach Japan und Korea verlegten Kampfflugzeugen waren die auf Guam stationierten Bomber die einzigen anderen Streitkräfte dort, und selbst die dienten lediglich der Machtdemonstration.«

»Und nun haben wir nicht einmal mehr das«, stöhnte der Präsident. Er musterte Glenbrook verwundert. »Wollen Sie etwa behaupten, die einzige noch verbliebene Möglichkeit ist … ein Angriff mit einer *seegestützten ballistischen Atomrakete?*«

»So ist es, Sir. Es sei denn, wir verlegen die Flugzeugträger aus dem Pazifik dorthin. Allerdings müssten wir sie bis auf wenige hundert Meilen vor die Küste verlegen, deutlich innerhalb der Reichweite ihrer ballistischen Antischiffsraketen und der überschallschnellen Cruise Missiles. Allerdings könnten sie dort angegriffen werden, und würde auch nur einer der Flugzeugträger vernichtet, wären die Verluste an Menschenleben ungeheuer, nahezu doppelt so hoch wie beim 11. September.«

»Mein Gott«, sagte Phoenix. »Ich werde also tatsächlich einen *Nuklearangriff* auf China erwägen müssen.« Er überlegte einen Moment. »Was ist mit begrenzten Angriffen gegen Ziele weitab der Ballungsgebiete?«

»Wir haben Ausweichpläne für Nuklearraketenangriffe mit geringer Sprengkraft auf vereinzelte Ziele innerhalb Chinas – Langstreckenradareinrichtungen, mobile Raketenabschussrampen, Lagerstätten für Nuklearwaffen, Kohlenbergwerke, Ölfelder und dergleichen mehr«, sagte Glenbrook. »General Conway kann Sie diesbezüglich informieren. Ich denke aber, die bessere Alternative wäre ein Angriff auf ihre Raketen-U-Boot-Stützpunkte und die landgestützten Silos ihrer Interkontinentalraketen, um die Gefahr für die Vereinigten Staaten auf ein Minimum zu reduzieren, und anschließend so gut es irgend geht ihre mobilen Nuklearraketen auszuschalten. Natürlich müssten wir diese Pläne mit unseren Verbündeten im Pazifikraum abstimmen. Sie sind durch mobile Raketen verwundbarer, als wir es sind.« Er hielt kurz inne, ehe er ergänzte: »Es gibt noch zwei weitere Optionen.«

»Die wären?«

»Die erste: Wir drohen damit, ihre Städte anzugreifen und zu zerstören.«

»Das ist verrückt. Sie wissen, dass ich das niemals tun würde, es sei denn, die Vereinigten Staaten würden mit Nuklearwaffen angegriffen. Und die andere Option?«

»Den Bedingungen zuzustimmen«, sagte Glenbrook. »Keine Militärkräfte im Südchinesischen Meer. China hat die volle und uneingeschränkte Kontrolle über die Inseln und Ressourcen im Südchinesischen Meer.«

»Was, zum Teufel, würden wir dadurch gewinnen, Bill?«

»Zeit«, sagte Glenbrook. »Zeit für den Wiederaufbau unserer Marine-, Langstrecken- und Weltraumstreitkräfte.«

»Für mich klingt das wie eine Kapitulation, Bill.«

»Unsere Alternativen sind begrenzt, Sir«, sagte Glenbrook. »Entweder wir nutzen unsere strategischen Nuklearstreitkräfte, um Chinas Fähigkeit zu einem Nuklearangriff auf uns und unsere Verbündeten zunichtezumachen – oder wir verhandeln.«

»Und hoffen darauf, dass sie uns nicht trotzdem angreifen«, murmelte der Präsident. »Setzen Sie sofort ein Treffen mit dem Nationalen Sicherheitsstab fest. In dieser Sache brauche ich den Input aller.«

IM OSTEN CHINAS, NAHE MACAU
Ungefähr zwei Stunden später

»Nicht identifiziertes Flugzeug, hereinkommend!«, schrie der Radarlotse in seine Sprechanlage. »Kurs null-acht-null, Entfernung zweihundert Kilometer, Geschwindigkeit zweihundert Kilometer in der Stunde! Mehrfachziele hereinkommend!«

»Geben Sie eine Luftabwehrwarnung an alle Batterien aus«, ordnete der Kommandeur des Luftabwehrabschnitts an. »Mehrere nicht identifizierte Flugzeuge nähern sich mit mittlerer Geschwindigkeit. Melden Sie, sobald alle Systeme bereit. Wie ist die Flughöhe der Ziele?«

»Flughöhe gleichbleibend bei eintausend Metern, Genosse Kommandant«, meldete der Lotse. »Alle Batterien melden bereit …« In diesem Augenblick erzitterte die digitale Radaranzeige des Lotsen und fror für ein paar Sekunden ein …

… und als sie wieder zum Leben erwachte, war der Bildschirm *voller* Ziele, Tausende von ihnen, alle mit den exakt gleichen Angaben zu Eigengeschwindigkeit, Flugrichtung und Höhe! »Genosse Kommandant, ich empfange Störsignale!«

»Abschalten, verdammt!«, brüllte der Kommandant. »Übertragen Sie Abfangmanöver auf S-300-Feuerleitstand des Primärsektors! Alarmieren Sie alle Radareinheiten, im Falle von Störsignalen in den frequenzagilen Modus zu wechseln!«

Die erste Salve aus zehn AGM-158-JASSM-Marschflugkörpern – jeweils zwei gleichzeitig von jeder XB-1 Excalibur abgefeuert – machte sich das Stör- und Täuschmanöver des elektronischen SPEAR-Dateneinstreuungssystems des Bombers zunutze und raste mitten hinein in das Herzstück des chinesischen Küstenradarnetzwerks sechzig Meilen südöstlich der Stadt Guangzhou und zerstörte die großen Langstrecken- und stationären Luftabwehrradarsysteme sowie die Stellungen der Boden-Luft-Raketen entlang der Küste.

Immer noch zehn Minuten von der Überquerung der Küstenlinie entfernt, hatten sich die XB-1-Bomber Seite an Seite auf gleicher Höhe fliegend entlang einer Sechzigmeilenfront aufgefächert und näherten sich mit sechshundert Meilen in der Stunde. Sie würden ihre AESA-Radars abwechselnd einschalten, zur Aktualisierung der taktischen Lage und um nach Kampfflugzeugen und anderem Luftverkehr Ausschau zu halten. Sie waren auf vierhundert Fuß über dem Wasser runtergegangen – hoch genug, um den meisten Hindernissen, Schiffen etwa, auszuweichen, gleichzeitig aber tief genug, um nicht vom Langstreckenradar erfasst zu werden.

Patrick und Brad befanden sich genau in der Mitte der Angriffslinie, wo sie die Marinebasis der Volksbefreiungsarmee in Zhongshan direkt aufs Korn nahmen. Bei jedem durch Turbulenzen ausgelösten Stoß, wann immer irgendein Licht vorbeischoss, ertappte sich Brad dabei, dass er nach dem Blendschutz am Oberrand des Instrumentenbretts griff.

»Alles okay bei dir, Brad?«, erkundigte sich Patrick.

»Denke schon«, murmelte Brad matt. Auf seinem MFD erschien eine Gefahrenwarnung. »SA-N-12, auf zwölf Uhr, dreißig Meilen.«

»Tipp auf den Warnhinweis«, sagte Patrick. Auf dem MFD öffnete sich ein kleineres Fenster mit einer schematischen Darstellung der Excalibur und einer Anzeige der noch verbliebenen Waffen. »Und jetzt tipp auf das HARM-Symbol und gleich noch einmal. Es müsste dir eine Bestätigungsanfrage anzeigen.«

»Stimmt.«

Patrick langte hinüber zu seiner linken Instrumententafel, klappte eine rote Sicherungsabdeckung auf und legte einen Schalter um. »Bestätigung durch Piloten erfolgt.«

Brad tat es ihm auf seiner rechten Instrumententafel nach. »Bestätigungsschalter oben.«

»Tipp auf das ANGRIFF-Rechteck, und dann pass auf deine Augen auf.«

Brad tippte auf den Bildschirm, und Sekunden später gab es einen gewaltigen Lichtblitz, als die HARM-Rakete aus ihrer Abschussschiene hervorschoss und in den dunklen Himmel davonraste.

Patrick schaute hinüber und sah Brad sich die Augen reiben. »Hab dich gewarnt. Dieses Raketentriebwerk ist ziemlich groß. In einer Minute sollten deine Augen wieder okay sein.« Sekunden darauf, Brads Augen hatten sich gerade wieder beruhigt, erlosch die SA-N-12-Warnung. »Guter Schuss.«

»Genau wie in einem Videospiel«, meinte Brad. Ein weiterer Warnton erklang. »Raketenstart! SA-11, ein Uhr!«

»Spul den Täuschkörper ab«, sagte Patrick. Brad tippte auf eine Bildschirmtaste, die den ALE-50-Schlepptäuschkörper aus einem Behälter im Heck abspulte. Patrick warf einen Blick durch die rechte Windschutzscheibe. »Siehst du das helle Licht dort, das aussieht wie ein wirklich heller Stern? Das ist die SA-11.«

»Du kannst sie auf uns zurasen sehen?«, stieß Brad hervor.

»Wir wissen ja gar nicht, ob sie auf uns zusteuert – eine der anderen Excaliburs könnte ebenso das Ziel sein«, sagte Patrick. »Behalt den Punkt auf der Windschutzscheibe im Blick. Wenn er seine Position nicht verändert, hält sie auf uns zu.«

»Ich sehe nicht, dass sie sich bewegt. Sie … Sie ist verschwunden!«

»Triebwerksbrennschluss. Sie rast jetzt antriebslos auf uns zu. Schalt mal kurz das AESA zu.«

Mit einer zittrigen Berührung des Bildschirms aktivierte Brad das Radar.

»Radartäuschkörper links, jetzt«, sagte Patrick ruhig, und als Brad auf den Touchscreen tippte, riss Patrick den Bomber in einen so engen Rechtsschwenk, dass Brad meinte, es würde ihm den Kopf abreißen! »Trackbreakers und SPEAR prüfen!«

Brad musste seinen Blick erst wieder auf das Multifunktionsdisplay konzentrieren. »Trackbreakers aktiviert!«, sagte er schließlich. »SPEAR aktiviert!«

»Rechter Radartäuschkörper, *jetzt!*«

Brad nestelte ungeschickt herum, traf aber schließlich die richtige Taste, gerade noch rechtzeitig, ehe Patrick zu einem weiteren harten Schwenk ansetzte.

»Ich glaube, sie hat uns verfehlt.«

»Uns ja, aber den Täuschkörper hat sie erwischt«, sagte Brad. »Soll ich den anderen aussetzen?«

»Halt ihn besser noch zurück, für unseren Abflug«, meinte Patrick. »Wie es aussieht, haben wir wieder trockene Füße.«

»Hä?«

»Sind wieder über Land«, sagte Patrick. »Jetzt noch einmal kurz das AESA.« Brad schaltete das Radar ein, bis sie eine saubere, klare Radardarstellung von beinahe Fotoqualität erhielten, schaltete dann wieder auf Stand-by. »Schau an, sieht ganz so aus, als hätten wir unser erstes Schiff, auf ein Uhr. Scheint ein großes zu sein. Kannst du es auf dem Sniper ausmachen?«

Brad aktivierte die Sniper-Zielerfassungskapsel und zoomte das Ziel heran. »Groß ist es, so viel steht fest. Ob es ein Flugzeugträger oder sonst was ist, kann ich nicht sagen.«

»Markier es, und dann wollen wir mal sehen, wie es mit einer JASSM im Rumpf weiterfährt.«

Brad berührte die Darstellung auf seinem Bildschirm, wählte eine AGM-158 aus und bestätigte. Die mittleren Bombenschachtklappen öffneten sich. »Rakete ab!«

Dann, als sie näher kamen, wurde offenkundig, dass das

Ziel kein Kriegs-, sondern ein Containerschiff war. »Dir bleiben ein paar Sekunden«, sagte Patrick. »Scanne rechts und links und sieh, ob es irgendwelche geeigneteren Ziele gibt.«

Brad wischte mit dem Finger auf der Darstellung des Snipers nach links, wodurch sich dessen Kamera in dieselbe Richtung bewegte. »Da!«, rief er. »Das sieht *bestimmt* aus wie ein Flugzeugträger!«

»Markier ihn«, sagte Patrick. »Der Computer wird dich fragen, ob du einen weiteren Abschuss möchtest oder der bereits in der Luft befindlichen Rakete eine neue Zielvorgabe gibst. Wähle RE-DSG aus. Gut, genau rechtzeitig. Jetzt geh auf den Raketensucher.«

Brad tat es und konnte die JASSM mitten in die Hangaröffnung auf der Backbordseite des Flugzeugträgers rasen sehen.

»Keine Ahnung, ob das ein chinesischer oder ein russischer Flugzeugträger war«, sagte Patrick, »aber erwischt hast du ihn.« In der Ferne glühte ein gewaltiger Feuerball auf, und in der Darstellung des Snipers sah es so aus, als würde sich der Flugzeugträger – während weitere Explosionen aufflammten – weit nach rechts neigen, wie ein Spielzeugboot, das in der Badewanne unter den Strahl des Wasserhahns gerät.

»Sauberer Treffer, Brad«, sagte Sondra im Funk. Ihre Excalibur befand sich zehn Meilen südlich. »Wir nehmen jetzt gleich den Luftstützpunkt Fushan unter Beschuss. Gebt uns ein paar Sekunden Zeit, ehe ihr eure Rakete abfeuert.«

»Roger«, antwortete Patrick. Für einen kurzen Moment sah er die Anzeige für die Aktivierung von Sondras AESA-Radar, dann die Warnungen, dass zwei JASSMs in der Luft waren. Er wartete ein paar Sekunden, dann sagte er: »Freigabe erteilt für Raketenabschuss auf Fushan, Brad.«

»Roger.« Brad tippte auf das grüne Dreieck, das den Luftwaffenstützpunkt Fushan umgab, wählte zwei JASSMs aus, bestätigte die Auswahl und ließ sie davonschießen.

Im selben Augenblick erblickte Bad ein blinkendes Rechteck um eine der anderen Excaliburs. »Was bedeutet das, Dad?«

Patrick sah hin, schnappte laut nach Luft. »Blinkendes Sargrechteck, Jacobs ist getroffen worden«, sagte er. Er riss die Excalibur in einen harten Rechtsschwenk. »Konzentrier dich wieder auf das Geschehen«, sagte er sich mit halblauter Stimme. »Noch zwei JASSMs und drei HARMs übrig. Mal sehen, ob sich feststellen lässt, wohin sie angeblich diese DF-21D um Huizhou verlegt haben.«

»Kampfflieger hereinkommend!«, rief Brad aufgeregt. Nördlich von ihnen erschienen zwei Flugzeugsymbole, beide mit Dreiecken vor dem Bug, die den geschätzten Erfassungsbereich ihres Radars anzeigten. »J-15er. Sie kommen direkt auf uns zu!«

»Halt weiter nach den DF-21 Ausschau«, mahnte Patrick. »Ich behalte die Kampfjets im Blick.« Es war jedoch offensichtlich, dass die Kampfjets direkt auf sie zuhielten. »Ihr Radar erfasst uns nicht, aber sie verfolgen uns offenbar mit Infrarot.« Er wählte beide Flugzeugsymbole aus, dann eine AIM-9X für jedes Feindflugzeug und bestätigte. »Vordere Bombenschachtklappen geöffnet.«

Zwei Raketen lösten sich aus dem vorderen Bombenschacht und rasten davon in die Weite. Beide Kampfjets scherten in unterschiedliche Richtungen aus, nachdem sie offenbar die Raketenstarts entdeckt hatten.

»Hab ihn, Dad!«, schrie Brad. Dort, auf den Sniper-Bildern auf Brads MFD, war etwas zu sehen, das zwei mobile Raketenstartrampen zu sein schienen, die, kaum von Bäumen verdeckt, auf freiem Feld standen. »Ich werde sie anvisieren und …«

»Warte«, sagte Patrick. »Da scheint was faul zu sein. Sie stehen einfach so im Freien. Scann ein wenig das Umfeld.«

Brad schwenkte die Kamera nach rechts und links, und tatsächlich, mehrere Hundert Meter weiter östlich stand eine weitere, aus zwei Startrampen bestehende Einheit, diese jedoch schienen unter Tarnnetzen verborgen, waren von mehreren weiteren Fahrzeugen umgeben, und es gab Wärmepunkte sowohl auf dem Motorraum als auch an verschiedenen Stellen rings um das Fahrzeug. Sogar einige Personen konnte Brad in der Nähe umherlaufen sehen.

»Welche davon ist die richtige?«, fragte Brad. »Sehen beide echt aus.«

»Du bist heute der Bordschütze, Brad«, sagte Patrick. »Such dir eine aus und …«

Die Raketenwarnung erschallte. Von der Entdeckung der DF-21 abgelenkt, hatte Patrick die beiden J-15-Kampfjets direkt hinter ihnen herankommen lassen. »Radartäuschkörper! Infrarottäuschkörper!«, schrie er, und kaum sah er Brads Finger den Bildschirm berühren, riss er den Steuerknüppel ruckartig nach links und wieder zurück, schaltete die Nachbrenner zu und begann einen steilen Steigflug mitten zwischen ihre Verfolger. Sie vernahmen ein lautes Surren an der linken Tragfläche, und Sekunden später erhielten sie eine Warnanzeige auf ihren MFDs.

»Feuer in Triebwerk Nummer eins!«, rief Patrick. Er zog den Schubhebel aus der Nachbrennerposition, nahm den Gashebel Nummer eins zurück bis zur Triebwerksabschaltung und hämmerte auf den Feuerlöschknopf. Sekunden später erlosch die Feuerwarnung.

»Was soll ich tun? Was soll ich tun?«, schrie Brad.

»Erst mal musst du dich *entspannen*«, rief Patrick. »Überprüf die Triebwerksanzeigen. Ich werde versuchen, den Kampfjet zu finden.«

»Geben Sie Ihren Status an, Null Drei«, forderte Sondra über Funk.

»Hab einen irgendwo im Nacken sitzen«, erklärte Patrick. »Bin schon unterwegs.«

Patrick schaltete kurz das AESA-Radar ein, doch von dem chinesischen Kampfjet war nichts zu sehen. »Keine Spur von ihm. Hast du die DF-21 immer noch in Fangpeilung?«

Brad warf einen prüfenden Blick auf seine Displays, und tatsächlich, die Sniper-Zielerfassungskapsel zeigte nach wie vor eine Fangpeilung an. »Ja!«

Patrick vollführte einen leichten Linksschwenk, bis sie die Darstellung der DF-21 sehen konnten. »Schnapp sie dir«, sagte er, und Sekunden später waren die beiden letzten JASSMs in der …

Just in diesem Augenblick war ein donnerndes BRRRRRAAAAPPPP! zu vernehmen, das die linke Flanke der Excalibur vom Heck bis zum Bug entlangzulaufen schien. Seitenfenster und linke Windschutzscheibe des Piloten zerbarsten, und auf Patrick ging erst ein Glassplitterregen nieder, dann trafen ihn Winde von dreifacher Hurrikanstärke. Sein Körper wurde hin und her gerissen wie eine Lumpenpuppe, die man bei starkem Wind aus einem fahrenden Fahrzeug hält.

»Dad!«, schrie Brad. Augenblicklich übernahm sein Flugtraining. Er legte die Hände auf Steuerknüppel und Gashebel, nahm Schub zurück, drückte den Hebel für die Tragflächenverstellung nach vorn und setzte zu einem Steigflug an. Es klang, als stünde er wenige Zentimeter von einem mit voller Geschwindigkeit vorbeidonnernden Güterzug entfernt.

Das Ausmaß der Verletzungen seines Vaters vermochte er nicht einzuschätzen, nur dass er hilflos und verwundet war. Er saß nur Zentimeter von ihm entfernt und konnte doch nichts für ihn tun. »Oh Gott, Dad!«

Dann sah er es auf seinem MFD – die F-15 war zurück, brachte sich für einen weiteren Raketenabschuss in Position. Brad versuchte dem Kampfjet entgegenzusteuern, doch es war, als wäre die Steuerung halb eingefroren, und seine Manövrierfähigkeit ging gegen null. Sie befanden sich jetzt fast innerhalb des Radarkegels … Die Raketenwarnung plärrte, blinkte jetzt sogar … Jetzt befanden sie sich deutlich innerhalb des Radarkegels …

… und in diesem Augenblick erschien ein Sargrechteck um die F-15, das kurz darauf erlosch.

»Sieht so aus, als hättest du den Rücken wieder frei, Null Drei«, funkte Sondra. »Bei euch alles in Ordnung?«

»Wir haben einen Triebwerksausfall und wurden auf der linken Seite getroffen«, antwortete Brad. »Dad ist bewusstlos.«

»Roger«, antwortete Sondra. Brad fand es unglaublich, wie ruhig sie klang, und eben das half ihm, allmählich wieder die Kontrolle über seine zitternden Arme und Knie zu erlangen. »Ich sehe euch im Nachtsichtgerät. Werde jetzt an eurer linken Flanke hochkommen. Flieg du einfach nur das Flugzeug. Kurs Osten.«

Je weiter sie nach Osten steuerten, desto mehr Radarwarnungen gingen bei ihnen ein, und kurz darauf waren sie zu einem ständigen Begleiter geworden – und dann erhielt er immer mehr Anzeigen von Kampfjets, die sich sowohl von Norden als auch von Süden näherten.

Sondra schob sich neben Brads angeschlagenen Bomber, und Lisa Mann, ihre Kopilotin, begutachtete den Schaden.

»Du verlierst Treibstoff, an Nummer zwei könnte ein Triebwerkbrand ausbrechen, und möglicherweise wirst du die Tragflächen nicht mehr ganz nach vorn schwenken können.«

»Was sollen wir tun, Sondra?«, fragte Brad.

»Flieg du einfach nur das Flugzeug, Brad«, sagte sie. »Dein Job ist es, an meiner Tagfläche dranzubleiben.«

»Aber die Kampfjets ...«

»Bleib an meiner Tragfläche dran«, wiederholte Sondra. »Wenn wir getroffen werden, denk dran, wie du bei einem Ausstieg vorgehen musst.«

»Aber was ist mit meinem Dad?«

»Denk nicht daran, Brad«, sagte Sondra. »Bleib an meiner Tragfläche, und falls wir getroffen werden, denk an das Ausstiegsprozedere.«

»Aber ich kann doch nicht einfach aussteigen, ohne irgendwas zu tun!«, sagte er. »Vielleicht kann ich seine Schleudersitzarretierung unmittelbar vor meiner ziehen!«

»Bleib einfach an meiner Tragfläche dran, Brad!«, wiederholte Sondra abermals. Mittlerweile näherten sich ihnen wenigstens ein halbes Dutzend Kampfjets von drei Seiten. Jeden Moment würden sie von ihnen umringt sein.

Tief unten gab es ein gewaltiges Blitzen und einen kurz auflodernden Feuerpilz ...

... und dann, einer nach dem anderen, begannen die Symbole der feindlichen Kampfjets zu erlöschen, und die Radarwarnung verstummte.

»Flug Masters, hier Spirit Drei Null auf GUARD«, funkte Lieutenant Colonel McBride auf der internationalen Notfunkfrequenz. »Schalten Sie wieder um auf Kommandokanal.« Brad tat es und hörte McBride sagen: »Flug Masters, Task-Force Leopard, erbitte Rückmeldung.«

»Eins bestätigt«, antwortete Brad.

»Zwei bestätigt.«

»Drei bestätigt.«

Es entstand eine kurze Pause im Gedenken an Sam Jacobs, dann erwiderte Tom Hoffman: »Fünf bestätigt.«

»Werden jetzt jeden Moment an Ihnen vorbei hereinkommen«, sagte McBride. »Sie haben freie Bahn.«

»Negativ, negativ!«, antwortete Sondra. »Drei Null, ich sehe hereinkommende Kampfjets von Osten. Sie scheinen sich an Ihre Fersen geheftet zu haben!«

»Haben sie, aber das sind Kampfjets der Republik China, nicht der Volksbefreiungsarmee«, sagte McBride. »Sie werden euch den Weg freimachen, während sich der Rest der Task-Force Leopard der Ziele annimmt, die ihr nicht erwischt habt. Am zweiten ARCP wartet ein Tankflugzeug, für den Fall, dass ihr eins benötigt.«

»Sie sind uns bis hierher gefolgt? Wieso haben Sie nichts gesagt?«

»Ihr Verrückten hattet eure Funkgeräte abgeschaltet oder auf irgendeinen anderen Kanal eingestellt«, sagte McBride. »Da war jede Menge Gebrüll und Gekreische von Honolulu nach Washington zu hören, das ihr verpasst habt, aber da wir euch nicht aufhalten konnten, haben wir uns gedacht, leisten wir euch besser Gesellschaft. Die Taiwanesen waren mehr als hilfsbereit, und die philippinische und die vietnamesische Luftwaffe fliegen ebenfalls Patrouille für den Fall, dass noch weitere Kampfjets der Volksbefreiungsarmee in das Spiel einsteigen wollen.«

»Danke, Leute«, sagte Brad. »Ihr habt uns echt den Arsch gerettet.«

»Ihr habt doch nicht etwa geglaubt, wir würden euch hierherfliegen und den ganzen Ruhm einheimsen lassen, oder?«, sagte McBride.

Brad sah zu seinem Vater hinüber, der, voller Glassplitter und Blut, in seinem Schleudersitz festgeschnallt saß, während sein Kopf von dem starken Sog unkontrolliert hin und her gerissen wurde. Brad konnte nicht das Geringste tun, um ihm zu helfen. Im Augenblick hatte er wirklich nicht das Gefühl, Ruhm einzuheimsen.

EPILOG

BÜRO DES GENERALSTABSCHEFS, HAUPTQUARTIER DER VOLKSBEFREIUNGSARMEE, PEKING, CHINA

Drei Tage später

»Der Plan ist einfach, Genosse General«, sagte Admiral Zhen Peng, Kommandeur der Südmeerflotte der Marine der Volksbefreiungsarmee. »Erstens gilt es, alle Anlagen auf der Insel Guam zu zerstören. Die bei unserem ersten Angriff entstandenen Schäden sind unzureichend. Allerdings wurden zahlreiche Patriot-Luftabwehrsysteme vernichtet und bislang auch nicht ersetzt, und natürlich befinden sich die mit Luft-Luft-Raketen bestückten Bomber nicht mehr dort. Wir haben nach wie vor eine größere Menge Nuklearraketen vom Typ AS-19 bereitstehen, mit denen unsere noch erhaltenen H-6-Bomber bestückt werden können, um mit dem Luftwaffenstützpunkt auf Guam kurzen Prozess zu machen.«

General Zu sagte nichts, hatte den Blick nur starr ins Leere gerichtet, eine nahezu heruntergebrannte Zigarette in den Fingern.

»Zweitens strafen wir jede Nation ab, die den Amerikanern bei besagtem Angriff auf Guangzhou beigestanden hat«, fuhr Zhen fort. »Taiwan, die Philippinen und Vietnam müssen für ihre Einmischung bezahlen. Es gilt, umgehend eine Reihe von Schlägen gegen ihre wichtigsten Luftwaffen- und Marinestützpunkte durchzuführen. Drittens drohen wir jeder

Nation, die es künftig wagt, uns anzugreifen, mit sofortiger nuklearer Vergeltung. Schon auf den Angriff gegen Guangzhou hätten wir mit einem Angriff auf die Aleuten oder Hawaii antworten sollen, aber egal – wir werden den Amerikanern unmissverständlich zu verstehen geben, dass ihre wichtigsten Stützpunkte im Pazifik zu nichts als verkohlten Trümmern zerfallen, wenn sie …« Unvermittelt wurde die Verbindung unterbrochen.

»Noch etwas, das hier nicht funktioniert«, sagte Zu halblaut. Er trat hinüber an sein kugelsicheres Bürofenster. In der Ferne konnte er mehrere schwarze Rauchwolken und immer wieder kurz auflodernde Flammen sehen, vermutlich ausgelöst durch neue Proteste. Mittlerweile zählte man die zivilen Opfer dieser Zusammenstöße nicht mehr nach Hunderten, sondern Tausenden. Gleichwohl nahmen die Proteste nicht nur kein Ende, sie weiteten sich aus und nahmen sogar noch zu.

An der Tür klopfte es. »Kommen Sie herein«, kommandierte Zu, und sein stellvertretender Generalstabschef, General Sun Ji, trat ein. »Ich sprach gerade mit Admiral Zhen, als wir unterbrochen wurden«, sagte Zu. »Holen Sie ihn für mich wieder in die Leitung.«

»Ich fürchte, das ist unmöglich, Genosse Admiral«, sagte Sun.

»Wieso?«

»Zhen wurde soeben wegen Verrats und Versäumnisses seiner Dienstpflichten verhaftet, Genosse Admiral. Er wurde verurteilt und wird standrechtlich hingerichtet.«

»Was?!«, donnerte Zu und fuhr hoch. »Wer hat das angeordnet? Ich habe nichts dergleichen befohlen! War es etwa dieser eitle Fatzke Gao? Ich werde diesem Kerl eigenhändig den Verstand aus dem Leib prügeln, ehe ich ihn ins Gefängnis werfe! Ich fragte, wer hat Zhens Verhaftung angeordnet, Sun?«

»Das war ich, Zu«, sagte eine Stimme aus dem Vorzimmer, und zu Zus völliger Verblüffung betrat Zhou Qiang das Büro.

»Sie!«, stieß Zu hervor. »Ich dachte, Sie wären tot!«

»Wenn Sie das nächste Mal jemandes Tod wünschen, Zu, nehmen Sie das besser selbst in die Hand, damit Sie auch sicher sein können, dass die Arbeit ordnungsgemäß ausgeführt wird«, entgegnete Zhou. »Zhen wird nicht der Einzige sein, der heute Abend standrechtlich hingerichtet wird.«

»Sie Bastard!«, schrie Zu, riss eine Schreibtischschublade auf, nahm eine NORINCO Modell 77B heraus, die er dort stets aufbewahrte, zielte und drückte ab – doch nichts geschah.

»Und Sie sollten sich stets persönlich davon überzeugen, dass Ihre Waffen geladen sind, Zu«, ergänzte Zhou.

Vor Fassungslosigkeit traten Zu die Augen aus den Höhlen, während er sich dem einzigen Mann zuwandte, der jederzeit Zugang zu seinem Büro und Schreibtisch hatte – seinem stellvertretenden Stabschef Sun Ji, der, die Hände hinter dem Rücken, lächelnd hinter Zhou stand. Auf einen Wink Suns eilten mehrere Soldaten herein, legten Zu in Handschellen und schleiften ihn hinaus.

»Ich bin froh, dass dieser Albtraum ein Ende hat«, sagte Zhou. Er wandte sich herum zu Sun. »Sie werden das Amt des Generalstabschefs übernehmen. Ich werde Sie bei der Zentralen Militärkommission für diesen Posten empfehlen.«

»Vielen Dank, Genosse Vorsitzender«, sagte Sun.

»Ich werde es Ihnen überlassen, sich mit den Russen über die Versenkung ihres geschätzten Flugzeugträgers *Vladimir Putin* in der Zhunjiang-Bucht ins Benehmen zu setzen«, sagte Zhou. »Offen gesagt, ich hoffe, sie ersticken daran. Was haben sie nur erwartet, als sie sich mit einem Größenwahnsinnigen wie Zu eingelassen haben?«

»Hätte man mich gefragt, Genosse Vorsitzender, ich hätte Zu von diesem Handel mit den Russen abgeraten«, sagte Sun. »Man kann ihnen nicht vertrauen.«

Zhou musterte Sun eine Weile lang aufmerksam, dann sagte er: »Ihnen kann man ebenfalls nicht trauen, Sun.«

General Sun kniff überrascht die Augen zusammen, verharrte aber, die Hände hinter dem Rücken, in Rührt-euch-Stellung.

»Vielleicht kann man in diesen Zeiten niemandem trauen«, sagte Zhou. »Vielleicht sollte China das tun, was es in seiner viele Tausend Jahre langen Geschichte immer schon getan hat: sich in sich selbst zurückziehen und sich der modernen Welt verschließen, ganz gleich, ob es sich dabei um das Portugal des 17. Jahrhunderts handelt, das England des 19. oder das Amerika des 21. Jahrhunderts.« Er schüttelte den Kopf. »Ich werde jetzt nach Hause gehen, Sun. Morgen ist der erste Tag der Zukunft Chinas. Vergessen Sie das nicht.«

Sun nahm zackig Haltung an, als Zhou schlurfenden Schritts das Büro des Generalstabschefs verließ.

Als Sun hörte, wie sich die äußere Tür schloss, löste sich seine Anspannung. Er ging hinüber zu Zus Schreibtisch, setzte sich in dessen Sessel und legte die Füße auf den Tisch.

»Sie sind ein seniler, hoffnungsloser, wankender alter Mann, Präsident Zhou«, sagte General Sun. »Sie gehören in die Gosse geworfen, zusammen mit dem Politbüro, dem Zentralkomitee und all den anderen abgehalfterten Politgrößen. Wenn Sie mit der modernen Welt nicht Schritt halten können, sollte man sich Ihrer entledigen.« Er fand eine von Zus Zigaretten mitsamt Feuerzeug und steckte sich eine an. »Und ich bin genau der Mann, der dafür sorgen wird.«

ALTSTADTFRIEDHOF, SACRAMENTO, KALIFORNIEN
Zur selben Zeit

Die Ehrengarde faltete das Sternenbanner zusammen, das den prunkvollen Sarg geziert hatte, dann hielt es der Captain der Ehrengarde zwischen seinen Handflächen. Sie standen vor der Urnenhalle der Familie McLanahan auf dem historischen Friedhof im Zentrum von Sacramento, ebenjenem Friedhof, auf dem seit nahezu zweihundert Jahren die sterblichen Überreste der McLanahans begraben lagen.

Doch anstatt dass der Captain die Fahne einem Mitglied der Familie übergab, überreichte er sie Präsident Kenneth Phoenix, der in Begleitung von Vizepräsidentin Ann Page gekommen war. Der Präsident nahm sie entgegen und drückte sie an seine Brust, und Ann berührte sie. Zusammen wandten sie sich herum und schritten hinüber zu der vorderen Reihe von Familienmitgliedern, die dem leeren Sarg am nächsten saßen. Vor Bradley blieb er stehen, verneigte sich in der Hüfte, hielt ihm die Fahne hin und sagte mit gedämpfter Stimme: »Bradley, Nancy, Margaret, im Namen einer dankbaren Nation …«

Dann hielt er inne. Ein Schluchzen unterdrückend, presste Phoenix die zusammengelegte Fahne erneut an seine Brust, dann sank er auf der Kunstrasenumrandung des Sarges unvermittelt auf die Knie. Die den Präsidenten begleitenden Agenten des Secret Service drängten sofort nach vorn, in der Befürchtung, er könnte womöglich krank oder einfach nur vom Kummer überwältigt sein, doch Ann Page warnte sie mit einem kaum hörbaren verärgerten Knurren zurückzubleiben.

»Bradley, ich bitte Sie noch einmal«, beschwor ihn Präsident Phoenix mit gesenktem Haupt und leise flehender Stimme, »erlauben Sie mir, die Überreste Ihres Vaters nach Washington zu überführen. Er verdient es, sich im Tod zu den größten Helden unseres Landes zu gesellen. Er verdient es, von jedem treu ergebenen Soldaten, Matrosen, Flieger und Marinesoldaten auf dem Friedhof Arlington geehrt zu werden.«

Bradley, von seinen Tanten getröstet, schluchzte eine längere Weile, schüttelte dann den Kopf. »Nein, Mr. President«, sagte er. »Dad hätte das nicht gewollt. Ich weiß nicht viel über meinen Dad, aber das weiß ich: Er selbst hielt sich nicht für einen Helden. Er war ein Mannschaftsspieler, schlicht und einfach. Ich weiß nicht, was das ist, aber genau das war er. Das ist alles, was ich über ihn weiß. Er hatte ein Ziel vor Augen, plante einen Einsatz und setzte den Plan in die Tat um. Er erwartete weder Lob noch Referenzen oder Ehrungen. Alles, was er wollte, waren Ergebnisse und danach die Erlaubnis, nach Hause zurückkehren zu dürfen.«

»Himmel, Bradley«, sagte Ann Page. »Ihr Vater war eine der inspirierendsten Persönlichkeiten des 20. und 21. Jahrhunderts. Sie können ihn doch nicht einfach … einfach beerdigen. Denken Sie an Ihr Land. Wir brauchen Helden, Brad. Ihr Vater ist das perfekte Beispiel dessen, wonach Amerika streben sollte.«

»Schon möglich, Miss Vice President«, sagte Bradley, »nur dass mein Dad das nicht eine Sekunde akzeptieren würde, und das wissen Sie.« Ann senkte in stummer Zustimmung den Kopf. »Dad hat die Dinge getan, weil sie getan werden mussten, weil ein Kampf stattfand und er das Gefühl hatte, sich einmischen und engagieren zu müssen. War dieser Kampf dann beendet, beendete er den Job und fuhr nach Hause. Das ist alles, was ich über Patrick Shane McLanahan weiß. Aber gleichzeitig denke ich, es ist alles, was ich wissen muss. Ich finde, mehr braucht auch die Welt über ihn nicht zu wissen.«

Bradley stand vor dem Präsidenten der Vereinigten Staaten, die Hand ausgestreckt. Der Präsident ergriff sie, erhob sich und stellte sich neben ihn. Zusammen schritten sie zu der offenen Kammer in der Urnenhalle. Bradley übergab die Urne der Gruft. Phoenix nahm einem überraschten Friedhofsmitarbeiter die Abdeckung der Kammer aus den Händen, und gemeinsam befestigten sie diese über dem Urnengrab.

»Möge Gott der Seele von Lieutenant General Patrick McLanahan gnädig sein«, sagte der Präsident der Vereinigten Staaten mit kraftvoller Stimme. »Möge Gott unserer aller Seelen gnädig sein.«